Helga Zeiner
Feuermeer

Helga Zeiner

Feuermeer

Roman

fredeboldundfischer
derdeutscheautorenverlag

1. Auflage 2008

fredeboldundfischer
fredebold&partner gmbh
schaafenstraße 25, 50676 köln

Originalausgabe: „Feuermeer“

Titelabbildung: Corbis GmbH, Düsseldorf
Autorenfoto: © 2007 Claudia Kantner
Umschlaggestaltung: Roland Pecher, Köln
Satz: D.I.E. Grafikpartner GmbH, Köln
Druck und Bindearbeiten: CPI – Ebner & Spiegel, Ulm
Printed in Germany
ISBN 978-3-939674-13-9

www.fredeboldundfischer.de

Prolog

Lightning Ridge, Australien

Jo Ann war eine vernünftige Frau. Zumindest hatte sie sich für eine solche gehalten, seitdem sie im australischen Busch, im Norden von New South Wales, ganz alleine ihre Opalmine betrieb. Für eine Frau, die wusste, was sie wollte, und ihre Entscheidungen nicht aus dem Bauch heraus traf! Ihr war es immer lächerlich vorgekommen, wie sich manche ihrer Geschlechtsgenossinnen zum Spielball ihrer Emotionen machten. Doch seit die Kneipe im Ort einen neuen Besitzer hatte, wurde sie, die vernünftige, die klar denkende Jo Ann, von unerklärlichen, sehnsuchtsvollen Tagträumen heimgesucht. Regelmäßig, wenn sie mittwochs von ihrem wöchentlichen Kneipenbesuch heimkehrte, tauchten sie auf und quälten sie mit einer Intensität, die sie an die Zeit erinnerte, als sie zum ersten Mal schwärmerisch verliebt gewesen war.

Gefühle dieser Art durfte sie sich in ihrer jetzigen Situation jedoch nicht erlauben. Deshalb hatte sie bereits ernsthaft in Erwägung gezogen, ihre Kneipenbesuche ganz einzustellen. Damit endlich Schluss mit diesen Wahnvorstellungen sein würde, in denen sie ein imaginäres Leben führte, das nie und nimmer das ihre sein konnte. Das waren doch alles nur Fantastereien, die an Kleinbürgerlichkeit und Solidität kaum noch zu übertreffen waren! Mit John als liebevollem Gatten, dem sie duftenden Kuchen buk, mit Blumenranken am Hauseingang und sonntäglichen Besuchen bei Freunden. An anderen Mittwochabenden hatte sie allerdings ihre anerzogene konservative Hemmschwelle überwunden und sich neben ihm auf dem Bett liegen sehen, splitterfasernackt, schweißnass und lustvoll stöhnend. Oder sie wurde von noch intensiveren Traumbildern heimgesucht, die an sexueller Deutlichkeit kaum zu übertreffen waren, in denen sie mit ihm ... nein, das wollte sie sich nicht noch einmal in Erinnerung rufen! Sonst würde sie es irgendwann nicht mehr fertig bringen, jeden Morgen in die Mine hinunterzusteigen, tief in den finsteren Bauch der lehmigen Erde hinein, um sie mit Spitzhacke und Schaufel zu bearbeiteten, immer in der Hoffnung, ein bisschen mehr als das Lebensnotwendige zu finden. Wie sollte sie diese einsame Schinderei ertragen, die ihr nach einigen Stunden so sehr in den Rücken und die Knie fuhr, dass sie glaubte, danach nicht mehr gerade stehen zu können? Wenn sie nach jedem Besuch in der Kneipe tagelang brauchte, bis sie sich wieder beruhigt und die nagende Unzufriedenheit mit ihrem schlichten, einsamen Leben wieder so weit unter Kontrolle gebracht hatte, dass sie ihren alltäglichen Pflichten nachgehen konnte.

John, der attraktive Kneipenbesitzer mit dem Charme eines guten Zuhörers, was für einen versierten Gastronomen wahrscheinlich eine Selbstverständlichkeit war, hatte Schuld an dieser ganzen Misere. Aus einem ihr unerklärlichen Grund hatte ein einziger Blick auf ihn eine bittersüße Hoffnung in ihr geweckt. Sie erinnerte sich noch sehr gut an jenen Mittwochabend, den Tag nach der Kneipenübernahme, als er zum ersten Mal hinter dem Tresen gestanden hatte. Erschöpft und ausgelaugt von einem weiteren langen, erfolglosen Tag unter Tage, hatte sie sich gar nicht erst die Mühe gemacht, nach Hause zu fahren, um sich zu duschen und ein bisschen zurechtzumachen. Nur schnell ein kaltes Bier trinken und ein wenig abschalten, da spielte es keine Rolle, dass ihr sackartiger Overall sowie ihr Gesicht und ihre Haare Spuren von sienafarbenem Staub aufwiesen, der für die Arbeit in den Opalminen kennzeichnend war. Dein ungepflegtes Äußeres interessiert hier keinen, hatte sie gedacht und diesen Gedanken sehr schnell bereut. Denn kaum hatte sie den Schankraum betreten, war ihr nicht einmal mehr die Zeit geblieben, sich kurz im Raum nach ein paar bekannten Gesichter umzusehen. Der neue Kneipenbesitzer hatte sie mit solch unerwarteter Intensität gemustert, dass sie fast erschrocken war. Vom Leuchten seiner Augen angezogen wie ein Nachtfalter von einer Lichtquelle, bewegte sie sich auf ihn zu. Noch immer hielt sein Blick den ihren gefangen, und weil sie ihn genauso prüfend studierte, weil sie einfach nicht wegsehen konnte, kam sie sich wie ein schamloser Beobachter vor, der neugierig in fremdes Gebiet eindrang. Aber das war ihr nicht einmal peinlich. Sie starrte ihn einfach weiter an und kam immer näher, bis sie schließlich vor ihm stand. Etwas Besonderes ging von ihm aus, eine Ausstrahlung, die sich nicht nur in seinem Gesicht, sondern auch in seiner Körperhaltung ausdrückte und die auf Jo Ann unerklärlich beruhigend wirkte. Das Wort Zuversicht fiel ihr dabei ein. Er war zuversichtlich. Er hatte keine Angst vor dem Leben. Und er hatte auch ihr in diesem Augenblick jegliche Angst genommen.

Willkommen, hatten seine blauen Augen gesagt, und für den kurzen Augenblick, den dieses Wort brauchte, um in ihr Innerstes vorzudringen, war sie schutzlos gewesen.

Wenige Sekunden, die ausgereicht hatten, um Jo Ann wieder wissen zu lassen, wie man sich fühlt, wenn man nicht zurückgestoßen, verleugnet, ausgenutzt und benutzt wird. Willkommen war sie ihm gewesen, und er hatte sie behandelt, als ob sie etwas Besonderes, etwas Kostbares wäre, obwohl sie eindeutig schmuddelig und unattraktiv ausgesehen hatte. Den ganzen Abend über, und sie war bis zum Schluss geblieben, hatte er ihr das Gefühl gegeben, dass er sich lieber mit ihr unterhielt als mit den anderen Gästen, die er fast schon vernachlässigte. Er hatte ihr kein einziges Kompliment gemacht, hatte aber bei jedem noch so belanglosen Wort, das sie äußerte, an ihren Lippen gehangen und sie so eindringlich beobachtet, dass sie sich am liebsten vergessen und seine langsam tiefer gehenden Fragen ehrlich beantwortet hätte. In letzter Sekunde, mit letzter Kraft, hatte sie es geschafft, diesem Impuls zu widerstehen und sich wieder hinter ihrem üblichen Schutzwall zu verschanzen. Und langsam war auch ihre alte Angst wieder zurückgekommen, wenn auch nicht so heftig, wie sie sie bei anderen Männern verspürte. John hatte ihren inneren Rückzug sofort bemerkt und – was sie ihm hoch anrechnete – respektiert. Damit hätte ihr kleiner Ausflug ins Gebiet natürlicher zwischenmenschlicher Beziehungen wieder beendet sein können. Hätte sich eine freundlich-höfliche Gäste-Wirt-Beziehung entwickeln können, so, wie es sich gehörte und wie sie es auch verkraftet hätte. Aber so war es nicht. Obwohl er seither nur ab und zu sanft an ihrer spröden Oberfläche gekratzt hatte und nur aus der Ferne an ihrem Leben teilnahm, wusste Jo Ann, dass dieser Kneipenbesitzer mit den strahlenden, wissenden Augen es schaffen könnte, zu ihr vorzudringen. Ihre Angst nicht nur mindern, sondern für immer nehmen könnte. Sie wünschte sich dies sogar, und das war in ihrer Lage unverzeihlich.

Nach all der Zeit, in der sie problemlos alleine zurechtgekommen war, ja sogar für jeden Tag dankbar gewesen war, an dem sie nicht von einem männlichen Partner tyrannisiert worden war, spürte sie plötzlich wieder den intensiven Wunsch nach einem Leben zu zweit. Verzweifelt versuchte sie, das Verlangen zu unterdrücken, endlich wieder einen Mann an ihrer Seite zu haben, mit dem sie die Höhen und Tiefen des Lebens teilen konnte, nicht nur Tisch und Bett. Doch, um ehrlich zu sein, war es vor allem das Bett, um das es in ihren Träumen ging – was sie zutiefst beunruhigte.

Schon wieder brach Jo Ann der kalte Schweiß auf der Stirn aus. Allein der Gedanke an John verunsicherte sie neuerdings auf merkwürdige Art und Weise. Denn auch wenn sie sich völlig im Klaren darüber war, dass sie ihm ihre Gefühle auf gar keinen Fall offenbaren und ihn dadurch ermuntern durfte, wusste sie doch nicht, wie sie diese vor ihm verbergen sollte, sodass er ihr nichts anmerkte. Ihr Herz klopfte schneller, weil sie nicht aufhören konnte, an ihn zu denken, und weil sie sich nichts anderes wünschte, als dass heute Mittwoch wäre und es keinen zwingenden Grund gäbe, der Kneipe fernzubleiben.

Doch noch hatte sie etwas Zeit, sich zu entschieden, ob sie heute ausnahmsweise ins Pub gehen oder doch lieber daheim bleiben sollte. Der Tag hatte sich endlos hingezogen, wie immer, wenn sie gezwungen war, ihn hauptsächlich im Haus zu verbringen. Durch den heftigen Regen der letzten Tage war die Mine zu einem einzigen Schlammloch geworden, das zu betreten gefährlich geworden war. Müde vom Nichtstun legte sie sich auf ihr Sofa und grübelte im Dämmerlicht des hereinbrechenden Abends vor sich hin. So schwierig würde es schon nicht werden, auch noch den restlichen Abend zu Hause zu verbringen. Sie war es doch weiß Gott gewöhnt, alleine zu sein.

Plötzlich vernahm sie ein leises Geräusch. Es hörte sich an wie die Scharniere der Eingangstür, die jedes Mal sachte quietschten, wenn man sie öffnete. Sie sollten wirklich wieder einmal geölt werden. Aber es konnte nicht die Tür sein, denn Jo Ann erwartete niemanden, und der Wind, der am Nachmittag aufgekommen war, konnte sie nicht aufdrücken, weil sie den klapprigen Metallrahmen mit dem billigen Gitter davor extra abgeschlossen hatte, als sie mittags ins Haus gegangen war. Oder etwa nicht? Bei diesem Gedanken schreckte Jo Ann hoch und lauschte angespannt. Hatte sie die Tür vielleicht doch nicht verriegelt? Der Wind heulte ums Haus und machte es fast unmöglich, sich auf andere Geräusche zu konzentrieren. Aber nein, da war nichts. Sie hatte sich bestimmt getäuscht. Aufatmend legte sie sich wieder zurück.

Es mussten wohl einige Minuten vergangen sein, in denen sie mit geschlossenen Augen auf dem Sofa gelegen und an gar nichts gedacht hatte, als plötzlich eine grobe, widerlich feuchte Hand auf ihr Gesicht klatschte, ihr den Mund zuhielt und ihren Kopf mit brutaler Gewalt ins Kissen drückte. Jo Ann riss die Augen auf und erkannte voller Entsetzen den wuchtigen Mann, der sie mit seiner anderen Hand daran hinderte, aufzustehen. Es war ihr Mann! Der Mann, der schon seit fast dreißig Jahren aus ihrem Leben verschwunden war! Kurt, der doch eigentlich tot sein sollte! Kurt, der beinahe ihr Leben zerstört und Schuld daran hatte, dass sie sich keine Hoffnung auf eine Partnerschaft mit John machen durfte!

Er schien sich überhaupt nicht verändert zu haben, obwohl seitdem so viele Jahre vergangen waren. Auch die ekelhaft säuerlich-scharfe Ausdünstung, die von seiner verschwitzten Kleidung ausging und ihr beißend in die Nase stieg, war noch immer dieselbe. Jo Ann würgte unter seinem Zugriff und versuchte verzweifelt, sich zu befreien. Doch seine Hände waren wie zwei Schraubstöcke, die hart in ihr Fleisch griffen und ihr wehtaten. Sein Gesicht, verzerrt, schmutzverkrustet, hasserfüllt, war nur knapp über dem ihren, und sein heißer Atem streifte ihre Haut. Speichel troff aus seinem Mundwinkel und landete genau neben ihrem Auge. Sie wollte laut schreien, aber die erstickten Laute, die ihrem abgedeckten Mund entwichen, offenbarten nur ihre totale Hilflosigkeit. Trotzdem gab sie nicht auf. Kurt würde sie töten, wenn sie ihm nicht entkam, und sie wollte nicht auf diese Weise sterben. Nicht, nachdem sie ihm so lange entkommen war. Nicht nach all der Mühe und Plage, die sie auf sich genommen hatte, um ihm zu entwischen und ihn aus ihrem Leben zu verbannen. Wo war er all die Jahre über gewesen? Und warum kam er ausgerechnet jetzt zurück?

Mit einem Mal wusste sie, dass er gekommen war, weil er ihre Träume kannte, weil er um ihre Gefühle für einen anderen Mann wusste. Auch früher schon, als sie noch zusammen gewesen waren, hatte sie ihre Gedanken nie vor ihm verbergen können. Jede noch so kleine Gefühlsregung hatte er gekannt und für seine Zwecke benutzt. Es spielte daher keine Rolle mehr, wie er herausgefunden hatte, dass sie geheime Hoffnungen in Bezug auf einen anderen Mann hegte – nur, dass er ihr wieder einmal auf die Schliche gekommen war und sie fürchterlich dafür büßen lassen würde. Ein Gedanke, der über ihre Todesangst hinausging, durchzuckte sie: Würde er auch wissen, auf wen sich ihre Wunschträume konzentrierten, und würde er nicht nur sie, sondern auch John dafür büßen lassen? Schnell versuchte sie, Johns Namen aus ihrem Kopf zu verbannen. Schließlich konnte Kurt ihre Gedanken lesen! Aber sosehr sie sich auch bemühte, es wollte ihr einfach nicht gelingen. John! hallte es immer wieder in ihrem Kopf. John, John, John! Sie konnte an nichts anderes mehr denken.

Das Gesicht über ihr verzerrte sich zu einer abartigen Fratze, deren höhnisch grinsender Mund sich öffnete und ein bösartiges Lachen ausstieß, das mit seinem gutturalen Hohoho fast genauso klang wie das sich ewig wiederholende John-John-John in ihrem Kopf. Das Lachen wurde tiefer, wilder, lauter. Wurde zu einem bestialischen Knurren, einem scheußlich wütenden, knurrenden Gebell und brachte das sanfte John-John-John mit seiner stetig steigenden Lautstärke schließlich endgültig zum Schweigen.

Hohojojohoho höhnte und keifte das hässliche Gelächter-Gebell über ihrem Gesicht und erstickte alle Hoffnung in ihr. Resigniert gab sie jeden Widerstand auf, denn es war eine feststehende, unausweichliche Tatsache, dass er nunmehr endgültig über sie gesiegt hatte und sie verloren war.

1

Nur unter Aufbietung aller ihr zur Verfügung stehenden Kräfte gelang es ihr schließlich, sich aus dem Albtraum zu befreien, der sie mit bleierner Schwere gefangen hielt und in den sich wie aus weiter Ferne ein Gejaule mischte. Doch dann verblasste das Monster vor ihrem Bett immer mehr, während das Hundegebell zunehmend lauter wurde und die Schreckensvision, die sie wieder einmal überfallen hatte, endgültig verdrängte.

Die Hunde! Sie hatte also doch vergessen, die Haustür zu schließen, und damit ihren beiden miteinander verfeindeten Hunden ermöglicht, aufeinanderzutreffen. Beide Hunde hatten angeschlagen, und ihr Gejaule kündigte einen erbitterten Kampf an, falls es ihr nicht noch gelingen würde, die Tiere rechtzeitig zu trennen.

Hochgradig alarmiert und mit einem Mal hellwach, sprang Jo Ann vom Sofa hoch und rannte aus dem Haus. Dabei griff sie sich den Besen an der Haustür mit der einen Hand, während sie mit der anderen in panischer Eile den Kübel voll schmutzigen Wassers packte, den sie neben der Haustür hatte stehen lassen. Als sie die Hunde erreichte, hatten sich diese wie befürchtet bereits im muskulösen Nacken des jeweils anderen verbissen und versuchten mit ungestümen Kopfbewegungen, ihren Kontrahenten zu schwächen und sich gleichzeitig selbst zu schützen. Es war ein grausamer Tanz der Natur, von kehligen Urlauten begleitet und in eine Wolke aus rötlichem Staub getaucht. Jo Ann wagte sich nicht zu nahe an die ineinander verbissenen Tiere heran, schüttete aber das Putzwasser mit kraftvollem Schwung in ihre Richtung. Für einen kurzen Augenblick hielten die beiden Kämpfer überrascht inne. Dies war ihre einzige Chance, blitzschnell und entschieden die Kontrolle über sie zu gewinnen. Sie griff nach dem Schwanz eines Hundes, erkannte in ihrer Hektik nicht einmal, welcher es war, und zerrte ihn mit aller Macht zu sich heran. Gleichzeitig zog sie sich, wild fuchtelnd, schreiend und keuchend, rückwärts zum Hauseingang zurück. Sofort begann der andere Hund mit triumphierendem Gebell seinen Siegesanspruch anzumelden. Jo Ann aber hatte die Schwelle bereits erreicht und knallte erleichtert die Tür hinter sich zu.

„Platz!", befahl sie Tiger, dem jüngeren der beiden Hunde, barsch.

Tiger war noch immer sichtlich erregt, doch er gehorchte. Sie kniete sich nieder und begann ihn mit sanften Worten zu beruhigen, während sie seine Verletzungen untersuchte. Er blutete aus mehreren Wunden, von denen eine so tief war, dass sie genäht werden musste. Sie würde es gleich tun, solange sein Hormonspiegel noch hoch war und er weniger Schmerzen empfand. Nachdem sie ihre Arbeit beendet hatte, seufzte sie tief durch, nahm den Erste-Hilfe-Kasten und ging mit ihm nach draußen, um den alten Ben zu suchen. Sie fand ihn nicht weit entfernt vom Haus, neben der Wellblechhütte, in der sie ihre Maschinen lagerte. Genau vor dem Eingang, wo er immer lag, wenn sie in der Hütte arbeitete. Er war ein guter Hund und noch immer, trotz seines hohen Alters, ein großartiger Beschützer. Das viele Blut, das er nach dem vorausgegangenen Kampf verloren hatte, hatte auf dem Boden rund um seine

Lagerstätte bereits eine dunkle Lache gebildet. Dennoch klopfte sein Schwanz ein freudiges Trommelfeuer, sobald er sie in seine Richtung kommen sah.

„Du dummer Kerl", sagte sie. „Du alter Raufbold. Lass mal sehen."

Sie untersuchte ihn gründlich, säuberte und nähte auch seine Wunden und schimpfte ihn während der Arbeit mit zärtlichen Worten. „Musst du denn immer kämpfen? Ich weiß, du willst mich beschützen, aber könnt ihr nicht endlich miteinander auskommen?"

Ben genoss die Aufmerksamkeit seiner Herrin und hob nur einmal kurz den Kopf, als das Telefon im Haus zu klingeln begann.

Doch Jo Ann fuhr mit ihrer Arbeit fort, ohne sich um das Klingeln des Telefons zu kümmern. Prüfend blickte sie zum Himmel. Die tief hängenden Wolken waren regenschwer und drohten sich bald zu entladen. Das bevorstehende Unwetter war so offensichtlich, dass sie wohl kaum jemand anrufen würde, um sie davor zu warnen. Aber vielleicht hatten wieder einmal ein paar rasende Touristen einen Unfall auf der Hauptstraße gehabt, und nun waren ihre Künste als Wundheilerin gefragt. Dann erinnerte sie sich jedoch daran, dass die Gegend um das Dorf zur Zeit Land unter war. Die endlose, fast ebenerdige Weite von New South Wales hatte sich durch die wochenlangen Regenfälle in einen matschigen Sumpf verwandelt, zum Teil sogar in eine hellbraune Seenlandschaft, aus der kahle, blattlose Sträucher wie Grabkreuze ragten. Die Straßen waren unpassierbar, und Lightning Ridge war, wie viele andere Dörfer in dem überschwemmten Gebiet, von der Außenwelt abgeschnitten. Niemand würde heute durch den Ort rasen, man konnte froh sein, wenn die Straße überhaupt noch befahrbar war und nicht ebenso wie das Dorf kniehoch unter Wasser stand. Seit sie hier lebte, war das schon öfter vorgekommen, sie wusste schon gar nicht mehr wie oft. Aber meist war es im Herbst und nie so spät im Winter gewesen. Jetzt war es schon September, der Frühling hatte zumindest kalendarisch bereits begonnen, und die Kraft der Sonne hatte in den letzten Tagen die oberste Schicht der roten Erde zu trockenem Staub verwandelt. Es war ein Paradox, dass sie selbst auf ausgedörrtem Boden saß, während sich das freie Land rings um sie herum abmühte, das überschüssige Wasser aufzusaugen. Aber nun war es endgültig so weit. Sobald heute die ersten Tropfen fielen, stünde ihr Hof, genau wie alle anderen Höfe des Dorfes, im Schlamm.

Jo Ann öffnete die klapprige Tür der Wellblechhütte und bedeutete Ben, sich auf seinen Hochwasserplatz zu legen. Der alte Hund hatte Mühe, auf die erste Kiste zu steigen, und sie half ihm auf die noch höher gelegene Werkbank und breitete seine Decke neben der Schleifmaschine aus. Danach füllte sie seinen leeren Wassernapf, nahm einen Karton vom Regal und schüttete einen zweiten Napf randvoll mit Trockenfutter.

„Bleib hier liegen", befahl sie leise. „Sollte das Wasser kommen, bist du hier sicher. Du weißt, ich kann dich nicht ins Haus holen, du dummer Hund." Mit einem liebevollen Klaps verabschiedete sie sich und ging zurück zum Haus. Die Wolken schienen noch schwerer geworden zu sein. Dabei war es noch nicht einmal vier Uhr nachmittags. Doch die rasch auf sie zukommende Regenwand verdunkelte den Himmel, als hätte die Abenddämmerung bereits eingesetzt.

Jo Ann beschloss, sich eine Kanne schwarzen Tees zu machen, um die Müdigkeit, die sie plötzlich überkommen hatte, wieder zu vertreiben. Dann schob sie den Korbstuhl zum Fenster, schlürfte ihren heißen Tee, starrte hinaus und beobachtete den aufziehenden Sturm. Sie sah den Wolken am Himmel zu, hörte den Regen und den Wind hinter der Fensterscheibe toben und versuchte an nichts zu denken. Da klingelte erneut das Telefon.

Jo Ann überlegte kurz, wer es wohl sein könnte, tippte auf John und begann unwillkürlich am ganzen Körper zu zittern. Sie wollte heute auf keinen Fall mehr in die Kneipe gehen, die John erst vor einem knappen Jahr von einer baufälligen Bruchbude mit muffeligem Schankraum und lieblosem Service in einen bunt gestrichenen, beliebten Treffpunkt der Dorfbewohner verwandelt hatte. Im Pub war jetzt bestimmt schon die Hölle los, und John würde bestimmt annehmen, dass auch sie in dieser Ausnahmesituation dort auftauchen würde, obwohl er genau wusste, dass sie immer nur am Mittwoch auf ein Bier vorbeikam. Ohne Ausnahme, immer nur mittwochs. Sie wäre zu gerne auch mal an einem anderen Tag in die Kneipe gegangen, befürchtete aber, dass John, käme sie öfter, es dann doch noch irgendwann schaffen würde, sie *herumzukriegen.* Aus reinem Selbstschutz hatte sie sich deshalb von Anfang an eingeredet, dass auch er nur ein Mann wie jeder andere war und sie ihm nicht trauen konnte. Sie malte sich aus, dass er mit den anderen Gästen eine Wette laufen hatte, wie schnell er sie wohl umstimmen konnte. Eine Vorstellung, die wehtat, dafür aber äußerst effektiv war.

Denn auch wenn ihr die Aufmerksamkeit, die er ihr jeden Mittwoch entgegenbrachte, guttat und ihre Fantasien nährte, sagte sie sich dennoch immer wieder, dass das Ausleben solcher Fantasien, mochten sie auch noch so reizvoll und befriedigend sein, die Leiden nicht wert waren, die am

Ende ihrer Affäre unweigerlich folgen würden. Und so und nicht anders würde es kommen. Sie war nicht mehr so naiv wie zu Beginn ihrer Ehe und wusste mittlerweile, dass man keinem Mann vertrauen konnte. Anfangs waren sie alle zärtlich, liebevoll und einfühlsam – bis sie ans Ziel ihrer Wünsche gekommen waren. Dann zeigten sie ihr wahres Gesicht. John würde da auch keine Ausnahme machen, er war ledig, wie so viele Männer in Lightning Ridge, und eine Frau zu haben brachte einem einsamen Junggesellen in diesem abgelegenen Kaff ein gewisses Ansehen. Eine Frau im Haus bedeutete außerdem saubere Wäsche, besseres Essen, mehr Zeit für die Mine und den Pub und vor allem, jede Nacht jemanden zum Bumsen. So sahen es die Männer, so und nicht anders! Und darum würde es letztendlich auch John gehen – mochte er sich im Vorfeld noch so einfühlsam zeigen. Nein! Sie würde sich nicht auf ihn einlassen. Trotzdem erlaubte sich Jo Ann in diesem Moment die Hoffnung, dass John am anderen Ende der Leitung sein könnte, und nahm, auf dem Weg zum Telefon, vorsorglich schon mal eine Tafel Schokolade aus dem Kühlschrank, zur Belohnung, falls sie richtig getippt hatte. „Wer ist dran, bitte?", meldete sie sich.

„Johanna, ich bin's, Eva."

„Wer?" Jo Ann blickte auf die Schokolade und schüttelte bedauernd den Kopf. Pech gehabt.

„Eva. Eva, aus Sydney! Du weißt doch!"

Natürlich wusste sie, wer dran war. Eva, die biedere, brave Eva aus ihrer Vergangenheit.

„Du hast mich um meine Schokolade gebracht."

„Wie bitte?"

„Egal."

Eva ging nicht näher darauf ein. „Meine Güte, Johanna,

ich bin ganz überrascht, dich tatsächlich am Apparat zu haben. Ich hatte mich eigentlich auf eine lange Suche eingestellt. Dass du immer noch da wohnst? Ich fasse es nicht. Nur die Vorwahl ist jetzt anders. Ich dachte, ich versuche es einfach mal mit deiner alten Nummer, aber ich habe nicht geglaubt, dass du noch unter ihr zu erreichen bist."

Jo Ann schwieg, während sich Eva eine kurze Atempause gönnte.

„Ich habe vorhin schon mal angerufen. Da ging nur niemand ran, und da dachte ich mir, dass ich es einfach so oft versuche, bis irgendjemand abhebt und mir vielleicht sagen kann, wohin du gezogen bist."

Schweigen.

„Bist du noch dran?"

„Natürlich."

Eva zögerte. „Ah ja. Also, wie gesagt, ich habe nicht erwartet, dass du immer noch dort wohnst. Wie lange ist es jetzt her, dass wir das letzte Mal miteinander telefoniert haben? Das müssen doch schon an die fünfundzwanzig Jahre sein?"

„Eher dreißig."

„Du lieber Himmel! So lange haben wir uns nicht mehr gesprochen?" Eva schien ehrlich überrascht.

„Seitdem Nadja geboren ist!"

Eva schwieg, und Jo Ann konnte ein ganz leises Rauschen hören, wie aus weiter Ferne. „Wie geht es deiner Tochter?"

„Oh, sie arbeitet bereits. In Melbourne. Sie ist ja schon lange erwachsen. Kannst du dir das vorstellen? Es kommt mir immer noch komisch vor, so allein im Haus zu sein, nur Steve und ich. Aber sie kommt sooft es geht von Melbourne rauf ..."

„Steve?"

„Ach du meine Güte“, plapperte Eva weiter, „das weißt du ja noch gar nicht. Wie solltest du auch. Uwe und ich haben uns getrennt. Schon lange, schon bald nach Nadjas Geburt. Warte mal, ich glaube, da war sie erst drei oder vier Jahre alt. Es war abzusehen, dass es nicht länger gut mit uns gehen würde. Ich wollte danach eigentlich zurück nach Deutschland, mit Nadja, habe dann aber Steve kennen gelernt. Er ist Australier, weißt du. Wenn mir das einer gesagt hätte, dass ich einen Australier heirate und hierbleibe ...“

„Ihr seid verheiratet?“

„Natürlich! Schon lange. Wir haben uns schon kurz nach meiner Scheidung kennen gelernt und wussten sofort, dass es funktioniert mit uns beiden, ja, und da haben wir auch gleich geheiratet. Ich bin sehr glücklich mit ihm, Johanna.“

„Jo Ann!“

„Wie bitte?“

Jo Ann erklärte ihr, dass sie es inzwischen gewohnt war, mit Jo Ann angesprochen zu werden. Und dass ihr das lieber sei. Sie habe auch bereits Mühe, deutsch zu sprechen, so lange habe sie sich nicht mehr in ihrer Muttersprache unterhalten.

„Na gut, wenn dir das lieber ist“, meinte Eva etwas verständnislos. „Aber ich kann dir nicht garantieren, dass ich mich daran gewöhnen werde. Wir müssen uns treffen, Johanna. Ich meine Jo Ann. Dringend! Sobald es geht.“ Evas Ton veränderte sich abrupt, sie plauderte plötzlich nicht mehr wie bei einem Kaffeeklatsch, sondern klang wie eine Geschäftsfrau, die einen Termin festlegen wollte.

„Warum denn?“, fragte Jo Ann.

„Isabella kommt.“

„Wann?“ Nun lag doch so etwas wie Interesse in Jo Anns Stimme.

„Sie will ihren nächsten Urlaub, während die *Commonwealth Games* stattfinden, hier verbringen – obwohl sie ja früher nie sehr sportbegeistert war. Sie hat anscheinend erst jetzt Interesse dafür entwickelt, nachdem sie ... na ja, das ist jetzt nicht wichtig – und sie hat mich gebeten, nach den Spielen ein Treffen von uns dreien zu organisieren."

Schweigen.

„Was hältst du davon?"

Jo Ann dachte nach.

„Ich weiß nicht", meinte sie endlich. „Ich weiß es wirklich nicht."

„Vielleicht sollten wir beide uns erst mal treffen, ehe sie ankommt? Ich muss doch wissen, was ich ihr sagen soll. Wie ich mich verhalten soll. Mein Gott, ich bin so durcheinander! Isabella wird bei uns wohnen, Steve fand es auch richtig, dass ich sie einlade. Ich finde, das bin ich ihr schuldig. Sie freut sich so auf ihren Urlaub. Du weißt doch, wir sind noch lange miteinander in Verbindung geblieben. Sie hat immer mal wieder angerufen ..."

Jo Ann unterbrach sie und versuchte Zeit zu gewinnen. „Ja, ja, das dachte ich mir schon. Trotzdem muss ich erst darüber nachdenken. Gib mir deine Nummer, ich werde dich in den nächsten Tagen zurückrufen."

„Ja, gut. Überlege es dir", antwortete Eva. „Ich werde ebenfalls noch einmal darüber nachdenken."

Da fiel Jo Ann glücklicherweise doch noch eine Ausrede ein, mit der sie dieses Treffen, das sie mit allen Mitteln vermeiden wollte, schon jetzt vereiteln konnte: „Hier regnet es schon seit Wochen fast ununterbrochen und sehr heftig. Gerade hat es wieder begonnen. Du kannst dir gar nicht vorstellen, was hier für Wassermassen runterkommen. Es ist die reinste Sintflut!"

„Ja, und?"

„Ihr könnt mich nicht besuchen. Das ist völlig unmöglich. Hast du nicht in den Nachrichten gehört, wie schlimm die Überschwemmungen sind?"

„Klar! Sie berichten laufend vom Hochwasser. Aber sie sagen auch, dass der Regen bald aufhören wird. Wie lang wird es dauern, bis man die Straßen wieder befahren kann? Johanna, das geht doch bestimmt ganz schnell, und wir kommen sowieso erst Mitte Oktober, wenn die Spiele vorbei sind und Isabella sich an Sydney sattgesehen hat. Und bis dahin habt ihr bestimmt kein Hochwasser mehr."

„Das mag sein, aber vorher könnt ihr auf keinen Fall kommen", blockte Jo Ann ab, versprach aber trotzdem nochmals, sich zu melden, und legte auf. Eva hatte leider Recht, der Regen würde nicht ewig dauern, doch bis Oktober konnte noch viel passieren. Sie holte die Kanne mit dem inzwischen kalt gewordenen Tee, goss ihn aus und brühte neuen auf.

Dann setzte sie sich wieder ans Fenster, öffnete die Verpackung der Schokolade und begann bedächtig, eine Reihe nach der anderen zu verspeisen.

Draußen nahm der Regen immer mehr zu, bis schließlich eine undurchdringliche Regenwand fast waagerecht über den Hof fegte. Draußen war es Nacht, und Jo Ann konnte nur noch bis zum Verandapfosten sehen, aber sie konnte hören, wie der Wind pfiff und der Regen auf ihr Blechdach trommelte. Die Geräusche gefielen ihr. Solange der Wind nicht zum Orkan wurde, der das Dach und die einfachen Holzwände aus den Verankerungen riss und mit sich wirbelte, und solange das Wasser nicht zur reißenden Flut wurde, die sie alle zwingen würde, ihre Häuser zu verlassen, fühlte sie sich hier in dieser seltsamen zusammengewürfelten Gemeinschaft geborgen. Sie spürte eine warme Zufriedenheit in sich aufsteigen. Ihr Dorf! Dieses Opalminen-Kaff am Ende der Welt. Wie sie es gehasst hatte, damals, als Kurt beschlossen hatte, Sydney zu verlassen und hierher zuziehen. Aber sie wollte jetzt nicht an damals denken.

Wie es um diese Zeit wohl im Pub wäre? Wahrscheinlich tobte dort bereits der Bär, hundertprozentig sogar. Denn die anderen hatten sich bestimmt schon dorthin geflüchtet, ehe der Regen so richtig begonnen hatte. Nun musste sie sich entgültig entscheiden, ob sie lieber gemütlich im Trockenen sitzen bleiben oder doch noch zur Kneipe spurten wollte, um sich, völlig durchnässt, die dummen Sprüche der angetrunkenen Kneipenbesucher anzuhören und sich Johns Nähe auszusetzen. Doch wenn sie hierblieb, lief sie Gefahr, sich den Geistern der Vergangenheit stellen zu müssen. Den alten Freunden von früher, Eva und Uwe, Isabella und Dieter und, vor allem, ihrem verstorbenen Mann Kurt. Menschen, die aus ihrem Leben mehr oder weniger verschwunden waren und nun glaubten, in irgendeiner Form wieder auftauchen zu können. Ähnlich den Figuren in einer Geisterbahn, die um die Ecke schossen und einen erschreckten. Nein, danke, mit diesen Puppen, diesen Reliquien aus vergangenen Tagen, wollte sie den Abend nicht verbringen, da war ihr die Horde im Pub allemal lieber.

Entschlossen tätschelte sie den Kopf ihres Hundes und machte sich dann, in ihren braunen *Drizabone* gehüllt, auf den Weg zu Johns Kneipe. Auf ihren Schlapphut, der sie sonst vor Sonne und Regen schützte, hatte sie bewusst verzichtet, denn er würde ihr bei diesem Wind sowieso gleich vom Kopf gerissen werden. Nur wenig später trat sie pitschnass in den Vorraum der Kneipe, zog ihren Mantel aus und hängte ihn zu den anderen tropfenden Jacken und Mänteln.

Die Stimmung war, durch das Unwetter angeheizt, auf einem Höhepunkt angekommen, so wie sie erwartet hatte. Warum lösen Naturgewalten nur solch eine unbändige Lebenslust in uns aus, überlegte Jo Ann, während sie sich ihren Weg durch das Gedränge bahnte. Ist es das Wissen, dass wir ihnen hilflos ausgeliefert sind? Dass eine Katastrophe jeden von uns oder vielleicht sogar alle, ohne Ausnahme, plötzlich und grausam treffen kann? Dass einer verschont bleibt und dem Unglück entrinnen kann, während unser Nachbar, der bisher vom Glück begünstigt war, gerade alles verliert?

John spürte Jo Anns Gegenwart, noch ehe er sie sah. So war es noch jedes Mal gewesen, seit sie damals, am Tag nach der Eröffnung, in seine Kneipe gekommen war, zerzaust und zerstreut, und mit einem einzigen Blick sein Leben durcheinandergebracht und sein Innerstes nach außen gekehrt hatte. Schlagartig hatte er die Leere, die ihn sein Leben lang begleitet hatte, als Einsamkeit erkannt. Weder seine langjährige Beziehung mit einer Jugendfreundin noch seine Ehe hatten das Vakuum, das in ihm herrschte, zu füllen vermocht. Er hatte eine unkomplizierte Ehe geführt, die er ohne Verpflichtungen eingegangen, ohne Aufwand gelebt und ohne Verbitterung wieder gelöst hatte. Er hatte es seiner Frau nicht übel genommen, dass sie einen anderen ihm vorgezogen hatte, der ihr geboten hatte, was er ihr nicht hatte geben können, weil er es nicht besaß. Wie sein ganzes vorangegangenes Leben war auch diese Beziehung von der Einstellung „leben und leben lassen!“ geprägt gewesen, die seit seiner harmonisch verlaufenen Kindheit in ihm vorherrschte. Dass er damit direkt am Puls des Lebens vorbeigegangen war, hatte er niemals vermutet. Aber schon der allererste Blick auf die Frau, die plötzlich vor ihm gestanden und eine tiefe, verzweifelte Einsamkeit und einen unbändigen Stolz ausgestrahlt hatte, hatte etwas in ihm zum Leben erweckt. Seinen Beschützer- und Besitzerinstinkt, Begierde und Bewunderung und gleichzeitig ein nie gekanntes Anlehnungsbedürfnis. Sie war auf ihn zugegangen, selbstsicher und stark, verletzlich und verloren, und seitdem hatte er das für ihn vollkommen neue Gefühl, sich jemandem zugehörig zu fühlen, nicht mehr verlieren wollen.

„Jo Ann!" John hatte sich auf seine Zehenspitzen gestellt und versuchte über die Köpfe seiner Gäste hinweg, die in Dreierreihen vor seinem Tresen standen, ihre Aufmerksamkeit zu erhaschen. Obwohl er eine drahtige, muskulöse Figur hatte und sogar einige Zentimeter größer war als die hochgewachsene Jo Ann, hatte er Mühe, sie über und zwischen den wuchtigen Schädeln der Pubbesucher im Blickfeld zu behalten.

John winkte Jo Ann mit einer Hand zu und bedeutete ihr damit, ans Ende der langen Bar zu kommen. Er würde ihr dort einen Platz ganz in seiner Nähe freimachen. „Gib mir ein Pint von deinem Besten", sagte Jo Ann, als sie bei ihm angekommen war.

Er schenkte ihr ein, ohne sie dabei aus den Augen zu lassen, und stellte das volle Bierglas vor sie auf den Tresen. Sie sah müde aus und irgendwie abwesend. Als wäre sie nur gekommen, um sich abzulenken und auf andere Gedanken zu kommen.

„Was treibt dich heute hierher, es ist doch noch gar nicht Mittwoch? Geht dir das Unwetter auf die Nerven?", fragte er und beobachtete dabei ihre Reaktion.

Sie zuckte gleichgültig mit den Schultern. „Es wird vorübergehen."

Er kam noch etwas näher und beugte sich nach vorne, damit sie ihn besser hören konnte. „Geh nicht weg", sagte er leise, „ich bin gleich wieder da. Ich muss mich nur kurz um dieses besoffene Pack kümmern, das dort hinten mit leeren Gläsern um sich schmeißt."

Doch natürlich wusste er, dass sie nicht in seiner Nähe bleiben und er sie, wenn er Pech hätte, vielleicht den ganzen Abend über nicht mehr sehen würde. Ein weiterer Abend ohne Höhepunkt, ohne Glanzlicht, ein ganz normaler arbeitsreicher Abend. So wie alle anderen, in der Vor-Jo-Ann-Zeit, wie er die vielen Jahre nannte, in denen er dieses Ziehen in seinem Inneren noch nicht gekannt hatte. Seitdem hatte sich seine Welt verändert, und nur noch die Augenblicke in ihrer Nähe zählten. Aber das konnte sie nicht wissen, nachdem er es so geschickt wie nur irgend möglich verbarg, weil er instinktiv spürte, dass eine zu starke Annäherung seinerseits nur ihre Flucht zur Folge gehabt hätte. Und dann wäre er wieder in der Vor-Jo-Ann-Zeit gelandet. Was er nicht wollte. Schon drehte sie sich vom Tresen weg und sah sich im überfüllten Raum um, und John widmete sich schweren Herzens wieder seinen anderen Gästen.

Jo Ann kannte fast jeden der Anwesenden. Da war Jürgen, der Deutsche, dessen massiger Körper gerade noch durch das Bohrloch passte. Er und seine Frau Monika waren sogar noch einige Jahre länger hier als sie selbst und hatten noch die Anfänge des Opalrausches erlebt, als die ersten großen Funde in der Umgebung von Lightning Ridge gemacht worden waren. Jürgens Claim war inzwischen ergiebig genug, um sich und seine Söhne ernähren und mit den überschüssigen Gewinnen in die Zukunft investieren zu können. Da er seit Jahren aufgrund der täglichen Schinderei in der Mine unter chronischen Rückenschmerzen litt, hatte er erst kürzlich eine der neuen Bohrmaschinen gekauft, die in Südaustralien entwickelt worden waren und seine Arbeit unvergleichlich einfacher und gleichzeitig wesentlich profitabler machte. Diese gigantischen Steinfresser waren jeweils über hunderttausend Dollar wert, trotzdem sah man immer mehr von ihnen zwischen den dürren Zweigen des Buschlandes emporragen. Auch Dave, der knochendürre Australier mit der Hakennase und dem unsteten Blick, der neben Jürgen stand und sich lachend in alle Richtungen drehte, weil er mehrere Unterhaltungen gleichzeitig führte, besaß solch eine schwere Maschine. Sein Claim war noch größer als der von Jürgen, und dementsprechend hoch war auch sein Ansehen in der dörflichen Gemeinde. Die Hierarchie im Ort war, wie überall auf der Welt und in anderen Minenstädten auch, von der Größe des Besitzes und zusätzlich von der Größe der Funde abhängig. Ins Pub waren sie jedoch alle gekommen: Die mit den weit abgesteckten Claims, die so groß waren, dass man ihre Besitzer nie bei der Arbeit beobachten konnte, ebenso wie diejenigen, die ihrem Nachbarn vom Bohrloch aus Grüße zurufen konnten. Und dann gab es noch die Neuankömmlinge, die sich für eine geringe prozentuale Beteiligung verdingten; die Gescheiterten, die ihren Claim enttäuscht verlassen hatten und an einer anderen Stelle ihr Glück erneut versuchten; die Betrogenen, denen der Partner mit einem gewinnbringenden Opalbrocken davongelaufen war, und die Hoffnungsvollen, die gerade eine kleine glitzernde, vielversprechende Straße an den Wänden ihrer Höhle entdeckt hatten.

Alle waren sie heute gekommen, standen dicht gedrängt um die hohen runden Tische, die überall im ganzen Raum aufgestellt waren, und unterhielten sich über den nicht enden wollenden Regen, der ihre Bohrlöcher mit Wasser füllte, die rote, staubige Erde in dunkelbraunen Schlamm verwandelte und sie dazu zwang, ihre Tage zu Hause und ihre Nächte im Pub zu verbringen.

Jo Ann hatte keine Lust, sich zu einer der lärmenden Männergruppen zu gesellen – es waren wie immer mehr Männer als Frauen anwesend –, also suchte sie nach einem ihr bekannten Frauengesicht. Weiter hinten stand Elli, aber die hatte erst vor einem Monat ihr Baby bekommen und sprach seitdem über nichts anderes mehr. Und Shirley, die mit echtem Engagement das Opalmuseum ins Leben gerufen hatte und auch persönlich leitete, war bereits in ein Gespräch mit der Postfrau vertieft, das Jo Ann nicht unterbrechen wollte.

Auf der anderen Seite des Raumes sah sie Mira, eine waschechte Australierin mit schottischen Ahnen. Leider waren diese Vorfahren in ihren Genen noch äußerst dominant und bescherten ihr eine lichtempfindliche Haut, die so dünn war, dass sie fast durchsichtig wirkte, und hellblaue, ebenfalls lichtempfindliche Augen. Mira war eine leidenschaftliche Opalsucherin. Jeden Winter kam sie für drei Monate nach Lightning Ridge, sperrte ihr Haus auf, überprüfte den Zustand ihrer Maschinen und Geräte und begann, sobald diese einsatzfähig waren, mit dem Schürfen. Sie kam immer alleine, ohne ihren Mann, den Schönheitschirurgen in Brisbane, der die schmutzige Arbeit in der Mine verabscheute.

Mira sah gerade in Jo Anns Richtung und erkannte sie zwischen all den Anwesenden, worauf Jo Ann sofort auf sie zusteuerte, ohne den enttäuschten Blick zu bemerken, den John ihr nachsandte.

„Hallo, meine Liebe, was machst du denn hier? Heute ist doch nicht Mittwoch“, meinte Mira, zu Jo Ann aufblickend.

„Ach, lass mich in Ruhe, ich kann doch wohl mal eine Ausnahme machen. Bei dem extremen Regen kann man sowieso nichts anderes tun.“ Jo Ann fuhr sich mit den Fingern durch ihr immer noch tropfnasses Haar, strich sich die halblangen Haare aus der Stirn und wischte sich dann die feuchten Hände an ihrem Hemd ab.

„Das kannst du laut sagen! So ein beschissenes Wetter habe ich überhaupt noch nie erlebt. Mein Bohrloch läuft über, es wird Tage, ach was, Wochen dauern, bis die Nässe wieder vollständig aufgetrocknet ist. So schlimm wie diesmal war es noch nie!“ Mira fummelte in ihrer vorderen Hosentasche herum, zog eine Schachtel Zigaretten heraus und steckte sich eine an.

Jo Ann widersprach ihr. „Letztes Jahr war es ganz genauso. Und vor fünf Jahren stand das Wasser sogar noch höher. Wenn ich mich richtig erinnere, war damals sogar die Hauptstraße überflutet.“

„Ach was“, Mira wedelte mit der Zigarette in ihrer Hand, „letztes Jahr hat es im Juli genauso stark geregnet, aber danach war Schluss. Ich hatte nur fünf Tage, in denen ich nicht absteigen konnte. Und vor fünf Jahren, bei der großen Überschwemmung, bin ich noch rechtzeitig nach Brisbane zurückgefahren. Da waren wir vorher gewarnt worden. Aber dieses Jahr? Wer hätte das gedacht? Die Meteorologen haben doch gepennt! Die Mine ist randvoll mit Wasser, ich kann absolut nichts tun und sitze jetzt seit zwei Wochen in diesem Scheißkaff buchstäblich auf dem Trockenen, während um uns herum nur Wasser ist. Glaub mir, ich habe es gestern versucht und bin rausgefahren, als es einmal kurz zu regnen aufgehört hat. Wollte nur mal sehen, was tatsächlich los ist, den Nachrichten kann man ja nicht glauben. Ich sage dir, gleich an der Kreuzung zur Fünfundfünfziger steht das Wasser schon bis zum obersten Pegel."

Der Castlereagh Highway war die Lebensader der Stadt, auf der allein man den Busch wieder verlassen konnte. Er führte im Süden nach Walgett zu anderen Verbindungsstraßen und im Norden bis zur Grenze nach Queensland. Meist verlief er schnurgerade, aber niemals eben, und in den Senken sammelte sich nach einem heftigen Gewitter stets das Wasser. Am Wegrand waren deshalb rot-weiße Markierungsstäbe angebracht worden, an denen sich die Wasserhöhe ablesen ließ, eine unschätzbare Hilfe für die Fahrzeuge unterschiedlicher Höhe, die im Busch unterwegs waren.

„Wie? Am Highway bis zum Anschlag? So hoch schon?", fragte Jo Ann mit zusammengekniffenen Lidern.

„Allerdings! Und ich sitze hier fest."

„Sag bloß nicht, dass es dich nach Brisbane zurückzieht. Oder wartet dein Mann dort etwa schon sehnsüchtig auf dich?"

„Kaum, der ist zur Zeit wohl der glücklichste Mann der Welt, nachdem er weiß, dass wir hier von der Außenwelt abgeschnitten sind, und bringt dem Regengott wahrscheinlich immer großzügigere Opfer dar. Und seine untergewichtige, geistig minderbemittelte Sprechstundentussi schwebt bestimmt im siebten Himmel, weil sie ihm mal wieder glaubt, dass er sich nun endgültig von mir trennen wird. Wo er doch jeden Abend bei ihr vorbeischaut und es mit ihr treibt, bis sie Sterne sieht. Ich würde gerne zurückfahren, nur um den beiden den Spaß zu verderben."

„Nur deshalb?"

„Natürlich, warum denn sonst? Vielleicht um mir jeden Morgen von Neuem sein überhebliches Geschwätz anzuhören, sobald er aus dem Bad kommt und mir von seinen Operationen erzählt? Als ob es mich beeindrucken würde, wenn er Fünfzehnjährigen Plastiktitten einsetzt."

Jo Ann trank den Rest ihres Biers aus und starrte ins leere Glas. „Warum lässt du dich nicht scheiden, wenn er dir so zuwider ist?", fragte sie, nicht zum ersten Mal, und erwartete auch heute keine nachvollziehbare Antwort.

„Ich lasse mich scheiden, sobald die Mine großes Geld abwirft. Keinen Tag früher!"

Damit war klar, dass dieser Tag noch lange auf sich warten lassen würde, denn Miras Mine warf bislang rein gar nichts ab, und sie selbst war völlig mittellos. Sie verfügte über kein Einkommen, sondern war während all der Jahre ihrer Ehe von ihrem Mann abhängig gewesen. Und weil dieser angeblich aus steuerlichen Gründen viel Bargeld auf die Seite gebracht und ein paar unvernünftige Investitionen getätigt hatte, waren das gemeinsame Wohnhaus und die Praxis mit hohen Hypotheken belastet. Mira konnte ihm nicht nachweisen, dass er sie diesbezüglich belog. Sie wusste auch nicht, wo und wie er den Großteil seiner üppigen Honorare angelegt hatte. Bei einer Trennung würde sie daher zum Sozialfall werden. Und so träumte sie, seit sie den Claim für die Opalmine geerbt hatte, davon, die Scheidung einzureichen, sobald die Mine genügend abwarf.

Die Mine war eine Hinterlassenschaft ihres Onkels, der vor zehn Jahren gestorben war und seine Nichte anscheinend gut gekannt hatte, denn er hätte keinen anderen Erben finden können, der sein Lebenswerk mehr geschätzt und geliebt hätte als Mira. Miras einzige Chance, mit intaktem Selbstbewusstsein und Gewinn aus ihrer Ehemisere herauszukommen, war ihrer eigenen Meinung nach also die Mine. Sie war zwar noch nicht zu alt, um sich anderweitig selbst zu versorgen, aber sie war einfach nicht bereit, das Wagnis der Trennung ohne finanzielle Sicherheit im Rücken einzugehen. Ihr Mann wiederum hatte seine eigenen Gründe dafür, die Ehe aufrechtzuerhalten, sie diente ihm als eine Art Schutzschild, hinter das er sich zurückzog, sobald eine seiner unzähligen Affären mit Ansprüchen auf ihn zukam.

Jo Ann entschied, auf Whisky umzusteigen. „Was möchtest du trinken?", fragte sie Mira. „Ich hole mir einen Whisky."

„Überredet." Mira warf ihre Kippe in den nächststehenden Aschenbecher. Sie gingen zurück zu Jo Anns altem Platz, den John sofort bereitwillig für sie räumte. Jo Ann machte sich am Tresen breit, damit Mira ebenfalls genug Platz fand, und bestellte ihre Drinks. John hatte gerade noch Zeit, ihr sein strahlendstes Lächeln zu schenken, dann musste er auch schon die Nächsten am anderen Ende der Theke bedienen.

Aber Jo Ann hatte sich schon längst wieder Mira zugewandt. „Da kann man nur hoffen, dass du bald fündig wirst", knüpfte sie an ihr vorangegangenes Gespräch wieder an. „Bisher war es ja nicht so üppig."

„Mach dir mal keine Sorgen, ich finde sie schon noch, meine kleinen schwarzen Steine. Ich bin ganz nahe dran, das spüre ich in meinen morschen Knochen. Nur noch ein paar Meter Buddelarbeit, dann finde ich eine Ader. Meine neue Rute hat neulich schon wie wild ausgeschlagen."

Ja, ja, es ist genau wie bei all den anderen Schürfern auch, dachte Jo Ann und fragte: „Hast du die Rute von Tim?"

Tim war ein bekannter Wünschelrutengänger, der sein Wissen und seine Ruten für teures Geld verkaufte. Niemand wollte sich seinen Claim von einem Wildfremden auskundschaften lassen, also war man gezwungen, das Wünschelrutensuchen selbst zu erlernen. Tims Technik hatte angeblich schon sensationelle Erfolge gebracht. Jo Ann war wohl die Einzige in der Stadt, die nicht daran glaubte, dennoch stieß sie mit Mira an, und beide nahmen einen kleinen Schluck.

Mira zündete sich eine Zigarette an. „Ja, ich habe sie mir gleich nach meiner Ankunft gekauft und ausprobiert. Toll! Wie gesagt, ich bin ganz nah dran. Aber jetzt ist der verdammte Regen dazwischengekommen."

„Er wird schon wieder aufhören."

„Ich sage dir, wenn es so weiterregnet, bekommen wir richtigen Ärger", begann Mira von Neuem mit dem Thema. „Und keiner wird uns helfen. Der ganze verfluchte Staat steht unter Wasser, und die ganze verfluchte Regierung sitzt in Canberra auf ihren fetten Ärschen und tut nichts. Hast du schon gehört, dass der alte Charlie vermisst wird? Er ist letzte Woche nochmals rausgefahren, als alles schon überflutet war, und noch immer nicht zurück."

„Er wird schon wieder auftauchen", murmelte Jo Ann.

„Glaube ich nicht. Wenn da erst mal einer verschwunden ist ... wer soll ihn denn suchen? Kommt doch keiner mehr raus. Er steckt wahrscheinlich irgendwo fest und ist am Verhungern. Vielleicht ist er sogar schon tot! Vielleicht ist er aber auch nur verletzt und kann sich nicht bewegen. Das kann ganz schnell gehen, du weißt doch selbst, wie schlammig und rutschig alles ist. Eine widerliche Vorstellung, der arme Charlie, so ganz allein da draußen. Den finden sie nicht mehr, das kannst du mir glauben ..." Plötzlich wurde Mira klar, was sie da sagte, und sie verstummte. Was für eine unglaubliche Tölpelin sie doch war! Genauso war es doch Jo Anns Mann vor vielen Jahren ergangen. War er nicht auch im Busch verschollen und später für tot erklärt worden? Wie hatte sie nur so gedankenlos sein können. „Tut mir leid", entschuldigte sie sich kleinlaut, „ich wollte dich nicht ..."

„Ist schon gut", meinte Jo Ann. „Prost!" Sie hob ihr Glas. „Ex und hopp?"

Und schon kippte sie den doppelten Whisky in einem Zug die Kehle hinunter und wartete dann auf das nachfolgende angenehme Brennen im Magen. Sie schüttelte sich kurz. Wärme stieg ihr vom Bauch bis in den Kopf und verjagte die Geister der Vergangenheit, die einfach nicht weichen wollten. Sie lächelte Mira aufmunternd zu, deren Glas ebenfalls leer war.

„Noch einen?", fragte Mira, ohne auf Antwort zu warten. Denn jetzt war sie an der Reihe, und das ungeschriebene Gesetz in einem australischen Pub schrieb vor, dass ihr Trinkpartner die nächste Runde nicht ablehnen durfte. John kam gerade zu ihnen zurück, und Mira schob wortlos ihre Gläser in seine Richtung.

Er schenkte mehr als großzügig nach. „Na, die Damen haben heute wohl noch einiges vor?", fragte er.

„Mal sehen", antwortete Mira, „das kommt ganz auf Jo Anns Tagesform an."

Keine Sorge, dachte Jo Ann, heute bin ich in Topform. Heute wollte sie nichts anderes mehr, als den Erinnerungen, die Evas Telefonanruf heraufbeschworen hatte, zu entfliehen. Wie fauliges Obst in einer Kiste gärten ihre Gedanken an vergangene Tage vor sich hin und drohten alles, was heute gut und schön war, zu vereinnahmen und zu vernichten. Nein, sie wollte und durfte sich den grauenvollen Schatten der Vergangenheit nicht überlassen.

2

Bremen, vor dreißig Jahren.

Noch nie hatte sie ein so großes Schiff gesehen. Die Queen Frederika lag fest vertäut am Pier und schaukelte auf den Wellen, die hoch an der Kaimauer aufspritzten, hin und her. Das graue Meer war für die Passagiere, die sich an der abgesperrten Gangway sammelten, nicht sichtbar. Nur in der schmalen Rinne zwischen Schiff und Hafen brodelte das nasse Element, welches ihnen für die nächsten sechs Wochen jede Landschaft ersetzen würde. Johanna hatte sich anfänglich vor der Reise gefürchtet, weil sie dem Wasser nicht vertraute. Es war ihr schon immer ein Rätsel gewesen, wie sich ein Schiff über Wasser halten konnte, anstatt zu versinken. Als sie nun die Queen Frederika vor sich sah, dieses weiße, stabile Hochhaus mit seinen vielen runden Fenstern, hätten ihre ursprünglichen Ängste eigentlich sofort wieder auftauchen und sie in ihrer Meinung bestärken müssen, aber erstaunlicherweise trat genau das Gegenteil ein. Plötzlich war sie überzeugt davon, dass diesem Schiff niemals etwas passieren würde. Ganz im Gegenteil würde es jedem Wetter trotzen, und sie würde sich darin so geborgen fühlen wie zu Hause, in ihrer winzigen Wohnung in Heidelberg, die sie bis vor Kurzem noch bewohnt hatte.

Nun bahnte sich ein Angestellter der Chandris Line einen Weg durch die unruhige Menge der Wartenden. Er öffnete die

Absperrung mit einem Schlüssel und rief laut über ihre Köpfe hinweg: „Bitte halten Sie ihre Tickets bereit. Wir sind bereit zum Einsteigen."

Ein aufgeregter Ruck ging durch die Menschenmenge, die noch enger zusammenrückte und vorwärtsdrängte, als wäre es wichtig, möglichst schnell einzusteigen. Dabei hatte jeder einen Passierschein in der Hand, der ihm einen Platz auf dem Dampfer garantierte. Außerdem war es erst elf Uhr vormittags, und sie hatten noch den ganzen Tag und noch den ganzen Abend Zeit, um an Bord zu gehen, denn die Queen Frederika würde erst um Mitternacht ablegen. Auch Johanna wurde von der allgemeinen Aufregung angesteckt. Sie klammerte sich an Kurts Ellbogen. „Es geht los! Es ist so weit!"

Er nickte nur und grinste überlegen, wie es seine Art war. Nichts konnte ihn aus der Ruhe bringen.

„Hast du die Tickets?", fragte sie zum wiederholten Mal.

„Himmel, Johanna! Sie sind hier sicher aufgehoben", Kurt klopfte sich stolz auf die Brust, „zusammen mit dem Bargeld! Die Koffer sind bereits an Bord gebracht, deine Eltern sind gottlob zu Hause in ihrem Kaff, wo sie auch hingehören und wo sie uns nicht mehr lästig sind. Dein Ehering steckt an deinem Finger – und damit ist ja wohl alles geregelt!"

Damit spielte er auf ihre Sorge an, den Ring zu verlieren. Seit Kurt und sie vor einer Woche geheiratet hatten, überprüfte sie ununterbrochen, ob sich der schmale Silberreif noch an ihrem Finger befand. Johanna hatte außer einem kleinen Goldkettchen, das ihr ihre Großmutter zur Kommunion geschenkt hatte, nie Schmuck getragen. Der Ehering war ein Fremdkörper für sie, an den sie sich erst gewöhnen musste, und gleichzeitig hatte sie Angst, dass sie ihn eines Tages irgendwo liegen lassen würde. Schließlich war er das sichtbare Zeichen ihrer großen Liebe und deshalb unendlich kostbar. Schützend be-

deckte sie mit ihrer linken Hand den Ring. Kurt, der ihre unbewusste Geste gesehen hatte, schüttelte nachsichtig den Kopf, und sie lächelte ihn entschuldigend an. Seine boshafte Anspielung auf ihre Eltern ignorierte sie jedoch wohlweislich. Zwischen ihm und ihren Eltern herrschten solch große Spannungen, dass sie sich nicht einmal richtig von ihnen hatte verabschieden können. Kurt hatte das nicht gewollt, denn ihre Eltern hatten sich von Anfang an gegen ihn gestellt. Und so hatte Johanna ihnen deshalb auch erst heute Morgen, als sie ihnen telefonisch Lebewohl gesagt hatte, mitgeteilt, dass sie nun mit Kurt verheiratet wäre. Ihr Vater hatte daraufhin nur geseufzt und etwas gemurmelt, das wie „Wenn das mal gut geht" geklungen hatte. Und ihre Mutter war noch direkter geworden. „Dir ist wirklich nicht zu helfen!", hatte sie gemeint, und Enttäuschung hatte in ihrer Stimme mitgeschwungen.

Aber was hätte sie schon tun können? Johanna wäre es lieber gewesen, wenn sich ihre Eltern mit Kurt vertragen hätten, aber im wirklichen Leben lief eben nicht immer alles so, wie man es sich wünscht. Im wirklichen Leben waren ihre Eltern, wie so viele andere Eltern auch, lediglich distanzierte Versorger gewesen, die aufgepasst hatten, dass man seine Pflichten erfüllte, und die sich dafür verantwortlich gefühlt hatten, ihrem Nachwuchs einen vernünftigen Einstieg ins Berufsleben zu ermöglichen. Und das hatten sie, wie Johanna zugeben musste, auch gründlich und gesetzesgetreu getan. Während ihrer Ausbildung zur Krankenschwester hatten sie sie nicht nur finanziell unterstützt, sondern sogar mit verhaltenem Stolz gelobt, nachdem sie ihre Abschlussprüfung an der Universitätsklinik von Heidelberg mit Auszeichnung bestanden hatte. Danach hatten sie ihr allerdings rasch klargemacht, dass sie sich von nun an selbst zu versorgen hätte. Das war, vor gerade einmal sechs Monaten, der Freibrief für Johanna gewesen, von dem sie schon lange geträumt hatte. Endlich konnte sie tun und lassen, was sie wollte!

Johanna klammerte sich an Kurts Arm, weil sie von den Umstehenden vorwärtsgeschoben wurde und ihr seine Nähe das beruhigende Gefühl gab, gegen alle möglichen Angriffe geschützt zu sein. Er war ihr Halt, ihr Anker in der wogenden Masse, und sie fühlte plötzlich wieder die gleiche Woge unbändigen Glücks, die sie erfasst hatte, als er in ihr Leben getreten war. Mit halb geschlossenen Augen und einem unbewussten Lächeln auf den Lippen ließ sie sich von seinem sanften Druck nach vorne treiben und dachte an die vergangenen ereignisreichen Monate zurück.

Johanna war gerade achtzehn Jahre alt geworden. Mit ihren blonden Haaren und ihrem frischen Teint war sie eine attraktive, stattliche junge Frau. Eine Jungfrau! Und begierig darauf, mehr vom Leben zu erfahren, als das gutbürgerliche Umfeld ihrer Kindheit erlaubt hatte. Ihre Eltern ahnten nicht, wie dankbar sie ihnen für ihre Bemühungen war, ihre Selbstständigkeit zu fördern, indem sie ihre Beziehungen hatten spielen lassen und über Bekannte eine geeignete Wohnung für sie gefunden hatten, die ihre äußerst begrenzten finanziellen Mittel nicht überfordern würde und außerdem in der Nähe ihrer Arbeitsstelle lag. Von sich aus hätte sie bestimmt nicht gewagt, sich so schnell aus der Obhut ihrer Eltern zu befreien. Bald darauf zog sie in die winzige Wohnung ein, und wiederum kurze Zeit später lernte sie Kurt kennen. Es war tatsächlich Liebe auf den ersten Blick gewesen! Sie hatte es sofort gespürt, und die Gewissheit, vor ihrem Zukünftigen zu stehen, hatte sie verwirrt, atemlos und euphorisch gemacht. Kurt war Heizungsmonteur, ein wahrer Hüne in seinem blauschwarzen Overall, den er, wenn es das Wetter erlaubte, am liebsten auf nackter Haut, ohne Hemd und Unterwäsche trug. Seine breiten, nackten Schultern und die muskelbepackten Arme waren ölverschmiert und schweißgebadet von der Hitze des Klinikumkellers gewesen, als ihn Johanna auf dem Parkplatz zum ersten Mal gesehen hatte. Mit seinen zwei Metern und seinem wuchtigen Körperbau wirkte er auf Johanna wie das Abbild einer männlichen Götterstatue! Sie hatte noch nie eine so massive, gut proportionierte Gestalt gesehen – einen Mann, dessen Muskeln wie aus Marmor gemeißelt schienen und der sie so weit überragte, dass sie sich trotz ihrer eigenen stattlichen Körpergröße immer noch zierlich und klein vorkam, der ungeniert nach Schweiß und Arbeit roch und dabei mit großzügigem, fast herablassendem Grinsen seelenruhig sein Werkzeug in seinem Firmenwagen verstaute. Sein Wagen war etwas zu nah neben ihrem alten Volkswagen geparkt, und er hatte ihr mit seiner geöffneten Tür den Platz zum Einsteigen versperrt. Als er sie gewahrte, hielt er inne, drehte sich ihr zu, noch immer mit diesem frechen Grinsen im Gesicht, und sah sie an. Sein Blick verweilte jedoch nur einen Herzschlag lang auf ihren Augen, dann wanderte er unverfroren tiefer zu ihrem Busen, der sich unter der schlecht geschnittenen Schwesterntracht deutlich abzeichnete. Dabei brummelte er freundlich eine Entschuldigung, ohne jedoch seine Wagentür zu schließen. Schließlich schnalzte er anerkennend mit seiner Zunge, wobei sich seine Lippen in eine lüstern wirkende Schieflage verzogen, während seine linke Braue gleichzeitig nach oben schnellte. Damit wollte er ihr wohl klarmachen, dass sie ihm gefiel, und obwohl sie dies auch so interpretierte, war sie von seiner offen sexuellen Taxierung peinlich berührt. Sie wollte etwas Intelligentes dagegensetzen, ihm etwas erwidern, das seinen Blick zurück auf ihr Gesicht lenken würde, aber ihr fiel absolut nichts ein. Nicht einmal etwas Dummes! Also blieb sie einfach nur stehen und wartete, bis er sich wieder umdrehen und mit dem Einladen weitermachen würde. Das war er also!

Doch als er seine Arbeit endlich beendet hatte, stieg er, ohne sie nach ihrem Namen oder ihrer Telefonnummer gefragt zu haben, ein, schlug die Wagentür zu und fuhr davon. Sie sah ihm verblüfft nach und öffnete dabei die oberen Knöpfe ihres Kittels. Ihr war plötzlich furchtbar heiß geworden, und ihr Busen presste sich gegen den Stoff ihrer Schwesterntracht, als ob er ihn sprengen wolle. Sie fächelte sich Luft in den Ausschnitt und tupfte mit dem umgeschlagenen Kragen schnell ein paar Schweißtropfen auf, die zwischen ihren Brüsten perlten.

Als sie am nächsten Abend ihre Schicht beendet hatte, stand er wieder auf dem Parkplatz, diesmal in Jeans und Hemd gekleidet, und wartete auf sie. Seine braunen Haare waren extrem kurz geschnitten, und sie vermutete, dass er direkt vom Friseur kam. Ihr fiel auch auf, dass er eine sehr hohe Stirn hatte und dass seine Haut den gleichen rötlich-braunen Schimmer besaß wie sein Haar. Und dass er wache Augen hatte, die flink hin und her huschten und sie aufmerksam begutachteten, während sie auf ihn zuging. Wieder wurde ihr schlagartig und unangenehm bewusst, wie eng ihre Dienstkleidung anlag. Wie selbstverständlich begrüßte er sie, öffnete ihr die Fahrertür, ging dann um ihren Wagen herum und stieg auf der Beifahrerseite ein. „Ich habe kein Auto", erklärte er ihr. „Bin mit dem Bus gekommen."

„Woher wussten Sie, wann ich frei habe?", fragte sie ihn mit belegter Stimme und räusperte sich verlegen.

„Ich warte schon seit drei Stunden auf Sie. Irgendwann mussten Sie ja rauskommen."

Das hatte ihr so imponiert, dass sie ihm noch am selben Abend ihre Jungfernschaft schenkte, ohne Bedauern und ohne großes Getue, denn sie war sich bereits sicher, dass er der

Richtige war. Danach war es nur noch eine Frage der Zeit gewesen, bis er ihre Eltern kennen lernte.

Johanna hatte den Fehler gemacht, ihren Eltern Kurt zu Beginn buchstäblich aufzudrängen, und sie konnte einfach nicht verstehen, warum diese ihren Auserwählten nicht mit den gleichen Augen betrachteten wie sie. Kurt war ein Mann ohne Fehl und Tadel. Er war kräftig, mutig, bestimmend – und männlich. Ausgesprochen männlich! Er liebte ihre üppige Figur, knetete und wälzte ihre Brüste mit seinen harten Händen, bis ihre Haut brannte und sie vor lauter Schmerzen und Lust aufschrie. Wenn er in sie eindrang, glaubte sie seine Gier kaum ertragen zu können. So sehr liebte er ihren Körper. Er war das Aufregendste, Schönste, Beste, was sie je erlebt hatte, und sie war stolz auf seine zügellose Leidenschaft. Natürlich konnte sie ihren Eltern kein Wort von den glühenden Liebesnächten erzählen, nach denen sie sich schon lange vor Feierabend verzehrte. Manchmal war die Sehnsucht nach seinen Händen so stark, dass sie sich nachmittags sogar auf der Toilette in der Klinik einschloss und mit geschlossenen Augen und geübten Fingern seine männliche Nähe herbeizauberte, um dann, mit Geschicklichkeit, das Ziel zu erreichen, das seine Hände ihr verwehrten. Denn jedes Mal wenn er in sie eindrang, verlor sich ihr zehrendes, feuchtes Verlangen nach sexueller Erfüllung sofort. Er war einfach zu wuchtig und konnte nichts dafür, dass seine fordernden Stöße für sie zu grob und heftig waren und der Schmerz sie jedes Mal dazu brachte, ihn anzufeuern, damit es schneller vorbei war. Danach lag sie dann mit einem unerfülltem Ziehen in der unteren Bauchgegend neben ihm und versuchte manchmal zaghaft, seine Hände in die richtige Position zu manövrieren, damit er sie im Nachhinein befriedigte. Doch nie deutete er ihre subtilen Gesten richtig, und sie wagte nicht, direkter zu werden. Nur beim Vorspiel fand sie manchmal, wenn er nicht zu hastig vorging, ihre Befriedigung, und obwohl er ihr Unvermögen diesbezüglich ziemlich schnell bemerkt hatte, störte es ihn nicht weiter. Im Gegenteil, er betrachtete den Grund für ihr Orgasmusproblem als eindeutigen Verdienst seinerseits. „Ist doch klar", erklärte er ihr wiederholt und nicht ohne Genugtuung, „so wie ich gebaut bin! Da kannst du froh sein, dass ich vorsichtig bin und dich nicht in Stücke reiße! Andere Männer sind nicht so rücksichtsvoll. Wenn ein Mann erst mal in Fahrt ist, dann kann er einfach nicht anders. Dann muss es raus. Da kann man nicht mit Samthandschuhen ran. Frauen sind da anders. Anständige Frauen meine ich. Bei denen läuft alles im Kopf ab. Die brauchen es auch nicht so oft. Wenn sie es zu oft kriegen, dann haben sie bald keinen Spaß mehr daran, und dann lassen sie den Mann nicht mehr ran, und schon geht die Beziehung schief. Das kannst du mir glauben."

Oh ja, sie glaubte ihm. Was er sagte, war bestimmt richtig, er war sehr erfahren in solchen Dingen. Es war eindeutig ihre eigene Schuld. Also machte sie es sich heimlich mit den Fingern und mit dem Kopf, was meist auch ganz ordentlich funktionierte. Ihr Verlangen nach ihm wurde dadurch nicht weniger, und so konnte sie ihre Partnerschaft in jeder Hinsicht vor sich selbst rechtfertigen.

Ihren Eltern versuchte sie jedoch vergeblich, den Mann ihres Lebens schmackhaft zu machen. Je öfter sich die drei am Wochenende zum Nachmittagskaffee trafen, umso weniger konnten sie ihre gegenseitige Abneigung, die fast schon an Verachtung grenzte, verbergen. Kurt begann, sich absichtlich schlecht zu benehmen. Er wurde unhöflich, rechthaberisch und bissig. Je mehr ihre Eltern gewisse Manieren von ihm verlangten, desto mehr sträubte er sich gegen ihre kleinbürgerlichen Ansprüche. Er kam mit schmutzigen Fingernägeln und reagierte auf die Bitte ihrer Mutter, sich doch die Hände zu waschen, ehe sie sich zu Tisch setzten, lediglich mit patzigen Antworten. Das sei schließlich ehrlicher Dreck von ehrlicher Arbeit, meinte er herausfordernd. Oder er wischte sich die Finger demonstrativ am weißen Tischtuch ab und grinste dabei. Wenn ihr Vater ein politisches Thema ansprach, benutzte Kurt in der unweigerlich darauf folgenden Diskussion Worte wie „Schwachsinn" oder „Spießer", um ihn zu provozieren, bis das Gespräch schließlich versandete und die Kaffeerunde in peinlichem Schweigen beendet wurde. Irgendwann wurde es ihrer Mutter zu viel, und sie hatte plötzlich jeden Sonntag eine andere Ausrede parat, um ein Treffen mit Kurt zu vermeiden. Niemals hätte sie Johanna offen darum gebeten, Kurt nicht mehr mitzubringen, denn so etwas gehörte sich schließlich nicht, aber sie machte von da an aus ihrer Abneigung gegen Kurt keinen Hehl mehr. „Was willst du mit diesem Proleten?", fragte sie Johanna einmal. „War deine ganze teure Ausbildung eigentlich für die Katz? Haben wir dir nicht beigebracht, dass man sich nicht mit Leuten einlässt, die keine Manieren haben?" Johanna verteidigte Kurt jedes Mal und verstand dabei nicht, warum ihr die Meinung ihrer Eltern so wichtig war. Sie war wie besessen von der Idee, ihnen den Kurt zu präsentieren, den sie selbst so vergötterte. Wie konnten ihre Eltern nur so blind sein und ihn so verkennen? Da war es kein Wunder, wenn Kurt sie nicht mochte und sich ihnen gegenüber schlecht benahm. Offensichtlich gehörten sie tatsächlich zu den langweiligen, verknöcherten Spießbürgern, die er so sehr verachtete, und sie selbst hatte erst einen Mann wie Kurt kennen lernen müssen, um sich der banalen Wahrheit bewusst zu werden, dass die hochnäsige Rangordnung ihrer Eltern, in der Kurt auf primitivster Stufe rangierte, oberflächlich und unfundiert war.

Abgesehen von der Kluft zwischen ihrem Angebeteten und ihren Eltern und den selbstverschuldeten Orgasmusschwierigkeiten waren es jedoch wunderbare, verliebte Monate. Kurt sprach in dieser Zeit viel über Australien und wie gerne er dorthin auswandern würde. Er hatte sich schon beim Konsulat nach den dafür notwendigen Formalitäten erkundigt. Dort sei er mehr als willkommen, erklärte er ihr, so jung und gesund, wie er mit seinen achtundzwanzig Jahren sei. Noch dazu als gelernte Kraft in einem gesuchten Beruf, da würde die australische Regierung ihm sogar die Überfahrt bezahlen, wie ihm schriftlich mitgeteilt worden war. Den Auswanderungsantrag hatte er bereits eine ganze Weile vor ihrem Kennenlernen ausgefüllt und eingereicht. Warum er dann nicht schon längst weg sei, hatte Johanna ihn gefragt, als sie dies erfahren hatte. Daraufhin hatte er etwas wirklich Nettes geantwortet.

„Hab wohl auf dich gewartet!“, hatte er gesagt, und damit war klar, dass sie mitgehen würde. Sie kümmerte sich um ihren eigenen Antrag und erfuhr, dass die Bearbeitung fast ein Jahr dauern würde und dass sie die schriftliche Einwilligung ihrer Eltern benötigte, weil sie noch nicht volljährig war. Beides konnte allerdings umgangen und beschleunigt werden, indem Kurt, dessen Antrag schon genehmigt war, sie heiratete, denn mit einer Heirat würde seine Einwanderungserlaubnis automatisch auf seine Frau ausgedehnt werden. Allerdings klärte keiner im Konsulat Johanna darüber auf, dass sie sich damit gleichzeitig auch verpflichtete, mindestens zwei Jahre in Australien zu leben, abhängig nicht nur von ihrem Mann, sondern auch von den australischen Behörden. Wenn ihr damals jemand diese Beschränkungen erklärt hätte, nun, es hätte wahrscheinlich nichts geändert. Sie hätte wahrscheinlich nur darüber gelacht und sie daraufhin gleich wieder vergessen. Denn Kurt würde sie nie im Stich lassen und selbstverständlich

für sie sorgen, wobei sie dies eher im emotionalen Sinn einer Partnerschaft verstand. Sie erwartete nicht von ihm, dass er sie finanziell versorgen würde. Das würde auch gar nicht erforderlich sein. Als Krankenschwester würde sie schnell Arbeit finden, hatte ihr Kurt erklärt, und ihre dürftigen Englischkenntnisse würden bestimmt dafür ausreichen. Kurt selbst sprach noch kein einziges Wort Englisch, die Zeit, es zu erlernen, hatte ihm immer gefehlt. Wie sie seinen Mut bewunderte!

Danach war alles sehr schnell gegangen. Die Kündigung im Krankenhaus, der Abschied von den Kollegen, die mit einer Mischung aus Bewunderung, Unverständnis, Neugierde und Neid reagierten, die Auflösung ihrer kleinen Wohnung, ihres Bankkontos, von Verträgen und Versicherungen, das Kofferpacken und schließlich der endgültige Abschied von ihrer Heimatstadt – alles war einer konfusen Eile unterworfen gewesen. Obwohl sie eigentlich alles in Ruhe mit Kurt hatte durchsprechen wollen, war er in seinen Entscheidungen immer so selbstsicher und endgültig, dass sie es gar nicht wagte, Bedenken anzumelden. Sie würden alles Geld, das ihnen zur Verfügung stand, in bar mitnehmen, bestimmte er. Johanna hatte nur fünfhundert Mark auf dem Sparkonto, er fast dreitausend. Zusammen mit dem Verkauf ihres Autos, das von ihren Eltern bezahlt worden war, besaßen sie über achttausend Mark. Die fünftausend gehören eigentlich meinen Eltern, ermahnte sie ihn, es sei ausgemacht gewesen, dass sie das Geld so schnell wie möglich zurückzahlen würde. Wirst du auch, tat er ihren Einwand ab, sobald wir uns im Ausland etabliert haben und wir es uns leisten können. So lange werden sie wohl noch warten können, die alten Raffzähne!

Und da waren sie also nun, mit den Fahrscheinen in die Freiheit, einer stolzen Summe Bargeld in der Tasche, vier mittel-

großen Koffern voller Kleidung und Andenken an ihr bisheriges Leben, einem Trauschein, auf dem die Tinte noch nicht trocken war, und sechs Wochen Hochzeitsreise vor sich. Hand in Hand schlenderten sie über die Gangway. Sie waren ein imposantes Paar, das aus der Menge herausragte, und wurden dennoch, wie alle anderen auch, von den anscheinend völlig unbeeindruckten Matrosen an Bord ziemlich rüde angewiesen, doch etwas zügiger voranzugehen. Kurz darauf ereilte sie der erste Schock.

Sie waren zusammen mit den anderen Passagieren vier Stockwerke tief in den Bauch des Ozeanriesen gestiegen, als sie am Ende eines Korridors von einem dort wartenden Matrosen aufgehalten wurden.

„Frauen rechts, Männer links", rief ihnen dieser in einem fast unverständlichen Deutsch zu und wies gleichzeitig mit ausladenden Armbewegungen in beide Richtungen.

„Wieso? Was soll das? Bleiben wir nicht zusammen?", flüsterte Johanna.

Dasselbe wurde rund um sie herum gefragt, denn keiner der Anwesenden hatte damit gerechnet, von seinem Partner getrennt zu werden. Alle blieben verwundert und überrascht stehen und drängten sich aneinander.

„It's the rule", sagte der Matrose gebieterisch und unterwarf sie damit seiner eigenen Muttersprache. Die Meisten blickten sofort hilflos zu Boden oder sahen sich suchend um. Einer der Männer stellte daraufhin dem Matrosen einige Fragen auf Englisch und übersetzte ihnen danach, was gesprochen worden war. „So sind die Regeln an Bord", erklärte er den Zuhörern. „Wir müssen uns danach richten, sonst dürfen wir nicht mitreisen. Es hat bei den letzten Überfahrten wegen der gemischten Kabinen zu viele Probleme gegeben, deshalb werden die Geschlechter jetzt strikt getrennt."

„Aber wir sind doch verheiratet!“, rief Kurt dem Mann zu, und die Umstehenden begannen sich ebenfalls zu beschweren.

„Da kann leider keine Ausnahme gemacht werden“, übersetzte der Mann weiter, „außerdem sind in jeder Kabine acht Personen untergebracht, daher wird es während der gesamten Passage für uns alle keine Privatsphäre geben. Die Gesellschaftsräume auf den oberen Decks sind natürlich nicht getrennt, hat der Matrose gesagt. Dort können wir uns paarweise treffen, wenn nötig – ihr versteht schon. Wir müssen das nur richtig organisieren. Es ist ja nur für kurze Zeit, das ist doch kein Weltuntergang.“

Das Gemurmel der Wartenden war nun eher zustimmend. Es würde ja nur für sechs Wochen sein, und schließlich hatte die Überfahrt keinen von ihnen auch nur einen Pfennig gekostet. Wer wollte da übertriebene Ansprüche stellen? Zögerlich trennten sich die Frauen und Männer und gingen in die ihnen gewiesene Richtung. Johanna fiel erst jetzt auf, dass es deutlich weniger Frauen als Männer waren. Es tat ihr leid, nicht bei Kurt bleiben zu können, aber sie sah den Sinn der Regelung ein. Die getrennte Unterbringung diente ausschließlich dem Schutz der Frauen!

Gemeinsam bewegten sie sich vorwärts, bis sie wiederum in Achtergruppen aufgeteilt und einzelnen Kabinen zugewiesen wurden. Jede Kabine war mit doppelstöckigen Betten ausgerüstet – an den gegenüberliegenden Seitenwänden waren zwei Einzelbetten aufgestellt, dazwischen stand ein Doppelbett mitten im Raum. Johanna wollte unbedingt eines der Einzelbetten erreichen, doch eine junge Frau vor ihr versperrte ihr in den Weg, indem sie zielstrebig auf eines der oberen Etagenbetten in dem schmalen Gang zusteuerte. Johanna blieb daher keine andere Wahl als sich schnell auf das gegenüber-

liegende Doppelbett zu stürzen, sonst hätte sie sich mit einem der unteren Etagenbetten begnügen müssen. Direkt neben ihr auf dem Doppelbett rollte ihre Bettnachbarin bereits sorgfältig ihre Decke auf. Die Frau klopfte eine Mulde in ihr Kopfkissen, zog sich auf die Matratze und rutschte dann mit ihrem Körper so weit wie möglich ans Kopfende. Halb sitzend nahm sie ihre Brille ab und begann, diese mit kleinen, kreisrunden Bewegungen, die immer schneller wurden und wohl ihre Nervosität verbergen sollten, am Bettbezug zu polieren. Dabei hielt sie ihren Kopf weit vorgebeugt. Ihre dunklen Haare fielen nach vorn und bedeckten ihr Gesicht. Johanna konnte daher nur die hellen, weichen Speckröllchen ihres Nackens sehen, die zwischen Haarspitzen und dem Rüschenansatz ihres geblümten Oberteils frei lagen. Auf Johannas anderer Seite, durch einen schmalen Gang getrennt, streckte sich seufzend die Frau, die ihr vorhin den Weg versperrt hatte, auf dem oberen Einzelbett aus, schloss die Augen und sagte etwas, was Johanna nicht verstehen konnte. Wie sich später herausstellte, hieß die Frau Isabella, sprach neben Italienisch, in dem sie eben vor sich hin gemurmelt hatte, fließend Deutsch und etwas Englisch und konnte ohne Probleme sofort in die jeweils benötigte Sprache wechseln. Nur wenn sie sehr erschöpft oder sehr wütend war, fiel sie automatisch in ihre Muttersprache.

Johanna streckte sich ebenfalls auf ihrem Bett aus und starrte müde vor sich hin. Irgendwann würden sie wohl wieder nach oben geschleust werden, zum Empfangsabend, an dem ihnen alles Weitere erklärt werden würde. Wann und wo sie ihre Koffer holen konnten, wo es Essen gab, wo sie ihre Männer treffen konnten, wo die Waschgelegenheiten waren und noch tausend andere Dinge. Sie sah kurz nach rechts und links, prägte sich ihre Nachbarinnen ein und dachte dann wieder an Kurt. Was er wohl gerade machte? Würde er seine Kabinenbe-

wohner nett finden? Würde er mit ihnen klarkommen, oder würde er die Konfrontation suchen? Auf engstem Raum, mit Fremden eingesperrt, war er bestimmt gereizt und ungeduldig. Hoffentlich waren die anderen vernünftig genug und verärgerten ihn nicht.

Sie verspürte plötzlich wieder jenes beklemmende Gefühl in ihrer Brust, das wie eine düstere Vorahnung auf ihrem Gemüt lastete und ihr das Atmen schwer machte.

Eva spürte genau, dass die Frau neben ihr ebenfalls wach war, aber ebenso wenig mit ihr sprechen wollte wie sie mit ihr. Wie die anderen Frauen in der Kabine hatte Eva Erschöpfung vorgetäuscht, um ihren ersten Schock verarbeiten zu können. Immer wieder kreisten ihre Gedanken um die ernüchternde Tatsache, dass dies ihre Hochzeitsreise war. Ihre wunderbare, romantische Hochzeitsreise! Wären sie und Uwe doch besser in München geblieben. Dort könnten sie jetzt wenigstens in ihrem eigenen Bett liegen und sich aneinanderkuscheln! Hätte sie sich doch bloß geweigert, so überstürzt abzufahren. Aber es war Uwes Wunsch gewesen, sofort nach der Trauung abzureisen, weil er fand, sie sollten den Beginn ihres gemeinsamen Lebens nicht lang mit großartigen Hochzeits- und Abschiedsfeiern vergeuden, sondern ihn sofort in Angriff nehmen. Zusätzlich hatte er noch argumentiert, dass sie sich schließlich entschieden hätten, gemeinsam auszuwandern und ihre Zukunft in Australien aufzubauen, worauf sollten sie also noch warten? Eva war gar nicht auf die Idee gekommen, Uwe zu widersprechen. Sie freute sich auf das Leben mit ihm. Außerdem klang es so romantisch, diese Seereise bis ans Ende der Welt, auf diesem wunderschönen Schiff, die sie sich normalerweise nie hätten leisten können. Uwe war wirklich sehr clever, und so einfallsreich. Deshalb war es auch nicht wichtig, dass Uwe nicht so ganz der Vorstellung entsprach, die sich Eva als Teenager von ihrem Zukünftigen gemacht hatte. Er war groß, ja, sehr groß sogar, aber ansonsten eher unscheinbar. Irgendwie wurde er oft übersehen. Das lag vielleicht an seinem zurückhaltenden Auftreten und seiner Angewohnheit, lange nach den richtigen Worten zu suchen, wenn er überhaupt den Mund aufmachte. Solange sie ihn kannte, hatte eigentlich immer sie die Unterhaltung bestritten, oder sie war ihm ins Wort gefallen und hatte seine bedächtig angefangen Sätze für ihn zu Ende gebracht, wenn er wieder einmal zu lange brauchte, um sie zu vollenden. Aber das machte ihr nichts aus. Eigentlich fand sie es sogar ganz angenehm, dass er mit fast allem einverstanden war, was sie plante. Allerdings blieb er in den wenigen Fällen, in denen er selbst einen Vorschlag machte, ungewöhnlich stur. So war es auch gewesen, als er meinte, dass sie heiraten und nach Australien gehen sollten, da hatte er ihr Einverständnis praktisch vorausgesetzt und sich sehr bestimmend gezeigt. Nachdem sich Eva von seinem Plan jedoch begeistert gezeigt hatte, vor allem als sie hörte, dass es eine sechswöchige Hochzeitsreise geben würde, war Uwe sofort aktiv geworden und hatte sich um alles gekümmert. Und noch ehe sie über die Konsequenzen der getroffenen Entscheidung hatte nachdenken können, waren die Räder bereits in Bewegung gesetzt gewesen. Er hatte den Hochzeitstermin einen Tag vor ihre Abreise gelegt und ihr dies so lange verschwiegen, bis alle Formalitäten erledigt und nichts mehr rückgängig zu machen gewesen war. Nichts mehr war zu ändern! Uwe hatte sich irgendwie in ihr Leben geschlichen, leise, still und so unbemerkt, dass sie nicht einmal mehr genau wusste, wie und wo sie ihn überhaupt kennen gelernt hatte. Aber nun war es eben so. Bis jetzt hatte sie es auch ganz toll gefunden. Sie hatte allen ihren Freundinnen vorgeschwärmt, wie aufregend die Reise werden würde. Las Palmas, Kapstadt, Perth, Melbourne, insgesamt vier Häfen würden sie anlaufen und dort jeweils Station machen, bis sie ihr Ziel erreichten. Eine sechswöchige Luxus-Schiffsreise, bei voller Verpflegung, und das Ganze für nur hundert Mark Konsulatsgebühren pro Person. Für zweihundert Mark würde sie mit ihrem frisch angetrauten Mann eine Traumreise machen. Viel weiter hatte sie nicht gedacht. Sie hatte sich einfach darauf gefreut, und zwar so sehr, dass sich sogar ihre Eltern mit ihr freuten, obwohl es vor allem ihrer Mutter das Herz zerriss. Und nun der Schock mit den getrennten Kabinen! Als sie von Uwe getrennt worden war, war sie vor Entsetzen wie gelähmt gewesen. Wie sollte sie die Reise überstehen, in einer Kabine mit sieben anderen Frauen? Sie wusste nicht einmal, wo sich Uwes Kabine befand! Wann würde sie ihn wiedersehen? Was sollte sie bis dahin tun? Wie sich benehmen? Vorsichtshalber hatte sie einfach das gemacht, was die anderen Frauen auch machten. Sie war zielstrebig auf eines der Betten zugegangen, hatte aber Pech gehabt und in ihrer Hektik die falsche Seite gewählt. Es war ein Doppelbett, in dem sie jetzt, ganz nah neben dieser fremden, ziemlich großen Blondine lag, die ihr Revier bereits abgesteckt hatte. Anders konnte man es nicht nennen, denn die Frau hatte ihre Decke zusammengerollt und demonstrativ zwischen sich und ihre Nachbarin gelegt.

Eva öffnete wieder die Augen, blinzelte und stellte fest, dass es in der Kabine noch immer hell war und ihre Bettnachbarin noch immer hinter ihrem Schutzwall lag. Dabei sah sie gar nicht so schutzbedürftig aus, sondern wirkte, wie sie da mit ihren leicht gespreizten, endlos langen Beinen, die Arme unter dem Nacken verschränkt, flach auf dem Rücken lag und den engen Raum zwischen der Matratze und der niedrigen Kajütendecke füllte, eher wie ein Fels in der Brandung. Eva betrachtete ver-

stohlen das breite, großflächige Gesicht der scheinbar schlafenden Frau. Ihre Nase war gerade und lang, mit breiten Nasenflügeln. Die Brauen, dunkel und verwegen geschwungen, bildeten einen herben Kontrast zu ihrem hellen Haar, das sie streng aus der hohen Stirn gekämmt trug. Ihre Lippen waren fest zusammengepresst und trotzdem beneidenswert üppig. Und ihre langen, schweren Wimpern, so dunkel wie die Brauen, waren ebenfalls wunderschön. Ja, dieses Gesicht war ausdrucksstark, aber alles andere an ihr war für Evas Empfinden einfach zu groß und kräftig geraten, zumindest für eine Frau.

Unvermittelt öffnete die Frau ihre Augen, und Eva lächelte sie aufmunternd an, schließlich würden sie zusammen die nächsten Wochen auf engstem Raum verbringen müssen. Da sollte man sich wenigstens miteinander bekannt machen. Die Blonde warf ihr jedoch lediglich einen vernichtenden, kurzen Blick zu und drehte ihren Kopf auf die andere Seite. Dann eben nicht!

Nach einer Weile hörte Eva plötzlich leises Gemurmel. Immer noch liegend, stützte sie sich auf ihren Ellbogen und blickte über ihre unfreundliche Nachbarin hinweg zu der kleinen Person hinüber, die auf dem gegenüberliegenden Etagenbett lag und offensichtlich mit sich selbst sprach, leider in einer Sprache, die Eva nicht verstand. Dem Klang nach stammte sie vermutlich aus Italien, Spanien, Jugoslawien oder vielleicht sogar aus Griechenland. Eines dieser Länder musste es sein, das war offensichtlich, denn alles an ihr war dunkel. Die langen, dichten Haare, der Teint, sogar ihre Kleidung. Eva konnte sich nicht mehr länger beherrschen. „Sprechen Sie Deutsch?", rief sie ihrer Nachbarin zu und kam sich dabei ziemlich albern vor. War für eine idiotische Frage an eine Frau, die in einer fremden Sprache vor sich hin plapperte.

Zu Evas großer Überraschung sah diese aber erstaunt auf

und antwortete ihr völlig akzentfrei: „Natürlich spreche ich Deutsch. Was denken Sie denn?" Ihr leicht bayerischer Einschlag klang charmant, besaß allerdings auch einen leicht gereizten Unterton.

„Oh, ich meinte ja nur. Entschuldigen Sie. Ich dachte, Sie sind bestimmt gar keine Deutsche!" Eva war die Situation äußerst peinlich. Warum war sie nur immer so vorschnell?

„Bin ich auch nicht. Das heißt, seit Neuestem schon! Ich bin in Italien geboren und in Deutschland aufgewachsen, aber offiziell habe ich die deutsche Staatsbürgerschaft erst, seitdem ich verheiratet bin. Mein Mann heißt Dieter, er ist Deutscher. Und damit bin ich es wohl auch. Ja, ich bin jetzt tatsächlich Deutsche. Daran muss ich mich erst gewöhnen, es ist noch ganz neu für mich."

Die große Blonde auf dem Doppelbett neben Eva hob bei diesen Worten fast unmerklich den Kopf und schien zuzuhören. Eva richtete ihre Frage über sie hinweg an die frischgebackene Deutsche: „Wann haben Sie denn geheiratet?"

„Vor zwei Wochen!" Die Italienerin setzte sich aufs Bett und ließ ihre kurzen Beine, ungeachtet der Frau, die unter ihr lag, über den Bettrand baumeln.

„Ich habe erst letzte Woche geheiratet!", erklärte Eva stolz.

„Ehrlich?" Die Dunkle beugte sich vor und streckte ihre Hand über die schmale Kluft zwischen den Betten hinweg aus. „Ich heiße Isabella, Isabella Kraus. Ich weiß, das klingt schrecklich, aber was soll ich machen. Der Dieter ist nun mal aus Bayern. Aus Starnberg. Und Sie?"

Eva verlagerte ihr Gewicht auf ihren linken Arm und beugte sich vor, bis sie die angebotene Hand erreichen konnte. „Eva! Seybold! Also, Eva Seybold." Auch sie tat sich mit dem ungewohnten Nachnamen noch schwer. „Mein Mann ist aus Norddeutschland, aber ich bin Münchnerin!"

Daraufhin blickte Isabella die blonde Frau an und fragte ungeniert: „Und Sie?"

„Heidelberg", gab diese ihre Reserve mit resigniertem Unterton auf. Langsam setzte auch sie sich auf und wirkte in dem beengten Raum nun noch imposanter. Sie hielt erst Eva und dann Isabella ihre Hand hin. „Ich heiße Johanna Strobel, und ich habe ebenfalls letzte Woche geheiratet."

„Mich trifft der Schlag!", rief Isabella erstaunt aus ,und ihre Aussprache war dabei auffällig bayerisch geworden. „Lauter Bräute hier! Verflucht nochmal, was soll das? Was machen wir auf diesem Höllendampfer – frisch verheiratet und trotzdem strikt nach Männlein und Weiblein getrennt. Wahrscheinlich ist der ganze Kahn voller Hochzeitspaare, und diese australischen Banausen behandeln uns wie die Insassen eines Schullandheims und sperren unsere Männer weg, als wären sie abartige Sexualverbrecher. In was für ein scheißprüdes Land fahren wir denn da eigentlich?"

Eva dachte an ihren Uwe und an ihre Traumreise und wusste, dass ihr gleich die Tränen kommen würden. Da spürte sie eine Hand auf ihrem Arm.

„Es sind nur sechs Wochen", sagte Johanna, und die unerwartete Intimität der Geste erschreckte Eva so sehr, dass sie vergaß zu weinen.

„Nur?", warf Isabella ein. „Nur sechs Wochen? Nur unsere ganze Hochzeitsreise lang? Das ist eine kolossale Schweinerei, und ich finde, wir sollten uns das nicht gefallen lassen."

Nun jedoch konnte sich Eva nicht mehr beherrschen. Sie schluchzte auf, zwar etwas verhalten, aber, wie sie fand, der Situation angemessen. Es war ein bisschen theatralisch, aber es tat ihr gut, und sie fühlte sich sofort ein wenig besser. „Was können wir denn machen?", fragte sie und gab sich selbst die Antwort. „Da kann man doch gar nichts machen. Das ist halt so."

„Die Australier haben wahrscheinlich gar nichts damit zu tun", meinte Johanna sachlich. „Ich vermute, es ist die Reederei, die auf dieser Bestimmung besteht. Sie haben auf der Queen Frederika eben nur Mehrbettkabinen und wollen keinen Ärger kriegen."

Isabella gestikulierte heftig, um ihre Meinung deutlich zu unterstreichen: „Aber sie haben uns nichts davon gesagt. Ich hätte dieses Scheißschiff nicht genommen, wenn ich das gewusst hätte. Und ich bin mir gar nicht so sicher, ob es wirklich nur solche Kabinen gibt. Weiter oben, auf den höherliegenden Decks, gibt es bestimmt auch Zweierkabinen. Ich werde das auskundschaften, und ich sage euch, wenn meine Vermutung zutrifft, müssen sie zumindest die Hochzeitspaare umbetten!" Sie lachte plötzlich und sah nicht mehr ärgerlich, sondern fröhlich und hübsch aus. Sehr hübsch sogar, wie Schneewittchen nach einem Urlaub in der Sonne, mit ihren glatten, pechschwarzen Haaren, der niedlichen Stupsnase, den glänzenden Rehaugen und den herrlich weißen Zähnen. Nur ihr rechter vorderer Schneidezahn stand schief und schob sich leicht über den benachbarten, was der Harmonie ihrer Gesichtszüge aber keinen Abbruch tat.

„Ja, genau", fuhr Isabella fort, „wir wollen umgebettet werden! Vernünftig gebettet werden!"

Eva hörte auf zu schluchzen und lachte nun ebenfalls. „Vielleicht können unsere Männer ja etwas unternehmen?", fragte sie zögerlich, obwohl sie nicht glaubte, dass sich an ihrer Lage noch etwas ändern ließ. Aber die beiden Frauen schienen nett zu sein, wenn die Männer also wirklich nichts erreichen könnten, würden die nächsten Wochen hier vielleicht doch nicht ganz so schlimm werden.

Johanna dachte fast genau das Gleiche. Sie hatte noch nie Frauenfreundschaften gepflegt und war überrascht, wie ein-

fach es war, mit den beiden zu reden – und vor allen Dingen wie beruhigend. Hoffentlich hatte Kurt auch so viel Glück! Wenn er bloß nicht überreagierte und seinen Zimmergenossen eine Chance gab, dann würde es auch für ihn erträglich sein, und sie müsste sich nicht so sehr um ihn sorgen und befürchten, dass er in der kostbaren kurzen Zeit, die sie zusammen verbringen würden, seine schlechte Laune an ihr abreagieren würde.

Isabella schimpfte noch eine Weile vor sich hin – über die australischen Behörden, über den Kapitän und die Matrosen, und überhaupt über die ganze verlogene Meute – mit vielen deftigen Ausdrücken, die in ihrem bayerisch-italienischen Zungenschlag so komisch klangen, dass sie die anderen unwillkürlich zum Schmunzeln brachten. Na ja, dachte sie, als sie deren Reaktion bemerkte, wenn es so wenig bedarf, um die Frauen aufzumuntern, dann spiele ich eben den Pausenclown. Nur keine Trübsal, bitte, denn das halte ich nicht aus – nicht sechs Wochen lang.

Am Abend durften sie ihre Kabinen verlassen und wurden in den Speisesaal geführt. Ohne sich abgesprochen zu haben, steuerten die drei Frauen, mit ihren Ehemännern an der Seite, auf denselben Tisch zu. Sie stellten sich gegenseitig vor und waren dankbar für die Spur von Vertrautheit, die sich dadurch ergab, dass sich die Frauen bereits namentlich kannten. Kurt schien überhaupt nicht gereizt zu sein, er gab jedem die Hand, lächelte sogar, und Johanna konnte ihre Erleichterung darüber kaum verbergen. Uwe schien Kurt sofort zu gefallen, vielleicht weil sie beide fast gleich groß waren. Isabellas Mann Dieter hingegen wirkte neben den beiden wie ein Zwerg. Sein ausgesprochen deutscher Name passte gut zu ihm. Obwohl Johanna seine Nationalität bereits kannte, hatte sie sich wider besseres Wissen einen feurigen Südländer an Isabellas Seite vorgestellt und war nun überrascht von diesem blassen Menschen mit dem ebenmäßigen Gesicht und den schmalen Schultern. Er wirkte so farblos und uninteressant, dass Kurts Blick ihn bei der Begrüßung nur flüchtig streifte, ehe er sich ganz von ihm ab- und Uwe zuwandte. Aber sie hatten sich wohl alle in Isabellas Mann getäuscht. Denn sobald Dieter den Mund aufmachte, zwang er alle, ihm zuzuhören. Seine Stimme war melodiös, fast schmeichelnd, und besaß trotzdem einen festen Klang. Mit harmlosen Fragen steuerte er die Unterhaltung so lange gezielt in eine unverfängliche Bahn, bis alle entspannt waren. Johanna konnte Kurt ansehen, wie er seine Meinung über Dieter bereits im Laufe dieses ersten Gesprächs wieder änderte. Und auch die darauf folgende erste gemeinsame Mahlzeit an Bord verlief für die drei Paare angenehm und ungezwungen und bildete eine gute Basis für die weiteren Wochen, die sie auf See verbringen würden.

Das erste gemeinsame Essen war zwar schlicht und bestand nur aus belegten Broten, Tee und Kaffee, aber sie alle hatten schon schlechter gegessen, und gleich nachdem sie fertig waren, durften sie an Deck gehen, um beim Ablegen zuzusehen.

Die Auswanderer standen dicht gedrängt an der Seite des Schiffs, die zur Kaimauer zeigte. Kurt hatte sich, mit Uwes Hilfe, durch die Menschenmenge ganz nach vorne geschoben und Johanna und die anderen zwei Paare danach dicht um sich geschart. Kurt hielt Johannas Hand, als das Schiff, beleuchtet von den starken Hafenstrahlern, ganz langsam von den Schleppkähnen auf das offene Meer hinausgezogen wurde. Viele Passagiere winkten aufgeregt ihren Verwandten und Freunden zu, die an der Hafenmauer standen und langsam zu immer kleineren, dunkleren Punkten wurden, die schließlich *ganz verschwanden. Die Leute winkten trotzdem weiter, weil sie wussten, wo ihre Lieben gestanden hatten, und weil ihnen immer stärker bewusst wurde, dass sie diese vielleicht nie wiedersehen würden. Plötzlich war es an Deck sehr ruhig geworden.*

3

Sydney hatte einen ungewöhnlich kalten, nassen Winter hinter sich. Im Juni war die Temperatur nachts manchmal sogar unter zehn Grad gesunken, und die Bewohner der Northern Beaches hatten in ihren Kaminen Feuer angezündet und sich zusätzlich abends in Wolldecken gekuschelt. Der nördlichste Teil der Großstadt lag auf einer Landzunge und war dadurch von zwei Seiten der feuchten Kälte des Ozeans ausgesetzt. Die meisten Australier, die sich hier angesiedelt hatten, fluchten über das Wetter und sehnten sich nach der Wärme, auf die sie einen gottgegebenen Anspruch zu haben glaubten. Einwanderer wie Eva jedoch, die aus Europa gekommen waren, genossen heimlich die gewaltigen Winterstürme. Wenn der Wind die Wolken über die Strände fegte, den Sand aufwirbelte und die Straßen und Häuser in eine Gischt körnigen Salznebels hüllte und das Licht des Tages nicht mehr gegen den trüben Regen ankam, dann erinnerten sich die zahlreichen Deutschen, Holländer und Engländer an ihre Jugend in der alten Heimat. Leider dauerte dieses Wetter nie sehr lange. Ein paar Tage vielleicht, dann war der Kälteeinbruch auch schon wieder vorbei, und Eva bedauerte es jedes Mal zutiefst, wenn die Sonne dann doch wieder durch die Wolken brach, einer schwülen Wärme Platz machte und die Nässe auf den Straßen nach wenigen Stunden verdampft war.

Genau so ein Tag war heute. Der Asphalt kochte, und

Evas Haus, das in einer Straßenbiegung lag, schien in die Schwaden einer römischen Sauna gehüllt zu sein. Es war der einzige Nachteil des Hauses. Die Straße verlief in Serpentinen von Avalon nach Bilgola Heights und war so steil, dass manche Kurven in einer Spitzkehre verliefen. Ihr Haus lag direkt in einer dieser Kurven und wurde auf drei Seiten von der Straße eingegrenzt. Nur deshalb hatten sie und Steve es sich nach ihrer Hochzeit überhaupt leisten können. Steve verdiente als Angestellter in einer Computerfirma nicht schlecht, aber Eva hatte, als Nadja noch zur Schule gegangen war, immer nur Teilzeitjobs annehmen können, die schlecht bezahlt gewesen waren und es ihnen nicht ermöglicht hatten, zusätzliches Geld zurückzulegen. Nun war sie zu alt, um noch eine feste, gut bezahlte Anstellung zu bekommen, doch sie jobbte weiter, um das Haus abzuzahlen und ein bisschen für ihr Alter zu sparen. Dennoch war das Haus ein Glücksgriff gewesen! Es war ein ungewöhnlich großes und schönes Haus. In den Hang gebaut, besaß es einen fantastischen Meerblick und einen riesigen Balkon, den sie zu Beginn wegen der stark frequentierten Straße zu ihren Füßen jedoch nie hatten nutzen können. Also hatte ihn Steve, der großes handwerkliches Geschick besaß, verglast und dadurch gleichzeitig ihren Wohnraum vergrößert. Der rückwärtige Teil des Hauses war wie ein Hufeisen um eine üppig bepflanzte Terrasse gebaut und bot Schutz vor dem ewigen Verkehrlärm. So hatten sie das Beste von beidem, den Luxus einer spektakulären Aussicht und eine für Sydney ungewöhnlich abgeschirmte Privatsphäre. Nur wenige Interessenten hatten diesen Vorzug, der sich mit ein paar baulichen Veränderungen herstellen ließ, damals erkannt. Dementsprechend günstig war das Haus gewesen.

Eva sah auf die Uhr. Es war bereits später Nachmittag,

also höchste Zeit. „Steve, bist du fertig?“, rief sie in den Raum hinein. Keine Antwort. Sie nahm ihre Lesebrille ab, markierte mit einem Eselsohr, wie weit sie im Buch, in dem sie gerade geschmökert hatte, gekommen war und klappte es zu. Schwerfällig erhob sie sich aus ihrem Sessel, klopfte bedauernd auf die Lektüre und legte sie auf den Beistelltisch. Sie öffnete das Fenster zur Hauseinfahrt und sah Steve an ihrem Auto arbeiten. „Bist du noch nicht fertig?“, rief sie nochmals, und diesmal hörte er sie.

„Wie spät ist es denn?“, antwortete er, ohne den Kopf unter der Motorhaube hervorzuheben.

„Schon nach vier!“

„Wann kommt sie denn an?“

„Der Flieger landet um sieben.“ Es war ein Glück, dass Isabella ihren Flug in Singapur unterbrochen hatte, denn die Direktflüge aus Frankfurt und London kamen allesamt zu einer nachtschlafenden Zeit am frühen Morgen an.

„Dann habe ich ja noch etwas Zeit.“

Eva stöhnte. Warum musste man Männern alles dreimal sagen?

Sie schloss das Fenster, ging durch jedes Zimmer und blickte sich darin um, denn Isabella sollte sich wohlfühlen. Aber alles war sauber, ordentlich, gepflegt und sah hübsch aus. Frische Blumen, neue Kerzen, farbenfrohe Bilder an den Wänden und Kissen auf den knallgelben Sofas. Die Wohnräume wirkten fröhlich, hell und gemütlich, und durch die hohen Scheiben zum Innenhof drang die Wärme der Abendsonne, deren schräge Strahlen gerade noch über die Dächer von Bilgola fielen.

Steve kam ins Haus zurück. Sie hörte, wie er sich im unteren Bad die Hände wusch, die Schuhe auszog und dann die Treppe heraufkam. Er sah müde und blass aus, und sie machte sich Sorgen. Die vielen Überstunden, die er wegen der anstehenden *Commonwealth Games* machen musste, taten ihm nicht gut. So konnte es nicht weitergehen. Sobald die *Games* vorbei waren, musste er unbedingt einmal ausspannen. Doch davon abgesehen, fand sie ihn verdammt gut aussehend. Viel besser als Uwe, fuhr es ihr durch den Kopf, aber sie verdrängte den Gedanken sofort wieder, denn sie hatte es sich schon lange abgewöhnt, Vergleiche zwischen ihrem früheren und ihrem jetzigen Ehemann anzustellen. Oberflächlich betrachtet mochten sie sich vom Wesen her sogar ähnlich sein, dennoch waren sie grundverschieden voneinander. Uwes reservierte Art hatte verschlossen und distanziert gewirkt, Steve hingegen war ruhig und still und dennoch offen und kommunikativ.

„Was soll ich anziehen?", fragte er.

„Es ist schwül. Zieh die beige Hose an, dann passt das neue Hemd dazu. Das blaue, das ich dir neulich gekauft habe."

„Ist gut." Er verschwand im Schlafzimmer.

Sie musste sich nicht mehr umziehen. Sie musste nur noch ihre Strickjacke mitnehmen, falls die kurzärmlige Bluse für den klimatisierten Flughafen zu luftig wäre.

Sollte sie Johanna noch einmal anrufen? Mittlerweile waren mehr als zwei Wochen seit ihrem Telefonat vergangen, und Johanna hatte sich noch immer nicht gemeldet. Wie sollte sie sich jetzt verhalten? Was um Himmels willen sollte sie Isabella sagen? Es war einfach nicht richtig von Johanna, sie mit der ganzen verdammten Geschichte allein zu lassen.

Sie öffnete das kleine Telefonbüchlein neben dem Apparat, suchte Johannas Nummer heraus und wählte sie. Als Steve, frisch gekleidet und nach Aftershave duftend ins

Zimmer kam, hatte sie es bestimmt schon zehnmal läuten lassen und legte nun frustriert wieder auf.

„Mist!"

„Wen hast du angerufen?", fragte er nebenbei, ging in die Küche und holte sich eine Flasche abgekochtes Wasser aus dem Kühlschrank, da das Leitungswasser in ganz Sydney nicht trinkbar war. Zu viele Bakterien, die, weil es keine Kläranlagen gab und die Abwässer ins Meer geleitet wurden, manchmal bei Flut und ungünstigem Wind zurückflossen und ins Grundwasser gelangten.

„Johanna. Aber sie scheint nicht zu Hause zu sein! Wie ärgerlich."

„Ist doch egal."

„Eben nicht. Ich muss unbedingt wissen, ob wir uns treffen können, solange Isabella bei uns zu Besuch ist. Sie möchte Johanna gerne sehen, und ich muss schließlich planen. Wir haben ja noch mehr vor", erwiderte Eva.

Steve öffnete den Schraubverschluss der Wasserflasche, trank einen Schluck und verschloss sie wieder, um sie auf die Fahrt mitzunehmen. „Versuch's doch später wieder. Sie wird wahrscheinlich gerade in ihrer Mine sein." Steve kannte Johanna nur aus den Erzählungen seiner Frau.

„Unmöglich, im Norden regnet es doch noch immer. Hast du die Nachrichten nicht gesehen?" Natürlich hatte er die Nachrichten gesehen. Sie sahen immer zusammen fern, so wie sie fast ihre ganze Freizeit gemeinsam verbrachten.

„Schon gut. Ich meine ja nur."

Evas Ärger verpuffte. Es war so angenehm mit Steve, er nahm ihr nie übel, wenn sie schnippisch, ungerecht oder schlecht gelaunt reagierte. Das gehört dazu, hatte er ganz am Anfang ihrer Ehe gemeint, als sie noch nicht ganz aus der Rolle der zwanghaft gut gelaunten, perfekten Ehefrau ausgebrochen war. Wir sind alle nicht perfekt, und ich liebe dich so, wie du bist, mit all deinen Fehlern! Erst danach hatte sie allmählich gelernt, mit ihren eigenen Fehlern zu leben und sich nicht permanent für irgendwelche Mängel zu entschuldigen.

Vielleicht hatte Johanna sich ja nicht gemeldet, weil sie andere Sorgen hatte. „Hoffentlich ist ihr nichts passiert. Ich habe letzte Woche schon öfter versucht sie zu erreichen, aber sie ging nie ans Telefon."

„Sie lebt alleine. Du hast eben jedes Mal Pech gehabt. Sie hat bestimmt gerade eine Menge Ärger am Hals. Sich bei dem Regen um alles kümmern zu müssen ist nicht einfach. Da gibt es in so einer Ortschaft bestimmt viel zu tun, und alle helfen sich gegenseitig. Du wirst sehen, sobald der Regen aufhört, ist sie wieder zu erreichen. Laut Wetterbericht soll es von heute an täglich besser werden."

„Das ist auch höchste Zeit. Die Farmer im Busch wissen ja wirklich bald nicht mehr, was sie tun sollen. Diese armen Menschen laufen Gefahr, alles zu verlieren, und keiner steht ihnen bei. Johannas Mine bleibt wenigstens betriebsfähig und wird nicht zerstört wie die Ernten, und sie hat auch keine Farmtiere, die in den Wasserfluten ertrinken. Johanna muss nur Geduld haben und warten, bis wieder alles abgetrocknet ist. Ich möchte zu gerne wissen, wie es jetzt in Lightning Ridge aussieht. Bei unserem letzten Gespräch ist Johanna nicht besonders mitteilsam gewesen."

Steve schloss die Haustür ab, sie stiegen ins Auto und fuhren schweigend los. Nach einer Weile begann sie jedoch wieder: „Es wäre eigentlich ganz schön, wenn wir hier auch mal wieder besseres Wetter hätten. In einer Woche gehen die Spiele los. Die armen Touristen tun mir jetzt schon leid. Ich verstehe überhaupt nicht, warum sie diese Sportveranstaltung auf Ende September gelegt haben, wo doch jedes kleine Kind weiß, dass es zu dieser Zeit immer Stürme gibt, und es findet doch alles im Freien statt.“

Das stimmt, dachte Steve. Aber es war für die Verantwortlichen sicher nicht einfach gewesen, den richtigen Zeitpunkt zu finden.

Sie bogen in die Barrenjoy Road ein und fuhren am Meer entlang nach Süden. Erst in Mona Vale teilte sich die Hauptstraße, und das weitverzweigte Verkehrsnetz der Großstadt begann. Die Verkehrsdichte nahm zu, und sie waren plötzlich mitten in der Rushhour.

„Ziemlich schlimm heute“, sagte Eva. „Wir sollten uns lieber nicht zu lange in Warriewood aufhalten. Wer weiß, wie wir durchkommen.“

Steve widersprach ihr. Eva kam nicht oft in die Stadt und hatte immer noch nicht verstanden, dass die neue Verbindungsstraße zum Flughafen, die 2000 eigens für die Olympiade in Sydney gebaut worden war, eine ziemlich genaue Zeitplanung von rund einer Stunde Fahrt ermöglichte.

Eva wurde nervös, sobald sie das Flughafengebäude betraten. Der Bildschirm zeigte an, dass Isabellas Maschine bereits gelandet war, und Eva studierte gespannt die Gesichter der Ankommenden. Isabella hatte ihr ein Foto geschickt, das vor Kurzem in München aufgenommen worden war. Das Bild zeigte eine lachende, braungebrannte Frau mit einer undefinierbaren Frisur unter einem Strohhut und Augen, die hinter einer riesigen Sonnenbrille verborgen waren, sodass man ihre Gesichtszüge nur schwer ausmachen konnte, weshalb Eva nun nach einer Person mit diesem vagen sommerlich-fröhlichen Eindruck suchte, den sie mit ihrer Erinnerung an die frühere Isabella verknüpfte. Doch die Personen, die nun, jedes Mal wenn sich die automatischen Schiebetüren des Zollbereichs surrend öffneten, schubweise ins gleißende Licht der Ankunftshalle traten, hatten mit entspannten Urlaubsreisenden nichts gemein. Es waren übermüdete Langstreckenflieger mit teigiger Hautfarbe, zerzausten Haaren und zerknitterter Kleidung. Würde sie Isabella überhaupt erkennen? Ihre Freundin war eher klein, aber nicht so klein, dass sie deswegen auffallen würde. Viele Frauen waren nur einssechzig groß. Sollte sie nach einer Frau mit einer zierlichen Figur Ausschau halten? Vielleicht hatte Isabella seit damals zugenommen? Ach Gott, so wie sie Isabella einschätzte, war sie trotz der vergangenen Jahre noch immer bildhübsch und gertenschlank!

Automatisch überprüfte Eva den Sitz ihres Rocks, ihrer Ohrringe und ihrer Kette, einer Türkis-und-Silber-Kombination, die ihr Steve letztes Weihnachten geschenkt hatte, und zupfte an der weißen Hängebluse, die so vorteilhaft geschnitten war. Sie drehte sich zu Steve um, um sich von ihm bestätigen zu lassen, dass alles in Ordnung war, hatte aber Pech, denn er lehnte an einem der hohen Tische des Stehcafés, vor sich einen Becher Kaffee, und studierte intensiv den Autoteil des *Sydney Morning Herald*. Keine Chance, dass er sie bemerken würde, solange seine geliebten Motoren seine ungeteilte Aufmerksamkeit besaßen! Verunsichert kramte sie in ihrer Handtasche nach ihrem Spiegel und dem Lippenstift und hätte dabei beinahe Isabella verpasst. Aus den Augenwinkeln heraus sah sie eine kleine, schlanke Frau, deren Handtasche, ein hellbraunes Monstrum, bei jedem ihrer schwungvollen Schritte mithüpfte. Das war sie!

Schon lagen sich die Frauen in den Armen, mit unerwarteten Tränen in den Augen, und begrüßten sich überschwänglich. Dann lösten sie sich voneinander, hielten sich auf Armeslänge und nahmen einander in Augenschein.

„Großartig siehst du aus", sagte Eva. „Genau wie früher! Und so frisch ... so ausgeruht. Wie machst du das? Nach einem so langen Flug?"

„Ach was, ich bin doch nur in Singapur zugestiegen. Die meisten Passagiere waren dagegen schon vorher an Bord, weiß der Geier, wie lange die schon unterwegs waren. Dafür bin ich fit wie ein Turnschuh, das kannst du mir glauben!"

„Trotzdem", wunderte sich Eva. „Nach so einem Flug! Du siehst viel besser aus, als ich erwartet habe. Ich meine, du hast dich überhaupt nicht verändert. Nur die Haare sind etwas kürzer."

Isabella lachte. „Danke. Und ein paar Fältchen um die Augen sind auch dazugekommen."

„Überhaupt nicht", widersprach Eva. Um Isabellas Augen waren tatsächlich nur wenige feine Fältchen zu sehen, die außerdem durch die etwas verschmierte, pechschwarze Kajalumrandung noch hervorgehoben wurden, aber ihr Mund war nach wie vor perfekt geschwungen, voll und üppig und frisch bemalt in leuchtendem Pink, so wie es gerade Mode war.

„Ich hab dich auch sofort wiedererkannt", unterbrach Isabella die Inspektion. „Deine Haare waren früher länger – sind diese Kurzhaarwellen eigentlich deine Naturlocken? Aber sonst bist du ganz die Alte. Rund und fröhlich, wie immer!"

Sie versicherten sich gegenseitig, wie wunderbar es sei, einander endlich wiederzusehen, dann schoben sie den Wagen mit Isabellas Koffern zum Stehcafé, wo Eva ihrer Freundin Steve vorstellte. Eva schlug den beiden vor, sich zu duzen. Isabella nickte und gab Steve die Hand, aber der beugte sich zu ihr hinunter, nahm sie in die Arme und küsste sie auf beide Wangen. „Wie geht es dir?“, fragte er auf Deutsch. Sie lachte ein „danke, gut“ und erwiderte seine Umarmung. Die Begrüßung ließ darauf hoffen, dass sich die beiden sympathisch waren, doch darüber hatte sich Eva sowieso keine Sorgen gemacht. Es war unmöglich, Steve nicht zu mögen, fand sie, denn er war stets gut gelaunt und zu allen gleich nett und zuvorkommend, und Isabella, ja, wenn sich Isabella nicht arg verändert hatte, würde er sie ebenfalls mögen.

„Gott, ihr könnt euch nicht vorstellen, wie aufgeregt ich bin.“ Isabella hatte aus Höflichkeit begonnen, englisch zu sprechen. Sie wusste, dass Steve einigermaßen gut Deutsch verstand, aber es war ihr zu mühselig, langsam zu sprechen und auf ihre Wortwahl achten zu müssen. Und für sie spielte es keine Rolle, ob sie sich in Deutsch oder Englisch artikulierte.

„Es ist so aufregend, wieder hier zu sein.“

Eva nickte. „Du bist bestimmt neugierig, was sich alles verändert hat.“

Gemeinsam verstauten sie Isabellas Koffer und nahmen in ihrem Ford Explorer Platz. Steve hatte seinen alten Ford erst letzten Monat in Zahlung gegeben und erbittert um dieses neue Auto, seinen Traumwagen, gefeilscht. Es war fast neu, silberfarben mit einem Hauch von Pfirsich, nein, eher orange-pink, wie Lachs, eine ungewöhnliche Farbe, die anscheinend nicht sonderlich beliebt war. Eva, die ihrer Freundin rücksichtvoll den Beifahrersitz überlassen hatte, beugte sich vor und erzählte ihr voller Stolz, dass es die erste längere Fahrt im neu erstandenen Auto war.

„Das ist aber ein älteres Modell“, vermeldete Isabella.

„Donnerwetter", meinte Steve. „Eine Fachfrau! So etwas erkennt nicht gleich jeder."

„Danke", antwortete Isabella. „Das gehört zu meinem Beruf."

Sie leitete ihre eigene Import-Firma und erklärte, dass zu ihren Kunden auch Zulieferer aus der Autobranche zählten, die verschiedene Zubehörteile aus Asien bestellten. „Allerdings nicht Ford! Wir machen viel für Daimler Chrysler in Stuttgart und für etliche andere Marken. Ich versuche mich aber über alle Marken auf dem Laufenden zu halten."

„Prima, dann habe ich ja die richtige Lektüre für dich zu Hause, falls du mal nicht schlafen kannst. Sämtliche Autozeitschriften, die man hier kriegen kann", bot Steve an.

„Um Himmels willen, nein! Ich bin im Urlaub. Alles, was irgendwie nach Arbeit riecht, wird gnadenlos ignoriert." Isabella drehte sich zu Eva um. „Du hast doch frei bekommen, solange ich hier bin, oder etwa nicht?"

Eva schob ihren Kopf zwischen die Lehnen und bestätigte. „Ja, zumindest die erste Woche. Danach geht es nur, wenn sonst niemand im Geschäft ausfällt."

„Was ist denn das für eine Planung ?", beschwerte sich Isabella. „Konntest du denn nicht einfach länger Urlaub nehmen?"

„Ich bin erst seit Anfang des Jahres bei dieser Firma und nicht einmal fest angestellt. Die nächste Woche ist aber kein Problem, denn da ist das Büro geschlossen."

„Komplett geschlossen?", fragte Isabella und sah sich Eva genauer an. Nach all den Jahren arbeitete sie also immer noch als Aushilfstippse? „Kann sich das eine hiesige Firma denn leisten?"

Eva bemerkte ihren prüfenden Blick nicht. Wie so oft, wenn sie nicht arbeiten oder Auto fahren musste, hatte sie die ihr lästige Brille abgenommen und nahm ihr Umfeld nun wie durch einen Weichzeichner wahr. „Wir sind nicht die Einzigen. Halb Sydney ist lahmgelegt, viele Firmen haben für einige Tage geschlossen oder arbeiten nur mit Notbesetzung, damit ihre Angestellten die Möglichkeit haben, die *Commonwealth Games* zu besuchen. Das ist hier ein großes Ereignis, fast so wie damals, als wir die Olympiade hier hatten."

„Verrückt!" Isabella schüttelte ungläubig den Kopf. „Aber ich erinnere mich, die Australier waren schon immer sportbesessen."

„So wie du auch. Du bist doch auch deshalb gekommen."

Isabella sah Eva irritiert an, aber auch dieser Blick wurde von Eva nicht registriert, und so antwortete Isabella nach einer kleinen Weile nur: „Deshalb muss man ja nicht gleich die Wirtschaft einer ganzen Stadt lahmlegen."

„Es wird aber helfen, die Verkehrsprobleme zu bewältigen, die ab morgen erwartet werden. Sogar die Schulen haben geschlossen. Stell dir vor, alle Schulkinder bekommen Sonderferien, und allein deshalb ist es schon besser, wenn die Eltern auch Zeit haben. Viele planen natürlich Ausflüge zu den sportlichen Veranstaltungen, die sind über ganz Sydney verstreut."

„Der Verkehr wird trotzdem chaotisch sein", warf Isabella ein. „Du weißt, wir haben Eintrittskarten für das Hauptstadion in Homebush für fast jeden Tag!" Sie hatte Eva geschrieben, dass sie im Zuge ihrer Reisevorbereitungen gleich Karten für sämtliche Wettbewerbe vorreserviert hatte, und hatte Eva eingeladen, sie zu begleiten.

„Es wird nicht so schlimm, wie du denkst. Wir haben hier doch einen recht guten Bus- und Bahnservice."

Isabella verdrehte die Augen. „Ich bitte dich, Eva! Ich

steige doch in keinen Bus! Morgen wird als Erstes ein vernünftiges Auto gemietet, und dann können wir damit unterwegs sein."

Eva protestierte. „Unsinn! Wir fahren mit unserem Wagen! Schließlich hast du die teuren Karten besorgt." Dann fügte sie noch spaßeshalber hinzu: „Und außerdem, was hast du gegen dieses Auto?"

Isabella verzog das Gesicht. „Ich hasse konservative Familienkutschen! Ich bin lieber mit einem rassigen Flitzer unterwegs."

Steve sagte nichts dazu, er sah geradeaus und konzentrierte sich auf den Verkehr, so als hätte er wegen des Fahrlärms Isabellas verletzende Bemerkung gar nicht gehört. Eva hoffte jedenfalls, dass es so war, konnte sich jedoch nicht beherrschen, steckte ihren Kopf noch weiter zwischen den Lehnen nach vorne und fragte deutlich leiser: „Gefällt dir etwa unser Auto nicht?"

„Sei mir nicht böse", meinte Isabella, ohne die Stimme zu senken. „Es ist mein erster Urlaub seit ewigen Zeiten, und ich will ihn voll auskosten. Dazu gehört nun mal der richtige fahrbare Untersatz. Außerdem wird Steve euren Wagen doch sicherlich tagsüber benötigen. Ich nehme nicht an, dass ihr zwei Autos zur Verfügung habt."

Eva wollte gerade erklären, dass Steve den Wagen nicht bräuchte, weil er den Bus nähme, aber da fiel ihr Steve ins Wort und fragte Isabella, welche Sportarten sie denn besonders interessierten. Danach sprachen sie eine Weile übers Wetter.

„Meine Güte", Isabella bemerkte erst jetzt den Nieselregen, der einmal mehr mit der Dunkelheit gekommen war, „das sieht ja gar nicht gut aus für die Eröffnungsfeier."

„Kann nur besser werden", meinte Steve.

„Mir soll es nur recht sein, denn wir werden sie sowieso am Fernsehapparat mitverfolgen müssen. Für diesen Abend noch Karten zu bekommen, das war wirklich völlig unmöglich.“

Eva hatte inzwischen die Diskussion um die Transportmöglichkeiten vergessen. „Ich hoffe trotzdem sehr, dass es morgen Abend nicht regnen wird.“

„Warum? Regnet es bei euch zum Dach rein?“, scherzte Isabella und kicherte vergnügt.

„Natürlich nicht!“

„Na also. Hauptsache wir sitzen im Trockenen!“

Eine halbe Stunde später kamen sie in Bilgola an. Isabella besichtigte das Haus und beglückwünschte sie zu ihrem Fund. Nach einer heißen Dusche setzte sie sich in einem kuscheligen Jogginganzug, der bequem und teuer aussah, zu ihren Gastgebern vor den Kamin. Sie tranken französischen Champagner, den Isabella mitgebracht hatte, redeten bis Mitternacht und gingen schließlich zu Bett. Alle drei waren mit dem Verlauf des ersten Abends ganz zufrieden, nur Eva wunderte sich beim Einschlafen kurz darüber, warum Isabella nicht nach Johanna gefragt hatte. Doch andererseits war sie auch ganz froh darüber.

Am folgenden Morgen erinnerte sich Eva flüchtig an den Traum, den sie nachts gehabt hatte und in dem Isabella vorgekommen war, die aber wie Johanna ausgesehen und darauf bestanden hatte, sich Bella zu nennen. Sie hatte in einem Leiterwagen gesessen, der von einem Nilpferd gezogen wurde, und aus Leibeskräften Befehle gebrüllt, die Eva jedoch beim besten Willen nicht hatte verstehen können.

Erschreckt stellte sie fest, dass es bereits acht Uhr war,

setzte sich rasch auf und trank den Kaffee, den Steve ihr bereits ans Bett gebracht hatte.

„Es macht dir doch nichts aus, wenn ich das Frühstück sausen lasse?“, fragte er, als er frisch geduscht zurück ins Schlafzimmer kam. „Wir haben beide um eine halbe Stunde verschlafen, und ich muss jetzt gleich weg. Du willst bestimmt gemütlich mit Isabella frühstücken, wenn sie aufwacht.“

„Kein Problem, aber hast du denn überhaupt noch Zeit, dir für unterwegs etwas zu essen zu besorgen?“

„Wir werden vor Ort fürstlich verpflegt, mach dir da mal keine Gedanken. Außerdem haben wir Pässe für die Kantinen, in denen auch für die Sportler gekocht wird. Und deren Portionen sind für uns Normalsterbliche so gut wie unbezwingbar.“ Steve hatte seit Inbetriebnahme der Anlage schon öfter das olympische Dorf besucht, dort gearbeitet und einige Mahlzeiten eingenommen. Bisher war er allerdings immer nur für ein paar Stunden da gewesen, aber ab heute, dem Tag der Eröffnung, würde er von zehn Uhr morgens bis Mitternacht Dienst haben und von Zeit zu Zeit auch im Dorf übernachten.

„Was hast du denn für heute geplant?“, fragte er. Sein Haar war bereits trocken, und er untersuchte sein Kinn im Spiegel. Keine Kratzer vom Rasieren. Er schüttete Aftershave in seine linke Handinnenfläche, verteilte es kurz in beide Hände und klopfte die Flüssigkeit dann auf seine Wangen.

„Ich warte erst mal, bis sie aufwacht. Ich finde, wir sollten heute noch nichts Anstrengendes unternehmen. Vielleicht einen Spaziergang am Meer. Und am Abend sitzen wir natürlich vor dem Fernseher. Schade, dass wir die Eröffnungsfeier nicht zu dritt ansehen können.“ Eva gähnte, streckte und dehnte ihre Beine unter der Bettdecke und wackelte mit den Zehen. Wenn es nach ihr ginge, würde man nie vor neun Uhr morgens aufstehen müssen.

„Pass schön auf, vielleicht siehst du mich", neckte Steve sie.

Sie war sofort hellhörig. „Glaubst du wirklich? Du musst winken! Sonst sehe ich dich nicht."

Er lachte. „Ich schätze, es sind über hunderttausend Zuschauer im Stadion, und alle hoffen, gesehen zu werden. Deine Chancen stehen also schlecht." Er beugte sich über sie und gab ihr einen liebevollen Kuss auf die Stirn. „War Isabella eigentlich schon immer so?"

„Wie meinst du das?", wollte Eva wissen, ahnte aber bereits, was er damit meinte.

„Na ja, sagen wir mal, so anspruchsvoll?"

„Du meinst wegen des teuren Champagners?" Sie wollte Isabellas spitzen Kommentar über das Auto von sich aus nicht zur Sprache bringen.

„Nein! Ich habe durchaus nichts gegen teuren Champagner. Vor allem nicht, wenn er ein Gastgeschenk ist. Ich meine nur ..." Steve suchte nach dem richtigen Ausdruck, „... ich weiß nicht, sie scheint ziemlich verwöhnt zu sein und erwartet, dass alles so läuft, wie sie es will, oder sie ist einfach nur ... ach, was soll's, es ist nicht wichtig." Er zog sein Hemd an und schlüpfte in eine Leinenhose. „Hast du meinen braunen Gürtel gesehen?"

Eva war froh über die Ablenkung. Sie suchte den Gürtel für ihn, während er sich anzog, küsste ihn zum Abschied, und dann war er auch schon weg.

Isabella kam gegen zehn Uhr perfekt gestylt aus dem Gästezimmer. Sie sah aus, als wollte sie ins Büro gehen, mit ihrer langen schimmernden Perlenkette und ihrer teuer aussehenden Bluse. Ihre Haare waren frisch gewaschen, und ein dezent aufgetragenes Make-up verdeckte die winzigen Spuren der Müdigkeit, die am Vorabend noch sichtbar gewesen waren.

Eva war dagegen zu müde und zu bequem gewesen, um sich zu duschen oder anzuziehen, nachdem Steve sich verabschiedet hatte. Sie hatte frischen Kaffee gemacht und saß noch immer in demselben alten Morgenmantel, den Steve zuvor angehabt hatte, am Küchentisch, inzwischen bei der dritten Tasse Kaffee angelangt und tief in Gedanken versunken.

„Woran denkst du?", fragte Isabella sie und gab ihr zur Begrüßung einen Kuss auf die Wange.

„Ach, an nichts Bestimmtes", wich Eva aus, die gerade überlegt hatte, ob sie Johanna noch einmal anrufen sollte und warum diese noch immer nichts von sich hatte hören lassen. Anscheinend wollte sie wirklich niemanden sehen, weder Isabella noch sie selbst, was Eva allerdings nicht verstehen konnte – wo sie doch so viel gemeinsam erlebt hatten. „Ich habe einfach so an früher gedacht, an uns drei Frauen, als wir alle noch hier in Sydney gewohnt haben. Und wie wir uns kennen gelernt haben – wie naiv und begeisterungsfähig wir damals auf dem Schiff doch gewesen sind."

„So ist die Jugend immer", meinte Isabella und goss sich eine Tasse Kaffee ein. „Wie hieß es gleich wieder?"

„Was?"

„Das Schiff."

„Queen Frederika."

„Stimmt. Dein Gedächtnis ist besser als meines." Isabella wechselte das Thema. „Was wollen wir nun anstellen?"

„Erst mal frühstücken. Du musst doch furchtbaren Hunger haben.“

Isabella schüttelte den Kopf, und ihre frisch geföhnten Haare wehten von einer Seite zur anderen. Sie hat immer noch so verdammt schönes Haar, dachte Eva.

„Nein, überhaupt nicht. Man bekommt im Flugzeug so viel zu essen. Und ich frühstücke normalerweise nie. Sollen wir bummeln gehen? Ich würde gerne nach Manly fahren. Wir können dort am Meer sitzen und zu Mittag essen. Gibt es eigentlich immer noch die kleinen Imbissbuden am Strand?“

Eva beschloss, ihren knurrenden Magen zu vergessen. Es würde ihr überhaupt nicht schaden, das Frühstück ebenfalls einmal auszulassen. Seit Jahren plante sie eine Diät, aber mit jeder Schlankheitskur, die sie beginnen wollte, schien sie noch ein paar Pfund zuzulegen. Als wäre alleine der Gedanke, abzunehmen, eine Zumutung für ihren Stoffwechsel.

„Das ist eine gute Idee“, willigte sie ein. „Du wirst erstaunt sein, wie sehr sich Manly verändert hat. Die Hauptstraße ist jetzt eine richtig schicke Einkaufszone. Nur für Fußgänger! Es gibt dort lauter witzige Läden, und wo das Meer beginnt, haben sie überall Promenaden angelegt, mit wirklich schönen Restaurants. Wie in Europa. Du wirst dich wundern.“ Stolz schwang in ihrer Stimme.

Manly hatte sich in den letzten Jahren immer mehr zu einem Lieblingsziel der Touristen entwickelt. Die seltene Lage, auf einer Landzunge, zwischen einer riesigen Bucht und dem offenen Meer, ermöglichte es, in wenigen Minuten von Strand zu Strand zu laufen. Dennoch waren die einander gegenüberliegenden Ufer völlig unterschiedlich. Am Nordostufer von Manly lagen die besten Restaurants, denn sie hatten die Nordsonne, die ihnen am Abend Wärme schenkte. Das Südwestufer war dagegen kühler und dunkler. Dort legte die Manly Ferry an, die am Eingang der Heads vorbei musste, um nach Central zu kommen. „Wir können mit der Fähre zum Circular Quay fahren, wenn du möchtest“, schlug Eva vor. „Überleg es dir, ich ziehe mich nur schnell an. Es ist noch Kaffee in der Kanne.“

Isabella nickte zustimmend und nahm dann die Tageszeitung vom Vortag zur Hand. Ob das Büro, in dem sie früher gearbeitet hatte, wohl noch im selben Gebäude untergebracht war? Sie wusste jetzt schon, dass sie nicht nachsehen würde. Eigentlich interessierte sie sich überhaupt nicht dafür, wie Central inzwischen aussah, und sie wunderte sich einmal mehr, welcher Impuls sie eigentlich dazu getrieben hatte, diese Reise zu unternehmen. Warum sie überhaupt nach Australien geflogen war! Der Gedanke verflog jedoch so schnell, wie er gekommen war und sie vertiefte sich in den Börsenbericht des *Sydney Morning Herald.*

Als Eva wieder aus dem Schlafzimmer kam, trug sie ein lose hängendes, mit kleinen weißen Blumen gemustertes Sommerkleid und Sandaletten. Isabella musterte sie kritisch, sagte aber nichts, und Eva hatte das ungute Gefühl, als würde sich ihre Freundin einen bissigen Kommentar verkneifen.

Sie fuhren nach Manly und bummelten von einem Ende der Einkaufsstraße zur anderen, bis sie gegen Mittag Hunger bekamen und beschlossen, in ein italienisches Restaurant zu gehen. Das Meer zu ihren Füßen, aßen sie frische Scampi und tranken ein Glas Weißwein. Entspannt prosteten sie sich zu und unterhielten sich während des Essens angeregt über die dramatischen Veränderung des nördlichen Stadtteils im Allgemeinen und über das Leben, wie Eva es jetzt in Sydney führte, im Besonderen. Vorsichtig näherten sie sich einander im Gespräch an, indem sie sich gegenseitig die Freiheit ließen, allzu Privates gar nicht erst anzusprechen. So erzählte Isabella von ihrer Firma und dem Erfolg, der sich so bald nach ihrer Rückkehr nach Deutschland eingestellt hatte. „Schon nach einem Jahr war ich aus den roten Zahlen. Im ersten Jahr haben mir meine Brüder geholfen und mir kleinere Aufträge zugeschanzt, aber dann zog ich selbst los und habe mich bei allen großen deutschen Firmen vorgestellt. Ich hatte da anscheinend eine Marktnische entdeckt, denn die jeweils zuständigen Produktmanager haben mich alle mit offenen Armen empfangen und waren froh, eine kleine, flexible Firma als Zulieferer zu haben, die mit dem Ausland Geschäfte machen konnte. Damals importierten sie praktisch gar nichts selbst, und auch heute kann ich mich noch immer nicht über die Auftragslage beklagen. Das wird wohl an der Sprachbarriere liegen, es erstaunt mich immer wieder, wie selten die Angestellten dieser großen Firmen englisch sprechen. Na ja, es ist ja nur zu meinem Vorteil, also sollte ich mich wohl nicht darüber beschweren."

Eva, die nicht so genau verstand, worüber Isabella redete, als sie ihr die genaue Positionierung ihrer Firma auf dem Markt erläuterte, bemühte sich dennoch, interessiert zuzuhören. Nach dem Essen setzten sie dann wie geplant und leicht beschwipst mit der Fähre über, um sich Central anzusehen. Isabella war erstaunt darüber, dass sich fast gar nichts verändert hatte. Alles war ein klein wenig moderner, geschäftiger und ordentlicher geworden, die Häuser waren jedoch nicht höher geworden, und die Straßen hatten natürlich immer noch den gleichen Verlauf wie früher. Sie schlenderten die leicht ansteigende Pitt Street hinauf und ihre Parallelstraße, die George Street, wieder hinunter, ohne ein genaues Ziel zu haben. Isabella wurde im Laufe des Nachmittags immer stiller. Sie wirkte müde, und ihr gekonnt aufgetragenes Make-up konnte die einsetzende Erschöpfung nicht länger verbergen. Dunkle Schatten lagen unter ihren Augen, und Eva machte sich Vorwürfe, weil sie vergessen hatte, Rücksicht auf sie zu nehmen. Der Zeitunterschied zwischen Europa und Australien machte sich immer erst am Nachmittag bemerkbar. „Komm, wir fahren zurück", entschied sie und Isabella lief wie ein braves Kind ohne Widerrede neben ihr her. Auf der Fähre fielen ihr die Augen zu, sobald sie sich hingesetzt hatte, ihr Kopf kippte zur Seite, und ihr Atem rasselte leise, fast so, als würde sie schnarchen. Das gefiel Eva. Isabella war also doch nicht vollkommen, sondern auch nur ein Mensch.

Zu Hause angekommen, zog sich Isabella gleich auf ihr Zimmer zurück, nur für ein kleines Nickerchen, wie sie sagte. Aber als Eva kurz vor sieben nach ihr schauen kam, schlief Isabella immer noch tief und fest und wusste erst gar nicht, wo sie war, als Eva sie sanft wachrüttelte. „Die Übertragung der Eröffnungsfeier beginnt gleich", wiederholte Eva ein paarmal, bis Isabella endlich vollständig wach war. Worauf die Freundin rasch in ihren bequemen Hausanzug vom Vortag schlüpfte und sich leicht verknittert und mit ungekämmten Haaren auf das gelbe Sofa vor den Fernseher legte.

„Wie machst du das nur?", fragte Eva, „du bist hundemüde, gerade aus dem Bett gekrochen und siehst trotzdem noch gut aus. Mich dürfte man so nicht unter die Leute lassen."

„Von wegen! Ich sehe aus wie ein alter Putzlappen. Aber wir sind ja alleine", gähnte Isabella. „Du kannst mir glauben, wenn dein Mann oder sonst jemand hier wäre, würde ich mich nicht so gehen lassen."

„Ach so ist das! Bei mir ist es dir egal wie du aussiehst? Die alte Eva kann das schon verkraften?", spottete Eva.

„Das ist ein Kompliment, du dumme Pute! Dass es mir piepegal ist, wie ich aussehe, wenn ich mit dir zusammen bin", Isabella hatte ein Kissen ergriffen und warf es spielerisch nach ihrer Freundin.

„Na, vielen Dank dafür, und das Kompliment gebe ich dir zurück!" Eva schmiss das Kissen retour. „Ich würde mich wegen dir auch nicht in Schale werfen."

„Hast du doch noch nie."

„Was soll das nun wieder heißen?"

„Ich sage nur Schlabber-Look, heute Morgen!"

Also hatte sie Isabellas kritischen Blick richtig gedeutet. Sie alberten noch eine Weile herum, dann begann die Übertragung der Eröffnungsfeier im Fernsehen, und sie wurden von der Begeisterung im Stadion, die Millionen von Zuschauern gleichzeitig erfasste, mitgerissen. Wie durch ein Wunder war es trocken geblieben. Es war der erste Abend seit Wochen, der nicht verregnet war, und die gefürchteten Winde, die das Feuerwerk am Ende der Feierlichkeiten hätten gefährden können, waren zu einem lauen Lüftchen abgeflaut. Es war noch etwas zu frisch für die Jahreszeit, aber darüber beschwerte sich niemand. Der Wettergott war heute Australier, er war auf ihrer Seite und würde es auch hoffentlich während der ganzen Spiele bleiben.

An diesem Abend saßen sie noch lange nach Ende des Fernsehprogramms zusammen und unterhielten sich weiter über ihre unterschiedlichen Lebenserfahrungen und ihre Pläne für die Zukunft. Es war, als ob sie die Vergangenheit ausschalten könnten, solange sie sich nur strikt auf die Gegenwart und Zukunft konzentrierten.

4

Die sechs verbrachten fast ihre ganze Zeit zusammen, denn an Bord gab es praktisch nichts für sie zu tun, und sie hatten weder Sorgen noch Verpflichtungen. Dreimal am Tag saßen sie am selben Tisch, nahmen die simplen, aber üppigen Mahlzeiten ein und lernten sich immer besser kennen. Das Wetter wurde milder und sonniger, je südlicher sie kamen. Sie hatten bereits die Kanarischen Inseln passiert und fuhren an der Küste Afrikas entlang, die sie bisweilen sogar in der Ferne erkennen konnten. Es war ein Segen für alle, dass sie sich nun den ganzen Tag an Deck aufhalten konnten, denn die Nächte in den kleinen, unzureichend belüfteten Kabinen waren dadurch besser zu ertragen. Die frische Meeresluft machte sie müde, obwohl sie sich nicht ausgiebig bewegten oder auf sonst eine Weise verausgaben konnten. Die Männer spielten den ganzen Tag lang Karten oder dachten sich immer neue Möglichkeiten aus, wo sie es mit ihren Frauen treiben konnten. Das war jedoch bei Weitem nicht so einfach, wie ihnen der Matrose am Tag ihrer Abfahrt angedeutet hatte. Zwar gab es etliche Gemeinschaftsräume, aber die waren praktisch ununterbrochen von Familien besetzt, die sie unmöglich mit dem Argument verscheuchen konnten, dass zwei Liebende in Not waren und deshalb den ganzen Saal für sich allein brauchten. Sogar wenn sich mehrere Paare nacheinander dafür anmelden würden, wollte doch keiner eine solche „Nacheinander-Bumsorgie" organisieren, wie Kurt es schamlos ausdrückte. Andere mögliche

Nischen und Örtlichkeiten konnte man jedoch nur extrem selten nutzen, weil es einfach zu viele Kinder an Bord gab, vor denen man nie und nirgends sicher war. Wegen der allgemeinen Enthaltsamkeit stieg der Frustpegel kontinuierlich an. Die Frauen konnten die sexlose Zeit allem Anschein nach besser verkraften als die Männer. Sie saßen stundenlang an Deck beisammen und plauderten über belanglose Themen. Der Stoff schien ihnen nie auszugehen, selbst nachts nicht, wenn sie sich die Zeit mit weiteren endlosen Gesprächen über Gott und die Welt vertrieben und über vieles lachten. Und Johanna gestand sich insgeheim ein, dass die Gesellschaft ihrer Bettnachbarinnen, entgegen ihrer anfänglichen Annahme, die ganze Reise erst erträglich machte. Eva war unglaublich unterhaltsam, sie wusste in kürzester Zeit über alles und jeden Bescheid – und was sie noch nicht wusste, erfand sie einfach dazu. Isabella hingegen war ruhiger und gab ihre Kommentare spärlicher ab als Eva, aber dafür waren sie so wohl überlegt und mit so vielen interessanten Informationen gespickt, dass man ihr gerne zuhörte. Sie selbst, fand Johanna, war die Langweiligste von ihnen, weder war sie so klug wie Isabella noch so umtriebig wie Eva. Und so war ihr die Aufmerksamkeit, die ihr diese Frauen schenkten, zu Beginn fast suspekt gewesen. Was, zum Teufel, konnten die Frauen nur von ihr wollen, hatte sie sich gefragt. Aber dann war ihr schnell klar geworden, dass sich die Dreierkonstellation durch das zufällige Belegen der Betten einfach ergeben hatte und dass Eva und Isabella jede andere Mitbewohnerin genauso in ihren Kreis aufgenommen hätten.

Alles wäre perfekt gewesen, wenn sie nicht gespürt hätte, dass Kurt immer nervöser wurde. Wenn die anderen nicht in Hörweite waren, beschwerte er sich bei ihr über die ihm aufgezwungene Enthaltsamkeit. Sie versuchte ihn dann jedes Mal zu beschwichtigen, aber ihre Worte machte ihn nur noch aggressiver, und er warf ihr vor, ihn nicht zu verstehen, gefühllos und frigide zu sein. Er klang, als wäre es ihre Schuld, dass sie in getrennten Kabinen schlafen mussten, und Johanna hatte fast ein schlechtes Gewissen, weil sie die vergnüglichen Nächte mit den Frauen so sehr genoss. Manchmal zog Kurt sie zur Seite, drängte sie in eine der vielen, nur halb verborgenen Winkel und Ecken an Bord, die feucht vom Seewasser und nur wenig geschützt vor den Blicken der ewig umherwandernden Passagiere waren, küsste sie fordernd und grob, fuhr mit seinen rauen Händen unter ihren Büstenhalter, knetete ihren Busen und maulte über ihre Sperrigkeit und ihre Abwehr. Doch so wollte sie es einfach nicht – am helllichten Tag, praktisch vor aller Augen oder zumindest immer in Gefahr, gesehen zu werden. Einmal packte er sie von hinten, als sie gerade an der Reling stand, und begann sein hartes Glied mit regelmäßigen, schneller werdenden Stößen zwischen ihren Pobacken zu reiben. Wie ein Tier. „Lass das", keuchte sie entsetzt und beschämt. Eine Familie mit mehreren Kindern stand ganz in ihrer Nähe. Johanna wehrte sich mit hochrotem Kopf und versuchte, sich mit aller Kraft aus seiner Umklammerung zu befreien, aber sie war wie in einen Schraubstock gepresst. Seine weit ausgestreckten Arme und gespreizten Beine drückten sie gegen die straff gespannten Taue des Geländers. Direkt vor ihr lag das offene Meer. Der Horizont hob und senkte sich durch die sanft schlingernden Bewegungen des Schiffes, und Johanna fand keinen Fixpunkt mehr, an dem sie sich orientieren konnte. Ihr wurde übel. Kurts auf ihr lastendes Körpergewicht zwang sie zudem, sich nach vorne zu beugen – jetzt konnte sie nur noch das Wasser sehen, das weit, weit unter ihr am Schiffsrumpf entlangrauschte. Nur das dicke Schiffstau, das sich zwischen den Pfosten der Reling spannte, bewahrte sie *noch vor dem freien Fall und schnitt ihr schmerzhaft in die Taille. Wenn sie Übergewicht bekäme und dort hinunter in die Tiefe fallen würde, wäre sie unweigerlich verloren. In panischer Angst drückte sie ihren Körper nach hinten und presste sich an Kurts Oberkörper, so weit er es zuließ, verbog sich so weit, bis sie schließlich seinen Kopf an ihrem Hals spürte. Da biss er ihr in den Nacken und zischte ihr ins Ohr: „Halt still, du prüdes Miststück, oder ich kippe dich über Bord wie einen Müllsack!" Sie hielt still, wie befohlen, drehte jedoch ihren Kopf zur Seite, um seinen Zähnen zu entkommen, und sah dabei, wie der Vater der Familie erschreckt in ihre Richtung starrte und dann hektisch seine Familie in Sicherheit brachte. Danach war Kurt nicht mehr zu halten. Sie konzentrierte sich während seiner schamlosen Aktivität verzweifelt darauf, nicht über die Reling gedrückt zu werden, und verkantete ihre Füße so krampfhaft in den untersten Tausträngen, dass sie schon befürchtete, ihre Knöchel würden brechen, gleichzeitig krallte sie sich mit ihren Händen am obersten Taustrang fest. Es war fürchterlich. Mit jedem Stoß glaubte sie, das Gleichgewicht zu verlieren und über Bord zu gehen. Endlich ließ der beängstigende Druck von Kurts Gewicht nach. Er war fertig. Mit einem letzten zufriedenen Grunzen zog er ihren Schlüpfer zurecht und klopfte ihr dann aufs Hinterteil, als wäre sie eine Kuh. Befreit von der Umklammerung seiner Gliedmaßen, sackte Johanna willenlos zu Boden und übergab sich plötzlich und heftig. Ihre Hände hatten sich so stark verkrampft, dass sie das obere Tau nicht rechtzeitig loslassen konnte, wodurch die grässliche Brühe auf ihre angewinkelten Knie und Oberschenkel spritzte. „Igitt!", sagte Kurt nur und drehte sich um und ging davon. Am ganzen Körper bebend, wagte sie es nicht, aufzustehen und sich umzusehen. Wenn irgendjemand sie beobachtet hatte, wollte sie, dass er jetzt einfach wegging und verschwand, damit sie we-*

nigstens glauben konnte, dass es niemand gesehen hatte. Dass es einfach nicht passiert war.

Isabella hatte ihre Idee, dass sich die Männer um eine Zweierkabine für jedes Paar bemühen sollten, nie ganz aufgegeben. Sie nörgelte und drängelte bei jeder Gelegenheit, die sich ihr bot, vor allem nachdem sie erfahren hatte, dass es tatsächlich mehrere kleinere Kabinen auf den oberen Decks gab. Sie forderte von den Männern, dass sie sich beim Kapitän beschweren sollten. Doch Kurt lachte sie nur aus, Uwe ignorierte sie demonstrativ, und Dieter erklärte ihr immer wieder, dass sie kein Anrecht darauf hätten, aber Isabella ließ sich dadurch nicht beirren. Sie beschwerte sich daraufhin höchstpersönlich bei den Matrosen, den Stewards, den Köchen und allen, die ihr zuhörten, bis sie schließlich beim Kapitän selbst landete. Als dieser sie mit Plattitüden abwimmeln wollte, verwies sie ihn hartnäckig auf die Tatsache, dass sie frisch verheiratet und nicht richtig informiert worden war. Niemals hätte sie sich ihre Hochzeitsreise ansonsten so ruinieren lassen. Der Kapitän blieb beim ersten Treffen unbeeindruckt, aber Isabella zog auch weiterhin alle Register. Bei allen Crewmitgliedern, deren Aufmerksamkeit sie gewinnen konnte, appellierte sie an deren Mitgefühl und setzte sich damit dem Spott der Mitreisenden aus, die ihr deutlich klarzumachen versuchten, wie sinnlos ihre Beschwerden waren und wie lächerlich sie sich mit ihrem Anliegen machte. So lange, bis ihr der Kapitän doch noch – entgegen ihren eigenen Erwartungen – in Kapstadt eine frei werdende Kabine zuteilte, nachdem ein Paar, das eine Privatkabine bewohnt hatte, von Bord gegangen war. Natürlich war dies ein Ausnahmefall, und Isabella und Dieter waren, dank Isabellas unermüdlicher Überzeugungsarbeit, die glücklichen Nutznießer. Man hatte es dem Paar erst kurz vor dem südafri-

kanischen Landgang mitgeteilt, und sie erzählten es den anderen wiederum, während sie Kapstadt besichtigten. Uwe, Eva und Kurt gratulierten ihnen überrascht, waren wegen der Sonderbehandlung gleichzeitig aber auch entsetzlich neidisch. Dennoch bemühten sie sich redlich, so zu tun, als gönnten sie dem Paar die Bevorzugung. Als Dieter den anderen Paaren jedoch großzügig anbot, die Kabine tagsüber benutzen zu dürfen, verschwand der bittere Beigeschmack fast gänzlich, und sie begannen sich über die glückliche Fügung aufrichtig zu freuen. Eine Kabine nur für sie allein, stundenlang, mit einem richtigen Schloss zum Absperren! Das war purer Luxus! Das musste gefeiert werden – darin waren sie sich alle einig. Alle außer Johanna, die abwesend und unbeteiligt reagierte, als ginge sie das Ganze nichts an.

„Verstehst du nicht, was das bedeutet?", flüsterte ihr Eva zu und zwinkerte dabei sogar mit einem Auge. Als von Johanna aber keine Reaktion kam, zuckte Eva mit den Schultern und wandte sich wieder den anderen zu. Johanna war manchmal so bieder und prüde, dass sogar sie, die harmlose Eva, dagegen fast frivol wirkte.

Auch die anderen ließen sich von Johannas anfänglich verhaltener Reaktion auf die gute Nachricht nicht die Feierlaune verderben. Im Laufe ihres fröhlichen Landgangs taute Johanna allerdings wieder ein wenig auf. Kurt ließ sie ausnahmsweise in Ruhe und zwang sie nicht, wie so oft, auf seine Launen einzugehen, und so genoss sie die unbeschwerten Stunden, solange sie währten.

Sie amüsierten sich sogar so ausgelassen, dass sie darüber fast die Zeit vergaßen und beinahe ihr Schiff verpasst hätten. In letzter Sekunde hetzten sie die Gangway hinauf, keuchend und lachend, drei junge Paare, von denen zumindest zwei offensichtlich verliebt waren, und ignorierten den missbilligen-

den Blick des Wachmatrosen, der, nachdem sie an Bord waren, sofort seine Trillerpfeife herausholte und das Signal gab, den Steg einzufahren. Sie hielten sich an den Händen und standen an der Reling, bis sie wieder zu Atem kamen. Es war ein toller Tag und ein noch schönerer Abend gewesen, den sie in einer exotischen Stadt hatten verbringen dürfen, die so weit von zu Hause entfernt war, dass sie es noch immer nicht fassen konnten, dort gewesen zu sein. Alles war unwirklich, und doch erlebten sie es zusammen und waren gegenseitig Zeugen, wie fantastisch ihr Leben schon vor der Ankunft in Australien war. Sie konnten einander nicht genug beteuern, wie zufrieden sie waren, wie viel Glück sie hatten und was für eine gute Entscheidung es gewesen war, Deutschland hinter sich zu lassen. Sie bewegten sich in einem Niemandsland, in einem Zeitraum, in dem sie keinen Verpflichtungen nachkommen und keine Rücksichten nehmen mussten. Die alte Heimat verschwand langsam in der Vergangenheit und die neue lag noch weit in der Zukunft. Sie waren wie Kinder, die spielerisch und sorglos in den Tag hineinlebten, ohne über das Morgen nachdenken zu müssen.

Als das Schiff den Hafen verlassen hatte und die Sterne am Nachthimmel in der Dunkelheit immer heller leuchteten, gingen Isabella und Dieter in ihre Kabine. Sie wollten eine endlos lange Liebesnacht genießen, aber Dieter schlief bereits nach dem ersten Mal ein. Isabella lag danach noch lange wach, dachte an ihre laute, lebenslustige Familie in München und stellte sich vor, wie sie um den Küchentisch herumsaßen und lachten und sich dabei Geschichten erzählten. Beim nächsten Treffen würde es so viel zu berichten geben! Dann fiel ihr ein, dass es bis zum nächsten Wiedersehen noch sehr lange dauern würde. Sie hatte sich schon vor ihrer Abreise erkundigt – ein Flug von Sydney nach München kostete die unerschwing-

liche Summe von über viertausend Mark, damit war ein Besuch in der Heimat in den nächsten Jahren undenkbar. Auf einmal fühlte sie sich einsam und beschloss, Dieter zu wecken. Aber er schüttelte ihre Hand im Schlaf ab und drehte sich murmelnd auf die andere Seite.

Die anderen vier waren dagegen noch eine Weile im Freien geblieben und hatten den sternenübersäten Himmel betrachtet, es war ihnen aber nicht nach Kuscheln und Romantik, und so überließen sie das Deck bald den anderen Paaren.

Eva und Johanna gingen gemeinsam in ihre Frauenkabine. Isabellas Pritsche war leer, und das war irgendwie nicht richtig. Johanna schien dasselbe zu fühlen, denn sie drehte dem Bett den Rücken zu, als wollte sie Eva gegen die ungewohnte Leere schützen. Ihr Körper war wie eine Barriere, eine beruhigende Schutzmauer. Sie murmelte ein „Ich hätte es gar nicht gewollt" oder so ähnlich, und Eva stimmte sofort zu, nicht ahnend, wie erleichtert Johanna war, diese Nacht nicht mit Kurt, sondern neben ihr verbringen zu dürfen. Nein, Johanna hätte bestimmt auch keine Sonderbehandlung gewollt, dachte Eva selbstgerecht. Sie alle schliefen schließlich in Gemeinschaftskabinen, streng nach Geschlechtern getrennt, so wie es sich für arme Auswanderer gehörte. Nur die Extra-Zahler, die Erste-Klasse-Touristen, die es sich leisten konnten, hatten Zweierkabinen. Natürlich war es schön für Isabella, wie eine von denen behandelt zu werden – sie hatte es sich so sehr gewünscht und so eisern darum gekämpft. Ihr war es eben wichtig gewesen, und deshalb hatte sie ihren Willen zuletzt auch durchgesetzt.

„Isabella bekommt immer, was sie will", sagte Johanna, und Eva fühlte sich ertappt.

„Sie ist anders als wir."

Johanna lag noch lange wach und lauschte auf die regelmäßigen Atemzüge der anderen Frauen. Sie bemühte sie krampfhaft, nicht daran zu denken, wie eifersüchtig Kurt sein würde, wenn er sich in diesem Augenblick Dieters Glück vorstellte. Obwohl er bereits gleich für morgen, nach dem Frühstück, die Kabine reserviert hatte. Dieter hatte über den Eifer, der Kurt dabei ins Gesicht geschrieben stand, gelacht und gesagt: „Dass du überhaupt noch frühstücken willst, wundert mich!" Kurt hatte darauf wiederum gefeixt, er müsse sich schließlich stärken, nach so langer Abstinenz. Woraufhin alle gelacht hatten, alle außer Johanna. Es waren bereits mehrere Tage seit seiner unbeherrschten Attacke an der Reling vergangen, aber Johanna spürte die Scham und den Schmerz noch genauso stark, als wäre es eben erst passiert. Kurt war ihr seither ausgewichen, oder sie ihm; wie auch immer, es war ihr unmöglich, ihn auch nur anzusehen. Sie freute sich nicht auf die Stunden, die nun vor ihr lagen – im Gegenteil, sie fürchtete sich davor.

Aber es kam ganz anders, als sie erwartet hatte. Am nächsten Morgen beendete Kurt sein Frühstück in aller Ruhe und nahm, ohne irgendein Aufheben zu machen, den Schlüssel der Kabine von Dieter entgegen. Keine albernen Scherze, kein Gelächter. Er wartete, bis alle aufgestanden waren und sich dezent zurückgezogen hatten. Dann fragte er Johanna: „Sollen wir gehen?" Johanna nickte ergeben und zugleich erleichtert. Der Zeitpunkt war gekommen, und sie würde nicht zurückweichen! Sie würde seine Annäherungsversuche mutig abwehren und hatte sich fest vorgenommen, ihm dabei zu sagen, wie sehr sie ihn für sein unbeherrschtes Verhalten ihr gegenüber hasste. Aber es kam anders.

Denn als er die Kabinentür hinter ihnen abgeschlossen

hatte, lehnte er sich dagegen, atmete tief durch und streckte seine Arme nach ihr aus. „Bitte, komm zu mir", sagte er sanft.

Sie wollte ihn anschreien. „Nein, ich will dich nicht anfassen. Du bist ein widerlicher Schuft! Ich bin verletzt und wütend und ich hasse dich!" Aber sie blieb nur trotzig wie ein Kind in der Mitte des Zimmers stehen. Da ging er auf sie zu, nahm sie vorsichtig in die Arme, streichelte ihren Rücken, so zärtlich wie noch nie, und begann sie leidenschaftlich zu küssen. Und Johanna vergaß alles andere. So wollte sie ihn, so wie er jetzt war, liebevoll und leidenschaftlich. Er knöpfte ihre Bluse auf, und sie begann ihm dabei zu helfen. Noch ehe sie sich vollständig ausgezogen hatte, nahm er ihre Hand, küsste sie und entschuldigte sich. „Bitte verzeih mir", flüsterte er, „ich weiß nicht, was für ein Teufel mich geritten hat. Aber ich liebe dich so sehr. Ich habe dich so vermisst. Ich kann mir ein Leben ohne dich nicht vorstellen." Er flüsterte noch vieles andere, aber sie konnte in ihrer Euphorie die einzelnen Worte nicht mehr verstehen. Die Erleichterung überwältigte sie. Er liebte sie! Er brauchte sie! Sie würde ihm alles verzeihen.

Isabella hatte den Schnaps in die Kabine mitgebracht und sie überredet, mitzumachen. Dabei hätte Johanna lieber Sekt getrunken. Der perlte so hübsch im Glas, und sie konnte sich vorstellen, dass er gut schmeckte. Ihre Eltern hatten ihr stets verboten, Alkohol zu trinken, und im Schwesternheim war es natürlich auch nicht gestattet gewesen. Kein Alkohol in den Räumen des Heims, oder man riskierte entlassen zu werden! Und so war Johanna wohl eine der wenigen Achtzehnjährigen gewesen, die auch nach dem Abschluss ihrer Studentenzeit noch immer keinen Tropfen Alkohol getrunken hatten.

Der Schnaps brannte in ihrem Mund, sodass sie ihn in einem ersten Impuls gleich wieder ausspucken wollte. Aber

Isabella hatte immerhin vier Mark für die Flasche bezahlt! Also hielt sie den Atem an und schluckte ihn hinunter. Sie verschluckte sich und hustete verzweifelt. Isabella klopfte ihr lachend auf die Schultern, und auch Eva schien sich vor lauter Erheiterung nicht mehr beruhigen zu können. Dann verwandelte sich die Feuerwelle in Johannas Magen jedoch glücklicherweise in eine angenehme Hitze, die den ganzen Körper durchströmte und erwärmte. Johannas Atem beruhigte sich wieder, sie wurde grundlos vergnügt und saß mit gerötetem Gesicht einfach nur da und lachte mit. Die Flasche ging immer im Kreis herum, und Isabella bot sie nun auch den Frauen in den unteren Betten an, bis sie leer war. Sie saßen zu dritt oben auf dem Doppelbett, in ihren Nachthemden, die Beine gekreuzt im Schneidersitz und lachten über die belanglosesten Dinge. Eva patschte mit ihren kleinen, molligen Händen immer wieder auf ihre Schenkel, wenn sie etwas besonders lustig fand. Sie saß Johanna genau gegenüber und trug ein pinkfarbenes Baumwollhemd mit weißen Punkten. Überraschenderweise wurden diese Punkte immer größer und dann wieder kleiner. Johanna legte den Kopf auf die Seite und kniff die Augen zusammen, aber die Punkte hatten ein Eigenleben, bliesen sich wie Kugelfische auf und zogen sich dann wieder zusammen, bis sie nur noch winzige Punkte in einem wogenden rosa Meer waren. Ihr wurde schlecht.

„Um Himmels willen, kotz uns bloß nicht die Bude voll!", rief Isabella erschrocken aus, als sie sah, dass Johanna mit kalkweißem Gesicht angestrengt auf die Streifen ihres Pyjamas starrte. Eva half Johanna von der Matratze und die Leiter hinunter, damit sie nicht stürzte. Johanna musste sich an jedem Bettpfosten festhalten und jeden ihrer Schritte vorsichtig zu Boden setzen, um nicht ins Weltall zu stürzen. Die Welt hatte nur noch einen Radius von einem Meter, dahinter begann

das endlose schwarze Loch, über dessen Rand sie keinesfalls fallen durfte. Die anderen Frauen lachten und riefen ihr gute Ratschläge zu. Nach links, die Treppe hoch, dort war der Aufzug, der schnell an die frische Luft führte. Sie zwang sich zuzuhören und versuchte sich die Worte zu merken. Ihr Magen hob sich gefährlich, sein Inhalt drängte hinaus. Ins Freie, bitte, schnell, raus hier und an die frische Luft! Mit erstaunlicher Geschwindigkeit war sie beim Fahrstuhl, drückte auf den Knopf und wartete, mit der Stirn an die kühle Metalltür gelehnt, auf das Summen der Kabel. Alles drehte sich um sie. Es roch nach Diesel und Öl, dann war die Kabine da. Sie stieg ein, drückte wieder einen Knopf und presste die Hand vor ihren Mund, als der Aufzug mit einem Ruck anfuhr. Endlich oben.

Endlich an der frischen Luft. Das Deck war nur schwach beleuchtet, es war verlassen und wirkte so unheimlich wie ein endloser, düsterer Korridor. Ganz weit vorne glaubte sie Kurt zu sehen und stolperte in seine Richtung. Er würde ihr helfen. Da verhedderten sich ihre Beine in einer am Boden liegenden Seilrolle, und die Bilder vor ihren Augen begannen sich zu drehen, genauso schnell wie ihre Gedanken. Sie fiel, sie fing sich wieder, nein, sie stürzte. Kurt hielt sie fest, nein, er ließ sie fallen. Sie rutschte aus, übergab sich und würgte, am Boden liegend. Sie stand wieder, etwas Hartes traf ihren Kopf. Es tat furchtbar weh. Dann spürte sie gar nichts mehr.

Als ihre Freundinnen sie in der Morgendämmerung fanden, lag sie in ihrem Erbrochenen und konnte ihr rechtes Auge nicht mehr öffnen. Sie blutete aus mehreren Platzwunden im Gesicht und aus einer länglichen, jedoch nicht tiefen Verletzung am linken Arm. Isabella verständigte den Schiffsarzt, und Johanna wurde ins Lazarett gebracht.

„Sie müssen zwei Tage hier bleiben, bis sie ihren Rausch

ausgeschlafen haben", befahl der Arzt. Er fragte sie nach der Ursache für ihre Verletzungen, doch sie konnte sich nur erinnern, über eine Seilrolle gestolpert zu sein. Er sagte nichts dazu, schüttelte aber missbilligend den Kopf und begann sie medizinisch zu versorgen. Es handelte sich um keine ernsthaften Verletzungen, allein die Wunde an der Stirn musste mit fünf kleinen Stichen genäht werden, das Auge war zugeschwollen, sodass sie fast nichts mehr sehen konnte, und die ganze Zeit über war ihr grauenhaft übel. Sie wollte sterben, aus Scham, weil jeder denken würde, sie wäre eine Trinkerin, und weil sie sich am liebsten die Organe aus dem Leib gespien hätte. Das Krankenbett schaukelte, als wäre das Schiff ein Ruderboot auf offenem Meer. Der Arzt gab ihr erst am zweiten Tag Pillen gegen die Seekrankheit, die sie bis zum Ende der Reise nicht mehr absetzte. Mehr könne er für sie nicht tun, sagte er, immer noch mit diesem ablehnenden Gesichtsausdruck. Solchen Frauen wie ihr sei nicht zu helfen.

„Glauben Sie mir", verteidigte sie sich, „ich trinke normalerweise nie etwas, und deshalb habe es auch nicht vertragen."

„Das meine ich nicht", brummte er nur. „Ziehen Sie sich an, ihre Freundinnen warten draußen."

Eva und Isabella brachten sie zurück in ihre Kabine, und einige Tage später konnte sie wieder aufstehen und an Deck gehen, auch wenn ihr Auge noch immer geschwollen war und sich unter beiden Augen Blutergüsse gebildet hatten. Kurt sei ziemlich wütend, sagte Isabella zu ihr, während sie ihr vom Doppelbett half. Eva bemerkte, wie Johanna bei diesen Worten zusammenzuckte, und meinte daher sofort beschwichtigend, Kurt mache sich eben große Sorgen.

„Der Arzt, dieser ausgemachte Trottel, hat ihm blöderweise erzählt, dass du zu viel getrunken hast", erläuterte Isabella die

Sachlage, „aber ich habe seine Aussage wieder in die richtige Perspektive gerückt. Ich habe Kurt gesagt, es sei nur ein kleiner Schwips gewesen. Das ist doch nicht weiter schlimm. Du verträgst eben nichts, hast keine Übung, meine Liebe, das ist dein Problem."

Kurt schien jedoch nicht ärgerlich, sondern sehr besorgt und verständnisvoll zu sein, als er Johanna bei ihrem ersten kurzen Ausflug an Deck in die Arme schloss. Die Freunde standen um das Paar herum und klopften ihnen auf die Schultern. Alles würde wieder gut werden, nichts Schlimmes sei passiert. Johanna versprach Kurt, nie wieder Alkohol zu trinken. Oder nachts alleine an Deck spazieren zu gehen.

Welch ein Glück, dass Kurt sie nicht gefunden hatte, in diesem erniedrigenden, betrunkenen Zustand. Dabei hätte sie schwören können, ihn gesehen zu haben, mit wutverzerrtem Gesicht und erhobenem Arm ...

5

Der Regen hatte endlich aufgehört. Die dunklen Wolkenformationen, die noch vereinzelt über den Himmel zogen, brachen bereits auseinander, wurden an den Rändern luftiger und ließen die ersten Sonnenstrahlen durch. Mira und Jo Ann saßen auf der Veranda vor dem einzigen Straßencafé in Lightning Ridge. Mira hatte selbst gebackene Blaubeer-Muffins bestellt und krümelte gedankenverloren an ihrem Gebäck herum. „Ich muss es einfach riskieren", sagte Mira und schob ihre obligatorische verspiegelte Sonnenbrille zurecht. „Das Wasser ist jetzt fast überall zurückgegangen, und es wurde gemeldet, dass die Straße nach Norden wieder einigermaßen befahrbar ist. Ich halte es hier einfach nicht länger aus. Die Untätigkeit macht mich wahnsinnig. Wie kannst du das nur das ganze Jahr über ertragen?"

Jo Ann hatte ihren Muffin bereits gegessen. Sie zuckte mit den Schultern, lehnte sich in die plastikbezogenen Kissen ihres Stuhls und verschränkte die Arme unter ihren Brüsten, die sich unter dem dünnen Stoff ihres luftigen Herrenhemds deutlich abzeichneten. „Bisher hast du immer behauptet, dass du gerne hier bist."

„Natürlich bin ich das!", versicherte ihr Mira. „Ich stehe morgens auf, gehe zur Mine, buddle bis zur Erschöpfung, schleppe meine Nobbies nach Hause und klopfe und schleife sie, bis ich keine Kraft mehr in den Fingern habe. Immer in der fiebrigen Erwartung, den ganz großen, einzigartigen Stein zu finden. Und danach gehe ich zu John in die Kneipe, wo ich mich halbwegs vernünftig mit Menschen unterhalten kann, die auch ohne viele Worte verstehen, warum ich das alles tue. Ganz normale Wahnsinnige, die das gleiche Fieber in sich haben wie ich. Und wie du! Leugne nicht, du bist genauso wahnsinnig, sonst wärst du schon längst weggezogen. Spätestens nach dem Tod deines Mannes. Aber nein, du bist ganz alleine hiergeblieben und schuftest wie eine Wilde, obwohl du genauso wenig findest wie ich!"

„Genug zum Leben!", warf Jo Ann ein. „Meistens wenigstens!"

„Das mag sein. Ich finde auch immer wieder genug, um weiterzumachen, aber ist es das wert, sein ganzes Leben dafür zu opfern? Ich kann jederzeit wieder in das gute, alte Brisbane zurückfahren, wenn ich die Schnauze voll habe. Zurück zu den stinknormalen Menschen, in ihren Büros und Geschäften, zu dem Verkehr, der Hektik, der ganzen schönen Zivilisation ..."

„... bis du davon wiederum die Schnauze voll hast!"

„Stimmt! Aber zumindest habe ich einen Ausgleich. Und du? Wenn ich mir vorstelle, in Lightning Ridge bleiben und einfach so weiterleben zu müssen wie in den vergangenen Wochen, ohne die Arbeit in der Mine, immer nur untätig herumzusitzen und die Zeit totzuschlagen, nein, danke. Ich muss in die Stadt zurück! Und ich kann beim besten Willen nicht verstehen, wie du diese sinnlose Eintönigkeit all die Jahre über aushalten konntest und anscheinend immer noch nicht genug davon hast."

Jo Ann lächelte. Es war nicht ihre erste Diskussion über dieses Thema. Sie führten sie jedes Mal, wenn Miras Aufenthalt in Lightning Ridge zu Ende ging. „Du musst zugeben“, argumentierte Jo Ann, „dass hier alles schon viel besser geworden ist. Gar kein Vergleich mehr zu früher!“

Mira winkte mit einer entschiedenen Handbewegung ab und verscheuchte damit gleichzeitig eine lästige Fliege. „Ja, ja, ich weiß. Das Schwimmbad, das Museum, die vielen hübschen Häuser. Ich muss zugeben, die Infrastruktur wird immer besser. Ich sage nur, das Pub! So, wie John es jetzt führt mit Bingo am Montag und dem Wettbüro nebenbei, ist das eine echte kulturelle Bereicherung für die hiesigen Einwohner.“ Sie lachte kehlig. „Im Ernst. Es stimmt schon, vieles hat sich hier zum Vorteil verändert, aber das kann man, was Brisbane betrifft, auch sagen. Wann warst du eigentlich das letzte Mal in einer Großstadt?“

Jo Ann dachte nach. „Ich glaube, das war vor mehr als siebenundzwanzig Jahren“, gab sie zu. Die Zahl erschreckte sie, und Mira stockte der Atem. „Wie bitte? So viele Jahre ist das her? Das darf doch nicht wahr sein!“

„Lass mich nachdenken. Vielleicht sogar länger. Als wir in Australien ankamen, lebten wir zuerst in Sydney. Zwei Jahre später beschloss Kurt dann, hierher zu ziehen. Seitdem war ich nie wieder in Sydney. Auch nach seinem Tod nicht.“

Mira schwieg. Sie spürte, dass Jo Ann weitersprechen wollte.

„Es kommt mir gar nicht so lange vor. Dabei wäre ich damals viel lieber in Sydney geblieben. Die Lebensumstände hier waren widerlich! Schmutzig, staubig und primitiv. Wir hatten kein Badezimmer, ja nicht einmal fließendes Wasser! Und das bisschen, was wir in Sydney gespart hatten, war für die Ausrüstung und für den Wohnwagen draufgegangen. Ein paar Schaufeln, Pickel und Eimer, mehr hatten wir damals nicht. Wir mussten hart arbeiten, richtige Knochenarbeit war das. Kurt konnte das alleine nicht schaffen, da musste ich jeden Tag mit ihm in die Mine runter, und danach auch noch den Haushalt erledigen! Er wollte es sauber haben, und das Essen war sein einziges Vergnügen. Also habe ich geputzt und geschrubbt und gekocht und war immer müde. Aber es hat einfach nichts genutzt, der Dreck war nicht wegzukriegen." Sie verstummte und hing ihren Gedanken nach, bis Mira nach einer Weile wieder auf das Thema zurückkam.

„Das kann ich mir vorstellen. Im Sommer muss es besonders schlimm gewesen sein ..."

„Ja, der Wohnwagen war undicht, Staub drang durch die Ritzen und lag auf jedem Gegenstand. Schrecklich! Wir hatten auch noch keinen Kühlschrank. Ich musste alles frisch im Laden besorgen, jeden Tag auf dem Heimweg hat Kurt im Pub sein Bier getrunken, während ich einkaufen ging. Immer gerade genug für einen Tag."

„Das klingt ja, als wäre Kurt Australier gewesen", lachte Mira und steckte sich eine Zigarette an.

„Wie meinst du das?" fragte Jo Ann und wedelte mit der Hand, um den Rauch zu vertreiben, der genau zu ihr hinüberzog.

Mira senkte ihre Hand und hielt die Zigarette in die andere Richtung. „Nun, damals ließen fast alle australischen Männer ihre Frauen alleine einkaufen und warteten währenddessen in der Kneipe. Alte Machos waren das, alle miteinander, der ganze verkommene Haufen."

Jo Ann sah sie verständnislos an. „Was hätte er denn sonst tun sollen? Der Laden lag auf dem Weg, und das Pub war gleich gegenüber. Er gab mir den Schlüssel, und ich konnte im Auto warten, bis er wieder herauskam."

„Wie großzügig!", höhnte Mira.

„Das Warten hat mir nichts ausgemacht."

„Warum bist du nicht mit ins Pub gegangen?“

„Völlig unmöglich! Weißt du nicht mehr, Frauen hatten zu dieser Zeit doch noch nicht die Erlaubnis, eine Kneipe zu betreten, und als das Gesetz endlich geändert wurde, ging eine anständige Frau dennoch weiterhin für viele Jahre nicht in ein Pub. Außerdem habe ich damals nie Alkohol getrunken.“

„Das hat sich mittlerweile aber wenigstens geändert. Wenn Kurt dich neulich gesehen hätte! Weißt du noch, als es so geschüttet hat und wir fast die ganze Nacht in der Kneipe versumpft sind?“

Jo Ann musste schmunzeln. Das war die Nacht gewesen, in der sie sich beinahe vergessen hätte. Solange sie noch nüchtern gewesen war, hatte sich John um seine Gäste kümmern müssen, doch als sich endlich nur noch wenige Hartnäckige an ihren Biergläsern festgehalten und nur noch selten Nachschub verlangt hatten, war er zu ihr und Mira an den Tisch gekommen und hatte sich mit ihnen unterhalten. Mira hatte dem oberflächlich dahinplätschernden Gespräch nur halbherzig zugehört und war irgendwann sogar eingeschlafen. John war daraufhin näher an Jo Ann herangerückt und hatte es gewagt, seinen Arm um ihre Taille zu legen. Wie sehr hatte sie sich da gewünscht, dass er sie fest umarmen und einfach küssen würde! Durch den übermäßigen Alkoholgenuss war sie willensschwach geworden und hatte ihn schon zu sich nach Hause einladen wollen, als er einen Fehler gemacht hatte. Voller Anteilnahme hatte er sie plötzlich gefragt, ob sie ihm denn nicht erzählen wolle, was sie so belaste. Er würde doch spüren, dass sie irgendetwas bedrücke. Beinahe hätte sie ihm von Evas Anruf erzählt, aber dann war ihr trotz ihres konfusen Zustands bewusst geworden, dass es damit nicht getan war. Wenn sie sich ihm auch nur einmal öffnete, würde er weiterfragen, und sie würde ihm Dinge erklären müssen, an die sie selbst schon lange nicht mehr gerührt hatte. John hatte ihre ablehnende Haltung sofort bemerkt und seine Hand zurückgezogen. Und sie war, ohne ein weiteres Wort zu verlieren, aufgestanden und nach Hause gegangen.

„John ist ein rücksichtsvoller, lieber Kerl. Er hat keinen Ton gesagt, als ich am nächsten Tag den Rest meiner Zeche bezahlt habe."

„Was hätte er auch groß sagen sollen?", entgegnete Mira. „Es geht ihn doch gar nichts an, wenn du dich betrinkst."

„Kurt hätte dafür kein Verständnis gehabt." Jo Ann sah wieder auf und starrte in Miras Brillengläser. Sie konnte sich selbst darin sehen, etwas verzerrt, wie ein Insekt, mit großem Kopf und kegelförmigem Körper. „Auch heute nicht, wenn er noch leben würde. Als wir auswanderten, damals auf dem Schiff, da wollte ich auch einmal etwas trinken. Die anderen waren immer so fröhlich, Eva und Isabella haben immer mit den Männern gefeiert und Wein oder Sekt getrunken. Aber ich durfte nie. Dabei war der Alkohol auf dem Schiff ganz billig, zollfrei, weißt du. Die beiden haben allerdings nicht viel getrunken, Eva sogar nur ganz wenig, denn sie bekam beim ersten Schluck sofort rote Wangen."

Mira runzelte die Stirn. „Du durftest nicht?"

„Kurt hat damals gesagt, es wäre ihm lieber, wenn ich gar nicht erst damit anfange. Ich sagte, Eva und Isabella trinken doch auch mal was, aber er meinte, das sei etwas anderes, mit denen sei er ja schließlich nicht verheiratet!"

„Waren die beiden deine Freundinnen?"

„Ja. Einmal haben sie meinetwegen eine Flasche in die Kabine geschmuggelt, damit ich wenigstens probieren kann. Das war eigentlich nicht erlaubt, weißt du, es gab ziemlich strenge Regeln auf dem Schiff, was auch nötig war. Da waren vielleicht verrückte Leute dabei. Da lag eine Spannung in der Luft, das kannst du dir überhaupt nicht vorstellen. Irre Typen waren das. Ich weiß noch, einer war so glücklich gewesen, als er die Küste Australiens zum ersten Mal gesehen hat, dass er zu seiner Kabine gerannt ist, seine ganze warme Winterkleidung geholt und über Bord geworfen hat. Stell dir das einmal vor, seinen guten Wintermantel, Pullover, Socken und all das. Dabei hat er vor Vergnügen geschrien, dass er das dicke Zeug nun nie wieder tragen müsse. Wie sich später aber herausstellte, hat er geplant, nach Tasmanien zu gehen. Nach Tasmanien! Wo es das ganze Jahr über kalt ist, sogar im Hochsommer! Gott, was haben ihn die anderen Passagiere ausgelacht."

Sie trank einen Schluck kalten Kaffee, und Mira fragte, ob sie noch Zeit für einen neuen hätte. Jo Ann nickte, und Mira drehte sich um und rief ihre Bestellung in den halbdunklen Raum. Sie drückte ihre Zigarette aus. „Ja, ja, ihr Ausländer seid schon ein selten blöder Haufen. Ihr kommt hier an und habt keine Ahnung von unserem schönen Land."

Das war nicht ganz ernst gemeint, aber Jo Ann musste ihr zustimmen. Sie waren damals entsetzlich uninformiert gewesen, aber heutzutage war es auch nicht viel besser als zu ihrer Zeit. Heute kamen die meisten der Einwanderer aus asiatischen Ländern und wussten ebenfalls nur sehr wenig oder gar nichts über ihre neue Heimat. Sie wurden vom Staat in den Busch geschickt, der langsam starb, weil sich die Australier selbst nicht mehr mit dem harten Leben im Hinterland anfreunden konnten und die Neuankömmlinge mit der dortigen Art der Landbestellung keine Erfahrung hatten. Sie versuchten einfach nur, mehr schlecht als recht, zu überleben, und dennoch war der Busch für viele dieser bedauernswerten Menschen der Himmel auf Erden.

„Stell dir vor, wir hatten uns vor unserer Abreise überhaupt nicht richtig informiert, wie das Leben hier so ist. Ich hatte nur die Werbebroschüren gelesen, die Kurt vom australischen Konsulat mitgebracht hatte. Darin klang natürlich alles rosig. Aber Schwamm drüber, das ist schon so lange her."

Mira genoss Jo Anns ungewöhnliche Redseligkeit. Zwischen ihnen hatte sich über die Jahre hinweg eine oberflächliche Freundschaft entwickelt, die aber nie tiefer gegangen war, auch wenn sie jeden Winter, den Mira zum Schürfen gekommen war, etwas mehr Zeit miteinander verbracht hatten. Mira wollte noch mehr über Jo Anns Vergangenheit wissen und animierte sie, weiterzuerzählen: „Du wolltest von der Flasche erzählen, die ihr in die Kabine geschmuggelt habt."

Aber Jo Ann blockte auf einmal ab. „Ich muss los, tut mir leid. Ich habe ganz vergessen, dass ich noch etwas erledigen muss." Sie stand etwas zu hastig auf. „Falls du wirklich schon morgen fahren willst, wäre es nett, wenn du vorher noch bei mir vorbeikommen würdest. Ich habe etwas für dich."

„Was denn?"

„Überraschung!", winkte ihr Jo Ann noch zum Gruß zu, dann drehte sie sich um und verschwand zwischen den Häusern.

Jo Anns Haus befand sich am Ende einer Seitenstraße. Es war ein weiß gestrichener, lang gezogener Holzbau, der aussah wie ein umgebauter Wohnwagen. Nichts Besonderes, aber wenigstens ein richtiges Haus, mit Betonboden, isolierten Wänden und Blechdach, mit zwei Zimmern, einem funktionierenden Bad und einem großen Garten, der ihr ganzer Stolz war. Das Land, das ihr gehörte, grenzte direkt an den Busch, von dem es nur durch einen dünnen Drahtzaun getrennt war, sodass sie das Gefühl hatte, in eine endlose Weite zu schauen, wenn sie auf der hölzernen Bretterterrasse vor ihrem Haus saß und die dahinziehenden Wolken betrachtete.

Jo Ann kickte mit dem Fuß einen Stein von der Straße und beschleunigte ihre Schritte. Die Bewegung tat ihr gut, nach all dem wochenlangen Herumsitzen und Warten. Mira hatte Recht, das Wasser ging langsam zurück, und sie würden ihr gewohntes Leben schon bald wieder aufnehmen können. Es war aber auch höchste Zeit. Sie wollte so schnell wie möglich in ihre Mine zurück, obwohl es eigentlich genug im Garten zu tun gab, nachdem es endlich nicht mehr regnete. Jo Ann zog ihr eigenes Gemüse und hatte sogar ein paar Sträucher gepflanzt, die bald blühen würden. Dann würde ihr Garten in seiner Farbenpracht denen der teuren Häuser in der Stadt, von denen es eine ganze Menge gab, seitdem die großen Opaladern entdeckt worden waren, in nichts nachstehen. Die Besitzer der ertragreichen Minen hatten angefangen, sich schöne Häuser mit aufwändigen Außenanlagen zu bauen, wodurch sich das Gesicht der Stadt von Jahr zu Jahr mehr veränderte. Es würde wohl nicht mehr lange dauern, bis ihr eigenes Land durch seine exklusive Randlage mehr wert wäre als ihre Mine. Diese gottverdammte Mine! Jedes Jahr nahm sie sich vor, sie zu schließen, sollte sie nicht endlich ihre Schätze herausgeben. Aber dann hoffte sie doch immer wieder von Neuem, änderte kurz vor Weihnachten noch ihren Entschluss und hängte noch ein weiteres Jahr an. Diese verdammte Mine verhöhnte sie! Immer wieder tauchten Anzeichen auf, die auf eine größere Ader schließen ließen und Reichtum versprachen, dann aber genauso schnell wieder in der Tiefe des Lehms verschwanden, wie sie erschienen waren.

Aber dieses Jahr würde es anders sein! Jo Ann atmete schwer vom schnellen Laufen und schloss ihr Hoftor auf, wo ihr Ben, ihr alter Hund, freudig entgegensprang. Er begrüßte sie mit lautem Bellen und tänzelte vor ihren Beinen hin und her, bis sie ihn mit beiden Händen kraulte.

Jo Ann ging ins Haus, vollzog das gleiche Begrüßungsritual mit Tiger, ihrem zweiten, jüngeren Hund, nahm ihn am Halsband und führte ihn nach draußen. Solange sie die beiden Hunde nicht miteinander alleine ließ, gab es keine Probleme. Die Tiere respektierten sie und wagten nicht, sich in ihrer Anwesenheit zu bekämpfen. Sobald sie jedoch unter sich waren, war das etwas anderes. Das ewige Aufpassen war Jo Ann zwar lästig, aber sie konnte Tiger nicht mehr zurückgeben. Sie hatte den fast schon ein Jahr alten Welpen vor einigen Monaten zu sich geholt, weil Ben krank geworden war und der Tierarzt sie vorgewarnt hatte, dass er mit seinen sechzehn Jahren wahrscheinlich nicht überleben würde. Tiger war einer von Johns Welpen aus dem letzten Wurf gewesen, aus dem zwei übrig geblieben waren, weil niemand sie hatte haben wollen. Doch John hatte sie trotzdem nicht lange überreden müssen, es mit einem der halbstarken Racker zu versuchen, als sie völlig aufgelöst aus der Tierarztpraxis zu ihm in die Kneipe gekommen war. Sie hatte sich sofort für den gefleckten entschieden, weil er ihr gleich entgegengesprungen war und sie begeistert beschnuppert hatte. Es war Liebe auf den ersten Blick gewesen, sowohl bei ihr als auch bei Tiger. Er war ein kräftiger Wachhund, der sie sofort als Herrin akzeptierte und mit seiner ganzen treuen Hundeseele beschützen wollte. Dann aber war Ben wider Erwarten genesen. Und als sie ihn aus der Klinik zurückgebracht hatte, waren die beiden Hunde sofort eifersüchtig aufeinander losgegangen, nachdem sie sich kurz beschnuppert hatten. Seither musste sie die beiden getrennt halten, den einen im Haus, den anderen im Garten. Denn obwohl sie Ben mehr liebte als Tiger, wollte sie diesen nicht mehr hergeben, und so würde sie die Zeit, die Ben noch blieb, eben aufpassen müssen.

Wieder kehrten ihre Gedanken zu ihrer Mine zurück. Dieses Jahr sollte endgültig das letzte sein. Ich gebe ihr nur noch bis Ende November, schwor sie sich, dann höre ich auf. Entweder sie gibt mir bis dahin mehr als die paar Almosen, die ich ihr mühselig entreiße, oder ich mache sie dicht. Und was dann, du Idiotin? Du weißt doch genau, dass du hier nicht wegkannst. Dass dich die Mine mit eisernen Klauen festhält. Es gibt kein Entrinnen. Du kannst sie nicht einfach verlassen und Fremden übergeben.

Es war zum Verrücktwerden, und Schwermut überkam sie. Es war ja doch alles sinnlos. Sie war eine Gefangene der Mine und zugleich ihre eigene Wärterin. Für sie gab es weder Flucht noch Begnadigung, noch Hafterleichterung. Und daran würde sich auch niemals etwas ändern. Jahr und Tag der gleiche Trott, die gleiche elende Schinderei. Sie machte das nun schon so lange, dass sie in Momenten wie diesen einfach nicht mehr wusste, warum. Warum sie überhaupt hier war! Warum sie nicht einfach einen Koffer packte, die Hunde nahm und von hier wegfuhr. Doch, sie wusste genau, warum!

Und manchmal keimte sogar Hoffnung in ihr auf. John hatte die Sehnsucht nach einem anderen Leben in ihr geweckt, nach einer Zukunft, die so anders war als die trostlose Leere, die sich in ihr ausgebreitet hatte. Doch dann fiel ihr Kurt wieder ein, der Grund, warum sie keine Zukunft hatte, und Verzweiflung überkam sie. Es waren Momente, die so bitter und einsam waren, dass sie versucht war, dem allem ein Ende zu machen.

Doch sie hatte nie versucht, diesen Gedanken in die Tat umzusetzen. Jedes Mal hatte ihre lebensbejahende Natur, die sich mit ihrem selbst gewählten Exil inzwischen nicht nur abgefunden hatte, sondern es manchmal sogar genoss, die Oberhand gewonnen und ihr vor Augen geführt, wie sehr sich ihr hiesiges Leben im Vergleich zu den ersten Jahren doch verbessert hatte. Sie konnte trotz der mageren Ausbeute aus der Mine ihren Lebensunterhalt bestreiten, war gesund und munter, hatte ihren Garten und die Hunde, und, was ihr am wichtigsten war: Sie konnte selbst ohne jeden Zwang entscheiden, wie sie ihre Tage und Nächte verbrachte. Nein, es war alles in bester Ordnung – bis auf die Tatsache, dass sie nicht von hier fort konnte und sich manchmal unerträglich einsam fühlte.

Ein gutes Mittel gegen die aufkeimende Schwermut war Arbeit. Und so beschloss sie, ihre Schaufel aus der Werkstatt zu holen und sich ein wenig im Garten zu betätigen.

Nach einer guten Stunde hatte sie die nötige Fläche für ein neues Feld umgegraben. Sie wollte diesen Frühling Salat pflanzen. Schweißtropfen standen auf ihrer Stirn, und unter ihrem Sweatshirt war sie bereits völlig nassgeschwitzt. Aber sie fühlte sich schon deutlich besser.

Tiger schlug an, und nun konnte auch Jo Ann das schwache Klingeln des Telefons hören. Das wird Mira sein, dachte sie und stieß energisch die Schaufel in den Boden. Sie würde heute noch abfahren, das war so sicher wie das Ende des Regens, der sich nun für den Rest des

Jahres rar machen würde. Jo Ann hatte als Abschiedsgeschenk für Mira ein Foto von ihnen beiden vergrößern und rahmen lassen. Es lag allerdings noch unverpackt auf dem Küchentisch. Also nahm sie Tiger hastig am Halsband und spurtete mit ihm ins Haus, um den Anruf nicht zu verpassen. Vielleicht konnte sie Mira ja dazu überreden, erst morgen zu fahren. Sie ließ das Halsband des Hundes erst los, nachdem sie die Tür geschlossen hatte, und griff dann zum Hörer. Doch am anderen Ende war nicht Mira, sondern John, der ihr eine so schockierende, eine so ungeheuerliche Nachricht übermittelte, dass sie nichts anderes tun konnte, als mit einem unterdrückten Stöhnen ihre Anwesenheit zu bestätigen, schweigend zuzuhören und dann nach einer Ewigkeit, wie ihr schien, einen Dank zu murmeln und mit dem Finger die Verbindung zu unterbrechen. Dank wofür? Sie spürte noch, wie ihr schwindlig wurde, dann schwebte sie plötzlich, und ihr Körper war so leicht und weich, dass sie nicht mehr spürte, wie sie auf dem Boden aufschlug.

Kurt war plötzlich da. Er stand über sie gebeugt, mit geballten Fäusten, wie ein Boxer. Holte mit der rechten Faust aus und schlug zu. Sie riss abwehrend die Arme nach oben, um ihr Gesicht zu schützen, aber seine Faust traf ihren Unterarm. Von der Wucht des Schlages wurde sie auf den Rücken geworfen, während er sie mit dem nächsten am Kopf erwischte. Blut spritzte auf ihre weiße Bluse, und sie dachte sich noch, das geht nie mehr raus, ehe sie das Bewusstsein verlor.

Minuten mussten vergangen sein. Der Telefonhörer baumelte neben Jo Anns Kopf, und wie aus weiter Ferne hörte sie das Besetztzeichen an ihr Ohr dringen. Es wurde immer lauter und ließ sie langsam wieder zu sich kommen. Ächzend stand sie auf, um sich das Blut von der Stirn zu wischen. Aber da war kein Blut in ihrem Gesicht, und auch ihr Arm schmerzte nicht. Und vor allen Dingen, wie sie bestürzt und gleichzeitig erleichtert feststellte, gab es keinen Kurt. John musste sie mit seiner Nachricht so erschreckt haben, dass sie wohl ohnmächtig geworden war. Geistesabwesend hängte sie den Telefonhörer ein. Aber die Erinnerung an Kurts Brutalität, an seine gemeine Attacke auf der Queen Frederica, die sie gerade zum zweiten Mal durchlebt hatte, ließ sich nicht so schnell verdrängen, und eine unerklärliche Angst bemächtigte sich ihrer. Jo Ann atmete tief durch, bis sie sich wieder etwas beruhigt hatte, dann holte sie sich ein Glas Wasser und trank es in einem Zug aus.

Als das Telefon wieder zu läuten begann, zuckte sie zusammen und starrte es an, als wäre es ein gefährliches Tier, doch dann hob sie schließlich mit zitternder Hand ab. Dieses Mal war es tatsächlich Mira, die darauf bestand, in einer Stunde vorbeizukommen und sich ihr Geschenk abzuholen. Jo Ann gab sich geschlagen, obwohl sie sich beim besten Willen nicht vorstellen konnte, innerhalb kürzester Zeit mit Mira einen harmlosen Plausch zu halten. Reiß dich zusammen, sagte sie unerbittlich zu sich selbst, du brauchst jetzt einen klaren Kopf. Du wirst das Geschenk verpacken, eine Flasche Weißwein kaltstellen und dich anständig von Mira verabschieden. Du wirst ihr gegenübertreten, ohne dass sie auch nur im Geringsten merkt, wie du dich fühlst. Du hast noch eine ganze Stunde Zeit, dich zu sammeln.

Aber die Nachricht, die sie soeben erhalten hatte, war nicht so leicht zu verdauen, und sie wusste, dass sie in einem nicht mehr enden wollenden Albtraum landen würde, wenn sie sich nicht endlich den Tatsachen stellte. Jo Ann presste eine Faust an ihre Brust, um ihren noch immer beschleunigten Herzschlag zu beruhigen. Dann entschied sie sich mit klopfendem Herzen und flachen Atemstößen, zu handeln, und wählte Evas Nummer. Es war so weit!

6

Die Frischwassertanks waren fast leer gewesen, als sie Freemantle, den Hafen von Perth, erreicht hatten. Der dortige Aufenthalt war nur kurz gewesen, denn der griechische Kapitän wollte die Verspätung, die durch ein paar Schlechtwettertage auf hoher See entstanden war, wieder aufholen. Aber die übereilte Weiterreise sollte schlimme Folgen für die Passagiere haben, die dem Ende der Fahrt entgegenfieberten. Bis Perth war die Stimmung an Bord noch einigermaßen friedlich gewesen, auch wenn die Nervosität der Reisenden von Tag zu Tag zugenommen hatte. Dann aber, als kein Frischwasser mehr zur Verfügung stand, weil der verantwortliche Offizier in der Eile vergessen hatte, die Tanks auffüllen zu lassen, schlug die Stimmung um. Die Passagiere mussten mit Salzwasser duschen und die salzige Brühe sogar zum Zähneputzen verwenden. Die Beschwerden häuften sich und wurden immer lauter, je stärker die Hygiene an Bord nachließ. Viele beschuldigten den Kapitän sogar, sich das Geld für das Auffüllen der Tanks bewusst gespart zu haben, ohne dabei Rücksicht auf seine Passagiere zu nehmen.

Doch als sie endlich in Melbourne anlegten und von Bord durften, schien aller Ärger vergessen, und von einem Moment zum anderen, als hätten sie sich abgesprochen, lag wieder gespannte Erwartung und Vorfreude in der Luft. Die Einwanderer wurden sofort zum Bahnhof gefahren, wo der Zug nach Bonegila, einem ehemaligen Armee- und Auffanglager für Einwan-

derer, bereits auf sie wartete. Die Deutschen blieben genauso wie alle anderen Nationalitäten streng unter sich. Jeder suchte die Nähe seiner Landsleute.

„Bin gespannt, ob wir wieder in Gemeinschaftsräumen untergebracht werden", sagte Isabella im Zug und drückte damit eine Befürchtung aus, die von allen geteilt wurde.

Sie benötigten sechs lange Stunden für die dreihundert Kilometer bis Albury. Dort stiegen sie aus und wurden nach Bonegila gebracht, das direkt an der Grenze zwischen Victoria und New South Wales lag. Abseits der Stadt, versteckt in einem Waldgebiet, standen runde Hütten aus Wellblech in verschiedenen Größen malerisch am Ufer eines Sees mit Bootsteg und mehreren Grillplätzen. Das Lager hätte eine Ferienanlage irgendwo in einem mitteleuropäischen Wald sein können. Sogar die Nadelbäume sahen aus wie Kiefern und Fichten, aber bei näherem Hinsehen entdeckte Eva, dass sie kleiner und kahler waren als diese und auch nicht nach Tannennadeln dufteten. Es war ein Mischwald, durchsetzt von Gumtrees, jenen seltsamen Bäumen mit weiß gefleckten Stämmen und nur wenig Laub in einem sonderbar fahlen Grün, wie sie später noch erfahren sollte.

Den Familien wurden einzelne Hütten zugeteilt, und alle waren erleichtert. Auch die Paare ohne Kinder bekamen ihre eigenen, wenn auch kleineren Unterkünfte zugewiesen, die näher am Waldrand standen.

„Wenigstes ein Fortschritt", kommentierte Isabella und ging ihr Gepäck suchen. Der Bus mit den Koffern war angekommen und ihre Gepäckstücke bereits abgeladen worden. Jeder suchte fieberhaft nach seinem Besitz, wollte gleichzeitig aber auch seine Hütte beschlagnahmen, eine Dusche nehmen und das Camp besichtigen. Die chaotische Betriebsamkeit legte sich erst wieder gegen Abend, als alle ihre Sachen ge-

funden und sich einigermaßen in ihrem neuen Zuhause eingerichtet hatten. Ohne sich abgesprochen zu haben, trafen sich die drei Freundespaare am Ufer des Sees, etwas abseits der noch kalten Grillstellen, an denen sich bereits größere Gruppen gebildet hatten.

Johanna forschte in den Gesichtern der anderen nach Anzeichen, wie es ihnen im Lager gefiel. „Ist doch ganz nett hier", begann sie vorsichtig. Kurt hielt ihre Hand, nicht fest, nicht sanft, einfach so wie immer.

„Spinnst du?", fragte Isabella mit einem energischen Kopfruck. Ihr üppiges, straff nach hinten gebundenes Haar schwang durch die Luft, und sie hatte die Brauen wütend zusammengezogen. „Das hier ist ein Konzentrationslager! Die Hütten sind baufällig, die Dächer undicht, wir werden hundertprozentig nass werden, sobald es regnet. Und habt ihr die Toiletten gesehen? Das sind gerade einmal bessere Löcher im Boden! Genauso schlimm wie in Italien bei meinen Verwandten, und die habe ich mich geweigert zu benutzen, seitdem ich vierzehn bin! Meine Matratze hängt bis zum Boden durch, und ich möchte nicht wissen, wie viele Läuse sie beherbergt!"

„Nun mach mal halblang", sagte Dieter mit seiner sanften Stimme. Es klang trotzdem wie eine Rüge. Und den anderen erklärte er: „Meine liebe Frau ist ein bisschen verwöhnt. Das einzige Mädel in einer italienischen Familie mit drei Brüdern. Ihr könnt euch vorstellen, was da ablief. Prinzessin brauchte nur mit dem Finger zu schnippen, da waren die Jungs auch schon in Habtachtstellung. Und Papa liebte seine Kleine so abgöttisch, dass er ihr immer erzählt hat, sie brauche sich ihre Hände niemals mit Arbeit schmutzig zu machen. Da ist so ein einfaches Camp natürlich nicht nach ihrem Geschmack."

Isabella stand auf, drehte sich zum See und starrte aufs Wasser. Sie fühlte sich von Dieter verraten. „Da liegst du falsch", erwiderte sie schließlich, ohne ihn dabei anzusehen, aber laut genug, dass sie alle hören konnten, „und das weißt du auch. Ich bin nicht verwöhnt, ich bin nur ehrlich. Das hier ist eine billige Absteige, und ich wette, dass das Essen sogar noch schlimmer ist als auf dem Schiff."

„Das war doch gar nicht so schlecht", meinte Kurt. „Mir hat's jedenfalls geschmeckt!" Er taxierte Isabellas Rücken. Sie hatte einen verflucht knackigen Arsch in diesen hautengen Jeans. Dieter sollte sie wirklich nicht so aufreizend herumlaufen lassen.

„Du isst aber auch alles!" Isabella drehte sich zu ihm um, etwas zu schnell für Kurt. Denn sie bemerkte das Glitzern in seinen Augen und deutete es richtig. Begehren lag darin. Gier. Wollust. Überrascht senkte sie ihre Augen, wobei ihr Blick seinen Bauch streifte, der sich trotz seines durchtrainierten Körpers deutlich unter dem losen Hemd abzeichnete. „Wie man unschwer erkennen kann", versuchte sie mit harmlos klingender Stimme und naivem Lächeln ein Ablenkungsmanöver und hoffte dabei, seinen lüsternen Blick falsch gedeutet zu haben. Wenn nun auch einer der anderen ihn registriert hatte, wie peinlich!

Aber Kurt grinste frech zurück. Seine Unterlippe zuckte dabei, und dann fuhr er sich mit seiner Zungenspitze ganz langsam und genüsslich über die Oberlippe. Ob dieser plumpen Anmache runzelte sie wütend ihre Stirn, drehte sich ruckartig zu Dieter um und wollte sich gerade bei ihm einhaken – als ihr einfiel, dass sie ja eigentlich wütend auf ihn war. Ihre Hand fiel bleischwer wieder nach unten.

Doch ihre Sorgen waren unbegründet, denn weder Johanna noch einer der anderen hatte den Blickwechsel zwischen ihr und Kurt bemerkt. Johanna, die Kurt offen ihre Unterstützung zeigen wollte, meinte nun sogar: „Mir hat das Essen auf dem

Schiff auch ganz gut geschmeckt. Meistens wenigstens. Und das Camp ist wirklich nicht übel. Zumindest schwankt der Boden hier nicht mehr."

Da musste Isabella plötzlich lachen, und die andern fielen in ihr kehliges Lachen mit ein. Die arme Johanna hatte bis zum letzten Tag der Überfahrt, sogar als sie schon vor Anker lagen, ihre Tabletten schlucken müssen. Seit ihrem unseligen Unfall hatte sie an der Seekrankheit gelitten, und wenn sie den Zeitpunkt der Tabletteneinnahme auch nur um zehn Minuten überzogen hatte, war das widerliche Würgen wieder losgegangen. Heute war der erste Tag, an dem sie keine mehr eingenommen hatte und sich wunderbar fühlte.

„Ja, das Essen wird bestimmt gut sein, und eigentlich ist es richtig schön hier!", unterstrich Johanna noch einmal ihr wiedergewonnenes Wohlbefinden und schlug vor, schwimmen zu gehen.

Die anderen stimmten ihr zu, nur Isabella hielt den Mund und ging schweigend zu ihrer Hütte, um ihren Badeanzug zu holen. Nach ein paar Metern hielt sie inne und drehte sich um. Sie gab Dieter ein Signal, ein kurzes Schnippen mit den Fingern, das wie ein unausgesprochener Befehl wirkte und Dieter auch sofort aufstehen und ihr folgen ließ. Kurt machte daraufhin, leise genug, damit Dieter es nicht hören konnte, eine seltsame Bemerkung, die wie eine Prophezeiung klang. „Der wird sich noch wundern! Da muss schon ein anderer her. Was die braucht, ist ein ganzer Kerl, der sie mal richtig hernimmt. Damit sie kapiert, wo's langgeht. Nicht so ein Weichei wie Dieter, der kann sich nicht behaupten, das gibt noch 'ne Tragödie."

Uwe lachte beifällig, und Eva und Johanna nickten, als würden auch sie dem Gesagten zustimmen.

Es waren so viele Deutsche, Österreicher und Schweizer im

Camp, dass fast die Hälfte der Einwanderer deutschsprachig war. Und die meisten von ihnen waren Isabellas Meinung. Die Unterbringung war genauso notdürftig wie in einem Kriegsgefangenenlager. Das Essen war eine unzumutbare Pampe, die hygienischen Bedingungen waren bestenfalls als noch erträglich zu bezeichnen. Aber niemand außer Isabella beschwerte sich. Diese schimpfte allerdings eher halblaut als offen vor sich hin, und ihre bissigen Kommentare stießen auf keine Resonanz. Immerhin hatten sie für die Unterkunft nichts bezahlen müssen, also konnten sie auch keine großen Ansprüche stellen, war das allgemeine Urteil der Deutschen.

Die Jugoslawen, Italiener und Türken waren zufriedener, zumindest schien es so. Sie saßen in Grüppchen beieinander, machten abends ein Lagerfeuer, und man hörte ihr Singen und Lachen weit über den See hallen. Vielleicht beschwerten sie sich auch, doch Anzeichen gab es dafür keine. Im Gegenteil ließen ihre fröhlichen Zusammenkünfte eher auf eine prinzipielle Zufriedenheit schließen. Eva hätte gerne die gleiche Ausgeglichenheit gespürt, die sie bei ihnen vermutete, vor allem dann, wenn die Angst sich in ihr ausbreitete und Uwe nicht in ihrer Nähe war, um sie zu beruhigen.

Eines Abends saßen sie alle beim Essen in der Kantine, einer lang gezogenen Wellblechhütte, die wie ein der Länge nach in der Mitte durchgeschnittenes Rohr aussah, das auf den Erdboden gestellt worden war, als Isabella eine riesige Spinne an der Wand neben sich hochkrabbeln sah. Angewidert schrie sie auf und deutete auf das Tier mit den langen, haarigen Beinen, das nur einen Meter von ihr entfernt war. Kurt, der ihr gegenübersaß, zog daraufhin seinen Schuh aus und warf ihn mit voller Wucht an die Wand, worauf die Spinne zu einer schwarzen Kugel eingerollt auf den staubigen Boden fiel.

Eine Frau, die drei Tische weiter hinten ihnen saß, rief

irgendetwas Wütendes, sprang auf und rannte um den Tisch zu der Stelle, an der die Spinne lag. Sie hob sie mit bloßen Fingern auf und legte sie vorsichtig auf ihre Handfläche. Aber sie bewegte sich nicht mehr. Sie untersuchte den leblosen Körper des Tieres, begann dann zu jammern und warf einen bösen Blick zum Tisch der Deutschen hinüber.

Es war ihr Tierchen gewesen, erklärte ihnen einer der Ausländer in gebrochenem Englisch, ihr Haustier sozusagen. Ein Hansmann, so hieß die Gattung, eine harmlose Spinne sei es gewesen, gut für die Hütte. Denn der Hansmann fresse Moskitos und viele anderen Spinnenarten, die giftig seien! Man hätte dieses nützliche Tier nicht töten dürfen.

„Lieber Himmel", stöhnte Isabella, als sie einigermaßen verstanden hatten, was der Mann ihnen erklären wollte. „Giftige Spinnen gibt es hier also auch noch? Ich werde kein Auge mehr zutun!"

Kurt entschuldigte sich nicht bei der Frau. Das sei unter seiner Würde, meinte er, nicht wegen einer lausigen Spinne! Da entschuldigte sich Dieter an seiner Stelle, um des lieben Friedens willen, wie er sagte, obwohl auch er fand, dass eine Spinne kein Haustier war und Kurt schließlich nicht hatte wissen können, wann und für wen eine Spinne zum Haustier wurde. Isabella tippte sich dagegen völlig unbekümmert und für jeden sichtbar mit dem Finger an die Stirn, gleich nachdem sich Dieter entschuldigt hatte. Wobei sich Eva fragte, ob mit dieser Geste nun eigentlich die Frau mit der Spinne oder ihr Mann Dieter gemeint gewesen war.

Sie blieben drei Wochen im Bonegila Camp. Es war eine Zeit unfreiwilligen Nichtstuns, als wäre ihr Urlaub von der Reiseleitung ohne Angabe von Gründen und ohne ihre Zustimmung noch einmal verlängert worden. Die Reiseleitung blieb unsicht-

bar und agierte ganz nach Belieben, sodass den ahnungslosen und frustrierten Campbewohnern nur die Hoffnung blieb, möglichst bald darüber informiert zu werden, was als Nächstes geschehen würde. Sie hatten rein gar keine Aufgaben oder Pflichten. Nur ihre Hütten und sich selbst sollten sie sauber halten. Alles Weitere wurde vom Camppersonal geregelt, einer Horde gleichgültiger Australier, deren englische Aussprache eine Zumutung für all diejenigen war, die ihr Schulenglisch noch gut im Ohr hatten. Die Mahlzeiten wurden dreimal täglich für sie zubereitet, ein Umstand, der allerdings nicht wenige wünschen ließ, für sich selbst kochen zu können. Das Essen, das sie vorgesetzt bekamen, war so gut wie ungenießbar. Lammkoteletts in öliger Soße mit rotbrauner Bohnenpampe, lauwarmer Hammeleintopf, auf dem die Fettaugen wie weiße Schimmelpilze schwammen, aufgeweichtes Weißbrot, das nach Pappe schmeckte, und ranzig riechende Butter. Kein einziges Mitglied des Camppersonals antwortete auf ihre Fragen hinsichtlich der Dauer ihres Aufenthalts. Dagegen herrschte in jeder Hinsicht die für ein Durchgangslager übliche Gleichgültigkeit, die den Angestellten nach langen Dienstjahren bei immer wechselnder Belegschaft zu eigen geworden war. Der Ablauf war ihnen längst bekannt, für sie verlief stets alles nach dem gleichen Schema: Ihre „Kunden" beschwerten sich in der ersten Woche mehr als in der zweiten, und in der dritten fast gar nicht mehr. Aber ihre Beschwerden erreichten natürlich nie die Lagerleitung, denn die Lagerinsassen kamen sowieso nie wieder! Warum sich also groß aufregen, wenn einer mal durchdrehte und den vollen Essensteller auf den Boden warf? Oder lautstark wissen wollte, wann es denn nun endlich weiterging. Achselzucken und Grinsen waren sowieso die beste Reaktion auf die hilflosen Wutausbrüche der ewig wechselnden Kundschaft, die durch ihre Obhut geschleust wurde.

Die meisten weiblichen Campbewohner waren nach dem Frühstück mit ihren wenigen Haushaltspflichten beschäftigt. Sie reinigten die Hütten, lüfteten die Schlafstellen und wuschen einige Kleidungsstücke. Das Camp gehörte ihnen bis zum Mittag, und sie zögerten jeden Handgriff absichtlich hinaus, eine Emsigkeit vortäuschend, die sie vor der Langeweile retten und die vielen Tratschgeschichten rechtfertigen sollte, die sie sich in ihrer jeweiligen Sprache erzählten. Die Männer trafen sich währenddessen am See, ebenfalls in nach Nationalitäten aufgeteilten Gruppen, wo sie, genau wie ihre Frauen, aber ohne jedes schlechte Gewissen, übereinander klatschten und herzogen.

Die Nachmittage dehnten sich endlos, obwohl einige versuchten, eine Art von Lagersport zu organisieren. Da es keine Sportgeräte gab, versuchten sie Wettbewerbe im Laufen, Schwimmen oder sogar Sackhüpfen zu veranstalten. Doch irgendwie verpuffte der Enthusiasmus der Beteiligten schon, bevor der erste Startpfiff fiel. Das sinnlose Warten auf das, was auf sie zukommen würde, saugte alle Energie aus ihnen heraus, und allgemeine Lethargie verbreitete sich.

Eva und Uwe verstanden sich mit Johanna und Kurt, die die Hütte gleich neben der ihren hatten, täglich besser. Kurt und Uwe waren beide gelernte Handwerker, zwei kräftige Männer, die von sich und ihren Fähigkeiten absolut überzeugt waren. Kurt noch mehr als Uwe, der vom Wesen her ruhiger und auch nicht ganz so groß und stark wie Kurt war. Uwe war gelernter Schreiner, ein Beruf, der bei den Australiern so gefragt und gesucht war, dass ein Einwanderer mit dieser Ausbildung nicht einmal mehr Sprachkenntnisse vorweisen musste. Eigentlich waren die meisten Lagerinsassen der englischen Sprache nicht mächtig, denn sie stammten aus kleinbürgerlichen Verhältnissen und hatten die Erlaubnis zur Einwanderung haupt-

sächlich ihrer Jugend und ihrer handwerklichen Ausbildung zu verdanken – und außerdem waren ihnen allen sowieso Sprachkurse versprochen worden. Uwe hatte sogar schon auf dem Schiff einen der angebotenen Englischkurse besucht. Wenn auch nicht regelmäßig, denn er hatte ja gewusst, dass sie später noch an einem von der Regierung gesponserten Intensivkurs teilnehmen würden, sobald sie in Sydney angekommen waren.

Uwe war viel zu gehemmt, um die wenigen Sätze anzuwenden, die er schon gelernt hatte, denn er hatte Bedenken, Fehler zu machen und sich zu blamieren. Ein Umstand, den Kurt weidlich ausnutzte, machte er Uwe doch zu einem noch besseren Zuhörer, als er schon war, und ließ zudem seine Bewunderung für den extrovertierten Freund noch einmal wachsen, was Kurt nur recht war. Dieter hatte hingegen nicht viel mit den beiden gemein. Er war kein Handwerker, sondern Fotograf. Ein ziemlich alberner Beruf für einen Mann, fand Kurt und wunderte sich, warum die Australier Dieter die Einwanderung überhaupt genehmigt hatten. Dieters Finger waren schmal und feingliedrig, mit solchen Händen würde er nie richtig zupacken können. Dieter war ihnen nicht ebenbürtig, dachten Kurt und Uwe selbstgefällig und fühlten sich gut, weil sie ihn trotzdem so großzügig gewähren ließen und ihm Beachtung schenkten, hauptsächlich, weil er meist recht vergnügt, schlagfertig und kurzweilig war. Es wäre ihnen nie in den Sinn gekommen, dass sich Dieter schlichtweg aus dem gleichen Grund, nämlich um etwas Abwechslung in sein gegenwärtiges langweiliges Lagerdasein zu bringen, mit ihnen abgab.

Zwischen den Frauen war dagegen eine wirkliche Freundschaft entstanden, zu der sie sich jedoch nicht offen bekannten, sondern die sie eher mit der Freundschaft ihrer Männer begründeten. Dabei lag der Ursprung ihrer weitaus engeren

Beziehung in den zwangsläufig gemeinsam verbrachten Nächten an Bord, in denen sie sich weitaus mehr anvertraut hatten, als es ihrem sonstigen Naturell entsprach. Eva zum Beispiel hätte unter normalen Bedingungen nie so viel Zeit mit Johanna verbracht. Ihr war die Krankenschwester eigentlich zu brav und viel zu distanziert. Aber nun war sie jedes Mal insgeheim froh, wenn sie bemerkte, mit welcher Unterwürfigkeit Johanna ihren Mann umsorgte, konnte sie dadurch doch ihre eigene Abhängigkeit von Uwe besser vor sich selbst rechtfertigen. Das ungeschriebene Gesetz der männlichen Vorherrschaft ließ Eva, genauso wie Johanna, mitten im Gespräch aufspringen, wenn ihre Männer etwas von ihnen wollten, und beide wussten voneinander, dass die andere eine solch unterwürfige Reaktion verstand.

Nicht so Isabella, deren Gesicht sofort einen sarkastischen Ausdruck annahm, wenn Eva oder Johanna aufhorchten und einem Befehl ihrer Männer Folge leisteten. Bei Isabella glaubte Eva immer so etwas wie schweigende Verachtung wahrzunehmen und fühlte sich dadurch kümmerlich und unbedeutend. Obwohl Isabella ebenfalls aufstand und zu Dieter ging, wenn er etwas von ihr wollte! Aber dabei ließ sie sich mehr als einmal rufen, erhob sich dann betont langsam und schnitt Grimassen hinter seinem Rücken oder schimpfte leise über ihn. Damit wollte sie den beiden anderen Frauen anscheinend ihre Unabhängigkeit von ihrem lästigen Göttergatten demonstrieren. Aber Johanna meinte einmal, dass es nicht auf das ankäme, was man sagte, sondern nur auf das, was man täte, und deshalb sei Isabella auch nicht besser als sie.

Es war am Tag vor ihrer Abreise aus dem Bonegila Camp, genau drei Monate nach ihrer Hochzeit, als Johanna endlich erkannte, wie sehr sie sich in Kurt getäuscht hatte.

Die Campleitung hatte ihnen nach dem Frühstück mitgeteilt, dass es für diejenigen, die sich für Sydney angemeldet hatten, am folgenden Tag endlich weitergehen würde. Der Bus würde um sieben Uhr morgens bereitstehen, sie selbst sollten ab sechs Uhr reisefertig sein und ihre Koffer an der Sammelstelle deponiert haben.

Es waren erstaunlich wenige Einwanderer, die sich in der größten Stadt Australiens niederlassen wollten, von den Deutschen waren es jedoch alle. Die meisten anderen wollten nach Melbourne oder Brisbane, und einige Wagemutige zog es sogar aufs Land. Aber Johanna und ihre Freunde hatten in den vergangenen drei Wochen schon genug Landleben genossen, um sich vorstellen zu können, dass diese Menschen ihre Entscheidung, in den tristen, abgeschiedenen australischen Busch zu ziehen, der so gar nichts mit dem zivilisierten europäischen Leben außerhalb der Städte zu tun hatte, schon jetzt bitter bereuten. Aber an ihrer noch im Heimatland getroffenen Wahl, auch wenn sie in großer Unkenntnis der tatsächlichen Bedingungen vor Ort getroffen worden war, konnte im Nachhinein nichts mehr geändert werden. Doch zumindest sie hatten sich richtig entschieden, beglückwünschten sich die sechs Freunde heimlich.

Kurt wurde sofort nach der Ankündigung aktiv. Er hatte in ihrer Gruppe inzwischen die Führungsrolle übernommen, ein Umstand, der von Dieter und Uwe ohne Widerrede akzeptiert und von den Frauen ebenfalls für gut befunden worden war. Kurt war immer der Wortführer, wenn es darum ging, Pläne zu verwirklichen. Kurt wusste als Einziger von ihnen, wie man ein Lagerfeuer entfachte, Bratwürste und Bier aus der Kantine organisierte, den Tag am sinnvollsten einteilte und sogar, wie man die Hütte von Ungeziefer freihielt. Sie waren alle viel zu sehr Stadtkinder. Ihnen war nicht einmal klar gewesen, dass Essensreste in den Schlafhütten nichts zu suchen hatten.

Kurt war so praktisch veranlagt, er wusste einfach alles und erklärte es zudem geduldig und logisch, wer hätte da seinen Führungsanspruch anzweifeln wollen? Im Gegenteil, sie waren ihm dankbar dafür. Alle fünf suchten sie oft seinen Rat. So auch nach der Ansprache des Campdirektors. Mit der erlösenden Nachricht, endlich weiterreisen zu dürfen, kam auch die Aufregung zurück, und ihre Blicke richteten sich sofort auf Kurt. Doch er nickte nur mit vielsagendem Gesicht und bedeutete ihnen, zur Konferenz in seine Hütte zu kommen.

In Kurts und Johannas primitiver Behausung stand als einziges Möbelstück ein Doppelbett, das Kurt ganz an die Wand gerückt hatte, um etwas mehr Platz im Inneren der Hütte zu schaffen. Die Frauen setzten sich auf das Bett, während sich die Männer mit dem Rücken an die Wand am Ende des Bettes lehnten. Die Hütte war eigentlich zu eng für sechs Personen, aber es regnete an diesem Tag, und sie hatten keine andere Wahl.

Kurt begann sofort, ihnen die weiteren Schritte vorzugeben: „Wir packen heute Nachmittag alles, bis auf ein Handtuch pro Paar. Wenn wir heute Abend noch duschen, wird es bis zum Morgen fast trocken sein, und wir können es ins Handgepäck legen. Falls es noch nass ist, hängen wir es in die Sonne, sobald sie aufgegangen ist. Der Regen hört bestimmt bald auf. Außerdem müssen wir morgen nah beieinanderbleiben. Wenn der Bus in Sydney ankommt und sie uns trennen wollen, müssen wir uns wehren."

Sie hatten schon lange beschlossen, zusammenzubleiben, auch nach Ende ihres Lageraufenthalts. Hatten von einem gemeinsamen Haus geträumt, das sie sich mieten würden. Es würde gewiss klappen, wenn sie nur ganz fest zusammenhielten. Ihre größte Angst war, gleich nach ihrer Ankunft auseinandergerissen zu werden. Aber Kurt motivierte sie, beruhigte *sie und machte sie stark. Danach ging jeder seinen Aufgaben nach. Am Abend wollten sie sich dann ein letztes Mal ans Seeufer setzen und das Ende der trostlosen Wochen gebührend feiern. Kurt sammelte Geld ein und versprach, bei der Lagerleitung zwei Sixpacks Bier zu kaufen. Er hatte da so seine Kontakte.*

Johanna holte währenddessen den leeren Koffer unter dem Bett hervor und legte ihn auf die Matratze. Sie faltete die Kleidungsstücke, die sie in den letzten Wochen getragen hatten, sorgfältig zusammen und legte sie in den Koffer. Er war nicht einmal ganz voll, als sie ihn schloss. Die anderen drei Koffer hatte Kurt ungeöffnet unter dem Bett verstaut. Sie waren vollgestopft mit Erinnerungsstücken an die Heimat, wurden von Kurt in ihrer jetzigen Situation jedoch als völlig nutzlos und unnötig angesehen. Als Johannas Blick auf die Koffer fiel, breitete sich ein dumpfes Ziehen in ihrem Bauch aus. Es war so stark, als ob sie ihre Tage bekommen würde, nur viel schmerzhafter, sodass sie sich vornüberbeugen und die Hände auf den Unterleib pressen musste. Die Andenken an die Heimat! Die Heimat mit ihrer gewohnten Umgebung! Die herrlichen Herbsttage in Heidelberg! Sogar das Schwesternwohnheim fiel ihr wieder ein, das ihr zurückblickend wie ein prächtiger Bau erschien, mit seinen verputzten Ziegelwänden und dem gepflegten Garten. Unbekannter, unsäglicher Schmerz durchzog sie und beherrschte plötzlich ihren ganzen Körper. Die Sehnsucht nach der Heimat wurde so übermächtig, dass sie die Tatsache, dass eine baldige Rückkehr unmöglich war, schier verzweifeln ließ. Gequält stöhnte sie auf und fiel vor den geschlossenen Koffern auf die Knie.

„Was ist denn mit dir los?“, fragte Kurt. Er war zurückgekommen und stand, mit den Bierdosen in den Händen, im Türrahmen.

Johanna mochte sich nicht umdrehen und ihm ihr verheultes Gesicht zeigen. Sie hatte sich noch nie besonders attraktiv gefunden, und wenn sie weinte, sah sie besonders schrecklich aus. „Ich weiß nicht." Sie rang um Fassung. „Es ist nur ... die Koffer ... ich habe an Heidelberg denken müssen ..."

„Bist du total übergeschnappt?", fuhr er sie an. Seine Stimme fuhr wie ein eiskalter Sturmwind über sie hinweg und ließ sie erzittern. „Was geht dich dein altes Zuhause noch an? Wir sind jetzt in Australien! Hier ist unser Zuhause! Reiß dich zusammen und steh sofort auf."

Noch kniete sie vor dem Bett, die Arme auf die Matratze gestützt und das Gesicht in ihren Händen verborgen. Ihr war nicht bewusst, dass sie damit eine demütige Haltung vor ihm eingenommen hatte. Außerdem war sie noch so in ihrem Leid gefangen, dass sie seinen drohenden Befehl gar nicht richtig wahrgenommen hatte.

„Aber ich fühle mich hier nicht zu Hause", jammerte sie durch die geschlossenen Finger hindurch. „Es ist scheußlich hier. Die vielen Krabbeltiere, überall sind sie. Und alles sieht so anders aus, so ...", sie wusste nicht, wie sie es beschreiben sollte, „so billig und schäbig. Einfach nicht wie zu Hause. Und es riecht hier so ... so muffig, ich weiß auch nicht ..."

Er hätte sie in die Arme nehmen und ihr erklären können, dass es in Sydney bestimmt viel schöner sei. Dass dies hier nur ein Übergang war. Dass Sydney so wunderschön sein würde wie auf den Bildern, die sie gesehen hatten, und sie sich dort bald eingewöhnen würden. Aber so war Kurt nicht. Stattdessen packte er sie grob am Arm und riss sie so schwungvoll auf die Beine, dass ihr Haar nach hinten flog und ihr verweintes Gesicht freigab. Er drehte sie zu sich um, quetschte ihre Oberarme mit seinen kräftigen Pranken zusammen und zwang sie, ihn anzusehen. „Reiß dich jetzt endlich zu-

sammen! Ich habe keine Lust, ein weinerliches dummes Weib um mich zu haben. Was passt dir nicht? Das viele Krabbelviehzeug? Deshalb führst du dich so auf, wegen ein paar albernen Kakerlaken? Das kann doch nicht wahr sein!"

Johanna war von seiner Wut viel zu überrascht, um ihm zu antworten. Sie war in seinen starken Armen gefangen und wusste schlagartig, dass sie Angst vor ihm hatte. Nicht erst seit heute, sondern schon seit Langem, von Anfang an. Seine Dominanz war so gewaltig, dass sie sich ihm von der ersten Sekunde an untergeordnet hatte. Weil sie ihn fürchtete. Dabei war es doch Liebe gewesen! Seine Kraft beschützte sie, ängstigte sie aber auch. So wie im Bett, wenn er auf ihr lag und sie mit seiner Masse schier erdrückte und sie zu einem Rhythmus zwang, der ihr nicht gefiel und ihr wehtat.

„Entschuldige", sagte sie leise. Ihr fiel nichts anderes ein. Fast erwartete sie, dass er sie schlug, gleichzeitig war sie überzeugt, dass er niemals die Hand gegen sie erheben würde.

„Setz dich aufs Bett", befahl er. „Ich bin gleich zurück. Rühr dich nicht von der Stelle!"

Sie rutschte in die enge Lücke zwischen Bett und Wand und blieb mit gesenktem Kopf sitzen. Sie dachte an nichts, ihr Kopf war wie leergefegt.

Kurt kam zurück, als sie es schon fast aufgegeben hatte, auf ihn zu warten. Bis sie sich sogar gefragt hatte, was der ganze Unsinn eigentlich sollte. Was wollte sie denn hier, auf diesem Bett, in dieser Hütte? In diesem Land, so weit weg von zu Hause? Sie sollte sich das alles nicht gefallen lassen und einfach weggehen. Einfach einen Weg finden, wie sie wieder nach Hause kommen konnte. Ihre Heirat und diese Reise waren ein fürchterlicher Fehler gewesen, der sich aber doch wohl noch revidieren lassen würde!

Da ging die Tür auf, und Kurts Umrisse wurden gegen das

einfallende Licht im Türstock sichtbar. Johanna zuckte unwillkürlich zusammen und war froh, dass sie noch immer auf derselben Stelle saß und ihren frevlerischen Gedanken nicht nachgegeben hatte.

„Steh auf und komm her, ich will dir etwas zeigen", sagte er.

Sie tat, wie er befahl. Schon wieder mit leerem Kopf.

Kurt stand ganz nah vor ihr, beugte sich ihr entgegen, um den Größenunterschied zwischen ihnen zu verringern, und streckte ihr die geschlossene Faust hin. „Weißt du, was ich da habe?"

Sie verneinte.

„Ein kleines braunes Tier! Nur ein paar Zentimeter lang. Mit dünnen Beinen und langen Fühlern. Es ist eine Kakerlake, ein Cockroach. Eine einfache Küchenschabe. Ein Nutztier!"

Johanna wollte sich das Tier nicht ansehen. Sie hatte schon viele Kakerlaken verscheucht. Aus allen Winkeln heraus, sogar vom Bett. Es waren eklige Dinger, die mit zäher Unerschrockenheit ihr Terrain behaupteten. Man musste sie nachdrücklich verjagen, sie waren nicht wie Mäuse, die schon bei der ersten Bewegung davonhuschten. Kakerlaken verharrten oft sekundenlang auf ein und derselben Stelle, wenn sie angegriffen wurden, und starrten bösartig zurück, als würden sie einen lieber attackieren als ihr Heil in der Flucht suchen.

„Ich will es nicht sehen", flüsterte sie und trat einen Schritt an die Bettkante zurück, die sich in ihre Kniekehlen drückte.

Er folgte ihr nach, ließ keinen Raum zwischen ihnen. „Du wirst es nicht ansehen müssen. Sobald ich die Hand öffne, saust es davon", erklärte er. „Mach den Mund auf."

Sie schüttelte den Kopf und presste gleichzeitig die Hand auf ihren Mund. Das konnte er nicht verlangen!

„Na los, mach schon! Kakerlaken sind für viele Menschen

eine Delikatesse. Man kann sie problemlos essen, und sie schmecken angeblich richtig lecker. Außerdem sind sie nahrhaft, und in diesem Land leben manche von dem ‚Krabbelzeug', wie du es nennst. Wenn du auch hier leben willst, musst du die Sitten des Landes anerkennen. Ich erlaube es nicht, dass du dich nicht anpassen willst!" Er packte sie mit seiner freien Hand am Handgelenk und bog es nach unten. „Los, mach den Mund auf!"

Johanna wollte protestieren, wollte richtigstellen, dass die Australier mit Sicherheit keine Kakerlaken aßen, vielleicht die Ureinwohner, aber bestimmt nicht die Weißen, die Zugewanderten, doch sie war wie versteinert. Sie hatte nicht die Kraft, um sich gegen ihn zu behaupten, und öffnete willenlos ihren Mund. Nur ein wenig, als wollte sie ihn bitten, es nicht zu tun. Aber da hatte er schon seine Hand über ihre Lippen gestülpt, und sie wurde so sehr von Grauen erfasst, dass sie nicht einmal mehr schreien konnte. Ihr Mund ging unter seinem harten Griff noch weiter auf, und als sie das Tier an ihrer Zungenspitze spürte, schlug sie entsetzt die Zähne zusammen. Der Panzer des Tieres knirschte, und sie wusste nicht mehr, was sie tun sollte. Den Mund schließen, um es auszusperren, oder ihn öffnen, um nicht draufzubeißen. Kurts Hand, diese riesige Pranke, lag über ihrem Gesicht, verschloss ihren Mund und drückte auf ihre Nase, sodass sie keine Luft mehr bekam und zu ersticken glaubte. Sie fiel rückwärts aufs Bett, und Kurt ließ sich mit ihr fallen. Sein Gewicht hielt sie gefangen, und seine Hand erstickte sie fast.

„Iß es!", keuchte er. „Schluck es, oder kau es! Würg es runter, vorher lass ich dich nicht los."

Sie würgte tatsächlich. Mit geschlossenen Augen versuchte sie krampfhaft, das Tier hinunterzuschlucken. Doch es wollte nicht gelingen. Kaum setzte der Schluckreflex ein, *wurde er auch schon von einem anderen Reflex abgelöst, der das Hinunterschlucken verhinderte und ihre Magensäfte nach oben presste. Gleichzeitig gierte sie nach Luft.*

In Wirklichkeit konnte die ganze Prozedur nicht allzu lange gedauert haben, sonst wäre sie sicher erstickt, doch währenddessen kam Johanna der grässliche Würge- und Schluckkampf endlos vor. Erst als die tot gequetschte Kakerlake endgültig in ihrem Magen gelandet war, nahm Kurt die Hand von ihrem Mund. Johanna bäumte sich auf, rutschte seitlich unter ihm hervor und spie, verzweifelt nach Atem ringend, den Kakerlakenbrei wieder aus. Sie sah noch, wie die eklige, braune Masse den Koffer bespritzte, dann fiel sie kraftlos rückwärts auf die Matratze. Schon warf sich Kurt wieder auf sie. Seine Hand tastete nach ihrem Jeansknopf, und nun begann auch er schwer zu atmen.

Johanna blieb einfach still liegen. Obgleich sie wieder Sauerstoff in den Lungen hatte, schien sie sich in einem schwerelosen Zustand zu befinden, der jedes Denken oder Fühlen unmöglich machte. Sie war zu erschöpft, um sich bewegen zu können, und wollte nie wieder aufstehen. Dafür bewegte sich Kurt umso heftiger, vermied dabei aber jeden Kontakt mit ihrem säuerlich riechenden Mund, indem er ihren Kopf einfach zur Seite drehte und mit einem Teil des Bettlakens abdeckte. Als er endlich fertig war, erhob er sich wortlos, zog den Reißverschluss seiner Jeans hoch, nahm die Bierdosen vom Boden auf und ging nach draußen. Erst sehr viel später, als es draußen schon dunkel war, kam er wieder zurück. Sie hatte sich nicht vom Fleck bewegt. „Steh auf und komm zu uns. Die anderen fragen schon, wo du bleibst. Na, komm schon! Wasch dein Gesicht und kämm dir die Haare, so kannst du dich nicht sehen lassen", sagte er. Es klang sogar freundlich.

Johanna stand auf, tat wie ihr geheißen und ging dann mit

ihm zu ihren Freunden, neben die sie sich, ohne ein Wort zu sagen, setzte. Wie immer fiel ihre geistesabwesende, leicht abweisend wirkende Art nicht weiter auf, denn jeder wusste allmählich, dass sie nicht sehr gesellig war.

Johanna wünschte sich, eine Dose Bier trinken zu können, um den fauligen Geschmack in ihrem Mund loszuwerden, der auch nach dem Zähneputzen nicht verschwunden war, aber sie wagte nicht, danach zu fragen. Kurt hätte das nicht gern gesehen.

7

Isabella und Eva gingen in der ersten Woche der *Commonwealth Games* taglich ins gut besuchte *Homebush Stadion,* wo sie sich einen Großteil der Vorentscheidungen ansahen. Doch die sportlichen Aktivitäten, die weit unter ihnen ausgetragen wurden, waren selten so spannend, dass sie die Stadionbesucher in ihren Bann zogen. Nur wenn ein australischer Sportler startete, wurde das muntere Kommen und Gehen auf den Rängen kurzzeitig unterbrochen. Jedes Mal, wenn die australische Flagge auf dem Trikot eines Wettkämpfers zu sehen war, wurde dieser ohne Ausnahme hingebungsvoll angefeuert. Egal in welcher Sportart. Die Sprint- und Langstreckenläufe standen in der Gunst des Publikums jedoch ganz oben. Jedes Mal, wenn der Startschuss für einen Lauf gegeben wurde, schrie Eva lautstark mit der jubelnden Menge mit, und sogar Isabella wurde von der allgemeinen Begeisterung mitgerissen. Sie standen und klatschten im Einklang mit den Australiern, die einmal sogar einen der wenigen dunkelhäutigen Sportler, einen Aborigine, anfeuerten.

„Sie tun gerade so, als würden sie ihre Abos lieben", sagte Isabella überrascht, als sich der Aufruhr wieder etwas gelegt hatte.

„So ist es", bestätige Eva. „Cathy Freeman zum Beispiel wird seit den Olympischen Spielen von allen vergöttert."

Isabella sah sie von der Seite an. „Ach, dann hat sich hier

aber, seit ich weg bin, so einiges geändert! Ich erinnere mich noch sehr gut, dass die Ureinwohner dieses Landes immer nur Menschen zweiter, wenn nicht gar dritter Klasse waren. Und wenn ich mich so umsehe, finde ich auch heute nicht gerade viele von ihnen unter den Zuschauern. Wie kommt es, dass fast alle Gesichter weiß sind?"

„Das darfst du mich nicht fragen. Natürlich hat sich seither nicht alles drastisch verändert. Aber es ist besser geworden, viel besser sogar. Ein großer Teil der Australier möchte sich mit der Vergangenheit aussöhnen. Deshalb hat es sogar schon einige Massenveranstaltungen mit dem Motto *I am sorry* gegeben, auf denen sich die Leute bei den Ureinwohnern für all die Ungerechtigkeiten, die sie erdulden mussten, entschuldigt haben."

„Und, wurde die Entschuldigung angenommen?"

Evas Gestik widersprach ihren Worten. Sie hob resigniert ihre Schultern und schüttelte den Kopf. „Vielleicht dauert es noch eine Weile, aber irgendwann bestimmt. Die Regierung hat eine offizielle Entschuldigung bislang verweigert, und genau auf der besteht die Aborigines-Kommission. Sie wollen ein Schuldeingeständnis, auf das sie sich verlassen können."

„Was soll das bringen?", meinte Isabella. „Es ist doch viel wichtiger, dass der kleine Mann auf der Straße weiß, wie ungerecht die Abos behandelt wurden. Was die Politiker sagen, ist doch meistens vollkommen unerheblich."

„Nicht so ganz! Ein Schuldeingeständnis ist den Abos deshalb so wichtig, weil es die Voraussetzung dafür ist, ihre Ansprüche auch juristisch untermauern zu können. Eine Entschuldigung käme einem Geständnis gleich und würde damit die Tür für Entschädigungen öffnen. Die Regierung und der Teil der Bevölkerung, der nicht zu den

Demos geht, haben natürlich Angst vor den Folgeansprüchen. Sie fürchten, dass die Ureinwohner den Verlust ihres Landes erstattet haben wollen und hochrechnen, welche Summe Geld ihnen dafür eigentlich zustehen würde. Ich muss zugeben, der Gedanke gefällt mir auch nicht sonderlich. Zum Schluss kommt noch einer und behauptet, dass seine Großmutter früher auf dem Land gelebt hat, auf dem jetzt unser Haus steht, und wir müssen ihn ausbezahlen."

„Und?"

„Und? Was redest du da. Das könnten wir nicht. Ich, mit meinem kümmerlichen Lohn. Und Steve verdient zwar ein anständiges Gehalt, aber Nadjas Ausbildung hat uns viel Geld gekostet ..."

„Wie geht es ihr eigentlich?", warf Isabella ohne großes Interesse ein.

„Danke, prächtig. Sie ist die beste Tochter, die man nur haben kann. Nie hat sie mir Sorgen gemacht. Nur – wie gesagt, wir mussten sie lange unterstützen. Von ihrem leiblichen Vater, dieser knickrigen Kröte, habe ich seit der Scheidung ja keine Unterstützung mehr bekommen. Gottlob ist Steve nicht so wie Uwe, er würde sein ganzes Geld für Nadja ausgeben, obwohl es für unser Alter ..." Eva fiel das eigentliche Gesprächsthema wieder ein, „... jedenfalls kommen wir ganz gut über die Runden, aber wenn wir jetzt den Abos unser Land abkaufen müssten, wären wir pleite!"

Isabella lachte. „So schlimm kann es nicht sein, so viel ist das Land doch gar nicht wert."

„Du hast ja keine Ahnung, wie sehr die Preise an den Northern Beaches in den letzten Jahren gestiegen sind!" Eva klang gekränkt. „Wie solltest du auch! Schließlich bist du jahrelang weg gewesen. Dass du dann aber zurückkommst und alles besser zu wissen glaubst, ist wirklich …!“

„Ach, komm, reg dich nicht auf.“ Isabella hatte ihre Mütze abgenommen und fächerte sich damit Luft zu. Es war ein wolkenloser Tag, und sie saßen in der prallen Sonne. „Es ist viel zu schön hier. Was kümmert uns die Abo-Frage. Die Herren Politiker werden schon eine für alle Parteien akzeptable Lösung finden. Und wenn es wirklich zu Entschädigungen kommen sollte, muss sich eben die Regierung darum kümmern. Mach dir keine Sorgen. Wo ihr wohnt, werden schon keine Ureinwohner gelebt haben. Oder weiß man etwa von einem Stamm, der dort früher gesiedelt hat?“

„Es gibt eine Menge alter Zeichnungen auf den Felsen im *Ku-Ring-Gai* National Park, der direkt an Bilgola grenzt.“

„Na und? Neben Bilgola heißt nicht in Bilgola! Ihr werdet schon Glück haben.“ Isabella legte ihre Mütze auf den Picknickkorb und führte das Fernglas an ihre Augen, um besser verfolgen zu können, was sich in der Südkurve des Stadions tat, wo sich Bewegung unter den Zuschauern zeigte und der Lärmpegel erheblich angestiegen war. „Vergiss es einfach. Mach dich nicht verrückt!“

„Ich habe nicht gesagt, dass ich mir Sorgen mache. Ich sagte lediglich, dass mir der Gedanke nicht gefallen würde. Aber ich mache mich deswegen nicht verrückt. Du hast mich falsch verstanden.“ Warum rechtfertigte sie sich eigentlich immer gegenüber Isabella? Und warum wurde sie so schnell aggressiv und fühlte sich so oft gekränkt, wo Isabella es doch bestimmt nicht böse gemeint hatte? Es waren immer nur kleine Missverständnisse, doch sie nagten an Evas Selbstbewusstsein. Manchmal fand sie es sogar richtig anstrengend, sich mit Isabella zu unterhalten, und fragte sich, ob es ihrer Freundin wohl genauso ging. „Weißt du", begann sie, „manchmal haben wir ein richtiges Problem miteinander ..."

„Der Fünftausendmeterlauf geht los!", rief Isabella und sprang hoch, das Fernglas vor den Augen. „Schau mal, sie machen sich bereit!" Sie reichte Eva das Fernglas. Der Fünftausendmeterlauf war die Krönung des Tages, eine Disziplin, die Isabella besonders interessierte, weil sie, seit sie wieder in Deutschland lebte, regelmäßig joggte und jedes Jahr an den Fünf- und Zehnkilometer-Stadtläufen teilnahm.

Die Diskussion über Missverständnisse musste daher wohl auf unbestimmte Zeit verschoben werden.

Gegen vier Uhr nachmittags verließen sie das Stadion. Das von der Presse im Vorfeld heraufbeschworene Verkehrschaos war ausgeblieben, und so waren sie an diesem Tag früher als sonst nach Hause gekommen. Die kräftige Sonne hatte sie träge gemacht, und sie hatten keine Lust mehr gehabt, in die Stadt zu fahren, um dort wie sonst noch shoppen oder bummeln zu gehen. Gemeinsam legten sie Hühnerschenkel auf den Grill und bereiteten einen Salat zu. Nach dem Essen lehnten sie sich dann lässig und entspannt in ihre Gartenstühle zurück, legten die Beine hoch und genossen schweigend den kühlenden Abendwind, bis sie durch das Klingeln des Telefons aufgeschreckt wurden. „Hallo!" Eva wurde von einer weiblichen Stimme überrascht.

„Mein Gott, es ist Johanna!", sagte sie zu Isabella gewandt, während sie die Sprechmuschel des Hörers mit ihrer Hand abdeckte. „Hallo, Johanna", antwortete sie dann. „Das ist aber eine Überraschung. Ich habe schon gar nicht mehr mit deinem Anruf gerechnet."

„Tja, so kann man sich täuschen."

Eine kleine Pause.

„Isabella ist schon letzte Woche angekommen. Sie sitzt mir gerade gegenüber. Willst du sie sprechen?"

„Nein!"

Wieder eine Pause.

„Also, was gibt es? Hast du es dir überlegt?" Eva wusste nicht so recht, wie sie ihre nächste Frage formulieren sollte. Wenn Johanna sich nicht mit Isabella treffen wollte, war es peinlich, dies in ihrer Gegenwart anzusprechen. Ach, verdammt, was sollte das ganze Getue? „Willst du dich nun mit uns treffen oder nicht?"

„Eigentlich nicht", sagte Jo Ann. „Ich wollte die Vergangenheit ruhen lassen. Aber ich fürchte, meine Entscheidung ist hinfällig geworden. Wir werden uns treffen müssen. Es ist wohl besser, ihr kommt mich besuchen."

„Ja, prima", antwortete Eva. Sie war erleichtert, obwohl Jo Ann nicht sehr begeistert über ihren Besuch zu sein schien. „Ich werde mit Isabella besprechen, wann wir kommen können. Vielleicht wird sie dich auch alleine besuchen. Ich weiß nämlich noch nicht, ob ich nächste Woche frei bekomme. Mein Chef hat immer noch nicht entschieden, wer im Büro als Notbesetzung die Stellung halten muss."

„Ihr müsst beide noch diese Woche kommen! Du musst unbedingt mit dabei sein, ich will Isabella nicht alleine sehen und weigere mich, sie ohne dich zu treffen."

„Ach, lass doch die alten Geschichten gut sein."

Isabella horchte auf. Ihr Lächeln wurde angespannt und um ihren Mund spielte ein spöttischer Zug. Sie schien genau zu wissen, was die Stimme am anderen Ende gesagt hatte.

Eva fuhr fort. „Es ist doch alles schon so lange her. Du kannst doch nicht immer noch sauer sein.“

„Ich war schon damals nicht sauer, wie du es nennst, und ich bin es auch jetzt nicht! Sei nicht so verflucht kindisch, Eva. Man müsste doch annehmen, dass du endlich erwachsen geworden bist ...“

„Also hör mal ...“

„Sei still!“, fuhr Jo Ann sie an. „Du musst auf jeden Fall mitkommen, weil wir drei uns unterhalten müssen. Am besten fahrt ihr gleich morgen los. Das Wasser auf dem Highway ist auch heute wieder ein gutes Stück zurückgegangen, er wird befahrbar sein.“

Eva schüttelte den Kopf und machte ein Handzeichen zu Isabella, das andeuten sollte, Johanna wäre übergeschnappt. „Was soll das? Unmöglich! Isabella hat für die kommende Woche noch Karten für die Spiele. Warum die plötzliche Eile? Erst rührst du dich ewig lang nicht, und dann, wenn es dir endlich in den Kram passt, sollen wir springen.“

„Weil ich euch ursprünglich gar nicht sehen wollte. Bei Gott nicht! Warum, glaubst du, habe ich mich nicht bei dir gemeldet? Es gab für mich keinen triftigen Grund, euch zu treffen. Aber jetzt hat sich die Lage unglücklicherweise geändert. Es ist etwas sehr Ernstes, Unvorhergesehenes geschehen, und es ist dringend erforderlich, dass wir darüber sprechen.“ Sie überlegte kurz, ob es weise war, Eva bereits am Telefon darüber zu informieren. Vielleicht würden die beiden ja so erschrecken, dass sie nicht kommen würden? Nein, unmöglich, die Information würde sie im Gegenteil herkommandieren wie zwei gut ausgebildete Soldaten, die auf Befehl in eine aussichtslose Schlacht ziehen. Gezwungen von den Umständen, getrieben von Pflichtbewusstsein und ohne das Recht auf freie Entscheidung. Dieses Recht hatten sie alle drei vor dreißig Jahren verwirkt. Sie musste den anderen den Grund für die gebotene Eile mitteilen: „Ich glaube, man hat Kurt gefunden!"

Unwillkürlich entfuhr Eva ein kurzer Schrei, der Isabella so sehr beunruhigte, dass sie aufsprang und zu Eva hinstürzte. „Was ist denn passiert?", fragte sie aufgeregt.

Doch Eva hob nur abwehrend ihre linke Hand in die Höhe, ein Zeichen für Isabella, still zu sein und abzuwarten, während sie selbst der Stimme am anderen Ende der Leitung schweigend lauschte und immer wieder bestätigend nickte, bis sie schließlich sagte: „In Ordnung, ich verstehe. Ich werde es mit Isabella besprechen. Ich rufe dich morgen früh an. Ja, natürlich. Also, bis dann. Gute Nacht." Sie legte auf.

„Was gibt es denn?", fragte Isabella.

Evas Hand lag noch auf dem Telefon, und Isabella konnte erkennen, dass sie leicht zitterte. Ohne aufzublicken und scheinbar emotionslos begann Eva wiederzugeben, was sie von Jo Ann soeben erfahren hatte. Es klang, als würde sie selbst noch nicht ganz glauben können, was sie da sagte: „Johanna hat einen Anruf erhalten, von irgendeinem John, der im Ort die Kneipe führt und daher immer die neuesten Nachrichten kennt. Was sie von ihm gehört hat, hat sie zu Tode erschreckt. Er hat ihr erzählt, dass der Regen der vergangenen Wochen viele Minen im Umland unter Wasser gesetzt hat, was nicht weiter ungewöhnlich ist. Aber in Johannas Nachbarmine hat das Grundwasser alle Stollen überflutet, und einer der Ausgangsschächte ist zusammengebrochen. Dadurch wurde ein Skelett, oder Teile davon, nach oben geschwemmt." Eva sagte es ganz ruhig. Sie erwartete auch keinen Kommentar von Isabella. „Es war ein Schädel dabei."

Die Frauen schwiegen, und jede hing für einen Moment ihren eigenen Gedanken nach.

Schließlich wagte Isabella die Frage: „Wissen sie, wessen Schädel es ist?"

„Nein. Die Nachbarmine war ewig lange stillgelegt und hat erst seit Kurzem wieder einen neuen Besitzer. Der hat nach dem langen Regen zum ersten Mal die Eingänge zu den Schächten überprüft und dabei den Fund gemacht. Bill Wiseman, der Polizist, der damals für Kurts Verschwinden zuständig war, stell dir mal vor, ausgerechnet der leitet jetzt die Polizeistation. Er hat mit John ein Bier getrunken, als er nach Lightning Ridge kam, um die Knochen abzuholen. Bill hat bislang kein Wort über den Schädel verloren, hat anscheinend also noch keine Rückschlüsse gezogen. Johanna sagt, man findet im Busch immer wieder mal ein Skelett, das sei nichts Ungewöhnliches. Meist kann es nicht identifiziert werden, und dann begraben sie es einfach auf dem Friedhof."

„Na also ..."

„Aber diesmal ist es anders, sagt Johanna."

„Warum?"

„Der Schädel hat ein Loch. Als wäre er eingeschlagen worden!"

Isabella nickte. „Verdammt. Das klingt nicht gut."

„Johanna macht sich Sorgen."

„Worüber?"

„Dass Bill zwei und zwei zusammenzählt!"

Nun kam auch Isabella ins Überlegen. „Es könnte also wirklich Kurt sein?"

Eva nickte.

„Wir sollten morgen sofort losfahren", meinte sie daraufhin.

„Und die Spiele?“

„Ach, verdammt nochmal, Eva. Was geht uns diese alberne Sportveranstaltung an. Verschenk die Karten an deine Freunde! Wir müssen jetzt zu Johanna, das ist doch viel wichtiger. Ich habe dir doch schon vor Wochen am Telefon gesagt, dass ich sie sehen muss. Du hättest den Termin schon längst machen sollen. Meine Güte, das ist so gottverdammt wichtig, und du hast nichts unternommen!“

„Aber ich habe sie doch angerufen. Johanna wollte nicht ...“

„Lass es gut sein“, winkte Isabella ab, immer noch ärgerlich.

„Nein, das werde ich nicht!“ Evas Geduld war zu Ende. „Schrei mich gefälligst nicht an und behandle mich nicht wie ein unmündiges Kind, dem man Aufträge erteilt und das man rügt, wenn es nicht so läuft, wie man es geplant hat. Ich habe Johanna angerufen, aber sie wollte *dich* nicht sehen!“ Ihre Betonung lag dabei auf dem Wort „dich“. Isabella sollte endlich begreifen, dass sie nicht das Zentrum des Universums war. „Ich weiß nicht, warum es dir so wichtig ist, Johanna zu sehen, aber wenn es tatsächlich so wichtig ist, dann kümmere dich gefälligst selbst um deine Termine und fahr alleine zu ihr hin!“

Isabella starrte sie verblüfft an und wollte schon dementsprechend scharf antworten, gewann aber rechtzeitig ihre Fassung zurück und mahnte zur Vernunft. „Das stimmt. Was du sagst, ist völlig korrekt. Ich hätte es nicht dir überlassen und dich nicht anschnauzen dürfen. Entschuldige bitte das Missverständnis, daran ist die Aufregung schuld. Unsere Nerven sind wohl nicht die besten, wir sollten uns erst einmal beruhigen, anstatt uns gegenseitig anzugreifen.“

Ja, ja, ein Missverständnis, dachte Eva bitter. Aber Isabella hatte es auf den Punkt gebracht, es machte keinen Sinn, sich weiter aufzuregen, das würde sie keinen Schritt weiterbringen. „Was sollen wir jetzt machen?"

„Wirst du morgen mitfahren? Bitte!", drängte Isabella. „Ich brauche dich. Ich kann nicht alleine zu Johanna, und es betrifft dich doch genauso. Schließlich waren wir drei zusammen, als es passiert ist. Außerdem ist da etwas, was mir einfach nicht aus dem Kopf gehen will, ich weiß nur nicht genau was. Aber ich weiß, dass ich noch durchdrehen werde, wenn ich es nicht bald aufkläre. Kannst du wirklich nicht von hier weg? Bitte, nimm dir doch frei. Sprich mit deinem Chef, und Steve wird doch sicher nichts dagegen haben, oder?"

Eva wischte sich den Schweiß von der Stirn. Obwohl der Abend mild war, war ihr heiß, und nun bekam sie auch noch Kopfschmerzen. Sie rückte ihren Stuhl unter den Sonnenschirm, trank einen Schluck Wasser und nickte dann. „Steve ist nicht das Problem. Ich weiß selbst, dass ich mitkommen muss, aber ich kann mir nicht unerlaubt frei nehmen. Diese Woche habe ich allerdings noch Zeit, und wenn wir gleich morgen früh losfahren, werde ich auch wieder rechtzeitig zurück sein, oder nicht?"

„Ganz bestimmt!"

„Also gut, dann rufe ich jetzt Steve an und gebe ihm Bescheid."

Isabellas Hände, die sich ineinander verkrampft hatten, lösten sich wieder. Aber der Knoten in ihrem Magen blieb. Denn die unerklärlichen Vorwürfe, die sich seit Jahren immer wieder in ihre Gedanken schlichen, waren urplötzlich und stärker denn je zurückgekommen.

Es wurde elf Uhr vormittags, bis sie endlich losfuhren, denn Eva hatte noch auf den Rückruf ihres Chefs warten müssen, der ihr zu ihrer Überraschung auch noch die folgende Woche frei gegeben hatte.

An diesem Tag kamen sie bis Gunnedah, einen Ort, in dem sie bereits vor vielen Jahren, auf ihrer fatalen Reise, nicht angehalten hatten, weil seine Motels so schäbig gewesen waren. Seit damals hatte sich nicht viel verändert, aber diesmal fragte Eva nicht lange, ob Isabella das Motel, das sie ansteuerte, gefiel oder nicht, nachdem es inzwischen elf Uhr nachts war und sie beide hundemüde von der langen Fahrt waren.

Sie klingelten den Besitzer aus seiner Wohnung, bezahlten vierunddreißig Dollar für eine Nacht im Doppelzimmer und gingen im Anschluss gleich mit ihrem Handgepäck aufs Zimmer, zogen sich aus, fielen auf das quietschende Doppelbett und schliefen sofort erschöpft ein.

Als Eva aufwachte, lag Isabella mit offenen Augen neben ihr und starrte gedankenverloren an die schmutzige Decke, von der der Putz bröckelte.

„Soll ich uns eine Tasse Kaffee holen?“, fragte Eva. Trotz ihrer Müdigkeit hatte sie am vergangenen Abend, als sie angekommen waren, noch den Automaten bemerkt, der vor der Eingangshalle des Motels stand.

Isabella seufzte tief auf und stützte sich dann auf ihren Ellenbogen auf. „Ja, heißer Kaffee wäre prima. “

Wenig später kam Eva auch schon mit zwei Pappbechern frisch gebrühten Kaffees in den Händen zurück und fand Isabella nun im Bett sitzend vor. Ihre halblangen Haare hatte sie bereits mit einem Haarreif gebändigt, und ihr beneidenswert dunkler Teint ließ ihre Haut gesund und makellos erschienen, nur die Partie um ihre Augen wirkte vom Schlaf etwas verquollen.

Eva reichte ihr einen Becher, ging auf ihre Seite des Bettes hinüber, zog ihre Schuhe aus und machte es sich auf der Matratze gemütlich. Der Kaffee war noch zu heiß, um ihn zu trinken, aber Eva hielt ihren Becher mit beiden Händen umfasst, als ob sie sich an ihm wärmen müsste. „Es ist schon hell draußen“, sagte sie. „Die Vögel zwitschern, und es wird ein schöner Tag.“

„Du bist ja richtig munter.“ Isabella nahm einen kleinen Schluck Kaffee und verzog sofort das Gesicht. „Pfui, was ist denn das für ein ekliges Gesöff?“, kommentierte sie. „Am besten fahren wir sofort los, okay? Dieses Motel macht mich ganz depressiv. Mein Rücken schmerzt von dieser Pseudo-Matratze, und ich fühle mich, als hätte ich die ganze Nacht kein Auge zugetan. Ich muss so schnell wie möglich raus aus diesem Drecksloch.“

Eva musterte sie irritiert. „Wie du willst.“

„Der Kaffee schmeckt wie aufgewärmt.“

„Dann lass ihn doch stehen.“

Isabella zeigte mit dem Finger an die Decke. „Hast du die grässliche Lampe gesehen? Und die ganze Einrichtung hier! Warum muss in diesen Absteigen nur immer alles so hässlich sein? Es gibt doch auch für wenig Geld hübsche Dinge zu kaufen. Die Leute haben einfach keinen Geschmack.“

Eva erwiderte nichts, und als Isabella ihr Schweigen nach einer Weile auffiel, fragte sie: „Was ist denn mit dir los?“

Eva versuchte den heißen Kaffee in kleinen Schlucken zu trinken. „Nichts! Was soll denn sein?“

„Komm, du hast doch was? Gerade noch warst du so fröhlich, und jetzt bist du stumm wie ein Fisch.“

„Ach, lass mich in Ruhe!“

Isabella wartete. Und tatsächlich dauerte es nicht lange, bis Eva sagte: „Also, wenn du es genau wissen willst, dein ewiges Nörgeln geht mir fürchterlich auf die Nerven. Ich kann auch nichts dafür, wenn es dir hier nicht gefällt. Aber Tatsache ist, dass du, seitdem du angekommen bist, an allem Möglichen herummeckerst. An mir, an meinem Job, an unserem Auto! Es ist einfach unerträglich! Das Motel ist schlicht, ja, aber es ist sauber! Auch das Bett ist nicht das beste, stimmt! Aber es ist ein Bett. Und wir haben ein Dach über dem Kopf“, sie hatte bislang ganz leise gesprochen, wie eine Mutter, die ihr Kind auf einem öffentlichen Spielplatz zurechtweist. Doch jetzt wurde ihre Stimme schärfer: „Und für die paar Dollar, die wir hier bezahlen, ist es mehr als ausreichend, ja sogar hübsch. Wer auch immer das Motel führt, gibt sich große Mühe und scheint seine Arbeit mit Liebe zu tun. Aber das ist dir scheißegal. Hauptsache, du findest etwas, an dem du etwas aussetzen kannst. Außerdem *ist* der Kaffee frisch gebrüht und ausgezeichnet!“

Isabella starrte sie an. „Mensch, Eva, so hab ich das doch gar nicht gemeint.“

„So kommt es aber bei mir an. Und du verdirbst mir mit deinen ewigen Beschwerden die Laune. Seit du angekommen bist, geht das schon so. Nichts passt dir. Warum machst du überhaupt Urlaub in einem Land, das dir so zuwider ist?

„Die Spiele“, erklärte Isabella lahm und sah dabei so verloren aus, dass Eva schnell das Thema wechselte.

„Wieso lebst du eigentlich immer noch alleine? Wolltest du denn nie mehr heiraten?“

„Nach Dieter? Du meine Güte, nein. Als er mich damals so unerwartet verlassen hat, war das ein richtiger Schock für mich. Ich war wie gelähmt, und es hat lange gedauert, bis ich mich wieder gefangen habe."

Eva, die das nicht annähernd vermutet hätte, war verblüfft. „Das überrascht mich. Wir dachten alle, dass du ziemlich gut darüber hinweggekommen wärst. Du hast doch selbst einmal gesagt, dass als Ehemann nicht viel an ihm verloren gegangen wäre. Er wäre nicht gerade das Gelbe vom Ei gewesen, hast du gesagt. Und wir anderen waren auch alle sehr enttäuscht von Dieter. Keiner von uns hätte gedacht, dass er dich betrügen würde."

Isabella schwieg eine Weile, dann sagte sie schließlich wohl überlegt. „Das hat er auch nicht."

„Ach, komm, streit das jetzt nicht ab. Du hast es mir selbst erzählt, als du mich damals aus Deutschland angerufen hast, um mir zu Nadjas Geburt zu gratulieren."

„Das hast du vermutet, und ich habe dir nicht widersprochen und dich dadurch im Glauben gelassen, dass die Trennung Dieters Schuld war. Dich, Uwe und Johanna, denen du es bestimmt weitererzählt hast. Aber Dieter hat mich nicht betrogen, das war nur eine Schutzbehauptung von mir, wenn man das überhaupt so bezeichnen kann."

„Ja, aber warum hat er dich dann verlassen? Warum hat er Australien so überstürzt verlassen?"

„Er hat mich ohne Grund verlassen", erwiderte Isabella und starrte Eva an, als ob diese den wahren Grund kennen würde. „Zumindest hat er mir damals keinen genannt, und mir ist bis heute keiner eingefallen. Glaube mir, ich habe mir lange den Kopf darüber zerbrochen, was ich falsch gemacht haben könnte. Aber ich weiß es bis heute nicht."

„Manchmal verstehe ich dich einfach nicht", meinte Eva mit einem langsamen Kopfschütteln, das gleichzeitig Missbilligung und Überraschung ausdrücken sollte. „Du bist doch sonst so selbstbewusst. Warum solltest gerade du etwas falsch gemacht haben?"

„Das weiß ich auch nicht. Vielleicht habe ich ja auch gar nichts falsch gemacht, aber ich war jung und kam aus einer italienischen Familie. Kannst du dir vorstellen, was das bedeutet? Die Frau hat immer Schuld! Das hast du doch auch geglaubt, als ich dich über Dieters Entscheidung informiert habe, gib es ruhig zu, ich habe es genau gespürt. Das hat mir ziemlich wehgetan."

Eva fühlte sich noch nachträglich wegen ihrer ungerechten Reaktion schuldig. Wie gedankenlos sie gewesen war. Sie suchte nach einer Erklärung: „Wir Frauen waren alle pseudofeministisch damals. Ich habe Uwe bis zur Peinlichkeit vergöttert, und Johanna hat sich mit keinem Mucks gegen Kurts Machogehabe gewehrt. Wir haben immer so getan, als wären wir aufgeschlossene, moderne Frauen, dabei waren wir so abhängig von unseren Männern."

Isabella zog ihre Füße unter der Bettdecke hervor und setzte sich auf den Bettrand. Es war Zeit aufzustehen. „Allerdings. Wir haben uns eingebildet, mutige Auswanderinnen zu sein, dabei haben wir es nur gewagt, Deutschland zu verlassen, weil wir unsere ‚besseren Hälften' dabeihatten. Und wir waren überzeugt davon, dass wir es ohne sie nicht schaffen würden. Wie dumm wir doch waren!"

„Bist du deshalb nach München zurückgegangen? Weil du dich nicht getraut hast, alleine in Australien zu bleiben?"

Isabella stand auf. „Du stellst vielleicht Fragen! Das hatte mit fehlendem Mut nichts zu tun. Das war eine einfache Rechenaufgabe. Mir war klar, dass ich in Sydney nie auf einen grünen Zweig kommen würde. Sei mal ehrlich, als Frau hat man es auch heute noch schwer in diesem Land.

Die Arbeit hat mir Spaß gemacht, aber sie war hoffnungslos unterbezahlt."

„Trotzdem", beharrte Eva, „das musst du mir erklären. Dein Job war gut, deutlich besser honoriert als meiner, zudem warst du ehrgeizig und hättest dich schon noch weiter nach oben arbeiten können. Warum hast du alles, wofür du zuvor so hart gearbeitet hast, so schnell hingeschmissen? Das habe ich nie verstanden."

„Weil es eigentlich schon vor der Trennung von Dieter, praktisch ab dem Zeitpunkt, als ich mit Schimpf und Schande aus der Werbeagentur geflogen bin, in Australien keine berufliche Perspektive mehr für mich gab."

„Oh je!" Evas Augen wurden ganz groß. „Dann hättest du besser gleich zurückgehen sollen. Aber da ist wohl Dieter dagegen gewesen."

„Diese Ratte", antwortete Isabella. „Wenn ich gewusst hätte, dass mich Dieter so bald danach verlassen würde, wäre ich wirklich sofort in die alte Heimat zurückgekehrt, das kannst du mir glauben. Ich hätte keine Rücksicht auf seine Meinung genommen, hätte mir meinen Anteil vom gemeinsamen Konto abgehoben und wäre auf und davon."

Isabella hatte ihren Koffer geöffnet und suchte nach einem Handtuch. „Doch ich war zu dumm dazu und habe wertvolle Zeit verplempert. Aber wie war es denn bei dir? Warum bist denn du geblieben, wo du doch eigentlich von Anfang an nach Deutschland zurückwolltest?"

Eva musste nicht lange überlegen. „Natürlich, das wollten wir doch alle mal. Spätestens an Weihnachten, wenn wir die Winterkälte vermisst und uns über die Plastikdekorationen und die grässlichen Grillpartys aufgeregt haben, mit denen die *Festive Season* eingeläutet wurde und die ja doch nichts anderes als ein verkapptes Saufgelage war. Oder wenn ein Brief von zu Hause kam oder aber Besuch, der eine aktuelle Zeitschrift mitbrachte. Weißt du noch, wie wir immer auf die *Brigitte* gewartet haben? Fast religiös jedes Rezept ausprobiert und die albernste Mode nachgemacht haben. Natürlich habe ich bei solchen Gelegenheiten Heimweh bekommen, aber das ist doch ganz normal. Die Sehnsucht wurde mit der Zeit allerdings immer schwächer und hat mich immer seltener überkommen. Also, ich habe nie ernsthaft daran gedacht, zurückzugehen."

„Dann hast du Glück gehabt", sagte Isabella trocken. „Wer geht als Erste duschen?"

„Von mir aus du", bot Eva an. „Ich hole mir noch einen Kaffee."

„Bring mir auch noch einen mit, ich brauche nicht lange. Vielleicht sollte ich sogar ganz auf die Dusche verzichten, wenn ich mir das Bad so anschaue." Sie hatte die Badtür geöffnet, tänzelte auf nackten Zehenspitzen über die kalten Fliesen und rümpfte dabei gespielt die Nase.

Eva griff nach einem Kissen und warf es in Richtung Badtür. „Schau, dass du dich anständig wäschst, du Prinzessin auf der Erbse! Und ob ich dir einen Kaffee mitbringe, muss ich mir noch überlegen. Wer es nicht würdigt ..." Mit diesen Worten ging sie aus dem Zimmer und war froh, endlich allein zu sein.

Nur mit Mühe hatte sie zuvor die Wahrheit vor ihrer alten Freundin verbergen können. „Nein, nein – ich habe nie ernsthaft daran gedacht, zurückzugehen – ich war immer gern hier!", äffte sie ihre Bemerkung von vorhin nach. Was für eine grandiose Lüge! Mit zittrigen Händen suchte sie in ihrer Geldbörse nach Kleingeld, fand aber nur noch eine Eindollarmünze. Sie würden sich einen Kaffee teilen müssen.

Eine halbe Stunde später waren sie wieder auf dem Highway. Eva döste eine Weile auf dem Beifahrersitz vor sich hin, dann begann sie unvermittelt: „Ich finde es unglaublich, wie wir uns gegenseitig belogen haben.“

Isabella nickte nur. Ihre Augen waren hinter ovalen, schwarz getönten Brillengläsern verborgen. Sie wusste, dass sich Evas Kommentar nicht nur auf ihr Gespräch im Motel bezog, sondern auch auf all die anderen Jahre ihrer Freundschaft. Schweigend fuhren sie auf der monoton geradlinigen Strecke nach Norden. Die alten Geschichten begnügten sich plötzlich nicht mehr damit, ihnen den Schlaf zu rauben, jetzt schlichen sie sich auch schon bei Tag in ihre Köpfe.

8

Ein alter, klappriger Reisebus brachte sie nach Sydney. Je näher sie der Großstadt kamen, umso ruhiger wurde es im Bus. Alle starrten gebannt aus den Fenstern, sahen aber kilometerweit nur öde Landschaft an sich vorbeiziehen, ohne eine einzige Ortschaft oder einen Weiler. Nichts als unberührte, karge Natur, so weit das Auge reichte, bis sie plötzlich den südlichsten Teil Sydneys erreichten.

Um vier Uhr nachmittags kamen sie in dem neuen Camp mit dem hübschen Namen Villawood an. Wieder wurden ihnen Hütten zugeteilt, bei denen es sich diesmal aber um feste Holzkonstruktionen handelte, mit richtigen Dächern, in einer gepflegten Anlage.

Kurt war organisatorisch gefordert. Er wollte für sich und seine Freunde nebeneinanderliegende Hütten zugeteilt bekommen und konzentrierte sich daher auf seine kläglichen Sprachkenntnisse, als er in das spartanisch eingerichtete Büro der Lagerleitung stapfte und seine Forderung vortrug. Doch der gestresste Verwalter, der mit zwei völlig überlasteten Helfern das bürokratische Prozedere für fast hundert Neuankömmlinge zu bewältigen hatte, winkte nur genervt ab. Die Einwanderer waren für ihn nichts anderes als lästiges Pack. Blutsauger seines geliebten Australien, die er am liebsten wieder in die unterentwickelten Länder zurückgeschickt hätte, aus denen sie, mit nichts als Flausen im Kopf, hierher gekommen waren. Für ihn und seine Gleichgesinnten waren die ungebil-

deten Dummköpfe, die in seinem guten Land schmarotzen wollten, eine einzige Plage, die ihnen vonseiten der liberalen Regierung aufgezwungen worden war. Und obwohl er sein Geld mit der Betreuung von Einwanderern verdiente, hasste er sie und genoss es, sie ganz offiziell, sozusagen mit Genehmigung derselben scheißliberalen Regierung, die er nicht gewählt hatte, zu erniedrigen und zu bevormunden. Er winkte also ab, obwohl er Kurts krampfhafte Erklärung ziemlich genau verstanden hatte, und ignorierte ihn. Sollte sich dieser grobklotzige Primitivling doch zum Teufel scheren, er hatte jedenfalls keine Lust, für so einen auch noch Kindermädchen zu spielen.

Kurt verstand sofort. Der Mann und die schweigenden Helfer an seiner Seite waren Beamte in grauen, uniformähnlichen Anzügen, die ihren Job – das Lager zu verwalten –, einigermaßen ordentlich verrichteten. Ihren Papierkram in Ordnung hielten, vielleicht auch die Bücher zu ihrem Vorteil manipulierten, sich aber nicht für das Wohl der Lagerbewohner zuständig fühlten. Kurt konnte das verstehen. Damit hatte er kein Problem, im Gegenteil, er fühlte sich dadurch erst recht dazu ermutigt, sich über den Willen der Lagerleitung hinwegzusetzen, die die Ankömmlinge willkürlich über das gesamte Lager hinweg verteilt hatte. Kurz entschlossen siedelte er drei protestierende Paare aus den Unterkünften, die sie bereits bezogen hatten, in drei andere um und belegte die Ersteren für sich und seine Freunde. Niemand hatte mitbekommen, was er zu den Vertriebenen gesagt hatte, auf jeden Fall hatten diese ihren anfänglichen Widerstand ziemlich rasch aufgegeben.

So zogen Eva und Uwe links und Isabella und Dieter rechts von „Kurts Hütte" ein. Kurts Hütte war eine Bezeichnung, die Johanna gedanklich erst für sich festgelegt, später dann aber auch offen ausgesprochen hatte. Die anderen wunderten sich zwar kurz darüber, aber Johanna begann schon bald, von allem *nur noch als „Kurts" zu sprechen. Es war Kurts Geld, Kurts Essen, Kurts Idee, Kurts Meinung. Bald hatten sie sich daran gewöhnt, es war eben Johannas spezielle Art, sich auszudrücken.*

Da der Ernst des Lebens nun endlich beginnen würde, wollten sie ihre Tage nicht länger damit verbringen, faul im Camp herumzulungern und auf den Abend zu warten. Gleich nach ihrer Ankunft meldeten sie sich für den Intensivkurs an, der vier Wochen dauern und bereits am nächsten Tag beginnen sollte.

Von nun an verging die Zeit wie im Flug. Von acht Uhr morgens bis abends sechs Uhr wurden sie in der fremden Sprache gedrillt und waren danach geistig völlig ausgelaugt und zu erschöpft, um noch Vokabeln lernen zu können. Stets trafen sie sich nach dem Abendessen noch in einer ihrer Hütten mit dem festen Vorsatz, zu üben und untereinander nur englisch zu sprechen, aber meist wechselten sie, sobald sich einer von ihnen zu lange mit einer Formulierung abquälte, sofort in ihre Muttersprache zurück.

Vier Wochen später erhielten sie dann die Teilnahmebestätigung am Sprachkurs, die ihren zukünftigen Arbeitgebern beweisen sollte, dass die Regierung ihren Job getan und mündige, fähige Bewerber auf den Arbeitsmarkt geschickt hatte. Sie hatten auch wirklich das Gefühl, viel gelernt zu haben. Ihre australischen Ausbilder hatten sie sogar in der landestypischen Aussprache unterrichtet, und plötzlich verstanden sie zumindest einzelne Worte, manchmal sogar Gesprächsfetzen und, mit viel Glück, sogar ganze Sätze, wenn sie Radio hörten oder in den Geschäften des Lagers einkauften. Dennoch hatten sie das Lager noch kein einziges Mal verlassen, obwohl sie niemand daran gehindert hätte, wenn sie den

Versuch unternommen hätten. Isabella und Dieter fragten zwar immer mal wieder, wann sie die Stadt denn nun das erste Mal erkunden würden, aber Kurt winkte jedes Mal ab. „Dafür ist später noch genug Zeit", entschied er. „Wenn wir Arbeit haben und Geld verdienen!" Dabei wusste er nicht einmal, wie viel die Busfahrt in die Innenstadt kostete. Das Verständigungsproblem machte sie alle unsicher, während das Lager, in dem sie sich häuslich eingerichtet hatten und sicher fühlten, doch so etwas wie einen Kokon, einen Schutz vor dem unbekannten Draußen für sie darstellte.

Nach Ende das Kurses war nicht so recht klar, wie es nun weitergehen würde. Sie studierten gemeinsam die Jobangebote, die am schwarzen Brett hingen, lasen Wohnungsannoncen in der Zeitung und diskutierten nächtelang, wie sie die Zukunft am Besten angehen sollten.

Auch die anderen Bewohner des Auffanglagers hatten sich mittlerweile häuslich eingerichtet, und da ihnen allen erklärt worden war, dass kein Zwang zum Ausziehen bestünde, blieben die meisten von ihnen so lange in den schlichten Hütten wohnen, bis sie sich beruflich etabliert hatten. Bis Kurt eines Abends, sechs Wochen nach ihrer Ankunft in Sydney, erklärte, dass sie unmöglich länger hierbleiben konnten, und Johanna dazu nickte. Je länger sie im Camp blieben, umso bequemer würden sie werden, argumentierte Kurt. Außerdem wäre der Name Villawood für jeden Arbeitgeber ein Begriff. Sie würden sich damit selbst als Einwanderer brandmarken, die keine Ahnung hätten, wo es langging. Johanna nickte wieder. Ihr waren seine Beweggründe gleichgültig, aber sie hasste Villawood fast genauso sehr wie Bonegila. Es war ein Lager, ein Gefängnis, das nie richtig sauber zu halten war und in dem es vor Ungeziefer nur so wimmelte.

„Wir müssen hier raus", sagte Kurt nachdrücklich. „Es gibt

keinen weiteren Sprachkurs mehr für uns, und wir vergeuden nur unsere Zeit."

Nun nickte auch Eva zustimmend und sah zu Uwe hinüber. Der wiegte den Kopf in seiner bedächtigen Art hin und her und meinte, es sei doch alles ganz bequem und vor allem kostenlos hier, und sollten sie sich nicht erst einmal um Arbeit bemühen, ehe sie daran denken konnten, auszuziehen?

„Na logisch", meinte Kurt. „Deshalb bewerbe ich mich ab morgen auch bei den Firmen, die Leute suchen. Egal als was! Von mir aus als Hilfsarbeiter. Danach suche ich uns eine Wohnung, und sobald wir hier ausgezogen sind und mein Englisch gut genug ist, dass ich wieder in meinem erlernten Beruf arbeiten kann, bewerbe ich mich bei den entsprechenden Firmen."

Dieter lachte ihn aus. „So viel Auswahl wirst du mit deinem Beruf wohl nicht haben. Ist euch denn noch nicht aufgefallen, dass es im ganzen Lager keine Heizungen gibt? Leute, wir sind hier in einem warmen Land, wer braucht da einen Heizungsmonteur?"

„Glaubst du vielleicht, ich bin blöd?", fuhr Kurt ihn an, der Kritik an seiner Person nicht leiden konnte. Vor allem nicht, wenn sie von so einem Weichei wie Dieter kam. „Das habe ich gleich als Allererstes gefragt, als ich das Bewerbungsgespräch im Konsulat hatte. Sie haben hier sehr wohl Heizungen, nicht in allen Häusern, aber in einigen. Und in den Büros auch. Und stell dir vor, sie haben nicht genug Fachleute, um sie zu warten! Außerdem gibt es hier Klimaanlagen in allen Hochhäusern der Innenstadt, das wäre auch was für mich. Darauf könnte ich mich spezialisieren!"

Diese Argumentation konnte Dieter nachvollziehen – natürlich war Kurt klug genug gewesen, sich schon im Vorfeld abzusichern – und damit war er auch von Kurts gesamter

Schlussfolgerung wieder überzeugt. Was Kurt sagte, klang doch eigentlich recht vernünftig. Sie mussten hier so schnell wie möglich raus, und gute Jobs bekam man nun einmal nicht, indem man nur im Lager herumlungerte. Gemeinsam gingen sie noch einmal zum schwarzen Brett, wo sie alle Angebote, nicht nur die jobrelevanten, sorgfältig studierten, und machten sich am nächsten Morgen dann getrennt auf den Weg, denn niemand würde dem anderen bei einem Vorstellungsgespräch helfen können. Die Männer waren optimistisch, denn jeder von ihnen hatte eine lange Liste mit Firmennamen mitgenommen. Für die Frauen war nur wenig Passendes dabei gewesen. Eine Stelle in einer Großküche, mehrere Putzstellen und einige Sekretärinnenjobs waren ausgeschrieben gewesen. Aber Büroarbeit traute sich noch keine von ihnen zu.

Am ersten Abend hatte Johanna als Einzige eine Anstellung vorzuweisen. Sie hatte sich in einem Altenheim vorgestellt und sich als Putzhilfe beworben. Als die Heimleitung ihre übersetzten Zeugnisse sah, fragte sie, warum sie nicht in ihrem eigentlichen Beruf arbeiten wolle. Johanna erklärte in einfachen Worten, dass ihre Sprachkenntnisse dafür nicht ausreichend wären. „Unsinn", widersprach ihr Gesprächspartner, ein kleiner, rundlicher Mann mittleren Alters, der sich, in einen schmutzig weißen Kittel gekleidet, die falsche Autorität eines Arztes angeeignet hatte und zwanghaft mit dem Stethoskop spielte, das vor seiner Brust baumelte. „Die alten Leutchen sind so und so nicht zu verstehen. Hauptsache Sie wissen, wie man sie versorgt. Und das tun Sie doch, oder? Sie wissen doch, wie man ihnen Medikamente gibt und sie ruhigstellt, einen Verband wechselt und ihnen Windeln anlegt, oder?"

Johanna verstand nicht alles, was er sagte, aber sie nickte immer wieder, bis er schließlich aufstand und sie durch das Heim führte. Er redete ununterbrochen, ohne eine Antwort von ihr zu erwarten, bis sie wieder in sein Büro zurückgingen, wo sie ihren ersten Anstellungsvertrag unterschrieb. Vierzig Dollar die Woche!

Am Abend zeigte sie Kurt das Papier, der aber nicht sehr glücklich darüber zu sein schien. Halsabschneider seien sie, sagte er, für eine Fachkraft nur lausige vierzig Dollar zu bezahlen. Damit würde er sich nicht zufriedengeben. Aber das habe er sich schon gedacht, dass sie sich unter Wert verkaufen würde, wenn er nicht mit dabei wäre. Johanna war trotzdem froh. Ab morgen würde sie jeden Tag acht Stunden arbeiten dürfen, mit der Busfahrt hin und zurück wäre sie dann mindestens zehn Stunden von Kurt getrennt. Zehn lange Stunden ohne seine erdrückende Nähe. Denn Kurt wollte sie stets neben sich haben, überwachte jeden Handgriff von ihr und beurteilte und kritisierte sie ununterbrochen, sobald sie alleine waren. Er war so penibel, fast schon pedantisch. Eigentlich konnte sie ihm rein gar nichts recht machen. Und immer lebte sie in ständiger Angst vor seinem Jähzorn. Dann wurde er immer so ungerecht. Auch an diesem Abend war er wieder gereizt. Statt sich über ihren kleinen Erfolg zu freuen, hatte er sie früh zu Bett geschickt und war in die Lagerkneipe gegangen. Nach einer Stunde kam er zurück. Sie machte sich ganz klein und stellte sich schlafend. Tatsächlich ließ er sie in Ruhe, setzte sich ans Fenster ihrer Hütte und starrte in die Nacht hinaus. Kurze Zeit später öffnete er eine Bierdose, trank sie in einem Zug aus und rülpste laut. Johanna fiel in einen unruhigen Schlaf, immer auf der Hut, immer bereit, ihn nicht noch weiter zu reizen.

Am nächsten Tag hatte auch er Arbeit gefunden, auf dem Bau. Dort hatten sie ihn nur kurz angesehen, seine ausgeprägten Bizeps- und Schultermuskeln taxiert und dann sofort genommen. Und wie er erhofft hatte, verdiente er mehr als seine

Frau. Er bekam sechzig Dollar auf die Hand, mit Überstunden würde er es sogar auf mindestens achtzig bringen. Das hatte er sich schon ausgerechnet. Also erzählte er den anderen, sein Gehalt beliefe sich auf achtzig Dollar; die Anstellungspapiere sah keiner von ihnen.

Nach einer Woche hatten sie alle Arbeit, außer Isabella. Eva würde putzen gehen, Uwe in einer Fabrikationshalle am Fließband stehen, und Dieter hatte das große Glück gehabt, beim Fernsehsender Channel TEN in der Requisitenabteilung unterzukommen. Das war zwar unter seiner Würde als gelernter Fotograf, aber zumindest hatte er schon einmal einen Fuß in der „richtigen" Tür, befanden die anderen. Und außerdem arbeiteten sie schließlich alle unter ihren Fähigkeiten. Sogar Johanna!

Isabella tat dagegen allen leid. Eva und Johanna wollten die Ärmste trösten, aber es schien ihr nicht viel auszumachen, als Einzige noch arbeitslos zu sein. Im Gegenteil, sie war vergnügt und versprach, sich dafür um die Wohnungssuche zu kümmern. Das war gar nicht so leicht, denn sie wollten ja zusammenbleiben, und drei möglichst billige Wohnungen in ein und derselben Wohnanlage zu bekommen war ein fast unmögliches Unterfangen.

Und so sprach Kurt nach zwei Wochen, in denen Isabella keinen Erfolg verbuchen konnte, auch ein Machtwort. So ginge das nicht weiter, da würden sie ja Weihnachten noch im Lager sein. Und ewig in ihren knochenharten, entwürdigenden Jobs weiterarbeiten müssen. Oh nein, so ginge das nicht – ab sofort sollten sie sich aufteilen. Jedes Paar würde sich von nun an eine eigene Wohnung suchen. Der Gemeinschaftsgedanke wäre nur hinderlich, also müsse man eben flexibel sein und sich den Gegebenheiten anpassen.

Wieder war es Johanna, die als Erste Erfolg hatte. Sie hatte den Aushang im Altenheim studiert und dort die Wohnung einer kürzlich Verstorbenen entdeckt, die nun von ihren Erben zur Vermietung angeboten wurde. Und so zogen Kurt und sie schon am darauf folgenden Wochenende aus dem Lager aus und in die schlichte Zweizimmerwohnung am Nordufer der Stadt ein. Ihr neues Heim befand sich in einem dreistöckigen Ziegelbau, besaß einen Hof zum Wäscheaufhängen, und vom Badezimmerfenster aus konnte man sogar noch einen Blick auf einen Teil der Harbour Bridge erhaschen, wenn man sich auf die Zehenspitzen stellte und den Hals verbog. Die Wohnung war hell und sauber und mit fünfundzwanzig Dollar die Woche für Doppelverdiener auch erschwinglich. Sie richteten die Wohnung mit billigen Möbeln ein, die sie in einem Secondhandshop an der Military Road kauften und mit einem geliehenen Leiterwagen nach Hause transportierten. Wie in Australien üblich, war die Küche bereits eingebaut und der Teppichboden gelegt, Lampen hingen von den Decken und Vorhänge vor den Fenstern. Viel mehr benötigten sie nicht.

Kaum hatten sie sich häuslich eingerichtet, wurde die Wohnung direkt neben der ihren frei. Sofort baten sie den Hausverwalter um den Mietvertrag, unterschrieben ihn, um die begehrte günstige Wohnung für ihre Freunde zu reservieren, und überlegten nach dem Abendessen, welchem Paar sie die Wohnung nun vermitteln sollten. Dieter oder Uwe?

„Vielleicht sollten wir es ihnen überlassen", meinte Johanna, die sich schwer damit tat, jemanden zu benachteiligen.

„Ich weiß nicht", sagte Kurt. „Mir sind Uwe und Eva lieber. Bei denen weiß man wenigstens, woran man ist. Die sind zuverlässig, während Dieter eine Niete ist und Isabella, na, ich weiß nicht. Sie kann ein ganz schönes Miststück sein, und wie sie Dieter behandelt, geht mir einfach auf die Eier."

Johanna hatte sich eigentlich nie von Isabella genervt gefühlt, aber wenn Kurt so dachte! Sie nickte gleichgültig.

„Außerdem", gab Kurt zu bedenken, „hat sie immer noch keinen Job. Mit nur einem Gehalt ist die Wohnung zu teuer für sie. Und wenn Dieter ausfällt, man weiß ja schließlich nie, was kommt, dann holt sich die Hausverwaltung vielleicht das Geld von uns. Wir haben immerhin unterschrieben."

„Ja, aber sie werden den Vertrag doch sicher umschreiben lassen, dann stünden wir nicht mehr in der Verantwortung. Und was soll schon passieren?"

„Du bist ein schönes Dummerchen." Kurt stand auf, holte sich eine Dose Bier aus dem Kühlschrank – sein abendlicher Luxus, mit dem er sich täglich für die harte Arbeit belohnte. „Es kann alles Mögliche passieren! Hier gibt's keine sozialen Leistungen wie in Deutschland. Wenn du in Australien deinen Job verlierst, gibt es kein Amt, auf das du gehen und wo du deine Hand aufhalten kannst. Da kannst du verhungern, das juckt keinen." Kurt war all die Wochen über friedlich gewesen. Seit sie getrennt ihrer Arbeit nachgingen und nicht mehr so viel Zeit miteinander verbrachten, hatte er sie kaum mehr gescholten. Er war auch nie grob geworden und hatte sie keine einzige Nacht mehr belästigt. Die Arbeit auf dem Bau war anstrengend und erschöpfte ihn nach all den untätigen Monaten. Und so vergaß sich Johanna kurz und wurde unvorsichtig. „Das kann ich mir nicht vorstellen", widersprach sie ihm. „So großzügig, wie die Australier zu uns waren. All die Wochen im Camp bei voller Verpflegung und die Schiffsreise und alles. Keinen Dollar haben sie von uns verlangt. Die helfen bestimmt, wenn man arbeitslos wird. Du weißt das nur nicht."

Kurt stand mit dem Rücken zum Fenster, sodass sie seinen Gesichtsausdruck im Gegenlicht nicht ausmachen konnte. Sie sah nur, dass er die Dose mit einem Zug leerte. „Ach, und Madam weiß das wohl besser als ich? Du hast ja keine Ahnung! Ich sage dir, es gibt kein Amt, keine Hilfe und kein gar *nichts. Verrecken können wir, jetzt, wo sie uns erst einmal im Land haben und nicht mehr rauslassen! Wehe, wenn einer von uns seinen Job verliert, dann sieht es übel aus. Dann können wir verhungern, sag ich dir, aber davon hast du ja keine Ahnung. Du hast ja noch nie Hunger leiden müssen. Aber ich werde dir zeigen, wie das ist! Wie man sich fühlt, wenn der Magen knurrt, und man an nichts anderes mehr denken kann als nur noch ans Essen."*

Schlagartig fühlte Johanna wieder die Angst, die sie zuletzt am Tag ihrer Abreise in Bonegila überfallen hatte. Nur war sie dieses Mal größer. Denn nun wusste sie ja, wozu er fähig war. Doch es wurde längst nicht so schlimm, wie sie erwartet hatte. Kurt befahl ihr ins Bett zu gehen, sofort. Es war noch früh am Abend, die Dämmerung hatte noch nicht einmal eingesetzt. Mit einem Schal band er ihr die Beine zusammen und befestigte ihn danach am linken Bettpfosten. Dann ging er in die Küche, aus der er nach einer Weile mit einer langen Schnur zurückkam, mit der er ihr die Arme über dem Kopf am oberen rechten Bettpfosten festband. Ziemlich locker, ohne ihr wehzutun, sodass sie schließlich schräg auf dem Doppelbett lag und noch genügend Spielraum hatte, um sich bewegen zu können. Als er fertig war, besah er sich nochmals den Schal und entschloss sich, die Beine zusätzlich noch mit der Schnur zu fixieren. Was schon ein bisschen mehr schmerzte, aber als sie erschreckt aufstöhnte, lockerte er den Knoten wieder ein wenig. Zuletzt ging er wortlos aus dem Zimmer. Johanna lag die ganze Nacht wach, immer in Sorge, dass er zurückkehren und ihr etwas Schreckliches antun könnte. Aber nichts geschah. Am Samstagmorgen um sieben Uhr hörte sie die Eingangstür. Plötzlich stand er vor ihr, blickte mit kalten, forschenden Augen auf sie hinunter, ohne ihr dabei ins Gesicht zu sehen, und fragte, ob sie auf die Toilette müsse, und als sie nickte, ließ er sie aufstehen. Daraufhin brachte er ihr noch ein Glas Wasser, band sie wieder fest und ließ sie weitere vierundzwanzig Stunden liegen. Am Sonntagmorgen kam er um die gleiche Zeit zurück. Diesmal war sein Blick getrübt, als hätte er getrunken. Sie wagte kein Wort zu sagen, denn sie wollte ihn nicht provozieren.

„Hast du Hunger?", fragte er.

Sie überlegte kurz, was er wohl hören wollte, und bejahte dann.

„Gut!", sagte er. „Ich auch! Mach Frühstück." Er band sie los, rieb ihr sogar die Knöchel und Handgelenke, und half ihr beim Aufstehen. „Du verstehst, warum ich das tun muss", erklärte er. „Du weißt so wenig und vertraust den falschen Leuten. Ich muss dir helfen, dir alles erklären und dir beibringen, was uns alles passieren kann, auch wenn es dir wehtut. Damit wir gewappnet sind für den Ernstfall. Das verstehst du doch?"

Sie nickte mehrmals. Irgendwie verstand sie ihn ja tatsächlich. Er machte sich Sorgen um sie und wollte sie beschützen. Er konnte ihr seine Liebe nicht anders zeigen, weil er auch nie etwas anderes kennen gelernt hatte als Brutalität. Den wenigen Sätzen über seine Kindheit hatte sie entnommen, dass die vernichtende Gleichgültigkeit seiner alkoholkranken Eltern nur von regelmäßigen Prügeln und Strafaktionen von beispielloser Grausamkeit unterbrochen worden war. Er konnte nichts dafür und meinte es nur gut.

„Rühreier und Schinken", befahl er.

Also briet Johanna genügend Eier für zwei Personen, deckte den Tisch und setzte sich ihm gegenüber. Erst in diesem Moment zog er ihr den gefüllten Teller weg, lud sich ihre Portion auf seinen Teller und aß alles auf. „Heute nicht", meinte er nur. „Ich weiß, du hast Hunger, aber so ist es besser für dich. So lernst du schneller, worauf es ankommt."

Wenn er gewusst hätte, dass sie nicht einmal Appetit bekommen hatte, als ihr der Duft von Schinken und Eiern in die Nase gestiegen war, hätte er sich gewiss eine andere, noch schlimmere Strafe einfallen lassen! Daher schaute sie ihn nur schweigend an und hoffte, genug Enttäuschung in ihren Blick legen zu können. Worauf er lächelte, ihre Wange streichelte und zufrieden war.

Wenig später zogen Eva und Uwe in die Wohnung neben ihnen ein, die identisch mit der ihren war, nur dass Eva und Uwe von ihrem Badezimmerfenster aus deutlich mehr vom Hafen sehen konnten.

Da Uwe quer durch die Stadt fahren musste, um zu seinem Arbeitsplatz zu kommen, verließ er die Wohnung schon um halb sechs in der Früh und kam erst spätabends nach zwanzig Uhr wieder zurück. Aber das machte ihm nichts aus. Er betrachtete die Arbeit in der Fabrik als Übergangslösung und suchte in jeder Wochenendausgabe des Sydney Morning Herald *nach einem besseren Job, der im Norden der Stadt lag. Eva hingegen bewarb sich in einer Reinigung im Spofforth Center, das nicht weit von ihrer Wohnung entfernt war und in deren Fenster sie auf einem Schild gelesen hatte, dass eine Aushilfe gesucht wurde. Die Besitzerin des Waschsalons war eine gebürtige Deutsche, eine mütterliche Rheinländerin mit stämmigen Beinen und ausladenden Hüften, die schon seit über zehn Jahren in Sydney lebte und dort ihr Geschäft führte. Sie tratschte gerne, und Eva gefiel ihr, weil sie so leutselig war und so viel zu erzählen hatte. Eva bekam die Stelle und kündigte daraufhin ihre alte Stelle. Sie wurde von ihrer neuen Chefin auf deutsch in ihren Aufgabenbereich eingewiesen und lernte danach schnell die wichtigsten englischen Begriffe, die sie für die Annahme der Kleidungsstücke und die anfallenden*

Schreibarbeiten kennen musste. Bald darauf begann sie auch die monatliche Abrechnung zu übernehmen. Die Arbeit war viel weniger anstrengend als ihre vorige und machte ihr vor allen Dingen viel mehr Spaß. Es war fast wie in Deutschland, auch wenn sie dort natürlich nie in einer Wäscherei gearbeitet hätte. In ihren Briefen nach Hause erzählte sie deshalb immer von ihrer komplizierten und anspruchsvollen Büroarbeit für die Zentrale einer großen Reinigungsfirma.

Ihre Arbeitszeit war um fünf Uhr beendet; die Besitzerin kam immer um halb fünf, plauderte eine Weile mit Eva, zählte das Geld in der Kasse und übernahm dann die letzten Stunden, bis der Laden um neunzehn Uhr schloss. Vom Geschäft bis zur Wohnung in der Spofforth Street war es nur ein zehnminütiger Fußmarsch, und obwohl Eva unterwegs noch ihre Besorgungen erledigte, war sie jeden Tag bereits vor sechs Uhr zu Hause. Dann putzte sie die kleine Wohnung, kochte das Abendessen, das sich Uwe aufwärmen würde, aß selbst etwas und langweilte sich. Es gab für sie kaum einen Unterschied zwischen Alleinsein und Einsamkeit. Wenn sie so untätig dasaß und aus dem Fenster auf den perfekt geschwungenen Bogen der Harbour Bridge blickte, wurde sie schwermütig. Sie wollte die Zwiebelkuppeln der Marienkirche sehen, nicht dieses düstere Stahlgerüst, von dem alle so schwärmten. Sie sehnte sich nach den Schäfchenwolken des bayerischen Himmels, wenn sie beobachtete, wie die tief hängenden Regenwolken vom Meer über die Stadt hereinzogen. Und sie konnte sich nicht daran gewöhnen, dass es jetzt, im November, noch immer so warm und schwül war und es an Weihnachten sogar noch heißer sein würde. Und so ergriff sie schon bald jede Gelegenheit, um den bedrückenden Zeitraum zwischen ihrer Heimkehr und Uwes spätem Erscheinen zu überbrücken.

Johanna war ebenfalls immer schon sehr früh zu Hause. Sie musste um fünf Uhr morgens ihren Dienst im Altenheim antreten und war deshalb bereits um drei Uhr nachmittags zurück. So kam es, dass Eva und Johanna viel mehr Zeit miteinander verbrachten als ihre Männer, die erst spät von der Arbeit zurückkamen. Wenn Eva mit ihrem Hausputz fertig war, machte sie öfter mal Kaffee, klingelte bei Johanna und überredete sie jedes Mal von Neuem, mit ihrer Putzerei Schluss zu machen und auf einen Kaffee zu ihr herüberzukommen. Doch irgendwie schien Johanna nie ein Ende zu finden, obwohl ihre Wohnung blitzsauber war, wie Eva fand, die ihrer Freundin auch sagte, dass sie übertrieb, worüber Johanna nur lächelte. Aber wenigstens hörte sie zu wischen und zu schrubben auf, wenn Eva vor der Tür stand, und ging dann meistens, allerdings nur nach mehrmaligem beharrlichem Bitten, mit in die nachbarliche Wohnung. „Nur ganz kurz“, sagte sie stets. „Ich habe noch viel zu tun.“

Das war für beide dann die beste Zeit des Tages. Sie setzten sich an die hohe Frühstücksbar, die bereits eingebaut gewesen war und die Kochnische vom Wohnraum abtrennte, schenkten sich frischen Kaffee ein und unterhielten sich über alles Mögliche. Immer bei Eva, nie in Johannas Wohnung. Kurt würde das nicht mögen, wenn er nicht dabei sei, hatte Johanna ihr gleich zu Beginn erklärt.

„Das ist doch albern“, hatte Eva daraufhin erwidert, „ich bin doch schließlich keine Fremde!“ Sie hatte es Uwe erzählt und sich darüber mokiert, aber Uwe hatte Kurt natürlich sofort in Schutz genommen und sie gebeten, den Willen ihres Freundes zu respektieren. Überhaupt, immer dieses Gerede über Respekt! Uwe entwickelte sich zu einem ausgesprochenen Langweiler. Alles musste man respektieren! Man war Ausländer im Land, deshalb musste man sich anpassen. Alles war unge-

wohnt und anders, aber man musste es respektieren. Vielleicht war er von der langen Arbeit aber auch nur zu müde, um mit ihr zu reden und sich mit ihren Problemen auseinanderzusetzen. Dabei wollte sie ihm doch nur erzählen, mit welchen Widrigkeiten sie sich herumschlagen musste und was ihr in diesem Land alles fremd war. Sie wollte sich nicht permanent beklagen, aber ihr wurde täglich mehr bewusst, wie groß der Unterschied zwischen ihrem jetzigen und ihrem früheren Alltag in Deutschland war, und sie tat sich anscheinend schwerer als andere damit, diese Verschiedenheiten zu akzeptieren.

Johanna war wenigstens eine gute und verständnisvolle Zuhörerin. Mit ihr konnte Eva über all diese Dinge reden und ihr dabei ihr Leid klagen. In Johannas Stimme schwang auch echtes Mitgefühl mit, und nie widersprach sie ihr. Alles war schließlich so anders, so ungewohnt, seltsam, schwierig, unfair, gemein und widerlich – aber mit welchen Worten Eva das hiesige Leben auch immer belegte, Johanna nickte nur dazu und signalisierte damit, dass sie Evas Sorgen verstand. Auch wenn sie diese nicht teilte, denn sie selbst wäre ganz zufrieden, meinte sie immer dann, wenn Eva sie drängte, sich doch ebenfalls einmal ihren Frust von der Seele zu reden. Nein, nichts störte Johanna an diesem Land und an diesen Leuten, nichts regte sie auf.

„Deine Ruhe möchte ich haben!", meinte Eva bei einer ihrer einseitigen Diskussionen. „Ärgert es dich etwa nicht, dass es hier kein vernünftiges Brot zu kaufen gibt?"

„Eigentlich nicht", antwortete Johanna.

„Du vermisst es kein bisschen?"

Johanna schüttelte den Kopf.

„Geht dir wirklich überhaupt nichts ab?", bohrte Eva weiter.

Da sah Johanna plötzlich tieftraurig aus. „Ach, weißt du, unser ganzes Leben hat sich doch so sehr verändert."

„Was soll denn das für ein Argument sein?"

„Ich weiß auch nicht. Ich meine nur, es ist hier alles so anders, dass ich nicht mehr weiß, wo ich anfangen soll mit dem Vermissen."

Eva konnte ihr nicht folgen. „Na, du könntest zum Beispiel mit dem Brot anfangen", beharrte sie.

Aber Johanna ging nicht weiter darauf ein. Sie schwiegen eine Weile, und Eva kam sich beinahe lächerlich vor. Was redete sie da vom Brot? Als ob es nur das Brot wäre!

Sydney war eine Großstadt, aber die Einwanderungswelle, die mehrere Jahre später für das Entstehen vieler internationaler Restaurants und Geschäfte verantwortlich sein sollte, hatte gerade erst begonnen. Noch war die Auswahl an Lebensmitteln für europäische Begriffe daher äußerst begrenzt. Es gab keine Sahne, keinen Quark oder Joghurt, nur Milch. Keine Brötchen oder verschiedene Brotsorten, nur Weißbrot. Es gab keine gute Wurst, nur künstlich eingefärbte rote Würstchen. Und es gab nur gesalzene Butter, mit der auch Kuchen gebacken wurde.

Eva hatte versucht, damit zu backen, aber das Resultat schmeckte scheußlich. Wie konnte man einen Apfelkuchen nur mit salziger Butter backen? Sie regte sich maßlos über diese Dinge auf. Auch über die Einstellung der australischen Bevölkerung, die ganz und gar nicht über die Anwesenheit der vielen komisch sprechenden Ausländer in ihrem Land begeistert war. Ein echter Australier, also einer, der in diesem Land geboren war, bewies seine Loyalität zu seinem Heimatland, indem er alles ablehnte, was ihm fremd war. Und wer in zweiter, oder – was äußerst selten vorkam – sogar in dritter Generation Australier war, zählte zu den Stolzesten. Die Neuen, die tölpelhaften, ungebildeten Einwanderer sollten sich erst einmal hochdienen, genauso wie seine Eltern und Großeltern es hatten tun müssen.

Eva bildete sich ein, bei den Kunden, die unregelmäßig in die Reinigung kamen, auf Ablehnung zu stoßen. Dabei wurde sie weder unfreundlich noch unhöflich behandelt, sondern nur so gut wie nicht beachtet, genau so, wie es wahrscheinlich in einer Reinigung in Deutschland auch der Fall gewesen wäre. Eva vermisste den Bürotratsch, die vielen Gespräche mit den Kollegen, die sie zu Hause als selbstverständlich betrachtet hatte. Die unpersönliche Arbeit hinter einer Ladentheke entsprach überhaupt nicht ihrem Naturell, und da sie die beiden grundverschiedenen Anstellungen, die frühere und die jetzige, direkt miteinander verglich, schob sie nicht nur die kleinen Entbehrungen, die sie in ihrer neuen Heimat erdulden musste, weil dort alles so „unterentwickelt und unzivilisiert" war, sondern auch ihre berufliche Unzufriedenheit auf Land und Leute. Hinzu kam, dass sie noch mit niemandem außerhalb ihres kleinen Kreises verkehrte und deshalb zu der Überzeugung kam, dass man mit den Australiern gar nicht richtig reden konnte. Umso mehr freute sie sich auf ihre Gespräche mit Johanna. Nie kam es Eva in den Sinn, dass sie eigentlich nur Monologe führte, mit denen sie ihren Frust bei Johanna ablud, ohne jemals zum eigentlichen Kern der Sache zu kommen. Nie sprach sie aus, wie unglücklich sie wirklich war und wie sehr sie ihre alte Heimat vermisste. Stattdessen versteckte Eva ihre tiefe Sehnsucht nach dem geregelten Leben zu Hause, ihrer Familie und den Gewohnheiten ihrer Jugend, nach der sich ihr ganzes Wesen verzehrte, hinter tausend albernen Beschwerden, bis sie schließlich selbst zu glauben begann, dass ihr nur Kleinigkeiten fehlten und sie sich schon noch an alles gewöhnen würde. Wegen einem Laib Schwarzbrot ging man doch nicht nach Deutschland zurück und gab damit zu, einen Fehler gemacht zu haben. Eva hätte auch nie von einem Fehler gesprochen, nicht einmal Johanna gegenüber.

Doch manchmal, wenn sie alleine war, nahm sie eines dieser lappigen Toastbrote, presste es in ihrer Faust zu einem Klumpen zusammen und warf diesen gegen die Wand.

Nachdem die Freunde aus dem Villawood Camp ausgezogen waren und Dieter regelmäßig zur Arbeit ging, litt Isabella besonders stark unter der Eintönigkeit und Langeweile des Lagerlebens. Sie wollte raus aus dem Camp und in eine eigene kleine Wohnung ziehen, so wie Eva und Johanna, aber das war mit einem Gehalt so gut wie unmöglich. Dieter und sie verfügten über keinerlei Ersparnisse, die Makler verlangten eine hohe Vermittlungsprovision und die Hausbesitzer zwei Monate Kaution oder forderten zumindest den Nachweis, dass die monatlichen Einkünfte hoch genug waren, um die Miete bezahlen zu können.

Jeden Samstag fuhren sie nach Cremorne, um ihre Freunde zu besuchen. Es war eine halbe Weltreise, bei der sie mit dem Bus quer durch die Stadt über die Harbour Bridge und zweimal umsteigen mussten. Außerdem kostete die denkbar schlechte Verbindung viel zu viel Geld, aber ihre Besuche waren in den letzten drei Monaten einfach zur Gewohnheit geworden. Isabella wurden die regelmäßigen Treffen allerdings langsam zu viel, denn Kurt wurde immer aufgeblasener und prahlte ununterbrochen damit, wie viel er verdiente und wie viel er sparen konnte. Johanna wurde dagegen immer einsilbiger. Nur zu gerne hätte Isabella einmal mit Eva über Johanna gesprochen und sie gefragt, ob sie ebenfalls das Gefühl hatte, dass Johanna und Kurt eine seltsame Ehe führten. Aber Eva plapperte ihr zu viel und traf sich anscheinend auch sehr oft mit Johanna. Da war es wohl besser, sich nicht einzumischen. Außerdem hatte sie gemerkt, dass sie auch mit Eva und Uwe nicht viel gemeinsam hatte. Wenn Isabella ehrlich zu sich selbst war, musste sie sich eingestehen, dass ihr alle unglaublich auf die Nerven gingen. Sogar Dieter, ihr eigener Mann. Weil er angeblich so unglücklich in seinem Job war und sich völlig verkannt fühlte, jammerte er ununterbrochen. Warum musste er, der beste Werbefotograf Deutschlands, hier in diesem primitiven Land Requisiten abstauben? Wo doch North Sydney das Mekka der Werbeindustrie Australiens war und sich alle großen Agenturen in den modernen Hochhäusern entlang des Pacific Highway eingemietet hatten. Isabella kannte sie mittlerweile, zumindest dem Namen nach, alle. Jedes Mal, wenn sie nach Cremorne fuhren, war ihr im Vorbeifahren die bunte Leuchtreklame der Werbeagenturen aufgefallen.

„Bewirb dich dort doch einmal", schlug sie Dieter vor. „Vielleicht suchen sie ja gerade einen Fotografen."

Aber er wollte oder konnte nicht. Er hätte nicht genug Zeit dafür, beklagte er sich, oder er beschwerte sich, er habe niemanden am Telefon erreicht, man müsse Beziehungen haben und denjenigen kennen, der für die Vergabe freiberuflicher Arbeiten zuständig war. Jedes Mal hatte er eine andere Ausrede parat. Egal wie sehr Isabella ihn auch drängte, ob sie schmollte oder schmeichelte, er unternahm einfach nichts. Seine lahmen Ausreden gipfelten eines Tages in dem Vorwurf, dass sie als seine Frau doch wohl für sein Weiterkommen zuständig sei! Andere Frauen würden sich schließlich auch um die beruflichen Belange ihrer Künstler-Gatten kümmern! Vor allem, wenn sie selbst arbeitslos wären und den ganzen lieben langen Tag nichts zu tun hätten!

Also zog sie, mit Dieters Portfolio unter dem Arm, los und stellte sich beziehungsweise ihn bei allen möglichen Agenturen vor. Immer wieder, bei allen Art Directors, Creativ Directors, Account Executives und sonstigen Angestellten, die bereit waren, ihr zuzuhören, bis hin zum Office Boy, der für den

Teeausschank zuständig war. Ihr Wortschatz und ihre Aussprache wurden im Laufe dieser Anbiederungsaktionen immer besser.

Auf diese Weise lernte sie eines schwülen Tages im Februar auch Hal Singelton kennen. Er war Mitte vierzig, fast schon zu alt für die Werbebranche, aber er war der Boss einer angesehenen Agentur in North Sydney, direkt am Pacific Highway. Seine spärlichen Haare hatte er sich in dünnen Strähnen über seine Halbglatze gekämmt, ein Fehler, den viele Männer mit schütterem Haar begingen. Aber das tat seinem Selbstbewusstsein keinen Abbruch. Immerhin war sein Bauch flach wie ein Waschbrett, wenn er gerade stand und sich darauf konzentrierte, ihn einzuziehen. Außerdem hatte er einen überdurchschnittlich langen Penis, weshalb er gerne und regelmäßig die Sauna besuchte. Als er Isabella sah, kam Spannung in seine gelangweilte Schreibtischhaltung, und er taxierte sie, wie ein Raubtier seine Beute begutachtet, bevor es zum Sprung ansetzt. Sie trug ein dünnes ärmelloses Sommerkleid und keinen Büstenhalter. Ihre Brustwarzen zeichneten sich in der kalten klimatisierten Zimmerluft deutlich ab, und seine ganze Mimik zeigte deutlich, dass er sich bereits vorstellte, wie sich ihre schlanken braunen Glieder auf seinem Bett räkelten. Er schaute sich Dieters Mappe nur oberflächlich an, versprach, ihn beim nächsten Auftrag einzusetzen, und bot Isabella dann einen Job als seine persönliche Assistentin an. Die Arbeitsstellenbeschreibung klang vage, das angebotene Gehalt war nicht üppig, und das verdächtige Glitzern in Hals Augen machte Isabella nervös.

„Ich werde darüber nachdenken", sagte sie.

„Aber nicht zu lange", erwiderte Hal Singelton mit der Selbstsicherheit eines Mannes, der sich im Vorteil befand. „Du *kannst am Montag um neun Uhr anfangen, oder der Job gehört einer anderen."*

Am Samstagabend saßen die Freunde wie üblich beisammen, und Dieter hatte offensichtlich mit den anderen abgesprochen, Isabella zu bearbeiten. So einen Job müsse man sofort annehmen, war die einhellige Meinung. Wie hatte sie da auch nur eine Sekunde zögern können? Es war bestimmt nicht der am besten bezahlte, aber da sie keinen anderen hatte oder dafür aufgeben musste, konnte sie sich doch wirklich nicht beklagen.

„Außerdem", erklärte Dieter, „ist dies lediglich ein Einstieg! Und immerhin ist sie dann schon einmal in der richtigen Branche."

„Moment mal", beschwerte sich Isabella, „ich sitze hier mit euch am Tisch! Sprich also nicht über mich, als ob ich überhaupt nicht vorhanden wäre. Außerdem ist es deine Branche, nicht meine."

„Egal", meinte Kurt, „du musst an deinen Mann denken. Es wäre vorteilhaft für ihn, wenn du in seiner Branche arbeitest."

„Warum?", bockte sie.

Kurt konnte es nicht fassen. „Na, hör mal, so blöd kannst du doch gar nicht sein. Du kannst ihm dort Kontakte verschaffen, damit er wieder in seinem Beruf arbeiten kann."

„Ich dachte, du hältst nichts von seinem Beruf", giftete Isabella zurück. „Als was hast du ihn gleich noch mal bezeichnet? Als Schwulenmaloche, wenn ich mich nicht irre."

„Ist doch scheißegal! Hauptsache, die Kohle stimmt, oder?"

Sogar Uwe, der sich sonst immer zurückhielt, pflichtete ihm diesmal bei. Man solle sich immer so weit wie möglich absichern, und eine zweite Einnahmequelle könne nie schaden. Oder wolle sie etwa nicht arbeiten?

„Dann könntet ihr auch endlich in eine eigene Wohnung zie-

hen. Wenn du dein Gehalt sechs Wochen lang sparst, reicht es für die Kaution", rechnete ihr Eva vor.

Isabella hob zu einer Erwiderung an, aber wie hätte sie ihnen erklären sollen, dass Hal Singelton etwas für sein Geld haben wollte, das sie nicht bereit war zu geben? Was aber, wenn sie sich täuschte – und er vielleicht doch nichts von ihr wollte?

Also trat sie ihre neue Anstellung am kommenden Montagmorgen an und stellte bald darauf fest, dass sie sich keineswegs geirrt hatte. Schon nach einer Woche ging ihr Chef in die Offensive, betatschte sie bei jeder Gelegenheit, machte anzügliche Bemerkungen und stieß unterschwellige Drohungen aus. Sie versuchte ihm auszuweichen, so weit es ihr als seine persönliche Assistentin möglich war. Dennoch lagen die Spielregeln nach vier Wochen auf dem Tisch. Entweder sie akzeptierte seine Einladung zu einer Mittagspause im Motel, oder sie war ihren Job los.

Es gab keinen Menschen, mit dem sie darüber reden konnte. In der Agentur selbst konnte sie sich auch nicht beschweren, denn Hal war dort der unangefochtene Platzhirsch! Und in ihrem Freundeskreis würden sie nur denken, dass sie keine Lust zu arbeiten hatte. Auch Dieter würde ihr keine Hilfe sein, sondern wahrscheinlich noch annehmen, sie hätte Hals Benehmen provoziert. Er hatte sie schon öfters gebeten, sich dezenter zu schminken und weniger auffällig zu kleiden.

Außerdem hatten sie sich erst gestern eine Wohnung in Mosman angesehen, die nicht weit von der Agentur und den Freunden entfernt lag. Ein richtiger Glücksgriff wäre sie, so hübsch, gemütlich und günstig. Dieter hatte seither begonnen, ihr vorzuschwärmen, wie erfolgreich er sein würde, wenn er nur erst einmal wieder in seinem ursprünglichen Beruf tätig wäre, und wie hilfreich es wäre, wenn sie endlich eine Woh-

nung hätten, in die sie auch Leute einladen könnten, die ihn beruflich voranbringen würden. Und eines Abends hatte er sogar zu ihr gesagt, wie stolz er auf sie sei. Es waren genau die gleichen Worte, die ihr Vater immer gebraucht hatte, wenn er sie zu höheren Leistungen hatte anspornen wollen: „Weißt du eigentlich, wie stolz ich auf dich bin, Prinzessin?"

Das hatte schon damals funktioniert, und es funktionierte noch immer. Am nächsten Tag befanden sich ihr Chef und sie bis zum späten Nachmittag in einer äußerst wichtigen Besprechung, und diese Art von Besprechung häufte sich in den folgenden Monaten.

Isabella und Dieter zogen in die Wohnung, die sie sich so sehr gewünscht hatten, und nun trafen sich die drei Paare wieder öfter. Sie verbrachten ganze Wochenenden zusammen, gingen an den Strand nach Manly, besuchten den botanischen Garten um das Opernhaus, erkundeten die Stadt in ausgedehnten Streifzügen mit den öffentlichen Verkehrsmitteln, oder saßen einfach nur beisammen, tranken Bier oder billigen Rotwein, und die Männer bestätigten sich gegenseitig, wie viel Glück sie doch gehabt hatten. Alle hatten sie Arbeit gefunden, waren dem Camp entkommen und lebten in einer aufregenden Großstadt mit fantastischem Wetter, weit weg von dem grauen Alltag, den sie in Deutschlands gekannt hatten.

Isabella erzählte nie freiwillig etwas von ihrer Arbeit. Wenn sie jedoch danach gefragt wurde, verlor sie sich in weitschweifigen Ausführungen, die allen vor Augen führten, wie kompliziert und phänomenal aufregend ihr neues Berufsleben war. Und ihre Kollegen waren so sagenhaft nette Leute. Ihr Chef auch! Überhaupt war sie ja so froh, in Australien zu sein. In Deutschland wäre sie nie so weit gekommen!

Nur Johanna stimmte in das allgemeine Loblied der Männer

über ihr fantastisches neues Leben in diesem fantastischen neuen Land nicht mit ein, aber sie sagte ja nie sehr viel. Stattdessen wurde sie immer verschlossener und hatte oft gerötete Augen.

Und Eva beschränkte ihre Beschwerden über Land und Leute weiterhin auf ihre vorabendlichen Gespräche mit Johanna. Nie ließ sie sich ihr Heimweh in Gegenwart der anderen anmerken. Auf Johanna jedoch war Verlass, sie würde nicht petzen, vor allem nicht bei Isabella, die doch so von Australien, den Leuten und ihrer Arbeit begeistert war. Isabellas Job musste aber auch wirklich interessant sein! Sie hatte Glück mit ihrem Chef, der ihr immer öfter wichtige Aufgaben anvertraute und sie förderte, wo er nur konnte. Außerdem schien sie gutes Geld zu verdienen, hatte oft neue Sachen an, ging regelmäßig zum Friseur und sogar zur Kosmetikerin. Schade nur, dass Dieter immer noch nicht so richtig vorankam. Trotz Isabellas „Einstieg in seine Branche" hatte er einfach kein Glück mit seiner freiberuflichen Tätigkeit, bekam nur ab und an kleinere Fotoaufträge, und obendrein war Isabella manchmal richtig garstig zu ihm. Als würde sie ihm vorwerfen, dass er bislang versagt hatte!

9

Jo Ann erwartete die Frauen nicht vor dem Nachmittag. Bereits in der Morgendämmerung, als sich das erste schwache Tageslicht am Horizont zeigte, stand sie auf, streifte sich, ohne vorher zu duschen, ihren alten, warmen Jogginganzug über, denn es würde draußen noch empfindlich kalt sein, und schlüpfte in ihre festen knöchelhohen Stiefel, die sie immer anzog, wenn sie in den Busch ging. Dann setzte sie Wasser auf. Sie hatte sich in einer ihrer Wachphasen der letzten Nacht dazu entschlossen, noch vor der Ankunft ihrer früheren Freundinnen zur Mine zu fahren. Sie musste unbedingt wissen, wie es dort aussah, und hatte es plötzlich sehr eilig. Spontan beschloss sie, Tiger mitzunehmen, dessen besonders ausgeprägten Spürsinn sie für ihre Zwecke nutzen wollte.

Der Hund folgte ihr bei Fuß zum Auto, sprang auf den Beifahrersitz, und Jo Ann fuhr los. Kurz nach dem Ortschild bog sie links auf eine unbefestigte Landstraße ab, deren Schotter bereits wieder so staubtrocken war, als ob es die verheerenden Wolkenbrüche der letzten Wochen nie gegeben hätte. Dafür hatte sich die Natur mit dem kostbaren Lebenssaft vollgesaugt. Sträucher und Grashalme waren prall gefüllt, satt und grün, wie selten um diese Jahreszeit, und drängten sich auf beiden Seiten über den Rand der Straße. Einzelne Zweige hingen ihr oft bis vor die Windschutzscheibe. Sie fuhr an den Sonnenblumenfeldern vorbei, die bereits hoch mit grünen Stängeln bewachsen waren. Schon bald würden die gelben Köpfe endlose Flächen bedecken. Das Land um Lightning Ridge war äußerst fruchtbares Farmland.

Wieder bog sie ab, fuhr über eine Lichtung und dann tiefer in den Busch hinein. Die Landschaft veränderte sich. Es gab nun keine üppigen Felder mehr, sondern nur noch vereinzelte Bäume und Sträucher und viel Gras. Dazwischen tauchten immer öfter braune Erdhügel auf, die nur in ihrem unteren Bereich, bis auf halbe Höhe, grün bewachsen waren. Es sah aus, als hätten gigantische Maulwürfe ihre unterirdischen Gänge gebuddelt, die überschüssige Erde ans Tageslicht geschleudert und zu übermannshohen Bergen aufgetürmt.

Doch die trostlosen Hügel waren nichts anderes als verlassene Minen, und wie jedes Mal, wenn sie an ihnen vorbeifuhr, musste Jo Ann an all die enttäuschten Hoffnungen und all die kostbare verschwendete Energie denken, mit der die Opalsucher hier die Erde aufgewühlt, aufgerissen und durchgeackert hatten. Sie wusste, dass nur ganz wenige von ihnen auf Opale gestoßen waren, die man dort zwar in Mengen vermutet, aber nie gefunden hatte.

Zehn Minuten später erreichte sie die Region der Millionen-Minen. In den letzten zwei Jahren hatten dort große japanische Konzerne mit schweren Geräten ergiebige Adern gefunden, die ihre für normale Minenbesitzer, wie sie es war, unvorstellbar hohen Investitionen in kürzester Zeit wieder eingespielt hatten. Wenn es so weiterging, würde es bald keinen Spaß mehr machen, allein mit einer Bohrmaschine von durchschnittlicher Leistungskraft und einem Pick-up, dessen Laderaum schnell gefüllt war, den Beruf eines Opalsuchers auszuüben. Man machte sich gegenüber den hoch technologisierten Profis lächerlich, wenn das überalterte, langsame Förderband an den Waschlöchern die wenigen Tonnen zermalmte, die man mühselig zutage gefördert hatte. Aber sie würde ja nur noch bis Ende diesen Jahres weitermachen, dann wäre endgültig Schluss! Falls nicht doch noch der ganz große Fund ...

Jo Ann hatte Glück gehabt, ihre eigene Mine lag gerade noch am Rand der ertragreichen Zone. Sie parkte ihren Pick-up in der Nähe des Einstieglochs, kletterte aus der Fahrerkabine und sah sich um. Es war ungewöhnlich ruhig auf dem Gelände, denn nach der langen Regenphase waren die meisten Minen noch nicht wieder in Betrieb genommen worden, und so konnte sie nur ganz entfernt das schwache Brummen einer Maschine vernehmen. Sie versuchte, sich genau an das zu erinnern, was ihr John während ihres letzten Telefonats berichtet hatte, und ging dann in die östliche Ecke ihres Claims. Auf dem dort angrenzenden Claim, der schon vor ewigen Zeiten verlassen worden war, weil er nicht einmal ein paar winzige Nobbys hergegeben hatte, musste die Fundstelle sein. Dort musste sich der eingefallene Schacht befinden, aus dem das Skelett herausgespült worden war.

Aber außer ein paar schmutzigen, kleineren braunen Hügeln zwischen Gras, Steinen und dichtem Gestrüpp sah sie nichts Auffälliges. Jo Ann ging zum Auto zurück, öffnete die Tür und bedeutete Tiger mit einem Nicken, herauszuspringen. Erneut blickte sie sich um, obgleich sie wusste, dass kein Mensch in der Nähe war, beugte sich dann über den Beifahrersitz und öffnete das Handschuhfach. Vorsichtig nahm sie einen Plastikbeutel heraus, aus dem sie mit den Fingerspitzen ein altes, rissiges Stück Leder zog, das sie eigens für diesen Zweck von zu Hause mitgenommen hatte, und hielt es Tiger dicht vor die Schnauze. Jo Ann wusste nicht mehr, warum sie Kurts Taschenmesser samt Hülle all die Jahre über aufgehoben hatte. Vielleicht hatte sie auch einfach nur vergessen, es zu entsorgen, nachdem ansonsten sämtliche anderen Dinge aus seinem persönlichem Besitz, seine Kleidung, seine Bücher, die Zigarrenkiste, die Haarbürste und sogar das Notizbuch mit den Aufzeichnungen über seine Schürfarbeiten, ihrem geradezu manischen Zwang, alles, was mit ihm zu tun gehabt hatte, zu vernichten, zum Opfer gefallen waren. Allein das Messer in seinem Lederetui hatte seitdem unberührt in ihrer Nachttischschublade gelegen.

Jetzt war sie froh darum. Der Hund schnupperte an dem alten Leder, rieb mit seiner feuchten Schnauze daran, und hob dann heftig schnaufend den Kopf. Er hatte Witterung aufgenommen, es konnte losgehen.

Jo Ann folgte ihm, zögerte allerdings kurz, bevor sie die Grenze ihres Claims überschritt. Denn der Grundsatz, sich niemals ohne ausdrückliche Erlaubnis des Eigners auf fremdes Terrain zu begeben, war so tief in ihr verankert, dass sie sich wie ein Dieb vorkam, der nachts in ein ruhiges, dunkles Haus einbrach. Der Claim ist verlassen, beruhigte sie sich, es interessiert niemanden, wenn du ihn betrittst.

Doch der alte Claim war riesig, er umfasste mindestens zweihundert einzelne Claims, die jeweils fünfzig auf fünfzig Meter groß waren, und wies dadurch viele versteckte Stolleneingänge auf. Das Land, das sie nun mit Tiger durchstreifte, sah allerdings auf den ersten Blick wertlos und verlassen aus. Die ehemals weiß-rot gestreiften Stangen, die einst als Begrenzungspfosten gedient hatten, waren völlig verblichen. Das Gestrüpp war stellenweise unpassierbar und wehrte sich mit seinen ineinandergewachsenen dürren

Ästen und scharfen Dornen gegen Jo Anns Vordringen. Tiger umrundete die unpassierbaren Stellen, immer mit der Nase im Wind, und übersprang niedrigere Büsche. Nachdem er das Gebiet aber immer noch im Zick-Zack-Kurs durchquerte, wusste Jo Ann, dass er noch keine Fährte gefunden hatte. Schlagartig wurde ihr klar, dass es Blödsinn war, was sie da versuchte. Der Hund würde den Fundort des Skeletts nicht ausmachen können, auch nicht mit dem Geruch von Kurts Lederetui in der Nase. Nach all den Jahren mussten die Organismen und Zersetzungsmechanismen der Erde Kurts verwesenden Körper schon längst aufgelöst, neutralisiert und sich einverleibt haben. Zu Staub gemacht haben! Erde zu Erde, wie es in der Bibel hieß. Um gerade noch einmal seine Knochen übrig zu lassen und sie dann zusammen mit dem Grund- und Regenwasser wieder auszuspucken.

Wie hatte sie nur glauben können, dass Tiger sie zur Fundstelle des Skeletts führen würde! Nein, sie musste schon selbst danach suchen und sich noch einmal neu orientieren. Als sie daher beim südlichen Grenzpfosten angelangt war, bog sie auf einen von hier aus westlich verlaufenden Pfad ein, der gleichzeitig die Grenze zum benachbarten Grundstück darstellte und daher von dessen Besitzer gründlich von allem Gestrüpp befreit worden war. Sie kamen flott voran. Tiger lief voraus, suchte und schnupperte und wartete auf sie, wenn der Abstand zu groß wurde. Schon zwanzig Minuten später wurden sie fündig. Links von ihr, ziemlich tief im Busch verborgen, entdeckte Jo Ann eine Fahne, die schlaff an einer langen Stange herunterhing. Dort waren die Knochen also gefunden worden! Jo Ann beschleunigte ihren Schritt.

Das Loch im Boden neben der Fahne war fast kreisrund,

maß an die zwei Meter im Durchmesser und wurde weiter unten sichtbar enger. Tiger umrundete das Loch aufgeregt, winselte in hellen Pfeiftönen, schlug aber nicht an. Sie sah sich um. Wo genau befand sie sich? Wie weit war sie von ihrem eigenen Claim entfernt?

So weit sie blicken konnte, war der Boden von niedrigen Sträucher bedeckt. Die dürren Bäume, die vereinzelt zwischen ihnen aufragten, waren gleichmäßig verteilt und daher als Markierungspunkte ungeeignet. Außerdem hatte sie sich damals in jener Nacht keinen einzigen Orientierungspunkt gemerkt. Zu zweit hatten sie Kurt über die Grenze ihres Claims geschleppt, weit weg von ihrem Bohrloch, tief in das verlassene Land hinein. Wie tief? Wie weit? Sie wusste es einfach nicht mehr. Sein Körper war so schwer und sperrig gewesen, konnte es wirklich sein, dass sie ihn bis hierher geschleppt hatten?

Mit erstaunlicher Gelassenheit beobachtete sie den Hund, zog erneut das Lederstück aus ihrer Jeanstasche und hielt es ihm unter die Nase. Er schnupperte, leckte ein paarmal daran, und dann schlug er an! Tiger umrundete das Erdloch, bellte begeistert und blickte immer wieder zu ihr auf. Dann war er plötzlich still, senkte den Kopf tief in die Öffnung, legte sich dabei fast auf den Boden und begann mit den Vorderpfoten zu scharren. Nun schlug ihr Herz doch schneller. „Guter Hund", lobte sie ihn. „Komm, wir gehen zurück. Genug."

Jo Ann bahnte sich ihren Weg, so gut es ging, quer durch das Gestrüpp und das fremde Land zurück und versuchte dabei so wenig Spuren wie möglich zu hinterlassen.

Schon fast an der Grenze zu ihrem Claim angelangt, bückte sie sich, um einem tief hängenden Ast auszuweichen und gleichzeitig ein paar vertrocknete Äste aus dem Weg zu schieben. Dabei sah sie aus den Augenwinkeln heraus etwas zwischen den Blättern aufblinken. Es war ein Stück matt glänzendes Metall, das zur Hälfte im Boden steckte und eindeutig nicht dort hingehörte. Vorsichtig begann sie es mit den Fingern freizulegen und zog es dann behutsam aus der Erde. Die dünne Metallplatte war ein Medaillon an einer Kette. Erdklumpen hatten die Öse des Anhängers verstopft, und die Kette selbst war angerostet. Aber das Medaillon war unversehrt. Auf seiner einen Seite war das Relief eines Mannes zu erkennen, der ein Kind auf seinen Schultern trug, während auf der anderen Seite eine Gravur angebracht war, deren Worte Jo Ann aufgrund der Erdablagerungen aber nicht lesen konnte. Sie wischte das Medaillon einigermaßen sauber und steckte es ein.

Von hier aus waren es nur noch wenige Schritte bis zur Claimgrenze, und Tiger, der ihre Unruhe spürte, rannte bereits vor ihr her zum Auto zurück. Sie atmete erleichtert auf. Niemand hatte ihr Kommen und Gehen bemerkt, und so sollte es auch bleiben.

Auf der Rückfahrt hielt sie an Johns Kneipe an. John stand, wie immer um diese Uhrzeit, bereits hinter dem Tresen und bereitete sich auf einen neuen Arbeitstag vor. Er polierte die Gläser mit flinken, geübten Bewegungen und summte dabei leise mit der Musik mit. Es war inzwischen elf Uhr, das Pub war bereits geöffnet, aber noch ohne Kundschaft. Jo Ann nahm den Hintereingang und überraschte John mit ihrem plötzlichen Auftauchen. Leise trat sie von hinten an ihn heran und tippte ihm auf die Schulter.

John wirbelte erschrocken herum und ging automatisch in eine Abwehrposition, bis er sie erkannte. Schlagartig änderte sich seine Körperhaltung und sein Gesichtsausdruck.

„Himmel, Jo Ann, tu das nie wieder“, meinte er vorwurfsvoll, wobei er allerdings lächelte und seine blauen Augen schelmisch blitzten. Schnell stellte er mit seiner linken Hand das neben ihm stehende Radio leiser, während er mit der rechten ihre Taille umfing und sie umarmte, wie er es immer tat, wenn sich Gelegenheit dazu bot. Dann gab er ihr einen freundschaftlichen Begrüßungskuss auf die Wange, wie er in seinem Bekanntenkreis üblich war. Flüchtig und harmlos, damit sie nicht merkte, wie sehr er sich jedes Mal zurückhalten musste, um sie nicht wie ein Ertrinkender an sich zu drücken und festzuhalten. Wann immer er sie auch traf, verströmte sie diesen betörenden Duft, der wie ein Opiat auf ihn wirkte. Unwillkürlich kamen ihm frische Limonen in den Sinn, und er musste an seine unbeschwerte Kindheit auf einer Farm an der Gold Coast zurückdenken, wenn seine Mutter die reifen Früchte ausgepresst und ihm die köstliche Limonade vorgesetzt hatte. Erinnerungen an endlose warme Tage am Meer kamen in ihm hoch. Wie sich der heiße Sand unter seinen nackten Füßen angefühlt und die salzige Luft in seiner Nase geprickelt hatte. All das war Jo Ann für ihn. Kostbar, unschätzbar, zart und herb zugleich, und unerreichbar. Und so ließ er seine Lippen dieses Mal etwas länger auf ihrer weichen, für ihn so verlockend duftenden Haut verweilen und flüsterte in ihr Ohr: „Wie machst du das nur, dass du immer so gut riechst?“

Für den Bruchteil einer Sekunde gab sich Jo Ann dem wunderbaren Gefühl hin, die Johns Nähe in ihr auslöste. Doch dann spürte sie, wie er sie auch mit seinem linken Arm umfasste und ihren Körper so nahe an sich heranzog, dass sie sogar seine Bauchmuskeln fühlen konnte. Plötzlich merkte sie, dass sein Körper auch weiter unten deutliche Signale aussendete. Und so stieß sie ihn, bevor sie noch schwach werden und seinem Drängen nachgeben konnte, grob von sich, ging um den Tresen herum und setzte sich mit gebührendem Sicherheitsabstand auf einen der Barhocker.

John seufzte enttäuscht auf, lächelte sie aber gleich wieder an, weil er ahnte, dass sie nicht ohne wichtigen Grund zu ihm gekommen war. Fast immer nahm er ihre Stimmungsänderungen mit der Empfindsamkeit eines Seismografen wahr, auch wenn er deren Ursache nicht kannte.

„Was möchtest du trinken?“, fragte er sie daher sachlich.

„Mineralwasser bitte, im größten Glas, das du finden kannst. Es ist schon ziemlich warm draußen.“ Hoffentlich hatte sie ihn nicht zu sehr vor den Kopf gestoßen. Schließlich wollte sie Informationen aus ihm herauskitzeln, ohne dass er Verdacht schöpfte.

„Warst du bei deiner Mine?“ John hatte ihre schweren Stiefel bemerkt, die sie vor dem Einsteigen in ihren Pick-up nur notdürftig vom Lehm befreit hatte.

Jo Ann nickte.

Langsam wanderte sein Blick über das Oberteil ihres Jogginganzugs, der für die mittlerweile gestiegenen Temperaturen viel zu warm war, weshalb Jo Ann den Reißverschluss auch etwas tiefer heruntergezogen hatte als sonst. John konnte nicht anders als auf die dadurch frei gelegte Haut zu starren, bis er sich nach ein paar Sekunden schließlich dazu zwang, seine Augen wieder zu ihrem erhitzten Gesicht zu heben und dort zu verweilen. „Und? Alles in Ordnung?“

„Alles in Ordnung!“

Er bückte sich und holte eine Flasche Mineralwasser aus dem Kühlregal unter dem Tresen. Schweigend schenkte er ihr ein und schob ihr dann das Glas zu.

„Was gibt's Neues?", fragte sie unvermittelt. Sie wischte sich mit einer Papierserviette, die auf dem Tresen in einem Körbchen lag, den Schweißfilm vom Gesicht und zog, um sich Kühlung zu verschaffen, den Reißverschluss ihres Oberteil noch ein Stückchen weiter auf, ohne sich bewusst zu werden, dass sie damit den Blick auf ihren Brustansatz frei gab.

„Nicht viel." John ging um den Tresen herum und setzte sich auf den Barhocker neben sie. Er bemühte sich vergeblich, ihren üppigen Busen, der sich im Rhythmus ihres Atems hob und senkte, zu ignorieren. Dann riss er sich jedoch zusammen, denn er kannte ihre Aversion gegen diese Art männlicher Aufmerksamkeit nur zu gut.

„Mira hat angerufen", begann er zu plaudern, um seine Hormone wieder einigermaßen unter Kontrolle zu bekommen. „Sie ist gut in Brisbane angekommen, aber anscheinend ist dort die Hölle los. Ihr Mann hat ihr, das musst du dir mal vorstellen, schriftlich über seinen Anwalt mitteilen lassen, dass er sich scheiden lassen will. Dabei wohnen sie im selben Haus! Mira ist so wütend auf den Feigling, dass sie ihn fertigmachen will."

„Warum denn das so plötzlich? Ich dachte, er wollte sich nie scheiden lassen?", fragte Jo Ann nicht wirklich interessiert, denn obwohl sie Mira wirklich gernhatte, wurden deren Eheprobleme momentan von ihren eigenen Sorgen in den Hintergrund gedrängt.

„Was weiß ich! Wahrscheinlich bekommt seine Geliebte ein Kind!" Wie sich später herausstellen sollte, hatte John mit dieser Vermutung den Nagel auf den Kopf getroffen.

„Dann ist es bestimmt besser für Mira, wenn sie sich trennen. Sie braucht endlich einmal eine klare Linie."

„So wie du!" John forschte in ihrem Gesicht nach einem

Hinweis auf das, was sie so beschäftigte und sie unbedingt vor ihm verbergen wollte. „Erzähl mir doch nichts. Du lebst nun schon so lange allein, warum gehst du eigentlich keine Beziehung mehr ein? Ich sage dir warum! Weil du Angst hast! Gott weiß warum, aber du hast Angst. Dabei hast du doch, soweit ich informiert bin, eine gute Ehe geführt."

Jo Ann bestätigte dies, ohne zu zögern, mit einem knappen Nicken. Sie hatte bisher noch alle belogen – warum also nicht auch John.

„Befürchtest du vielleicht, dass dein nächster Partner wieder vor dir stirbt und dich alleine lässt? Das muss nicht so kommen", wagte er sich weiter vor.

„Herzlichen Dank für die Analyse, aber mein Mann ist schon so lange tot, dass ich mich kaum noch an ihn erinnern kann. Wovor sollte ich also Angst haben?"

Das Gespräch machte sie langsam wütend. John gab wohl nie auf. In letzter Zeit hatte er immer öfter versucht, in ihre Intimsphäre einzudringen, und sie spürte auch, dass sie ihre Barrieren ihm gegenüber langsam abbaute und ihm wohl dementsprechende Signale gegeben hatte. Sie würde sich in Zukunft besser vorsehen müssen. Aber heute hatte sie ihm doch wirklich keinen Anlass gegeben, mit diesem Thema anzufangen. Stand ihr, verdammt noch mal, seit Neuestem etwa Kurts Namen quer über die Stirn geschrieben?

„Warum bist du dann noch immer alleine?"

„Ach, lass mich doch zufrieden!" Jetzt war sie richtig ärgerlich und stand auf.

„Okay, vergiss es", lenkte er ein und fing von etwas anderem zu sprechen an. „Übrigens haben sie das Skelett, von dem ich dir erzählt habe, jetzt nach Sydney gebracht. Zur forensischen Untersuchung."

Jo Ann setzte sich wieder. Na also, endlich kam er zur Sache. „Und?"

„Nichts und. Sie werden wohl trotzdem nicht herausfinden, wer oder was dahintersteckt. Die Untersuchung wird nur unnötig großen Arbeitsaufwand für die armen überlasteten Landpolizisten mit sich bringen. Bill hat gesagt, dass sie, sobald sie wissen wie alt das Skelett ist – und der Todeszeitpunkt kann heutzutage ziemlich genau festgestellt werden – im ganzen Umland ermitteln werden, ob zu diesem Zeitpunkt ein Mensch verschwunden ist. Schön brav alle Akten durchforsten – wirklich ein Scheißjob, den keiner machen will. Und das Ganze nur, um am Ende herauszufinden, dass es wahrscheinlich ein Fremder gewesen ist. Einer, der sich die Claimgebühr sparen wollte, heimlich auf einem verlassenen Claim gebuddelt hat und von niemandem vermisst wurde. Oder einer dieser idiotischen Touristen, die auf der Suche nach einem großen Fund früher oft hier aufgetaucht sind und die Gefahren im Busch dabei völlig unterschätzt haben. So wird es bestimmt gewesen sein."

„Da hast du Recht!" Zumindest wusste Jo Ann nun mehr. Das Skelett – sie hasste diese unpersönliche Bezeichnung – war also in Sydney. Die Information beunruhigte sie, denn Kurts Tod war damals ganz bestimmt unter den Vermisstenanzeigen abgelegt worden. Noch schöpfte niemand Verdacht, aber sobald Bill das Alter der Knochen erfahren würde, würde er bestimmt zwei und zwei zusammenzählen. Das Mineralwasser schmeckte plötzlich irgendwie schal, dennoch hatte sie gut daran getan, zu John zu fahren. Denn nur er konnte sie diesbezüglich mit den aktuellsten Nachrichten versorgen, nachdem Bill das Pub jede Woche auf seiner Tour durch das Umland besuchte, und er würde John bestimmt auch weiterhin über die neuesten Entwicklungen auf dem Laufenden halten.

Jo Ann wollte gerade fortfahren, ihn weiterhin ganz dezent und vorsichtig auszufragen, als er ihr bereits ungefragt eine so schockierenden Neuigkeit offerierte, dass sie darüber jegliches Feingefühl, mit dem sie ihn nach Bills Fortschritten in der Untersuchung hatte aushorchen wollen, vergaß.

„Das Skelett soll sobald wie möglich hier in Lightning Ridge ausgestellt werden“, berichtete John so leise, als ob er befürchtete, dass sie belauscht werden könnten.

„Wie bitte?“ Jo Ann sah ihn entgeistert an. „Was sagst du da?“

„Im Museum. Wenn die Akte endgültig geschlossen ist und das Skelett hierher zurückgeschickt wird, kommt es ins Opalmuseum. Unter dem Motto: Der große unbekannte Opalsucher, der sein Leben für die Steine gab. Macht sich doch prima bei den Touristen.“

Jo Ann sprang auf und schlug mit beiden Fäusten auf den Tresen. „Das ist doch hirnverbrannt! Wer denkt sich denn so etwas Verrücktes aus?“

„Wir alle. Gestern Abend. Du hättest dabei sein sollen, es war eine lustige Runde.“

„Ihr seid ja krank, alle miteinander. Ein Haufen besoffener Wahnsinniger. Das kommt niemals in Frage. Niemals, das sage ich dir.“

John sah ihr verblüfft nach, wie sie davonstürmte. Anders konnte er es nicht nennen. Sie rannte aus dem Raum, ohne sich zu verabschieden, so aufgebracht, dass sie dabei einen Stuhl umstieß und diesen achtlos liegen ließ, und schlug danach die Tür so heftig hinter sich zu, dass die Scheiben in den Fenstern klirrten, und er glaubte die Dachbalken zittern zu sehen. Zumindest schwankten die Lampen, wenn auch nur vom Luftzug, leicht hin und her.

„Das erlaube ich nicht!", hatte sie vorher noch geschrien. „Ich verbiete es euch!"

John war völlig irritiert und fragte sich, was sie denn eigentlich verbieten wollte, wo es doch nur um einen Haufen alter Knochen ging. Und vor allem wem? Die Knochen gehörten doch niemandem.

Jo Ann war viel zu aufgeregt, um sofort losfahren zu können. Zudem konnte sie ihre Tränen nicht länger zurückhalten. Es waren Tränen der Wut und der Hilflosigkeit, die sie über lange Jahre hinweg zurückgehalten hatte und die nun mit Macht aus ihr herausdrängten. Stück für Stück brach ihre Beherrschung zusammen und auch der mühselig errichtete Damm, mit dem sie sich seit jener längst vergangenen Schreckensnacht zu schützen versucht hatte. Resigniert schluchzte sie auf und ließ ihren Tränen freien Lauf, bis sie langsam wieder versiegten. Schließlich suchte sie im Handschuhfach nach einem Taschentuch und wischte sich über die nassen Augen. Danach fuhr sie mit Tiger, der neben ihr auf dem Beifahrersitz lag und leise winselte, noch immer bebend vor Zorn und Angst nach Haus. Sobald sie das Hoftor hinter sich geschlossen und sich im Wohnzimmer auf das niedrige Sofa geworfen hatte, begann sie jedoch von Neuem zu weinen.

Noch nie hatte sie sich so gehen lassen, und noch nie hatte sie sich so verlassen und so einsam gefühlt. Warum hatte sie sich John nur nicht offenbaren können? Wie gerne hätte sie ihn in die fürchterlichen Ereignisse ihrer Vergangenheit eingeweiht und sein Verständnis für die komplizierte Situation, in der sie sich nun befand, gewonnen. Aber wahrscheinlich hätte sie damit auch sein Mitleid erregt, und das wollte sie unter keinen Umständen. Denn sobald er genügend Zeit haben würde, um darüber nachzudenken, wie schwach und hilflos sie damals gewesen war, würden seine Gefühle für sie in Verachtung umschlagen. Da blieb sie schon lieber weiterhin die starke, unnahbare Jo Ann für ihn, die ihr Leben im Griff hatte und keinen Partner brauchte.

Es war richtig gewesen, dass sie ihn vorhin angeschrien hatte, denn nur das hatte sie daran gehindert, sich ihm in ihrer tiefen Verzweiflung an den Hals zu werfen und damit das Image der selbstständigen Frau, das sie so mühevoll aufgebaut hatte, für immer zu ruinieren.

Langsam fühlte sie sich wieder etwas besser. Tiger, der sie weiterhin mit einem gewissen Sicherheitsabstand von seinem Platz an der Tür aus beobachtet hatte, erhob sich langsam und näherte sich ihr mit einem verstörten Blick in den Augen.

„Na, komm her“, sagte Jo Ann und schniefte ein letztes Mal. „Du armer Kerl, so kennst du mich gar nicht.“ Der Hund legte sich zu ihren Füßen, den Kopf abgewandt, aber die Ohren gespitzt. Jo Anns Bedürfnis, sich mitzuteilen, war noch ungebrochen, und der Anblick des treuen Tiers ermunterte sie, ihn als Ersatz für die Person herzunehmen, der sie eigentlich ihre Seele ausschütten wollte.

„Ich hätte mir das längst schon alles einmal von der Seele reden sollen“, erklärte sie Tiger, „aber mir war nie danach. Warum sollte ich auch? Es war doch alles längst vorbei und vergessen. Kurt hatte seine Ruhe, und ich auch. Und nun soll alles wieder von vorne beginnen? Als ob es damals nicht schon schwer genug gewesen wäre.“ Sie dachte kurz nach, und dann erzählte sie dem Hund, was sie nie zuvor jemandem anvertraut hatte.

„Weißt du, als Kurt tot war, war das überhaupt nicht schlimm für mich, im Gegenteil. Ich musste mich manchmal geradezu beherrschen, um nicht allzu vergnügt zu wirken. Das darf man nämlich nicht, als frisch gebackene Witwe!" Sie lachte trocken auf. „Tatsächlich dachten alle Leute hier, wie schwer es für mich sei! Ohne Mann und ganz allein mit der Mine, die wir gerade so weit hatten, dass wir die Bank beruhigen und ein bisschen für uns zur Seite legen konnten. Allen habe ich damals leid getan, so jung, und ohne den netten, tüchtigen Riesenkerl an meiner Seite, der stets so freundlich und höflich war. Willst du hören, wie er wirklich war? Er war immer nur nett und aufmerksam, wenn andere in der Nähe waren. Aber draußen im Busch kommandierte er mich herum, wie er gerade lustig und launig war. Johanna dies, Johanna das! Johanna, steig die Leiter hoch und hol mir meine Flasche! Johanna, das ist die falsche, ich hab doch gesagt, ich will die Cola, nicht das Wasser! Johanna, wo bleibst du denn so lange? Bist du wieder träge heute! Du brauchst wohl wieder mal eine kleine Lektion. Du musst lernen, wie man richtig zuhört. Also legen wir heute Abend eine Sonderstunde ein, und ich werde mich um dich kümmern. Ja, wenn du mich nicht hättest! Ja, wenn ich ihn nur nicht hätte, habe ich mir oft gedacht. Dabei habe ich anfangs wirklich viel falsch gemacht. Woher sollte ich auch wissen, was man zum Überleben im Busch alles wissen muss? Ohne Kurt wäre ich nicht weit gekommen, das haben sie alle geglaubt. Und als er nicht mehr lebte, waren sie überzeugt, ich würde bald aufgeben und wegziehen. Ha! Weißt du, da habe ich heimlich gelacht und mir gedacht, dass ich ohne ihn gar nicht so schlecht zurechtkomme. Manches war zwar schwierig, schließlich hat man ja nur zwei Hände, aber es war so friedlich ohne ihn und seine ewigen Quälereien. Johanna, so darfst du das nicht machen! Johanna, so musst du das machen! Sogar heute könnte ich noch schreien, wenn ich nur daran denke. Und jetzt wollen sie ihn hier ausstellen, mitten im Ort. Weil sie nicht wissen, wessen Skelett es ist! Sollten sie jedoch herausfinden, dass es Kurts Überreste sind, werden sie ganz sicher keine Touristenattraktion aus ihm machen, sondern ...“ Sie brach ab, als sie an die Konsequenzen dachte. Stöhnend erhob sie sich und ging ins Bad, um sich das Gesicht zu waschen. Sie musste etwas essen, musste wieder zu Kräften kommen, bevor Eva und Isabella auftauchten. Aber sie brachte keinen Bissen hinunter. Es war, als wäre sie wieder in die gemeinsame Zeit mit Kurt zurückversetzt. Sie fühlte sich schlapp, jeder Energie beraubt und vergiftet von den gemeinen, widerlichen Dingen, die er ihr angetan hatte. Erschöpft legte sie sich aufs Sofa und versuchte sich zu entspannen. Nur eine Stunde ausruhen und an nichts denken.

10

Der erste Jahrestag ihrer Ankunft in Australien fiel auf einen Samstag. Die Männer trafen sich im Pub des Spofforth Center, während die Frauen in Evas Wohnung alles für ein Picknick vorbereiteten. Im Pub gab jeder der Männer eine Runde eiskaltes englisches Ale aus, das in lächerlich kleinen Viertellitergläsern serviert wurde.

„Immer wenn ich diese Gläser sehe, geht mir Bayern ab", sinnierte Uwe. „Ich kann euch gar nicht sagen, wie sehr ich eine anständige Maß Bier vermisse!" Er drehte das Getränk vor sich mit beiden Händen und starrte gedankenverloren auf die schaumlose gelbe Brühe. „Mit einer richtig reschen Brezel und warmem Leberkäs oder Weißwürsten mit süßem Senf. Ach ja!", seufzte er sehnsuchtsvoll.

„Nun hab dich nicht so", meinte Kurt. „Prost, Mann! Auf uns!"

Uwe und Dieter hoben ihre Gläser. „Auf uns!"

Mit geleerten Gläsern blieben sie an dem runden Bartisch stehen. Dieter zündete sich eine Zigarette an und gab Kurt Feuer.

„Wie läuft es denn so im neuen Job?", erkundigte sich Kurt.

Uwe hatte endlich eine Stelle in einer Möbelschreinerei gefunden, in Dee Why, und musste nur noch eine halbe Stunde mit dem Bus fahren, um zur Arbeit zu kommen. Begeistert begann er davon zu erzählen, was er schon alles hergestellt hatte. Sein Chef schien bereits erkannt zu haben, welch zuverlässigen Fachmann er eingestellt hatte, denn er übergab Uwe zunehmend kompliziertere Aufgaben und hielt mit Lob nicht zurück. Die Schreinerei war ordentlich geführt, aber Uwe sah bereits Verbesserungsmöglichkeiten. Mit der Zeit würde er sich unentbehrlich machen, und dann – ja, dann würde man mal sehen.

„Dann gibt's mehr Geld!", formulierte Kurt für ihn.

„Nein, das meinte ich nicht ...", überlegte Uwe zögernd. „Ich möchte schon mehr Geld verdienen, aber das ist es nicht, worauf ich hinauswollte. Die Arbeit ist nicht ganz ungefährlich, und ich sehe da Maschinen im Einsatz, also, die sind in so schlechtem Zustand, die wären zu Hause gar nicht mehr erlaubt! Wenn da etwas passiert, wer soll das bezahlen? Dann geht der ganze Betrieb kaputt."

Kurt zog an seiner Zigarette und blies Uwe den Rauch ins Gesicht. „Typisch! Du denkst noch genauso deutsch wie Johanna. Der kann ich es auch nicht austreiben. Hier gibt es keine Betriebsversicherung. Wenn etwas passiert, haben die Arbeiter selbst Schuld. Was soll's? Geht dich doch nichts an! Du bist nur ein kleiner Angestellter."

„Darum geht es nicht, Kurt. Es ist einfach nicht richtig. Wenn man einen Gefahrenherd ausschalten kann, soll man es auch tun. Aber das alleine ist es nicht. Ich glaube, ich kann dem Betrieb auch so weiterhelfen, mit meinem Wissen, meinen Fähigkeiten – ich wünschte, es wäre mein eigener. Na ja, erst mal fleißig arbeiten, der Rest wird sich dann schon ergeben."

Dieter pflichtete ihm bei. „Ja, genau wie bei mir! Da ergibt sich auch alles. Letzte Woche hatte ich wieder einen Job, den dritten schon. Und ich habe einige neue Anfragen auf dem Tisch. Wenn aus denen was wird, kann ich bald mehr verlangen."

„War schon richtig, deine Frau in diese Werbeagentur zu schicken", bestätigte ihm Kurt. „Meine Worte, schon immer! Den Weibern muss man sagen, wo's langgeht, das ist gut für die Ehe."

Das sah Dieter allerdings etwas anders, denn Isabella war unausstehlich, seitdem sie in der Agentur arbeitete. Aber egal, unter Männern durfte man ruhig einmal etwas auftrumpfen. „Ja, das hat mich allerdings verdammt viel Überzeugungsarbeit gekostet. Richtiggehend überreden musste ich sie dazu, aber jetzt ist sie ganz zufrieden damit. Sie muss natürlich noch viel lernen. Ich versuche sie auch zu motivieren, sich endlich bei einer größeren Agentur zu bewerben. Bei einer mit einem richtig guten Namen, das wäre für mich viel besser."

„Gute Idee", stimmten seine Freunde zu.

Sie unterhielten sich noch eine Weile über ihre Arbeit. Kurt war immer noch auf dem Bau und bei derselben Firma beschäftigt, aber er war inzwischen Vorarbeiter geworden. Seine Englischkenntnisse waren bereits mehr als ausreichend, wie bei ihnen allen. Er konnte Anweisungen geben, mit Lieferanten sprechen und mit der Bauleitung Probleme diskutieren. Sein Verdienst lag bei über hundert Dollar die Woche, er hatte kaum Abzüge und war sehr zufrieden. In Deutschland hatte er als gelernter Facharbeiter nach Abzug der Steuern weit weniger herausbekommen, da war es hier viel besser. Man bezahlte seine Medicare-Beiträge pünktlich, und er war damit krankenversichert, was wollte er sonst noch? Für ihn konnte es immer so weitergehen.

Nach dem dritten Bier machten sie sich auf den Weg zu den Frauen, die schon oder immer noch bei Kaffee und Keksen saßen. Isabella war für die Nachspeise zuständig gewesen und hatte eine Riesendose Kekse gekauft, weil ihr nichts anderes eingefallen war. Johanna hatte Salate zubereitet und Eva

Schweineschnitzel mariniert. Sie würden den Grill mitnehmen und ganz vorne an der Landzunge, neben der Anlegestelle der Cremorne-Fähre, ihr Fleisch grillen und ein typisch australisches Barbecue veranstalten. Eigentlich hatten die Frauen nicht viel vorbereiten müssen, aber es war ihnen nur recht gewesen, die Männer für eine Weile aus dem Haus zu haben. Und das Pub war für Frauen sowieso tabu, dort wurde ihnen nichts serviert. Isabella hatte sich nach ihrem ersten Pub-Besuch maßlos darüber aufgeregt, dass sofort jede Unterhaltung erstorben und es im gesamten Schankraum still wie in einer Leichenhalle geworden war, als sie zusammen mit Dieter das Lokal betreten hatte. Sie hatten damals nicht gewusst, dass Frauen zwar in einen Pub gehen durften, dass den Kellnern am Tresen aber jeglicher Ausschank verboten war, solange sich auch nur eine einzige Frau im Pub aufhielt! Und das konnten die australischen Männer nur schwer verkraften. Die giftigen Blicke in ihre Richtung hatten Isabella und Dieter damals so zugesetzt, dass sie so schnell wie möglich den Rückzug angetreten hatten, ohne auch nur ein Wort zu sagen. Es war ihnen peinlich, so offensichtlich als Ausländer erkannt zu werden, denn keine anständige australische Frau hätte sich so etwas erlaubt – und kein australischer Mann hätte es geduldet. Sie wollten auch die Pub-Besucher nicht unnötig reizen, so angetrunken, wie sie bereits waren, denn die Öffnungszeiten waren begrenzt und zwangen sie so viel und so schnell zu „schütten", wie es nur ging. Das „Schütten" war der Volksport Nummer eins der Bevölkerungsschichten, die nicht genug Geld hatten, um ihren Feierabend auf einem Segelboot oder dem Tennisplatz zu verbringen.„Johanna, geh rüber in unsere Wohnung und hol das Bier", sagte Kurt. Es klang wie ein Befehl, aber er hatte den Arm um ihre Schulter gelegt und freundlich dabei gelächelt. Sie sprang sofort auf und verließ Evas Wohnung.

Währenddessen machten sich die anderen fertig, packten die vorbereiteten Speisen und das Geschirr in die Taschen und rollten die Decken zusammen. Uwe klappte den Grill auf dem winzigen Balkon zusammen, und Dieter füllte leere Wasserflaschen auf. Es konnte losgehen.

Sie gingen in den Hausflur, wo Kurt zum Zeichen dafür, dass sie nun aufbruchbereit waren, kurz an seine Wohnungstür klopfte und Johanna sofort mit einer mit Bierdosen gefüllten Tasche aus der Wohnung kam.

„Komm, gib mir die Tasche", bot ihr Dieter an, der nur eine Decke trug.

„Schon gut", winkte Kurt ab. „Das geht schon. Ist nicht schwer, Johanna, oder? Nimm mir lieber das hier ab." Er reichte Dieter eine seiner weitaus größeren Taschen.

Dann marschierten sie los. Johanna ließ sich zurückfallen und trottete hinter den anderen her, damit sie nicht sehen konnten, wie sehr sie sich abmühte. Die Tasche war wirklich nicht allzu schwer, aber ihr Gesicht war dennoch vor Anstrengung gerötet. Seit Tagen kämpfte sie schon mit einer Erkältung und leichtem Fieber. Ihre Glieder schmerzten, und ihr Kopf fühlte sich schwer und wie in Watte gepackt an. Eigentlich hatte sie sich übers Wochenende auskurieren wollen, um am Montag wieder fit für die Arbeit zu sein, aber Kurt hatte darauf bestanden, dass sie mitkam.

„Was soll das?", hatte er geschimpft. „Wie sollen wir ohne dich unser Einjähriges feiern? Seit wir hier angekommen sind, haben wir schließlich immer alles zu sechst gemacht. Da kannst du doch jetzt nicht kneifen. Reiß dich gefälligst zusammen. So schlimm wird es schon nicht sein. Du bist immer so empfindlich."

Und wie zur Bestätigung seiner Worte hatte er ihr Ohr zwischen seine Finger genommen und so lange daran gedreht, bis sie aufgeschrien hatte. „Siehst du, immer so empfindlich", hatte er gelacht.

Später am Abend, als sie bereits gegessen hatten, auf den Decken lagen und die Boote im Hafen vorbeisegeln sahen, legte er wieder seinen Arm um ihre Schultern, und Johanna zuckte zusammen. Und noch später, wieder in der Wohnung, als er ihr seinen Bierdunst ins Gesicht rülpste, während er auf ihr lag, schützte sie ihr Ohr, das immer noch ganz rot und heiß war, mit der Hand. Es war ein lauer Abend gewesen, aber leider nicht warm genug, um ihre Erkältung zu lindern, und nun fröstelte und schwitzte sie zugleich. Kurt störte es nicht. Nachdem er befriedigt war, rollte er sich zur Seite, verschränkte seine Arme unter dem Kopf und begann mit leiser Stimme zu reden, als würde er sich selbst eine Geschichte erzählen. In seinem Bierrausch schien es ihm völlig gleichgültig zu sein, ob seine Frau ihm zuhörte oder nicht.

„Heute Mittag war ich mit Jack unterwegs, noch schnell ein paar Dachplatten aufladen. Die waren uns doch glatt ausgegangen. Wir sind den Pacific Highway hochgefahren, nach Roseville, zur Baustelle zurück. Jack hat in Chatswood angehalten, er wollte nur noch schnell Zigaretten holen. Ich denke, er hat zwischendrin wohl auch noch ein Bier gezischt, weil es doch etwas länger gedauert hat, bis er zurück war. Ist ja egal, wenn kümmert es schon, obwohl ich auf der Baustelle ja nicht erlaube, dass gesoffen wird. Aber wir waren für heute fertig, wollten nur noch die Platten abladen und dann Feierabend machen. Also, ich sitz da und schau mir den Verkehr an, und was sehen meine Augen? Da kommt doch glatt ein Paar aus dem Hotel gegenüber, das mit der Kneipe unten drin und den Zimmern oben drüber, die stundenweise vermietet werden. Na, jedenfalls, sehe ich die Leute und denke mir, die kenne ich doch. Also, sie kenne ich jedenfalls, ihn nicht. Und

als sie aufhören rumzuknutschen und er ihr noch einen Klaps auf den Hintern gibt und sich wegdreht, schaut sie in meine Richtung, allerdings ohne mich zu bemerken, und ich erkenne sie. Es ist Isabella, wie sie leibt und lebt. Jetzt trifft mich doch der Schlag. Da steht Isabella mit einem Kerl, der ganz und gar nicht wie Dieter aussieht, und mir wird klar, dass es auch nicht der Dieter ist. Also, die Isabella, die betrügt den Dieter! Ich hätte ja beinahe was gesagt, heute Abend. Nicht zu Dieter, natürlich nicht, das wäre gemein, das kann ich nicht. Aber zu ihr – dem Miststück, dem verkommenen! Hab dann gerade noch meine Zunge im Zaum halten können. Bist doch nicht blöd, denk ich. Wenn du es richtig anstellst, kannst du da später vielleicht noch was draus machen. Wenn sie es schon mit jedem treibt, denk ich mir, dann soll es auch mein Schaden nicht sein. Jetzt muss ich mir nur noch gut überlegen ... Ja, ja, gut überlegen ..."

Seine letzten Worte waren in ein dumpfes Schnarchen übergegangen, das im Laufe der Nacht immer lauter wurde.

Johanna lag noch lange wach und wurde im Fieber von schrecklichen Vorstellungen heimgesucht. Was er Isabella und ihr, oder ... ihnen beiden antun würde. Von Fieberanfällen und Hass geschüttelt, schlief sie schließlich erschöpft ein. Und am nächsten Morgen war sie sich nicht mehr sicher, ob er ihr den Vorfall wirklich erzählt oder ob sie ihn fantasiert hatte. Sicherheitshalber verlor sie deshalb kein Wort darüber, nicht zu Kurt, nicht zu Dieter und vor allem nicht zu Isabella.

Isabellas Treffen mit Hal Singelton hatten einen vertrauten Rhythmus angenommen, fast wie in einer Ehe. Einmal die Woche gingen sie in ein Hotel, verbrachten dort ziemlich genau zwei Stunden mit einem niemals variierenden Liebesspiel, das Hal als aufregend und Isabella als nicht unangenehm empfand.

Er machte ihr Komplimente und verwöhnte sie auch während der Arbeitszeit. Wodurch sich Isabella nicht mehr ganz so schmutzig und verkommen vorkam wie nach dem ersten Mal. Hal war nett, aber auch nicht viel anders als Dieter. In unwichtigen Dingen konnte sie ihn manipulieren. Er gab ihren Launen nach und hatte keine eigene Meinung. Nur wenn es um die Durchsetzung seiner Bedürfnisse ging, behielt er die Oberhand. Letztendlich waren es immer die Männer, die das Sagen hatten! Dieter schmollte so lange, bis Isabella ihn im gesamten Kundenkreis der Agentur anpries und ihm Aufträge zuschanzte, und nahm dafür ihre Angriffe und Beleidigungen, die aus ihrem permanent schlechten Gewissen ihm gegenüber herrührten, in Kauf. Kein Vorwurf war hart genug, um ihn wachzurütteln, er wollte einfach nicht verstehen, dass sein Anliegen und ihre Situation in der Agentur sie belasteten und ihre Ehe ruinierten. Hauptsache, seine Frau behielt ihre Anstellung, sodass er Kontakte mit der Branche pflegen konnte! Und genau so war auch Hal. Er gab ihren Gehaltsforderungen nach, erweiterte ihr Aufgabenfeld, wie sie es sich wünschte, und schmunzelte über ihre Allüren. Aber ihre offizielle Position blieb davon unberührt! Sie war seine persönliche Assistentin und zweimal in der Woche seine Geliebte. Und so wurde sie in den darauffolgenden zwei Jahren zur teuersten Assistentin ganz Australiens. Die genaue Höhe ihres Gehalts verschwieg sie Dieter und zahlte einen Teil davon Monat für Monat auf ihr eigenes Konto ein.

Noch immer versuchten sie und Dieter, sich jede Woche mit den alten Freunden zu treffen. An manchen Wochenenden hatten sie aber keine Lust auf deren einfache Vergnügungen, die unverändert über die Zeit beibehalten worden waren. Noch immer stellten die Freunde keine größeren Ansprüche, obwohl auch sie inzwischen finanziell bessergestellt waren. Ihnen ge-

nügten die gemeinsamen Grillabende mit billigen, rot gefärbten Würstchen und Kartoffelsalat und ab und an mal ein Strandbesuch, eine Stadtfahrt oder ein Kinoabend. Isabella sagte zu, sooft sie und Dieter nichts Besseres vorhatten. Doch gottlob hatte Isabella immer häufiger andere Pläne. Denn ganz langsam tauten die Mitarbeiter in der Agentur auf und begannen, sie, die Ausländerin mit dem südländischen Aussehen, deren Aussprache noch immer deutlichen mit einem Akzent behaftet war, zu australischen Vergnügungen einzuladen. Isabella nahm jede Einladung an, obwohl sie fast jedes Mal unweigerlich mit dem australischen Kampftrinken verbunden war, und organisierte Gegeneinladungen. Es war ein zähes Ringen um Akzeptanz. Vielleicht hatten Kurt und Uwe ja Recht, wenn sie behaupteten, die Australier würden die Einwanderer nicht mögen. So formulierte es zumindest Kurt, Uwe sprach eher von einem angeborenen Misstrauen gegenüber allem Fremden, das seiner Ansicht nach auf die typisch britische Zurückhaltung zurückzuführen war.

Isabella argumentierte bei dieser Art von Gesprächen dann immer, dass daran wohl eher der Snobismus schuld sei, den sie, die Deutschen, an den Tag legten. Nur wenn man sich auch ehrlich um Integration bemühen und vor allen Dingen erst einmal die Sprachbarrieren überwinden würde, wäre es möglich, sich erfolgreich einzugliedern. Ihre Überzeugungskraft überraschte sie dabei selbst, denn in ihrem tiefsten Inneren glaubte sie eigentlich gar nicht an das, was sie da verkündete. Hal hatte ihr einmal gesagt, die Australier hätten einen ausgemachten Inselkomplex, weil sehr viele noch nie ein anderes Land besucht hätten, keine andere Sprache kennen und daher auch andere Kulturen nicht verstehen würden. Wie sollten sie auch! Der ganze große Kontinent war ihr Land, und Europa und der Rest der Welt waren weit, weit weg. Das hatte ihr damals *eingeleuchtet, und außerdem war Hal ein echter Australier, er musste es schließlich wissen.*

Isabella wollte mehr von diesem Land sehen. Einmal fuhr sie mit Hal nach Melbourne, geschäftlich natürlich, und kurz darauf auch mit Dieter. Sie waren auch schon einmal nach Brisbane gefahren, um dort eine Woche Urlaub zu machen, aber zu weiter entfernten Reisezielen hatten ihnen bisher die Zeit und das Geld gefehlt. So verhielt es sich auch mit den beiden anderen Paaren, keines von ihnen war in den zwei Jahren seit seiner Ankunft über die Stadtgrenze von Sydney hinausgekommen. Bis zu ihrem dritten Osterfest, da überraschte Kurt sie alle.

„Habt ihr Lust, die Feiertage in Lightning Ridge zu verbringen?", fragte er.

„Wo ist denn das?", wollte Eva wissen.

Kurt lehnte sich zurück und verschränkte die Arme vor seiner breiten Brust, die durch die tägliche Schinderei auf der Baustelle noch massiver geworden war. „Das ist eine kleine Stadt im Landesinneren, kurz vor der Grenze zu Queensland. Sie ist für ihre Opalminen bekannt."

„Und was, bitte schön, sollen wir da?", fragte Isabella. „Mitten im Busch? Wo sich Fuchs und Hase Gute Nacht sagen! Da sollen wir Ostern verbringen? Ich bitte dich! Das klingt nicht besonders aufregend."

Er sah sie mitleidig an und wollte schon beinahe erwidern: „Das ist natürlich nicht so aufregend wie ein Nachmittag in einem bestimmten Motel, mit einem bestimmten Typen!", aber er verkniff sich die Spitze und wandte sich demonstrativ an Uwe und Eva: „Ich habe in der Zeitung gelesen, dass sie dort einen riesigen schwarzen Opal gefunden haben, der ein Vermögen wert ist. Schwarze Opale gibt es nur in der Gegend um Lightning Ridge. Das ist der einzige Ort auf der Welt, an dem bislang welche gefunden und ausgegraben wurden." Begeisterung schwang in seiner Stimme mit und bewirkte, dass ihm nun alle zuhörten. Nur Johanna sah ihn nicht direkt an. „Dort hat sich vor Urzeiten das Silikat, das zwischen den Lehmschichten der unterirdischen Gesteinsformationen fließt, durch bestimmte, einzigartige Umwelteinflüsse in eine harte Masse verwandelt und die darin eingeschlossenen Fossilien und Pflanzen versteinert beziehungsweise opalisiert, sodass ihre fantastischen Verformungen wie ein Feuermeer strahlen. Der schwarze Opal ist wirklich sehr dunkel, aber sein Name täuscht, denn er hat dennoch alle Spektrumfarben in sich. Und die leuchten geradezu phänomenal, wie Blitze im Sonnenlicht. Es sind äußerst seltene Steine, die fast unbezahlbar sind."

„Das ist ja interessant", fand Uwe, der sich im Stillen darüber wunderte, wie wortgewandt Kurt seinen kleinen Exkurs vorgetragen hatte. Bestimmt hatte er ihn zuvor auswendig gelernt.

„Irrsinnig interessant!" Isabella verdrehte die Augen. Jetzt begann Kurt anscheinend völlig zu spinnen. Total abgehoben! Aber niemand ging auf ihren schnippischen Tonfall ein. Im Gegenteil. Uwe fragte sogar allen Ernstes: „Und du glaubst, wir können dort, in ... wie heißt das Kaff noch ..."

„Lightning Ridge!"

„... wir können dort Opale finden?"

„In der Zeitung stand", erzählte Kurt mit ungewohntem Enthusiasmus, der seine sonstige Überheblichkeit etwas abmilderte und ihn fast wie einen Eiferer erscheinen ließ, „dass ein Hobbysucher in einem Claim, den er nur für ein paar Ferienwochen gemietet hatte, einen riesigen Stein ganz dicht unter der Erdoberfläche entdeckt hat. Dieser Opal ist so groß und so wertvoll, dass er seinen Besitzer mit einem Schlag zum Millionär gemacht hat. Der Mann hatte keinerlei Kenntnisse im

Bergbau, er war nur ein einfacher Handwerker, so wie ich, der vorher noch nie eine Mine betreten hatte. Jetzt braucht er nie mehr seinem Chef die Stiefel zu lecken – jetzt kann er sich alles leisten. Weiber, Reisen, Saufen und Faulenzen. Stellt euch vor, nur eine Woche Arbeit und ein einziger Fund, und danach ist man ein gemachter Mann!"

Kurt hatte besagten Zeitungsbericht ausgeschnitten und trug ihn seitdem in der Hosentasche mit sich herum. Er war damit zu einer Verkäuferin in eine Buchhandlung gegangen und hatte sie nach einem Buch über schwarze Opale gefragt. Es gäbe keines, war ihre bedauernde Auskunft gewesen, aber sie könnte ihm zumindest eine Anleitung für Goldgräber und Edelsteinsucher empfehlen.

Mit diesem Buch und einer Landkarte von New South Wales und Queensland im Gepäck fuhren sie schließlich am Karfreitag los, allerdings nur Johanna und Kurt. Isabella und Dieter hatten gemeint, sie können sich etwas Besseres vorstellen, als Hunderte von Kilometern ins Outback zu fahren, davon hätten sie in den drei Wochen im Bonegila Camp genug gesehen, und Eva pflichtete ihnen bei. Nur Uwe wäre gerne mitgekommen, aber Eva hatte sich in diesem Fall als erstaunlich durchsetzungsstark erwiesen. Sie hatte sich schlichtweg geweigert, auch nur darüber zu diskutieren, und Uwe lapidar erklärt, er könne ja mit den beiden mitfahren, wenn er wolle. So wichtig sei es ihm nun auch wieder nicht, hatte er daraufhin behauptet, Kurt später aber heimlich zur Seite genommen und ihm versprochen, beim nächsten Mal mitzufahren. Kurt solle nur alles erst einmal gut auskundschaften.

Eva war dem Unternehmen dagegen so abweisend gegenübergestanden, dass sie sogar versucht hatte, Johanna von dieser Reise abzubringen. Wusste sie denn nicht mehr, wie entsetzlich trist und ekelhaft schmutzig es außerhalb von Sydney gewesen war? Doch Johanna hatte wie stets gemeint, Kurt wolle es so. Sie hatte dabei nicht sonderlich begeistert geklungen, sich aber auch nicht beschwert.

„Mein Gott, irgendwann küsst sie ihm noch die Füße", lästerte Isabella, als sie davon erfuhr. „Ich bin auf jeden Fall froh, dass wir hiergeblieben sind. Warum kommt ihr nicht auf unsere Party am Samstagabend? Es wird bestimmt lustig."

Eva hätte die Party wahnsinnig gerne besucht, aber Uwe meinte, sie würden da nicht hinpassen. Es war seine Art der Revanche.

Ohne dass die drei Paare auch nur etwas davon ahnten, stellten sich an diesem Samstag vor Ostern die Weichen für ihre Zukunft. Eine Zukunft, mit der sie niemals gerechnet hatten, als sie an Bord der Queen Frederika gegangen waren. Wer hätte auch ahnen können, dass schon bald so unberechenbare und grausame Ereignisse über sie hereinbrechen würden? Bis zu diesem Osterfest wiegten sie sich noch alle in Sicherheit. Alles schien besser zu werden. Sogar die Entfremdung, die sich langsam zwischen ihnen eingeschlichen hatte. Kurt und Johanna reisten zu den schwarzen Opalen nach Lightning Ridge, Isabella und Dieter luden Hal und seine Frau und ein paar Kollegen zu sich nach Hause ein, und Eva und Uwe langweilten sich vor dem Fernseher.

11

„Die verdammte Abzweigung müsste schon längst aufgetaucht sein, oder sind wir etwa daran vorbeigefahren?", fragte Isabella, die am Steuer saß, seitdem sie vom Motel losgefahren waren.

„Nein, bestimmt nicht", antwortete Eva. „So viele Schilder gibt es hier nicht, wir hätten es bestimmt gesehen." Ganz so sicher war sie sich allerdings nicht, denn sie hatte mit offenen Augen vor sich hin geträumt und deshalb Mühe, sich zu orientieren. Die Straße, auf der sie sich befanden, führte schnurgerade durch gleichmäßig bewachsenes Flachland und steinige Grasebenen mit kargem Buschwerk, hin und wieder geziert von einem vereinzelt stehenden Baum mit löchriger Krone. Die Gegend sah genauso verlassen und still aus, wie man sich eine Landschaft auf einem menschenleeren Planeten vorstellte. Kein einziges Tier zeigte sich in der Mittagshitze, und kein einziges Geräusch war zu hören außer dem gleichmäßigen einschläfernden Surren der Autoreifen auf dem heißen Asphalt.

„Ich wäre beinahe eingeschlafen." Eva faltete die Straßenkarte auf ihrem Schoß auseinander und strich sie auf ihren Schenkeln glatt. Die vielen Linien in unterschiedlichen Farben lieferten ihr keinen Hinweis darauf, wo sie sich gerade befanden. Seufzend blickte sie durch die Scheibe, die von unzähligen Insektenleichen verschmutzt war, wieder nach draußen. Hoffentlich würden sie bald auf ein Hinweisschild treffen.

„Ich weiß, dass du kurzfristig nicht auf dieser Welt geweilt hast“, sagte Isabella mit einem kurzen Seitenblick und grinste anzüglich. „Ich hoffe, du hattest schöne Träume.“

„Ich habe nicht geträumt, sondern mich an früher erinnert. Das passiert mir öfter, seit du hier bist. Ich muss immer an die Zeit denken, als wir noch zusammen in Sydney waren. Jahrelang habe ich keinen Gedanken daran verschwendet, und jetzt stürmt auf einmal alles wieder auf mich ein. Es ist zum Verrücktwerden!“

„Das ist doch verständlich. Wir haben uns lange nicht gesehen, jeder führte sein eigenes Leben, und nun werden wir eben mit der Vergangenheit konfrontiert. Warte nur ab, bis wir bei Johanna sind. Dann wird es erst richtig heftig werden!“ „Ach Gott, ja! Zuerst werden wir wohl herausfinden müssen, was es mit diesem Knochenfund auf sich hat. Es ist schon komisch, aber wenn ich an früher denke, fallen mir immer nur alle möglichen unwichtigen Dinge ein. Mir kommen Erinnerungen in den Sinn, die keinerlei Bedeutung mehr haben, statt dass ich mir überlege, wie es jetzt, in der Gegenwart, weitergehen soll. Wie wir Johanna helfen können, das Problem zu lösen.“

„Unsinn“, widersprach Isabella. „Es gibt kein Problem. Du weißt so gut wie ich, dass Johanna nur Panik macht. Man hat ein paar Knochen im Busch gefunden, das ist alles.“

„Und wenn es wirklich Kurts Überreste sind?“

„Natürlich sind sie das nicht“, beharrte Isabella auf ihrem Standpunkt.

„Und wenn doch?“

„Wen interessiert das schon? Niemand! Außer Johanna, natürlich. Die Polizei wird überhaupt nicht auf die Idee kommen, dass es Kurt sein könnte. Sein Tod wurde doch damals offiziell bestätigt, warum sollte man diese Knochen jetzt also plötzlich mit Kurt in Verbindung bringen? Es wird darüber gar keine Akte mehr geben, das ist doch alles schon so lange her, dass es wahrscheinlich sogar verjährt ist."

Eva dachte darüber nach, warum Isabella von Verjährung sprach. Eine seltsame Wortwahl für jemanden, der sich so gut wie gar nicht mehr an das erinnerte, was damals geschehen war. Diese Überlegung verunsicherte Eva so sehr, dass sie beschloss, vorerst lieber nichts mehr zu sagen.

Um die plötzlich entstandene und irgendwie peinliche Stille zwischen ihnen zu überbrücken, konzentrierten sich die beiden Frauen auf die Gegend und musterten übertrieben aufmerksam den an ihnen vorbeiziehenden Straßenrand.

„Ich sage dir, wenn nicht bald das Schild kommt, haben wir die verdammte Abzweigung tatsächlich verpasst", sagte Isabella, als kurz darauf, wie zur Bestätigung, auch schon der Wegweiser nach Lightning Ridge auftauchte. Isabella bremste kurz ab und bog dann nach rechts ab. Sie waren nur noch etwa zwanzig Kilometer von dem Ort entfernt, und so entspannte sich Eva wieder etwas, aber der angenehme, tranceartige Zustand von vorhin wollte sich nicht mehr einstellen. Die Vergangenheit schien sich wie ein verworrenes Wollknäuel mit vielen losen Enden, die darauf warteten, wieder miteinander verknüpft zu werden, vor ihnen aufzutun und beunruhigte sie.

„Dein Wort in Gottes Ohr", nahm sie nach ein paar Minuten das abgebrochene Gespräch wieder auf. „Ich habe mir bis jetzt auch keine Sorgen gemacht. Aber in spätestens einer halben Stunde treffen wir Johanna. Wir sollten uns daher überlegen, wie wir sie wieder beruhigen können."

Isabella sah Eva kopfschüttelnd an. „Wenn Johanna sich künstlich aufregen will, können wir nichts dagegen tun. Schließlich war sie diejenige, die sich damals offiziell über den Unfallhergang geäußert hat. Es war ihre Idee, das mit der Jagd. Alles, was sie zu Protokoll gegeben hat, basiert auf ihrem Augenzeugenbericht. Wir haben damit nichts zu tun."

„Ach, wirklich nicht?" Eva hatte die Stirn gerunzelt, als müsste sie nachdenken, dabei erinnerte sie sich sehr genau. „So kannst du das nicht sehen! Ich habe bezeugt, dass Johanna Kurt zur Jagd gefahren hat und dass er davon nicht mehr zurückgekommen ist. Meine Unterschrift steht auf dem Protokoll. Da habe ich gelogen, Isabella! Das habe ich für Johanna und für dich getan! Du kannst also nicht allen Ernstes behaupten, dass wir mit der ganzen Sache nichts zu tun haben."

„Das sage ich auch nicht!" Isabella bremste hektisch, obwohl kein Tier über die Straße lief und weit und breit kein Auto in Sicht war. Sie verstand selbst nicht, warum sie plötzlich so erregt war. Schnell nahm sie den Fuß von der Bremse und trat wieder aufs Gas. „Entschuldige! Ich bin vom Gas gerutscht", erklärte sie. „Ich habe nie behauptet, dass wir mit der Sache nichts zu tun hatten ..."

„Doch, das hast du eben", fiel ihr Eva ins Wort.

„Okay, okay", beschwichtigte Isabella. „Ich meine, wir haben *heute* nichts mehr damit zu tun. Natürlich hast du nicht persönlich gesehen, wie Johanna Kurt weggefahren hat, aber wen interessiert das schon? Wir waren bei der Jagd nicht dabei und haben den Unfall nicht miterlebt, können also beim besten Willen nicht sagen, wie er sich ereignet hat. Johanna ist die Einzige, die Bescheid weiß, was auf dieser Jagd wirklich passiert ist, verstehst du? Bisher hat allerdings noch kein Mensch irgendwelche Anschuldigungen gegen Johanna erhoben oder ihr Vorwürfe gemacht, stimmt's? Wenn Johanna nun also durchdreht, wie das anscheinend am Telefon der Fall war, dann ist das ihre Sache, und sie wird ihre Gründe dafür haben – aber wir können rein gar nichts dagegen tun!"

„Du kannst doch nicht allen Ernstes behaupten, nur Johanna würde etwas über die Sache von damals wissen!"

„Warum denn nicht?", fragte Isabella. „Sei vernünftig und denk mal darüber nach. Tatsache ist, dass niemand weiß, wie Kurt gestorben ist. Johanna ist außerdem die Einzige, die weiß, ob er auch tatsächlich zur Jagd gegangen ist, weil sie ihn alleine dorthin gefahren hat. Wir beide waren nicht dabei! Johanna muss sich nur einfach wieder in Erinnerung rufen, was sie damals genau zu Protokoll gegeben hat und es, falls nötig, noch ein zweites Mal nachdrücklich bestätigen. Damit dürfte die Angelegenheit dann endgültig erledigt sein."

„Aber wenn sie das nicht tut und die Nerven verliert und etwas Falsches sagt, dann hängen wir alle mit drin, oder etwa nicht?"

Isabella überlegte. „Irgendwie schon, aber ich sehe das nicht als so problematisch. Was soll denn schon geschehen? Im schlimmsten Fall, falls Johanna durchdreht und Unsinn von sich gibt, fahren wir eben wieder weg."

Eva begriff. Im schlimmsten Fall würde Isabella nicht wegfahren, sondern wegfliegen. Zurück nach Europa – und damit wäre das Problem für sie gelöst. Eva konnte es ihr nicht einmal verdenken, mahnte aber leise: „Nicht jeder kann einfach abhauen. Dies ist inzwischen meine und auch Johannas Heimat. Wir können nicht so einfach wieder weg wie du, selbst wenn wir wollten."

Isabella wurde ungeduldig und schlug mit der flachen Hand aufs Lenkrad. „Natürlich könntet ihr das! Jeder kann kommen und gehen wie er will. Du interpretierst mich dauernd falsch. Ich meine doch nicht, dass ich abhauen und dich im Stich lassen würde. Ich habe lediglich vom schlimmsten Fall gesprochen, und das bedeutet für mich, dass, sollte sich dieser Bill Wiseman tatsächlich an Kurt erinnern und wegen des Skeletts Verdacht schöpfen und uns dumme Fragen stellen, wir ganz einfach nach Sydney zurückfahren. Kein Hahn wird dort nach uns krähen. Glaubst du wirklich, dass die Sache so wichtig ist, dass sie uns deswegen nach Lightning Ridge zurückbeordern werden? Sei nicht albern. Nehmen wir einmal an, es sind tatsächlich Kurts Überreste. Dann werden sie sich höchstens fragen, woran er wohl gestorben ist ..."

„Und warum sein Schädel ein Loch hat", warf Eva ein.

„... richtig! Also, der Schädel hat ein Loch. Na und? Dafür kann es eine Menge Gründe geben. Vielleicht hat er sich eine Kugel in den Kopf gejagt! So etwas hinterlässt nun mal Spuren. Oder er ist unglücklich gestolpert und hat sich an einem Stein verletzt. Ist verblutet, und dann wurden seine Knochen von Tieren verschleppt. Das Skelett ist außerdem bestimmt nicht vollständig. Ich vermute, sie haben nur einen Teil davon gefunden, den Schädel und ein paar Knochen. Aber das wissen wir nicht. Nichts wissen wir, zumindest nichts Genaues!"

„Und wenn es doch vollständig ist? Und warum lag es an diesem Ort?", fragte Eva.

„Du meinst, weil das Skelett nicht in dem Gebiet gefunden wurde, in dem Kurt angeblich jagen ging und von dem Johanna in ihrem Bericht gesprochen hat?"

„Ja, genau."

„Mit dem Gebiet hat sich Johanna damals eben geirrt. Der Stress, der Schock und so weiter! Oder Kurt ist einer Fährte gefolgt und hat sein ursprüngliches Jagdrevier verlassen. Vielleicht ist er auch in ein Bohrloch gefallen, das kommt doch vor. Es gibt tausend verschiedene Erklärungen für das, was passiert sein könnte. Glaube mir, man kann nach dreißig Jahren eine Menge erklären, wenn man einigermaßen mitdenkt. Aber das ist Johannas Problem, nicht unseres. Vielleicht sollte sie für eine Weile verschwinden. Dann kann ihr niemand Fragen stellen, und die Nachforschungen über das, was war oder gewesen sein könnte, verlaufen im Sand."

„Du hast dir offensichtlich weit mehr Gedanken darüber gemacht als ich", gab Eva zu. „Ich habe an alles andere gedacht, nur nicht daran, wie Kurts Tod zu erklären ist. Vielleicht weil ich mich nach all dieser Zeit einfach nicht mehr damit auseinandersetzen wollte. Die arme Johanna! Ich kann mir gut vorstellen, dass sie sich verrückt macht. Du hast wahrscheinlich Recht, wegfahren wäre das Beste für sie. Aber wohin sollte sie gehen? Das hier ist doch ihr Zuhause." Eva sah das Ortsschild vor sich auftauchen und unmittelbar dahinter die einstöckigen Häuser von Lightning Ridge mit ihren kleinen Gärten, eingezäunt mit grauem Maschendraht, über den sich blühende Zweige bogen. Das Dorf sah hübsch aus, wie der gepflegte Vorort einer größeren Stadt.

„Ich habe schon eine Idee", meinte Isabella. „Johanna kommt mit mir. Ich nehme sie mit mir zurück nach Deutschland."

„Das ist doch nicht dein Ernst?“, fragte Eva fassungslos. „Du kannst doch nicht erwarten, dass sie hier alles stehen und liegen lässt!“ Dann deutete sie nach rechts. Hier mussten sie abbiegen. Soweit sie sich erinnerte, lag Johannas Grundstück am Ende der Straße, und tatsächlich hatte sie sich nicht geirrt. Eva erkannte das Haus sofort wieder, an dem sich äußerlich so gut wie nichts verändert hatte.

„Das muss sie auch nicht“, sagte Isabella, während sie auf das Haus zufuhr. „Ich spreche doch nur von einem Zeitraum von einigen Wochen oder Monaten, in dem sie von der Bildfläche verschwindet. Das wäre vernünftig, und außerdem war sie schon so lange nicht mehr in Deutschland, es würde ihr bestimmt Freude machen.“

„Das schon, aber ich glaube nicht, dass sie sich das leisten kann. So viel Geld hat sie nicht.“

„Braucht sie auch nicht. Ich werde ihr den Flug bezahlen. So, da sind wir!“ Isabella bremste ab und hielt direkt vor dem Tor an, auf das sofort ein Hund zugesprungen kam und wütend bellte.

„Das ist sehr großzügig von dir“, meinte Eva, die, wie auch Isabella, im Wagen sitzen blieb. Solange Johanna nicht auftauchte und der Hund sich benahm, als wollte er sie in Stücke reißen, würden sie keinen Fuß nach draußen setzen. „Vielleicht nimmt sie dein Geschenk ja sogar an, wer weiß das schon.“

12

Die Party wurde ein Desaster! Schon den ganzen Nachmittag über war Isabella grundlos gereizt gewesen. Dabei war alles perfekt vorbereitet. Die Wohnung, die Dieter und sie aus Kostengründen äußerst minimalistisch eingerichtet hatten, sah nach ihrer gestrigen Putz- und Verschönerungsorgie wie die Musterwohnung einer Immobilien-Hochglanzbroschüre aus. Isabella hatte sehr schnell ein Gespür für den Geschmack ihrer Kollegen entwickelt und die Wohnung mit ein paar Handgriffen von karg auf edel gestylt. Die Getränke waren kalt gestellt, frische Blumen und Knabbergebäck waren überall dekorativ verteilt, und Dieter hatte sich um den Grill gekümmert und das Fleisch eingelegt. Später, wenn die Gäste alle genügend getrunken hatten und hungrig wurden, würden sie daher nur die Platten aus dem Kühlschrank nehmen müssen, und jeder Gast würde sich sein Fleisch selbst grillen können. Alles sollte nach dem gleichen lässigen und vor allem bewährten Muster der Partys ablaufen, auf die sie nun schon unzählige Male von ihren Kollegen eingeladen worden war. Kommen und trinken, bis die Atmosphäre sich lockerte, essen, dann noch mehr Alkohol in sich hineinschütten, bis die Gäste alle in Hochstimmung waren, langsam müde wurden und nach Hause gingen.

Isabella war bereits in ihr extra für dieses Fest erstandenes Kleid geschlüpft, ein enges weißes Leinenkleid mit tiefem Ausschnitt, als Dieter, mit einem Bierglas in der Hand, im Schlafzimmer auftauchte und die Frechheit besaß, sie offen zu kritisieren. Sie solle vorsichtig sein, sonst würden ihr noch die Titten herausfallen.

„Musst du immer so ordinär sein?", fauchte sie ihn an. „Du bist einfach widerlich! Und überhaupt, seit wann interessierst du dich für meinen Busen? Für dich sind das doch eh nur ein paar Titten! Allein deine Wortwahl bestätigt schon, wie wenig du von Frauen verstehst!"

Sie saß vor dem Spiegel und keifte, bis er fluchtartig das Zimmer verließ. Kaum war er verschwunden, drückte sie mit beiden Händen ihre Brüste höher, drehte ihren Oberkörper zur Seite und begutachtete ihre künstlich veränderte Silhouette. Nicht schlecht! Dennoch schob sie zusätzlich noch zwei Halbmonde aus Schaumstoff in die Schalen ihres im Kleid eingenähten Büstenhalters, die ihre Brüste nochmals anhoben und aufreizend gegen den tiefen Ausschnitt drückten. Da lagen sie nun, prall wie frisch gepflücktes Obst und genauso verführerisch! Der tiefe Ausschnitt des Kleides verdeckte gerade noch ihre Brustwarzen, und ihre gebräunte Haut glänzte dunkel und verlockend. Vorsichtig schob sie die dünnen Träger des Kleides über die Schultern und hob und senkte diese prüfend, wobei ihre Brustwarzen ein klein wenig aus dem Ausschnitt heraus- und dann wieder in ihn hineinrutschten. Ja, das war gut! Die Korsage würde halten, sie musste nur aufpassen, wenn sie sich nach vorne beugte. Ohne lange nachzudenken, nahm sie eine Schere zur Hand und schnitt die Träger kurzerhand ab. Sollte Dieter bei ihrem Anblick doch ruhig einen Anfall bekommen! Wann hatte ihr Mann das letzte Mal ihren Busen berührt? Sie konnte sich kaum erinnern, aber sie wusste noch genau, wann Hal ihn bewundert hatte! Das war erst heute Nachmittag gewesen, und in wenigen Stunden würde er mit seiner Gattin hier in ihrer Wohnung auftauchen und heile Welt spielen. Isabella war nicht in ihn verliebt, dennoch ärgerte es sie, dass er keine Ausrede erfunden hatte, um alleine auf ihre Party kommen zu können, wie er es bei anderen Anlässen auch schon oft getan hatte. Natürlich war es auf Dauer nicht zu vermeiden, dass sie seine Frau einmal kennen lernte, aber warum musste das gerade heute und ausgerechnet auf ihrem Fest sein?

Als die ersten Gäste klingelten, kam Isabella aus dem Schlafzimmer, setzte ihr strahlendstes Lächeln auf und schwebte an Dieter vorbei, um sie zu begrüßen. Der hatte sich sehr schnell wieder unter Kontrolle und verbarg seine Überraschung über ihr trägerloses, schamloses Kleid rasch hinter einem Kompliment. „Sieht meine Frau nicht sensationell aus?", fragte er und legte seinen Arm um ihre Taille.

Isabella schüttelte ihn ab, bedankte sich mit einem zynischen „Nett, dass dir das auch mal auffällt", und verschwand dann in die Küche. Dieter ging ihr nach und flüsterte ihr zu, dass sie sich wenigstens vor den anderen zivilisiert benehmen sollte, aber sie lachte nur schrill und bedachte ihn mit einem boshaften Blick. Sie war kampfbereit und benötigte nur noch einige Gläser kalten Chabli, um alle Vorsicht fallen zu lassen.

Hal erschien erst um neun Uhr. Die Frau an seiner Seite war noch kleiner und zierlicher als Isabella und ähnelte einer späten Audrey Hepburn. Eine dreireihige Perlenkette schmückte ihren schlanken Hals, und ihre Diamantohrringe glänzten mit den lupenreinen Steinen an ihren Fingern um die Wette. Sie war eine elegante Erscheinung, die überhaupt nicht zu Hal zu passen schien, und Isabella starrte sie verblüfft an. Das war nicht die Art Frau, die sie sich vorgestellt hatte. Ausgehend von Hals knappen Beschreibungen, hatte sie eine Hausfrau mittleren Alters erwartet, nett, etwas übergewichtig und ausgesprochen langweilig. Aber ganz bestimmt keine Frau, die den Mangel an Jugend mit strahlendem Charme wettmachte und wie ein Weihnachtsbaum mit Schmuck behangen war.

Isabella war plötzlich eifersüchtig und voller Neid. Hal, dieser verdammte geizige Hund, hatte ihr noch kein einziges wertvolles Schmuckstück geschenkt. Und offensichtlich konnte er sich einiges leisten. Sie war eifersüchtig, neidisch, verletzt und vor allem entsetzlich wütend. Auf Hal und auf sich selbst. Wie verdammt naiv sie doch gewesen war! Was trug sie denn um ihren Hals? Weder ihr Mann noch ihr Geliebter hatten ihr bisher irgendwelche glitzernden Kostbarkeiten geschenkt! Dabei tat sie alles, um beide glücklich zu machen, oder etwa nicht? Sie schlief mit dem einen, um den anderen zufrieden zu stellen. Und was hatte sie davon, welchen Dank erhielt sie dafür?

Isabella stand schweigend in der Küche und füllte den Sektkübel mit Eiswürfeln auf, während sie nebenbei schnell zwei Gläser Wein hinunterstürzte, um ihren Frust wieder einigermaßen in den Griff zu bekommen. Dann ging sie zurück ins Wohnzimmer, direkt auf Hal zu. Sie hängte sich so vertraut bei ihm ein, als wäre er ihr Ehemann, und drehte sich mit ihm in eine Position, in der sie seine Frau unweigerlich sehen musste. Zärtlich flüsterte sie Hal ins Ohr, dass sie Sehnsucht nach ihm habe, worauf Hal sie unauffällig abzuschütteln versuchte. Sofort ließ Isabella von ihm ab und ging auf eine andere Gruppe zu. Bis er sich in Sicherheit wiegte, dann pirschte sie sich von hinten wieder an ihn heran, legte beide Arme um ihn und küsste ihn aufs Ohr. Seine Frau stand ihm inzwischen gegenüber und zog überrascht und leicht gekränkt die Brauen nach oben. Da wusste Isabella, dass die Ehefrau keine Ahnung hatte, wie unverschämt sie betrogen wurde. Isabella lachte ihr ins Gesicht und freute sich wie ein Kind über die verstörte Reaktion ihrer Nebenbuhlerin.

„Hal, Baby", sagte sie leise, aber nicht zu leise, „ich fand, heute warst du nicht so gut wie sonst. Viel zu hastig. Ich mag

es aber lieber, wenn du lange brauchst und mich mit der Zunge zum Orgasmus bringst." Dabei fuhr sie sich mit der Zunge über die Oberlippe und stöhnte genüsslich, so wie eine Nutte es machen würde. Dann drehte sie sich um, ging in die Küche und füllte erneut ihr Glas.

Hal und seine Frau waren verschwunden, als sie wieder ins Zimmer zurückkam. Gut! Bis zum nächsten Arbeitstag am kommenden Montag war es noch lange hin, und Isabella amüsierte sich köstlich. Eine Kollegin legte den Arm um sie und sagte laut: „Gratuliere! Zehn Punkte für Ehrlichkeit und Mut, null Punkte für deine weiteren Zukunftschancen in der Firma." Die Umstehenden lachten, manche bewundernd, manche gehässig.

Dieter kam mit zwei Tellern fertig gegrillter Steaks aus dem Garten zurück und fragte, was denn so witzig sei. „Ach, nichts", meinte die gleiche Kollegin, „deine Frau hat nur gerade ihren Boss verärgert. Ich hoffe, du hast die heutige Zeitung gekauft, da stehen eine Menge Stellenangebote drin." Alle lachten wieder, und Isabella lachte schrill und laut mit ihnen. Dass Dieter von ihrem Auftritt nichts mitbekommen hatte und dass ihre Kollegen dichthielten, war einfach göttlich. Obwohl es ihr auch nichts ausgemacht hätte, wenn er vorher direkt danebengestanden hätte.

Doch die fröhliche Stimmung hielt nicht lange an, und schon bald wurde viel getuschelt und gekichert und Isabella so neugierig taxiert, als wäre sie ein seltenes Tier im Zoo. Ein gefährliches Tier, zu dem man am besten Abstand hielt. Ein Tier, das zum Abschuss frei gegeben war! Nach und nach verabschiedeten sich die Gäste – viel zu früh und mit fadenscheinigen Ausreden. Isabella versuchte, mit weiteren Drinks darüber hinwegzusehen, aber der immer leerer werdende Raum wirkte wie eine kalte Dusche auf sie. Es war noch nicht einmal Mitternacht, als sie mit Dieter wieder alleine war. Keiner hatte ihn darüber aufgeklärt, womit sie Hal verärgert hatte.

Er versuchte es aus ihr herauszupressen, aber sie verschanzte sich hinter ihrer Trunkenheit. Worauf er sie beschwor, sich am Montag zu entschuldigen, was auch immer sie gesagt habe.

Da schrie sie ihn an: „Du hast überhaupt keine Ahnung, was los war, aber ich soll mich entschuldigen! Du hast so eine Scheißangst, deine mickrigen kleinen Fotoaufträge zu verlieren, dass du wohl jedem in den Arsch kriechen würdest! Mach doch, los! Kriech ihm sonst wohin, vielleicht mag er es. Ich jedenfalls nicht! Ich werde ihm nicht den Hintern lecken. Ich bin doch nicht euer Affe, der für euch die Bananen vom Baum holt. Ihr glaubt wohl, ihr braucht nur mit dem Finger zu schnippen, und schon springe ich und mache, was ihr wollt. Hal bildet sich ein, der Größte zu sein. Ist wahrscheinlich auch noch stolz darauf, dass er mit mir machen kann, was er will. Aber das ist jetzt vorbei! Ich sage dir, der kann mich mal. Und du bist der Gleiche. Denkst auch, dass ich dir stets zu Diensten stehen muss. Du kannst mich ebenfalls!" Sie starrte ihn an und erwartete, dass er nun begriff, worum es ging. Dass er sie weiter bedrängen würde und sie ihm endlich gestehen könnte, wie es um sie stand. Vielleicht würde sie dann endlich einen Schlussstrich ziehen können, und dieses elende Chaos in ihrem Innern hätte ein Ende! Aber er sah ihr nicht einmal ins Gesicht. Wortlos drehte er sich um, verließ die Wohnung und kehrte erst am nächsten Morgen zurück.

Vier Wochen später zogen Kurt und Eva nach Lightning Ridge. Kurt hatte noch während der Osterfeiertage einen Claim abgesteckt, den er anschließend von der Regierung für eine Jahresgebühr von fünfzig Dollar gemietet hatte. Er war überzeugt *davon, dass er mit dem Land, das er sich selbst ausgesucht hatte, sein Glück machen würde.*

Johanna hatte ihre zweimonatige Kündigungsfrist im Altenheim einhalten wollen, aber so lange wollte Kurt nicht mehr warten. Er brannte darauf, so schnell wie möglich in den Norden umzuziehen. Also tauchte sie wie Kurt eines Morgens einfach nicht mehr an ihrer Arbeitstelle auf. Sie hatten ihre Wohnung leer geräumt, einen alten, heruntergekommenen Pick-up mit Anhänger gekauft, ihn mit ihrer ganzen Habe und dem Werkzeug, das Kurt in den vergangenen drei Wochen gekauft und auf der Baustelle zusammengestohlen hatte, beladen, und waren losgefahren. Nur ihre alten Freunde wussten Bescheid.

Uwe und Eva verbrachten den letzten Abend vor der Abreise mit ihnen.

„Ich bewundere euch", sagte Uwe. „Ihr seid ganz schön mutig." Er stellte eine neue Bierdose vor Kurt und fragte Johanna, ob sie noch eine Cola wolle. Sie verneinte.

„Ach was", schwächte Kurt ab. „Alles halb so wild. Ich hab einiges gespart, damit kommen wir gut über die Runden, bis ich die ersten Steine gefunden habe."

„Trotzdem, es ist ja völliges Neuland für dich. Ich kann mir vorstellen, dass es für dich nicht ganz einfach werden wird. Da oben ist das Leben doch ganz anders als hier in der Stadt."

Eva war verblüfft über die Art von Heldenverehrung, die ihr Mann Kurt gegenüber an den Tag legte. „Für dich wird es auch eine ziemliche Umstellung werden, Johanna, nicht wahr?", warf sie ein. „Freust du dich darauf?"

„Natürlich freut sie sich", antwortete Kurt.

„Jetzt lass sie doch auch mal reden!" Eva musterte Johanna etwas genauer. Seit wann war sie eigentlich so dünn? Und so blass?

„Ich freue mich sehr", bestätigte Johanna, und Kurt nickte und nahm sie bei der Hand.

„Was ist eigentlich mit Dieter und Isabella?", fragte er. „Warum sind sie heute Abend nicht gekommen? Du hast sie doch auch eingeladen, Eva, oder etwa nicht?"

„Klar doch! Aber Isabella fängt doch morgen bei dieser Import-Export-Firma an, bei der sie sich neulich vorgestellt hat, weshalb sie zeitig zu Bett wollte, was ich auch verstehe. Ab morgen wird sie jeden Tag um sechs Uhr früh aufstehen müssen, während es in der Agentur doch immer erst nach neun losging. Außerdem lag die Agentur gleich um die Ecke. Jetzt muss sie wieder über die Harbour Bridge, da braucht sie über eine Stunde im morgendlichen Stoßverkehr."

Kurt verzog das Gesicht zu einer abfälligen Grimasse. „Und Dieter braucht wohl neuerdings ihre Genehmigung, wenn er weggehen will? Darf wohl ohne sie nicht mehr aus dem Haus, der Waschlappen!"

„Sei nicht so hart", lachte Uwe. „Dieter wird sie morgen früh zur Arbeit bringen. Sie will nicht mit dem Bus fahren und wird sich ein Auto zulegen. Aber bis sie ein günstiges gefunden hat, fährt er sie eben, ist doch klar."

Kurt winkte ab. „Von mir aus kann er sie bis ans Ende der Welt fahren. Schließlich weiß man ja, wer von den beiden die Hosen anhat."

„Vielleicht tut er das ja bald", lachte Uwe. „Er will euch auf jeden Fall besuchen kommen, sobald es geht, soll ich dir ausrichten. Und ich ebenfalls – wenn es nur nicht so weit weg wäre."

„Lightning Ridge liegt nun wirklich nicht am Ende der Welt", widersprach Kurt und bot dann großzügig an, wobei er sich bereits ganz als Minenbesitzer fühlte: „Jedenfalls seid ihr jederzeit herzlich willkommen und könnt in meiner Mine mit-

schürfen, wenn ihr wollt. Die ungeschriebene Regel lautet, dass ihr, wenn ihr etwas findet, ein Drittel davon behalten könnt, der Rest gehört natürlich mir!" Er verschwieg, dass das ungeschriebene Gesetz der Schürfer in solchen Fällen eine Fünfzig-fünfzig-Aufteilung vorsah.

„Super!" Uwe war begeistert. „Wir sind praktisch schon bei euch! Ihr könnt fest mit unserem baldigen Besuch rechnen. Ich bin sicher, Dieter und Isabella freuen sich schon genauso darauf wie wir." Er holte den Kalender und begann, gemeinsam mit Kurt Pläne zu machen.

Eva konnte es nicht fassen. Uwe schien sich wirklich auf den Ausflug zu den Opalminen zu freuen. So leutselig und unternehmungslustig war er schon lange nicht mehr gewesen, überhaupt glaubte sie ihn noch nie so sehr von etwas begeistert gesehen zu haben, seit sie ihn kannte. Und so fragte sie Johanna, ob und wann ihr ein Besuch denn recht wäre, als sie gemeinsam in der Küche abspülten.

„Jederzeit", sagte Johanna. „Ich bin froh, wenn ihr kommt. Wirklich. Jederzeit."

13

Das Wohnhaus lag gute zwanzig Meter zurückversetzt auf der linken Seite der gekiesten Einfahrt. Es hatte einen frischen weißen Anstrich, und buschige Ziersträucher blühten in üppigem Rosa neben der Haustür. Dessen inneres Metallgitter öffnete sich nun, und sie sahen Jo Ann aus dem Haus treten. Umständlich schloss sie die Tür hinter sich, wischte sich die Hände an ihrem weiten gelben T-Shirt ab und stopfte es danach in ihre Jeans. Die Hose war ihr eine Nummer zu groß und hing ihr formlos auf den Hüften. Ihr halblanges Haar sah aus, als hätte es dringend einen Schnitt nötig, widerspenstige Zotteln fielen ihr weit in die Stirn und verdeckten einen Teil ihres Gesichts. Trotzdem konnten Eva und Isabella erkennen, wie müde und gestresst sie aussah. Der Hund bellte immer noch wie verrückt.

Jo Ann ging mit langsamen, schweren Schritten die Einfahrt hinunter, winkte den Frauen mit einer sparsamen Handbewegung, die um Geduld bat, zu, nahm dann den kläffenden Hund am Halsband, führte ihn zur Werkstatt und schloss ihn ein. Auf dem Weg zurück zum Eingangstor blickte sie neugierig in Richtung Auto, konnte Eva und Isabella hinter den getönten Scheiben aber nicht richtig erkennen.

Dafür konnte sie selbst nun umso besser gesehen werden.

„Du lieber Himmel", flüsterte Isabella und legte den ersten Gang ein, um durch das geöffnete Tor zu fahren. „Sie sieht ja schrecklich aus!“

Jo Ann deutete auf den freien Platz zwischen Haus und Werkstatt, wo sie den Wagen schließlich parkten und ausstiegen. Eva flog direkt in Jo Anns Arme. Diese war einfach stehen geblieben und hatte, ohne ein Wort und ohne ein Lächeln, ihre Arme ausgebreitet. Isabella hingegen war um das Auto herumgegangen und wartete. Endlich lösten sich die beiden Frauen aus ihrer schweigenden Umarmung, und Eva, wie konnte es anders sein, begann sofort zu reden: „Wie schön dich wiederzusehen! Meine Güte, lass dich anschauen. Unglaublich! Du und Isabella, ihr habt immer noch die gleiche Figur! Wie hast du nur dein Gewicht halten können? Du hast sicher kein einziges Gramm zugenommen? Aber du siehst mitgenommen aus, als hättest du die ganze letzte Nacht nicht geschlafen, und geweint hast du auch. Du siehst furchtbar aus.“ Der letzte Satz war ihr aus Versehen herausgerutscht. Er war unhöflich, aber immer noch schmeichelhaft, angesichts Jo Anns elendem Aussehen. Mitleidig fuhr sie fort: „Aber sonst hast du dich gar nicht verändert.“

Jo Ann verzog ihr Gesicht zu einem schiefen Lächeln. „Wenn ich dich nicht besser kennen würde ...“, sagte sie kopfschüttelnd und ließ den Rest des Satzes unausgesprochen. Stattdessen zupfte sie Eva mit einer mütterlichen Bewegung einen Fussel von der Bluse. So wie man kleinen Kindern automatisch den Mund abwischt oder die Kleidung zurechtschiebt. Eva war molliger geworden, sogar das lose hängende Oberteil, das sie trug, konnte dies nicht verbergen, aber die zusätzlichen Pfunde standen ihr wirklich gut und machten sie jünger. Oder lag das an ihren kurz geschnittenen, wuscheligen Haaren, die früher schulterlang gewesen waren? Dann wandte sich Jo Ann Isabella zu.

„Wie geht es dir?", fragte sie und musterte Isabella mit gleichgültiger Trägheit. So klein hatte sie sie gar nicht in Erinnerung gehabt. Isabella hatte die Sonnenbrille abgenommen und blinzelte im grellen Nachmittagslicht. Ihr Lidstrich war ein wenig verschmiert, aber ansonsten war sie perfekt gestylt, wie immer. Das Designer-T-Shirt hatte glitzernde Applikationen am Kragen, die sich auch am Bund der Hose wiederholten, und ihre Haare waren streng nach hinten gebunden. Sie trug Goldkreolen an den Ohren und sah sehr chic, sehr gepflegt und sehr italienisch aus.

„Danke, gut. Und wie geht es dir?" Isabella reichte ihr die Hand.

„Sagt mal, spinnt ihr!", mokierte sich Eva. „Was soll denn das? Umarmt euch gefälligst, ihr tut ja gerade so, als ob ihr Fremde wärt." Sie beobachtete, wie sich die beiden Frauen daraufhin ihr zuliebe, mit einer flüchtigen Bewegung und ohne dass sich ihre Körper dabei berührten, umarmten.

„Na also", Eva war trotzdem zufrieden. „So ist es schon besser. Mensch, Johanna ..."

„Jo Ann!"

„Äh, ja, also, Jo Ann, dass wir dich endlich einmal wiedersehen ..."

Jo Ann hatte sich aus der oberflächlichen Umarmung gelöst und reagierte nun auf Isabellas fragenden Gesichtsausdruck hin mit einem nochmaligen Hinweis auf die gewünschte Namensänderung: „Jo Ann, nennt mich bitte Jo Ann", dann drehte sie sich um. „Kommt doch mit ins Haus. Wie war die Fahrt? Habt ihr Durst oder Hunger?"

Eva und Isabella folgten ihr ins Haus, und Jo Ann erklärte ihnen kurz, was es mit den Hunden auf sich hatte. Sie ließ Tiger nach draußen, da Ben nun sicher in der Werkstatt eingeschlossen war, und Eva drückte sich flach gegen die Wand, als Tiger an ihr vorbei durch die geöffnete Tür schoss. „Hast du immer noch Angst vor Hunden?“, fragte Jo Ann.

„Na ja, die beiden sehen ziemlich kräftig aus. Und der am Tor war ja geradezu furchterregend.“ Eva schloss schnell die Haustür und entspannte sich wieder.

„Hunde, die bellen ... du weißt schon ...“, beruhigte Jo Ann sie. „Sie sind harmlos, solange ich bei ihnen bin. Vor allem Ben, der führt sich immer so auf. Aber sobald er verstanden hat, dass ihr meine Freunde seid, wird er lammfromm sein, du wirst schon sehen.“

Eva glaubte ihr kein Wort.

„Nun, was ist?“, fragte Jo Ann. „Was kann ich euch anbieten?“

Sie beschlossen, erst einmal ein großes Glas Wasser zu trinken. Eva und Isabella nahmen auf dem Sofa Platz und sahen sich im Raum um, während Jo Ann eine Flasche Wasser aus dem Kühlschrank holte und drei Gläser aus dem Küchenregal nahm.

„Du hast es dir hübsch gemacht“, meinte Eva. Der Raum war mit den unterschiedlichsten einfachen Möbeln, die weder stilistisch noch farblich zueinanderpassten, eingerichtet. Trotzdem oder gerade deshalb wirkte er gemütlich. Vor dem grünen Sofa lag ein dicker dunkler Teppich mit undefinierbaren hellen Mustern, gegenüber standen ein blauer und ein brauner Sessel. Die Sitzgruppe war von mehreren kleinen Beistelltischchen umgeben, sodass sie einander direkt und ohne die Barriere eines Wohnzimmertischs gegenübersaßen. Und obwohl das Regal im Halbdunkel lag, bemerkte Eva, dass es im gesamten Raum kein einziges Bild von Kurt gab. Sanftes Nachmittagslicht fiel durch die zwei Fenster, die an der Vorderseite des Hauses gleich neben der Eingangstür angebracht waren, in den Raum und milderte die Spuren, welche die Zeit in ihren Gesichtern hinterlassen hatte. Sie sahen fast aus wie früher!

Sogar Jo Ann wirkte hier drinnen nicht mehr so verhärmt. Sie hatte sich in den braunen Sessel gegenüber von Eva gesetzt, die sie nun auch mehr oder weniger direkt ansprach, während sie Isabella, die weiter von ihr entfernt saß, fast keine Beachtung schenkte. „Ich weiß, ich bin euch eine Erklärung schuldig“, begann sie ohne große Einleitung. „Es kam alles so plötzlich. Ich habe am Telefon bestimmt ziemlich wirr geklungen. Aber nachdem das Skelett gefunden worden war, wusste ich nicht mehr, was ich tun sollte. Ich weiß es noch immer nicht. Auf jeden Fall müssen wir reden.“

„Ja, natürlich“, pflichtete ihr Eva bei, „deshalb sind wir ja hier. Aber Isabella wäre dich auch so besuchen gekommen, und ich habe diese Woche Urlaub, es passt also großartig. Ist es nicht ein Wunder, dass Isabella gerade jetzt zurückgekommen ist? Ich finde es unglaublich, so einen Zufall gibt es normalerweise nicht.“

Jo Ann schüttelte energisch den Kopf. „Das war kein Zufall!“

„Wie bitte? Was soll es denn sonst gewesen sein?“, fragte Eva, worauf ihnen Jo Ann erklärte, dass sie davon überzeugt sei, dass Kurt sich den Zeitpunkt, um erneut in ihr Leben zu treten, genau ausgesucht habe. Er wolle sie dadurch zwingen, die wahren Umstände seines Todes aufzudecken. Sie glaubte, es wäre nun an der Zeit, sich der Vergangenheit zu stellen. Und nur weil sie damals alle zu feige gewesen wären, die Wahrheit zu sagen, habe Kurt sich wieder an die Erdoberfläche geschoben, um damit seine Forderung durchzusetzen.

„Jetzt mach mal halblang!“, sagte Isabella und lehnte sich dabei leicht im Sofa zurück. Es war eine provozierend lässige Haltung, doch in ihren Augen stand unverhohlener Zorn. „Du willst uns allen Ernstes glauben machen, dass Kurt wie ein Gespenst aus der Erde gestiegen ist, um uns zu verfolgen? Das ist doch lächerlich! Das klingt ja nach Jahrmarkt und Geisterbahn mit Plastik-Knochengestellen unter schwarzen Mänteln ...“ Sie untermalte ihre Worte, indem sie beide Oberarme seitlich nach oben riss und ihre Unterarme gleichzeitig hin und her baumeln ließ.

Eva musste unwillkürlich lachen, verstummte aber sofort wieder.

„Ja“, sagte Jo Ann so ernst, dass Isabella ihren kläglichen Versuch, die Sache ins Lächerliche zu ziehen, aufgab. „Genauso ist es. Als ich von dem Fund erfuhr, bin ich zu Tode erschrocken, dachte aber noch, wir könnten die Wahrheit nach wie vor irgendwie vertuschen. Das glaube ich nun nicht mehr. Kurt verfolgt uns wie das eben zitierte Gespenst aus deiner Geisterbahn.“

Isabella beugte sich nun doch zu ihr vor: „Wie kommst du nur auf so eine dumme Idee?“

„Ganz einfach“, antwortete Jo Ann „wenn sie die Knochen erst einmal untersucht haben, werden sie genau wissen, dass ...“, sie hielt inne, fuhr dann aber ohne weiteres Zögern mit Bestimmtheit fort. „Aufgrund der Schädelverletzung werden sie davon ausgehen, dass es sich um keine natürliche Todesursache handelt. Die Größe und Art des Loches deutet auf eine gezielte, also eine vorsätzlich beigebrachte Verletzung hin. Auf *Mord!* Und sobald das feststeht, sind sie gezwungen, weiterzuforschen, und werden herausfinden, dass es sich um Kurts Überreste handelt. Beim heutigen Stand der Forschung ist es überhaupt kein Problem mehr, das Geschlecht, das ungefähre Alter und die Körpergröße eines Toten oder eines Skeletts zu bestimmen, ebenso wie den ungefähren Todeszeitpunkt. Die Untersuchungsergebnisse brauchen sie dann nur noch mit den Akten der damals als vermisst Gemeldeten abzugleichen. Ihr werdet sehen, sie werden den Fall schon bald wie ein Mordfall behandeln! Ja, genau so wird es kommen. Sie werden einen *Mord* untersuchen und dabei entdecken, dass ich vor dreißig Jahren gelogen habe, versteht ihr? Ist euch eigentlich klar, dass wir damals falsche Angaben gemacht haben? Sie werden wissen wollen, warum! Und deshalb bin ich froh, dass ihr hier seid. Wir müssen endlich die Wahrheit sagen." Sie wandte sich an Isabella und sah ihr direkt in die Augen. „Verstehst du? Wir haben keine andere Wahl, als die Wahrheit zu sagen!"

Isabella hielt ihrem Blick stand. „Warum schaust du mich dabei so an? Willst du wissen, was ich denke? Wenn du mich fragst, ich glaube, du übertreibst maßlos, weil du aufgeregt bist und deshalb keinen klaren Gedanken mehr fassen kannst. Ich finde, und das habe ich unterwegs auch schon Eva erklärt, dass wir nichts überstürzen sollten. Noch wissen wir nichts Genaues. Was ist, wenn es gar nicht Kurt ist?"

„Er ist es aber!", flüstere Jo Ann. „Ich habe den Fundort untersucht, und der Hund hat sogar nach all den Jahren noch angeschlagen, obwohl das eigentlich unmöglich ist. Außerdem ist die Stelle gar nicht weit von der entfernt, an der wir ihn vergraben haben. Wahrscheinlich ist es sogar dieselbe Stelle, ich weiß es einfach nicht mehr. Falls du dich erinnerst, Eva, die Grube, in die wir ihn gelegt haben, ist damals eingebrochen, worüber wir uns aber nicht länger den Kopf zerbrochen haben. Die Grube muss in Wirklichkeit einer der alten Schächte gewesen sein, der mit den anderen verzweigt war. Und durch die heftigen Regenfälle der letzten Tage hat das Wasser das Skelett jetzt einfach durch die Schächte getragen und nach oben gespült. Es kann niemand anders sein als Kurt!"

„Auch wenn er es ist", überlegte Eva laut, „bin ich Isabellas Ansicht, dass die Polizei deshalb noch lange nicht automatisch eine Verbindung zu Kurt ziehen muss. Warum sollten sie auf so eine Schlussfolgerung kommen?"

„Das ist gleich das nächste Problem!", antwortete Jo Ann. „Wenn sie, wider Erwarten, keinen Verdacht schöpfen und ihn nicht untersuchen und identifizieren lassen, werden sie ihn hierher ins Museum bringen und dort ausstellen. Dann habe ich meine eigene private Geisterbahn direkt vor der Haustür. Sozusagen als tägliche Erinnerung! Glaubt ihr, das halte ich aus?"

Eva schlug entsetzt die Hand vor den Mund. „Oh mein Gott, das ist ja fürchterlich!" Sie versuchte sich vorzustellen, wie sie sich fühlen würde, wenn das Skelett ihres ersten Mannes, der gottlob noch lebte, in ihrem Wohnort Bilgola ausgestellt werden würde. Aber es gelang ihr nicht, sich etwas derart Abartiges vorzustellen.

„Das können sie nicht machen", warf sogar Isabella ein.

„Warum denn nicht?", entgegnete Jo Ann. „Wer sollte es ihnen verbieten?"

Sie schwiegen eine Weile, während sich Isabella nun ihrerseits auszumalen versuchte, was sie täte, wenn ihr dasselbe mit Dieter passieren würde. Plötzlich begann sie zu lachen. „Wenn es um Dieter ginge, würde ich eine Vogelscheuche aus ihm machen und ihn im Busch aufstellen. Ich würde ihm einen witzigen Hut aufsetzen und ihm einen seiner heiß geliebten, blöden Schals umhängen, wisst ihr noch?"

Eva fiel in ihr Lachen ein. „Und ob! Die hatte er doch in allen Farben. Und hat immer so gemacht ..." Mit kindlicher Begeisterung ahmte sie die theatralische Bewegung nach, mit der sich Dieter das Schalende stets über die Schulter geworfen hatte.

Sogar Jo Ann musste nun schmunzeln. „Eigentlich hat er das immer nur gemacht, wenn er nervös war."

Isabella gackerte lauter. „Leider stand der Kerl meist kurz vor einem Nervenzusammenbruch."

„Es sah schon ziemlich lächerlich aus, vor allem, wenn er den ganzen Abend damit herumgewedelt hat."

Mit diesem Bild vor Augen prusteten sie erneut los. Es tat so gut, gemeinsam zu lachen und sich wieder ein bisschen zu entspannen, auch wenn es auf Kosten von Dieter ging, der sich nicht dagegen wehren konnte.

„Will eine von euch ein Bier?", fragte Jo Ann, nachdem sie sich wieder beruhigt hatten.

Beide Frauen nickten, doch nachdem Jo Ann mit den Bierflaschen aus der Küche zurückkam und sie verteilt hatte, wurde es wieder still, und keine von ihnen wusste, wie sie an die aufgelockerte Stimmung von zuvor wieder anknüpfen sollte. Die Erinnerung an das gemeinsame Erlebnis brachte unausweichlich weitere Gedanken an die Vergangenheit mit sich. Sie hatten so viel zusammen erlebt und ähnliche Erfahrungen gemacht, Ähnliches gesehen, gehört und gefühlt, und doch war ihr Leben grundverschieden verlaufen. Eine gewisse Melancholie breitete sich unter ihnen aus, aber Eva wollte die gedrückte Stimmung, die im Raum herrschte, nicht die Oberhand gewinnen lassen.

„Habt ihr nicht auch Hunger?“, fragte sie.

Worauf Jo Ann ihnen vorschlug, in das Pub zu gehen, dort würde es recht gute Steaks geben, und sie könnten auf dem Weg dorthin auch gleich noch in ihrem Motel einchecken.

Gemeinsam fuhren sie zum Motel, wo Eva und Isabella ihr Doppelzimmer bezogen, auspackten und duschten, während Johanna schon einmal zum Pub vorausfuhr. Sie wollte einen der ruhigeren Tische besetzen, noch ehe die Meute der durstigen Minenbesitzer eintraf und nach einem einsamen Tag in den Schächten lautstarke Geselligkeit suchen würde.

John begrüßte sie weniger überschwänglich als sonst, und sie kam seinem unweigerlich zu erwartenden Kommentar zuvor. „Ich weiß selbst, es ist nicht Mittwoch, lass es also gut sein.“

„Was war denn heute Morgen mit dir los?“, fragte er stattdessen. Seine blauen Augen wirkten im schummrigen Licht der Kneipe fast schwarz und sein Dreitagebart warf dunkle Schatten auf seine Wangen. Er konnte sehen, dass sie geweint hatte, und es tat ihm weh, dass er den Grund für ihre Traurigkeit nicht kannte. Ihr seltsames Benehmen vom Morgen hatte ihn so sehr verwirrt, dass ihm die Frage, wie er denn nur Zugang zu ihr finden könnte, den ganzen Tag über im Kopf herumgegangen war. „Du siehst ziemlich elend aus, hast du Kummer?“

„Nicht wirklich“, wiegelte sie ab und drehte ihr Gesicht von ihm weg. „Ich hatte einfach viel um die Ohren“.

„Willst du darüber reden?“, versuchte er es noch einmal.

Jo Ann schüttelte den Kopf. „Nein. Tut mir leid, aber ich habe jetzt wirklich keine Zeit. Zwei Freundinnen von mir sind zu Besuch gekommen und werden gleich hier auftauchen."

Der besorgte Ausdruck in Johns Miene verschwand nicht, doch er drängte sie nicht weiter. „Wer sind die Mädels? Kenne ich sie?"

Jo Ann verneinte. „Freundinnen von früher. Da gab es dich noch nicht."

„Und was ist mit ihren Männern? Sind die nicht dabei?"

„Nein. Eine ist geschieden und zum zweiten Mal verheiratet, aber ihr Mann konnte wegen seiner Arbeit nicht mitkommen. Die andere ist schon lange geschieden und seitdem ledig. Du kannst dein Glück bei ihr versuchen, sie ist sehr attraktiv."

„Ich warte lieber auf dich", erwiderte John daraufhin so ernst, dass Jo Ann auf dem Weg zu ihrem Tisch überlegte, ob er es tatsächlich so gemeint hatte. Gedankenverloren nippte sie an ihrem Whisky und nahm sich vor, an diesem Abend keinen weiteren Alkohol mehr zu trinken, denn sie spürte bereits die zwei Bier, die sie zu Hause getrunken hatte, wollte sich in ihrer Situation aber keinen Aussetzer und keinen Kater erlauben.

„Das ist ja die reinste Augenweide!", ertönte Isabellas Stimme da auf einmal hinter ihr, die sich gemeinsam mit Eva bereits ein Bier am Tresen bestellt hatte und nun an den Tisch gekommen war, ohne dass Jo Ann sie bemerkt hatte.

„Was?"

„Die Frage heißt wohl eher: wer!"

„Wer?"

„Na, der Typ hinter dem Tresen natürlich. Sag bloß, der ist dir noch nie aufgefallen? Dabei sieht er mehr als gut aus! Auf jeden Fall hätte ich nicht gedacht, dass sich Lightning Ridge in puncto Männer so deutlich verbessert hat."

„Es hat sich wirklich viel verändert“, bestätigte Eva unbedarft, die nun ebenfalls zu ihnen getreten war. „Die ganze Stadt eigentlich.“

Jo Ann war Eva für diese Bemerkung mehr als dankbar, wurde sie dadurch doch einer direkten Antwort Johns Reize betreffend enthoben. „Setzt euch her“, befahl sie stattdessen. „Wir haben viel zu besprechen. Ich habe extra diesen Tisch ausgewählt, weil uns hier niemand zuhören kann. Wir müssen endlich einen Plan für die nächsten Tage machen. Wie lange könnt ihr bleiben?“

Eva erklärte, dass sie eigentlich auch noch die nächste Woche freibekommen hätte, allerdings mit der Auflage, sich am kommenden Montag nochmals bei ihrem Chef zu melden, um zu hören, ob er sie nicht doch im Büro brauchen würde. Damit hätten sie aber auf jeden Fall drei Tage Zeit, um sich eine Strategie zurechtzulegen, mit der sie eventuellen Anschuldigungen begegnen könnten. Wichtig wäre allein, meinte Isabella, keine unterschiedlichen Aussagen zu machen. Natürlich war sie weiterhin davon überzeugt, dass die ganze Geschichte nicht mehr als ein Sturm im Wasserglas war. Aber sie könnten sicherheitshalber ja trotzdem eine einheitliche Version untereinander absprechen! „Du wirst sehen“, sagte sie, „niemand wird das Skelett hier ausstellen, es wird in einem Archiv in Sydney verschwinden, ohne jemals die Rückreise nach Lightning Ridge anzutreten.“

„Womit wir wieder beim Thema wären“, seufzte Jo Ann. Der doppelte Whisky hatte sie ruhiger gemacht. Überrascht blickte sie in ihr leeres Glas. „Warum muss das Zeug immer so schnell verdampfen?“, fragte sie.

„Ich hoffe, ich störe die Damen nicht.“ John stand mit einem Tablett vor ihnen und stellte jeweils ein halb voll mit goldbrauner Flüssigkeit gefülltes Glas vor jede der Frauen. „Geht aufs Haus! Jo Anns Freunde sind auch meine Freunde!"

„Verdammt", nuschelte Jo Ann und blickte mit zusammengekniffenem Mund in Isabellas Richtung. Der Kerl ist einfach nur lästig, sollte diese Mimik bedeuten, aber niemand ging darauf ein.

Eva und Isabella bedankten sich freundlich und baten John, sich doch eine Weile zu ihnen zu setzen.

„Verzieh dich", zischte Jo Ann, dieses Mal direkt an John gerichtet.

„Na, komm schon", meinte Isabella, die John überaus sympathisch fand und vor allem von seinem Lächeln angetan war, weil es frech und offen war, ohne arrogant zu wirken.

„Wir haben etwas zu besprechen", bestimmte Jo Ann.

John nickte wissend, drehte sich um und ging dann schnell zum Tresen zurück, wobei er sich leise einen unverbesserlichen Dummkopf schalt. Irgendetwas bedrückte sie, doch er war in seinem unsinnigen Versuch, sie ein bisschen aufzuheitern, schon wieder zu weit gegangen und hatte sich erneut zum Narren gemacht.

Die Frauen prosteten sich zu, und Jo Ann erklärte, dass John nur ein guter Freund sei. Ein Kumpel, mit dem man lachen und bei dem man sich entspannen könne. Das sei alles. Isabella bohrte noch eine Weile nach, weil sie, wie sie mehrmals betonte, absolut nicht verstehen könne, dass eine gesunde, normale Frau nicht auf so einen Leckerbissen wie John scharf wäre. Aber Jo Ann erklärte ihr, dass sie kein Interesse habe.

„An John, oder an den Männern allgemein?", fragte Isabella daraufhin.

Und als sie keine Antwort bekam, formulierte sie ihre Frage neu. „Oder hast du etwa kein Interesse mehr an Sex? Das kann doch wohl nicht sein. Du musst doch in den letzten fünfundzwanzig Jahren *irgendwann einmal einen Mann* gehabt haben?“

„Ja, erzähl mal“, bat Eva. Die Unterhaltung entwickelte sich ganz nach ihrem Geschmack. „Ich finde, wir sollten uns gegenseitig mehr aus unserem Leben erzählen. Was so passiert ist in all den Jahren, in denen wir uns nicht gesehen haben. Bis jetzt haben wir immer nur von unserer gemeinsamen Vergangenheit gesprochen, dabei hat sich seitdem im Leben von jeder von uns doch so viel Neues getan. Wir haben uns so lange nicht gesehen, und in Briefen oder Telefonaten kann man das dem anderen nie so nahebringen. Es ist so kompliziert, Gefühle zu erklären, von denen man manchmal selbst nicht ganz genau weiß, warum man sie hat ...“

„Das klingt ganz nach dir“, lachte Isabella. „Du hast dich immer von dir unbekannten Gefühlen leiten lassen. Aber du hast Recht, es ist eine gute Idee, um sich wieder näherzukommen. Wer fängt an? Johanna, entschuldige, ich meine Jo Ann, willst du?” Diese schüttelte den Kopf. „Okay, du Eva?“

Und Eva ließ sich nicht zweimal bitten. „Von mir gibt's nicht viel zu berichten. Als du nach Deutschland zurückgegangen bist, Isabella, da war Jo Ann schon in Lightning Ridge, und ich fühlte mich plötzlich sehr alleine und verlassen. Schon komisch, dass wir uns in den ersten Jahren in Sydney so gar keinen Freundeskreis geschaffen haben. Es gab immer nur uns sechs ...“

„Deshalb wahrscheinlich“, pflichtete ihr Isabella bei.

„Kurt hat am Anfang immer gesagt, die Australier mögen uns Deutsche nicht“, warf Jo Ann ein.

„Quatsch“, meinte Eva. „Das ist doch Quatsch, oder? Wir waren selbst schuld an unserer Ausgrenzung. Wir haben doch immer nur zusammengesessen und uns in unserer eigenen Sprache unterhalten. Da war doch gar kein Platz für andere. Aber was soll's. Als ihr weg wart, wurde es ziemlich still um mich herum, sodass ich praktisch dazu gezwungen war, mir einen neuen Bekanntenkreis aufzubauen. Uwe hatte so gut wie nie Zeit für mich. Wenn ihr euch erinnert, er hatte sich doch kurz nachdem ... also kurz danach selbstständig gemacht. Wann war das noch? So etwa zwei Jahre nachdem Kurt und du hierher gezogen wart, richtig, Johanna?“

„Jo Ann!“

„Also, ja, Jo Ann – meine Güte, ich weiß nicht, ob ich mich jemals daran gewöhnen werde – also, es waren etwa zwei Jahre ...“ Jo Ann nickte. „Und die Sache mit ... also mit dem Unfall, das war dann im Oktober des zweiten Jahres, oder?“ Jo Ann nickte wieder. „Dann bist du, Isabella, Anfang des darauf folgenden Jahres nach Deutschland zurück?“

„Stimmt“, bestätige Isabella, „Dieterlein, diese miese Ratte, war im Januar abgehauen, nur wenige Monate nach der schrecklichen Sache ...“

„Nach Kurts Tod, meint ihr“, warf Jo Ann eisig ein. „Nennt das Kind doch endlich mal beim Namen! Es hat doch keinen Sinn, wenn wir dauernd um den heißen Brei herumreden. Kurts Tod! Der Tag, an dem er gestorben ist! Kurts Todestag, verdammt nochmal! Der zweiundzwanzigste Oktober!“, zischte sie leise.

„Ja, in Ordnung“, sagte Isabella, ohne sich aus dem Konzept bringen zu lassen. „Wie gesagt, Dieter machte die Fliege nicht einmal drei Monate später.“

Eva nickte, trank einen winzigen Schluck und schüttelte sich. Sie mochte Alkohol nicht besonders und Whisky schon gar nicht. „Genau. Und Uwe kündigte ungefähr zur selben Zeit, in der Dieter dich verlassen ... äh, ich meine, in der ihr euch getrennt habt ... und machte drei Monate später seine eigene Schreinerei auf. Das hat mich ganz schön verblüfft. Ihr wisst doch, wie konservativ und vorsichtig er immer war, deshalb hatte ich auch immer geglaubt, dass er sich in der Firma, bei der er angestellt war, einkaufen würde. Sein Boss dort war so nett und hatte keine eigenen Kinder. Jedenfalls, schwanger wie ich damals war, hat es mich total belastet, dass Uwe einfach losrennt und kündigt und sich selbstständig macht. Wir hatten überhaupt keine Ersparnisse auf der Bank, und ich hatte meinen Job doch verloren. Mein Gott, ich war so wütend auf ihn, vor allem, weil er sich nicht mit mir abgesprochen hatte. Als ginge mich das alles nichts an."

„Eigenbrötlerisch ist er ja immer schon gewesen", sagte Jo Ann, die Eva mit ihrem anschließenden Kommentar noch mehr erstaunte. „Außerdem war er so fad wie eine ungesalzene Haferschleimsuppe!"

„Wie kommst du denn darauf?", lachte Isabella. „Haferschleimsuppe? Das ist gut! Das passt zu Uwe, er war wirklich eine Trantüte erster Güte."

„Also hört mal", beschwerte sich Eva. „Ihr sprecht von meinem Ex! Ich war immerhin einige Jahre mit ihm verheiratet!"

„Prüde wie ein alter Prediger!", reizte Isabella sie weiter.

„Und pedantisch wie ein Finanzbeamter!", setzte Jo Ann nach.

„Ich glaube, ihr beide seid betrunken", stellte Eva mit

einem Blick auf ihre leeren Whiskygläser fest. Nur ihr Glas war noch halb voll.

„Sollen wir noch einmal?“ Jo Ann wartete keine Antwort ab, sondern hob die Hand und gab John das Signal für eine neue Runde.

Eva sah sie prüfend an. „Donnerwetter, für jemanden, der früher nie Alkohol angerührt hat, schluckst du ganz schön was weg!“

„Na und?“

„Nichts, ich meine ja nur. Ich muss mich erst daran gewöhnen, dich trinken zu sehen. Also, wo war ich stehen geblieben? Ihr bringt mich total durcheinander. So schlimm war Uwe nun auch wieder nicht, oder?“

Die Frauen verdrehten die Augen, und Isabella ging sogar so weit, sich einen Finger in den geöffneten Mund zu stecken und Würgegeräusche anzudeuten.

„Okay, okay! Er war ziemlich langweilig, das gebe ich zu. Und sehr penibel. Immer korrekt. Eigentlich war er unheimlich spießig. Die Jahre mit ihm waren die langweiligsten meines Lebens. Leider dachte ich damals, es müsste so sein. Ich hatte mich schließlich für ihn entschieden und wir waren so weit von zu Hause weg. Was hätte ich denn anderes machen sollen?“

Isabella unterbrach sie. „Zum Beispiel dich scheiden lassen! Alles hinschmeißen! Du warst doch kreuzunglücklich, mit deinem Heimweh. Ich verstehe nicht, warum du ihn nicht einfach verlassen hast und zurück nach Deutschland gegangen bist.“

„Oh, das hatte ich durchaus vor“, erklärte Eva. „Ich bin nicht so doof, wie du denkst. Mein Plan war allerdings, zu warten, bis Nadja schulpflichtig wird. Dann hätte ich mich nicht so schämen und als Versagerin fühlen müssen. So lange wollte ich aushalten. Als Uwe die eigene Werkstatt hatte, habe ich dort mitgearbeitet und ihm das Büro geführt. Er hat mir dafür kein Gehalt bezahlt, aber auf diese Weise kam wenigstens Geld in die Haushaltskasse, wenn auch sehr wenig. Er hat immer gesagt, wir müssen sparsam sein, damit wir uns irgendwann ein eigenes Haus leisten können."

„Also ging es euch recht gut, auch wenn du nie über eigenes Geld verfügt hast", stellte Jo Ann fest.

„Richtig! Ewig musste ich sparen. Nie war mal ein schönes Kleid oder ein Besuch beim Friseur drin. Jeder Cent wurde von Uwe kontrolliert und eingeteilt. Aber das muss ich ihm lassen, nach zwei Jahren haben wir uns das Haus kaufen können. Ohne Darlehen. Ganz klar ist mir allerdings bis heute noch nicht, wie er das geschafft hat, obwohl ich ihm doch die Buchführung gemacht habe. Er muss wohl einige Aufträge schwarz abgerechnet haben. Das Bargeld, das er dafür kassiert hat, habe ich allerdings nie in die Hände bekommen."

In diesem Moment stellte John wortlos die georderten Drinks vor sie auf den Tisch und legte demonstrativ einen Zeigefinger auf den Mund, als sich Eva dafür bei ihm bedankte. Er würde ihr Gespräch mit keinem weiteren Wort mehr unterbrechen, ganz wie befohlen, machte er Jo Ann mit einem Augenblinzeln klar. Dann drehte er sich wieder um und ging zurück zum Tresen.

„Der Kerl ist wirklich einmalig", stellte Isabella fest. „Er hat Humor, und er ist eindeutig an dir interessiert, Jo Ann. Darüber solltest du einmal nachdenken!"

„Ach, vergiss es", winkte Jo Ann ab. „Erzähl lieber weiter, Eva. Wie kam es, dass du dich dann doch noch von Uwe getrennt hast?"

„Tja, da gibt's nicht viel zu erzählen. Wir zogen in das neue Haus, und damit war mein Schicksal besiegelt. Verheiratet, Mutter einer Tochter, finanziell völlig abhängig, und nun auch noch Hausbesitzerin. Wie hätte ich das alles jemals wieder aufgeben oder ändern können. Mein Leben war gelaufen ..."

„Und du hattest immer noch Heimweh?"

„Ja!"

„Aber das ist ja fürchterlich", meinte Isabella. „Fast schon eine Tragödie!"

Eva winkte ab. „Ach was, ganz so schlimm war es nun auch wieder nicht. Es war eher wie eine chronische Krankheit, die zwar immer da, aber meist ganz erträglich und nur in akuten Phasen sehr deprimierend ist. Dann war mir jedoch immer ganz elend, und ich wollte sterben. Mit Uwe konnte ich nicht darüber reden. Er würde nie mehr zurückgehen, das war mir klar. Sein Lebensinhalt befand sich nun in Sydney, sein Ein und Alles."

„Und Nadja!", stellte Jo Ann fest.

„Nein, nicht Nadja. Nadja war mein Ein und Alles, während Uwe richtiggehend enttäuscht darüber war, dass wir ‚nur' ein Mädchen bekommen hatten. Er hat in den darauf folgenden vier Jahren immer wieder von einem zweiten Kind gesprochen, weil er unbedingt einen Jungen als Nachfolger und Erben für die Firma wollte. Er dachte, dass sich ein Mädchen nicht für die Firma interessieren würde. Ha, wenn der gewusst hätte ..."

Eva hob ihr Glas, um mit den Freundinnen anzustoßen. Danach machte sie bewusst eine kleine Pause, um die Spannung kurz vor dem Höhepunkt ihrer Erzählung noch einmal zu steigern.

„Wie gesagt, Uwe hat sich kaum um Nadja gekümmert,

wobei ich das damals gar nicht so registriert habe. Er war fast nie zu Hause, immer in der Werkstatt oder bei Kunden. Sehr oft bei Kunden, denn wir hatten schon bald vier Schreiner eingestellt, die in der Halle die Aufträge abarbeiteten, während Uwe akquirierte, mit den Auftraggebern die Angebote besprach und auch vor Ort war, wenn die Bestellungen eingebaut wurden. Ich habe es einfach nicht bemerkt ..." Wieder machte sie eine Kunstpause und fuhr dann fort: „Also, er hatte jahrelang eine Geliebte, und als diese schwanger wurde ... tja, das war's dann! Als sein Wunschsohn unterwegs war, war da eben kein Platz mehr für Frau und Tochter. Er hat dann noch bis kurz nach der Geburt gewartet, um es mir zu sagen, weil er wohl ganz sicher sein wollte, dass alles glattgehen und es auch wirklich ein Junge sein würde! Jedenfalls wurde Nadja gerade eingeschult, als er mich um die Scheidung bat. Was heißt bat? Er hat mich vor vollendete Tatsachen gestellt. Hatte für seine neue Familie schon ein zweites Haus gekauft und ist bei uns ausgezogen. Ich durfte das alte Haus behalten, inklusive einer Hypothek, die er kurz zuvor noch aufgenommen hatte, um das zweite Haus anzuzahlen, und er zahlte mir natürlich eine kümmerliche Abfindung für meinen Firmenanteil. Einmalig, selbstverständlich! Ich blöde Gans hatte da irgend so ein Schriftstück unterschrieben, womit ich auch schon endgültig aus dem Geschäft draußen war und keine Ansprüche mehr stellen konnte. Ich kann euch sagen, er hat mich so überrumpelt, ich wusste überhaupt nicht, wie mir geschah."

„Ach, du meine Güte!", rief Isabella aus. „Ich hatte ja keine Ahnung. Du hast immer nur geschrieben, dass ihr euch auseinandergelebt hättet. Warum hast du mir nicht die Wahrheit gesagt?"

„Weil ich so wütend auf mich selbst war. Wie naiv bin ich doch gewesen! Manchmal ärgere ich mich sogar noch heute darüber. Denn Uwes Firma hat sich seitdem prächtig entwickelt, ihr müsst wissen, dass er in der Zwischenzeit mehrere Filialen in ganz Australien besitzt. Die Firma war schon damals hundertmal mehr wert, als ich als Abfindungssumme bekommen habe, und die Hälfte davon hätte mir gehört, wenn ich nicht das verfluchte Papier unterschrieben hätte. Aber was soll's, es ist vorbei, und mir geht es heute gut. Ich bin glücklich mit Steve, und Nadja hat sich prima entwickelt. Wisst ihr, was sie studiert hat?"

Die Frauen verneinten.

„Design und Innenarchitektur! Ha! Sie wäre prädestiniert gewesen, Uwes Firma zu übernehmen! Sie arbeitet jetzt als Möbeldesignerin. Ihr habt ja keine Ahnung, wie begabt sie ist. Das habe ich auch gemeint, als ich vorher sagte: Wenn Uwe gewusst hätte. Er ist nämlich schon wieder geschieden, seine Neue hat es nicht so lange mit ihm ausgehalten wie ich. Außerdem hat sie tüchtig bei ihm abkassiert und ist danach mit dem Jungen nach Neuseeland. Lebt dort angeblich mit ihm in irgend so einer Sekte. Das geschieht Uwe recht!" Eva lachte schadenfroh.

„Na, darauf trink ich", sagte Jo Ann. Sie hob ihr Glas und prostete Eva zu. „Auf dass er einsam und verlassen sterben möge."

„Alt und verbittert, hässlich und verarmt", fügte Eva grinsend hinzu und stieß mit Jo Ann an.

„Eure guten Wünsche seien mit Erfolg gesegnet", meinte Isabella trocken. „Ich selbst werde mich bemühen, euch niemals in die Quere zu kommen. Und sollte ich jemals euren Unwillen erregen, dann warnt mich bitte rechtzeitig."

Jo Ann stellte ihr Glas ab und warf Eva einen schnellen Seitenblick zu.

„Was ist los?“, fragte Isabella, die den Blick bemerkt hatte. „Was habt ihr denn? Habe ich etwas Falsches gesagt?“

„Nein, überhaupt nicht“, erwiderte Jo Ann. Sie kippte den Rest ihres Whiskys hinunter und rollte genüsslich mit der Zunge. „Hm, gut, läuft runter wie Honig. Sollen wir uns sinnlos betrinken?“

Isabella nickte. „Ich habe nichts dagegen. Aber nur, wenn du als Nächste erzählst, was so alles in deinem Leben passiert ist.“

„Da gibt es nichts Aufregendes zu erzählen. Nach Kurts Tod bin ich hiergeblieben und habe weitergemacht wie zuvor. Die Mine läuft nicht schlecht, sie wirft immer genug ab, um davon leben zu können. Ich habe hart gearbeitet, stets auf den großen Fund gehofft, und so sind die Jahre dahingegangen.“

„Ich hatte immer darauf gewartet, dass du nach Sydney zurückkommst“, warf Eva ein. „Vor allem nach meiner Scheidung.“

„Aber du hast mich nie gefragt, ob ich kommen will!“

Eva war erstaunt. „Natürlich hätte ich gewollt, dass du kommst, weshalb meinst du ...“

„Ist ja nun egal“, winkte Jo Ann ab. „Wir hatten damals so selten Kontakt und du warst so distanziert, dass ich mir dachte, du kommst gut zurecht, sonst hätte ich dich besucht. Aber ich wollte mich nicht in dein Leben drängen.“

Isabella schüttelte traurig den Kopf. „Was sind wir doch für Heldinnen! Was haben wir nicht alles gemeinsam durchgestanden, und dann ist plötzlich alles vorbei. Ich verstehe das nicht.“

Wieder bemerkte sie diesen seltsamen, schnellen Blickwechsel zwischen Eva und Jo Ann, den sie nicht einordnen konnte. Als wäre zwischen den beiden etwas im Gange, was sie betraf. Als wüssten sie etwas, was Isabella aus ihrem Kreis ausschloss. Nachdenklich starrte Jo Ann auf die Tischplatte, zog mit dem Finger einen feuchten Ring nach und sagte dann, ohne aufzublicken: „Ich verstehe ja, dass du alles Mögliche verdrängst, Isabella, aber ich bitte dich! Hast du wirklich allen Ernstes geglaubt, dass es nach jener Nacht so hätte weitergehen können wie zuvor? So naiv kannst du doch nicht sein!"

Isabella wirkte verblüfft, aber keineswegs beleidigt. „Warum hätte ich nicht davon ausgehen sollen?"

Eva überlegte, wie sie Jo Anns harschen Kommentar entschärfen konnte, aber ihr fiel, wie immer in brenzligen Situationen, einfach nichts ein.

Doch Jo Ann lenkte auch ohne ihr Zutun ein: „Entschuldige, Isabella, es war nicht so hart gemeint, wie es vielleicht geklungen hat. Es ist nur ... du bist nach Deutschland zurückgegangen, und seitdem habe ich nie mehr etwas von dir gehört. Eva war mit ihrem Kind beschäftigt und musste ihr Leben neu organisieren. Briefe oder Anrufe von ihr wurden immer seltener. Und ich hatte endlich wieder ein eigenes Leben, das mich ausfüllte. Ich habe niemanden gebraucht in dieser Zeit. Sonst hätte ich mich vielleicht bei einer von euch beiden gemeldet. Ihr müsst nicht denken, dass ich unglücklich war."

Jo Ann dachte an die ersten Jahre nach Kurts Tod zurück. Als sich die Unfallversion in den Köpfen der Leute festgesetzt hatte und man sie in Ruhe gelassen hatte, auch wenn man sie als Witwe beobachtet und ihr immer geholfen hatte, sobald sie Hilfe gebraucht hatte. Alle waren aufmerksam gewesen, ohne aufdringlich zu sein, und hatten ihre stille Stärke bewundert. Tatsächlich hatte sie fremde Hilfe auch nur ganz selten benötigt, denn in ihrer Mine kannte sie die Arbeitsabläufe gut genug, um zu wissen, wann sie eine Hilfskraft anheuern musste. Und die Reparaturen an den Maschinen waren schon zu Kurts Zeiten ihre Aufgabe gewesen. Es waren immer die gleichen Teile, die kaputtgingen, und sie besaß genügend Erfahrung, um sie wieder einsatzbereit zu machen.

„Eigentlich war ich gut auf die Witwenschaft vorbereitet", sagte sie plötzlich und war selbst davon überrascht, was sie bereits alles schon alleine durchgestanden hatte. „Denn meine bessere Hälfte hat immer darauf bestanden, dass ich mitarbeite. Ha, was heißt mitarbeite! Alles musste ich machen. Manchmal habe ich die Sonne wochenlang nicht mehr gesehen. Früh morgens hieß es runter in den Schacht, und erst abends durfte ich wieder rauf. Sogar meine belegten Brote musste ich mittags unten essen."

Eva war sichtlich erschüttert. „Wie schrecklich, aber das hätte ich einfach nicht getan! Der Schacht hat mir immer Angst gemacht, wisst ihr noch? Ich habe mich immer geweigert, auf dieser wackeligen Leiter in dieses grauenhafte, dunkle Loch hinunterzusteigen. Kein einziges Mal bin ich rein, ich habe euren Mut immer bewundert."

Jo Anns Räuspern klang irgendwie verächtlich und wurde von Eva auch so verstanden. Doch als sie sich rechtfertigen wollte, stoppte Jo Ann sie mit erhobener Hand. „Lass nur, ist ja gut! Ich kann dich gut verstehen, ich hatte auch verdammte Angst am Anfang."

„Tatsächlich? Ist das wahr? Das hätte ich gar nicht vermutet. Wie hast du denn deine Angst überwunden?"

Jo Ann überlegte lange. Sollte sie erzählen, mit welchen

Methoden ihr die Angst ausgetrieben worden war? Würden ihre Freundinnen ihr glauben, oder würde sie ihr bitteres Geständnis schon morgen bereuen? Vielleicht war es der Whisky, vielleicht war es auch die ungewohnte Gesellschaft und die Erinnerung an ihre frühere Freundschaft. Wie unter Zwang begann sie zu erzählen, zögerlich zuerst, nach Erklärungen suchend, und dann, als sie die Anteilnahme der beiden Frauen wie eine wärmende Decke spürte, freier und ungehemmter.

Sie berichtete, wie Kurt sie zum ersten Mal dazu aufgefordert hatte, mit zur Mine zu kommen und ihm zu helfen. Wie sie ihm gesagt hatte, dass sie dort unten kaum Luft bekam und sich wie lebendig begraben fühlte. Wie Kurt daraufhin gelacht und sein Lachen ihr Angst gemacht hatte, wusste sie doch nur zu gut, dass es stets nachfolgende Grausamkeiten ankündigte. So lachte er immer, wenn er Schwäche und Hilflosigkeit bei ihr wahrnahm, die er ihr, zu ihrem Wohle natürlich, unbedingt austreiben musste.

„Daran wirst dich gewöhnen müssen", hatte er erwidert, „das ist jetzt unser Leben. Von heute an wirst du jeden Tag in der Mine verbringen und mir helfen, also muss ich dir die Angst austreiben." Und er wusste auch schon wie: indem er sie ankettete! Die Kette, die er eigens dafür kaufte, war lang genug, damit sie den gesamten Hauptschacht entlanggehen konnte, denn es war ihre Aufgabe, das Stein- und Lehmgeröll, das Kurt mit seinem Presslufthammer von den Wänden löste, in Eimer zu füllen und zum vorderen Eingang zu tragen. Dort wurde es dann von Kurt nach oben gezogen. Bei dieser Arbeit befand sich Kurt natürlich im Freien, während sie den ganzen Tag über unten im Schacht bleiben und die leeren Eimer füllen musste, die er immer wieder neben der Leiter hinunterließ. Denn damals besaßen sie noch kein Förderband. Stundenlang stand sie gebückt im Halbdunkeln, hielt Ausschau nach den braunen Schlangen, die sich besonders gern in der Nähe des Schachteingangs aufhielten, und füllte die verdammten Eimer, einen nach dem anderen. Immer mit der Kette am linken Knöchel, wie ein Sträfling. Sogar als sie schon lange keine Angst mehr hatte, nicht mehr leise weinte und jammerte, sondern einfach arbeitete, auf seine Kommandos hörte und nicht mehr daran dachte, dem Horror in der Tiefe zu entfliehen, kettete er sie an. Es schien ihm zu gefallen. Oft kletterte er spät am Abend sogar noch ein letztes Mal nach unten, wenn sie keine Kraft mehr hatte, um zu arbeiten, nahm sie in die Arme und spielte mit ihr, wie mit einer Puppe. Er öffnete das Schloss erst, wenn er mit ihr zufrieden war. Aber diesen Teil der Geschichte, den scheußlichsten, konnte sie nicht einmal jetzt erzählen. Denn dass er nur noch dort unten im Schacht, in der feuchten Dunkelheit, seinen Trieb befriedigen konnte, war ihr auch damals schon abartig vorgekommen und zutiefst zuwider gewesen. Dass er sie ankettete, war ihr dagegen fast schon selbstverständlich erschienen. Er hatte sie auch in Sydney oft gefesselt. Daran hatte sie sich bereits gewöhnt.

„Wenn ich ihm meine Angst gezeigt hätte, wäre alles nur noch schlimmer geworden“, schloss Jo Ann ihre Erzählung. „Ich wollte ihn nicht provozieren.“

Eva und Isabella starrten sie voller Entsetzen und mit blutleeren Gesichtern an.

„Das ist die grauenhafteste Geschichte, die ich jemals gehört habe“, flüsterte Eva schließlich. Isabella nickte nur, sie war völlig fassungslos.

„So schlimm, wie es klingt, war es nicht einmal“, schwächte Jo Ann wenig glaubwürdig ab.

„Gut, dass er bereits tot ist, sonst würde ich ihn jetzt umbringen“, flüsterte Isabella voller Abscheu.

Das hast du doch schon getan!, dachten Eva und Jo Ann bei sich. Und wieder tauschten sie einen kurzen Blick aus, den Isabella dieses Mal aber nicht bemerkte, weil sie aufgestanden und zur Bar gegangen war, wo sie drei weitere Whisky bestellte. Doppelte! Oder besser gleich eine ganze Flasche! Denn ihr Gefühl sagte ihr, dass sie an diesem Abend nicht noch mehr Wahrheiten ertragen würden und es wohl am besten wäre, wenn sie sich mit möglichst viel Alkohol betäuben, dann in ihre Betten fallen und traumlos schlafen würden.

Und genauso kam es. John brachte den bedrückt schweigenden Frauen die Whiskyflasche an den Tisch und setzte sich dann einfach zu ihnen, nachdem nur noch wenige Gäste im Pub waren. Er legte den Arm um Jo Ann, und als sie diesen nicht abschüttelte, dankte er den Freundinnen. „Ihr müsst öfter kommen“, sagte er, „ihr habt einen positiven Einfluss auf sie.“

Dennoch wollte kein anregendes Gespräch mehr zwischen ihnen aufkommen. Stattdessen unterhielten sie sich über allerlei Belangloses, bis das Pub schloss und sie die Flasche gemeinsam ausgetrunken hatten. Sogar Eva hatte tüchtig gebechert und ging nun mit Isabella schwankenden Fußes zum Motel zurück, wo sie sofort zu Bett gingen. Vom Whisky benebelt und viel zu müde, um sich zu unterhalten, machte Isabella noch eine Bemerkung über schnarchende Frauen, dann war sie auch schon eingeschlafen.

Jo Ann war hingegen von John, der darauf bestanden hatte, dass sie ihren Wagen vor dem Pub stehen ließ, nach Hause gefahren worden. Vor dem Tor stieg er aus, beruhigte Tiger, der begeistert bellte, und dirigierte Jo Ann am Ellbogen bis zur Haustür. Er hatte sie noch nie zuvor so betrunken erlebt und half ihr deshalb vorsichtshalber, die Eingangstür aufzusperren.

„Bist du in Ordnung?", fragte er noch, bekam aber keine Antwort. Jo Ann marschierte geradewegs durch das Wohnzimmer auf ihr Schlafzimmer zu, wo sie sich voll bekleidet auf ihr Bett warf und sofort einschlief. John war ihr gefolgt und blieb noch eine Weile vor ihrem Bett stehen, um sie zu betrachten. Sie atmete regelmäßig, und es schien keine Gefahr zu bestehen, dass sie sich übergeben würde. Wenn er ihr jetzt vorsichtig aus den Kleidern half und dabei besonders zärtlich zu ihr wäre, würde sie wahrscheinlich seinem sanften Verlangen nachgeben, vielleicht würde er sogar Begierde in ihr wecken, sodass sich sein Traum erfüllen und sie sich leidenschaftlich lieben würden. Dann wäre er endlich von dieser unendlichen Sehnsucht befreit, die ihn begleitete, seitdem er Jo Ann zum ersten Mal gesehen hatte. Warum versuchte er es nicht einfach? Sollte sie sich wehren, konnte er noch immer gehen, und sie würde sich am nächsten Morgen bestimmt nicht einmal mehr daran erinnern, dass er versucht hatte, die Gunst der Stunde zu nutzen. Allerdings würde er damit ihre momentane Hilflosigkeit ausnutzen und das konnte er vor sich selbst nicht verantworten. Nein, lieber würde er unbefriedigt bleiben, als seinen Trieben nachzugeben und sich danach nicht mehr ins Gesicht schauen zu können. Und so verließ er voller Bedauern ihr Schlafzimmer, schloss leise die Haustür hinter sich und fuhr nach Hause.

14

Der Winter verging, ohne dass sie Besuch bekamen. Sie hatten kein Telefon. Kurt fand, dass so ein Apparat eine unsinnige Verschwendung wäre, wie so vieles andere auch. Johanna besaß keine Waschmaschine, und sie durfte auch nicht in den Waschsalon im Dorf gehen. Sie musste alles mit der Hand waschen. Allerdings gab es nicht allzu viel zu waschen, denn in der Mine trugen sie stets nur einfache Arbeitshosen und alte Sweatshirts, die sie selten reinigte, weil sie sofort wieder dreckig wurden, sobald sie auch nur die Schachtleiter hinabkletterten. Kurt hatte jedoch ein gutes Paar Jeans und ein Hemd, das immer sauber sein musste, weil er sich jeden Abend vor der Heimfahrt umzog, bevor er ins Pub ging. Sie selbst brauchte keine saubere Kleidung, da sie sowieso nirgendwo hingehen durfte. Ihre Einkäufe musste sie auf dem Weg von der Mine nach Hause erledigen. Kurt hielt dann jedes Mal vor dem einzigen Lebensmittelladen im Dorf an und wartete im Pub, bis sie alles besorgt hatte. Im Dorf wunderte sich niemand, wenn sie mit schmutziger Haut und verdreckter Kleidung auftauchte; denn dort sah jeder so aus, der direkt aus der Mine kam.

Den ganzen Winter ging das so. Jeden Morgen fuhren sie, noch in totaler Dunkelheit, zur Mine, um dann abends, wieder im Dunkeln, völlig erschöpft von der Arbeit zurückzukommen. Kurt trank sein Bier auf dem Klappstuhl vor dem Haus und starrte in die Finsternis, während sie den Haushalt machte. Sie *hatte keine Ahnung, woran er dachte, wenn er so dasaß und vor sich hin schaute, vermutete aber, dass er überlegte, woran es lag, dass sie noch immer nichts gefunden hatten. Absolut nichts. Nicht einmal einen harmlosen, wertlosen Glitzerstreifen – nur feuchten Lehm und ein paar Gesteinsbrösel. Vielleicht sinnierte er aber auch über die Richtigkeit seiner Entscheidung, ihr gesichertes Leben in Sydney aufzugeben und hierher zu kommen. Vielleicht auch nicht. Sie konnte nur Vermutungen darüber anstellen, denn er sprach nie mit ihr. Er gab ihr nur Anweisungen, was sie in der Mine zu tun hatte. Und solange sie ihm gehorchte, nichts hinterfragte und nicht aufbegehrte, ignorierte er sie und ließ sie sogar nachts in Ruhe. Er war viel zu müde, denn er schuftete wirklich wie ein Besessener von früh bis spät. Manchmal lag sie noch lange mit offenen Augen wach, aber die Nacht war undurchdringlich, und sie konnte nichts sehen und nichts fühlen. Genauso wie während des Tages beherrschten Dunkelheit und Stille ihr Leben. Sie wusste, dass dieses finstere Leben nun ewig so weitergehen würde, aber sie bedauerte sich nicht. Sie fühlte überhaupt nichts mehr.*

Im September, es war inzwischen Frühling geworden, ohne dass sie es bemerkt hatten, trafen sie dann eines Abends, als sie von der Arbeit heimkehrten, ihre vier Freunde vor der Haustür an. Sie hatten im Pub nach ihrer Adresse gefragt und warteten nun schon seit über einer Stunde auf Kurts und Johannas Rückkehr.

„So eine Überraschung", begrüßte sie Kurt, schien sich aber nicht richtig über ihren Besuch zu freuen.

„Ihr habt ja kein Telefon", verteidigte Dieter den unangekündigten Überfall. „Deshalb wollten wir einmal nachsehen, ob ihr noch lebt."

„Kommt rein in die gute Stube“, knurrte Kurt. „Setzt euch. Wir müssen uns erst umziehen, wir kommen direkt von der Mine.“

Uwe sah sich kurz um, bemerkte die spartanische Einrichtung, die aus zwei Plastikstühlen, einem wackeligen Holztisch und einer Couch bestand, die aussah, als wäre sie vom Sperrmüll geholt worden, und meinte dann schnell: „Klar doch. Wir wollen euch auch nicht weiter zur Last fallen. Wir haben im Motel vorne an der Hauptstraße zwei Zimmer gemietet. Wie wäre es, wenn wir uns dort später im Restaurant auf ein Bier treffen?“

„Okay“, sagte Kurt. „Geht schon mal vor. Ich komme gleich nach.“

„Wieso nur du?“, fragte Isabella. „Was ist mit dir, Johanna? Kommst du etwa nicht mit?“

Johanna öffnete den Mund, aber Kurt kam ihr zuvor: „Sie hat keine Zeit!“

Isabella und Kurt starrten einander an. „Du spinnst wohl?“, begehrte Isabella auf. „Wir fahren doch nicht achthundert Kilometer, um uns nur mit dir zu unterhalten. Kommt nicht infrage. Johanna kommt mit, oder wir Frauen bleiben hier bei ihr.“

„Wir können ja helfen, wenn sie etwas zu tun hat“, bot Eva etwas lahm an, weil Kurt plötzlich so wütend aussah. Vielleicht kamen sie ja wirklich ungelegen.

„Schon gut“, brummte Kurt. „Mach schon, Johanna. Wir wollen unsere Freunde schließlich nicht warten lassen.“

Auf dem Weg zum Motel fluchte Isabella leise vor sich hin. „Hab ich euch nicht gleich gesagt, dass es eine Scheißidee ist, einfach so zu Besuch zu kommen! Johanna hat eine Meise und lässt sich mittlerweile total von Kurt tyrannisieren. Und der ist jetzt anscheinend komplett durchgedreht. Habt ihr die Bude *gesehen, in der sie hausen? Wenn ich Johanna wäre, würden mich keine zehn Pferde dort halten."*

„Du bist aber nicht Johanna", sagte Dieter. „Johanna war schon immer recht genügsam, der wird es nichts ausmachen, und dich geht es nichts an – außerdem sind wir nicht hier, um uns in ihre Ehe einzumischen, sondern um uns die Mine anzuschauen. Halt also einfach einmal deine große Klappe und verdirb uns nicht den Abend."

Beleidigt wollte sie ihn zurechtweisen, erinnerte sich dann aber an das Abkommen, das sie mit Dieter getroffen hatte: Ein einziges Mal würde sie nach Lightning Ridge mitfahren, danach nie wieder, und dafür musste er zu ihrer nächsten Betriebsfeier mitkommen und sich manierlich benehmen. Die Firma, bei der sie nun angestellt war, war konservativ und erwartete, dass sie sich bei offiziellen Anlässen mit ihrem angetrauten Partner zeigte. Seit der unglückseligen Party, bei der sie sich so kolossal danebenbenommen hatte, war Dieter nicht mehr mit ihr ausgegangen. Isabella hatte kein Problem damit, denn die Entfremdung in ihrer Ehe war schon zu weit fortgeschritten, und ohne Dieter amüsierte sie sich ohnehin viel besser, aber ihr gegenwärtiger Job war ihr wichtig. Nachdem Hal sie gefeuert hatte und in der Agenturszene das Gerücht umging, dass sie eine männermordende Bestie wäre, waren ihr reihenweise die Türen vor der Nase zugeschlagen worden. Sie war nicht einmal mehr zu einem Vorstellungsgespräch eingeladen worden. Der einzige Vorteil, von dieser inzestuösen Branche ins Abseits gestellt worden zu sein, war der, dass Dieter, der seltsamerweise von der kollektiven Ablehnung ausgenommen war, nie erfuhr, warum sie ihren Job verloren hatte. Ganz im Gegenteil bekam er seitdem deutlich mehr Aufträge, oft sogar sehr gute. Ein Akt des Mitleids mit dem armen Ehemann, vermutete Isabella. Mit ihm sprachen sie alle, aber über ihre Person schwiegen sie sich aus. Schon nach kurzer Zeit hatte sie daher erkannt, dass sie die Branche wechseln musste, wenn sie jemals wieder Arbeit finden wollte, und hatte sich auf ihr früheres Berufsleben besonnen. Was hatte sie in München gelernt? Bürokauffrau. Sie würde also wieder ganz unten beginnen müssen. Doch mittlerweile gab es keine Sprachbarriere mehr für sie, und so bewarb sie sich bei jeder Firma, die eine Anzeige aufgegeben hatte. Die erste Zusage kam von einer Importfirma, die mit Waren aus Europa handelte und Isabellas Deutschkenntnisse schätzte. Und Isabella ergriff die Gelegenheit sofort beim Schopf. Nach der lockeren Atmosphäre in der Agentur war die Arbeit zwar ungewohnt für sie, doch dafür erwartete hier niemand Sonderleistungen von ihr.

„Ich werde mich beherrschen und die Schnauze halten, mein Schatz", erwiderte sie ihrem Mann nun mit einem zynischen Unterton in der Stimme, als sie das Motelrestaurant betraten. Es war eine muffelige, heruntergekommene Bude mit erstaunlich großem Schankraum, die sicherlich nur deshalb als Gaststätte bezeichnet wurde, weil damit die bestehenden, strikteren Kneipenregelungen umgangen werden konnten. Uwe bestellte einen großen Krug Bier und sechs Gläser. „Der erste geht auf mich!", erklärte er und prostete den anderen zu.

Sie mussten nicht lange auf Kurt und Johanna warten. Johanna trug ein Paar Hosen, die ihr viel zu weit waren und sich unter ihrem Gürtel bauschten. Auch ihr blassblaues T-Shirt hatte schon bessere Tage gesehen. Reihum bestellte jeder der Männer einen neuen Krug, und so wurde es wider Erwarten doch noch ein netter Abend. Sogar Johanna lächelte ab und zu und unterhielt sich leise und eindringlich mit Eva, die neben ihr saß. Wie es ihr in Sydney denn so gehe, ob sie Nachrichten aus Deutschland hätte und ob sie noch immer in der Spofforth Street wohnten.

Kurt berichtete währenddessen von der Mine, und was er erzählte, klang spannend und aufregend. Uwe fragte, wann sie denn zum Schürfen mitkommen könnten. Morgen schon, sagte Kurt gönnerhaft und fragte, wie lange sie denn bleiben wollten.

„Kommt darauf an", meinte Dieter. „Wie viel hast du denn schon gefunden?"

„Nicht wenig", log Kurt. „Ich habe Glück mit der Mine, sie wirft gute Erträge ab. Habe erst gestern alles zum Schleifer gebracht, sonst könnte ich euch etwas zeigen. Aber wenn ihr wollt, machen wir dort weiter, wo ich die letzten Nobbys gefunden habe, dort haben wir die besten Chancen."

„Wunderbar. Wir haben ganze drei Tage Zeit, es ist doch ein langes Wochenende, und wir müssen erst am Dienstag wieder zurück sein". Dieter konnte seine Ungeduld kaum zügeln. „Um wie viel Uhr soll es denn losgehen?"

„Normalerweise fangen Johanna und ich um fünf Uhr morgens an, aber ich werde gnädig sein und euch harte Kerle erst um sieben aus dem Bett werfen."

„Dann können wir Frauen ausschlafen und uns später zum Frühstück treffen", schlug Eva vor. „Kommst du zu uns, oder gehen wir zu dir, Johanna?"

Kurt sagte nichts, er verließ sich darauf, dass Johanna Evas Vorschlag von sich aus ablehnen würde. Tatsächlich setzte sie auch schon dazu an, als Isabella laut loslachte und Kurt auf die Schulter klopfte. „Sag ja nicht, dass du Johanna in der Mine brauchst. Doch nicht morgen, wenn du die volle Arbeitskraft dieser beiden Prachtkerle hier ausnutzen kannst! Wage nicht, Johanna von uns fernzuhalten, du Ungeheuer. Sie hat eine kleine Ablenkung verdient, die Ärmste. Schau doch mal, wie mager sie geworden ist."

Weil Isabella gelacht hatte und alle anderen dachten, dass die Idee, Johanna müsse mit den Männern mitarbeiten, ein Scherz gewesen war, blieb Kurt nichts anderes übrig, als zu sagen: „Logisch, macht ihr Weiber euch nur einen schönen Tag, wie immer, während wir armen Hunde malochen gehen. Werdet schon sehen, wer am Ende mehr davon hat, wenn wir die hübschen Klunker, die wir morgen finden, uns selbst einsacken werden."

„Darauf trink ich", sagte Uwe, worauf sie alle miteinander anstießen und sich auf die kommenden Tage freuten.

Uwe war zutiefst erschrocken, als er das enge Loch sah. „Dort sollen wir rein?", fragte er fassungslos. Er musterte Kurt. Wie passte der bullige Kerl nur in diese winzige Öffnung hinein? „Das ist doch lächerlich. Völlig unmöglich! Da gehe ich nicht runter!"

Kurt wischte sich mit dem Handrücken die tropfende Nase und kratzte sich dann am Kopf. „Memme, du hast ja Schiss! Ist dir wohl zu gefährlich!"

Uwe trat etwas näher und beugte sich vorsichtig über die dunkle Öffnung in der Erde, aus der das Ende einer wackeligen Leiter ragte. Vorsichtig rüttelte er an ihr, ließ die Streben erzittern und vernahm den metallenen Hall, der daraufhin schwach aus der Tiefe nach oben drang und das Loch für ihn endgültig zu einem alles verschlingenden Schlund machte.

„Keine Chance", sagte er bestimmt, „da gehe ich nicht runter."

Dieter stand hinter ihm. Auch er war blass geworden, wollte sich vor Kurt aber nicht blamieren und schlug sich daher auf dessen Seite. Er räusperte sich kurz und lachte dann: „Sei nicht albern, Uwe. Du benimmst dich wie ein kleines Kind. Kurt und Johanna steigen da jeden Tag runter, was soll also schon dabei sein."

Kurt schob Uwe zur Seite. Er hatte sich einen Helm mit einer Grubenlampe aufgesetzt und hielt einen Eimer mit Werkzeug und ein zusammengerolltes Seil in seinen Händen.

„Ich gehe als Erster", erklärte er, während er den Eimer langsam am Seil ins Loch hinabließ. „Wenn ich unten bin, ziehe ich am Strick, dann kommt der Nächste. Es darf immer nur einer auf die Leiter, verstanden? Sie hält mich aus, also hält sie euch auch aus. Nehmt die Lampen mit, sonst seht ihr unten nichts." Er hatte zwei weitere Grubenlampen zum Umhängen für sie bereitgestellt und befestigte das eine Ende des Seils an der Leiter, als er spürte, dass der Eimer unten aufgesetzt hatte. Dann stieg er auf die oberste Sprosse, zwängte seinen Körper durch die Öffnung, indem er beide Arme in die Höhe streckte, um die Breite seiner Schultern zu reduzieren. Danach begann er abzusteigen.

Kaum war er verschwunden, flüsterte Uwe. „Hast du das gesehen? Er stößt an den Wänden an! Wenn er stecken bleibt, kann ihm niemand helfen."

„Quatsch nicht. Er bleibt doch nicht stecken", antwortete Dieter. Aber auch ihm wurde es mulmig zumute, als er das Seilende nun auffordernd zucken sah. Kurt war unten angekommen.

Uwe schüttelte den Kopf und bedeutete ihm mit einer einladenden Geste, voranzugehen.

„Wehe, du kommst nicht", drohte Dieter. „Dann bist du für mich erledigt!" Vorsichtig setzte er seinen linken Fuß auf die Leiter, die sich unter dem Druck seines Gewichts sofort etwas vom Erdrand wegdrehte, sodass er beinahe wieder auf festen Boden getreten wäre. Prüfend blickte er nach unten, konnte aber überhaupt nichts erkennen, nicht einmal den Schein von Kurts Lampe. Dann holte er noch einmal tief Luft und zog seinen rechten Fuß nach. Nun konnte er nicht mehr nach unten

blicken und fühlte sich etwas besser. Seine Hände klammerten sich an der Leiter fest, während er mit den Füßen vorsichtig nach den einzelnen Sprossen tastete. Eine nach der anderen, ganz langsam. Mit der Zeit gewann er an Zuversicht. Dennoch dauerte es ewig, bis er endlich unten angekommen war.

Kurt erwartete ihn am Ende der Leiter im Hauptschacht, der als Werkzeuglager, Pausenraum und Planungszentrum in einem diente. Dieter war überrascht, wie geräumig diese Höhle war. „Donnerwetter", stellte er erleichtert fest, „hier kann man ja sogar aufrecht stehen!"

„Aber nur hier", erklärte ihm Kurt. „Das ist der Hauptschacht. Weiter hinten, in den Nebenschächten, werden wir kriechen müssen." Sie hatten die weitere Vorgehensweise bereits auf der Fahrt zur Mine besprochen. Kurt hatte vorgeschlagen, mit ihrer Hilfe einen kürzlich angelegten Schacht zu vergrößern und danach gemeinsam eine Seitenwand zu erforschen. Er versprach sich viel von dieser Sektion der Mine. Zusammen mit Dieter setzte er ein paar leere Eimer ineinander und legte Pickel, kleine Schaufeln und anderes Werkzeug obenauf. Dieter wollte gerade sagen, dass Uwe wohl nicht mehr auftauchen würde, als die Leiter neben ihnen zu zittern begann. Fast bedauerte Dieter, dass sie jetzt doch zu dritt waren. Uwe würde ihnen beim Graben nur hinderlich sein, und außerdem würde er seinen Anteil nun mit ihm teilen müssen.

Kurt zeigte ihnen, was sie zu tun hatten, dann drehte er ihnen den Rücken zu und machte sich an die Arbeit. Nachdem sich die erste Aufregung gelegt hatte und Uwe und Dieter sich gegenseitig nicht mehr übereifrig und hektisch im Weg standen, begannen sie Kurt zu beobachten und seine Handgriffe nachzuahmen. Sie arbeiteten im schwachen Schein der Later-

nen, schweigend und aufmerksam, harkten mit den Pickeln vorsichtig in die Lehmwände, schlugen noch vorsichtiger in die frei gelegten trockenen Erdbahnen und bildeten sich immer wieder ein, etwas aufblitzen zu sehen. Es war dann aber jedes Mal nur das Licht, das von scharfen Steinkanten reflektiert wurde. Oder sandige, mineralhaltige Körner, die zwischen ihren Fingern zerbröselten. Langsam begannen ihnen die Arme schwer zu werden, die Haut an den Händen juckte unter der trocknenden Lehmschicht, und ihre Knie schmerzten, sobald sie sich auf den Boden knieten, um die unteren Teile der Wand zu bearbeiten.

Nur weil sie langsam Hunger bekamen, merkten sie, dass es um die Mittagszeit herum sein musste. Und so führte Kurt sie zurück zum Bauch der Mine. Die Seitenpfade, die von ihm abführten, seien wie Gedärme, meinte Dieter. Lange, dunkle Schläuche, voller dunkler, klebriger Erdmassen, gewunden und mit stetig wechselndem Durchmesser. Der Nebenschacht, in dem sie den ganzen Vormittag verbracht hatten, war wie der Hauptschacht nur unmittelbar am Eingang mannshoch, danach wurde er niedriger und enger, bis er schließlich ganz aufhörte. Kurt hatte ihn erst letzte Woche angelegt, berichtete er, während sie auf ihren umgestülpten Eimern saßen und die mitgebrachten Käsebrote aßen.

Keiner von ihnen fragte, ob sie dazu nicht lieber nach oben gehen sollten, ins Licht und in die Wärme. In der Mine herrschte eine ungesunde Kälte, die sie bisher aber nicht bemerkt hatten. Erst als sie fast fertig gegessen hatten, fröstelte Uwe, und er wünschte sich insgeheim, wieder die Leiter hinaufsteigen zu können.

„Weiter geht's, ihr Faulpelze", sagte Kurt, während er sich den letzten Bissen Brot in den Mund stopfte und ihn mit einem langen Schluck Tee aus der Thermoskanne hinunterspülte.

„Halbzeit", raunte Dieter Uwe zu. Anscheinend hatte auch er keinen Spaß mehr an der Sache.

Diesmal gingen sie noch tiefer in den Schacht hinein. Kurt kroch sogar bis ganz an sein Ende, und Uwe und Dieter mussten sich krumm machen, um die ihnen zugeteilte Sektion aufklopfen und ankratzen zu können. Dieter stellte seine Lampe nah an die Wand, sodass sich ihr Lichtkegel kurz vor dem helleren Absatz, den er kurz zuvor auf halber Höhe der Wand freigelegt hatte, bereits wieder verlor. Dennoch bemerkte er, dass sich die Struktur der dortigen Schicht geändert zu haben schien. Feine Linien zogen durch wechselnde Farbflächen. Er hob die Lampe höher und untersuchte die Oberfläche. Zwischen zwei dünnen helleren Linien verlief eine schwach glitzernde Bahn. „He, seht mal!", rief er, „da ist etwas."

Kurt war sofort neben ihm, beleuchtete die Stelle mit seiner stärkeren Grubenlampe und pfiff durch die Zähne.

„Was ist?", fragte Dieter. „Kann das etwas sein?"

Kurt antwortete nicht und begann vorsichtig mit dem kleinsten ihrer Pickel um die Schicht herumzuklopfen. Uwe tauchte auf, und die Stelle, an der Kurt arbeitete, wurde nun auch noch von der dritten Lampe erhellt. Eine schmale Linie blitzte auf. Sie glitzerte nicht nur, sie glänzte! Ja, sie funkelte geradezu. Plötzlich war all ihre Müdigkeit verflogen.

Uwe und Dieter wollten helfen, aber Kurt erlaubte ihnen nur, mit ihren Lampen neben ihm stehen zu bleiben und den langsamen, fast zärtlichen Prozess der Freilegung zu beobachten.

Nach einer Stunde hatte er die schmale Spur von der minderwertigen Erde getrennt. Er hatte die wertvollen Brocken in die bereitstehenden Eimer gelegt, ohne sie sauber zu machen. Leider hatte sich die Spur im weiteren Erdinneren wieder genauso schnell verloren, wie sie aufgetaucht war. Trotzdem hat-

ten sie alle drei Eimer voll, als Kurt seinen Pickel endlich weglegte und tief durchatmete. „Das war's! Mehr ist nicht." Er nahm einen Eimer und ging voran. Stieg auf die Leiter, ohne sich umzusehen, denn er hatte Angst, dass ihm die Freunde die Aufregung und die Freude über den Fund anmerken würden. Endlich! Endlich! Die Ader war zwar nur ganz klein, enthielt aber garantiert opalisiertes Gestein. Er hatte seinen ersten Fund gemacht! Bald würde er seinen ersten Gewinn aus der Mine ziehen. Als er oben ankam, zog er den ersten Eimer nach oben. Dann folgte der zweite und schließlich der dritte, denn Uwe und Dieter hatten instinktiv verstanden, was zu tun war, bevor sie selbst nach oben kletterten. Zuerst Uwe, dann Dieter.

Kurt saß bereits neben dem Einstiegsloch und begutachtete mit ruhigen Händen die Erde und die Gesteinsbrocken. Er hatte sich wieder unter Kontrolle.

„Und?", fragte Dieter atemlos. „Was sagst du? Haben wir etwas?"

Kurt nickte. Er hob einen schmutzigen Stein hoch und drehte ihn im Licht. Sie sahen das Blau zwischen den stumpfen Erdfarben aufblitzen.

„Mann, Klasse", jubelte Dieter. „Ich habe ihn gefunden!"

Kurt legte den Stein zurück und korrigierte ihn sofort: „Wir haben ihn gefunden. Wir, kapiert?"

„Ja, ja, natürlich. Was glaubst du denn, wieviel das alles wert ist?"

Kurt verbarg sein Unwissen, indem er noch ein paar andere Brocken inspizierte und so tat, als würde er überlegen. „Schwer zu sagen. Muss ich mit dem Schleifer besprechen. Ich sag euch was, wir machen die Brocken erst mal sauber, dann bring ich sie sofort zum Schleifen, und mit etwas Glück werden wir morgen wissen, was sie wert sind."

Dieter und Uwe sahen ihn abwartend an.

Kurt grinste: „Und dann wird aufgeteilt!"

Uwe klopfte ihm mit der Hand auf die Schulter, und Dieter nickte. So war es abgemacht gewesen. Und Kurt war ein Mann, der zu seinem Wort stand.

Auf ihrer Rückreise nach Sydney herrschte deutlich bessere Stimmung als auf ihrer Hinfahrt. Sie hatten den Fund schätzen lassen und sich riesig über die hundert Dollar gefreut, die ihnen Kurt dafür bezahlen wollte. Hundert Dollar hatten sich Uwe und Dieter jeweils verdient, kein schlechter Schnitt für die paar Stunden, die sie im Dreck gebuddelt hatten. Sie waren immer noch hellauf begeistert und besprachen bereits, wann sie das nächste Mal nach Lightning Ridge kommen wollten. Natürlich hatten sie es abgelehnt, ausbezahlt zu werden, und stattdessen lieber je einen geschliffenen Opal gleichen Werts als Erinnerung an ihren ersten Erfolg in der Mine mit nach Hause genommen.

Eva und Isabella saßen auf dem Rücksitz und überlegten ihrerseits, welches Schmuckstück sie sich von den winzigen Steinen machen sollten, die Kurt ihnen ausgehändigt hatte.

„Komisch, dass Johanna noch gar keinen Schmuck hat", überlegte Isabella laut. „Ich habe sie gefragt. Anscheinend hat Kurt bislang alles verkauft, obwohl er doch schon jede Menge gefunden hat. Dieser Geizhals, ich wette, er kommt nicht einmal auf die Idee, ihr einen Opal zu Weihnachten oder zum Geburtstag zu schenken."

Eva nickte. „Johanna ist es aber auch nicht weiter wichtig. Sie hat mir erzählt, dass sie die Opale gar nicht besonders schön findet."

„Lass mich noch mal sehen", forderte Isabella und streckte ihre Hand zwischen den Vordersitzen hindurch.

„Ach, hör schon auf damit", sagte Dieter.

„Dann eben nicht!" Isabella zog ihre Hand wieder zurück. Dieter war solch ein Miesepeter. Sie stupste Eva in die Seite und verdrehte die Augen. „Idiot", formulierten ihre Lippen. Dann sagte sie laut: „Wenn meine Kette erst einmal fertig ist und er seinen kostbaren Fund herumzeigen will, werde ich diejenige sein, die nein sagt. Nicht wahr, Eva, dann verschwinden die Klunker in unseren Schmuckschatullen."

Eva sah zum Fenster hinaus und dachte an ihren letzten Geburtstag, zu dem ihr Uwe nicht einmal ein paar Blumen geschenkt hatte. Hab ich ganz vergessen, hatte er ihr erklärt, als sie ihn gekränkt darauf hingewiesen hatte. Jetzt fragte sie sich, ob er ihr den Opal wohl jemals geben würde.

Sydney schien sich positiv zu verändern. Oder verhielt es sich eher so, dass sie sich nun endlich langsam an ihr neues Leben in der Metropole gewöhnten? Isabella hatte nur noch selten Kontakt mit Eva, aber wenn sie miteinander telefonierten, sprachen sie nicht mehr ganz so oft über die Vergangenheit, und Evas Stimme hatte den weinerlichen Tonfall verloren, mit dem sie ihrer Sehnsucht nach Deutschland stets Ausdruck verliehen hatte. Sie klagte nicht länger über die Dinge, die sie nicht haben konnte: Hochglanz-Zeitschriften mit Prominentenklatsch. Dunklen, duftenden Bohnenkaffee, der langsam durch einen Melitta-Kaffeefilter lief. Gute Schokolade, die süß und cremig braun war, und nicht dunkel und geschmacklos, überzogen mit einem weißlichen Film, der durch eine zu kalte Lagerung zustande kam. Fachgeschäfte, in denen man unter Hunderten von Stoffen und Garnen aussuchen konnte. Oder Teesorten. Oder Bücher ...

Vermissten sie all diese Dinge wirklich weniger, oder fanden sie nach und nach einen zufriedenstellenden Ersatz für sie in dieser großen, behäbigen Stadt, die ihnen anfänglich so unübersichtlich und fremd vorgekommen war? Hatten sie inzwischen nur gelernt, ihre Ansprüche den Gegebenheiten vor Ort anzupassen?

Vielleicht hatte Isabellas Boss in der Exportfirma ja aus Erfahrung gesprochen, als er ihr gesagt hatte, dass fast alle Einwanderer mindestens drei Jahre brauchten, bis sie sich hier heimisch fühlten, sich an die geänderten Jahreszeiten gewöhnten und vor allem an die fremde Sprache und Umgebung. Er war in Holland geboren, und Isabella hatte ihn nie danach gefragt, wie lange er schon hier war. Aber er kam oft auf die Unterschiede zwischen den beiden Kontinenten zu sprechen, allerdings stets in positivem Sinn, denn er war ein Mensch, der die guten Seiten Australiens schätzen gelernt hatte, die Freiheit und Ungezwungenheit des Alltags, die konventionslose Form im Berufsleben, die Herzlichkeit der Australier, wenn sie Fremden ihr Herz öffneten! Andererseits hatte er auch noch nicht vergessen, wie lange es dauerte, bis sie bereit waren, Freundschaften zu schließen, und wie schwer es war, sich in der Stadt zurechtzufinden. Er war ein geduldiger, einfühlsamer und toleranter Mensch. Verheiratet und treu. Das komplette Gegenteil von Hal.

Über zwei Jahre waren nun seit ihrer Ankunft vergangen – vielleicht gewöhnte sie sich tatsächlich an die Stadt. Sydney war für sie nun nicht mehr das unüberschaubare Gewirr vorstädtischer Straßenzüge, die alle irgendwann in Sackgassen endeten, begrenzt auf beiden Seiten von zaunlosen Rasenflächen, die permanent gewässert wurden, und zuckergussfarbenen Holzhäusern mit pseudo-viktorianischen Erkern und Sprossenfenstern. Eine Stadt, von der sie gedacht hatten, sie hätte keinen inneren Kern, sondern nur tausend Vororte mit unaussprechlichen Namen, die ohne Auto unerreichbar waren.

Sydney hatte eben doch ein Zentrum, die Pitt Street und die parallel zu ihr verlaufende George Street, das Opernhaus, die Harbour Bridge und die Fähranlegestelle. Das war das Zentrum, der Mittelpunkt des städtischen Lebens, den sie im ersten Jahr einfach nicht für sich entdeckt hatten. Doch seit Isabella nicht mehr auf der Nordseite des wunderschönen Naturhafens arbeitete und deshalb jeden Tag ans andere Ufer übersetzen musste, lief sie nach der Arbeit die Pitt Street hinunter, um mit der Cremorne-Fähre zurückzufahren. Entgegen ihrer ursprünglichen Absicht hatte sie sich nun doch gegen den Kauf eines Autos entschieden, weil sie den stockenden Verkehr, der zu Stoßzeiten die Brücke blockierte und für unglaublich lange Fahrtzeiten sorgte, nicht ertragen konnte. Stattdessen genoss sie es, in der frischen Seeluft auf der Außenbank eines behäbigen Kutters zu sitzen, der viel wendiger und schneller war, als sie vermutet hatte, und den Booten zuzusehen, die gegen Abend ihre Regatten segelten.

Isabellas Büro war klimatisiert, weil es nicht über ein Fenster verfügte, und die elektrische Beleuchtung musste ganztägig eingeschaltet sein, und manchmal glaubte sie, in einer unnatürlichen, entfremdeten Welt zu leben. Bis auf die kurzen Augenblicke, die sie auf der Fähre verbrachte. Zu Hause angekommen, wurde ihre Welt dann noch surrealer. Denn Dieter befand sich auf einem Künstlertrip, der seit ihrem Jobwechsel immer abgehobenere und absurdere Formen annahm. Anscheinend hatte er sie früher als Konkurrentin angesehen, solange sie noch in „seiner Branche" beschäftigt gewesen war. Jetzt war sie dagegen nur noch eine Büroangestellte, die sich mit unkreativem, gutbürgerlichem Geschäftskram abmühen musste, während er der sensible Fotograf war, der das Einerlei ihres Alltags nicht mehr ertragen konnte oder wollte. Und um dies auch angemessen zum

Ausdruck zu bringen, führte er sich ihr gegenüber wie ein Pascha auf. Zu den Schikanen, die er sich ausdachte, um sie auf die Position eines Handlangers zu verweisen, klebte er ihr kleine Zettel mit Einkaufslisten oder sonstigen Aufträgen an den Kühlschrank oder Badezimmerspiegel. Wies sie ihn dann darauf hin, dass sie nicht seine Angestellte war, sagte er nur: „Gut, dann hole ich mir die Sachen eben selbst aus der Reinigung, auch wenn ich dann nicht mehr rechtzeitig zum Shooting in Darling Harbour komme. Schade! Sie hätten tausend Dollar für den Job bezahlt."

Worauf sie meist friedfertig und leise in sich hineinlächelnd nachgab. Welch ein berechenbarer Egomane Dieter doch war. Immerhin wurden alle seine Honorare nach wie vor auf ihr gemeinsames Konto überwiesen, weil sich seine ach so feinfühlige Künstlerseele natürlich nicht auch noch um die Finanzen kümmern konnte. Und so bereitete es Isabella im wahrsten Sinne des Wortes diebische Freude, immer wieder kleinere Geldsummen seines Gehaltes abzuzweigen und auf ihr eigenes, geheimes Konto einzubezahlen.

Manchmal, wenn Isabella wirklich nichts anderes vorhatte und es in der Wohnung nicht mehr aushielt, lud sie Eva zum Abendessen ein. So auch eines Abends, als Dieter wieder einmal auf eine seiner Künstlerpartys entschwunden war, auf die er sie nicht mitnehmen konnte, weil sie sich nicht in seine Kreise einfühlen konnte und seine lieben, hoch begabten Kollegen mit ihrer schroffen Art nur vor den Kopf stieß.

„Treffen wir uns um sechs im Crows Nest, sie sollen dort prima ‚Fisch und Chips' servieren", hatte sie Eva vorgeschlagen, die sich immer über eine Einladung freute. Sie schien wirklich knapp bei Kasse zu sein und war auch tatsächlich wieder einmal ohne Job, wie sie Isabella gleich in der ersten Minute ihres Treffens gestand.

„Meine Güte", sagte Isabella. „hast du aber auch ein Pech. Du hast dort doch erst im September angefangen."

„Gleich nachdem wir aus Lightning Ridge zurückgekommen sind. Sogar schon am nächsten Tag. Weißt du noch, wie ich mich gefreut habe? Ich hatte nie gedacht, dass sie mich in einer so großen, bedeutenden Firma überhaupt nehmen würden ..."

„Ja, schade." Isabella winkte abwesend dem Kellner. Es war die übliche Geschichte. Eva war noch nie länger als fünf Monate bei einer Firma gewesen.

„Ich hatte noch keinen Job länger als fünf Monate ...", murmelte Eva da auch schon, als hätte sie Isabellas Gedanken gelesen, ließ den Satz aber unvollendet, denn der Kellner brachte die Drinks, die sie zuvor bereits beim Barmann geordert hatten. Sie hatten sich in einen von der Bar abgetrennten Raum gesetzt, obwohl Frauen seit Neuestem sogar im Schankraum bedient wurden. Bislang hatten aber nur Wenige von diesem neuen Recht Gebrauch gemacht, denn das ehemals männliche Hoheitsgebiet wurde noch immer mit zotigen Sprüchen und derber Anmache verteidigt. Gedämpfter Lärm und der Rauch unzähliger frisch angezündeter Zigaretten drangen durch die angelehnte Tür.

„Na, dann hast du diesmal ja deinen eigenen Rekord gebrochen", nahm Isabella den Faden wieder auf und bezog sich damit auf die zwei Monate, die seit ihrer Reise zur Opalmine gerade einmal vergangen waren!

„Diesmal gilt nicht! So darfst du nicht rechnen." Eva nippte an ihrer Limonade.

Bisher hatte sie entweder noch jede Arbeitsstelle selbst gekündigt, weil sie die dortigen Arbeitsbedingungen unmöglich gefunden hatte, oder sie hatte die Stelle verloren, weil die Firma pleitegegangen war. Zumindest war ihr, laut eigener

Aussage, bislang noch nie wegen Unfähigkeit gekündigt worden. Sie hatte jedes Mal einfach Pech gehabt, verflixtes, unerklärliches Pech.

„Aber ich bitte dich, zwei Monate sind doch ein sensationelles Ergebnis! Warum sollten sie in deiner Liste kurzfristiger Beschäftigungstherapien, mit denen du ins Guinnessbuch der Rekorde eingehst, fehlen?"

„Das stimmt nicht", beharrte Eva. „Ich konnte bislang nie etwas dafür oder hatte es so geplant. Diesmal ist es anders."

„Wieso denn?"

„Dieses Mal gibt es einen richtigen, einen echten Grund."

„Welchen denn?"

Eva rieb sich mit gestreckten, gespreizten Fingern die Hände, eine Geste der Vorfreude, und lächelte breit. „Verrate ich noch nicht!"

Isabella insistierte nicht weiter, sie war auch nicht sonderlich an dem interessiert, was Eva zu erzählen hatte. Ihr Weißweinglas war schon halb leer, und sie zündete sich eine Zigarette an. „Wie du meinst. Wirst du zurechtkommen? In sechs Wochen ist Weihnachten, du wirst also keinen Job finden, bis die Urlaubszeit Ende Januar wieder vorbei ist." Wie in Deutschland lag auch hier die Hauptreisezeit um die Schulferien herum. Nur ging hier das Schuljahr zeitversetzt Mitte Dezember zu Ende, wenn der Hochsommer begann und die Bevölkerung von Sydney nur noch Feiertage, Urlaub und Strand im Sinn hatte.

„Ich weiß schon", antwortete Eva. „Aber das macht nichts."

„Was ist denn mit dir los? Hast du etwa im Lotto gewonnen? Sonst warst du doch jedes Mal tief deprimiert und hattest sofort Existenzängste, wenn du arbeitslos geworden bist. Ihr braucht doch das zweite Gehalt, oder etwa nicht?"

Eva schien gekränkt. „Wie kommst du darauf? Uwe verdient genug, wir kommen schon klar." Aber als Isabella nichts darauf antwortete, schwächte Eva ab. „Na ja, ich nehme an, dass es für dich manchmal danach aussehen musste. Uwe ist irrsinnig sparsam geworden. Ich weiß ehrlich gesagt nicht genau, wie viel er verdient, aber es wird schon reichen. Für uns drei!"

„Wie bitte?" Isabella starrte sie an.

„Du hast richtig gehört!"

„Du bist schwanger?"

Eva nickte noch einmal, und Isabella schlang die Arme um sie, drückte sie an sich und gratulierte ihr. Um Himmels willen, dachte sie bei sich, die Ärmste. „Das muss gefeiert werden!", sagte sie. „Ich freue mich so für euch."

„Uwe weiß es noch gar nicht!" Eva hatte erst seit heute Mittag Gewissheit und war deshalb nach der Mittagspause direkt vom Arzt zurück zu ihrer Arbeitsstelle gefahren, um dort rechtzeitig, wie es sich gehörte, zu kündigen. Sie hatte eine Frist von drei Monaten für angemessen gehalten. Ihr Arbeitgeber hatte sie jedoch gebeten, ihren Arbeitsplatz sofort zu räumen. In Australien gab es keinen Kündigungsschutz für Schwangere, und Eva war seitdem so bange zumute, dass sie Uwe noch gar nicht davon erzählt hatte. Er würde wütend auf sie sein. Seit Wochen rechnete er ihr schon vor, wie viel mehr sie einsparen konnten, seit sie wieder etwas dazuverdiente. Und was sie mit dem Geld machen würden. Ende nächsten Jahres sind wir so weit, hatte er ihr vorgerechnet, dann packen wir hier unsere Sachen zusammen und gehen nach Lightning Ridge. Er wollte sich dort doch tatsächlich einen Claim abstecken, genau wie Kurt. Spätestens morgen würde sie es ihm sagen müssen. „Uwe muss heute Überstunden machen, er kommt erst spät nach Hause."

„Na, dann dürfen wir wohl nicht mehr allzu lange feiern", sagte Isabella erleichtert. Plötzlich übte ihre leere Wohnung eine ungeheuere Anziehungskraft auf sie aus. Es war so schwer, sich mit Eva zu amüsieren. „Du wirst sicher vor ihm zu Hause sein wollen."

Wie auf ein Stichwort servierte ihnen der Kellner in diesem Moment den bestellten Fisch mit Chips auf blau-weiß karierten Plastiktellern und weißen Papierservietten, die bereits Fettflecken aufwiesen, nachdem sie gleich mit auf die Teller gelegt worden waren.

„Vielleicht sag ich es ihm heute noch gar nicht", flüsterte Eva. Sie streute großzügig Salz auf ihre Portion.

Isabella trennte mit der Gabel einen Teil des knusprig panierten Barramundi ab, spießte ihn auf und begutachtete sein helles Fleisch. „Ich falle immer wieder auf die blöden Empfehlungen meiner Kollegen rein! Sieh dir diesen ungesunden, fetttriefenden Billigfraß an."

„Wir sind aber auch in einer Kneipe und in keinem Restaurant."

„Trotzdem!" Isabella knabberte an ihrem aufgespießten Fisch, der gar nicht so übel schmeckte. „Warum willst du es Uwe denn nicht sagen? Denkst du, dass er sich nicht darüber freut?"

„Ich weiß es ehrlich gesagt nicht so genau. Es ist so neu, und alles wird sich ändern. Was soll aus uns werden? Ich meine ..." Eva berichtigte sich sofort. „Nein, natürlich ist es toll, und ich freue mich wahnsinnig darüber. Uwe bestimmt auch, wenn er sich erst einmal an den Gedanken gewöhnt hat. Er wird halt nur seine Pläne für unsere Zukunft ändern müssen."

„Es war also nicht geplant!"

„Nicht so richtig". Eva beschloss, die Wahrheit zu sagen.

Sie musste einfach mit jemandem darüber reden. „Weißt du, Uwe möchte unbedingt nach Lightning Ridge ziehen."

„Ach du lieber Himmel!"

„Ja, er bildet sich ein, dort reich werden zu können, so wie Kurt und Johanna. Er will schon nächsten Winter von hier weg, und ich kann es ihm nicht ausreden. Stell dir das einmal vor! Ich soll in diesem Kaff da oben wohnen, in so einem umgebauten Wohnwagen. Uwe erwartet, glaube ich, sogar von mir, dass ich in der Mine mitarbeite." Sie schüttelte den Kopf und begann ihre mittlerweile abgekühlten Chips zu essen, die nun genug gesalzen waren und recht lecker schmeckten.

Isabella schob ihren Teller zurück und rückte näher an Eva heran.

„Er ist genauso verrückt wie Dieter! Als ob Kurt und Johanna schon viel gefunden hätten! Glaubst du wirklich, dass es stimmt, was Kurt behauptet hat? Wenn die Mine tatsächlich so viel hergibt, warum wohnen die beiden dann immer noch in diesem heruntergekommenen Bunker? Und warum muss sich Johanna fast zu Tode rackern? Sie ist, seitdem sie nach Lightning Ridge gezogen sind, bestimmt um zehn Jahre gealtert, findest du nicht auch?"

Eva musste ihr zustimmen. „Es war schlimm, wie müde und dünn sie aussah. Trotzdem – sie wird schon wissen, was sie tut. Kurt vergisst nur manchmal, dass sie eine Frau ist und nicht so hart arbeiten kann wie ein Mann, aber ich glaube, er meint es nicht böse und ..."

Isabella lachte sarkastisch. „Von wegen! Du hast eine viel zu hohe Meinung von ihm. Er ist nichts anderes als ein gemeiner Sklaventreiber und ein verlogener Aufschneider noch dazu!"

„Uwe ist jedenfalls überzeugt, dass Kurt den ganz großen Fund machen wird, und will von ihm lernen. Dein Dieter übri-

gens auch. Die beiden telefonieren öfter miteinander, sind ganz begeistert und wollen so oft wie möglich mit Kurt zusammenarbeiten."

„Ich weiß nicht, was das für ein Virus ist, den sie sich da unten in dem stinkenden Loch eingefangen haben, aber ich weiß zumindest, dass er nicht ansteckend ist. Bleib mir also vom Leib mit diesen kindischen Träumen vom schnellen Geld. Das sind doch alle miteinander Spinner. Ich weiß, dass Dieter wieder zum Schürfen nach Lightning Ridge will. Er plant sogar schon unseren Weihnachtsurlaub und bildet sich ein, dass wir wieder alle zusammen für eine ganze Woche zu Kurt und Johanna fahren, ha, ha, ha ..." Sie blickte in ihr Weinglas, trank den letzten Schluck und hob es dem vorbeieilenden Kellner entgegen. Der verstand sofort und nickte ihr kurz zu. „Ich habe gar nichts darauf erwidert. So ein ausgemachter Blödsinn. Die Feiertage dort oben zu verbringen ...", sie schüttelte sich.

„Dann haben sie es also schon fest ausgemacht? Das hat mir Uwe noch gar nicht erzählt."

„Meine Güte", stöhnte Isabella. „Die sind doch total übergeschnappt." Dann begann sie zu grinsen. „Aber das hat sich ja nun glücklicherweise erledigt, nachdem du ein Baby bekommst. Gesegnet sei dein Bauch!"

Eva kaute langsam zu Ende und schob dann nachdenklich und schweigend den letzten Chip mit ihrer Plastikgabel auf dem Teller hin und her.

„Hey, du bekommst ein Baby! Das bedeutet im Klartext, dass du an Weihnachten hierbleiben wirst. Schließlich kann dir kein Mensch in deinem Zustand den Aufenthalt in so einem widerlichen Drecksloch zumuten, und Uwe schon gar nicht! Und ich werde dir hier Gesellschaft leisten! Dieter kann von mir aus alleine fahren! Und selbst wenn ihr beide wider alle

Vernunft doch mitfahren würdet, brächten mich keine zehn Pferde mehr dorthin!"

„Na ja ..."

Isabella verschränkte die Arme vor der Brust. „Was?"

„Also, ich dachte, vielleicht ...", begann Eva und ließ ihren Überlegungen dann plötzlich freien Lauf. Es wäre doch möglich, also nur, wenn Isabella einverstanden sei, dass sie noch einmal, wirklich ein absolut letztes Mal, mit ihnen mitkommen würde. Dann könnte sie es Uwe schonender beibringen, das mit dem Baby. Und er würde es ihr nicht so übel nehmen ... und wahrscheinlich würden sie diesmal, an Weihnachten, ja sowieso nichts finden, und dann wäre er nicht so enttäuscht und würde wieder vernünftig werden und seine Pläne eher wieder auf die zukünftige Familienplanung richten ...

Isabella konnte es nicht fassen. Eva hatte wegen ihrer Schwangerschaft tatsächlich Schuldgefühle. Hatte sie Uwe etwa reingelegt? „Hast du es geplant?", fragte sie.

„Nein, ehrlich nicht. Ich vertrage doch die Pille nicht, und wir haben immer gerechnet und aufgepasst. Es ist trotzdem einfach passiert."

„Warum sollte er dann sauer auf dich sein?"

„Nicht auf mich ..." Eva konnte es nicht erklären, aber sie war sich sicher, dass Uwe fürchterlich wütend auf sie sein würde, und fühlte sich verantwortlich und schuldig. „Es ist halt nur ... ich möchte nicht, dass er es ewig bereut ..."

Isabella rollte mit den Augen und stöhnte. „Das muss wahre Liebe sein. Der Ärmste wird sonst nicht mit seiner Enttäuschung fertig. Er wird ja nur Vater, und das ist schließlich ein schwacher Trost dafür, dass er nicht in Urlaub fahren kann." Sie wollte noch mehr sagen, aber Eva hatte plötzlich Tränen in den Augen, und Isabella fühlte Mitleid mit der harmlosen Freundin, die trotz allem noch immer an ihrem Mann zu hän-

gen schien. „Schon gut, ich mach ja nur Spaß. Ich versteh dich ja. Also lass uns deinen konfusen Gedankengang von vorhin noch einmal rekapitulieren: Du bist zwar davon überzeugt, dass die Opalsuche hirnrissig ist, möchtest aber, dass diese ausgemachten Deppen noch einmal lange und ausgiebig im Dreck wühlen, allerdings ohne jeden Erfolg. Das ist gar nicht mal so dumm, das muss ich dir lassen. Eine Rosskur ist wahrscheinlich das Einzige, was sie zur Vernunft bringen wird."

„Ich hoffe, dass sie nichts finden ..."

„Natürlich werden sie das nicht! Es war doch reiner Zufall, beim letzten Mal."

Eva legte ihre Hand auf Isabellas Arm und drückte ihn sanft. „Also kommst du mit?"

Der Kellner brachte ihren Wein, und Isabella nutzte den kurzen Moment, um zu überlegen. Sollte sie Dieter zuliebe noch einmal in dieses elende Kaff fahren? Auf keinen Fall. So, wie er sie in den vergangenen Monaten behandelt hatte, war es eher angebracht, die Scheidung einzureichen. Darüber sollte sie sich in nächster Zeit einmal ernsthaft Gedanken machen. Ihre Beziehung war inzwischen so kalt und lieblos geworden, dass sich daran auch nichts mehr ändern würde. Aber eine Trennung? Was würde ihre Familie dazu sagen? Und durfte man nach zwei Jahren schon aufgeben? Hatte sie wirklich alles versucht, und war sie nicht mit schuld am Scheitern ihrer Ehe? Wäre es anders, wenn es Hal nicht gegeben hätte? Aber warum hatte es ihn überhaupt gegeben? Sie blickte Eva geradewegs in die Augen und sah die verzweifelte Bitte, die in ihnen lag. „Na, meinetwegen", sagte sie, ohne noch weiter darüber nachzudenken. „Ich komme mit. Aber dafür musst du jetzt hier sitzen bleiben und zusehen, wie ich mir mein schwachsinniges Gehirn völlig zudröhne und mir genügend Mut antrinke, um meinem geliebten

Dieterlein nachher die frohe Botschaft meiner Kapitulation zu überbringen."

„Er wird sich bestimmt freuen", meinte Eva und wirkte dabei erleichtert.

„Apropos freuen", fragte Isabella, „willst du es wirklich bis Weihnachten geheim halten?"

Eva nickte. „Bitte verrate mich nicht."

„Du spinnst noch mehr als ich, aber ich werde schweigen wie ein Grab. Ich finde es zwar nicht in Ordnung, aber meine Loyalitäten liegen bei dir, nicht bei deinem Mann."

Sie prostete Eva zu, überzeugt, ihre Einstellung klargemacht zu haben. Eva war zwar ein dummes Huhn, aber wer war sie schon, dass sie die Freundin dafür hätte verurteilen können?

Um dreiundzwanzig Uhr, kurz vor Zapfenstreich, bestellte sie beim Kellner ein Taxi, setzte Eva in der Spofforth Street ab, obwohl dies ein Umweg war, und fuhr anschließend nach Mosman weiter. Nach Hause. Dieter war noch nicht zurück, also legte sie ihm am nächsten Morgen einen Zettel neben die Kaffeetasse.

„Sollen wir Weihnachten nach Lightning Ridge fahren?"

Am Abend stand ein hingekritzeltes „OK" daneben.

Johanna hatte keine Ahnung, dass Isabella ihren Mann als Sklaventreiber bezeichnet hatte. Ihr selbst wäre dieses Wort niemals in den Sinn gekommen. Wie ihr auch viele andere Worte schon lange nicht mehr in den Sinn und erst recht nicht in den Mund kamen. Sklaventreiber! Nannte man so etwa einen Mann, der seine Frau mit Gewalt zur Arbeit zwang? Der seine Körperkraft dazu nutzte, ihr seinen Willen aufzuzwingen?

Kurt hatte schon längst aufgehört, sie zu manipulieren, mit Erklärungen zu besänftigen und ihre Liebe zu ihm auszunutzen. Sie lebten nicht mehr in der Großstadt und befanden sich nicht mehr unter vielen Menschen. Hier, in diesem entlegenen Teil des fremden Kontinents, war es nicht mehr nötig, irgendwelche zivilisatorischen Regeln einzuhalten. Hier lebte und werkelte jeder vor sich hin, völlig unbehelligt von seinen Nachbarn, die sich in nichts einmischten und Fremde blieben, außer man bemühte sich um ihre Freundschaft. Hier konnte Kurt seine Fassade, die er in Sydney noch mühsam aufrechterhalten hatte, ablegen und ganz er selbst sein. Und hinter dieser Fassade aus kerniger Gutmütigkeit und unbeholfener Höflichkeit, die ihm seine Arbeitskollegen nachgesagt hatten und die auch Johanna anfangs noch vermutet und später liebevoll verklärt hatte, lauerte unerbittliche Grausamkeit. Die Verbitterung über seine einsame, harte Kindheit war inzwischen längst zur Kaltherzigkeit mutiert.

Als er erwachsen geworden war und noch die Wahl gehabt hatte, sich selbst zu retten, indem er den Schutzpanzer aufbrach, der seine Seele vor dem Schlimmsten bewahrte, hatte er den einfacheren Weg gewählt und sich stattdessen noch tiefer in seine eigene emotionale Hölle zurückgezogen und dort den ätzenden Hass auf alles geschürt, was anders war als er. Doch dort hatte er dann auch endlich Linderung für die eiternden Geschwüre seiner Seelenverletzungen gefunden. Er entdeckte, wie gut es tat, böse zu sein. Die Schmerzen, die er Tieren und Menschen zufügen konnte, gaben ihm das Gefühl, mächtig und unabhängig zu sein. Er war der Herr, und die Ausübung seiner Tyrannei verlieh ihm eine ungeheure Befriedigung, die stärker und befreiender war als all die simplen sexuellen Praktiken, die er sich bereits als Kind angeeignet und mehrmals täglich ausgeübt hatte. Vor allem Johanna, die größer, imposanter und schöner war als jede andere Frau, die er je gesehen hatte, spornte ihn zu sadistischen Bestleistungen an. Sie war seine Muse. Er hatte sie sofort haben, besteigen *und besitzen wollen. Seine Macht, die darauf beruhte, dass er anderen Qualen zufügte, war eine Kunst, die er schon lange perfektioniert und mit dem Drang, sich auch als Mann zu beweisen, verbunden hatte. Als er das erste Mal das übermächtige Verlangen verspürt hatte, die Frau seiner Wahl mit allen Mitteln zu unterwerfen und sie sich so zu eigen zu machen, dass sie sich selbst aufgab und sogar um weitere seelische Grausamkeiten bettelte, nur um dadurch den körperlichen Schmerzen, die er ihr zufügte, entgehen zu können, war er so erregt gewesen wie noch nie zuvor. Natürlich wusste er, dass diese Neigung abartig und gesellschaftlich geächtet war, weshalb er sie auch instinktiv zu verbergen suchte. Vor Johanna, und vor all denen, die Johanna beeinflussen konnten. Er hatte sich krampfhaft bemüht, in ihrem direkten Umfeld besonders freundlich und höflich zu sein, aber Johannas Eltern hatten ihn leider sofort durchschaut. Nur Johanna war blind vor Liebe gewesen, und er selbst hatte sich auch vor ihr so lange wie möglich zurückgehalten. Hatte seine abartigen Wünsche so gut es ging unterdrückt und sie jedes Mal, wenn ihn die Lust überkommen und er sie ein wenig gequält hatte, gebeten, ihm zu verzeihen. Bis sie endlich in Lightning Ridge angekommen waren.*

Kurz nachdem die Freunde abgefahren waren, hatte Kurt begonnen, den Schacht gründlich zu untersuchen. Natürlich war der winzige Glitzerstreifen, den die drei Männer gemeinsam entdeckt hatten, erst der Anfang gewesen. Im Laufe der nächsten Wochen fand Kurt noch eine zweite tiefere und breitere Spur mit flachen Opalschichten, die sich für hochklassige Opaltripletten eigneten und sofort von den Händlern vor Ort aufgekauft wurden. In diesen hektischen, aufregenden Tagen hatte er Johanna angewiesen, die gefüllten Eimer so schnell wie möglich zum Schachtausgang zu schleppen, einen nach dem anderen, so lange, bis ihr vor Erschöpfung die Beine einknickten und sie auf dem Boden liegen blieb. Sie beklagte sich nie, was er schade fand. Und so schlug er sie manchmal im Vorbeigehen, aber sogar dann wimmerte sie nur ganz leise.

Als er die zweite Spur fand, verbot er ihr, mit ihm nach hinten zur Schürfstelle zu gehen. Es war sein Fund, sein Schatz, sein Eigentum! Nun war er derjenige, der die vollen Eimer zum Schachteingang brachte und dann laut nach ihr pfiff, damit sie angelaufen kam und ab da die weitere Arbeit im Schacht übernahm. Es kümmerte ihn nicht, dass sie mit ihren Eimern dem Ausstiegsloch dabei gefährlich nahe kam. So ganz alleine, ohne seine Aufsicht. Er wusste, dass sie sowieso nicht vor ihm fliehen würde, dafür hatte er gleich vom ersten Tag an gesorgt. Wenn er an ihrer Stelle gewesen wäre, hätte ihn nichts gehalten, um sofort abzuhauen, ja, er hätte auch später noch einen Weg gefunden, sich aus der Knechtschaft zu befreien, aber dafür war sie natürlich nicht klug genug.

15

Um sieben Uhr morgens war es bereits taghell, aber weder Eva noch Isabella wurden von den schräg auf ihr Bett fallenden Sonnenstrahlen geweckt. Erst gegen neun Uhr stöhnte Isabella leise auf und versteckte ihr Gesicht zwischen den Kissen, um ihre Augen gegen die quälende Helligkeit zu schützen, während Eva nicht einmal auf ihr Gejammere reagierte.

„Oh mein Gott“, wimmerte Isabella vor sich hin, „oh mein Gott, ich glaube, ich muss sterben!“

Das ging eine ganze Weile so weiter, bis sich Eva schließlich ganz langsam und vorsichtig aufsetzte. Sie studierte das Wasserglas neben ihrem Bett so intensiv, als müsste sie eine schwerwiegende Entscheidung treffen, und griff schließlich danach, um einen Schluck zu trinken. Dann ließ sie sich behutsam wieder auf die weiche Matratze zurücksinken.

Isabella jammerte noch immer. „Diese Kopfschmerzen … ich werde sterben …“

„So schnell stirbst du nicht!“

Eine Weile herrschte Schweigen. In Isabellas Schädel hämmerte es unentwegt, und jeder einzelne Pulsschlag löste eine neue Schmerzwelle aus. Eva litt weniger unter Kopfschmerzen, dafür fühlte sich ihr gesamter Körper wie zerschlagen an, und ihr war speiübel. So lagen sie still und leidend nebeneinander, bis Isabella schließlich wieder zu sprechen begann.

„Ich habe mich seit dreißig Jahren nicht mehr so schlecht gefühlt. Meinen letzten Kater hatte ich, als ich noch in Australien war, ich erinnere mich noch sehr gut. Es war auf einer total verkorksten Party, auf der ich mich wie ein Teenager, der seine Grenzen noch nicht kennt, betrunken habe. Lieber Himmel, da ging es mir am nächsten Tag genauso dreckig wie jetzt."

„Hast du Durst?", fragte Eva. Diesmal tastete sie blindlings nach ihrem Wasserglas und reichte es ihrer Bettnachbarin.

Isabella trank es in einem Zug leer. Wie unter Zwang fuhr sie fort: „Ich hatte damals eine Affäre mit meinem Boss, und als der mit seiner Frau zu unserer Party kam, bin ich ausgeflippt. Dieter war zu blöde, um etwas zu merken! Ich habe meinem damaligen Boss vor seiner Nase den Laufpass gegeben, und er hat es nicht einmal mitbekommen. Kannst du dir das vorstellen?"

„Ich glaube, ich muss mich übergeben!"

„Das ist doch gut, dann geht es dir danach wenigstens wieder besser", sagte Isabella. Eva erhob sich zittrig und tastete sich vorsichtig zum Bad. Kaum hatte sie die Tür hinter sich geschlossen, als auch schon unschöne Würgelaute durch die dünnen Gipswände drangen. Isabella beugte sich über das leere Bett, griff nach der Wasserflasche und schenkte das Glas wieder voll. Die Kopfschmerztabletten befanden sich leider in ihrer Handtasche, sie musste aufstehen, um sie zu holen. Nachdem sie zwei geschluckt hatte, legte sie sich wieder hin und wartete darauf, dass sie Wirkung zeigten.

Aus dem Badezimmer drang das Geräusch fließenden Wassers, und kurz danach kam Eva wieder mit frisch gewaschenem Gesicht ins Zimmer zurück.

„Geht es dir jetzt besser?“, erkundigte sich Isabella ohne großes Interesse.

Eva nickte schwach und legte sich wieder ins Bett. „Ich werde es überleben. Und du?“

„Fünfzig-fünfzig.“

„Hast du gerade gesagt, du hattest eine Affäre?“

„Mhm!“

Aber Eva war jetzt nicht in der Verfassung, um weiter nachzufragen. Sie fiel sogar in eine Art von Halbschlaf, in dem jede ihrer Bewegungen von ihren Magennerven mit Unmut registriert wurde. Isabella lag währenddessen bewegungslos auf dem Rücken und stöhnte zwischenzeitlich immer wieder leise auf.

Gegen Mittag bekamen sie schließlich Hunger. Sie duschten, schlüpften schnell in Jeans und T-Shirt und verließen das Motel, um auf der gegenüberliegenden Seite der Hauptstraße in ein Imbissrestaurant zu gehen, wo sie sich kurz entschlossen das große Mittagsmenü bestellten, weil es dazu die begehrten Pommes und einen halben Liter Cola gab. Der Hamburger war deutlich besser als bei McDonald's, trotzdem fand Isabella einen Grund zum Meckern. „Die Australier können einfach keine Chips machen. Konnten sie noch nie. Und der Salat wird immer noch ohne Soße serviert. Barbarisch!“

„Nur hier auf dem Land, da mögen es die Leute eben so. In Sydney gibt es dagegen die tollsten Salate“, verteidigte Eva die australischen Gewohnheiten.

„Ach ja“, spottete Isabella. „Sydney! Die Weltstadt!“

„Fang nicht schon wieder an“, warnte Eva, deren geschwächte Kondition noch keine Kritik vertrug. „Wenn es dir hier nicht passt, dann musst du eben wieder nach

Hause fahren, wo du deinen Salat so bekommst, wie du ihn haben möchtest. Hier bei uns sind die Gebräuche eben anders. Lass den Salat einfach stehen, oder frag nach Essig und Öl, und mach ihn dir selbst an, verdammt nochmal!"

„Hoppla", lenkte Isabella ein, wie immer, wenn sie merkte, dass sie zu weit gegangen war. „Entschuldige, wenn ich deine Landsleute kritisiert habe, aber ich kann mich noch gut daran erinnern, dass du dich früher ebenfalls über deren Essgewohnheiten beschwert hast."

„Hör endlich auf mit früher! Ich habe mich eben geändert, ist das denn so schwer zu begreifen?"

Isabella grinste. „Was, dir schmeckt jetzt unangemachter Salat? Grüne Blätter und Tomaten und Karotten im Rohzustand?"

„Nein, natürlich nicht. Aber ich rege mich nicht mehr darüber auf! Es ist einfach nicht wichtig!"

„Wie ein Kaninchen ..." Isabella formte eine Schnute und knabberte mit den Vorderzähen auf ihrer Unterlippe herum.

Eva musste lachen. „Hör auf damit." Ihr fiel Isabellas morgendliches Geständnis wieder ein. „Erzähl mir lieber, mit wem du eine Affäre hattest."

„Mit Hal."

„Hab ich also doch richtig gehört!" Eva war entzückt. Die Neuigkeit vertrieb ihre schlechte Laune augenblicklich „Erzähl!", befahl sie. „Sofort!"

„Was gibt es da zu erzählen? Hal und seine Frau kamen zu einer unserer Partys. Ich glaube, es war am Ostersamstag. Ich habe ihn vor seiner Frau bloßgestellt, und nach Ostern brauchte ich dann nicht einmal mehr in die Agentur zu kommen. Er hat mich um sieben Uhr morgens angerufen, mich gefeuert und mir ein ab sofort wirksames Hausverbot erteilt."

„Mannomann, das wusste ich ja gar nicht. Du hattest tatsächlich eine Affäre mit ihm? Das habe ich dir gar nicht zugetraut." Eva war so verblüfft, dass sie alles ganz genau wissen wollte. Wann, wie oft, wo und noch tausend andere unwichtige Dinge. Isabella gab ihr bereitwillig Auskunft, es war schon so lange her, sie brauchte ihren guten Ruf nicht mehr zu schützen. Sie erzählte unverblümt, bis Eva sie zuletzt nach dem Warum fragte.

„Da fragst du noch? Du hast Dieter doch gekannt. Er war wie ein Fähnchen im Wind. Nie hatte er eine eigene Meinung, immer zählte der Schein mehr als das Sein, ich konnte ihn einfach nicht mehr respektieren."

„Quatsch", entgegnete Eva. „Du hast dich immer nach ihm gerichtet. Und alles für ihn getan. Sein Wunsch war dir Befehl, oder täuscht mich mein Gedächtnis?"

„Mag sein", gab Isabella halbherzig zu. Sie hob ihr leeres Glas und bedeutete der Kellnerin, dass sie gerne noch eine Cola hätte.

Eva zeigte schnell zwei Finger, denn die Cola hatte ihren angeschlagenen Magennerven gutgetan, und ein zweites Glas konnte bestimmt nicht schaden. Dann fuhr sie unbeirrt fort: „Ich verstehe immer noch nicht. Dieter war doch ein ganz gut aussehender Mann! Hal hingegen war ein kleiner, aufgeblasener Werbefutzi mit Halbglatze. Willst du mir etwa weismachen, dass du in ihn verliebt warst?"

Isabella schüttelte den Kopf. „Natürlich nicht. Er war wirklich kein Adonis. Jenseits des Verfallsdatums und schwabbelig um den Bauch herum."

„Genau! Also, was war es? Seine Position in der Firma?"

Die Kellnerin brachte ihnen die beiden Colas und räumte den Tisch ab.

Isabella trank, genauso wie Eva, ihr Glas fast in einem Zug aus, verschränkte dann ihre Arme und lehnte sich nachdenklich zurück. Vielleicht war es langsam an der Zeit, die Wahrheit zu sagen. Sie fühlte sich irgendwie erleichtert, als sie endlich zugab: „Hal mag nicht besonders attraktiv gewesen sein, aber er war mein Boss. Ich habe mir dadurch Vorteile für Dieter – und damit auch für mich selbst – ausgerechnet."

„Man sagt wohl nicht zu Unrecht: Macht macht sexy", sinnierte Eva. Sie hatte nicht verstanden oder nicht verstehen wollen. Isabella als knallhart kalkulierende Liebesdienerin, das passte nicht in Evas Weltbild. „Und wir dachten alle, du hättest der Agentur gekündigt, nicht umgekehrt!"

„Das war Dieters Version!"

„Aber du hattest schnell wieder einen Job."

„Und das war das Beste, was mir passieren konnte", meinte Isabella. „Raus aus der kaputten Werbebranche, rein ins echte Leben. Die Import-Export-Branche liegt mir viel mehr. Gott, ist das lange her ... hör mal, es ist schon nach drei! Wir sollten langsam aufbrechen und zu Johanna fahren. Ich bin gespannt, wie es ihr heute geht."

Eva nickte zustimmend, und so machten sie sich auf den Weg. Erst kurz vor Jo Anns Anwesen verlangsamten sich ihre Schritte. Jo Anns schreckliche Beichte des letzten Abends stand wie ein Hindernis zwischen ihnen und dem Hoftor.

„Wie sollen wir reagieren?", fragte Eva, und Isabella verstand sofort, was sie meinte, wusste aber auch nicht, wie sie sich am besten verhalten sollten. „Hältst du es eigentlich für möglich, dass Kurt so etwas getan hat? Glaubst du eigentlich, was uns Johanna da gestern erzählt hat?", hakte Eva nach.

„Jo Ann", wurde sie von Isabella berichtigt, die sich gedanklich bereits umgestellt hatte.

„Dann eben Jo Ann", seufzte Eva. „Warum sollte sie uns belügen?"

Isabella zuckte mit den Schultern. „Keine Ahnung. Vielleicht ist es für sie ja keine Lüge, sondern nur ihre Version der Wahrheit. Kurt war zwar ein ziemlicher Scheißkerl, ich persönlich habe ihn nie gemocht und ihm immer einiges zugetraut, aber was uns Jo Ann gestern erzählt hat ... ich weiß nicht, das ist schwer zu glauben. Kurt müsste ein Sadist ersten Grades gewesen sein, um so etwas tun zu können. Und Jo Ann müsste völlig jenseits von Gut und Böse gewesen sein. So etwas lässt man doch nicht mit sich machen. So etwas erduldet man doch nicht. Höchstens einmal, aber dann nie wieder! Sie hätte sich wehren müssen! Ich weiß nicht, wenn man so etwas zulässt, ist man doch nicht ganz richtig im Kopf ..."

„Willst du damit etwa sagen, dass Jo Ann verrückt ist und fantasiert?" Eva dachte ernsthaft darüber nach.

„Möglich!"

„Aber das würde ja bedeuten, dass sie in der Nacht, als Kurt starb ..."

„Was?", fragte Isabella.

„Oh, nichts. Mir fiel nur gerade ein, wie energisch und zielgerichtet sie in jener Nacht vorgegangen ist. Könnte sie damals auch schon verrückt gewesen sein? Nein, das glaube ich nicht." Eva verstummte und räusperte sich. Es war schwer, die richtigen Worte zu finden. „Nein, sie war ganz normal, und ich denke, was sie uns gestern erzählt hat, entspricht der Wahrheit. Kurt war wirklich ein Sadist! Du weißt doch selbst, wie gefährlich und gemein er sein konnte. Kurt war ein Verbrecher."

Isabella ging resolut auf das Hoftor zu. „Ich werden sie bitten, uns mehr zu erzählen."

„Ich finde, wir sollten sie nicht darauf ansprechen. Das ist doch alles so peinlich."

„Oh doch!" Isabella beschleunigte ihre Schritte. „Ich will es wissen! Ich *muss* es wissen!"

Sie ging nun so schnell, dass Eva kaum mithalten konnte. „Warum ist dir das plötzlich so wichtig? Es kann dir doch egal sein. Kurt ist tot, was passiert ist, interessiert niemanden mehr! Das hast du selbst gesagt."

„Falsch!" Isabella blieb wieder stehen, und Eva wäre beinahe in sie hineingelaufen. „Wenn Kurt so ein Schwein, so ein sadistisches Monster war, dann wäre es doch nachvollziehbar, wenn Jo Ann ihn im Affekt getötet hätte. Ich meine, sollte es jemals dazu kommen, dass sie eine Verteidigungsstrategie braucht. Verstehst du? Wenn sie Kurt wirklich nach all der Zeit identifizieren können und Jo Ann beschuldigen, den Jagdunfall vorgetäuscht zu haben, weil sie etwas Schlimmeres vertuschen wollte, dann ist ihre Geschichte doch zumindest eine Erklärung. Und keine schlechte! Sie kann behaupten, dass sie aus Notwehr gehandelt hat. Und das können wir bestätigen, Kurt war ja wirklich ein ziemliches Ekel. Dafür müssen wir aber die Wahrheit von Jo Ann erfahren. Sie muss uns alles erzählen."

Eva war schockiert. Das konnte einfach nicht wahr sein! Isabella bastelte sich offenbar allen Ernstes ein Szenario zusammen, in dem sich Jo Ann für eine Tat rechtfertigen sollte, die sie überhaupt nicht begangen hatte. Isabella begab sich mit ihrem Gerede in Teufels Küche.

„So schlimm war Kurt nun auch wieder nicht“, meinte sie deshalb halbherzig.

„Lass die Schönfärberei“, wiegelte Isabella ziemlich heftig ab. „Er war ein Macho, ein Kontrollfreak!“

„Das waren alle unsere Männer. Dieter war nicht viel besser als Kurt, und Uwe auch nicht!“

„Aber keiner war so selbstherrlich wie Kurt. Man konnte mit ihm doch nie über irgendetwas diskutieren. Er hatte immer Recht und ließ keinerlei Einwand zu. Vor allem nicht bei Jo Ann. Wenn ich es mir recht überlege, hat er sie sogar bis zur eigenen Selbstaufgabe hin dominiert. Sie hatte ja gar keine eigene Persönlichkeit mehr. Im Gegenteil zu gestern Abend. Da hat sie geredet und getrunken, so kenne ich sie gar nicht – oder du vielleicht?“

Eva resignierte. „Nein! So war sie früher nie, das stimmt. Also gut, wir werden sie auf diese unglückselige Geschichte ansprechen. Aber sei nicht so hart mit ihr und wirf ihr nicht gleich vor, dass sie uns ein Lügenmärchen aufgetischt hat. Und nenn sie bitte auch nicht verrückt oder bezichtige sie des Mordes an Kurt ... das wäre ja nun wirklich ein starkes Stück.“

Aber Isabella hörte ihr schon nicht mehr zu. Sie rief lauthals nach Jo Ann. „Hallo, wir sind es. Komm und mach uns auf. Ich rühre dieses Tor nicht an.“

„Jo Ann!“, rief nun auch Eva in Richtung des Wohnhauses, und erst jetzt fiel ihnen auf, dass keiner der beiden Hunde angeschlagen hatte. „Jo Ann!“, riefen sie nochmals.

Wieder keine Antwort. Da bemerkten sie, dass Jo Anns Auto nicht im Hof stand.

„Sie ist nicht da.“ Isabella sah Eva verdutzt an. „Aber wir hatten doch ausgemacht, uns nachmittags hier zu treffen? Oder war sie so betrunken, dass sie es vergessen hat?“

„Vielleicht ist sie auf einem anderen Weg zum Motel gefahren, um uns abzuholen? Oder sie ist einkaufen gefahren", überlegte Eva laut. „Was machen wir jetzt?"

„Wir gehen zum Motel zurück", schlug Isabella vor. „Und wenn wir sie dort auch nicht antreffen, hinterlassen wir ihr eine Nachricht, dass wir im Pub sind."

„Bist du nicht mehr bei Trost? Es ist drei Uhr nachmittags!"

„Na und? Ein einziges, winziges, kühles Bierchen wird uns guttun. Und ich wette, Jo Ann wird ebenfalls über kurz oder lang dort auftauchen."

Eva verdrehte die Augen. Sie würde zwar mitgehen, aber keinesfalls auch nur einen Tropfen Alkohol trinken. „Wie kommst du darauf?"

„John!", erklärte ihre Freundin. „Zwischen den beiden liegt etwas in der Luft. Aus denen wird noch ein Paar. Jo Ann ist sich dessen nur noch nicht bewusst. Da werden wir wohl erst ein bisschen nachhelfen müssen."

„Wenn du meinst." Eva ging nun neben ihr her und versuchte wieder mit ihrer energisch dahineilenden Freundin Schritt zu halten. Isabella war wie ein Tier, das Witterung aufgenommen hatte. Sie fragten an der Rezeption ihres Motels nach Jo Ann, aber keiner hatte sie gesehen. Also marschierten sie weiter zum Pub, wo sie Jo Anns Auto schon von Weitem direkt vor dem Eingang parken sahen.

„Siehst du", triumphierte Isabella. „Ich hatte Recht! Sie sitzt gemütlich bei John und vertreibt ihren Kater mit einem kleinen Drink."

Tatsächlich, dachte Eva. Jo Ann sitzt in der Kneipe, also können ihre Sorgen wohl nicht ganz so groß sein. Aber sie hatte sich getäuscht, denn drinnen im Pub war das Drama in vollem Gang.

Die Tür war nicht verschlossen, und so traten Eva und Isabella ein und warteten, bis sich ihre Augen nach der grellen Nachmittagssonne an das Halbdunkel des Raumes gewöhnt hatten. Schließlich entdeckten sie weit hinten im Lokal ein einsames Paar an einem Tisch direkt neben dem Tresen. Ansonsten war der Raum menschenleer, obwohl das Pub um diese Uhrzeit bereits geöffnet war. Doch normalerweise verirrte sich zu dieser Tageszeit noch kaum ein Gast ins Pub, und John nutzte die Stunde, um sauber zu machen und alles für den Abend vorzubereiten.

Heute musste er sich jedoch um Jo Ann kümmern. Er saß neben ihr und hatte seinen Arm um sie gelegt, während sie mit hängenden Schultern und nach vorne gebeugtem Körper schluchzend am Tisch saß und in dieser Position jeden Moment in sich zusammenzusacken drohte. Johns Umarmung würde in diesem Fall nicht allzu viel nutzen, sie war mehr dazu angetan, Jo Ann zu beruhigen, als sie zu stützen.

Eva und Isabella gingen auf die beiden zu und fragten besorgt, was denn so Schreckliches passiert sei. Jo Ann antwortete mit einem wütenden Aufheulen, das in ein Stöhnen überging, schlug mit der Faust auf die hölzerne Tischplatte und verbarg dann ihren Kopf in den verschränkten Armen und weinte haltlos weiter.

Die Freundinnen waren zutiefst erschrocken. Was auch immer geschehen war – es musste furchtbar sein. Sonst hätte Jo Ann niemals so heftig reagiert.

John streichelte ununterbrochen sanft über ihren Rücken. „Es ist wegen Ben“, erklärte er. „Jo Ann musste Ben einschläfern lassen. Erst heute Mittag, und jetzt ist sie hier, um mir Tiger in Pflege zu geben.“

Isabella hätte beinahe schallend aufgelacht. Das konnte

ja wohl nicht wahr sein, der ganze Zirkus nur wegen eines Hundes – und sie hatte schon das Schlimmste befürchtet.

„Wie schrecklich", sagte Eva und legte ihre Hand tröstend auf Jo Anns Schulter. „Das tut mir leid. Warum musste er denn eingeschläfert werden? War er krank oder hatte er einen Unfall? Oder ..." Sie zögerte, weil ihr der zweite Hund einfiel. Hatte dieser vielleicht ...?

„Nein, Ben war heute morgen ganz apathisch, als ihn Jo Ann aus der Werkstatt holen wollte", erklärte John weiter. „Der Tierarzt meinte, es sei das hohe Alter, er könne nichts mehr für ihn tun. Es wäre nur noch Tierquälerei gewesen."

„Tja!", meinte Isabella, der keine echten Worte des Trostes einfielen. Sie hatte nie ein Haustier gehabt. „Du hast ja schließlich noch den anderen."

Jo Ann hob den Kopf und starrte Isabella an. Sie runzelte die Stirn und wollte etwas antworten, aber ihre Worte wurden von neuen Tränen erstickt.

Die Frauen rutschten auf die Bank, Eva neben John und Isabella neben Jo Ann.

„Hat sie nicht", entgegnete John. „Das ist es ja. Sie hat mir eben Tiger gebracht. Sie will ihn hierlassen, wenn sie nach Sydney fährt."

„Warum will sie denn nach Sydney?", fragte Isabella ihn über Jo Anns Kopf hinweg, als ob diese nicht mit ihnen am Tisch sitzen würde.

John zuckte mit den Schultern, diese Frage konnte er nicht beantworten.

„Jo Ann, warum willst du nach Sydney", fragte Isabella eindringlich. „Ist etwas geschehen, was wir wissen müssten? Bitte, sag es uns. Was ist denn los?" Sie warf einen schnellen Seitenblick auf John, der sie interessiert und, wie sie fand, äußerst kritisch musterte.

„Sie hat mir alles erzählt", sagte er ernst, während Jo Ann so abwesend wirkte, dass die anderen automatisch von ihr in der dritten Person zu sprechen begannen.

„Ich weiß Bescheid über euer Geheimnis von damals", fuhr John fort. Und als er den Schrecken in ihren Gesichtern sah, beschwichtigte er: „Keine Angst, von mir erfährt niemand ein Sterbenswörtchen. Abgesehen davon habe ich trotzdem keine Ahnung, warum Jo Ann nach Sydney will. Beim besten Willen nicht. Sie hat mir den Grund dafür noch nicht genannt."

Evas Magennerven rebellierten, und sie fühlte sich wieder so elend wie am Morgen, als sie aufgewacht war. „Hat sie dir wirklich alles von damals erzählt, John? Alles?", wollte sie entsetzt wissen.

„Ich nehme an, dass es alles war. Zumindest weiß ich um eure Angst, dass man das kleine Lügengebilde, das ihr zu eurer Verteidigung erfunden habt, aufdecken könnte. Und dass das gefundene Skelett höchstwahrscheinlich der sterbliche Überrest von Jo Anns früherem Mann ist. Und ich weiß auch, wie er umgekommen ist!"

Isabellas Hände krallten sich in Johannas Schultern, als wollten sie die Freundin schütteln. „Wie konntest du nur? Bist du von Sinnen? Was hat dich dazu getrieben, du dummes Ding?"

Jo Ann stutzte und hob den Kopf. Warum reagierte Isabella plötzlich so aggressiv? Bisher hatte sie sich doch immer so unschuldig gegeben. „Ihr könnt John vertrauen", sagte sie gedankenverloren.

In Isabellas Stimme lag purer Zynismus. „Ach, wirklich?"

„Lass es gut sein", mahnte Eva leise. „Wir können uns bestimmt auf John verlassen."

„Den Teufel werden wir tun!“, keifte Isabella. Sie hatte Jo Ann losgelassen „Seid ihr denn alle übergeschnappt? Vertrauen? Einem Kneipenwirt? Bei der nächsten Lokalrunde wird unser kleines Geheimnis ausgeplaudert. Das ist eine Bombengeschichte, die man nicht für sich behalten kann. Ihr seid naiv, wenn ihr einem Wirt ein Geheimnis anvertraut. Naiv und blöd! Aber das warst du schon immer, Jo Ann. So naiv, dass es wehtut. Einem Gastwirt, in einer Kneipe – du musst total übergeschnappt sein!“

John schien nicht weiter gekränkt zu sein, aber Jo Ann erwachte mit einem Schlag wieder zum Leben, setzte sich ruckartig auf und schrie zurück: „Halt die Klappe, Isabella! *Du* bist naiv! Du bist diejenige, die nichts versteht. Ja, genau, du kapierst nicht, worum es wirklich geht, willst aber mitreden! Immer alles besser wissen und den anderen sagen, wo es langgeht. Das war schon immer deine Masche. Nur diesmal kommst du mit deiner Überheblichkeit nicht weiter. Du hast überhaupt keine Ahnung. Nichts weißt du! Aber mir willst du vorschreiben, wann ich den Mund aufmachen darf und wann nicht. Ich sage dir, du hältst jetzt endlich einmal in deinem Leben deine große Klappe und hörst den anderen zu!“

Isabella war von Jo Anns Ausbruch nicht beeindruckt, im Gegenteil, sie sprang auf und schrie genauso laut zurück. „Was soll ich mir denn anhören? Dass wir jetzt munter alle unsere Freunde einweihen können? Hast du total den Verstand verloren? Da können wir doch gleich eine Zeitungsannonce aufgeben, hier und in Sydney. *Johanna Strobel hat gelogen* lautet die Schlagzeile! Sie hat ihren Mann nicht zur Jagd gefahren! Der war schon längst tot, während sie mit ihren Freundinnen noch beim Frühstück saß. Erinnerst du dich? Du warst doch diejenige, die Eva gebeten hat, dein

Lügenmärchen abzusichern – und jetzt plauderst du alles aus! Da will ich nicht mit reingezogen werden. Was auch immer du vertuschen willst, es geht mich nichts an! Ich habe überhaupt keine Lust auf den ganzen Scheiß, den du da aufwühlen willst!"

Was genau wusste Isabella eigentlich noch von den damaligen schlimmen Ereignissen? Konnte sie sich wirklich nicht mehr daran erinnern, wie Kurt gestorben war, wunderte sich Jo Ann im Stillen und antwortete deutlich leiser: „Die Situation hat sich seitdem geändert! Versteh doch endlich, er ist gefunden worden, mit einem Loch im Schädel, und sie werden Fragen stellen. Was soll das alte Versprechen an Eva da noch nützen? Wen soll es schützen?"

„Dich!", beharrte Isabella stur. Sie stand vor dem Tisch und warf Eva einen flehenden Blick zu. „Versuch du es. Irgendjemand muss ihr doch begreiflich machen, wie unsinnig es ist, nach Sydney zu fahren. Verflucht, was soll die ganze Panik?"

Eva wollte die Situation entschärfen, indem sie das Thema wechselte, und fragte: „Hat Ben sehr leiden müssen?"

Jo Ann schüttelte den Kopf. „Es ging ganz schnell. Das ist es ja! Gestern war er noch putzmunter. Es gab überhaupt keine Anzeichen dafür, dass er Schmerzen hatte oder krank war. Und heute Morgen ..." – sie presste die Augenlider zusammen, um die von Neuem aufsteigenden Tränen zurückzuhalten –, „... heute morgen lag er dann völlig apathisch da, ich musste ihn sogar ins Auto tragen! Stellt euch das vor ... er hatte einfach nicht mehr die Kraft ... er konnte nicht einmal mehr ..."

„Schon gut", sagte Eva. „Und weiter?"

„Ich habe ihn in die Tierklinik gebracht." Jo Ann

schnäuzte sich in ein Papiertaschentuch, das ihr John gereicht hatte. „Dort haben sie ihn untersucht, und dann hat Doktor Roth gemeint, es sei besser ... es sei wohl besser, wenn wir ihn ..." Alle warteten, bis sie sich wieder so weit beruhigt hatte, dass sie fortfahren konnte. „Danach durfte ich ihn mit nach Hause nehmen. Doktor Roth hat gesagt, ich soll ihn im Garten beerdigen, das hätte er verdient. Das sei ich ihm schuldig. Die letzte Ehre soll ich ihm erweisen, dann würde ich mich auch besser fühlen."

Eva verstand schneller als Isabella, die noch immer, fassungslos über die neue Thematik, mit der sie absolut nichts anfangen konnte, mit hängenden Armen und verstörtem Gesichtsausdruck vor ihnen stand. „Und dann hast du gedacht, was für den Hund richtig ist ..." Eva konnte und wollte den Satz nicht beenden.

„Ja, ich will Kurt zurückholen und hier begraben", bestätigte Jo Ann. „Nur dann kann er Ruhe finden. Und ich auch."

„Aber Jo Ann", begann Isabella nun wieder und rutschte zurück auf die Bank, „das kann doch nicht dein Ernst sein! Nach all den Jahren ..."

„Ich habe in all den Jahren keine Ruhe gefunden", sagte Jo Ann bestimmt. „Du vielleicht?"

Es war nicht nötig, zu antworten. Die Frauen sahen einander bedrückt an. Keine von ihnen hatte seitdem Ruhe gefunden, sofern man unter Ruhe das Glück verstand, ein unbeschwertes Leben führen zu können. Ohne andauernde innere Zweifel und ohne die vielen halb durchwachten Stunden, in denen ein harmloser Schatten plötzlich Kurts Umrisse annehmen konnte.

John versuchte dem Gespräch wieder eine neue Wendung zu geben. „Ich denke Jo Ann hat Recht, und ihr solltet alle miteinander zurück nach Sydney fahren und euch dort erkundigen, was die Polizei tatsächlich mit den Knochenresten vorhat. Und ob sie der Sache wirklich so viel Bedeutung beimisst. Es ist vernünftiger, auf Tatsachen zu reagieren, als sich von Vermutungen tyrannisieren zu lassen. Den Kopf in den Sand zu stecken bringt euch jedenfalls nicht weiter. So, wie ich die ganze Sache sehe, hat außerdem niemand wirklich Schuld an dem, was mit Kurt geschehen ist."

„Ach", meinte Isabella in dem ihr eigenen schnippischen Tonfall, der ihr schon so oft geschadet hatte. „Ach, und was, bitte schön, weißt du schon von der ‚Sache', wie du das Ganze so schön nennst? Sollen wir etwa nach Sydney fahren und sagen: Hallo, Leute, hier sind wir! Wir wollen uns nur mal ganz unverbindlich nach dem Loch im Schädel des Skeletts erkundigen und eventuell unsere kleine Story von damals berichtigen. Wisst ihr, Kurt ist gar nicht jagen gegangen und hat sich auch nicht versehentlich den Schädel weggepustet. Jo Ann wird euch jetzt eine ganz andere Geschichte erzählen ... nur wissen wir noch nicht, was sie eigentlich erzählen will! Sie weiß es selbst noch nicht so genau – es kommt ganz darauf an, was *ihr uns* zuerst zu erzählen habt! Wie viele Knochen habt ihr denn gefunden? Nur ein paar? Fein, dann war der Unfallort wohl genau dort, wo Johanna gesagt hat, und es waren Tiere, die den Rest davon weggeschleppt haben! Eine Schädeldecke, die in hundert Teile zersplittert ist? Prima, dann war es selbstverständlich ein Schuss aus Kurts eigenem Gewehr! Oder lässt sich aus der verbliebenen Form des Schädels vielleicht eine andere Verletzung schlussfolgern? Dann werden wir eben einen anderen Unfall daraus machen! Und finden auch gleich einen neuen

Unfallort! Ach, ihr habt den ganzen Schädel? Mit einem einzigen Durchschuss, der nicht aus nächster Nähe erfolgt sein kann? Fein, dann hat er eben nicht Selbstmord begangen, und der Schuss wurde wohl, der stammt ... ja, von wem denn? Was, mein lieber John, sollen wir denen in Sydney nun genau erzählen?"

Jo Ann saß nun kerzengerade auf der Bank und starrte Isabella herausfordernd an. „Ja, Isabella, was sollen wir ihnen erzählen? Was habe ich denn mit Kurt angestellt? Was will ich denn, deiner Meinung nach, verbergen?"

Alle hielten den Atem an. Jetzt musste Isabella endlich Farbe bekennen. Aber die zögerte nur kurz, jedoch lange genug, um sich auf die Schnelle noch eine bestimmte Aussage zurechtlegen zu können. Ihre Antwort kam rasch und präzise: „Jo Ann, ich habe keine Ahnung! Ich weiß es nicht, und ich will es auch nicht wissen! Ich weiß nicht einmal, warum ich überhaupt hier bin. Ich frage mich schon die ganze Zeit, warum ich noch einmal in diese gottverlassene Ecke des Landes gefahren bin, ja, warum ich überhaupt nach Australien wollte."

John brach das darauf folgende Schweigen, weil er merkte, dass Eva und Jo Ann nicht mehr weiterwussten. Er meinte, Jo Ann könne doch nach Sydney fahren und sich dort bei den zuständigen Stellen erkundigen, auch ohne gleich mit der Tür ins Haus zu fallen. Sie brauche ja nur ein paar gezielte Fragen zu stellen, um den Stand der Ermittlungen zu erfahren. Sie war schließlich aus Lightning Ridge, eine Einheimische, die einfach neugierig war und über deren Interesse sich niemand groß wundern würde. Erst danach, wenn sie mehr Fakten gesammelt hätten, sollten sie sich dann über den nächsten Schritt Gedanken machen.

Isabella beruhigte sich und musste ihm, wenn auch nur ungern, Recht geben. Wichtig war vor allem, das eigene Handeln nicht von reinen Vermutungen leiten zu lassen. Sie bat John, ihnen ein frisches Bier einzuschenken, damit sie besser nachdenken konnten. „Mit unseren Brummschädeln sollten wir heute lieber nicht mehr losfahren“, lenkte sie ein, „sonst landen wir noch am nächsten Baum, egal wer von uns dreien am Steuer sitzt. Aber wenn du darauf bestehst, Jo Ann, und dich dadurch besser fühlst, fahren wir halt in Gottes Namen morgen nach Sydney. Was hältst du davon, Eva?“

„Einverstanden“, bestätigte diese. „Wir können uns dann auf der Fahrt überlegen, wie wir weiter vorgehen wollen.“

Isabella war der gleichen Meinung. Sie würden lange genug unterwegs sein, um Jo Anns Panik in den Griff zu bekommen und gemeinsam einen sinnvollen Plan zu entwickeln.

John kam mit vier Bierflaschen und vier Gläsern wieder an den Tisch zurück. „Jo Ann, du brauchst dir keine Sorgen um Tiger zu machen. Du weißt, er hat es gut bei mir.“

„Ja, ich weiß“, sagte sie. „Dabei wäre er so glücklich, jetzt endlich allein das Haus und den Garten bewachen zu können und mich nicht mehr mit Ben teilen zu müssen. Der arme Kerl! Versprich mir, dass du ihn bei dir behältst, bis ich zurück bin.“

„Natürlich! Klar!“

Sie schniefte. „Auch wenn es lange dauert?“

„Es wird nicht lange dauern“, sagte John. Aber keine der Frauen stimmte ihm zu. Plötzlich wurde ihnen bewusst, dass die Reise nach Sydney eine Entscheidung herbeiführen würde. Entweder würden sie sich endlich von der Vergangenheit befreien können, oder sie würden für den Rest ihres Lebens unter ihr leiden. Sogar Isabella, die bislang so unbeschwert aufgetreten war, hatte es aufgegeben, den Skelettfund zu bagatellisieren.

16

Am Tag vor Weihnachten waren sie schon frühzeitig wach geworden. Eva, weil ihr schlecht war, wie fast jeden Morgen, und Uwe, weil er so spät nach Hause gekommen war und noch packen musste. Um sechs Uhr morgens machten sie sich dann auf den Weg nach Mosman. Die Sonne war gerade über dem Meer aufgegangen, spiegelte sich noch rötlich in der ruhigen See und tauchte das Ufer in ein schimmerndes Licht, das einen weiteren warmen Tag ankündigte, einen perfekten Sommertag, niederschlagsfrei, wolkenlos.

Isabella und Dieter erwarteten sie bereits und wirkten erstaunlich ausgeruht.

Es dauerte über eine Stunde, bis sie die Stadt endlich hinter sich gelassen hatten, obwohl die Schnellstraße in nördlicher Richtung wenig befahren war und nahezu der gesamte Morgenverkehr auf der Gegenfahrbahn stadteinwärts drängte. Sie fuhren an Gosford vorbei und machten erst am Lake Macquarie Halt, um zu frühstücken. Auf der Terrasse des Strandcafés breiteten sie die Straßenkarte neben ihren Tassen aus und studierten die Route. Lightning Ridge war fast achthundert Kilometer von Sydney entfernt, und dieses Mal wollten sie die Fahrt genießen und sich etwas mehr Zeit gönnen als beim letzten Mal. Bis Newcastle ging es die Küste hoch, danach mussten sie auf den New England Highway abbiegen und durch das Hunter Valley ins Landesinnere fahren. Sie beschlossen, in dem berühmten Tal auf einem der idyllischen Weingüter ihre erste große Pause einzulegen, das Gut zu besichtigen und danach ein paar Flaschen billigen Weins zu kaufen. Johanna und Kurt erwarteten sie erst im Laufe des nächsten Tages, würden also in jedem Fall zu Hause sein. Eva hatte den beiden bereits vor Wochen, gleich nach ihrem Gespräch mit Isabella, ihren Reiseplan geschickt, und Johanna hatte sofort geantwortet und ihnen mitgeteilt, dass Kurt zwei Zimmer im Motel für sie reservieren würde.

Isabella war während der ganzen Fahrt aus einem unerfindlichen Grund schlechter Laune, aber Uwe und Dieter lachten und alberten herum wie zwei Schulabgänger, die ihre ersten Ferienstunden genossen.

Trotzdem waren sie durch das bildschöne Hunter Valley gefahren, ohne anzuhalten. Keines der Dörfer, die mit bunten Wegweisern zu versteckten Weingütern führten, reizte sie zur Besichtigung, also fuhren sie weiter, bis das Tal schließlich in sanfte grüne Hügel überging und die Landschaft immer flacher wurde.

Dieter hatte nach einer Sandwichpause das Steuer übernommen. Isabella, die ganze Zeit über so gut wie kein Wort gesagt hatte, saß neben ihm. „Wir sollten uns so langsam überlegen, wo wir übernachten wollen“, ließ sie sich nun vernehmen.

„Wir fahren einfach, solange es geht“, meinte Eva. „Es ist ja noch hell.“

„Ich habe aber keine Lust, in irgendeiner dieser baufälligen Hütten zu übernachten. Das widerliche Sandwich hat mir schon gereicht.“ Isabella schüttelte sich. „Eklig! Wie kann man nur so einen Dreck verkaufen!“

„Wir hätten uns ein paar belegte Brote mitnehmen sollen“, sagte Eva, die diesen Vorschlag schon im Vorfeld gemacht hatte. Aber Dieter hatte darauf bestanden, die Kosten für die

Fahrt zu übernehmen und sie alle einzuladen. Er wollte auch die Übernachtungen bezahlen, denn Uwe und Eva wären ansonsten durchgefahren, um Geld zu sparen.

„So weit kommt's noch, dass ich mir jetzt auch noch wie zu Studentenzeiten Stullen schmieren muss! Die sind doch nach ein paar Stunden alt und völlig ungenießbar. Man sollte doch wohl erwarten können, dass man unterwegs irgendetwas Vernünftiges zu essen bekommt." Isabella sprach das „irgendetwas" betont gedehnt aus und verdrehte dabei die Augen. „Das ist ja fürchterlich hier. Sieh dir das an! Keine Menschseele ist auf der Straße, niemand, nichts! Was für eine gottverdammte einsame Gegend. Da will man doch nicht tot über dem Zaun hängen, wie wir in Bayern so schön sagen!"

Eva sah sich um. Der australische Bush hatte sich endgültig durchgesetzt. Die herben Sträucher mit ihren braunen Stämmen sahen aus wie halbwüchsige Bäume. Noch war ihr Blattwerk durch den vielen Frühjahrsregen üppig, aber sie wuchsen nicht dicht aneinander, sondern mit großen kahlen Zwischenräumen, und manche waren von der Hitze des Vorjahres verdorrt und streckten nur ihre knorrigen Finger in den hellblauen Himmel. Das Gras unter den Bäumen bestand aus langen dünnen Halmen, mit viel klobigen Erdbrocken dazwischen. Eigentlich war es wunderschön! Die Harmonie der Farben war einzigartig, das Blau des Himmels hatte helltürkise Töne, die wunderbar zu den braun-weißen Hölzern und den hellgrünen Grasbüscheln passten. In den weiten Wasserlachen aus noch nicht ganz versickertem Regenwasser spiegelten sich die Farben klar und kühl. Das war der Busch! Karg, klar und flach, mit viel, viel Himmel darüber.

„Sie hat doch auch ihren Reiz, diese Landschaft", meinte Eva, die mit Uwe auf dem Rücksitz saß, und klopfte ihrer

Freundin von hinten sanft auf die Schulter. Eine Geste, die besagte: „Bitte, sei friedlich."

Isabella wandte sich an Dieter. „Also, was ist? Wo halten wir an?"

Als sie keine Antwort bekam, nahm sie die Landkarte aus dem Handschuhfach und studierte sie. „Wenn du willst, können wir noch bis Gunnedah fahren, das ist ein größerer Ort, dort gibt es bestimmt ein Motel."

„Wie weit ist es noch bis dahin?"

„Zirka fünfzig Kilometer."

„Und dann bis Lightning Ridge?"

„Noch einmal ungefähr dreihundertfünfzig Kilometer."

„O.K., das passt. Das dürfte dann Halbzeit sein."

Doch in Gunnedah gab es kein Motel, dessen Äußeres Isabella angesprochen hätte. Also gab Dieter Gas, fuhr durch die Ortschaft hindurch und hielt nach fast weiteren hundert Kilometern in Narrabri an. Aber auch dort sagte Isabella kein Motel zu. Allerdings war es inzwischen stockdunkle Nacht geworden, und sie alle waren viel zu müde, um noch weiterzufahren. Im einzigen Motel am Platz, in dem sie frisch frittierten Fisch und Chips mit Essigsoße bekamen, gingen sie nach dem Essen sofort auf ihre Zimmer und legten sich, nach einer kurzen Dusche, schlafen. Dennoch maulte Isabella trotz ihrer Erschöpfung noch kurz über die Jugendherbergs-Mentalität der Australier und die Unfähigkeit gewisser Gatten, für die Erfüllung der einfachsten Bedürfnisse zu sorgen, bevor sie sich in die viel zu harte Wolldecke einrollte und, mit dem süßen Gedanken an eine baldige Rückkehr in die Zivilisation, recht schnell einschlief.

Dieter ignorierte sie, wie immer.

Im Nebenzimmer lag Eva bereits auf dem Bett, als Uwe aus dem Bad kam. „Isabella ist ja furchtbar gereizt", sagte er.

„Hoffentlich verdirbt sie uns nicht noch den ganzen Urlaub. Das ist das letzte Mal, dass ich sie mitnehme."

Eva gab ihm sofort Recht.

„Nun mach schon, beeil dich!" Kurt trieb Johanna an. Sie brauchte viel zu lange für jede Ladung Holz. Wenn sie so weitermachte, würden sie nie fertig werden.

Johanna schleppte die schweren Bretter vom Hauptschacht, in den Kurt sie gestern Abend noch mit dem Seil herabgelassen hatte, bis zum Eingang des Nebenschachts. Immer drei auf einmal, mehr konnte sie einfach nicht tragen. Ihre Unterarme waren bereits vom splittrigen Holz aufgeschürft, und ihr Rücken schmerzte so sehr, dass sie sich kaum mehr aufrichten konnte. Und jedes Mal, kurz bevor sie den Holzstoß erreichte, den sie im Laufe des Tages zusammengetragen hatte, spürte sie den Zug der Kette an ihrem Bein. Sie legte ihre Ladung neben den anderen Brettern ab.

Kurt hämmerte währenddessen, ohne sich nach ihr umzudrehen, wie verrückt auf die Holzwand ein. Die Hälfte des Eingangs zu dem Nebenschacht, in dem er den Grundstock seines zukünftigen Reichtums vermutete, war bereits hinter den schweren Bohlen verschwunden. Weil sie glaubte, dass er nun genügend Holz haben würde, um den Eingang zu versperren, blieb sie hinter ihm stehen und wartete auf neue Anweisungen.

Plötzlich drehte er sich zu ihr um, legte langsam den Hammer auf den Boden, sah sie an und fluchte leise. Erschreckt wollte sie sich schnell zurückziehen, verfing sich mit den Eisengliedern der Fußkette aber an einem Stein und stolperte gegen die Felswand vor sich. Schon dachte sie, ihren Sturz aufgefangen zu haben und schnell aus seinem Blickfeld verschwinden zu können, als er sich bereits von hinten auf sie stürzte und sie mit seinem massigen Körper auf den feuchten Erdboden drückte. Dabei drehte er ihr Gesicht mit einem schnellen Handgriff nach unten und presste es so tief in die schlammige Erde, dass sie kaum mehr atmen konnte. „Hör zu, du Fotze", keuchte er, „hier wird nicht lange gefackelt. Die verdammte Wand muss fertig sein, ehe deine netten Freunde morgen ankommen, also wirst du dich gefälligst ein wenig anstrengen, oder du kannst die ganze Nacht hier unten bleiben. Hast du das kapiert?" Er lockerte seinen Griff, und sie hob ihr dreckverschmiertes Gesicht so gut es ging nach oben, um gierig Luft durch Mund und Nase zu saugen. Aber da griff er auch schon in ihr Haar, zerrte ihren Kopf noch ein Stück weiter nach hinten und zwang ihn dann wieder nach vorn. Vor und zurück, immer wieder drückte er ihr Gesicht nach vorne in den Schlamm und bog dann ihre Halswirbel wieder so weit nach hinten, dass sich ihre Schultern in einer forcierten Geste der Kopfnickens mit vom Boden hoben. „Ja! Ja! Ja!", sagte er dabei jedes Mal. „So ist es gut. Du verstehst, was ich meine. Immer schön ja sagen! Deine Freunde kommen morgen an ... Ja! Ja! ... Sie arbeiten hier, im Westschacht ... Ja! Ja! ... Und wenn sie fragen, warum der Ostschacht versperrt ist, sagst du, er ist gefährlich ... Ja! Ja! ... Einsturzgefahr, kapiert ... Ja! Ja! ..."

Als er ihr ein Büschel Haare ausgerissen hatte, suchte seine Hand neuen Halt. Er umklammerte ihren Nacken und bewegte ihren Kopf noch heftiger. „Und du bist ein braves Mädchen und hältst die Schnauze. Was in der Mine abgeht, geht diese verpissten Städter nichts an, klar? Nicht, woran ich arbeite, nicht, was ich gefunden habe, und nicht, was sonst noch so abläuft. Verstanden?" Mit einem letzten Ruck drehte er ihren Kopf nochmals ein Stück nach hinten und wünschte sich, dass sie schreien würde. Aber Johanna stöhnte nur mit fest zu-

sammengepressten Lippen, und als er sie losließ, fiel ihr Gesicht wieder nach unten. Er stand auf, und sie rappelte sich hoch. Wischte sich mit ihrem T-Shirt den Dreck vom Gesicht und eilte zurück zum Ausgang. Sie würde weiter Holz bringen, bis er ihr sagte, dass sie aufhören durfte. Sie hatte verstanden. Er grinste und rief ihr nach: „Ein falsches Wort, und du wirst hier unten auf Nimmerwiedersehn verschwinden! Kapiert? Ich lass dich hier unten verrecken!"

Johanna wachte um fünf Uhr morgens auf, wie immer. Aber zum ersten Mal seit Monaten sprang sie nicht automatisch von der Matratze auf, die direkt auf dem Dielenboden lag. Kurt hatte den Wohnwagen in Sydney gekauft und zum Haus umfunktioniert. Als Provisorium, bis sie sich ein richtiges Haus leisten konnten, hatte er gesagt, aber sie lebten nun schon seit ihrer Ankunft in diesem verrosteten, klapprigen Teil, das ohne Räder und mit seinem schiefen Blechdach über dem wackeligen Vorbau, in dem Herd und Waschstelle untergebracht waren, wie eine baufällige Hütte aussah. Johanna war sehr schnell klar geworden, dass dies ihr endgültiges Zuhause war. Für immer und ewig und alle Zeiten! Kurt würde alles Geld, das er in der Mine erwirtschaftete, wieder in die Mine investieren, in neue Geräte, mit denen er schneller fördern konnte, in Werkzeug und Fahrzeuge, und vielleicht sogar in einen neuen Claim. Aber bestimmt nicht in ein besseres Haus. Eines mit dichtem Dach und richtigem Boden.

Sie blieb ruhig liegen, während Kurt noch leise vor sich hin schnarchte, und sie wollte ihn nicht wecken. Der vergangene Winter war kalt gewesen. Der Wind hatte durch jede Ritze gepfiffen, und sie hatte nur eine dünne Zudecke gehabt. Manchmal hatte es so stark geregnet, dass das Wasser sogar zwischen den Blechplatten hindurchgelaufen und genau auf ihr

Lager getropft war. Johanna war so unendlich müde und rollte sich mit ihrer grauen Decke schläfrig zur Seite, in der Hoffnung, dass er es nicht bemerken würde. Denn wenn er aufwachte, würde er sie nicht mehr schlafen lassen.

Wenigstens war es jetzt nicht mehr so kalt. Es war bereits Sommer, sie musste nicht mehr frieren, und heute würden ihre Freunde kommen! Sie würde nicht in die Mine gehen müssen! Kurt hatte ihr gesagt, sie dürfe mit den Frauen zu Hause bleiben. Er hatte ihr sogar ausreichend Geld gegeben, um genügend Lebensmittel einkaufen zu können. Koch was Anständiges, hatte er ihr aufgetragen, ich will, dass sie sehen, dass es uns gut geht. Er musste ihr nicht erklären, was passieren würde, wenn die Frauen den gegenteiligen Eindruck gewinnen würden. Es fühlte sich an wie Urlaub. Eine ganze Woche, ohne Mine.

Leise und vorsichtig stand sie auf. Draußen wurde es bereits hell, und sie musste noch sauber machen, einkaufen und kochen. Alles fertig haben für den Besuch. Kurt würde heute alleine in die Mine gehen, ohne sie, tatsächlich ohne sie. Kurz tauchte der Gedanke an Freiheit in ihr auf, verschwand aber so schnell, wie er gekommen war. Wenn Kurt von der Mine zurückkäme und entdeckte, dass sie abgehauen war, würde er sie finden, wo auch immer sie sich versteckt hätte. Er würde sich von nichts und niemandem aufhalten lassen. Und dann würde seine Wut keine Grenzen mehr kennen. Sie zitterte leicht und zog sich ein Sweatshirt über. Es war doch noch recht frisch, wie jeden Sommermorgen um diese Zeit. Sie ging zum Herd, einem alten ausrangierten gusseisernen Unikum, machte darin Feuer und setzte Wasser auf. Die Arbeit wartete nicht, sie musste sich beeilen. Trotzdem wusste sie, dass sie heute endlich einmal wieder die Sonne sehen würde. Sobald Kurt das Grundstück verlassen hatte, würde sie sich vor die

Hütte setzen und etwas aufwärmen. Es würde ihr guttun, und danach könnte sie sich auch gestärkt den prüfenden Blicken der Freunde stellen.

Eva hatte Johanna einen Schal mitgebracht. Rosa, aus seidenweichem, durchsichtigem Material. Er fühlte sich so kostbar an, dass sie ihn gleich zur Seite legte. Isabella übergab ihr dagegen eine Flasche Whisky. „Für euch beide", sagte sie. „Fröhliche Weihnachten."

Kurt war noch nicht zurück, also saßen sie auf ein paar Holzkisten vor der Hütte, in der Sonne, die bereits so kräftig brannte, dass sie sich mit einer Plane und langen Holzstangen, die Uwe im Schuppen gefunden hatte, einen Sonnenschutz bauten. „Siehst du, Johanna", erklärte er ihr, während er die Stangen fachmännisch miteinander verstrebte, „so einfach ist das. Ihr habt alles Nötige im Schuppen. Wenn sich Kurt nur ein bisschen anstrengen würde, könnte man aus dieser Bude hier sogar noch etwas machen."

„Wir sind fast nie zu Hause", verteidigte sie ihn sofort.

Mit diesen Worten stand sie auf und ging in den Küchenanbau, um Tee zu machen. Isabella rief ihr nach, sie solle doch gleich die Whiskyflasche öffnen und mit nach draußen bringen.

„Sollten wir damit nicht besser warten, bis Kurt von der Arbeit zurück ist?" fragte Uwe gedehnt.

„Quatsch! Es wird noch genug übrig sein, wenn er kommt. Prost!" Ihre Laune besserte sich sichtbar, als Johanna mit der Whiskyflasche auf einem Tablett wieder ins Freie kam. Man konnte ihr vom Gesicht ablesen, was sie dachte. Wenn sie sich eine Woche lang sinnlos betrinken musste, um dieses Trauerspiel durchzustehen, dann sollte sie am besten gleich damit beginnen.

Kurt kehrte erst nach Einbruch der Dunkelheit zurück. Sie saßen immer noch vor der Hütte. Johanna hatte belegte Brote serviert, und sie begrüßten ihn mit der überschwänglichen Freude alter Kumpane, die sich lange nicht mehr gesehen hatten. Der Whisky half, über Kurts muffelige Reserviertheit hinwegzusehen. Dieter reichte ihm eine Tasse Tee, mit viel Zucker und einem großzügigen Schluck Whisky darin, und Kurt wurde gleich viel freundlicher. Er verschlang ein paar Brote, die Johanna eilig vor ihn hingestellt hatte, und mampfte noch immer, als er vorschlug, auf ein Bier in das Pub zu gehen. Zur Feier des Tages, denn morgen sollte es ganz früh losgehen.

Dieter und Uwe sagten, je früher, desto besser. Eva lachte, und Isabella, die ihre Teetasse schon dreimal nachgefüllt hatte, lachte mit. Ihr war es völlig egal, wann die Männer aufstehen mussten und was sie vorhatten.

Im Pub angekommen, begannen Uwe und Dieter Kurt sofort mit ihren Fragen zu überschütten. Sie wollten alles über das Opalschürfen wissen und waren deshalb gleich am Tresen stehen geblieben. Inzwischen hatte sich zwar sogar in Lightning Ridge herum gesprochen, dass ein Hausverbot für Frauen gesetzeswidrig war, doch sie waren in der Kneipe immer noch nicht gern gesehen, sondern lediglich geduldet. Und so hatte Kurt den Frauen auch gleich beim Eintreten bedeutet, sich an einen Tisch beim Fenster zu setzen, weit weg vom heiligen Tresen. Das war Uwe und Dieter nur recht, denn man hatte schließlich viel zu besprechen, was die Frauen nichts anging, und so hatte Dieter, nachdem er den rebellischen Gesichtsausdruck wahrgenommen hatte, mit dem Isabellas auf die gönnerhafte Tischzuweisung reagiert hatte, schnell noch hinzugefügt, dass die Frauen sich für ihr Gespräch sowieso nicht interessieren würden.

Wie wahr, dachte Isabella, wer will sich schon mit euch

langweilen, und setzte sich zu Eva und Johanna, mit denen sie so lange plauderte und Bier trank, bis ihr die heruntergekommene Kneipe recht hübsch und die Gesellschaft, in der sie sich befand, äußerst ansprechend vorkam.

Drei Tage lang ging das so. Uwe und Dieter ließen sich vom Motelbesitzer, einem resignierten alten Mann mit leeren Augen und gelblicher Lederhaut, jeweils mehrere Thermoskannen mit Tee, kalten Getränken und pfundweise Käse- und Wurstbrote zubereiten. Kurt holte sie dann vor Tagesanbruch ab, und danach waren sie bis weit nach Sonnenuntergang verschwunden. Isabella wachte jeden Morgen mit einem Kater auf, räkelte sich im Bett, froh, dass Dieter bereits fort war, und schlummerte noch so lange vor sich hin, bis Eva an ihre Zimmertür klopfte und darauf bestand, endlich loszuziehen. Nach dem Frühstück holten sie Johanna ab und fuhren zu dritt spazieren. Es gab nicht viel zu tun und nicht viel zu sehen. Eine einzige Straße führte vom Dorf zurück zum Highway, wo sie sich entscheiden konnten, entweder nach Norden oder nach Süden abzubiegen. Irgendwann suchten sie sich dann eine Stelle, an der sie den Wagen parkten und durch den Busch wanderten, immer schön in der Nähe des Highways, eine öde Unternehmung, die sie jeden Tag etwas früher aufgaben. Am dritten Tag nach Weihnachten dauerte ihr Spaziergang gerade mal zehn Minuten. Johanna war mit stoischem Schweigen durch das struppige Gehölz gestapft, aber Eva, die stets Bedenken wegen der Schlangen und Insekten hatte, bewegte sich fast immer vorsichtig und langsam am Rand der befestigten Straße entlang und jammerte dabei unentwegt über die Gluthitze und den fehlenden Schatten. Bis Isabella einfach stehen blieb und sich dieser Art von Beschäftigungstherapie endgültig verweigerte. Wieder im Wagen, trank sie heimlich einen großen Schluck aus der Wodkaflasche, die sie im Liquor Store erstanden und in ihrer Handtasche versteckt hatte.

Den Rest des Nachmittags verbrachten sie gelangweilt bei Johanna. Es war schwierig, eine Unterhaltung in Gang zu bringen und noch viel schwieriger, sie am Laufen zu halten. Johanna war wie immer wortkarg, und Isabella wurde mit jedem Griff zur Wodkaflasche kritischer und missgelaunter. Sie machte bald keinen Hehl mehr aus ihrem Abscheu vor dem Dorf und seinen Bewohnern, dem Staub und der Hitze und der ganzen ländlichen Umgebung. Sowie den verdreckten, verlausten Kötern, die vor dem Pub auf ihre ungepflegten Besitzer warteten. Alles Leute mit hässlichen Gesichtern und grobschlächtigen Körpern – einfach widerlich!

Wenn sie dann abends mit den Männern im Pub saßen, trank Isabella weitaus mehr als die zwei oder drei Bier, die sie sich bestellte. Niemand bemerkte, dass sie des Öfteren mit ihrer Handtasche unter dem Arm auf der Toilette verschwand. Eva und Johanna hatten auch keinen Blick dafür, dass Isabellas Augen im Laufe der gemeinsam verbrachten Stunden immer glasiger wurden und ihre Aussprache einen deutlichen Zungenschlag bekam, sie bemerkten lediglich, dass Isabella unruhig, fahrig und schlechter Laune war, doch sie führten dies darauf zurück, dass sie überhaupt nicht hier sein wollte. Und die Männer waren von der Arbeit in der Mine so hundemüde und gleichzeitig so aufgeputscht, dass sie, wenn sie endlich bei ihrem wohlverdienten Bier saßen, nur noch ein Thema kannten. Opale, Opale, Opale … und ihre bislang erfolglose Suche.

Aber sie waren weiterhin guten Mutes, und Kurt schürte den Enthusiasmus seiner Freunde mit begeisterten Erzählungen über die Erfolge anderer Schürfer. Erst letzte Woche hätte wieder einer der Nachbarn einen ganz großen Fund gemacht. Ganz in ihrer Nähe!

Am vierten Tag änderte sich alles. Isabella weigerte sich am Morgen aufzustehen. „Wozu sollte ich?", fragte sie Eva, die an ihrer Zimmertür geklopft hatte, nachdem Isabella auch nicht zum Frühstück erschienen war. „Ich bleibe einfach bis Samstag hier liegen. Das sind noch genau zweiundsiebzig Stunden, falls wir pünktlich abfahren! Und wenn du so gut bist und mir noch eine Flasche Whisky oder Wodka bringst, werde ich die Zeit bis dahin auch noch aushalten!"

Eva saß an ihrem Bettrand. „Sei nicht albern. Du kannst nicht einfach hier liegen bleiben."

„Warum denn nicht, zum Teufel nochmal?"

„Weil es noch drei ganze Tage sind."

„Oh Gott!" Isabella zog sich die Bettdecke über den Kopf. „Bring mir Alkohol, ich muss mich betäuben. Ich ertrag das nicht länger."

Eva überlegte, ob der Kommentar ernst gemeint war. Natürlich nicht. „Na, komm schon, ich kann doch nicht alleine zu Johanna gehen. Was würde sie denn denken?"

„Gar nichts! Sie ist so langweilig. Ich sterbe, wenn ich noch einen Nachmittag lang vor dieser grässlichen Hütte sitzen und krampfhaft nach einem Thema suchen muss, das euch möglicherweise interessiert und über das wir uns unterhalten können."

„Tust du ja gar nicht", beschwerte sich Eva. „Ich bin die Einzige, die sich bemüht, und jedes Mal, wenn ich etwas erzählen will, fällst du mir ins Wort und krittelst an mir, an Uwe, Johanna oder Kurt herum. Du könntest dich ruhig etwas mehr zusammenreißen und ein bisschen netter sein."

„Zu wem?"

„Zu mir und Johanna."

Isabella zog sich die Bettdecke wieder vom Gesicht und blinzelte ins helle Tageslicht. „Na gut, das mit dir und Johanna *sehe ich ein, aber über die Männer darf ich doch wohl herziehen, oder?"*

„Eigentlich nicht!"

„Kurt und Uwe sind nun mal ..."

„Ach, hör schon auf", stöhnte Eva.

„Aber ..."

„Uwe ist bei Weitem nicht so schlimm, wie du mir weismachen willst. Du kennst ihn nur nicht richtig. Außerdem ist er mein Mann ..."

„Also gut, ich bin ja schon still. Es steht mir nicht zu, über den Vater deines Kindes zu urteilen, dafür kenne ich Uwe tatsächlich zu wenig. Aber Kurt kenne ich gut genug. Der ist eine üble Nummer, und du kannst mir wirklich nicht verbieten, über dieses Schwein zu urteilen! Der Junge hat schlechtes Blut in sich, und ich würde ihm zu gerne mal so richtig Paroli bieten. So richtig zeigen, was ich von ihm halte, dem Wichser, dem eingebildeten ..." Sie war immer lauter geworden und wunderte sich selbst, woher ihr plötzlicher Zorn kam. Schließlich hatte ihr Kurt noch nie etwas getan. Er hatte sie zwar oft genug, wenn er sich unbeobachtet geglaubt hatte, in Gedanken ausgezogen und wie ein Stück Vieh hinter Gittern, das er zu gerne besessen hätte, begutachtet, um ... um was eigentlich? Was bildete sie sich da ein? Dass er sie begehrte? Und wenn schon? Da war er nur einer von vielen. Oder richtete sich diese ohnmächtige Wut, mit der sie auf Kurt reagierte, möglicherweise gegen ihren eigenen Mann, weil sie genau wusste, dass er sie, wenn es um seinen eigenen Vorteil ging, immer im Stich lassen würde, genau wie damals bei Hal? Dachte sie an Dieter, wenn sie sich vorstellte, wie sie Kurt am besten kränken und lächerlich machen konnte?

Wie auf Kommando fragte Eva: „Aber dein Dieter ist in deinen Augen wohl der absolute Supermann?"

„Nein, natürlich nicht. Er ist ein Waschlappen, der jedem Konflikt aus dem Weg geht. Keine Sorge, ich verherrliche meinen Angetrauten nicht. Ich weiß schon, wie er ist." Die Worte waren einfach so aus ihr herausgesprudelt, aber dank ihnen verstand sie auf einmal, wie sehr sie Kurt verabscheute – und ihren Mann verachtete. Endlich konnte sie in Worte fassen, was sie so sehr bedrückte und hinter einer Wand aus Alkohol zu vergessen suchte. „Aber Dieter ist lediglich feige und nicht gefährlich, so wie Kurt. Dieter ist ein arrogantes, verletzendes Arschloch, aber harmlos. Kurt dagegen ist hinterlistig und bösartig." Voller animalischer Triebe, wie ein Tier in der Wildnis, dachte sie, traute sich aber nicht, es auszusprechen.

Eva verstand überhaupt nichts. „Keine Ahnung, wie du auf diesen Unsinn kommst. Stehst du jetzt auf, oder nicht?"

„Mir ist übel!"

„Mir auch!" Eva erhob sich von der Bettkante. „Vergiss nicht, ich bin diejenige, die schwanger ist. Komm schon, die drei Tage stehen wir schon noch gemeinsam durch. Bitte!"

Stöhnend erhob sich Isabella. „Der Himmel möge es mir danken – denn hier auf Erden kann mir keiner vergelten, was dieses Opfer wert ist."

Worauf Eva lachen musste und ihr vorschlug, den Tag am besten damit zu beginnen, alles für ein schönes Abendessen vorzubereiten. Und so kauften sie im Lebensmittelladen alle Zutaten für eine Spaghettisauce, im Liquor Store eine Literflasche Chianti und gingen dann mit ihren vollen Einkaufstüten zu Johanna. Isabella erklärte sich bereit, die Sauce anzusetzen, und hantierte nun mit fahrigen Handgriffen in der Küche herum. Ihr war der Wodka ausgegangen, und sie hatte in Evas Anwesenheit nicht gewagt, Nachschub zu besorgen. Und die Weinflasche vorzeitig zu öffnen war ihr nun doch zu peinlich *vor den beiden Frauen, die träge vor dem Haus saßen und leise miteinander sprachen.*

„Du glaubst gar nicht, wie froh ich bin, dass ihr da seid", hörte sie Johanna sagen. Dieser schlichte Satz war so ungewöhnlich für ihre sonst so reservierte Freundin, dass Eva sofort ihren Arm um Johannas Schulter legte. Die Ehrlichkeit und Intensität, die in Johannas Worten lag, schockierte die ungewollt lauschende Isabella ebenso sehr wie Eva, und sie beschloss, die Weinflasche nun doch zu entkorken und diesem beunruhigenden Gespräch nicht länger zu folgen.

„Wir sind auch gerne da", log Eva.

Johanna schüttelte den Kopf. „Das ist etwas anderes. Dies ist bestimmt die schönste Woche meines Lebens."

„Sag das nicht. Das kann doch nicht dein Ernst sein?" Eva wartete, aber als Johanna nichts dazu sagte, fragte sie weiter: „Hast du denn die schöne Zeit auf dem Schiff ganz vergessen? Wir hatten doch viel Spaß miteinander. Und dann in Sydney? Das war doch auch eine gute Zeit. Warum soll diese Woche so viel besser sein als alle anderen zuvor? Bist du wirklich so gerne hier? Das hätte ich nie gedacht." Eva hatte wieder einmal alles völlig falsch verstanden.

Johanna beugte sich näher zu ihr und zwang sie damit, die unaussprechliche Wahrheit, die sich hinter ihren Worten verbarg, in ihren Augen zu suchen. Pein, unsägliche Pein und eine so große Hoffnungslosigkeit lagen in ihrem Blick, dass Eva die Tränen in die Augen schossen, als sie endlich verstand. Zutiefst erschrocken fragte sie: „Ist es wirklich so schlimm hier?"

Und als Johanna schwieg, fuhr sie fort: „Du hast gemeint, dies ist die beste Woche, seitdem du hier bist, richtig?"

Johanna schüttelte den Kopf. Was um Himmels willen hatte sie nur angerichtet? Wie hatte sie sich nur so weit vorwagen und sich dieser ihr mittlerweile fast fremd gewordenen Frau anvertrauen können? Wenn nun Kurt von diesem Gespräch erfuhr? Wenn Eva am Abend irgendetwas Falsches sagte? Nur noch drei Tage.

„Noch drei Tage. Ich danke dir", flüsterte sie. Und diesmal verstand Eva – nur drei Tage lang musste sie noch bleiben und schweigen, das konnte doch nicht so schwer sein.

In diesem Augenblick öffnete sich das wackelige Fliegengitter vor der Haustür, und Isabella trat aus der dunklen Schwüle der Hütte, die nach Knoblauch und Oregano roch und zudem vom Herdfeuer auf eine unerträgliche Temperatur aufgeheizt worden war, in die frische Wärme des sommerlichen Spätnachmittags.

„Wie angenehm", fächelte sie sich mit der Hand Luft zu. „Da drin ist es heiß und hässlich wie in der Hölle. Johanna, du musst wahnsinnig sein. Wie kannst du nur hier leben?"

Johanna blinzelte Eva eine kurze Warnung zu.

„Komm", forderte diese Isabella auf, „setz dich zu uns. Es ist wirklich schön hier draußen."

Worauf sich Isabella zu ihnen setzte und sich den restlichen Nachmittag, bis die Männer von der Mine zurückkamen, einmal mehr langweilte und noch keine Ahnung hatte, dass dies ihr letzter gemeinsamer Abend sein würde. Ein seltsamer Abend, denn zwischen den Männern herrschte Eiszeit, so als ob sie Streit gehabt oder eine Enttäuschung erlebt hätten. Sie wollten nicht einmal mehr auf ein Bier in das Pub gehen, sondern aßen ihre Nudeln, tranken den Wein und schwiegen vor sich hin. Bis Dieter schließlich ruckartig aufstand und, ohne jemanden dabei direkt anzusehen, verkündete, dass er morgen dringend nach Sydney zurückmüsse.

17

Jo Ann stand auf die Schaufel gestützt am offenen Grab und wartete, bis sich ihre Atmung wieder normalisiert hatte. Schweiß lief ihr über das Gesicht und mischte sich mit ihren Tränen. Ben lag nun als graues Bündel in der Grube zu ihren Füßen.

Noch immer konnte sie sich nicht dazu überwinden, Erde auf den Kadaver des Hundes zu werfen. Ben war ihr Gefährte gewesen, ihr Begleiter über viele Jahre hinweg, und ihn zu verlieren zwang sie im wahrsten Sinne des Wortes in die Knie. Sie warf die Schaufel zur Seite und setzte sich auf den Erdhügel, den sie seitlich der Grube angehäuft hatte. Wieder überrollte sie eine Welle des Schmerzes, noch schlimmer als beim Tierarzt, als sie neben Ben gestanden und ihn gestreichelt hatte, während ihm die tödliche Infusion verabreicht worden war. Auch schlimmer als im Pub, wo John versucht hatte, sie zu trösten. Und schlimmer als beim Abschied von Tiger, der gespürt hatte, dass sie ihn verlassen wollte, und sie nicht mehr angesehen hatte, während sie ihn kraulte.

Jo Ann saß auf der Erde und hatte nicht einmal mehr Tränen übrig, um den Schmerz zu lindern. Hatte sie jemals so sehr um einen Menschen getrauert? Sie konnte sich nicht erinnern. Noch nie hatte sie einen Menschen so geliebt, noch nie hatte sie so getrauert wie jetzt.

Ihr wurde übel. Sie beugte sich nach vorn und legte den

Kopf zwischen ihre Knie. Alles um und in ihr drehte sich, auch mit geschlossenen Augen. Die Gegenwart verzerrte sich, wurde schneller, drehte sich und wirbelte wild, bis sich der gewohnte Zeitrahmen verschob. Alles schien gleich, aber es war lange her. Der gleiche Himmel, die gleiche Erde, sie selbst, vor einem Grab. Sie saß auf dem Boden, im gleichen Halbdunkel wie jetzt, aber zu ihren Füßen lag nicht Ben, sondern Kurt, ohne den Schutz einer Decke, im feuchten Lehmboden. Im Dreck! Aber damals war sie nicht allein gewesen, Eva hatte neben ihr gestanden, und sie hatte keinen Schmerz gefühlt.

„Sie hat ihn umgebracht! Sie weiß es nur nicht mehr!“ Evas Stimme katapultierte Jo Ann zurück in die Gegenwart. Eva stand hinter ihr und blickte in Bens Grab hinab.

„Ich weiß, woran du denkst. Du fragst dich, genau wie damals, ob wir das Richtige getan haben. Hör auf, dich zu quälen. Isabella hat ihn umgebracht, das wussten wir schon damals, als sie so verstört und verletzt von der Mine zurückkam. Er wollte sie vergewaltigen, und sie hat sich gewehrt. Es war Notwehr, und unsere Entscheidung, ihr zu helfen, war richtig.“

Die Bilder in Jo Anns Kopf lösten sich auf, und sie erkannte das leblose graue Bündel vor sich wieder als das, was es wirklich war, während sie Evas Stimme lauschte und sogar den Sinn ihrer Worte verstand. Schwerfällig stützte sie sich ab, stand auf und wischte sich die erdverklebten Hände an ihrer Jeans sauber. „Damals war es richtig, aber ich frage mich, ob wir heute auch noch richtig handeln.“

Eva nahm sie vorsichtig am Arm. „Komm, lass uns ins Haus gehen und gemeinsam darüber nachdenken. Es ist nicht gut, wenn du alleine bist.“

„Bist du deshalb gekommen?“, fragte Jo Ann.

„Ja. Isabella ist noch im Motel. Sie hat sich für eine Stunde hingelegt und wird später nachkommen. Aber ich habe es dort nicht mehr länger ausgehalten. Ich konnte dich nicht länger alleine lassen.“ Eva wollte sie mit sich ziehen, aber Johanna weigerte sich. Erst wollte sie noch das Grab schließen.

„Ich helfe dir“, bot Eva an.

Gemeinsam schaufelten sie Erde ins Loch, wie damals. Die späte Sonne brannte auf ihren Rücken und warf lange Schatten über den lockeren Hügel, den Jo Ann mit der Schaufel ebnete und mit einer Topfpflanze schmückte.

Danach standen sie noch eine Weile neben dem frischen Grab, und Eva legte einen Arm um die weitaus größere Jo Ann und schwieg, bis ihre eigenen Gefühle sie zu überwältigten drohten und sie über ihre Zweifel zu sprechen begann. „Ich habe auch oft überlegt, ob wir uns anders hätten verhalten sollen. Ob es richtig war, Isabella zu schützen, oder ob es nicht besser gewesen wäre, einfach die Wahrheit zu sagen. Aber dann dachte ich an die Folgen. Wie entsetzlich peinlich alles für euch gewesen wäre. Für Isabella und für dich. Vor allem für dich. Schließlich war Kurt dein Mann.“

„Ich hatte nie Zweifel daran, dass wir richtig gehandelt haben“, antwortete Jo Ann. „Und sich im Nachhinein noch Gedanken darüber zu machen, ob es richtig war oder nicht, ändert sowieso nichts mehr. Nein, nein, es war die einzige Lösung. Kurt hatte es nicht anders verdient. Es ist Notwehr gewesen. Isabella hat aus Notwehr gehandelt. Noch heute sehe ich immer vor mir, wie sie blutend und völlig verstört zurückkam.“

Eva zog Jo Ann sanft am Ärmel ihres T-Shirts und ging

mit ihr ins Haus zurück. Dort bereitete sie ihnen einen Kaffee und belegte Brote, während Jo Ann sich duschte und umzog.

„Du musst etwas essen", sagte sie mit Nachdruck, als Jo Ann, mit lockeren Baumwollhosen und einem ärmellosen Trägerhemd bekleidet, wieder in der Küche erschien. Ihr Haar war noch feucht, die Schwellung um ihre Augen war etwas zurückgegangen, und sie selbst sah erschöpft und resigniert, aber weiblicher aus als sonst.

Sie nahmen am Küchentisch Platz, wo Eva mit ihren Ermahnungen fortfuhr: „Ich wette, du hast den ganzen Tag noch nichts gegessen. Du musst besser auf dich Acht geben und deine Nerven schonen. Hier, iss ein Brot, auch wenn dir nicht danach ist. Und dann werden wir miteinander reden. Red dir alles von der Seele. Ist dir eigentlich bewusst, dass wir seitdem nie mehr darüber gesprochen haben? Kein einziges Wort mehr? Ich kann es kaum glauben, wenn ich so darüber nachdenke. Waren wir wirklich so verklemmt?"

Jo Ann nahm das Brot, das ihr Eva entgegenhielt, legte es dann aber gedankenverloren wieder auf die Platte zurück. Sie schüttelte den Kopf. „Wir hätten uns geschämt, wenn alles öffentlich geworden wäre, hast du gesagt. Und dass es peinlich für Isabella *und* für mich gewesen wäre! Was für ein Wahnsinn! Als ob wir die Schuldigen gewesen wären. Aber natürlich hatten wir allen Grund, so zu denken. Was hätte Uwe gesagt? Und Dieter?"

„Uwe hätte vermutet, dass Isabella Kurt verführt hat."

„Genau!", sagte Jo Ann. „Und Dieter hätte genau das Gleiche vermutet, hätte ihr nie verziehen und ihr das Leben schwer gemacht. Und ich wäre von allen mit einer Mischung aus Mitleid, Neugierde und heimlicher Schuldzuweisung betrachtet und bedauert worden. Ja, auch ich hätte Schuld gehabt. Denn wenn ein Mann von seiner eigenen Frau bekommt, was er braucht, muss er nicht über eine fremde Frau herfallen. So denken die Leute doch."

„Wahrscheinlich." Eva schenkte ihnen Kaffee ein und schob eine volle Tasse samt Zuckerdose demonstrativ zu Jo Ann hinüber.

„Ganz bestimmt! Dabei habe ich mich Kurt nie verweigert. Weil ich immer Angst hatte, dass er sich dann an einer anderen vergreifen würde. Und das wäre meine Schuld gewesen. Aber es ist ja trotzdem so gekommen. Glaub mir, man spürt diese Schuld und diese Scham stets in seinem Inneren und hofft, dass sie nach außen hin nicht sichtbar wird. Dabei habe ich wirklich alles versucht. Aber er wollte immer mehr. Die Demütigungen waren ihm nie genug. Vielleicht weil man, hat man erst einmal damit begonnen, nicht mehr damit aufhören kann. Es wird nur immer schlimmer, für beide. Tatsächlich hatte ich umso weniger Mut, mich ihm zu widersetzen, je mehr er mich gedemütigt und verletzt hat."

Eva wollte sie nicht unterbrechen, musste Jo Ann die Frage aber stellen. „Hat er dir sehr wehgetan?"

Isabella schaufelte Zucker in ihre Tasse und rührte viel zu lange um. „Nicht so sehr körperlich als emotional. Er hat mich fast nie geschlagen oder verletzt. Aber er hat mich terrorisiert und mit meinen Ängsten gespielt. Mich gefesselt, festgehalten, ausgezogen, benutzt, Gott, er war so grausam, und er hat mich so gut gekannt. Er wusste genau, was mich am meisten schmerzt. Er war sich seiner so sicher. Aber er hat mir selten körperlich wehgetan, und es hat ja nie jemand gesehen, was er mir im Dunkeln antat. Unten, im Loch, wenn wir allein waren, da hat er sich schreckliche

Spiele ausgedacht. Da musste ich seine Sklavin sein, für ihn arbeiten, ihm zur Verfügung stehen. Er musste mir gar nicht wehtun, um sich meiner sicher zu sein. Wenn ich ihm nicht gehorcht hätte, wäre er einfach nach oben geklettert, hätte die Leiter hochgezogen, und ich wäre über Nacht allein in dem dunklen Schacht geblieben. Stell dir vor, die ganze Nacht, ohne Licht, im feuchten Lehm, mit den Schlangen ..." Sie hatte aufgehört, den Kaffee zu rühren, hielt einfach inne, den Löffel mitten in der Tasse. Dann, nach einer Weile, holte sie tief Luft, legte den Löffel zur Seite und fuhr fort. „Ich konnte ihm nie entkommen, er hat immer aufgepasst. Deshalb wollte er auch nach Lightning Ridge. Natürlich war er von den Opalen fasziniert, und die Idee, schnell reich zu werden, war auch nach seinem Geschmack. Aber vor allem gefiel ihm der Gedanke, mich im Busch total unter seiner Kontrolle zu haben. So einfach wäre das in Sydney nie für ihn gewesen. Dort hätte ich irgendwann die Möglichkeit gefunden, mich aus dieser Abhängigkeit zu befreien und zu fliehen. Aber hier? Raus aus dem Haus, rein ins Loch und wieder zurück, Tag für Tag. Monatelang. Jahrein, jahraus. Und immer die Angst, dass seine Demütigungen eines Tages in rohe Gewalt umschlagen könnten. Ja, die Angst war allgegenwärtig. Durch sie hat er mich beherrscht. Ich wusste, dass er seine Drohungen jederzeit wahrmachen konnte, und mir war vollkommen klar, dass ich dann auf grauenvolle Weise sterben würde. Glaub mir, es hat in ihm geschlummert, dieser Drang, alle und alles mit den Fäusten zu beherrschen."

Eva dachte an die Überfahrt nach Australien. „Er war es, der dich damals auf dem Schiff so fürchterlich zugerichtet hat, nicht wahr? Als wir dich an Deck gefunden haben und du behauptet hast, du wärest gestürzt."

„Ja, aber das wusste ich lange selbst nicht."

„Wie kannst du dann sagen, dass er dir körperlich nicht wehgetan hat, wo er dich doch so übel zugerichtet hat!"

Jo Ann nickte. „Ich war mir lange nicht sicher, ob er es war. Nein, das stimmt nicht, ich wollte nur nicht glauben, dass er es war. Es konnte einfach nicht sein, das war nicht der Kurt, den ich geheiratet hatte, verstehst du. Aber irgendwann, lange nachdem er begonnen hatte, mich wie sein Eigentum zu behandeln, wurde mir bewusst, warum er mir das auf dem Schiff angetan hat. Es sollte mir wohl eine Warnung sein und mir zeigen, wozu er fähig ist, wenn ich mich nicht so verhalte, wie er es will. Vielleicht wollte er aber auch nur ausprobieren, wie es ist, mich zu schlagen, und hat dabei festgestellt, dass es ihm keine große Befriedigung verschafft. Nein, das damals auf dem Schiff zählt nicht, und danach hat er mich nie wieder so brutal geschlagen. Er hatte andere Methoden!"

Die Platte mit den belegten Broten stand vor ihr auf dem Tisch, und erstaunlicherweise verspürte sie plötzlich Hunger. Sie nahm eine Scheibe und biss hinein. Das Brot schmeckte gut, und schweigend kaute sie weiter.

Auch Eva, die bislang noch nichts gegessen hatte, griff nun wahllos nach einem Brot, aß es, ohne auf den Geschmack zu achten, langsam auf und schenkte ihnen dann, als sie mit dem Essen fertig waren, noch einmal Kaffee nach. „Wenn ich gewusst hätte, wie grauenhaft Kurt in Wirklichkeit war!"

„Was wäre dann gewesen?"

„Dann hätte ich weniger Gewissensbisse gehabt, ihn so kaltblütig verscharrt zu haben."

„Unsinn", widersprach Jo Ann. „Du hattest doch überhaupt gar keine Gewissensbisse! Du warst so wütend in jener Nacht, dass du ihn sogar eigenhändig umgebracht hättest, wenn du die Möglichkeit dazu gehabt hättest."

„Ja, Isabella hat mir so unendlich leid getan."

„Eben! Und genau darum hatten wir auch beschlossen, Isabella zu schützen! Was Kurt ihr angetan hatte, war schon schlimm genug. Den Fall anzuzeigen, hätte sie nur zusätzlich belastet und außerdem nichts mehr geändert. Es ist schon so lange her, und doch weiß ich noch alles so genau, als wäre es erst gestern gewesen. Wir saßen hier, genau an dieser Stelle, nur die Möbel waren damals andere."

„Und wir waren ebenfalls andere", warf Eva ein. „Wir sind nicht mehr wie früher."

„Ich weiß nicht. Glaubst du wirklich? Sollten wir dann nicht nach Sydney gehen und endlich die Wahrheit sagen? Wovor habe ich eigentlich solche Angst? Schäme ich mich vielleicht noch immer?"

„Du weißt genau, warum wir zögern", sagte Eva. „Es ist wegen Isabella. Wir sind nicht sicher, ob sie die Wahrheit ertragen kann. Sie hat den gesamten Vorfall doch total verdrängt."

Jo Ann setzte ihre Kaffeetasse ab, legte den Kopf zurück und schloss die Augen. „Es ist immer wegen Isabella. Damals wie heute."

„Glaubst du das wirklich?"

„Ja! Kurt hatte schon lange geplant, sie zu erpressen. Ich wusste es und habe es trotzdem nicht verhindert."

„Was hast du gewusst?", fragte Eva.

„Isabella hatte eine Affäre mit ihrem Boss, und Kurt hatte es herausgefunden."

Eva war nicht überrascht. „Ich weiß, Isabella hat es mir erst heute morgen gestanden."

„Siehst du, es stimmt also, bisher war ich mir diesbezüglich nie ganz sicher. Kurt hat es mir irgendwann im Halbschlaf erzählt und sich damit gebrüstet, sie sich eines Tages mit seinem Wissen noch gefügig zu machen. Ich wusste dies und hätte sie vor ihm warnen müssen! Aber ich war zu feige dazu, trage also Mitschuld an allem, was danach geschehen ist. Wegen Isabella kam es zum Eklat, und wegen Isabella habe ich achtundzwanzig Jahre meines Lebens an diesem Ort verbracht."

Eva schwieg. Ihr fehlten schlicht und einfach die Worte. Außerdem war sie sich nicht sicher, ob sie überhaupt noch mehr erfahren wollte.

Aber Jo Ann ließ nicht locker. „Verstehst du mich? Hierzubleiben war die Strafe, die ich mir selbst auferlegt habe. Wie oft wollte ich schon meine Koffer packen und fortgehen, aber ich konnte nicht. Es trieb mich immer wieder zurück zur Mine. Sie war der Platz meiner Demütigung und meines Triumphes. Mein Gefängnis und meine Freiheit. Wir haben Kurt ganz nah bei der Mine begraben, ist dir das klar? Ich konnte nicht weg, weil ich solche Angst hatte, dass Fremde ihn finden würden, wenn ich die Mine aufgebe. Also habe ich die Jahrespacht für meinen eigenen und auch gleich für den verlassenen benachbarten Claim bezahlt, als sie einen Monat nach dem Unglück fällig wurden, und mir vorgenommen, noch ein weiteres Jahr hier auszuhalten. Nur noch ein Jahr. Bis dahin würde die Leiche verwest sein, und danach würde ich die verfluchte Mine ihrem Schicksal überlassen. Aber ich brachte es nie über mich, zu gehen. Ich fand immer genug, um davon leben zu können, bis ich mich schließlich an das Leben hier gewöhnt und mir vorgemacht habe, dass es hier gar nicht so schlecht wäre. Vielleicht war ich mir aber auch einfach nicht mehr sicher, woanders noch einmal von vorne beginnen zu können. Zuletzt kam dann auch noch die Sucht hinzu. Immer habe ich auf den ganz großen Fund gehofft, genau wie Mira. Um Kurt nachträglich noch eins auszuwischen! Es wäre schön gewesen, wenn ich durch seine geliebte Mine reich geworden wäre." Sie seufzte mit unverhohlener Verachtung. „Aber die verdammte Mine war genauso ein Reinfall wie meine Ehe. Und dies einzusehen hat mich die beste Zeit meines Lebens gekostet. Jetzt bin ich am Ende, Eva. Es gibt nichts mehr, wofür es sich lohnt, weiterzumachen. Aber jetzt ist Schluss. Ich weiß endlich, was ich zu tun habe. Ich gehe nach Sydney, nehme die Schuld auf mich, was ich schon vor langer Zeit hätte tun sollen, und bringe die unglückselige Geschichte damit endgültig zu Ende."

„Du willst dich stellen? Für Isabella?", fragte Eva erschüttert.

Jo Ann nickte. „Für Isabella. Wegen Isabella. Nenn es, wie du willst. Ich bin müde, und ich bin es leid, noch länger Angst zu haben."

„Du kannst unmöglich alles aufgeben."

„Ich habe nichts zu verlieren. Sieh dich doch um. Ich habe das Haus hier, aber es ist nur ein paar Dollar wert. Die Mine ist gepachtet und wirft nichts Nennenswertes mehr ab. Ich habe kaum etwas gespart, und meinen früheren Beruf kann ich nicht mehr ausüben. Wer nimmt schon eine Krankenschwester in meinem Alter, noch dazu, wenn sie seit fast dreißig Jahren nicht mehr gearbeitet hat? Ich habe keinen Partner, der mich versorgt, keine Versicherung und keine Rente. So gesehen bin ich im Gefängnis am besten aufgehoben." Sie lachte trocken. „Man sagt doch, drei warme Mahlzeiten und ein Bett, was will man mehr."

„Es muss einen anderen Weg geben, Jo Ann! Du bist jetzt nur verzweifelt und deprimiert, weil Ben tot ist. In diesem Zustand solltest du keine schwerwiegende Entscheidung treffen. Wir müssen gemeinsam einen Weg finden. Isabella kommt heute Abend hierher, dann können wir darüber reden."

„Nein!", rief Jo Ann wütend und schlug mit der flachen Hand auf den Tisch, dass die Tassen klirrten. „Kommt nicht infrage. Sie darf es nicht erfahren."

„Warum denn nicht?" Die Frage blieb unbeantwortet zwischen ihnen im Raum stehen, und beide Frauen hingen im Anschluss jeweils für eine Weile ihren Gedanken nach. Ja, warum denn eigentlich nicht?

Weißt du denn nicht mehr, dachte Jo Ann, wie wir beide reagiert haben, als Isabella am Morgen nach der Vergewaltigung aufgewacht ist? Wir wollten sie schonen! Sie schützen!

„Schluss damit!", sagte sie energisch. „Das bringt uns keinen Schritt weiter. Mein Entschluss steht fest. Ich werde der Polizei in Sydney erklären, aus welchem Grund ich Kurt getötet habe. Dass es Notwehr gewesen ist, weil ich mich vor ihm schützen musste. Vielleicht glauben sie mir, vielleicht auch nicht. Wir werden sehen."

„Und was geschieht mit uns?", fragte Eva.

„Isabella soll zurück nach Deutschland fliegen, damit sie aus der Schusslinie ist."

„Und was ist mit mir? Immerhin habe ich dir dabei geholfen, den Leichnam zu beseitigen, und werde deshalb sicher wegen Beihilfe oder etwas Ähnlichem belangt werden." Eva hoffte noch immer, ihrer Freundin die Unsinnigkeit ihres Plans vor Augen führen zu können.

„Kein Mensch außer mir weiß, dass du mir dabei geholfen hast – und dabei bleibt es auch. Also kann dich auch keiner der Beihilfe bezichtigen. Und sollte sich Isabella daran erinnern, wird sie ebenfalls schweigen. Also, wir bleiben dabei: Ich habe dich damals lediglich gebeten, meine Angaben auf dem Revier zu bestätigen, um die Angelegenheit schnell klären zu können, und du, als meine beste Freundin, hast dich dazu bereit erklärt. Eine kleine Lüge, das ist alles. Und dafür bekommst du höchstens eine Verwarnung, aber ich denke, sie werden Verständnis dafür haben, dass du mir beigestanden hast. Wir waren jung, gut befreundet, und du hattest keinerlei Verdacht, dass ich darüber hinaus noch etwas anderes getan haben könnte, geschweige denn, dass ich meinen eigenen Mann umgebracht habe ..." Sie klatschte von dieser Version begeistert in die Hände. „... und das stimmt sogar! Du warst immer überzeugt, dass ich ihm nichts getan habe, oder etwa nicht?"

„Ich *war* nicht nur überzeugt, ich bin es noch immer."

„Siehst du, darum geht es. Du musst nur bei der Wahrheit bleiben, und ich werde sagen, dass ich dich belogen habe."

„Wir haben im Protokoll aber angegeben, dass wir zusammen gefrühstückt haben, und du ihn danach in den Busch zur Jagd gefahren hast. Das haben wir unterschrieben!"

Jo Ann winkte ab. „Ja, natürlich. Aber es hat sich eben nicht so abgespielt, wie wir erzählt haben. Kurt hat sich am Abend davor fürchterlich betrunken und danebenbenommen. Er hätte am nächsten Tag überhaupt nicht auf die Jagd gehen dürfen, so betrunken, wie er war. Ich habe dich deshalb gebeten zu behaupten, ihn am Morgen noch gesehen zu haben. Weil es mir peinlich war, dass er so besoffen gewesen ist. Fertig! Mehr gibt es nicht zu sagen."

Jetzt hatten sie sich tatsächlich auf eine Diskussion über den möglichen Tathergang eingelassen. „Aber er war doch gar nicht auf der Jagd. Kurts Überreste wurden doch in der Nähe der Mine gefunden!"

„Weil ich ihn dort getötet habe! Kurt und ich sind eben, bevor er zur Jagd ging, noch mal zur Mine, weil wir dort Werkzeug holen oder nach dem Rechten sehen wollten. Dort gab es wieder einmal Streit, weil er so betrunken war. Er hat mich bedroht, wollte mich verprügeln, da hab ich ihm den Schädel eingeschlagen. Er war sofort tot, und weil ich in meiner Panik nicht mehr klar denken konnte, habe ich ihn an Ort und Stelle begraben. Am nächsten Tag habe ich dir dann erzählt, dass Kurt schon zur Jagd aufgebrochen ist, obwohl er noch nicht wieder nüchtern war. Und dich gebeten, so zu tun, als wäre am Vorabend seines Verschwindens alles ganz normal gewesen. Ja, ich glaube, diese Geschichte ist wasserdicht, so können wir es machen."

„Ich weiß nicht", zögerte Eva. „Da gibt es noch Lücken. Was ist mit Isabella?"

„Was soll sein?"

„Sie wird nicht zulassen, dass du dich für sie opferst."

„So ein Blödsinn", widersprach Jo Ann. „Sie wird die Geschichte sogar glauben. Bedenke bitte, sie hat keine Ahnung, dass sie diejenige war, die Kurt erschlagen hat." Beide Frauen erschraken zutiefst. Bisher hatten sie diese Tatsache noch nie laut ausgesprochen.

„Bitte ...", flüsterte Eva. Sie wollte nichts weiter hören.

„Sie wird sofort glauben, dass ich es war!", beharrte Jo Ann und trank ihre Tasse leer. Der Kaffee war inzwischen kalt geworden und schmeckte bitter.

„Aber sie hat vorhin im Pub so heftig reagiert", wunderte sich Eva. „Warum nur?"

Jo Ann konnte auch dies erklären. „Sie weiß, dass wir

Kurt begraben haben und dass hinter der Sache mehr steckt, als wir zugeben wollen. Es war eine unbewusste Abwehrreaktion von ihr, aus Angst heraus, Dinge zu erfahren, die sie nicht verkraften kann."

„Weil sie sich tatsächlich an nichts erinnert? Glaubst du das wirklich? Manchmal bin ich mir da nicht so sicher. Was ist, wenn sie genau weiß, wie es passiert ist?"

Jo Ann schüttelte den Kopf. „Hör auf, dich an einen Strohhalm zu klammern, Eva. Isabella hat keine Ahnung, und so soll es auch bleiben. Ich will es so. Es ist für uns alle das Beste, und du wirst sehen, sie werden relativ gnädig mit mir umgehen. Ein paar Jahre, und dann ..."

Sie ließ den Satz unbeendet. Denn was dann käme, wusste niemand. „Ich möchte, dass du jetzt ins Motel zurückgehst. Unterhalte dich mit Isabella, oder geht noch einmal in den Pub. Ich muss hier noch ein paar Dinge in Ordnung bringen, packen und einige Telefonate führen, ehe wir morgen abfahren."

„Kann ich dich wirklich alleine lassen?" Eva war völlig überfordert, wusste nicht mehr, was richtig oder falsch war, und gab ihren Widerstand auf. Aber in ihrer Brust spürte sie einen dumpfen Schmerz.

Jo Ann schien es dagegen deutlich besser zu gehen. „Das siehst du doch. Ich bin okay, wirklich! Ich habe nur noch eine Menge zu tun und möchte jetzt deshalb gern alleine sein. Um ehrlich zu sein, möchte ich Isabella im Moment auf keinen Fall sehen und mit ihr diskutieren müssen. Dafür habe ich einfach nicht die Nerven, das wird morgen, auf der Fahrt, schon schlimm genug werden. Es wäre mir also lieb, wenn du ihr gegenüber noch nichts erwähnen würdest. Bitte, erzähl ihr nicht, was ich vorhabe, ich will es ihr morgen selbst beibringen."

Eva nickte erleichtert, froh, aus der Pflicht entlassen zu sein. Hoffentlich würde sie sich nicht verplappern.

Ihre Befürchtung war jedoch grundlos. Isabella lag bei ihrer Rückkehr müde und schlapp auf dem Bett und zappte durch die Fernsehkanäle. „Warum bist du schon wieder zurück?", fragte sie träge. „Ich wollte mich gerade aufraffen und zu euch hinüberkommen."

„Nicht nötig. Jo Ann will packen und früh zu Bett gehen."

Isabella war beruhigt. „Gute Idee. Etwas Schlaf können wir alle brauchen. Morgen wird ein anstrengender Tag werden."

18

Dieter würde gleich nach ihr schlagen! Es konnte nicht mehr lange dauern, und er würde endgültig die Nerven verlieren. Sie saßen zu dritt im Auto, und Isabella wollte Musik hören, einfach nur der Musik lauschen und träumen, auf dem langen Weg nach Sydney zurück. Aber Dieter war, schon seit sie und Uwe am Morgen in den Wagen gestiegen waren, ausgesprochen ekelhaft und mies gelaunt.

Uwe saß auf dem Rücksitz. Er hatte am Abend zuvor, kurz nach Dieters Ankündigung, dass er dringend nach Sydney zurückmüsse, ebenfalls behauptet, dass sein Büro ihn gebeten habe, zurückzukommen. Zwei Schreiner seien überraschend ausgefallen, weshalb es nun an allen Ecken und Enden brennen würde. Er wolle seine Firma in so einem Notfall nicht im Stich lassen, hatte er gemeint, und außerdem, so argumentierte er vor den anderen, wäre ihm sein Boss dann zu besonderem Dank verpflichtet, wenn er seinen Urlaub vorzeitig beenden würde, was wiederum eine vorgezogene Gehaltserhöhung bedeuten könne.

Eva hatte auf Uwes überraschende Mitteilung hin fast erschüttert reagiert, so verblüfft war sie von dieser Neuigkeit gewesen. „Seit wann weißt du das denn?", hatte sie ihn gefragt.

„Ich habe heute morgen vom Motel aus im Büro angerufen. Nur um mich mal zu melden. Da hast du noch geschlafen, und ich wollte dich nicht wecken."

Kurt hatte ein Stück Brot abgebrochen und begonnen, mit

kreisenden Bewegungen die Sauce in seinem Teller aufzutunken. Er schien überhaupt nicht zuzuhören.

„Aber schon morgen? Muss das denn sein?"

Uwe hatte an ihr vorbeigesehen. „Du kannst ja hierbleiben, wenn du willst."

Daraufhin hatte Johanna unmerklich den Kopf gehoben. Noch drei Tage! Bitte!

„Aber wie soll ich dann zurückkommen?", hatte Eva voller Zwiespalt gefragt. Mein Gott, sie würde liebend gerne von hier fortkommen, aber sie hatte Johanna doch versprochen ...

Da hatte Dieter vorgeschlagen, mit Uwe alleine zurückzufahren, die Frauen könnten dann ein paar Tage später ja den Zug nehmen. Es sei eine sehr schöne Reisestrecke, habe er gehört.

Doch Isabella hatte Dieter daraufhin sofort laut angezischt und dabei so viel Verachtung wie nur möglich in ihre Stimme gelegt: „Bildest du dir allen Ernstes ein, ich bleibe hier? Wenn du zurückfährst, komme ich mit!" Und rückblickend war das wohl der Anfang der Tragödie gewesen. Wenn sie Dieter nicht wütend gemacht hätte, wäre alles anders gekommen. Aber Dieter war wütend, er konnte ihr nur nicht verbieten, mitzufahren. „Du kannst Eva nicht alleine zurückreisen lassen", hatte er noch argumentiert, das könne sie ihrer Freundin doch nicht antun. „Warum denn nicht?", fragte Isabella, die Eva für erwachsen genug hielt, um auch ohne sie im Zug zurückzufahren. Und warum hätte sie Eva zuliebe in dem gottverlassenen, staubigen und stinkigen Kaff bleiben sollen? Ihr war es nur recht, den Urlaub – wenn man eine Woche Langeweile so nennen konnte – vorzeitig abzubrechen. Sie hatte von Anfang an nicht hierher gewollt. Nur weil es Eva so wichtig gewesen war, dass Dieter und Uwe noch einmal ihr Glück beim Schürfen versuchen und dann einsehen sollten, wie sinnlos solch ein

Unterfangen war, war sie mitgekommen. Und natürlich, weil Eva ihrem Mann danach endlich das bevorstehende freudige Ereignis schonend hatte beibringen wollen. Nur das war der Grund gewesen! Aber mit Eva alleine hierzubleiben, drei Frauen in einem Haus mit Kurt? Niemals! Die Männer hatten es noch immer nicht verstanden, sie waren wie Kinder. Träumten vom schnellen Reichtum. So ein Blödsinn. Den winzigen Nobby, den sie selbst aus dem Dreck gebuddelt und den Kurt geschliffen und ihnen mit großartigem Gedöns überreicht hatte, dieses kleine Steinchen lag jetzt in ihrer Schublade und hatte so gut wie keinen materiellen Wert.

Nein, dies war definitiv ihr letzter Besuch in Lightning Ridge gewesen, und sie hatte sich lautstark geweigert, hierzubleiben.

Dankbar war sie deshalb an diesem wunderbar frischen Morgen ins Auto gestiegen, obwohl sie genau gewusst hatte, dass Dieter aus einem unerfindlichen Grund heraus allein mit Uwe zurückfahren wollte.

Eva hatte die Spannung am Abend zuvor dadurch entschärft, dass sie gesagt hatte, es mache ihr überhaupt nichts aus, ohne Isabella zurückzufahren. Sie bliebe gerne bei Johanna und stünde ja auch nicht unter Zeitdruck, da sie momentan eh keinen Job hätte und es ja auch nicht so schön wäre, in Sydney den ganzen Tag allein in der Wohnung zu verbringen.

Da hatte Kurt seinen einzigen Kommentar an diesem Abend abgegeben, direkt an Eva gerichtet: „Solltest du nicht auch besser bei deinem Mann bleiben?"

Uwe hatte abgewunken. „Schon gut. Sie kann noch ein paar Tage bei Johanna bleiben. Die Frauen haben doch immer so viel zu quatschen."

Dieter begann seine Attacke, als sie noch nicht einmal aus der Ortschaft heraus waren. „Du hättest netter zu Eva sein kön-

nen", schimpfte er. „Die weiß wenigstens, was sich gehört. Sie alleine zurückzulassen war wieder einmal typisch für dich. Egoistisch, wie immer! Du bist einfach ein faules, verzogenes Weib. Johanna hat die ganze Zeit hinter dir hergeräumt, merkst du eigentlich nicht, wie selbstsüchtig du bist? Andauernd meckerst du nur rum! Lass die Finger vom Radio ... du hast bestimmt nicht daran gedacht, für die Fahrt Getränke einzukaufen ... stell die blöde Musik ab ..."

So ging es ununterbrochen weiter, eine wahre Litanei, der Isabella nur ein paar mürrische oder schnippische Kommentare entgegensetzte, bis sie schließlich sagte: „Du hast doch nur darum so schlechte Laune, weil ihr nichts gefunden habt, ihr Nieten." Vielleicht war es diese Bemerkung, die den Ausschlag gab und ihn die Nerven verlieren ließ. Jedenfalls schlug er Isabella auf die Hand, als sie wieder am Radioknopf drehte, um den Sender neu einzustellen. Völlig unbewusst. Und auch nicht sehr hart, nur ärgerlich. Aber das änderte nichts an Isabellas explosionsartiger Reaktion. Ihr Temperament ging mit ihr durch, und ohne jede Vernunft schlug sie zurück. Aber nicht spielerisch abwehrend, sondern sie schlug ihn mit der Faust mitten ins Gesicht! „Du Schwein!", schrie sie ihn an. „Was fällt dir ein?"

Dieter stieg hart auf die Bremse und fuhr an den Straßenrand. Isabella hatte ihn an der linken Wange, knapp über dem Kinn, erwischt. Er wollte sie anbrüllen und zurückschlagen, konnte sich aber gerade noch beherrschen, als er mit bereits erhobener Hand einen Blick von Uwe auffing, dem die Szene offensichtlich entsetzlich peinlich war. Und so langte Dieter stattdessen über Isabellas Beine, öffnete die Tür des Beifahrersitzes und befahl ihr, sofort auszusteigen. Dabei deutete er in die Richtung, in der Kurts Mine lag, und sagte gefährlich leise: „Raus hier! Geh! Kurt kann dich zu Johanna und Eva fah-

ren. Ich werde dich jedenfalls nicht mit zurück nach Sydney nehmen. Das muss ich mir nicht gefallen lassen."

„Spinnst du?", fuhr sie ihn an, aber ihr Stolz erlaubte ihr nicht, länger sitzen zu bleiben. „Ich würde keinen Meter mehr mit dir fahren", keifte sie weiter, obwohl ihr durchaus bewusst war, dass sie viel zu kräftig zugeschlagen hatte. „Ich bin doch nicht verrückt. Außerdem hast du angefangen, du bist selbst schuld", verteidigte sie sich noch beim Aussteigen.

Aber Dieter knallte zur Antwort nur die Wagentür zu und brauste davon, während Isabella noch eine Weile am Straßenrand stand und dem Auto nachsah, bis es verschwunden war. Schlagartig hatte sich ihre Wut auf Dieter in Luft aufgelöst und der Enttäuschung, nun in Lightning Ridge festzusitzen, Platz gemacht. Gleichzeitig war sie über die Entwicklung aber auch erleichtert, denn die Fahrt nach Hause wäre bestimmt ein einziger Albtraum geworden. Nein, danke, da nahm sie schon lieber morgen den Zug. Und vielleicht würde sie Eva ja sogar dazu überreden können, mit ihr zu kommen, dann wäre die Fahrt nicht so langweilig.

Isabella wandte sich in die von Dieter angedeutete Richtung und stapfte los. Die Mine konnte nicht weit sein, und die Temperatur war so früh am Morgen noch mild und angenehm. Hoffentlich würde Kurt sie gleich zum Haus zurückfahren und nicht darauf bestehen, dass sie bis zum Abend bei der Mine bleiben musste.

Sie fröstelte, weil sie nicht daran gedacht hatte, eine Jacke überzuziehen. Warum auch? Im Auto war es immer so warm, und es war am Vortag so schwül gewesen, sie hatte ihre Jacke in den Koffer gepackt. Und mit diesem im Kofferraum waren nun diese Volltrottel unterwegs. Es war noch ziemlich kalt. Sie schlang ihre Hände um ihre Oberarme und rieb sich über die nackte Haut. Es war doch schon neun Uhr morgens, warum war es denn noch so frisch? Das Gras war feucht und tropfte auf ihre Sandaletten. Igitt, hoffentlich kein Ungeziefer! Sie musste quer durch den Busch wandern. Der Bohrturm auf Kurts Mine war ihr Wegweiser, er war der einzige weit und breit, und sie konnte ihn nicht verfehlen. Hoffentlich keine Schlangen. Oder Skorpione. Es sollte sogar Skorpione hier geben! Warum trug sie ein so dünnes Kleid? Warum hatte dieser Idiot sie aus dem Wagen geschmissen, in dieser Kleidung? Es war eine Zumutung, sie so durch die Wildnis laufen zu lassen. Wenn sie wieder in Sydney war ... meine Güte, das würde er büßen müssen. Bei diesem Gedanken wurde ihr wärmer.

Der stählerne Turm hatte anfangs so nah gewirkt. Dieter hatte bestimmt nicht vermutet, dass sie über eine Stunde durch das Dickicht stolpern würde, ohne ihm deutlich näher zu kommen. Aber immerhin vertrieben die Anstrengung und die steigende Sonne endgültig die Kälte aus ihren Gliedern.

Diese verfluchten Sträucher zerkratzten ihr noch die ganzen Waden, denn der Saum ihres Kleides ging nur knapp übers Knie; auch ihre Arme waren bereits mit feinen roten Striemen überzogen. Ein Wunder, dass sie nicht blutete. Bitte bloß kein Blut! Es würde Tiere anlocken, es gab doch wilde Tiere im Busch! Sie begann schneller zu laufen. Ihr Atem ging stoßweise, und Schweißperlen bildeten sich auf ihrer Oberlippe und auf ihrer Stirn.

Als sie die Mine fast erreicht hatte, war ihr Kleid unter den Achseln und an der Taille bereits ganz feucht. Es war ein locker geschnittenes Baumwollkleid mit leicht gerafftem Rock und einem ärmellosen runden Ausschnitt, der ihren Busenansatz nur zeigte, wenn sie sich weit nach vorne beugte. Dunkelblau, mit winzigen weißen Blümchen, die wie Enziane aussahen. Deshalb hatte sie es gekauft.

Isabella war noch immer wütend auf Dieter, auf alle Männer, auf das Leben und auf sich selbst. Vor allem auf sich selbst. Warum hatte sie Dieter nur so hart geschlagen? Was war nur los mit ihr? Warum nur fühlte sie diese Aggression und diesen blindwütigen Zorn in sich?

Die Mine lag jetzt direkt vor ihr. Sie musste nur noch eine kleine Böschung überwinden. Und wenn Kurt auch nur ein einzige kritische Bemerkung machen und Dieter in Schutz nehmen würde, würde sie wieder kehrtmachen und zur Straße zurücklaufen. Sie war froh, die Mine endlich erreicht zu haben. „Kurt", rief sie verärgert und erleichtert zugleich, „Kurt, wo bist du?"

Es war still. Keine Maschine war in Betrieb. Sie rief noch einmal nach Kurt, ging näher zum Einstiegsloch und lauschte. Keine Antwort. Eine undefinierbare Ahnung stieg plötzlich in ihr auf und ängstigte sie so sehr, dass sich ihre Arme mit Gänsehaut überzogen. Wie sagten die alten Frauen zu Hause? Ein Engel läuft übers Grab.

Ihr wurde schwindlig. Der lange Marsch in der Hitze, ohne einen Tropfen zu trinken, ihr bohrender Hass auf Dieter und die permanenten Selbstanklagen, die wie hässliche Insekten in ihrem Kopf herumschwirrten, forderten ihren Tribut!

„Kurt ..."

Ihr Kopf war leicht und leer. Sie griff nach der Leiter, beugte sich über den Einstieg und wollte noch einmal rufen. Das Loch wurde breiter, die zerfallenen Wände dehnten sich, glitten immer weiter nach außen, und der Schlund wurde unendlich. Ihre Kehle war von der Trockenheit ganz rau. Sie wollte sich an die Leiter klammern, griff aber daneben, ruderte durch die abgestandene Luft über der endlosen Tiefe, wollte sich halten. Zurück, nur zurück, aber es gab kein Entkommen. Der Engel berührte sie! Es war ein großer, mächtiger Engel mit schwar-

zen Flügeln. Er war hässlich und hatte ein narbiges Gesicht. Obwohl er hinter ihr stand, wusste sie, wie er aussah, sie spürte seine Hässlichkeit. Sie wollte noch immer zurück auf festen Boden, zurück ans Licht und in die Freiheit, aber die schwarzen Schwingen schlossen sich um sie. Wie eine Klammer, die sie gefangen hielt. Es gab kein Entkommen. Sie war in dem dunklen Hohlraum gefangen, wie in einem Rohr, in dem sie sich drehen und wenden konnte, ohne eine Öffnung zu finden. Der Engel, der so widerlich wie ein Teufel war, roch ranzig. Sein Schweiß mischte sich mit dem ihren, aber sie wusste, dass es nur seine Ausdünstung war, die so süßlich widerwärtig roch. Sie konnte nicht schreien, hatte nicht einmal genug Luft, um zu atmen. Der Engel-Teufel hatte plötzlich auch Hände, die er auf ihren Mund presste. Sie wand sich, warf sich hin und her, wehrte sich mit aller Kraft. Vergeblich! Sie hatte die Augen geschlossen, um das Monster nicht mehr sehen zu müssen, aber es gab keine Gnade. Alles, was eklig und hässlich war, bohrte sich durch ihre Lider hindurch und schien ihr so klar, so real und widerlich, dass es ihr den Atem raubte. Sie schlug um sich, panisch, als ginge es um ihr Leben. Sie legte alle Kraft in ihre Schläge, wand und drehte sich in der tödlichen Umarmung, klammerte sich an etwas, hielt es fest in ihrer Hand und schlug zu ... einmal, zweimal, so fest sie nur konnte.

Dann wurde es Nacht um sie.

19

Um neun Uhr abends war Jo Ann mit ihren Vorbereitungen fertig. Sie hatte das Gefrierfach im Kühlschrank abgetaut, Lebensmittel und Getränke bei den Nachbarn abgegeben, Küche und Bad gereinigt, ihre besten Kleidungsstücke in einen Koffer gepackt und ihre privaten Unterlagen in einer Holzkiste verstaut, die sie vor der Abfahrt noch vor die Pubtür stellen wollte. John sollte die Kiste bis zu ihrer Rückkehr, an die er fest glaubte, für sie aufbewahren. Jo Ann wusste, dass sie nie wieder nach Lightning Ridge zurückkehren würde. Die Kiste diente nur dem einen Zweck, nicht mit John diskutieren zu müssen. Obendrauf hatte sie ihm einen Zettel mit Anweisungen geklebt. Er möge bitte Strom und Telefon abbestellen. Die dafür nötigen Unterlagen heftete sie mit dazu, ebenso einen Umschlag, in den sie am nächsten Morgen noch die Schlüssel für Haus und Werkstatt legen würde. Und den Rest ihrer Ersparnisse, die sie auf dem Nachhauseweg von der Bank abgehoben hatte, denn Tiger sollte gut versorgt sein, und sie wollte John nichts schulden. Vor allen Dingen wollte sie ihn nicht noch einmal sehen müssen. Sie hatte nicht die Kraft, ihm Lebewohl zu sagen und dabei in seinen Augen zu lesen, was zwischen ihnen hätte sein können. Nein, ein Abschied von Angesicht zu Angesicht würde alles nur noch schmerzlicher machen, und deshalb hatte sie sich für die heimliche Flucht im Morgengrauen entschieden.

Bens Tod hatte ihr mühselig aufgebautes Leben mit einem Schlag vernichtet. Geblieben waren allein Gleichgültigkeit, Resignation und die Erkenntnis, sich getäuscht zu haben. Ihre Entscheidung, bei der Mine zu bleiben, war ein Irrtum gewesen. Sie hätte damals nach Deutschland zurückgehen sollen wie Isabella, als sie noch jung genug gewesen war, um sich eine neue Existenz aufzubauen. Oder nach Sydney wie Eva, die in einer neuen Partnerschaft ihr Glück gefunden hatte. Aber es war müßig, darüber nachzudenken, was gewesen wäre, wenn ...

So war das Leben eben! Umkehren, neue Wege suchen, all das half im Nachhinein nichts mehr. Jede Kreuzung des Lebens, jede Entscheidung barg folgenschwere Konsequenzen, die nicht mehr rückgängig zu machen waren.

Sie begann ihre Bücher durchzusehen. Vielleicht würde sie einige mit nach Sydney nehmen oder Eva schenken, zum Dank dafür, dass sie die nächsten Tage bei ihr wohnen durfte. Oder sogar etwas länger. Vielleicht würde es sich über Wochen hinziehen, bis man sie festnahm, schließlich konnte man in den Filmen oft genug sehen, wie konfus und kompliziert die Gerichte arbeiteten.

Der Stapel mit den ausgewählten Büchern war bereits so hoch, dass er zu kippen drohte, als es an der Tür klopfte. John!? Mit gemischten Gefühlen bahnte sie sich ihren Weg zwischen den Büchern zum Ausgang und öffnete die Tür. Aber es war nicht John, der auf der Eingangsschwelle stand, sondern Mira. Grinsend stand sie mit weit ausgebreiteten Armen vor ihr und schwenkte in jeder Hand ein Sixpack. „Überraschung! Da bin ich, meine Liebe, zurück im Himmelreich!“ Dann bemerkte sie Jo Anns Bestürzung und änderte sofort den Tonfall. „Was ist denn los? Freust du dich gar nicht, mich zu sehen?“

„Was machst du hier? Ich dachte, du wärst in Brisbane?" Jo Ann war ehrlich erstaunt, trat aber einen Schritt zur Seite, um Mira eintreten zu lassen.

Deren Blick fiel natürlich sofort auf Jo Anns Koffer, der mitten im Zimmer stand, und so erkundigte sie sich, wohin die Reise denn gehen würde.

„Wie viel Zeit hast du?", fragte Jo Ann. „Die Geschichte kann dauern."

„Die ganze Nacht", meinte Mira. „Wie du unschwer erkennen kannst, habe ich mich sowieso auf einen längeren Aufenthalt in deinem Hause eingestellt." Dabei zeigte sie auf die noch frostgekühlten Dosen, an denen bereits Kondenswasser herunterlief und auf den Teppich tropfte. „Ich bin gerade erst aus Brisbane gekommen, war aber schon im Pub, wo John mir sagte, dass du zu Hause wärst und heute bestimmt nicht mehr bei ihm auftauchen würdest. Deshalb hat er mir das hier für dich mitgegeben. Er meinte, du könntest möglicherweise durstig sein. Ein überaus vernünftiger Mann."

Jo Ann ging auf ihre letzte Bemerkung nicht weiter ein, sondern fragte nur: „Wer fängt an?"

„Mit dem Erzählen? Du natürlich!"

„Da John dich hergeschickt hat und du mich noch vor meiner Abreise erwischt hast, werde ich wohl kaum umhinkommen, dir die Wahrheit zu sagen."

„Kaum", bestätigte Mira und sah sich nach einem Teller oder Untersetzer um, den sie als Aschenbecher verwenden konnte. „John ist ein guter Kerl, du kannst dich darauf verlassen, dass er immer nur das Beste für dich will. Er wird schon seine Gründe gehabt haben, warum er mich zu dir geschickt hat. Also, leg los."

„Nein, erst du. Meine Geschichte dauert länger." Nachdem sie nun schon einmal John alles gebeichtet hatte, konnte Mira ebenso gut die Wahrheit erfahren. Johns Reaktion war, wie erwartet, zunächst eine Mischung aus Mitleid und Wut gewesen, die im Laufe der Erzählung aber immer mehr in Bewunderung für ihre Stärke und ihren Überlebenswillen übergegangen war. Das hatte sie stolz gemacht, und sie hatte Mühe gehabt, die Wärme, die er ihr entgegenbrachte, lediglich als einen Ausdruck von Freundschaft zu interpretieren. Und auf einmal war sie sich sicher gewesen, dass, sollte sie jemals wieder einen Menschen in ihrem Leben lieben können, die Wärme, die sie gerade spürte, eine Voraussetzung dafür wäre.

„Was gibt es Neues bei dir? John hat mir berichtet, dass sich dein Mann scheiden lassen will."

Mira lachte. Sie sah überhaupt nicht aus wie eine verlassene Ehefrau, sondern wirkte überaus gut gelaunt und kein bisschen niedergeschlagen. Gierig zog sie an ihrer Zigarette. „So ist es! Dieser lächerliche Wicht ist nun endgültig dem Jugendwahn verfallen und obendrein noch blind vor Liebe. So blind, dass er mir sogar angeboten hat, mich auszubezahlen, damit er seine Kindfrau so schnell wie möglich heiraten kann. In seiner Hektik hat er mir mehr als die Hälfte seines versteckten Vermögens überschrieben. Na ja, ich habe ein klitzekleines bisschen nachgeholfen. Er konnte noch nie rechnen! Und nachdem ich ihm erst einmal damit gedroht habe, die Steuerbehörden einzuschalten, lief alles ganz reibungslos. Aber das Ganze war so peinlich, dass ich danach sofort geflüchtet bin."

„Gratuliere!", sagte Jo Ann, die sich freute, dass die Trennung für Mira so gut verlaufen war. „Und was hast du nun mit all dem Geld vor? Bleibst du in Brisbane oder willst du nach Sydney gehen?"

„Was soll ich denn in Brisbane oder Sydney? Nein, nein, sobald der Scheidungstermin feststeht – und das kann schon in ein paar Wochen sein, da wir uns einig sind –, packe ich meine Siebensachen zusammen und komme hierher ...“

Worauf Jo Ann sie verblüfft unterbrach und fragte, ob sie nun völlig übergeschnappt wäre.

„Ganz und gar nicht“, erwiderte Mira. „Ich werde hier in Lightning Ridge leben. Mein Haus vergrößern und richtig hübsch machen. Und jetzt halt dich fest. Wir werden eine große Bohrmaschine kaufen, eine dieser hunderttausend Dollar teuren Dinger, und richtig loslegen. Ja, du hast richtig gehört. Wir, damit meine ich: du und ich! Ich habe mir alles gut überlegt. Bei einer Planung in dieser Größenordnung brauche ich einen Partner, denn alleine ist das Ganze nicht zu bewältigen. Und du bist der ideale Partner für mich. Zäh und ausdauernd. Mit der nötigen Fachkenntnis und all der Begeisterung und Liebe, die es für diesen Job braucht. Sag jetzt bitte nichts – ich habe dir eh noch nie abgenommen, dass du aufhören wirst. Du hast das Schürfen im Blut, genauso wie ich, aber jetzt werden wir endlich eine wirkliche Chance haben! Ach, hör schon auf.“ Tränen stiegen ihr in die Augen, als sie sah, wie Jo Ann zu weinen begann. „Hör auf, das ist ansteckend, und kollektives Geflenne kann ich absolut nicht ausstehen.“

Jo Ann presste sich die Hände vors Gesicht und schüttelte ihren Kopf dabei wie eine Geisteskranke. Es war einfach zu viel. Sie war doch schon am Boden, warum musste das Schicksal sie jetzt auch noch verhöhnen?

Mira deutete ihre Tränen falsch. „Ist ja gut. Beruhige dich. Alles wird gut. Wir werden Partner und werden gigantische Opalfelder finden. Wir werden gemeinsam reich, glaub mir ...“ Ihr fielen ihre alten Argumente ein. „Ich weiß, ich habe gesagt, dass ich es nie lange hier aushalten werde. Aber unter diesen Umständen ..."

„Nein!" Jo Ann schüttelte heftig den Kopf. „Es ist sinnlos. Du darfst mich nicht in deine Pläne mit einbeziehen. Es ist alles vorbei." Langsam beruhigte sie sich wieder und wischte sich mit einem Taschentuch über die nassen Wangen. Nur ihre Hände zitterten noch.

Mira ließ ihr Zeit. Sie trank ihre Bierdose leer, öffnete eine zweite und wartete. Als sich Jo Ann genügend gesammelt hatte, begann sie, Mira ihre Geschichte zu erzählen.

Sie gestand ihr alles. Angefangen von dem Tag an, an dem sie Kurt kennen gelernt hatte. Sich in ihn verliebt hatte. Mit ihm ausgewandert war. Von ihrer Freundschaft mit den anderen Deutschen. Auf dem Schiff und später in Sydney. Von den ersten Quälereien, die sich Kurt ausgedacht hatte, bis hin zu dem Tag, an dem er sich an Isabella vergriffen hatte und von ihr erschlagen worden war.

Es ließ sich auf einmal ganz leicht erzählen. Satz für Satz fügten sich die Ereignisse wie die einzelnen Metallglieder einer langen Kette zusammen, deren Gewicht immer leichter zu werden schien. Bis sie schließlich mit der Erklärung endete, warum sie nach Sydney gehen und sich stellen wollte. „Verstehst du mich?", fragte sie Mira.

„Natürlich", sagte Mira. „Du glaubst, dass Isabella die Wahrheit nicht verkraften und an ihrer Schuld zerbrechen würde. Und dass du dich selbst damit für immer von der Vergangenheit befreien kannst."

„Genau."

„Bist du dir sicher, dass du das kannst? Es wäre ein Jammer, wenn du dich grundlos opfern würdest."

„Ich opfere mich nicht. Zumindest dachte ich bis vor wenigen Augenblicken noch, dass mein Leben sowieso keine Perspektive mehr hat und es keine lebenswerte Zukunft mehr für mich gibt. Dein Angebot macht mich traurig, weil es schön gewesen wäre, mit dir nach Opalen zu graben, aber dafür ist es jetzt zu spät."

Und Mira verstand tatsächlich. Nachdenklich drückte sie ihren Zigarettenstummel in die leere Bierdose, zündete sich eine neue an und blies kleine Rauchringe in die Luft, ehe sie sagte: „Ich werde dich nicht umstimmen können, dafür kenne ich dich zu gut. Du bist ein Sturschädel! Dennoch denke ich, dass wir abwarten sollten, was wirklich in Sydney passiert. Du musst mir versprechen, Kontakt zu halten und dich täglich bei mir oder John zu melden, versprochen?"

Jo Ann umarmte Mira und versprach es. Danach hingen sie jeweils schweigend ihren Gedanken nach. Mira träumte von Jo Anns Freispruch wegen Notwehr oder Unzurechnungsfähigkeit. Und Jo Ann träumte davon, einzuschlafen und nie wieder aufzuwachen.

20

Kurt hatte Jo Ann am Morgen erlaubt, noch diesen einen Tag mit Eva zu verbringen. „Heute noch", hatte er ihr zum Abschied zugeflüstert. „Aber morgen früh sitzt sie entweder im Zug oder kann sich im Pub amüsieren. Das ist mir scheißegal. Du kommst auf jeden Fall morgen wieder mit in die Mine. Heute kann ich dich nicht gebrauchen. Aber ab morgen gehörst du wieder mir. Ganz und gar mir!"

Er hatte sie dabei nicht berührt und ihr auch sonst nichts getan, aber sie war zu Tode erschrocken. Seine sadistische Gier war zu lange unterdrückt gewesen und würde sich nun fürchterlich entladen. Sie war sein einziges Opfer. Ihre Hände zitterten noch eine Stunde, nachdem er in die Mine gefahren war, unkontrollierbar, und ihre Lungen sogen übertrieben hektisch und flach die Luft ein.

Der Gedanke, morgen wieder in die Mine zu müssen, ohne zu wissen, welche neuen Schikanen er sich für sie ausgedacht hatte, war weitaus schwerer zu ertragen, als es gleich hinter sich zu bringen. Hätte sie doch nur schon heute mit ihm gehen können! Dann wäre er vielleicht nicht so böse mit ihr und würde eher darüber hinwegsehen, dass sie so lange gefaulenzt hatte. Und ihre Strafe würde nicht ganz so schlimm ausfallen. Aber sie konnte Eva ja nicht einfach nach Hause schicken.

Als Eva an diesem Morgen bei Jo Ann eintraf, beruhigte sich diese wieder etwas. Nun konnte sie an der Situation sowieso nichts mehr ändern, sondern sich nur noch von Eva ablenken lassen, bis Kurt von der Mine zurückkam. Doch daran wollte sie jetzt nicht denken. Sie wusste ja, dass es keine Möglichkeit gab, um zu verhindern, was sie morgen unweigerlich durchstehen musste. Trotzdem kreisten Johannas Gedanken jedes Mal, wenn Eva schwieg, um Widerstand und Flucht, auch wenn sie wusste, dass alles Aufbegehren sinnlos war. Wenn sie mit ihren Freunden nach Sydney gegangen wäre, hätte Kurt sie von dort sofort wieder zurückgeholt. Er würde sie überall finden, die Welt war nicht groß genug, um seiner Rache zu entgehen. Da war es besser, gleich hierzubleiben und ihn so gut es ging zu besänftigen.

Und so saßen Eva und sie einfach beisammen und tranken Tee, redeten aber nicht viel miteinander. Eva schien darauf zu warten, dass Johanna offen zu sprechen beginnen und sich ihr anvertrauen würde. Gleichzeitig spürte sie aber auch, dass dies ihrer Freundin nicht möglich war, so unruhig und nervös, wie sie wirkte. Mit jeder Stunde, die verging, wurde sie zittriger, und Eva bereute es zutiefst, nicht mit den anderen nach Sydney zurückgefahren zu sein. Was in aller Welt hatte sie nur dazu veranlasst, an diesem Ort zu bleiben? Sie hätte so konsequent wie Isabella darauf bestehen sollen, dass die Männer sie mitnahmen. Johanna brauchte sie doch gar nicht, und was auch immer sie bedrückte, wollte sie ihr anscheinend nicht mitteilen.

Es wurde sechs Uhr abends. Eva schlug vor, gemeinsam zum Pub zu spazieren, da Kurt ja sicher nicht vor acht Uhr nach Hause kommen würde, aber Johanna lehnte mit einer so fadenscheinigen Begründung ab, dass Eva nichts mehr zu sagen wusste. Schweigend saßen sie nebeneinander, wie auf einer Wartebank, und Eva kam sich vor, als ob sie gleich aufgerufen werden würde und sich einer unangenehmen Prozedur unter-

ziehen müsste. Wie beim Arzt, kurz vor einer schmerzhaften Operation. Sie fühlte sich schrecklich deprimiert. Es herrschte vollkommene Stille, und die Stimmung im Raum war trotz des schönen Abends auf dem absoluten Nullpunkt angekommen.

Plötzlich wehte ein Luftzug durch die offene Tür und ließ deren Blechrahmen leicht erzittern. Das Geräusch erschreckte sie beide. Feine Härchen stellten sich auf ihren Unterarmen auf, und sie hielten beide die Luft an.

„Was war denn das?", flüsterte Eva, da hörte sie auch schon einen Wagen um die Kurve der Straße biegen und mit quietschenden Reifen vor der Haustür halten. Staub wirbelte auf und drang durch die offenen Fenster des Wohnwagens. „Was ist denn los?", fragte Eva noch einmal, und Johanna war bereits hochgeschossen, um die Tür zu öffnen, als diese auch schon von außen aufgestoßen wurde. Isabella wankte herein und sackte kraftlos in Johannas Armen in sich zusammen. Sie war grauenvoll zugerichtet. Ihr linkes Auge war zugeschwollen, und tiefe Striemen liefen ihr vom Hals bis auf die Brust. Sie blutete. Ihr Oberkörper war so gut wie nackt, nur der rechte Träger ihres Sommerkleides hielt noch einen letzten Stofffetzen fest, der ihre Brust bedeckte, die linke Seite des Oberteils war hingegen völlig zerrissen und hing ihr bis weit über die Taille herunter. Auch ihr Rock bestand nur noch aus drei einzelnen Bahnen, die an ihrer nassen Hüfte klebten. Vorne, zwischen den Beinen, war ein dunkler feuchter Fleck zu sehen, vor den Isabella schützend ihre Hände hielt, dennoch konnte sie ihn nicht verdecken, denn er war größer als ihre Hände.

„Isabella! Oh Gott, Isabella, was machst du hier? Wie siehst du ... um Himmels willen, was ist dir passiert? Isabella?" Eva sah die fast ohnmächtige Gestalt in Johannas starken Armen und rannte zum Sofa, breitete rasch eine Decke aus und schüttelte ein Kissen auf. Dann half sie Johanna, Isabella *vorsichtig auf das Sofa zu legen. Johanna holte eine Schüssel mit warmem Wasser und ein Tuch.*

„Sie braucht sofort einen Arzt", rief Eva aufgeregt. „Sie ist verletzt! Ich rufe einen Arzt! Wo finde ich einen? Wohin muss ich fahren?"

Johanna gab keine Antwort, sondern begann schweigend, die Wunden zu säubern, und untersuchte die Tiefe der Schnitte und Kratzer. Als sie jedoch den Rock zur Seite schieben wollte, wehrte sich Isabella und krampfte ihre Finger um Johannas Hand. „Nein", keuchte sie. „Es ist nichts. Er hat mich nicht erwischt."

„Du brauchst einen Arzt. Isabella, was ist denn geschehen? Bitte, sag doch was", bettelte Eva.

„Ich bin ihm entkommen." Isabellas Atem ging schwer, sie begann zu zittern. „Keinen Arzt! Es ist nichts."

„Unsinn", erwiderte Eva. „Johanna, du siehst doch, wie schwer sie verletzt ist. Sie braucht Hilfe. Sag mir, was ich tun soll! Ich hole einen Arzt, aber du musst mir sagen, wo ich einen finden kann."

Isabella hielt noch immer Johannas Hand fest und starrte ihr dabei ins Gesicht. „Nein!", wiederholte Johanna. „Sie will keinen Arzt."

Isabella nickte und lockerte ihren Griff. Ihre Lider begannen zu flattern, und sie schloss die Augen. „Ich habe Durst."

„Das war Kurt", stellte Johanna fest. Vorsichtig löste sie ihre Hand aus der Isabellas und stand auf, um ein Glas Wasser zu holen.

„Kurt?", fragte Eva völlig fassungslos. „Was redest du da?" Und als ihr keine der beiden Frauen antwortete, fragte sie wieder: „Was soll Kurt gewesen sein? Verdammt nochmal, redet mit mir!"

Isabella richtete sich mühsam auf, um zu trinken, und sank dann wieder kraftlos ins Kissen zurück. Sie war leichenblass, ihr langes schwarzes Haar klebte ihr nass und schmutzig am Kopf. Johanna hatte ihr geholfen, das Glas zu halten, während sie trank, trotzdem war ihr das Wasser auf beiden Seiten ihres geschwollenen Mundes wieder herausgelaufen. Sie zitterte jetzt am ganzen Körper. „Ich hatte Streit mit Dieter", flüsterte sie. Eva rutschte auf Knien näher zu ihr heran, um sie besser verstehen zu können. Jetzt knieten beide Frauen vor dem Sofa an ihrer Seite. „Wir haben so gestritten ... er hat auf dem Highway angehalten und mich aus dem Auto geworfen ... ich habe mich geweigert, wieder einzusteigen ... bin zur Mine gewandert ... ich dachte mir, Kurt kann mich ... wenn er mit der Arbeit fertig ist ... mitnehmen ... und ... Kurt ... Kurt ..." Ihr versagte endgültig die Stimme.

„Kurt hat gesagt, kein Problem, ich bringe dich zurück", sprang Johanna ein.

Isabella nickte schwach, und ihre Freundinnen warteten, bis sie weitersprechen konnte. „Es ging alles so schnell ... er hat mich gerufen ... er wolle mir etwas zeigen ... ich ging zu ihm ... oh Gott, Johanna ... es tut mir so leid ... ich wollte doch nicht ..."

Eva versuchte zu verstehen, was Isabella da sagte, dass Kurt sie misshandelt und vielleicht sogar vergewaltigt hatte. „Oh mein Gott!", rief sie. „Das kann doch nicht wahr sein! Doch nicht Kurt."

Warum denn nicht? Wie blind bist du denn?, hätte Johanna am liebsten geschrien. Hast du denn nicht gesehen, wie er mich behandelt? Aber kein Laut kam über ihre Lippen. Sie war aufgewühlt, jeder Nerv in ihr zum Zerreißen gespannt, gleichzeitig war sie vollkommen ruhig, fast zufrieden und fühlte sich bestätigt. Seht ihr nun, was ich alles ertragen muss? Begreift ihr jetzt endlich?

Isabella öffnete ihre Augen einen Spalt breit. Sie würde sich nicht mehr lange wach halten können, sie war so müde, wollte nur noch schlafen. „Konnte ihn abschütteln ...", fuhr sie stockend mit ihrem Bericht fort. „Einen Hammer erwischt ... draufgehauen. Er hat geschrien. Wie ein Tier." Mit letzter Kraft riss sie die Augen auf und blickte ins Leere. „Er war wie ein Tier. Wie ein Tier. Nur weg von hier, ins Auto. Ich hab seine Hände gespürt. Seinen Atem. Sein Keuchen. Im Auto steckten die Schlüssel. Gott sei Dank. Ich bin einfach losgefahren. Bin hierher. Bitte, ihr müsst etwas tun. Er darf mir nichts mehr tun. Der Hammer ... bitte, ich brauche den Hammer ..." Sie fiel in Ohnmacht – oder in tiefen Schlaf.

Aber es gab auch nichts mehr, was die Frauen noch hätten wissen müssen.

Eva war total durcheinander. „Was machen wir bloß?", jammerte sie. „Was sollen wir nur tun? Sie braucht doch Hilfe. Sieh sie dir doch an."

Da herrschte Johanna sie an: „Ich bin schließlich Krankenschwester! Ich weiß schon, was zu tun ist. Es sieht schlimmer aus, als es ist."

„Bist du sicher?"

„Ja, verdammt nochmal!" Johanna war plötzlich wie ausgewechselt. Sie rannte hin und her, brachte Verbandszeug und noch mehr Wasser, säuberte und versorgte Isabellas Wunden, während sie ununterbrochen halblaut vor sich hin wetterte. Ihre Stimme klang hart und klar. Sie verfluchte Kurt, nannte Isabella ein dummes Luder und stieß wüste Drohungen aus. Nachdem sie mit Isabellas Wundversorgung fertig war, zog sie ihr die Decke bis unters Kinn und sagte zu Eva: „Sie braucht jetzt dringend Schlaf. Bleib bei ihr und pass auf sie auf." Damit ging sie nach hinten, in den abgetrennten Schlafbereich.

„Was hast du vor?", rief Eva ihr nach.

„Ich kümmere mich um Kurt. Es wird höchste Zeit dafür."

Kurze Zeit später tauchte sie wieder auf und eilte an Eva vorbei aus dem Haus. Sie hatte sich eine dünne Nylon-Wetterjacke übergestreift. Über ihrer Schulter baumelte an einem dunkelbraunen Gurt lose Kurts Jagdgewehr.

Johanna kam nach einer knappen Stunde zurück. Diesmal hielt sie das Gewehr einfach so in der Hand, der breite Riemen, der für Kurts Schultern gedacht gewesen, streifte den Boden. Sie sagte erstaunlich ruhig, irgendwie gelassen: „Er ist tot." Dann fragte sie nach Isabellas Zustand und ging in die Küche, um frischen Kaffee aufzusetzen. „Wir müssen uns überlegen, was wir als Nächstes tun sollen", murmelte sie dabei halblaut. Dann kam sie mit zwei dampfenden Tassen zurück, setzte sich vor dem Sofa, auf dem Isabella in eine Decke gehüllt, reglos wie eine Mumie lag, und berichtete Eva, wie sie Kurt gefunden hatte. Ganz in der Nähe des Einstiegslochs hätte er gelegen, mit tödlichen Verletzungen, die so offensichtlich waren, dass sie es nicht für nötig befunden hatte, ihn genauer zu untersuchen. „Du kannst mir glauben, dem war nicht mehr zu helfen", erklärte sie und beantwortet Evas Fragen, die ihrem konfusen, schockierten Gesicht abzulesen waren, noch ehe sie gestellt wurden. Eine stille Fröhlichkeit umspielte sie dabei, machte jede ihrer Gesten sanft und friedlich und übertrug sich ganz allmählich auf Eva. Johanna hatte alles unter Kontrolle, sie war eine Quelle des Friedens, die das Grauen der Nacht zurechtrückte. „Ich denke, wir sollten ihn schnellstens beerdigen", meinte sie, als die Kaffeetassen leer getrunken waren.

Eva verstand sofort, was von ihr erwartet wurde, und reagierte ungewohnt vernünftig. Natürlich mussten sie Kurt heimlich verscharren. Natürlich mussten sie Isabella helfen. Es war niemandem gedient, wenn sie die ganze Sache an die große Glocke hängen würden. Die Dämmerung würde nicht mehr lange auf sich warten lassen, also mussten sie sich beeilen.

Isabella wachte bei Morgengrauen auf, schwach und elend. Aber ihr Zustand war stabil, und Johanna war überzeugt, dass sie keine ärztliche Versorgung benötigte. Sie gab ihr zu trinken, warmen Tee mit einem Schlafmittel, das Isabella schnell wieder einschlafen ließ.

Doch ehe sie wieder in den erlösenden Zustand totalen Vergessens glitt, stützte sie sich zittrig auf ihrem linken Arm auf, sah mit halb geschlossenen Augen zu den beiden Frauen auf und fragte nach Kurt. Einfach so. Sie fragte, ob er bereits zu Hause angekommen sei.

„Nein", antwortete Johanna ihr ruhig und bestimmt. „Kurt ist tot."

Dabei beobachtete sie Isabella, lauernd, abwägend. An welche Einzelheiten des gestrigen Abends erinnerte sie sich noch?

Isabella fragte nach einer kurzen Pause: „Was ist geschehen?"

„Es war ein Unfall", begann Johanna und wählte vorsichtig ihre nächsten Worte. „Ein Unglück, für das niemand etwas kann."

Isabella schien sich nicht zu wundern. „Dann ist es besser, ihr begrabt ihn schnell. Es muss ja niemand wissen, was geschehen ist. Gott, bin ich müde." Ihr Kopf fiel zurück, sie lag flach auf dem Rücken und schlief wieder ein.

„Bist du dir sicher, dass er wirklich tot ist?", flüsterte Eva so leise, als würde sie befürchten, dass Kurt sie noch hören oder von ihren Worten wiederbelebt werden könnte. Dass er wie eine Furie aufspringen und mit wüsten Beschimpfungen über sie herfallen würde. Sie konnte den leblosen Körper, der vor ihr auf dem Boden lag, beim besten Willen nicht ansehen. Er flößte ihr schreckliche Angst ein, und sie konnte einfach nicht anders, als eine höhere Macht darum anzuflehen, dass er auch wirklich tot war. Allein der Gedanke daran, dass sich dieser dreckverschmierte Fleischbrocken plötzlich bewegen und aufrichten ... nein, es war nicht auszudenken!

Johanna antwortete ihr nicht. Dafür starrte sie umso intensiver auf den Leichnam und studierte den Körper des Mannes, der ihr vor so unendlich langer Zeit, mit einem Versprechen auf den Lippen, den Ehering über den Finger gestreift hatte. Jetzt lag er auf dem Rücken, mit gespreizten Armen und Beinen, ganz als ob er sich auf einer weichen Wiese ausruhen und in den Himmel blicken würde. Aber er lag auf hartem, staubigem Boden, und seine offen stehenden Augen waren blicklos und stumpf. Johanna beugte sich über seinen riesigen Leib und musterte flüchtig sein verschmutztes Gesicht. Blut war aus einer oder mehreren Wunden ausgetreten, sie konnte nicht feststellen, woher es gekommen war, und hatte dunkelbraune Linien über sein Gesicht, den Hals und den Oberkörper gezogen. Es hatte sich mit Lehm vermischt, war eingetrocknet und wirkte wie eine Kriegsbemalung. Ein gefallener Kämpfer! Bis auf die Augenhöhlen mit den blinden Augen war sein Gesicht fast bis zur Unkenntlichkeit verschmiert. Hatte er sich zuletzt noch die Augen gerieben und vom Dreck und Blut befreit, ehe er gestorben war? Was hatte er wohl als Letztes gesehen?

„Natürlich ist er tot", stellte sie sachlich fest. „Schon eine ganze Weile. Das weißt du doch. Sieh ihn dir doch an."

Eva wollte sich den Anblick ersparen, aber ihre Neugier war schließlich stärker als ihr Scheu, und so ließ sie einen flüchtigen Blick über den Leichnam streifen. Sie hatte noch nie zuvor eine Leiche gesehen, und Kurt wollte sie in diesem Zustand schon gar nicht sehen. So klobig und leblos, ein regloser Hügel aus Fleisch und Blut und Staub und Fliegen. Bewegte sich da etwa sein Oberkörper? Nein, es war kein Atemholen, es war nur ein Windstoß gewesen, der ein Blatt auf seinen angeschwollenen Bauch gewirbelt hatte. Es war unerträglich. Sie konnte nicht länger hinsehen. Angewidert schüttelte sie sich. Wie hatte er sie nur in diese Situation bringen können? Wie grässlich von Kurt, sie in diese ausweglose Lage zu zwingen. „Und du bist sicher, dass er schon tot war, als du ..."

„Ja, Eva! Wie oft denn noch? Ich kam hier an, und da lag er, so wie jetzt. Genau so!" Johanna wurde ungeduldig. Sie wollte den Körper endlich verscharren. „Nun mach schon, wir müssen ihn begraben haben, bevor es ganz hell wird!"

„Ich weiß nicht, bist du dir wirklich sicher? Sollten wir nicht lieber die Polizei holen?"

„Wozu? Damit sie uns dumme Fragen stellt? Was, glaubst du, werden die Polizisten denken, wenn wir ihnen von Isabellas Vergewaltigung erzählen? Welche Schlüsse werden sie wohl ziehen, wenn du ihnen beschreibst, wie aufgeregt sie war, als sie bei uns ankam? Werden sie uns wirklich glauben, dass Kurt einfach so gestürzt ist und sich dabei tödlich verletzt hat? Sei jetzt bitte vernünftig!" Johannas Stimme war lauter und sehr bestimmend geworden. „Pack mit an und hilf mir, diesen Drecksack auf die Schubkarre zu laden. Er ist so schwer wie ein totes Schwein."

Eva zuckte zusammen. Sie wollte das nicht hören. Und wenn er schon hundert Jahre tot wäre, sie wollte es nicht hören, und sie konnte diesen Körper nicht berühren. Und so durfte Johanna nicht über ihn sprechen. Jetzt, wo er tot war.

„Ich kann nicht!"

Johanna stand direkt vor ihr und stemmte beide Hände in die Hüften. „Willst du Isabella wirklich nicht helfen? Willst du, *dass sie verhaftet wird? Wegen diesem Stück Scheiße?" Sie spuckte auf den Boden und verfehlte dabei nur ganz knapp den blutroten Klumpen aus Haaren, Haut und Dreck zu ihren Füßen.*

Eva hielt sich die Hand vor den Mund. Eine hilflose, zittrige Geste. Durch die geöffneten Finger hindurch stammelte sie: „Wie hat sie es nur fertiggebracht? Wie konnte sie nur ...?"

„Du hast gehört, was sie gesagt hat. Mit dem Hammer hat sie ihn erschlagen! Wahrscheinlich nicht mit Absicht. Sie wird ihn einfach nur unglücklich erwischt haben!" Und als Eva aufstöhnte, verbesserte sie sich. „Du weißt, was ich meine. Sie hat sich einfach erfolgreich gewehrt. Vergiss nicht, es war reine Notwehr. Sie kann überhaupt nichts dafür."

Eva nickte.

„Aber die Polizei wird es nicht so sehen. Es ist unsere Pflicht, ihr zu helfen. Wir haben das so besprochen, und du warst damit einverstanden. Du hast gesagt, du lässt mich das nicht alleine machen. Also los jetzt! Hilf mir!"

Johanna beugte sich zu dem leblosen Körper hinunter, und Eva trat zögerlich einen Schritt näher. Ja, sie hatte sich dazu bereiterklärt, die Leiche zu beseitigen, hatte aber nicht geahnt, dass es ihr so schwerfallen würde.

Die halbe Nacht hatten sie diskutiert. Dann hatten sie Schubkarre und Schaufeln aus der Werkstatt geholt und waren losgefahren, um Kurt zu begraben. Eine andere Lösung gab es nicht. Es war ihnen nicht bewusst, dass sie Schuld auf sich luden, indem sie Isabella nicht daran erinnerten, dass sie Kurt mit dem Hammer erschlagen hatte. Wozu Isabellas Leid vergrößern? Sie hatte schon genug mitgemacht. „Es ist besser, sie vergisst das alles möglichst schnell", hatte Johanna ihre Meinung auf der Fahrt zur Mine entschieden.

Die Schubkarre musste ebenerdig stehen, damit sie nicht kippte. Doch Kurt lag auf einer mit scharfen Felsbrocken durchsetzten leichten Anhöhe, und so mussten sie den sperrigen, schweren Körper zuerst über den Boden schleifen und rollen, um ihn in eine günstige Position zu bringen. Dann versuchten sie ihn hochzuwuchten. Er rutschte ihnen mehrmals aus den Händen, bis Johanna ihn schließlich unter den Achseln fasste und Eva befahl, sich zwischen seine Beine zu stellen und ihn fest unter den Kniekehlen zu packen, sodass seine Knie in ihren Armbeugen lagen und sie sein Gewicht besser tragen konnte. Eva folgte ihren Anweisungen mit geschlossenen Augen. Er war so schwer, und sein Oberkörper drehte sich, als sie seine Beine nochmals anhoben, um den Rest seines Körpers in die Karre zu hieven.

Endlich hatten sie es geschafft und schoben die Karre einen Pfad entlang. Sie mühten sich ewig lange, um die schwere Last auf dem wackligen Vorderrad einigermaßen auszubalancieren und durch das dichte Gestrüpp zu manövrieren. Ein Durchkommen war fast unmöglich, und Johanna hielt mit beiden Händen die hölzernen Griffe der Schubkarre fest und schob kraftvoll und gleichzeitig bedächtig, denn die Last tendierte immer wieder dazu, nach rechts zu rutschen. Sie durften sie nicht kippen lassen! Es war fürchterlich anstrengend. Irgendwann gab Johanna auf. Sie wusste, dass der Platz, an dem sie ihn eingraben wollte, noch tiefer in das unwirtliche Gelände hineinführte, aber sie konnte einfach nicht mehr weiter. Resigniert zerrte sie die Schaufeln, die sie zwischen Kurts Körper und Arme geklemmt hatten, von der Karre, drückte Eva eine davon in die Hand und begann, wo sie war, ein Loch zu graben. Auch das war harte, schweißtreibende Arbeit, denn der Boden war trocken, steinig und von Wurzeln durchzogen. Aber sie hatten Glück. Nachdem sie eine steinharte oberste Schicht abgetragen hatten, wurde der Boden auf einmal bröckelig. Johanna klopfte mit der scharfen Kante der Schaufel mehrmals auf die Erde und lockerte sie weiter auf. Bis sie plötzlich unter ihren Schlägen nachgab und einbrach.

„Ein unterirdischer Hohlraum!", rief sie Eva zu. „Das ist gut!"

Evas Rücken schmerzte von der ungewohnten Arbeit, und sie war schweißgebadet. Das Loch vor ihnen war vielleicht nicht tief genug, um den Körper für immer darin verschwinden zu lassen, aber Eva war so dankbar, dass die Erde an dieser Stelle nach unten gesackt war, dass sie sich nur am Rande fragte, wie dieser Hohlraum zustande gekommen war. Vielleicht handelte es sich ja um den verlassenen Bau eines Tieres? Doch letztendlich war ihr völlig gleichgültig, woher diese Grube kam. Hauptsache, sie würden den Körper so schnell wie möglich versenken, verbergen, mit Erde zuschütten und danach verschwinden können.

Nachdem sie die Schubkarre zur Seite gekippt hatten, rollte Kurt fast widerwillig in das Loch. Seine Arme und Beine wollten nicht zusammen mit dem Körper in der Erde verschwinden, weshalb Johanna in die Grube steigen und ihn zurechtbiegen musste. Er war starr und widerspenstig, und Johanna fluchte und stieß mit ihren Stiefeln mehrmals gegen seinen Arm, um ihn endgültig über den Rand zu drücken. Endlich war er in der richtigen Position, und sie schaufelten Erde über ihn, bis er ganz davon bedeckt war.

„Sollten wir nicht ein Gebet sprechen?", fragte Eva, nachdem sie die mühselige, grauenhafte Arbeit endlich beendet hatten.

Johanna hieb mit der Schaufel auf den Boden, um die Erde festzuklopfen. „Von mir aus", murmelte sie.

Eva dachte nach, ob sie das Vaterunser noch in Erinnerung hatte, dann begann sie: „Vater unser, der du bist im Himmel ...", und hielt inne. Johanna hatte die Schaufel zur Seite geworfen und trampelte mit den Füßen auf dem Grab herum.

„Johanna, ich kann nicht beten, wenn du ..."

„Dann lass es eben!" Johanna stampfte weiter, gleichmäßig und gleichgültig. „Die Erde muss fest sein, sonst buddeln ihn die wilden Tiere wieder aus. Außerdem ist es nicht nötig, für ihn zu beten."

Vielleicht hat sie Recht, dachte Eva, als sie den Rückweg antraten. Wie ging das Gebet gleich noch einmal? Sie hatte es doch tatsächlich vergessen!

Eva schob den schmutzigen Karren mit ihrer Schaufel darin vor sich her. Obwohl er nun ganz leicht war, hatte sie trotzdem Mühe, ihn im Gleichgewicht zu halten. Wie hatte Johanna, wie hatten sie beide es nur geschafft, den Karren samt des schweren Körpers über die vielen Unebenheiten, über Steine und Wurzeln und durch die Furchen und Mulden zu bewegen? Schon jetzt war es ihr unerklärlich.

Johanna kam hinter ihr her. Sie bog Zweige zurecht, ebnete mit der anderen Schaufel immer dort, wo das Rad zu tief eingesunken war, die Wegspur und versuchte den ehemaligen natürlichen Zustand wiederherzustellen. In Kürze würde die Natur das ihrige tun und, danach würde niemand mehr ihren Weg nachvollziehen können. Trotzdem! Johanna fühlte sich besser, wenn sie alle Spuren verwischte. Bei der Mine angekommen, räumte sie alles umherliegende Werkzeug, den Schubkarren und die Schaufeln auf die Ladefläche des Wagens und lockert mit einer Harke den Boden um die Stelle herum, an der Kurt gelegen hatte, und schließlich noch die Strecke, die sie ihn zur Schubkarre geschleift hatten, obwohl dort keinerlei Blutflecken zu sehen waren, und hörte erst auf, als sie das Gefühl hatte, ihre Arbeit gewissenhaft erledigt zu haben.

Dann stand sie lange vor dem Einstieg zur Mine, ohne jedoch die Leiter zu berühren und in die Tiefe zu schauen. Sie spürte, wie ihr Drang, zu gehorchen und hinabzusteigen, bereits schwächer wurde. Wie sein verhasstes Gesicht schon jetzt verblasste. Wie die Erinnerung an die vergangenen Jahre an Kraft verlor. Es war vorbei.

Eva saß währenddessen im Wagen und beobachtete sie. Oder sah vielleicht nur in ihre Richtung, während sie selbst von der Mine Abschied nahm. Jede hatte ihre eigene Art, mit dem Geschehenen fertigzuwerden, und ihre Unfähigkeit, darüber zu sprechen, entfernte sie ebenso voneinander, wie sie sie andererseits aneinanderkettete.

In den folgenden drei Tagen schien das Leben stillzustehen.

Isabella döste mithilfe der Schlafmittel in ihrem Tee friedlich vor sich hin, Tag und Nacht, ohne jemals eine einzige Frage zu stellen. Sie hatte anscheinend keine Schmerzen oder spürte zumindest keine, sie war nicht hungrig, nur durstig. Sie weinte nicht, beklagte sich nicht, lächelte aber auch kein einziges Mal. Sie ist ein einfacher Patient, meinte Johanna. Sobald Isabella versorgt war, saßen sie und Eva vor dem Haus und überlegten, ob sie alles richtig gemacht hatten. Drei Tage lang.

Dann, am Nachmittag des dritten Tages, als Johanna im Halbdunkel des unaufgeräumten Zimmers auf dem verschlissenen Sofa saß und die Trostlosigkeit ihrer Umgebung in sich aufnahm, wurde ihr schlagartig bewusst, welcher Frage sie in den letzten drei Tagen ausgewichen waren: Wie würde es nun weitergehen?

„Wir fahren noch heute nach Dubbo und melden ihn als vermisst“, beschloss sie mit fester Stimme. „Dann rufst du Uwe an und sagst ihm, dass ihr beide, du und Isabella, noch ein paar Tage hierbleibt und mir Gesellschaft leistet, bis Kurt wieder zurück ist. Uwe wird dafür Verständnis haben und wird es Dieter ausrichten, dem es wahrscheinlich ziemlich egal ist, wo sich Isabella herumtreibt. Aber ich brauche dich hier, damit du meine Vermisstenanzeige bestätigen kannst."

Eva schüttelte den Kopf. „Und was, wenn die Polizei Isabella vernehmen will? Sie darf nicht gesehen werden, das ist viel zu riskant."

„Ja, ich weiß, aber ich weiß auch, wie wir es verhindern können."

„Wie denn?"

Johanna stand auf, drehte sich zum Fenster und blickte durch die schmutzige Scheibe nach draußen. Es war höchste Zeit, das Haus auf Vordermann zu bringen. Doch dafür würde sie nun ja mehr als genug Zeit haben. „Indem wir es ihnen erst gar nicht erzählen! Bislang haben wir die einfachste Lösung nämlich übersehen! Wer weiß denn schon, dass sie überhaupt noch hier ist? Immerhin ist sie mit Uwe und Dieter losgefahren und müsste demnach schon lange in Sydney sein."

„Das schon, aber Dieter und Uwe wissen, dass das nicht stimmt."

„Die sind aber nicht hier."

Eva war nicht überzeugt. „Und wenn sie vernommen werden? Dann werden sie es der Polizei doch erzählen. Dieter wird zugeben, dass er Isabella aus dem Auto geworfen hat. Und auch Uwe wird, wie ich ihn kenne, darauf bestehen, die Wahrheit zu sagen."

Johanna drehte sich zu ihr um, sie war richtig wütend und wirkte plötzlich viel größer und lebendiger als vorher. „Sei nicht albern", fauchte sie. „Warum sollten sie überhaupt jemanden vernehmen? Kurts Verschwinden mag seltsam sein, aber nicht *verdächtig. Außerdem wissen die Polizisten überhaupt nicht, dass Uwe und Dieter da waren. Nur du bist hier, und das genügt, um meine Vermisstenanzeige zu bestätigen. Also, mach die Sache nicht komplizierter, als sie ist. Wir fahren nach Dubbo aufs Revier und geben dort an, dass Kurt vor drei Tagen zur Jagd gefahren, aber heute morgen nicht wie erwartet zurückgekommen ist. Fertig, aus! Du gibst an, dass du ihn am Morgen vor seinem Aufbruch noch gesehen hast, und das kommt in die Akte. Es interessiert hier doch keinen Menschen, ob Kurt verschwunden ist oder nicht. So etwas kommt dauernd vor. Die Polizei wird glauben, dass ich hysterisch bin, sie wird uns beruhigen und uns sagen, dass wir erst einmal abwarten sollen. Dass er schon wieder auftauchen wird. Oder auch nicht, er wäre schließlich nicht der erste Ehemann, der einfach verschwindet und sich ohne Ankündigung aus dem Staub macht. Glaubst du wirklich, die Polizei schert sich einen Deut darum? Denkst du, sie wird hierher kommen und nach Isabella fragen, von der sie gar nicht wissen, dass sie hier ist, oder nach deinem Mann? Natürlich nicht! Nein, wir halten unsere Aussage ganz einfach und verständlich. Lass sie uns noch einmal ganz genau durchgehen ..."*

Der Polizist auf dem Revier in Dubbo war auf einer der stillgelegten Farmen im Westen von Queensland aufgewachsen, wo der Grüngürtel unbarmherzig schnell in Wüste überging. Seine Eltern hatten ihren gesamten Besitz erst vor Kurzem verkauft, nachdem ihr Land nicht mehr genug Ertrag abgeworfen hatte, um die fälligen Bankzinsen bezahlen zu können. Und so war Bill Wiseman, der mit seinen achtundzwanzig Jahren noch viel zu jung für seinen Namen war, nach der letzten Ernte vor knapp sechs Monaten nach Dubbo gekommen und hatte großes Glück gehabt. Er war zwar noch nicht weise, aber er war klug und umsichtig. Die freie Stelle auf dem Revier mochte unterbezahlt und der Polizeidienst nicht sein Traumberuf sein, aber es war ein Job, und Bill war nur ein kleiner Fisch. Wozu sollte er in eine Großstadt gehen, um nach Arbeit zu suchen, wenn er in einem kleinen Teich vielleicht einmal ein großer Fisch werden konnte?

Bill schrieb auf, wann Kurt zur Jagd gegangen war – vor drei Tagen erst? –, wo er normalerweise jagen ging – Johanna beschrieb ihm vage ein ziemlich weitläufiges Gebiet südlich von Lightning Ridge –, wie er dorthin gekommen war? – sie habe ihn an einer bestimmten Stelle abgesetzt und sei dann mit dem Auto zurückgefahren –, wie lange er fortbleiben wollte - sie hätte ihn heute in der Früh wieder abholen sollen und hätte, weil er nicht an der verabredeten Stelle gewesen war, mehrere Stunden auf ihn gewartet –, was er für Kleidung trug – weiß nicht so genau, Jeans und ein braunes Sweatshirt? Ein kurzer Blick zu Eva, die zustimmend nickte, ja, das hatte er an! Tatsächlich stimmte diese Angabe genau mit dem letzten Bild überein, das sich Eva für immer ins Gedächtnis gebrannt hatte: Kurt auf dem Schubkarren, mit den dunklen Flecken auf dem Hemd, Rostbraun auf Schlammbraun, sie schauderte, worauf sich Johanna schnell vorlehnte und sie mit ihrer breiten Schulter verdeckte. Gut, das war es schon, wir rufen Sie dann an, sobald wir etwas hören, vielen Dank, und machen Sie sich keine allzu großen Sorgen.

„Geht nicht", erwiderte Johanna. „Wir haben kein Telefon. Mein Mann will das nicht." Immer schön in der Gegenwart bleiben.

Bill hörte auf zu schreiben. Der Fall war einfach und seine Notizen tadellos. Genau so, wie sie es ihm im Fernkurs für Polizeianwärter, den er jeden Abend studierte, beigebracht hatten. „Wie können wir Sie denn dann erreichen?"

Worauf ihm Johanna die Nummer vom Pub gab und dabei besorgt und verschüchtert auszusehen versuchte.

„Nur falls wir noch Fragen haben", beruhigte er sie. „Und wenn Ihr Mann wieder heimkommt, würden wir es zu schätzen wissen, wenn Sie uns ihrerseits benachrichtigen würden." Er tippte mit dem Kugelschreiber auf seine Notizen. „Damit wir es vermerken können." Und als Johanna abwartend stehen blieb, fügte er noch hinzu. „Er kommt bestimmt bald zurück."

Auf dem Rückweg jubilierte Johanna. „Hab ich es dir nicht gesagt?" Sie lachte tatsächlich. „Es ist rein gar nichts passiert. Sie werden mich nicht anrufen, und ich werde sie nicht anrufen, und irgendwann wird die Akte zur Seite gelegt und dem Vergessen überantwortet werden."

„Aber du kannst doch nicht ewig darauf warten, dass nichts passiert. Wenn sie nun doch anrufen und dich nicht erreichen? Und werden sie nicht misstrauisch werden, wenn du wegziehst?"

Johannas fröhliche Miene verschwand von einem Moment zum anderen. „Oh, sie werden mich erreichen", meinte sie und teilte Eva ihren Entschluss der letzten Nacht mit, in der sie darüber nachgedacht hatte, wie es nun mit ihrem Leben weitergehen sollte. „Ich werde die nächsten Jahre nicht von hier fort können. Solange ich in Lightning Ridge bleibe und so tue, als würde ich auf Kurt warten, ist alles ganz einfach. In einer Woche, wenn Isabella fit genug ist, fahre ich euch beide zum Bahnhof nach Brisbane, nachts, damit uns niemand sieht. Dort nehmt ihr den Zug zurück nach Sydney, und sobald ihr von hier weg seid, könnt ihr die ganze Angelegenheit vergessen."

Das klang einleuchtend, war für Eva aber trotzdem irgendwie falsch. „Du kannst aber nicht alleine hierbleiben."

„Warum denn nicht?" Johanna blickte konzentriert durch

die Windschutzscheibe des alten Trucks. Es hatte zu nieseln begonnen und wurde langsam dunkel. Sie waren schon den ganzen Nachmittag unterwegs, aber die Zeit drängte, denn Isabella würde voraussichtlich gegen Abend wieder aufwachen.

„Was willst du tun? Wovon willst du leben?" Sie konnte doch nicht in der Mine arbeiten. Alleine, noch dazu als Frau. In dieser Einsamkeit. „Ich meine, du wirst in Lightning Ridge doch keinen Job finden."

„Wer weiß", meinte Johanna. „Vielleicht machen sie hier ja bald ein Krankenhaus auf."

„Ich bitte dich!"

„Ich sage dir, was ich als Allererstes machen werde. Ich werde ein Telefon beantragen! Damit ich erreichbar bin und du mich anrufen kannst. Und als Zweites werde ich den ganzen alten Krempel, den Kurt vom Sperrmüll geholt hat, entsorgen und den Wohnwagen und die Werkstatt umbauen und herrichten, sodass man sich nicht mehr schämen muss, weil man wie ein Asozialer lebt. Und frag gar nicht erst, mit welchem Geld ich das mache! Kurt hat das ganze Geld gespart, das er für die Steine, die wir in den letzten Monaten aus der Mine geholt haben, bekommen hat. Ich weiß genau, wo es ist. Er hat es nicht einmal für nötig befunden, es vor mir zu verstecken. Es ist nicht viel, aber es wird reichen. Und wenn es aufgebraucht ist, gehe ich in die Mine und schürfe weiter. Ich kann das! Ich schaffe das auch alleine! Vor allem alleine!"

Eva nahm ihre Brille ab und rieb sich an der Nasenwurzel. Sie war so müde und zerschlagen von den Ereignissen. Ihre ganze Energie war aufgebraucht, und so war sie, während sie Johanna zuhörte, auch mehr als froh darüber, dass diese anscheinend für alles bereits eine Lösung parat hatte. Johanna würde durchkommen. Im Notfall würde sie sie finanziell unterstützen, auch wenn das mit ihren begrenzten Mitteln fast un-

möglich war, aber dazu würde es bestimmt nicht kommen. Johanna schien überhaupt nicht müde zu sein. Gottlob wusste wenigstens eine von ihnen, was in dieser grässlichen Situation zu tun war. Nur noch eines wollte Eva wissen: „Wirst du in diesem Ort nicht vor lauter Einsamkeit umkommen? So ganz allein in der Mine? Und wenn du dann nachts nach Hause kommst, ist auch niemand da.“

Über Johannas Gesicht huschte ein Lächeln. „Ich werde mir einen Hund zulegen.“

21

Punkt sechs Uhr standen Eva und Isabella mit ihrem Wagen vor Jo Anns Hoftor. Eva hatte verschlafen, war mürrisch und konnte noch immer kaum aus den Augen schauen, während Isabella dagegen putzmunter war und deshalb auch den ersten Abschnitt der Strecke fahren wollte.

Nachdem sie Johannas Koffer verstaut hatten, setzten sich die drei Frauen in den Explorer und fuhren durch den Ort, der zu dieser frühen Stunde noch menschenleer und ruhig wie ein Friedhof war, zum Pub. Die Sonne stand schon seit einer halben Stunde über dem Horizont und beleuchtete die einsamen Straßen mit ihrem schräg einfallenden weichen Licht, das dem Ort das Aussehen einer nachkolorierten Postkarte verlieh.

Jo Ann hörte die Vögel in den Bäumen zwitschern. Noch nie zuvor war ihr Lightning Ridge so schön erschienen. Sie stellte die Kiste mit ihren privaten Habseligkeiten und letzten Anweisungen für John vor dem Pub ab, setzte sich wieder auf den Rücksitz des Autos und schloss die Augen, während Isabella aus dem Ort fuhr. Erst als sie Eva sagen hörte: „Hier ist die Abzweigung zum Highway", öffnete sie wieder die Augen. Es war vorbei. Die Stadt der Opalsucher lag hinter ihr.

Schweigend fuhren sie die ersten fünfzig Kilometer auf der kerzengeraden Straße in Richtung Süden, durch eine vom vergangenen Regen gesättigte und daher noch immer grüne Landschaft.

„Ich habe mir heute beim Morgenkaffee die Karte angesehen“, sagte Isabella schließlich und drehte sich dabei etwas zur Seite, damit auch Jo Ann sie gut verstehen konnte. „Wir müssen entscheiden, welche Route wir nehmen wollen. Wenn wir weiter geradeaus fahren, kommen wir nach Dubbo und müssen über Bathurst und die Blue Mountains nach Sydney zurück. Die andere Strecke führt dagegen nach Moree und dann weiter nach Brisbane. Ich würde gern die Letztere fahren, zumindest bis zum Surfers Paradise, und dann die Küste runter nach Syndey.“

„Das ist ein Riesenumweg“, meinte Eva.

„Klar! Es sind siebenhundert Kilometer bis zur Küste, die könnten wir heute aber noch gut schaffen, schließlich haben wir gerade einmal sieben Uhr morgens. Wir machen uns einen netten Tag am Surfers Paradise, oder meinetwegen zwei, danach fahren wir weiter in Richtung Süden. Wir könnten uns diesen Promi-Ort Byron Bay ansehen, und Balina, Coffs Harbour und auch all die anderen Küstenstädtchen.“

„Aber das ist eine Riesenstrecke“, wiederholte Eva.

„Ja, noch einmal siebenhundert Kilometer. Aber wir haben es ja auch nicht eilig, oder?“

Eva überlegte nicht lange. „Ich muss wahrscheinlich erst nächsten Montag wieder ins Büro, vorher werde ich nicht erwartet, auch nicht von Steve. Die Spiele enden erst am Sonntag, und er muss noch beim Abbauen helfen. Also habe ich noch drei Tage Zeit.“

„Dann ist es also abgemacht?“, drängte Isabella. „Drei Tage genügen vollkommen für diese Strecke, und wir können uns einen kleinen Urlaub gönnen!“

„Was sagst du dazu, Jo Ann?“, fragte Eva, die sich nicht vorstellen konnte, dass ihre Freundin an einer Vergnügungsfahrt entlang der Küste interessiert sein könnte.

„Ich habe nicht so viel Geld“, antwortete Jo Ann vom Rücksitz aus. „Die Hotels dort sind teuer.“ Es klang gleichgültig.

„Kein Problem!“ Isabella legte bereits den ersten Gang ein. „Ich lade euch beide ein. Die Übernachtungen gehen auf mich. Schließlich wohne ich im Anschluss ja auch bei Eva in Sydney.“

„Aber bei mir hast du nicht gewohnt!“, entgegnete Jo Ann. Es war kein Vorwurf, sondern nur eine Feststellung. „Du schuldest mir nichts.“

„Das ist doch egal! Von mir aus kannst du mich aber gern auf einen Drink einladen, wenn dir dann wohler ist.“

„Ich weiß nicht“, zögerte Eva. „Willst du das denn auch wirklich?“

„Klar!“

„Ich meinte nicht dich“, erwiderte Eva, die sich im Moment tatsächlich nicht für Isabellas Großzügigkeit interessierte. „Meine Frage bezog sich auf Jo Ann. Ist es dir auch bestimmt nicht zu viel, Jo Ann? Und solltest du Isabella nicht endlich erzählen, was du in Sydney vorhast?“

„Ich will nichts wissen, was unseren Urlaub stören könnte!“, baute Isabella vor und warf dabei einen Blick in den Rückspiegel. „Bitte, Jo Ann, sag ja! Warst du schon mal im Surfers Paradise?“

„Ich war noch nie weiter als in Moree.“

„Und du, Eva?“

„Ich muss zu meiner Schande gestehen, dass ich bisher nur bis Newcastle gekommen bin.“

„Seht ihr!“, triumphierte Isabella und bog ab. „Das Wetter ist traumhaft, der Verkehr gleich null. Wir haben ein einigermaßen vernünftiges Auto" – sie zwinkerte Eva zu – „und sind ohne Verpflichtungen. Drei attraktive Frauen auf Wanderschaft. Das ist doch wunderbar! Also, abgemacht?"

Eva versuchte Jo Ann ein Signal zu senden. Ihr Blick fragte „Willst du wirklich?", aber Jo Ann ignorierte sie. „Auf ein paar Tage mehr wird es wohl nicht ankommen", sagte sie laut. „Ich glaube nicht, dass man in Sydney dringend auf mich wartet".

Eva verstand. „Nein, natürlich nicht, aber ..."

Jo Ann schüttelte unmerklich den Kopf. Es sollte ihr überlassen bleiben, wann sie Isabella informieren würde.

Bei Einbruch der Dämmerung erreichten sie Surfers Paradise und fuhren die Strandpromenade entlang. Jedes Hotel war zum Meer hin ausgerichtet, ein Umstand, der ihre Chancen, ein Zimmer mit Aussicht zu erhalten, deutlich verbesserte. Isabella entschied sich für das *Marriott,* fuhr die geschwungene Auffahrt zum Hotel hinauf und erkundigte sich an der Rezeption nach Zimmern. Hocherfreut kam sie wenig später zum Wagen zurück. „Aussteigen, meine Damen, wir haben eine Bleibe! Drei Zimmer mit Meerblick, was sagt ihr dazu? Ich habe sogar noch einen Mengenrabatt bekommen."

„War es arg teuer?", erkundigte sich Eva.

Isabella nickte und grinste. „Kostet mich ein Vermögen! Aber es bleibt noch genug übrig, um euch heute Abend zum *Seetraum*-Buffet einzuladen. Ich schlage vor, wir machen uns etwas frisch und treffen uns dann gleich auf einen Cocktail in der Hotelbar. Steigt aus, der Bellboy wird den Wagen parken und unsere Koffer aufs Zimmer bringen."

Jo Ann blieb unbeeindruckt. „Ich fürchte, ich habe für so

ein Dinner nicht die richtige Garderobe eingepackt", sagte sie nüchtern.

„Hast du ein Paar frische Jeans dabei?"

„Ja."

„Und eine saubere Bluse, vielleicht eine weiße?"

„Eine hellblaue."

Isabella war zufrieden. „Gut. Komm nach dem Duschen auf mein Zimmer, und wir suchen dir dann den dazu passenden Schmuck aus. Ich habe ein paar Ketten und Ohrringe eingepackt. Es wäre doch gelacht, wenn wir dich nicht etwas herausputzen könnten. Außerdem geht es hier sowieso ziemlich leger zu, nach dem, was ich an Gästen so alles in der Eingangshalle gesehen habe."

Das Abendbuffet war eine endlose Präsentation von herrlich arrangierten kalten und warmen Speisen, die geschmacklich leider nicht hielten, was die Optik versprochen hatte.

Die drei Frauen hatten einen Tisch direkt am Fenster zum Garten zugewiesen bekommen, nachdem der Kellner von Isabellas freundlichem Händedruck, mit dem sie ihm eine Zehndollarnote zugesteckt hatte, mehr als beeindruckt gewesen war. Er hatte sie gebeten zu warten, flink zwei Reservierungsschilder vertauscht und sie mit dieser kleinen Aktion etwas abseits der lärmenden Feriengruppen platziert.

„Das sind anscheinend alles Pauschalreisende", wunderte sich Isabella und zog geringschätzig ihre Mundwinkel nach unten. „Seht sie euch an, wie sie über das Buffet herfallen. Da kann einem doch wirklich der Appetit vergehen."

„Das kann ich von mir nicht behaupten", erwiderte Eva. „Ich hole mir eine Vorspeise. Kommt ihr mit?"

Zu dritt gingen sie zur Anrichte und kehrten mit gekochten Shrimps, eisgekühlten Sydney-Rock-Austern und Weißbrot wieder an ihren Tisch zurück, wo Isabella bei ihrem favorisierten Kellner noch eine Flasche *Cabernet Sauvignon* bestellte.

Sie warteten mit dem Essen, bis der Kellner die Flasche brachte, am Tisch öffnete, Isabella einen Probeschluck einschenkte und ihnen, auf ihre Zustimmung hin, die Gläser füllte. Als er gegangen war, stießen sie an. „Auf die Zukunft!“, sagte Isabella.

Eva blickte zu Jo Ann, die den Trinkspruch jedoch ungerührt erwiderte, einen Schluck trank und danach schweigend zum Besteck griff. Langsam wird es peinlich, dachte Eva, und versuchte, sich mit oberflächlichen kleinen Geschichten durch die einzelnen Gänge zu plaudern. Leider rutsche ihr Gesprächsstoff dabei immer wieder in die gemeinsame Vergangenheit, die sie je nach Bedarf bagatellisierte oder beschönigte. Isabella bemühte sich halbherzig, den harmlosen Anekdoten einigermaßen Beachtung zu schenken, doch als sie endlich beim Dessert angelangt waren, stocherte sie nur noch missmutig mit ihrer Gabel in den zerkrümelten Resten ihrer Nachspeise herum und meinte: „Ich kann nicht mehr! Immer das gleiche Problem mit diesen verflixten Buffets. Man lädt sich einfach zu viel auf die Teller.“

„Weil man von allem versuchen will, und weil es einen Einheitspreis kostet ...“, nickte Eva und wollte sich schon in dieses neue Thema stürzen, als sie von Jo Ann unterbrochen wurde, die bis dahin den ganzen Abend über außer „ja“ und „nein“ noch kaum ein Wort von sich gegeben hatte.

„Hört bitte endlich auf“, sagte sie und verblüffte die beiden Frauen damit. „Ich will heute keine weiteren Banalitäten noch irgendwelche aufgewärmte Geschichten von früher mehr hören. Die Vergangenheit wird mich noch früh genug einholen. Also, machen wir uns lieber einen schönen Abend!"

„Das ist ein Wort!" Isabella gab dem Kellner ein Zeichen. „Herr Ober, bitte noch eine Flasche Cabernet."

Jo Ann trank ihr Glas in einem Zug leer. Dann sah sie Isabella an und fragte: „Hast du es je bereut, zurückgegangen zu sein?"

„Sagtest du nicht gerade, dass du nichts mehr von der Vergangenheit hören willst?"

„Ich möchte mich nicht länger mit albernen Schwänken aus unserer gemeinsamen Jugend langweilen", erklärte Jo Ann. „Aber was mit jeder von uns passiert ist, nachdem wir uns getrennt haben, das interessiert mich schon."

„Na gut. Was genau willst du wissen?"

„Was ich gefragt habe! Ob du es je bereut hast, zurückgegangen zu sein!"

Isabella lehnte sich im Stuhl zurück. „Nein, eigentlich nie! Am Anfang war es zwar schwierig, zu Hause Fuß zu fassen. Alles war so eng, so kleinbürgerlich. Ich hatte manchmal das Gefühl, zu ersticken, und meine Brüder waren dabei das größte Problem. Sie wollten mich so schnell wie möglich wieder verheiraten, wie das in einer italienischen Familie eben so üblich ist. Dass Dieter mich aus dem Familienverband herausgelöst und mit nach Australien genommen hatte, war in ihren Augen bereits ein Verbrechen gewesen, aber dass er mich in der Fremde, auf der anderen Seite der Welt, auch noch sitzen gelassen hat, das war eine Todsünde. Wenn sie ihn erwischt hätten, hätten sie ihn in der Luft zerrissen. So haben sie sich stattdessen auf mich gestürzt, um mich vor einem zweiten Desaster zu bewahren.

Sie hatten sich in den Kopf gesetzt, einen Mann aus ihrem Bekanntenkreis für mich zu finden, einen italienischen Münchner sozusagen! Ihr habt ja keine Ahnung, was da alles abging! Ich bin fast verrückt geworden. Ich konnte nicht einmal mehr auf den Viktualienmarkt zum Einkaufen gehen, ohne einen brüderlichen Wachhund in Begleitung an meiner Seite."

Eva musste lachen. „Wie bist du ihnen entkommen?"

Sogar Jo Ann schmunzelte. „Ich wette, du hast es ihnen ganz schön schwer gemacht."

„Nicht in den ersten Monaten. Da war ich noch zu verletzt und hatte wirklich zu kämpfen, um mein seelisches Gleichgewicht wiederzufinden. Nicht nur von meinem Ehemann verlassen worden zu sein, sondern auch noch in mein Elternhaus zurückgekehrt zu sein, empfand ich als eine doppelt persönliche Niederlage ..."

„So war es bestimmt nicht", wollte Eva sie trösten.

„Oh doch, das kannst du mir glauben! Ich war eine Niete, eine Versagerin auf ganzer Linie ..."

„Das kann ich wiederum gut verstehen. Ich hätte Uwe auch verlassen und wäre zurückgegangen, wenn ich nicht solche Angst gehabt hätte, dann als Versagerin dazustehen. Einmal habe ich ..."

„Meine Damen!", mahnte Jo Ann. „Nichts aus der Mottenkiste."

„Entschuldige, du hast Recht", sagte Eva. „Also, wie bist du deinen Brüdern entkommen, Isabella?"

„Durch die Arbeit. Als ich meine Gefühlswelt wieder einigermaßen im Griff hatte, bewarb ich mich bei einem Münchner Importeur. Mit meiner Auslandserfahrung und meinen Englischkenntnissen bekam ich sofort eine gute Stelle."

„Und diesmal ohne persönliche Unterstützung des Chefs?", neckte Eva sie.

Isabella wurde ernst. „Du sagst es! Ich hatte mir, nachdem mich Hal abserviert hatte, geschworen, mich niemals wieder von einem Vorgesetzten abhängig zu machen. Ich hatte meine Lektion gelernt, war knallhart und unbequem geworden. Das kam bei den Kunden gut an, was wiederum meiner Karriere gutgetan hat. Ich war erfolgreich und konnte bald von zu Hause ausziehen und mir ein eigenes Apartment mieten. Endlich war ich frei und unabhängig! Ein zufriedener Single! Wenig später habe ich mich dann auch noch beruflich freigeschwommen und mich selbstständig gemacht. Von diesem Tag an gab es keinerlei Bevormundung mehr für mich. Und das ist etwas, wofür ich Dieter und Hal eigentlich noch nachträglich danken muss. Um es kurz zu machen, ich habe es nicht bereut, Jo Ann. Die Zeit in Australien war schwer, aber sie war wichtig für mich."

„Das freut mich", sagte Jo Ann. „Und hast du Dieter jemals wiedergesehen?"

Isabella verneinte. „Ich weiß nur, dass er jetzt in New York lebt."

„Was macht er da?"

„Er arbeitet dort als freiberuflicher Fotograf, angeblich sogar mit beachtlichem Erfolg, aber das interessiert mich nicht."

Jo Ann glaubte ihr kein Wort. „Hat er sich nach der Scheidung nie wieder bei dir gemeldet?"

„Nein. Das wäre auch keine gute Idee gewesen, weil er mir dann einige Fragen hätte beantworten müssen. Zum Beispiel, warum er mich einfach hat sitzen lassen, noch dazu mit leer geplündertem Konto. Schließlich hatte ich ihm nichts getan."

„Vielleicht wusste er von Hal?“, gab Eva zu bedenken.

„Nein, hundertprozentig nicht! Ich kenne ihn, das hätte er sofort zu seinem Vorteil genutzt und mich unter Druck gesetzt. Ich traue ihm sogar zu, dass er die Affäre gebilligt hätte, wenn er dadurch an gute Aufträge herangekommen wäre.“

„Vielleicht täuschst du dich aber auch“, stellte Jo Ann nüchtern fest, „und hast ihn gar nicht so gut gekannt, wie du glaubst! Denn sonst würdest du wohl auch wissen, warum er abgehauen ist.“

Eva wunderte sich über die Kälte in Jo Anns Worten. „Du bist unfair“, warf sie ihr vor.

„Nein, bin ich nicht! Denkt doch mal nach! Wenn Dieter nichts von der Affäre wusste, muss er einen anderen Grund gehabt haben. Nachdem sich Isabella aber keinen anderen vorstellen kann, wusste sie auch nicht, was wirklich in Dieter vorging. Ich nehme an, er hat ihr etwas vorgegaukelt, so wie jeder Mann das tut.“

„Das ist eine Verallgemeinerung!“

„Ist es nicht! Ich habe mich in Kurt getäuscht, und du hast dich von Uwe hinters Licht führen lassen. Oder findest du diese Feststellung ebenfalls unfair? Falls ja, möchte ich dich nur fragen: Hat Uwe dir gegenüber nicht jahrelang den treu sorgenden Gatten gespielt, während er gleichzeitig seinen Ausstieg aus eurer Ehe geplant und dich betrogen hat?“

Eva wurde wütend. „Allerdings, und ich werde sogar noch heute fuchsteufelswild, wenn ich nur daran denke.“

„Ach, verdammt“, sagte Isabella. „Jetzt sind wir doch wieder da angelangt, wo wir nicht hin wollten. Was ist nur los mit uns, warum können wir uns nicht einfach amüsieren? Müssen uns diese Scheißtypen auch noch nachträglich das Leben versauen?“

Um einen Themenwechsel bemüht, besprachen sie den weiteren Verlauf der Reise und gingen dann nochmals an die Bar. Nach einem Cognac für Isabella, einem Fruchtsaft für Eva und einer Piña Colada für Jo Ann war jedoch jeder unverfängliche Gesprächsstoff versiegt, und sie gingen auf ihre Zimmer. Es war erst zehn Uhr.

22

Uwe holte sie vom Bahnhof ab. Isabella hatte ihre Augen hinter einer Sonnenbrille verborgen und die Striemen an Hals, Oberkörper und den Händen, die sich, nachdem der Schorf abgefallen war, rosafarben von ihrer sonst leicht gebräunten Haut abhoben, so gut es ging mit Make-up abgedeckt. Trotz der schwülen Hitze, die seit Tagen in ganz New South Wales herrschte und die Zugfahrt noch strapaziöser gemacht hatte, trug sie eine langärmelige Bluse und hatte sich zusätzlich noch einen Schal um den Hals gebunden und in den Kragen gesteckt. Weder Johanna noch Eva hatten ihr dazu geraten. Es war überhaupt nicht darüber gesprochen worden, wie sich Isabella am besten verhalten sollte, und Isabella hatte auch nicht um Rat gefragt. Umgekehrt hatte sie sich mit keinem Wort nach Kurts Befinden erkundigt, nicht einmal nachdem ihr Johanna gesagt hatte, dass er verschwunden sei. Sie hatte weder nach dem angeblichen Grund seiner Abwesenheit noch nach der Ursache für ihre Verletzungen gefragt. Also erinnert sie sich an das, was passiert ist, und will nicht darüber sprechen, vermutete Johanna, während Eva meinte, dass man das nicht sicher wissen könne. Isabella hatte die meiste Zeit über geschlafen, aber vielleicht hatte sie ja wirklich jede Erinnerung an ihr traumatisches Erlebnis verloren. Eva versuchte es herauszufinden, indem sie begann, kurz nachdem der Zug in Brisbane losgefahren war, gezielte Bemerkungen zu machen. Wie sehr sie bedaure, was vorgefallen sei, wie schrecklich doch alles für Isabella gewesen sein müsse und dass sie und Johanna gut verstehen könne, warum sie so extrem reagiert habe. Dass dies alles aber nicht ihre Schuld gewesen sei. Doch schon nach den ersten Andeutungen blieben Eva alle weiteren Worte in der Kehle stecken. Isabellas Gesicht wurde dabei starr, und trotz der dunklen Brille fühlte Eva die eisige Kälte in den verborgenen Augen. Eva fand keine weiteren Worte, um das Geschehene zu umschreiben. Sollte sie ihr vielleicht direkt ins Gesicht sagen, es ist schon in Ordnung, dass du Kurt erschlagen hast? Kein Problem, uns ist es herzlich egal, dass du eine Mörderin bist? Und genau in diesem Moment, als Eva jedes Wort, das sie sagte, abwog, wusste sie, dass es ihr überhaupt nicht egal war und dass Isabella sehr genau spürte, welche Barriere sich damit zwischen ihnen aufbaute. Der Rest der Reise verlief praktisch stillschweigend.

Falls Uwe die veränderte Stimmung zwischen den beiden Frauen bemerkt haben sollte, ließ er es sich nicht anmerken. Er fuhr, gleich nachdem er sie vom Bahnhof abgeholt hatte, nach Mosman, hob Isabellas kleinen Koffer aus dem Gepäckraum und reichte ihn ihr wortlos. Sie bedankte sich und verabschiedete sich von ihnen, ohne sie noch auf einen Drink in ihre Wohnung zu bitten. Eva sah ihr nach, wie sie die Stufen zu ihrer Wohnungstür hinaufging, ohne sich umzudrehen oder zu winken. Doch auch Uwe verhielt sich merkwürdig. Schweigend fuhr er nach Cremorne weiter und geradewegs auf Cremorne Point zu, die Landzunge, auf der das Opernhaus von Sydney sich befand und von der man nach allen Seiten hin einen wunderbaren Blick auf den Hafen genießen konnte. Auf halber Höhe der Strecke lag ihr Apartmentblock. Noch immer schweigend bog er in die Einfahrt ein und parkte auf ihrem Unterstellplatz. Da hielt es Eva nicht mehr länger aus. „Na, was sagst du?“

„Wozu?"

„Zu Kurts Verschwinden natürlich."

Uwe hatte den Motor abgestellt und seine Hände wieder auf das Lenkrad gelegt. Er starrte geradeaus durch die Windschutzscheibe, als müsste er sich auch weiterhin auf den Verkehr konzentrieren und könnte auf keinen Fall seine neben ihm sitzende Frau ansehen. Schließlich nickte er mehrmals bedächtig. „Schrecklich. Einfach schrecklich. Wer hätte das gedacht. Dabei ist es noch nicht einmal zwei Wochen her, dass wir noch alle beisammen waren. Ganz fürchterlich."

„Die Polizei vermutet, dass er einen Jagdunfall hatte", sagte Eva und hatte dabei unwillkürlich das Bild vor Augen, wie Johanna in einem der letzten Telefongespräche, die sie vom Pub aus geführt hatte, dem Polizisten Bill Wiseman die besorgte Ehefrau vorgespielt hatte. Nach zehn Tagen gäbe es kaum noch Hoffnung, hatte dieser gemeint, und Johanna hatte mit einer Mischung aus Gefasstheit und Verzweiflung darauf reagiert.

Vielleicht könnte sie Uwe einweihen? Immerhin war er ihr Mann, und er war verschwiegen. „Ich glaube nicht, dass er wieder auftaucht", begann sie deshalb. „Ich glaube, dass er tot ist."

Uwe schwieg.

„Für Johanna wird es nicht so schlimm sein ...", fuhr sie vorsichtig fort.

„Wie kommst du denn auf so einen Blödsinn?"

„Weil nun schon fast zwei Wochen vergangen sind und Johanna weiß, dass er wahrscheinlich tot ist."

Uwe ignorierte diese Mitteilung. „Wie lange werden sie noch nach ihm suchen?"

„Oh, ich weiß nicht, nicht mehr sehr lange, denke ich. Eigentlich haben sie überhaupt nicht nach ihm gesucht. Nicht

richtig, verstehst du? Niemand kam nach Lightning Ridge. Sie haben nur gewartet, ob Kurt von selbst wieder auftaucht, und nun sagen sie, dass er wohl verunglückt sein muss, nachdem er nicht mehr aus dem Busch zurückgekommen ist. Niemand hat Verdacht geschöpft ..." Sie hielt inne. Aber Uwe schwieg schon wieder, lehnte sich im Autositz zurück und seufzte. Sie versuchte es noch einmal. „Es scheint in Lightning Ridge ganz einfach zu sein, jemanden verschwinden zu lassen. Weißt du, wenn jemand Interesse daran hätte, Kurt verschwinden zu lassen, dann wäre das wirklich der geeignete Ort ..."

Jetzt besaß sie seine ganze Aufmerksamkeit. Endlich wandte er sich ihr zu, deutete mit seinem dünnen, feingliedrigen Zeigefinger auf sie und fuhr sie an: „Erlaube dir ja nicht, in dieser Sache irgendwelche voreiligen Schlussfolgerungen zu ziehen! Was fällt dir eigentlich ein, so zu reden! Du bist einfach zu dumm, um zu kapieren, was du da sagst. Das kommt geradezu einer Mordbezichtigung gleich, was du da von dir gibst, damit kannst du uns in große Schwierigkeiten bringen. Warum plapperst du nur immer drauflos, ohne zuvor nachzudenken. Ich weiß nicht, was in dich gefahren ist! So etwas zu sagen! Wie kannst du nur?"

Wie konnte er nur? Seit ihrer Ankunft hatte er sie noch nicht einmal umarmt und kein einziges freundliches Wort und keine einzige nette Geste für sie übrig gehabt, dabei waren sie doch immerhin fast zwei Wochen getrennt gewesen. Tränen schossen ihr in die Augen. Außerdem hatte sie nur die Wahrheit gesagt. Die reine Wahrheit, aber keiner wollte sie hören oder mit ihr darüber sprechen. Kurt war tot. Isabella hatte ihn getötet, und sie hatte die schlimmsten zwei Wochen ihres Lebens hinter sich. Aber das interessierte niemanden. Sie sollte wohl besser den Mund halten und so tun, als wäre nichts passiert.

„Weil es stimmt“, heulte sie los. „Weil er tot ist! Und es war kein Jagdunfall! Johanna und ich, wir wissen ganz genau, was passiert ist. Ob du es nun hören willst oder nicht, es ist wahr, und ich lasse mich nicht von dir beleidigen ...“

„Halt den Mund!“, schrie er sie an. „Halt endlich den Mund! Ich will kein Wort mehr davon hören!“ Er öffnete die Wagentür, quälte sich umständlich aus dem Auto und ging ins Treppenhaus.

Was, um Himmels willen, war nur los mit ihm? Sie blieb noch lange sitzen, weinte, war wütend, beleidigt, durcheinander und traurig. Ihr eigener Mann, und sie konnte nicht mit ihm darüber reden. Über nichts konnte sie mit ihm reden, hatte es noch nie gekonnt. Nein, nicht sie, er hatte es nie gekonnt. Und sie hatte nie den Zugang zu ihm gefunden, der es ihr ermöglicht hätte, ihn ihrerseits zu verstehen und mit ihm zu kommunizieren. Als benutzte sie eine Sprache, die er nicht verstand. Und umgekehrt. So viele Worte hatte sie schon an ihn gerichtet, und alle waren sie umsonst gewesen. Sie fühlte sich elend. Hilflos. Es wäre besser, ihn zu verlassen, ihn seiner eigenen Weg gehen zu lassen und endlich zuzugeben, dass sie nicht zueinanderpassten. Ja, vielleicht wäre es besser so. Ihre Tränen trockneten langsam, und ihr Kinn schob sich unwillkürlich weiter nach vorn. Jawohl, es war besser, sich zu trennen und zurück in die Heimat zu gehen! Er könnte ja hierbleiben. Und wenn sie sich trennten, wäre es das Natürlichste von der Welt, dass sie zurückging, nach Hause. Sie lächelte zufrieden in sich hinein.

Fast hätte sie vergessen, dass sie schwanger war. Aber irgendetwas stieß plötzlich gegen ihre Bauchwand und forderte sie auf, sich zu erinnern und ihre albernen Hoffnungen zu begraben. Eva legte ihre Hände auf ihren Bauch und hielt die Luft an. Das musste das Baby gewesen sein, ganz bestimmt!

Sie hatte es noch nie zuvor gespürt, hatte schon darauf gewartet und sich darauf gefreut. Mein Gott, warum gerade jetzt? Das Schicksal konnte ja so grausam sein. Sie begann über die leichte Wölbung ihres Bauches zu streichen. Es konnte nichts dafür, das arme Ding. Ob es ihm wohl etwas ausmachen würde, ohne Vater aufzuwachsen?

„Schaffen wir das, wir zwei alleine?", flüsterte sie. „Wie sollen wir das nur anstellen? Ohne Arbeit und ohne Geld? Nach Deutschland zurückgehen und dort auf das Mitleid meiner Leute angewiesen sein? Damit alle sagen können, na bitte, wir haben es ja gleich gewusst, das musste doch schiefgehen. Dieser dumme Traum vom Auswandern. Und so weit weg. Wo es bei uns doch so schön ist! Nein, mein Kleines, das schaffe ich nicht." Das Kleine kickte wieder. „Ich weiß, es ist unmöglich. Wir müssen die Heimreise verschieben. Bis du größer bist und ich wieder arbeiten gehen kann. So lange werden wir uns noch auf Uwe verlassen müssen. Er ist schließlich dein Vater."

Ein Nachbar lief an ihrer Seite des Autos vorbei, ohne sie zu bemerken. Aber sie kam sich trotzdem plötzlich kindisch vor, wie sie so alleine auf dem Beifahrersitz saß und laut mit ihrem ungeborenen Kind sprach. Sie rutschte etwas tiefer in ihren Sitz, faltete die Hände über ihrem Schoß und beendete das Zwiegespräch. Sagte ihrem Kind in Gedanken, dass sie das Beste aus der Situation machen würde. Um ihm die besten Chancen im Leben zu geben. Dass Uwe gar nicht so übel sei, zumindest wäre er ein zuverlässiger Arbeiter, und vielleicht würde ihn die Geburt ja etwas gesprächiger und umgänglicher machen. Aber falls nicht, was wahrscheinlicher wäre, sei das auch nicht weiter tragisch. Sie beide, das Kind und sie, könnten ja immer miteinander reden. Nicht sofort, dafür wäre es noch zu klein, aber ihr würde das nichts ausmachen. Ich rede immer mit dir, versicherte sie ihrem Bauch, mach dir keine Sorgen. Von mir erfährst du alles.

Danach stieg sie aus, ging nach oben in ihre Wohnung und plapperte drauflos, wie immer. Sie fragte Uwe, ohne eine Antwort zu erwarten, was sie kochen sollte und wie das Wetter gewesen wäre, erzählte, dass sie den Nachbar gesehen habe und eine Windböe, die eine Vogelfeder auf die Kühlerhaube geweht habe, man stelle sich das vor. Und ganz nebenbei: „Johanna bekommt nächsten Monat ein Telefon. Sie ruft uns bestimmt gleich an, wenn Kurt wieder auftaucht."

Uwe nickte und las in seiner Zeitung weiter. Und Eva fühlte sich längst nicht mehr so erbärmlich wie noch vor einer halben Stunde. Hatte das Drama um Kurt schon fast wieder vergessen, und um Isabella, diese abweisende Person, die ihr so fremd geworden war. Ach ja, und Uwe, ihren eigenen Mann, der am Küchentisch saß und so tat, als wäre nichts geschehen, den konnte sie auch vergessen. Er würde es sowieso nicht bemerken.

Als Isabella die Haustür aufsperrte, vernahm sie Musik und Gelächter. Automatisch zupfte sie ihren Schal zurecht und schob ihn etwas höher. Dieter saß auf dem Sofa vor dem Fenster, und ihm gegenüber, mit dem Rücken zu ihr, hatte ein Mann im Sessel Platz genommen, der ihr nun über die Schulter entgegenblickte, nachdem Dieter sie lapidar begrüßt hatte.

„Na, mein Schatz, schon zurück? Wie war die Reise?"

Sie ging an den beiden vorbei, ohne ein Wort zu sagen. Dieter lachte ihr nach.

„Na, immer noch eingeschnappt?"

Er hatte also keine Geheimnisse vor dem unbekannten Besucher. Hatte ihm wahrscheinlich stolz erzählt, wie er seine Frau behandelte, wenn sie nicht parierte! Vielleicht sogar noch darüber gelacht! Sie ging ins Schlafzimmer, schloss die Tür und legte sich voll bekleidet, mit den flachen Sandalen an den Füßen, auf das ungemachte Bett. Er war unerträglich. Eitel und dumm. Isabella stellte sich vor, wie er, gleich nach seiner Rückkehr, den oberflächlichen Werbefritzen, die er so bewunderte, die Geschichte, wie er seine eigene Frau im Busch ausgesetzt hatte, erzählt und sie so lange aufgebauscht und ausgeschmückt hatte, bis nicht die Geschichte, sondern sie, Isabella, zur Lachnummer geworden war.

Die Musik drang durch die dünne Zwischenwand des Wohnzimmers an ihr Ohr und zerrte an ihren Nerven. Sie war so müde und wollte schlafen! Bestimmt hatte er ihnen erzählt, dass er sie aus dem Auto geworfen hatte, weil sie ihn beleidigt hatte. Ob er ihren Schlag gegen sein Kinn auch erwähnt hatte? Und dass sie stundenlang in der Hitze durch den verfluchten Busch laufen musste, ehe sie Kurts Mine erreichte? Bestimmt nicht! Über eine so miese Art, eine Frau zu behandeln, schwieg man sogar unter Seinesgleichen.

Sie schloss ihre Augen, öffnete sie aber gleich darauf wieder. Es hatte keinen Sinn. Mit dem Lärm nebenan konnte sie einfach nicht schlafen. Dabei waren ihre Glieder schwer wie Blei. Sie würde allen erzählen, wie es wirklich war. Gewesen war, korrigierte sie sich. Es war vorbei. Aber ja doch, es war vorbei. Was hatte sie allen erzählen wollen? Dass ihr Mann ein eitles dummes Schwein war, das sie im Stich gelassen hatte. Na und? Es war vorbei. Sie hatte ihren Weg auch ohne seine Hilfe zurückgefunden. Ganz allein. Sie hatte diesen irrsinnig strapaziösen Tag überstanden, diesen fürchterlichen Tag, der sich immer wieder schemenhaft in ihren Schlaf drängte. Wie ein Albtraum, der sich ständig wiederholte, dabei aber jedes Mal ein wenig mehr an Form und Farbe einbüßte. Bis er nur noch schwarzweiß war und so nebulös, dass nichts mehr von ihm übrig blieb. Außer der Furcht und dem Gefühl, völlig hilflos zu sein. Mit jeder Tablette, die sie eingenommen hatte, war er schwächer geworden, der Albtraum, und weniger wichtig. Johanna hatte ihr die Drogen absichtlich verabreicht, um diesen scheußlichen Traum zu vertreiben, der an diesem Tag verursacht worden war. Wenn sie nur wüsste ..., ja, was denn? Isabella richtete sich langsam auf und setzte sich auf den Bettrand. Sie wollte an nichts mehr denken. Es war vorbei, sie wollte vergessen und nur noch schlafen.

Die Musik! Dieter! Das Gelächter! Sie musste aufstehen und die Kraft finden, in ein Hotel zu gehen. Sie konnte diese Wohnung keine Sekunde länger ertragen. Sie konnte Dieter nicht mehr ertragen, so wie sie Eva plötzlich nicht mehr hatte ertragen können mit ihrem Geschwätz und ihrer Fürsorge. So übertrieben, so aufgesetzt. Die Aussicht auf eine zehnstündige Zugfahrt mit ihr hatte die letzten Tage wie ein Damoklesschwert über ihr gehangen, und sie hatte sich erst zu einer gemeinsamen Fahrt bereiterklärt, als ihr Johanna mit ihren Bemühungen und ihrer Pflege noch mehr auf die Nerven gegangen war als Eva. Johanna konnte sie auch nicht mehr ertragen. Die stille Johanna mit dem pappsüßen Tee und dem säuerlichen Zug um den Mund. Isabella war überrascht gewesen, als Eva ihr gesagt hatte, dass schon sieben Tage vergangen wären, und sie dann noch gefragt hatte, ob sie glaube, die Reise schaffen zu können? Sieben Tage? Sie hatte gerade einmal auf drei oder vier getippt. Höchste Zeit, wieder ins Büro zu kommen.

Weitere drei Tage waren vergangen, und als Johanna ihre Beruhigungsmittel wieder zurückfuhr und ihre Schlafphasen deshalb wieder kürzer wurden, hatte sie bemerkt, dass ihre Freundin ganz andere Dinge im Kopf hatte, als sie zu bemuttern oder sich mit Eva zu unterhalten. Jetzt war sie ohne Kurt und hatte wieder eine Zukunft vor sich. Da mussten ihr Eva und sie doch bestimmt so lästig wie zwei Stubenfliegen sein. Sie musste weg und sie wollte weg, und zwar so schnell wie möglich, allerdings nicht in Gesellschaft dieser Plappertante Eva. Warum konnte sie nicht alleine fahren? Aber es war wohl nicht anders zu machen. Sie würde Eva ertragen müssen, um Johanna entfliehen zu können. Aber Eva hatte schnell verstanden. War im Zug wie ausgewechselt gewesen, reserviert und verschlossen. Hatte sie nur beobachtet, lauernd, wie eine Echse, mit einer nervösen Zunge, mit der sie sich ab und zu über die Lippen fuhr, die sie dann anschließend gleich wieder zusammenpresste. Damit ihr die albernen Sätze nicht auskamen. Isabella war froh gewesen. Lieber hatte sie ein kaltblütiges Kriechtier neben sich sitzen als einen feuerspeienden Drachen. Und Eva hatte ausgesehen, als ob sie jeden Moment wegen einer Nichtigkeit ihre Beherrschung verlieren und zum keifenden Monster werden könnte. Nur hatte ihr Isabella keine Gelegenheit dazu geboten.

Mittlerweile hatte Dieter die Stereoanlage ausgeschaltet, und sie hörte, wie er im Zimmer auf und ab ging und redete, kurz danach hörte sie die Haustür gehen, dann nichts mehr. Sie atmete tief durch, legte sich wieder zurück und schloss die Augen. Vielleicht würde er die Nacht über wegbleiben. Er hatte sie nichts gefragt, und sie hatte ihn vor ihrer Rückkehr nicht angerufen. Wusste er, dass Kurt tot war? Hatten ihn Uwe oder Eva informiert?

Obwohl sie unsäglich müde war, beschloss sie, Dieters Bettzeug für den Fall, dass er zurückkam, ins Wohnzimmer zu tragen und aufs Sofa zu legen. Sie schloss die Tür zum Schlafzimmer ab, zog sich aus, legte sich in ihr Bett und traf eine weitere Entscheidung, kurz bevor sie in einen traumlosen, erholsamen Schlaf fiel. Dies hier war ihr Bett, hier war sie sicher, und hier würde sie bleiben. Dieter musste gehen!

Zur selben Zeit lag auch Eva auf ihrer Seite des Bettes, neben Uwe, der beim Einatmen einen pfeifenden und beim Ausatmen einen rasselnden Schnarchton von sich gab. Leise, regelmäßig und einschläfernd. Eva stellte sich vor, wie sie mit ihrem Kind, kurz vor der Einschulung, nach Deutschland zurückgehen würde, um ihm die bestmöglichen Ausbildungschancen zu ermöglichen. Das war ein Grund, den jeder verstehen würde. Das Schulsystem in Australien war einfach nicht gut genug.

Eva sah sich selbst, wie sie, mit der Kleinen an der Hand, denn es war eine Tochter, die sie geboren hatte, mit hübschen dunklen Locken und einem niedlichen Gesicht, am Flughafen in München-Riem ankommen und begeistert empfangen werden würde. Alle würden es richtig finden, dass sie sich gegen Uwe durchgesetzt hatte, der in Australien hatte bleiben wollen, obwohl es nicht gut für seine Tochter war. Was aber wäre, wenn Uwe, entgegen ihren Erwartungen, sich dafür entscheiden würde, mit ihnen zurückzugehen? Unmöglich! Sein Lebensinhalt war nicht seine Familie, sondern sein Beruf. Er steckte all seine Energie in die Schreinerei, brachte vollen Einsatz, um sich dort hochzudienen, und würde die Früchte seiner Bemühungen deshalb auch um jeden Preis ernten wollen.

Die Kleine hätte eine rosa Kapuzenjacke an und ein dunkelblaues Röckchen. Ihre Eltern würden so froh sein, das Enkelchen endlich in ihre Arme nehmen zu können, und niemand würde sie, die verlassene, aber willensstarke Mutter, als Versagerin betrachten. Genau so würde es kommen.

23

Am nächsten Tag saßen sie im Freien, direkt am Meer und löffelten jeweils einen riesigen Eisbecher. Sie waren guter Dinge, und selbst Jo Ann zeigte sich gesprächiger als in den Tagen zuvor. Ben fehle ihr, sagte sie, und Tiger natürlich auch. Sie hätte in dieser Nacht von den Hunden geträumt. Einen schönen Traum, in dem sie mit ihnen gespielt habe. Die Tiere hatten auf einer großen Wiese herumgetollt, sie war hinter ihnen her gerannt, und dann hatten sie gemeinsam im Gras gelegen. Stellt euch vor, sagte sie, es war eine Wiese mit gelben Butterblumen und weißen Gänseblümchen.

„Ganz wie zu Hause“, stellte Isabella fest und rührte in der milchigen, sämigen Flüssigkeit, die von den geschmolzenen Eiskugeln im Becher übrig geblieben war.

„Ja, solche Wiesen gibt es hier nirgendwo“, bestätigte Jo Ann. „Ich habe seit ewigen Zeiten nicht mehr an so eine Wiese gedacht.“

Eva schwieg und beobachtete die Wolken. Es würde bestimmt bald regnen.

Isabella fiel ihr eigener Traum wieder ein. „Du hattest Glück, ich habe auch geträumt, aber es war alles ziemlich wirres, scheußliches Zeug. Vielleicht befinden wir uns ja auf einem dieser alten Aborigines-Traumpfade, von denen man immer liest.“

„Ich habe überhaupt nicht geträumt“, meinte Eva daraufhin, aber Isabellas Worte hatten ihr Interesse geweckt. „Wovon hat denn dein Traum gehandelt, Isabella?“

„Es war der gleiche Albtraum, den ich seit meiner Rückkehr nach Deutschland in unregelmäßigen Abständen immer mal wieder habe. Allerdings hatte ich ihn so lange nicht mehr, dass ich schon dachte, dass er nicht mehr wiederkommen würde. War wohl ein Irrtum, leider!“

„Worum geht es in diesem Traum?“

„Na, wenn unsere Vereinbarung, über unsere gemeinsame Vergangenheit nicht mehr zu sprechen, noch gilt, dann muss ich jetzt passen. Wie sieht's aus, Jo Ann?“

„Abgelehnt!“

Worauf sich Eva sofort beschwerte. „Das kannst du nicht machen! Jo Ann, komm schon, es ist doch nur ein Traum.“

„Also gut“, meinte Jo Ann kopfschüttelnd, aber mit einem Lächeln. Das Lächeln verging ihr jedoch bereits bei Isabellas ersten Worten.

„Er beginnt stets mit dem Streit, den ich am letzten Tag, als wir das zweite Mal alle zusammen in Lightning Ridge waren, mit Dieter hatte. Also am letzten Tag unseres letzten gemeinsamen Urlaubs.“ Sie fuhr fort, den Traum zu beschreiben, in dem sie sich wieder mühselig zur Mine durchschlug und dabei alles genauso intensiv erlebte, als ob sie wach wäre. Wie der Traum sie in eine enge dunkle Röhre quetscht, die aus Engelsflügeln besteht. Schwarzen Flügeln mit bleiernen Federn, die sie umschließen und gefangen halten. Wie sie mehrmals erfolglos versucht, den Traum zu verändern, um dem Grauen zu entgehen. „Als würde ich in Schlamm waten“, versuchte Isabella zu erklären, „dabei aber nicht vorwärtskomme, weil mich das Monster, dieser teuflische Engel, schon zwischen seinen Schwingen gefangen hält.“ Und sie beschrieb die Enge, die in dem Rohr aus schwarzen Federwänden herrschte. Die drückende Atmosphäre, den abscheulichen Gestank und ihre erbärmliche Angst.

„Was dann?", drängte Eva, als Isabella in ihrer Erzählung innehielt und sich angewidert schüttelte.

„Dann schlage ich um mich, aber da ist es schon viel besser. Ich ringe nach Luft, schlage wild auf etwas ein und wache auf. Als würde ich den Traum dirigieren. Denn schon während ich um mich schlage, weiß ich, jetzt ist es vorbei, gleich wache ich auf und bin gerettet – zumindest bis zum nächsten Mal."

Eva sah Jo Ann nicht an, sondern starrte gebannt in Isabellas Gesicht und fragte erneut: „Und dann?"

„Nichts. Dann bin ich froh, dem blöden Traum entkommen zu sein, und schlafe wieder ein. Und zwar tief und fest, und wenn ich wieder aufwache, denke ich jedes Mal, dass der Traum nicht wiederkommt, weil ich ihn jetzt schließlich kontrollieren kann! Es ist nicht so, dass ich Angst vor dem Einschlafen habe, ich fürchte mich nie davor. Es ist nur ziemlich scheußlich, wenn es passiert."

„Das kann ich mir vorstellen", meinte Eva und fragte Jo Ann: „Was hältst du davon?"

Jo Ann betrachtete ihre brüchigen, pflegebedürftigen Fingernägel und studierte aufmerksam ihren rechten seitlich etwas eingerissenen Daumennagel. „Nun ja", begann sie langsam. „Warum sollte Isabella Angst vor einem Traum haben? Schließlich hat sie ja alles unter Kontrolle! Du entkommst doch jedes Mal, hast du gesagt – nicht wahr, Isabella? Nur darum geht es doch! Isabella weiß sich zu wehren und ist am Ende die Siegerin!"

Isabella kam diese Antwort merkwürdig vor. „Also, hör mal, bei dir klingt das so, als ob wir nicht über einen

Traum, sondern über die Realität reden würden. Was soll das? Als was willst du mich hier denn abstempeln? Als die ungerührte, kühle Siegerin um jeden Preis?"

„Vergiss es", winkte Jo Ann ab.

„So ein ausgemachter Blödsinn!" Isabella stand ruckartig auf, legte Geld auf den Tisch des Eiscafés, und sagte, ohne dabei zum Himmel zu blicken: „Ich glaube, es wird gleich regnen. Wir sollten langsam an die Weiterfahrt denken."

Jo Ann stand ebenfalls auf, während Eva resigniert seufzte, ihre Handtasche von der Lehne des Stuhls nahm und den beiden Frauen folgte. Sie hatte so sehr gehofft, dass es nun endlich zu einer Aussprache kommen würde.

Froh, den Ort wieder verlassen zu können, machten sie sich kurz darauf an die Weiterreise.

Nach etwa hundert Kilometern Fahrt tauchte der Leuchtturm von Byron Bay vor ihnen auf. Sie fuhren zum Parkplatz auf halber Höhe des Kliffs und wanderten den Fußweg zum Gipfel der Klippe hinauf. Das Grundstück um den Leuchtturm war mit frisch gemähtem hellgrünem Rasen bewachsen und von einem weißen Holzzaun umgeben. Sie hatten das Gefühl, an der Küste Englands zu sein. Aber es war Australien – sie standen auf der östlichst gelegenen Spitze des Kontinents, die sich wie ein mutiger Finger in den Pazifischen Ozean hinein erstreckte, und wurden von beiden Seiten mit der Gischt besprüht, die der Wind bis zu ihnen hinauftrug.

„Ich komme mir vor wie auf der ‚Titanic'", schrie Isabella in eine Bö hinein, „ich meine wie im Film." Sie kletterte auf die unterste Stufe des Zauns und breitete, ganz wie die Hauptdarstellerin in dem Film, ihre Arme aus, während

Eva hinter sie trat und sie an ihren ausgebreiteten Armen festhielt.

„Lass los, du drückst mich nach vorn", schrie Isabella mit spitzer Stimme und wand sich auf einmal voller Panik.

„Lass sie los!", schrie nun auch Jo Ann ganz aufgeregt und stürzte auf die beiden Frauen zu, um sie vor einem Sturz zu bewahren. Dabei krallte sie sich in Evas Oberarme, die noch immer um die Isabellas geschlungen waren, und zog sie beide gleichzeitig vom Zaun zurück. Mit aller Macht, damit Isabella nicht noch das Übergewicht verlieren konnte und sich nicht übergeben musste, wenn der beängstigende Druck von hinten zu stark für sie wurde. Jo Anns Gesicht war aschfahl geworden und so verzerrt, als ob sie gegen eine unsichtbare Kraft ankämpfen müsste. Denn es war Kurt, dessen Griff sie lockern und dessen schweres Körpergewicht sie verlagern musste.

„Angsthasen", sagte Eva irritiert und ließ Isabella los. Sie hatte Jo Anns verzweifelten Gesichtsausdruck nicht sehen können, sondern nur ihren scharf herausgeschrienen Befehl gehört, und fühlte sich nun unangemessen gerügt, wenn auch ein wenig schuldbewusst.

„Tut mir leid, ich wollte dich nicht erschrecken", wandte sie sich kleinlaut an Isabella, die, von Jo Anns zitternden Händen gehalten, langsam einen weiteren Schritt von der Klippe zurücktrat.

„Schon gut", antwortete diese, „es ist nur – ich kann die Höhe einfach nicht vertragen."

Zurück beim Explorer, blickte Isabella auf die Uhr. „Es ist schon ein Uhr. Wenn wir es heute noch bis Port Macquarie schaffen wollen, dann sollten wir uns jetzt nur noch ein schnelles Sandwich gönnen und danach gleich weiterfahren."

Fünf Stunden später kamen sie erschöpft von der langen Fahrt in Port Macquarie an und checkten in das erste Hotel ein, das sie vom Highway aus sehen konnten. Es hieß *Sails,* machte einen äußerst exklusiven Eindruck und hatte glücklicherweise noch eine Suite für drei Personen frei.

Um neunzehn Uhr lagen Jo Ann und Isabella noch immer matt auf dem Doppelbett, während Eva die beiden Sessel zusammengeschoben hatte und in den Polstern vor sich hin döste. Sie waren bereits frisch geduscht, hatten sich die Haare gewaschen und geföhnt und gönnten sich nun jede ein Glas eisgekühlten Champagner.

„Fein", schmatzte Isabella genießerisch, „das weckt die Lebensgeister! So eine Fahrt ist wahrlich anstrengend, obwohl man doch die ganze Zeit über nur im Auto sitzt."

„Wir werden eben nicht jünger", meinte Eva.

„So ein Blödsinn!" Jo Ann hob das Kristallglas, kniff ein Auge zu und studierte die Nachttischlampe durch die Spiegelung des Glases hindurch. „Ich hatte früher viel weniger Energie als heute."

„Das kommt daher, dass du dich heute körperlich weitaus mehr betätigst", erklärte Eva. „Ich hingegen sitze den ganzen Tag nur im Büro herum – wenn ich gerade einmal Arbeit habe –, komme danach wie ausgelaugt nach Hause und schaffe dann gerade noch einmal so das bisschen Hausarbeit."

„Ich habe eine Putzfrau", stellte Isabella fest.

„Edel geht die Welt zugrunde."

„Bitte bedenke, ich komme nie vor zwanzig Uhr aus dem Büro, und dann habe ich einfach keine Lust mehr, den Sonntag noch mit Putzen zu verbringen. Manchmal frage ich mich allerdings, ob sich die ganze Schinderei überhaupt lohnt." Isabella stöhnte laut und theatralisch auf.

„Du verdienst doch gut?“, fragte Jo Ann.

„Ich meinte das nicht in finanzieller Hinsicht. Ich verdiene verdammt viel, dennoch ist das hier mein längster Urlaub seit zwanzig Jahren. Davor bin ich noch kein einziges Mal länger als vier, fünf Tage weg gewesen. Nicht einmal an Weihnachten zwischen den Feiertagen, es gab einfach immer viel zu viel zu tun.“

„Und wie hast du es dann diesmal geschafft?“

„Keine Ahnung“, antwortete Isabella auf Evas Frage. „Ich bin einfach gefahren, und das dicke Ende wird schon noch kommen. Es war auch keine bewusste Entscheidung, eher so ein Bauchgefühl, versteht ihr? Ich kann es euch nicht richtig erklären, aber ich bin eines Morgens aufgewacht und wusste einfach, dass ich nach Sydney fahren muss. Als ich dann am selben Tag in den Morgennachrichten auch noch einen Bericht über die *Commonwealth Games* gesehen habe, hatte ich zudem auch noch einen Vorwand, endlich wieder die Stadt zu besuchen, in der ich früher immerhin einige Jahre gelebt habe. Ich habe sofort gebucht, obwohl ich bis dahin keinen einzigen Gedanken mehr an Australien verschwendet hatte. Ich habe immer nur vorausgedacht, nie zurück. Und selbst jetzt weiß ich noch immer nicht, was mich dazu bewogen hat, diese Reise anzutreten.“

„Du musst vielleicht etwas Wichtiges aufarbeiten?“, schlug Eva vor.

„Was denn?“

„Na, ich bitte dich, das ist doch sonnenklar.“

„Fängst du schon wieder an?“

„Ja, verdammt nochmal.“

Eva und Isabella starrten einander an, als ob sie sich in einem Duell gegenüberstehen würden, obwohl sie gerade eben noch entspannt und gut gelaunt miteinander geplaudert hatten. Mit einem Mal war die Stimmung jedoch umgeschlagen, und da weder Eva noch Isabella wussten, wie es dazu gekommen war, senkten sie die Augen und schwiegen.

Es war Jo Ann, die nach geraumer Zeit die betretene Stille, die zwischen ihnen entstanden war, wieder mit wenigen, vorsichtig gewählten Worten durchbrach: „Eva will, dass dir endlich bewusst wird, was an jenem Abend geschehen ist.“

Isabella drehte sich auf die linke Seite, um Jo Ann besser sehen zu können. „Aber ich weiß doch, was damals geschehen ist.“

„Du erinnerst dich nur an Bruchstücke“, meldete sich nun auch Eva wieder zu Wort.

„Wie kommt ihr denn darauf? Wovon redet ihr eigentlich? Ich bin doch nicht schwachsinnig“, verteidigte sich Isabella. „Ihr tut schon die ganze Zeit so verschwörerisch. Glaubt ihr, ich hätte das nicht bemerkt? Eure verstohlenen Blicke. Das ganze Getuschel und all die Andeutungen. Und deine Kälte mir gegenüber, Jo Ann. Was habe ich dir eigentlich getan? Du benimmst dich, als hätte ich irgendetwas Schwerwiegendes verbrochen! Und du, Eva, verlierst dich ewig in Bemerkungen, die du im Nachhinein nicht erklären willst. Ich habe das Ganze ziemlich satt! Ich möchte jetzt endlich wissen, was mit euch los ist!“

Jo Ann drehte sich auf den Rücken, starrte zur Decke und sagte: „Ich fürchte, du hast Recht. Ich verüble dir etwas, für das du vielleicht gar nichts kannst und für das du auch nicht verantwortlich bist. Aber es war leichter für mich, es dir vorzuwerfen, als zugeben zu müssen, dass ich selbst schuld daran bin.“

„Richtig!“ Eva versuchte ihre Erleichterung zu verbergen. „Jo Ann muss dir alles erklären, ihr müsst miteinander reden. Ich hätte schon längst mit dir gesprochen, Isabella, aber es steht mir nicht zu."

„Ich verstehe immer noch Bahnhof", erwiderte Isabella.

„Wie spät ist es jetzt?", fragte Jo Ann.

Eva schüttelte verwundert den Kopf. „Kurz vor acht. Was soll die Frage?"

„Ich schlage vor, wir machen uns fertig, gehen in die Bar und reden dort weiter. Bitte glaubt nicht, dass ich versuche, abzulenken, es wäre mir nur einfach lieber, wenn wir uns für dieses Gespräch nicht hier auf diesem Zimmer verschanzen würden."

Isabella wollte schon fragen warum, beantwortete sich ihre Frage dann aber selbst. „Weil du befürchtest, dass es zu emotional wird, wenn wir unter uns bleiben, nicht wahr? Es ist dir lieber, in der Bar darüber zu sprechen, wo wir weniger Gefahr laufen, uns in die Haare zu kriegen, uns anzuschreien oder sonst irgendwie außer Kontrolle zu geraten!"

„Richtig!", bestätigte Jo Ann.

„Dann gehe ich jetzt ins Bad und schminke mich", willigte Isabella ein. „Nutzt die Gelegenheit, um euch abzusprechen." Sie rollte sich vom Bett, zog ihren Bademantel enger um sich und schloss geräuschvoll die Badezimmertür.

„Was wirst du ihr sagen?", flüsterte Eva, als könnte Isabella sie noch hören. „Wirst du sie nun endlich mit der Wahrheit konfrontieren?"

„Ich weiß es nicht."

„Du sagst ihr endlich, dass sie diejenige war, die Kurt getötet hat, und dass sie es verdrängt hat. Und dass du vorhast, ihretwegen dein Leben zu ruinieren. Und dass sie dies nicht akzeptieren darf!"

„Kommt nicht infrage, mein Entschluss steht fest!"

„Wozu soll das Gespräch dann gut sein?“ Eva war fassungslos.

„Ich möchte herausfinden, woran sie sich überhaupt noch erinnert. Ich muss es wissen!“

„Warum?“

„Um zu erfahren, ob sie uns die ganze Zeit über belogen hat!“

„Vor ein paar Tagen warst du dir doch noch sicher, dass sie keine Ahnung mehr von dem hat, was damals vorgefallen ist.“

„Ja, ich weiß.“ Jo Ann zögerte. „Aber inzwischen zweifle ich schon wieder daran. Ich will jetzt endlich die Wahrheit wissen. Nenn es meinetwegen Neugierde, wenn du willst. Aber ich möchte mich die nächsten Jahre in meiner kleinen Zelle nicht mit der Frage quälen müssen, ob sie mich hintergangen hat. Schließlich weiß man nie, was einem so alles durch den Kopf gehen wird, wenn man zu viel Zeit hat, nicht wahr?“ Mit diesen Worten stand sie auf und gab Eva damit zu verstehen, dass das Thema für sie erledigt war.

Zwanzig Minuten später saßen sie in der voll verglasten Terrassenbar, und Jo Ann kam sofort zum Thema. „Fangen wir an“, bestimmte sie. „Ich schlage vor, dass du uns jetzt erst einmal erzählst, woran du dich noch erinnern kannst, Isabella.“

Isabellas Mine verriet deutlich, wie sinnlos sie das Ganze fand, aber sie wollte auch kein Spielverderber sein. „Ich weiß zwar wirklich nicht, was das bringen soll“, begann sie, „aber nun gut. Wo soll ich anfangen?“

„Mit dem Morgen, an dem ihr – Dieter, Uwe und du – abgefahren seid!“

„Na schön!“ Isabella erzählte genau, was geschehen war. Angefangen beim Streit über ihre einsame Wanderung durch den Busch bis hin zu ihrer Ankunft bei der Mine, ohne sich dabei bewusst zu werden, dass ihre Erzählung bis ins Detail hinein dem Traum glich, den sie Eva und Jo Ann erst diesen Mittag in der Eisdiele erzählt hatte. Sie hielt ihren Bericht knapp und sachlich und runzelte nur kurz die Stirn, als sie bei der Stelle angelangt war, an dem sich ihr Traum von der Wirklichkeit entfernte. „Dann“, schloss sie zögernd, „also, was dann kam, wisst ihr ja. Ich verstehe nicht, was es für einen Sinn haben soll, das alles nach so langer Zeit noch einmal aufzuwühlen. Es ist viel zu schmerzhaft für dich.“ Dabei sah sie Jo Ann an, die sie daraufhin aber nicht wie erwartet aus der Pflicht nahm, sondern schweigend darauf wartete, dass Isabella ihre Erzählung bis ganz zu Ende brachte.

„Na gut, wenn du unbedingt willst“, fuhr Isabella fort. „Kurt fiel über mich her, wollte mich, na, du weißt schon, ich riss mich los, klaute seinen Wagen und fuhr zu euch zurück. Ihr habt mich beruhigt, und ich bin eingeschlafen. Dann, ich glaube, ich habe den ganzen nächsten Tag über geschlafen, habt ihr mir am übernächsten oder vielleicht noch am selben Tag gesagt, dass Kurt nicht mehr am Leben ist. Und das war's.“

„Das war's?“, fragte Eva. „Du erinnerst dich sonst an nichts?“

Isabella wand sich. „Na ja, natürlich könnte ich noch mehr erzählen, aber das sind alles nur noch Nebensächlichkeiten.“

„Überlass es uns, das zu beurteilen“, meinte Jo Ann. „Also, an was erinnerst du dich noch?“

„An vieles. Daran, dass mir kalt war. Es ist ein wirklich

scheußlich kalter Morgen gewesen. Dass die Büsche meine Arme und Beine zerkratzten. Dass ich Angst hatte, von wilden Tieren angefallen zu werden. Daran erinnere mich sogar noch sehr gut, weil das ein ziemlich beängstigendes Gefühl war, so ganz alleine im Busch. Und an meine unbändige Wut auf Dieter, daran erinnere ich mich auch noch sehr genau."

„Und an deine Wut auf Kurt?", fragte Eva so leise, dass ihre Worte kaum noch zu verstehen waren.

„Nein, eigentlich nicht. Ich war hauptsächlich wütend auf Dieter. Er war derjenige, dem ich die ganze Misere doch überhaupt erst zu verdanken hatte. Wenn er mich damals nach meiner Rückkehr aus Lightning Ridge nicht so schnell verlassen hätte, hätte ich ihn wahrscheinlich verlassen. Auf jeden Fall glaube ich nicht, dass ich ihm je verziehen hätte, dass er mich mitten im Busch aus dem Wagen geworfen hat. Aber leider hat er mir dazu ja keine Möglichkeit mehr gegeben. Überhaupt, so habe ich das Ganze noch gar nie betrachtet! Vielleicht bin ich ja nur deshalb noch immer so wütend auf ihn! Weil er mir die Chance genommen hat, ihn zum Teufel zu jagen, und weil das noch immer an mir nagt." Plötzlich grinste sie. „Wisst ihr was, das werde ich auf irgendeine Art und Weise noch nachholen. Womöglich fliege ich eines Tages noch nach New York und prügle ihm die Seele aus dem Leib!"

„Das würde dir sicher guttun", bestätigte Jo Ann. „Also, du warst auf Kurt nicht wütend?"

Isabella schüttelte den Kopf und sah an ihr vorbei durch die Fensterscheibe und begann die Segelschiffe zu zählen, die in der Marina ankerten und auf den Wellen schaukelten. Zehn, elf, zwölf ...

Jo Ann ließ nicht locker. „Obwohl er versucht hat, dich zu vergewaltigen?“

„Seht euch das an. So viele Segelschiffe! Es ist keine einzige Anlegestelle mehr frei. Wenn heute Nacht ein Sturm aufkommt, wird das hier ein einziger Trümmerhaufen.“

„Isabella!“

„Okay, okay! Wenn du es unbedingt wissen willst – nein! Nein, ich kann mich nicht erinnern, wütend auf ihn gewesen zu sein. Meine Güte, was war schon dabei? Ich war es gewohnt, dass Männer ihr Glück bei mir versuchten, und hatte gelernt, damit umzugehen. Das unbeholfene Gegrapsche meiner männlichen Kollegen im Büro war mir schon so selbstverständlich wie ihr Morgengruß. Da waren Kurts Annäherungsversuche nichts Ungewöhnliches.“

„Ein bisschen Grapschen ist etwas anderes als eine Vergewaltigung“, mischte sich Eva ein.

„Ach was. Das sind viel zu harte Worte. Beides ist nichts anderes als ein Eingriff in deine Intimsphäre, und den muss man abschütteln können. So sah ich das damals. Ich habe mir also sicher nicht so viel dabei gedacht, als es Kurt bei mir versucht hat. Und schließlich ist es ja auch bei dem Versuch geblieben, weil ich rechtzeitig abhauen konnte.“

„Das machst du dir also noch immer vor?“ Eva ignorierte den warnenden Blick Jo Anns.

„Ich mache mir doch nichts vor! Was soll ich mir denn vormachen?“

Worauf Jo Ann Eva mit einer leichten Handbewegung unterbrach und vorsichtig erklärte. „Eva meint, dass es vielleicht doch zu einer Vergewaltigung gekommen ist. Was ist denn nun wirklich zwischen deiner Ankunft und deiner Flucht von der Mine passiert?“

Isabella zupfte mit ihren Fingern an ihrer Unterlippe

herum. Sie musste nachdenken; die beiden waren so hartnäckig. Was sollte schon geschehen sein? Sie hatte außerdem doch schon alles erzählt, bis auf die Einzelheiten, die so schwer zu erinnern und zu beschreiben waren, nachdem alles schon so lange her war. „Nicht viel. Ich hab's doch schon gesagt."

„Hat er, oder hat er nicht?", fragte Jo Ann mit unverminderter Härte.

„Nun ja, vielleicht. Also, nein, ich glaube nicht. Er hat mich bedrängt, aber ich bin abgehauen. Es ging außerdem alles so schnell! Ein Handgemenge, so wild war es nicht ..."

„Hat er, oder hat er nicht?"

„Vielleicht!"

„Isabella", insistierte Eva. „Es war eindeutig. Wir haben dich versorgt, als du zurückgekommen bist."

Jo Ann musterte sie wie eine Kriminelle. „Sag uns die Wahrheit, Isabella!"

„Ach, lasst mich doch in Ruhe! Wenn du es unbedingt wissen und dich quälen willst, ja, er hat. Es ging ganz schnell, und es war nicht wichtig. Es bringt doch nichts, darüber zu sprechen."

„Du erinnerst dich also daran, dass er dich vergewaltigt hat?"

Isabella wurde wütend. „Ja, zum Teufel nochmal! Können wir das Thema damit beenden?"

„Nein, ich will wissen, was genau er getan hat. Beschreib es mir."

„Bist du verrückt geworden?"

Jo Ann sah sie herausfordernd an. „Du kannst es mir nicht beschreiben! Weil du es nämlich gar nicht weißt!"

„Natürlich weiß ich es, möchte es aber nicht beschreiben. Du warst schließlich seine Frau, und es würde dir noch heute wehtun, wenn du es dir anhören müsstest. Ich will nicht darüber sprechen. Ich weigere mich, versteht ihr? Ich mache dieses Spiel nicht mehr mit. Es genügt ja wohl vollkommen, wenn ich es euch hiermit bestätige." Isabellas Stimme war immer leiser geworden, während sie gleichzeitig an Schärfe zugenommen hatte. Sie begann wieder die Boote zu zählen. Zweiundzwanzig. Nein, dreiundzwanzig... Man musste sich höllisch konzentrieren, um den Überblick zu behalten. Wie leicht konnte man dabei doch ein Boot übersehen.

„Du erinnerst dich offenbar wirklich an nichts", sagte Jo Ann. „Aber das werfe ich dir nicht vor, ganz im Gegenteil. Du hast mich überzeugt, dass du keine Schuld hast."

Isabellas Ärger verflog so schnell, wie er gekommen war. „Das musst du mir jetzt aber erklären. Das verstehe ich nicht."

„Du hast mehrmals gesagt, dass es ganz schnell ging", antwortete Jo Ann. Isabella blickte sie fragend an. „Gerade eben noch, vor ein paar Minuten, kannst du dich erinnern?"

Isabella nickte. „Klar, ging es schnell. Das ist es ja – es war so schnell vorbei, dass es nichts zu beschreiben gibt."

„Nein Isabella, das kann nicht sein. Denn du warst den ganzen Nachmittag über bei der Mine! Du bist nach deinen eigenen Worten mittags dort angekommen, bist aber erst abends bei uns im Haus eingetroffen. Wenn du dich noch an alles erinnern könntest, hättest du uns auch mehr erzählt. Dass ihr euch unterhalten habt, dass du in der Mine warst, oder spazieren. Dass du auf Kurt warten musstest und dir langweilig war. Irgendetwas. Aber du hast erzählt, dass du mittags, in der größten Hitze, bei der Mine angekommen bist, nach ihm gerufen hast, er über dich hergefallen ist, alles ganz schnell ging und du danach mit dem Wagen abgehauen bist.“

Isabella starrte sie nur an und zupfte mit verstärkter Geschwindigkeit an ihrer Lippe.

„Dir fehlen ein paar Stunden, Isabella! Du hast keine Ahnung, was wirklich geschehen ist!“

24

Der Sommer war zu seiner Höchstform aufgelaufen, es war Ende Januar, heiß und schwül. Die Luft in ihrer Wohnung war abgestanden, drückend und roch so schal, dass Isabella, noch ehe sie ihre Handtasche abstellte, als Erstes alle Fenster aufriss und auf eine leichte Brise vom Hafen hoffte. Erst dann ließ sie den Gurt ihrer Aktenmappe von der Schulter gleiten und das schwere Lederteil auf den Parkettboden fallen. Schnell schälte sie sich aus ihrer formellen Bürokleidung, schleuderte ihre Schuhe in hohem Bogen von sich und schlüpfte in das lose Sommerkleid aus Baumwolle, das sie gestern Abend achtlos über die Stuhllehne geworfen und dann dort vergessen hatte.

Ihr schlechtes Gewissen meldete sich. Es war höchste Zeit, endlich einmal wieder bei Eva anzurufen. Entschlossen ging sie zum Telefon, wählte Evas Nummer, legte aber nach dem ersten Klingeln wieder auf. Was sollte sie nur zu ihr sagen? Wie ihr erklären, warum sie sich seit Weihnachten nicht mehr bei ihr gemeldet hatte? War es wirklich schon so lange her? Seit den vergangenen Feiertagen hatte sie sich verstärkt in ihre Aufgaben im Büro gestürzt, lange Stunden hinter ihrem Schreibtisch verbracht und es genossen, als Letzte das Gebäude zu verlassen. Am liebsten hätte sie sogar noch dort übernachtet, denn seit ihrer Rückkehr aus Lightning Ridge empfand sie ihr Zusammenleben mit Dieter nur noch als Last. Es war, als würde sie in einem Sumpfgebiet hausen. Sie ekelte sich vor ihm, und er zog sie in die Tiefe, schwer und glitschig, war immer anwesend, wenn sie ihn eigentlich nicht sehen oder hören wollte, und immer abwesend und nicht greifbar, wenn sie ihn brauchte. Rechnungen bezahlen, den Mietvertrag verlängern, das Auto in die Reparatur bringen, bei all diesen Dingen war er unauffindbar.

Doch wenn sie ausgelaugt nach Hause kam und ein stilles Bad nehmen, am Sonntagmorgen ausschlafen oder einfach nur am Fenster sitzen und nachdenken wollte, war er jedes Mal mehr als anwesend. Lauernd und penetrant. Sie fühlte sich beobachtet und begutachtet, trotzdem ertrug sie seinen Zynismus und seine Oberflächlichkeit geduldig, während sie sich insgeheim überlegte, wie sie ihn am besten und am schnellsten loswerden konnte. Die Wohnung war teuer und ihr Gehalt zu gering, um sie alleine halten zu können. Selbst wenn sie ihre geheimen Ersparnisse heranziehen würde, könnte sie die hohe Miete und die hinzukommenden sonstigen Lebenshaltungskosten nicht lange aufbringen. Alle größeren Ausgaben wurden von Dieters Einnahmen bestritten. Inzwischen erhielt er umfangreiche Aufträge, und da sie die Rechnungen für ihn tippte und sein Konto verwaltete, wusste sie genau, über wie viel Geld er verfügte. Sein Honorar für eine einzige Fotoserie war so hoch wie ihr ganzes Jahresgehalt. Immer wieder zweigte sie kleinere Beträge von seinen Verdiensten ab und buchte sie auf ihr eigenes Konto, aber er musste wohl etwas bemerkt haben, denn in letzter Zeit hatte er öfter misstrauisch reagiert und nach den Kontoauszügen gefragt. Noch waren ihm die harmlosen Beträge allerdings nicht ins Auge gestochen.

Sie zündete sich eine Zigarette an, suchte den Aschenbecher und fand ihn übervoll neben der Küchenspüle stehen. Dieter war gestern Abend noch lange aufgeblieben, und sie hatte ihn im Wohnzimmer rumoren hören, ohne die sonst übliche musikalische Untermalung, mit der er sie meist am Einschlafen hinderte, ehe er in den frühen Morgenstunden dann endlich auf seinem Behelfsbett einschlief. Er hielt sich kommentarlos an die von ihr aufgestellten Regeln. Das Schlafzimmer gehörte ihr, während er auf dem Sofa im Wohnzimmer nächtigte und auch keine Gäste mehr mitbrachte, seitdem sie von Lightning Ridge zurückgekommen war. Dafür ging er nun jede Nacht, sobald er zu Hause war, wie ein Raubtier im Käfig unruhig im Wohnzimmer auf und ab, und sie wusste nicht, wann und wie sie ihm die Käfigtür öffnen sollte. Es war einfach noch zu früh dafür! Erst musste sie sich eine Gehaltserhöhung in ihrer Firma sichern. Und eine kleinere Wohnung finden.

Isabella stippte die Asche ihrer Zigarette auf eine benutzte Untertasse und setzte sich neben das Telefon, obwohl sie genau wusste, dass sie Eva wieder nicht anrufen würde. Wäre Eva nicht schwanger, wäre es auch nicht weiter schlimm gewesen, und sie hätte sich nicht so schuldig gefühlt.

Sie konnte sich in letzter Zeit einfach zu nichts aufraffen. Ihre Energie verpuffte, sobald sie ihre Arbeitsstelle verließ, von der Cremorne-Fähre ging und in den Bus nach Mosman stieg. Je näher sie ihrer Wohnung kam, desto schwerer schienen ihre Beine, umso schwüler die Luft zu werden. Hoffentlich würde der Herbst bald kommen! Damit sie wieder klarer denken und sich einen Ausweg überlegen konnte.

Aber morgen würde sie Eva ganz bestimmt anrufen und ihr anbieten, sich endlich einmal wieder zu treffen. Würde nach ihrer Gesundheit fragen, und nach dem Baby. Was man eine Schwangere, die sich auf ihr Kind freute, eben so alles fragen sollte. Danach würde sie die Wohnung aufräumen und die Wäsche zum Waschsalon bringen. Sie hatte fast nichts mehr anzuziehen. Eigentlich konnten sie sich jetzt ohne Weiteres eine eigene Waschmaschine leisten, im Keller des Apartmentblocks war sogar ein Platz dafür vorgesehen. Vielleicht sollte sie einfach eine kaufen. Schließlich würde es bestimmt noch Jahre dauern, bis sie von Dieter loskam.

Resigniert seufzte sie auf und sah sich in der Wohnung um. Dabei entdeckte sie einen Zettel mit Dieters Handschrift auf dem Beistelltisch neben dem Telefon und wunderte sich, warum sie ihn nicht schon zuvor bemerkt hatte.

„Hallo", begann die Nachricht, und sie wusste, dass Dieter sie beleidigen wollte, indem er sie nicht mit ihrem Namen ansprach. „Ich habe beschlossen, Australien zu verlassen. Und dich. Du kannst die Möbel und meinen Wagen behalten, mach damit, was du willst. Das Geld auf meinem Konto habe ich abgehoben, es gehört mir. Bye, Dieter."

Sie musste die hingekritzelte Notiz mehrmals lesen. Die Möbel! Die paar elenden, unbequemen Designerteile! Das Auto! Dieses gebrauchte Klapperteil auf vier Rädern! Wie konnte er es wagen! Das ganze Geld weg? Um Himmels willen. Ihre Hand zitterte, als sie die Zigarette endgültig mit einer aggressiven Bewegung auf der Untertasse ausdrückte. Wie konnte er es wagen, sie zu diesem Zeitpunkt zu verlassen? Sie war doch noch gar nicht so weit. Und wieso wollte er sie verlassen? Und wohin wollte er gehen? Es ging ihm doch gut hier. Er konnte doch nicht einfach von hier fortgehen und sie verlassen! Australien verlassen! Oh nein, so einfach ging das nicht!

Sie sprang auf. Wann hatte er den Zettel geschrieben? Heute Morgen, nachdem sie zur Arbeit gegangen war und er seinen Rausch ausgeschlafen hatte? Das wäre dann so gegen Mittag gewesen. Dann konnte er noch nicht sehr weit gekommen sein. Am besten fuhr sie sofort zum Flughafen! Wenn sie nur wüsste, wann dort die nächste Maschine nach Deutschland abhob. Abends? Morgens? Sie schüttelte heftig den Kopf.

Nein, nein, er war bestimmt noch nicht am Flughafen. Erst musste er doch noch seine Sachen einpacken. Sie ging ins Schlafzimmer, öffnete den Schrank und sah nur noch ihre eigene Kleidung darin hängen. Alles, was ihm gehörte, war verschwunden. Der Schrank sah erstaunlich leer aus. Besaß sie wirklich nur so wenig Kleidung und er so viel?

Die Minuten dehnten sich. Hilflos stand sie vor dem Einbauschrank, und während sie die leeren Kleiderbügel anstarrte, dämmerte ihr, dass er es wirklich getan hatte. Er hatte nicht nur den Schrank, sondern auch das Konto leer geräumt. Es war nichts mehr da! Null Komma null, nichts!

Vorsichtig schloss sie die Schranktüren und ging zurück ins Wohnzimmer, wo sie wieder auf ihrem Sofa Platz nahm und krampfhaft nachzudenken versuchte.

Dieter war weg. Das war durchaus zu verkraften, auch wenn es sie seltsamerweise kränkte, weil sie den Grund dafür nicht nachvollziehen konnte. Aber mit ihm war auch das Geld weg – und das traf sie wirklich hart! Wie sollte es nun weitergehen? Sie war genau dort angelangt, wohin sie nicht gewollt hatte. Er hatte sie mit den Problemen ihres kümmerlichen Alltags alleingelassen und war abgehauen. Wenn sie die Kündigungsfrist für die Wohnung einhielt, wären ihre geheimen Ersparnisse aufgebraucht. Und wer wusste schon, welche finanziellen Forderungen sonst noch auf sie zukommen würden? Sie würde Tag für Tag arbeiten müssen, nur um überleben zu können. In einer Firma, die ihre Aufträge anständig und ordentlich abwickelte, darüber hinaus aber völlig uninteressant war und keinerlei Aufstiegschancen bot. Sterbenslangweilig und reizlos. Sie würde eine kleinere Wohnung nehmen müssen, ein Einzimmerapartment wahrscheinlich, und hin und her pendeln zwischen endlosen Stunden in greller Bürobeleuchtung und der düsteren Hinterhofatmosphäre einer tristen Be-

hausung, die irgendwo im Süden Sydneys liegen würde. An einer der stark frequentierten Hauptstraßen, die durch heruntergekommene Einwandererviertel wie Randwick oder Kingsford führten, wo es günstige Wohnungen gab. Wo es gefährlich war, nachts als Frau alleine aus dem Haus zu gehen, und wo Ungeziefer und Kriminalität, Dreck und Lärm regierten. Nein, so weit durfte es erst gar nicht kommen.

Sie musste Dieter finden und zur Vernunft bringen. Irgendwie musste sie ihn aufhalten und davon überzeugen, bei ihr zu bleiben. Oder, besser noch, ihr die Hälfte seines Geldes zu geben. Wenn sie in Deutschland leben würden, hätte sie ihn rechtlich sogar dazu zwingen können. Aber hier waren die Gesetze leider anders, und sie besaß keinerlei Anspruch auf das Geld, das ihr Mann verdient hatte. Allerdings waren sie noch immer deutsche Staatsbürger, vielleicht könnte sie über einen Anwalt ...? Sie wählte Evas Nummer, hoffentlich war sie zu Hause. Vielleicht wusste ja Uwe, wo Dieter steckte. Nachdem es endlos lange geklingelt hatte und sie schon auflegen wollte, meldete sich Eva doch noch am anderen Ende der Leitung.

„So eine Überraschung", sagte sie mit ungewohnt spitzem Unterton. „Was gibt's denn so Dringendes?"

Ohne sich lange mit irgendwelchen Höflichkeitsfloskeln aufzuhalten, kam Isabella zur Sache. „Weißt du, wo Dieter steckt? Hat er sich bei euch gemeldet?"

„Wie kommst du denn darauf?"

„Er hatte in den letzten Wochen doch öfter mit Uwe Kontakt, nicht wahr? Vielleicht weiß Uwe etwas."

Eva hörte die Panik in Isabellas Stimme, und sofort regte sich Mitgefühl für die Freundin in ihr. „Was ist denn passiert?"

„Dieter hat mich verlassen."

„Wie bitte?"

Isabella legte eine ungewollte Kunstpause ein. Es so deutlich auszusprechen war schockierend und klang vor allem falsch, so grundlegend falsch! Was würde Eva bloß von ihr denken? „Ich meine, wir haben uns getrennt. Er ist heute ausgezogen, das meine ich damit. Er hat die Wohnung bereits verlassen. Es gibt aber noch ein paar Dinge zu regeln, an die ich vorher nicht gedacht habe, weshalb ich ihn auch dringend noch einmal sprechen muss. Aber ich weiß nicht, wo er sich gerade aufhält. Da dachte ich mir, dass es Uwe vielleicht wissen könnte. Es ist wirklich sehr wichtig."

„Ich hatte ja keine Ahnung." Eva bedauerte Isabella zutiefst. Ganz alleine dazustehen, noch dazu in einem fremden Land! „Du Ärmste. Wie konnte es nur so weit kommen? Ihr wart doch immer ... ich meine, ihr seid doch gut miteinander ausgekommen. Ich dachte, eure Ehe sei in Ordnung. Du hast nie etwas gesagt ..."

„Wann sollte ich? Wir haben in letzter Zeit nicht oft miteinander gesprochen. Seit Weihnachten nicht mehr, um genau zu sein!"

Und Eva hatte es Isabella übel genommen, dass sie sich nie bei ihr gemeldet und nach ihrem Zustand gefragt hatte! Jetzt wusste sie wenigstens warum. „Eure Krise besteht also seit Weihnachten?"

„Das kann man so sagen. Er war wie ausgewechselt, seit wir in Lightning Ridge waren."

Eva verkniff sich eine Bemerkung

„Aber das allein ist es nicht gewesen. Eigentlich lief es schon viel länger zwischen uns schief. Vielleicht hätten wir niemals heiraten dürfen. Schließlich haben wir uns ja kaum gekannt. Und vielleicht bilde ich mir deshalb ja auch nur ein, dass er sich verändert hat, während er in Wirklichkeit schon immer so berechnend und oberflächlich war und ich es anfangs nur nicht bemerkt habe."

„Kann es sein, dass ihm das, was in Lightning Ridge passiert ist, zu schaffen macht?", fragte Eva vorsichtig.

„Wieso denn?"

„Weil du gesagt hast, er ist verändert, seit er ..."

Isabella unterbrach sie verärgert. „Hörst du mir überhaupt zu? Ich sagte gerade, er war wahrscheinlich schon immer so. Ist doch ganz egal. Es ist vorbei, und es macht mir nichts aus. Wirklich nicht. Aber ich muss ihn dringend sprechen. Kann ich mal mit Uwe reden?"

Eva schüttelte den Kopf. Man kam einfach nicht an Isabella heran. Auch sie hatte sich seit Weihnachten stark verändert, nicht nur Dieter. Kein Wunder, dass es mit den beiden nicht mehr funktionierte. Laut sagte sie: „Uwe ist nicht da."

„Wo ist er denn?"

Himmel, wie sollte sie Isabella erklären, dass sie keine Ahnung hatte, wo sich Uwe gerade befand. Vor einer Stunde hatte sie in der Schreinerei angerufen, weil sie solche Bauchschmerzen bekommen hatte, aber niemand hatte gewusst, wo er war. „Bei Kunden. Er muss noch eine Küche ausmessen. Die Leute haben oft nur abends Zeit."

„Kannst du ihn bitten, mich anzurufen, sobald er zurück ist? Es wird ja wohl nicht so spät werden, oder?"

Tatsächlich kam es in letzter Zeit häufig vor, dass Uwe erst weit nach Mitternacht nach Hause kam und immer sehr ärgerlich wurde, wenn sie ihm deswegen Vorhaltungen machte. Sie hätte auch nie etwas gesagt, wenn sie nicht schwanger gewesen wäre. Aber seit Weihnachten ging es ihr nicht besonders gut, und sie war ständig in Sorge um das Kind. Nur in dieser Zeit sollte er sich etwas mehr um sie kümmern, mehr verlangte sie gar nicht von ihm. „Nein", sagte sie. „Es wird nicht spät werden."

„Und du kannst dir wirklich nicht vorstellen, wo Dieter sein könnte?"

„Keine Ahnung. Ist er denn tatsächlich schon ausgezogen?"

„Mit Sack und Pack."

„Wie schrecklich."

„Und wie geht es dir?", fragte Isabella endlich.

Eva erzählte ihr ausführlich von ihren gesundheitlichen Problemen. Es waren noch vier Monate bis zur Geburt, und sie wusste noch nicht, wie sie sie durchstehen sollte, aber sie freute sich wahnsinnig auf das Baby. Isabella murmelte pflichtschuldig ihre „Aha" und „So, so" und überlegte verzweifelt, wie sie das Telefonat abbrechen konnte, ohne ihre Gesprächspartnerin zu verletzen. Eva war gerade dabei, die wichtigsten Säuglingsutensilien, die man so benötigte, aufzulisten, als sie hörte, wie Uwe heimkam. Gott sei Dank!

„Warte mal", unterbrach sie ihren Redefluss, „Uwe kommt gerade rein. Ich reiche dich weiter." Voller Erleichterung rief sie laut in seine Richtung, ohne den Hörer abzudecken: „Hallo, Schatz! Hast du wieder lange arbeiten müssen, du Ärmster. Isabella ist dran. Sie will wissen, ob du eine Ahnung hast, wo Dieter steckt."

Worauf ihr Uwe einen Blick zuwarf, als wäre sie nicht ganz zurechnungsfähig.

Jetzt deckte sie den Hörer ab. „Sie haben sich getrennt", flüsterte sie und verzichtete dabei auf Schatz und Ärmster. „Er ist bereits aus der Wohnung ausgezogen. Sie will dich sprechen."

Uwe griff nach dem Telefonhörer. „Hallo, Isabella. Wie geht es dir?" Höflich, wie immer.

„Danke. Nicht besonders gut, wie du dir vorstellen kannst." Was er sicher nicht konnte. „Hast du von Dieter gehört?"

„Äh, nein", nuschelte er. „Zumindest nicht in jüngster Zeit."

„Wann war denn das letzte Mal?"

„So vor ein paar Tagen. Ich weiß nicht mehr ganz genau wann."

Es klang vage, und sie wusste sofort, dass er ihr nicht die Wahrheit sagte. Denn Uwe war ein Pedant, überakkurat und niemals ungenau. Wenn er etwas nicht wusste, sagte er es. Was ging hier also vor? „Was hat er gesagt, als du ihn das letzte Mal gesprochen hast? Hat er erwähnt, dass wir uns trennen?"

„Ja!" Diesmal klang seine Antwort bestimmt. „Er hat angedeutet, dass ihr es in Erwägung zieht. Sagte, ihr würdet schon lange darüber diskutieren."

Isabella war erleichtert. Wenigstens hatte Dieter den Anstand besessen und nicht überall herumerzählt, dass er sie verlassen würde. „Hat er gesagt, wo er hingehen will? Weißt du, wo ich ihn erreichen kann?"

Uwe zögerte.

„Uwe, bitte! Ich muss ein paar Dinge mit ihm klären. Es geht schon in Ordnung, ich mache keinen Ärger. Ich wollte die Trennung genauso wie er, aber du kennst doch Dieter. Schusselig, wie immer. Man muss alles für ihn regeln."

Uwe war weiterhin vorsichtig. „Was denn?"

„Ich habe hier Rechnungen für Fotoshootings, die er gemacht hat, und weiß nicht, an wen sie geschickt werden müssen", sagte sie, ohne lange nachzudenken.

„Er hat mir versichert, alles sei abgewickelt."

„Irgendetwas vergisst er immer." Sie war nun hochgradig alarmiert. „Uwe, was soll das? Wo liegt das Problem? Warum kannst du mir nicht sagen, wo er ist?"

„Weil ich es nicht weiß!"

„Und warum hat er dir dann erzählt, dass alles abgewickelt wäre?"

„Ach, mein Gott", stöhnte Uwe, „weil er heute abgeflogen ist. Er hat mir gesagt, er würde heute Abend Australien verlassen und alles sei geregelt. Ich habe ihm versprochen, niemandem davon zu erzählen, bis er weg ist." Er sah auf die Uhr, es war nach neun. „Ich nehme an, ich wurde eben von diesem Versprechen entbunden."

Isabella wurde ganz ruhig. „Wo ist er hin?"

„Weiß ich nicht."

„Uwe!"

Er stöhnte wieder, diesmal lauter und ärgerlich. „Wirklich nicht. Ich schwöre dir, er hat es mir nicht gesagt."

„Und du hast ihn nicht gefragt?"

„Doch, natürlich. Aber Dieter fand, es ginge niemanden etwas an. Er sagte nur, er würde auf keinen Fall nach Deutschland gehen. Dort wäre es ihm zu langweilig. Also habe ich ihn auch nicht mehr weiter gefragt, schließlich geht es mich wirklich nichts an."

Was für ein schwachsinniger Trottel dieser Mann doch war! Schlagartig kam eine unbändige Wut in Isabella hoch. Wut auf Dieter und auf Uwe. „Und mich geht es wohl auch nichts an? Was bildet ihr euch eigentlich ein? Ich bin zwei Jahre lang mit ihm verheiratet, und er kann einfach das Land verlassen und mir nicht Bescheid geben, wohin er geht? Und du glaubst wohl ..."

„Isabella!", unterbrach sie Uwe scharf. „Bitte, reiß dich zusammen. Das ist unfair. Ich habe nichts damit zu tun."

„Unfair?", schrie sie. „Ich sage dir, was unfair ist! Mich aus dem Auto zu werfen, mitten im Busch, das ist unfair! Mich stundenlang in der Hitze marschieren zu lassen, das ist unfair! Mich alleinezulassen, ohne einen Ton zu sagen, nicht nur dort, in Lightning Ridge, sondern auch jetzt, hier in Sydney! Die ganzen lukrativen Aufträge hinzuschmeißen, für die ich Starthilfe *geleistet habe, unser ganzes Geld mitzunehmen, das ist unfair! Schließlich ist es auch mein Geld, ich habe hart dafür gearbeitet, du hast ja keine Ahnung wie hart ..."*

„Bitte, Isabella! Das geht mich alles überhaupt nichts an." Mit diesen Worten legte Uwe auf, während Isabella weiterschrie, sich ihren Frust von der Seele schrie, obwohl sie das Klicken gehört hatte und genau wusste, dass Uwe ihr nicht mehr zuhörte. „Er macht es sich einfach. Abhauen und neu anfangen. Mit meinem Geld! Ich habe meinen Arsch hingehalten, wie eine Nutte, alles nur für ihn. Und wofür das Ganze? Dass ich jetzt hier sitze, in diesem Scheißland, ohne Freunde und Familie, mit diesem Scheißjob, in dem sie niemals einen Migranten hochkommen lassen, obwohl sie mit dem Ausland ihr Geld verdienen ..."

Sie verstummte. Natürlich, das war es. Die Australier waren Rassisten, die einem Bloody Migrant, *wie sie die Immigranten abfällig nannten, niemals eine gehobene Position geben würden, solange sie es irgendwie vermeiden konnten. Isabella hatte die heimliche Ablehnung ihrer Kollegen oft genug gespürt und wusste, dass sie trotz der Unterstützung ihres Chefs nur bis zu einer gewissen Stufe der Firmenhierarchie aufsteigen würde. Sie war fleißig und zuverlässig, hatte eine schnelle Auffassungsgabe, eine flexible Arbeitsweise und konnte in zwei Fremdsprachen kommunizieren. Dennoch würde sie in einem Durchschnittsjob bei einem Durchschnittseinkommen versauern. Sie war Ausländerin, eine Frau und jetzt auch noch eine von ihrem Mann verlassene Frau! Dafür gab es in der australischen Geschäftswelt keinen Platz.*

Isabella legte den Hörer auf die Gabel zurück. Natürlich, es war ja so einfach. Es gab eine ganz einfache Lösung für all ihre Probleme! Warum war sie nicht nur schon viel früher darauf gekommen? Sie lachte laut und bitter. Weil sie der Trottel war und Dieter der Clevere! Er hatte abgesahnt und war auf und davon gegangen. Und sie war diejenige, die sogar jetzt, mit der einfachen Lösung, noch draufzahlen würde. Dabei war es so einfach: Niemand hielt sie hier fest. Sie konnte und sollte einfach gehen, genau wie Dieter. Ohne die Wohnung zu kündigen, einfach abhauen, ihre Zelte abbrechen, verbrannte Erde hinterlassen, oder wie man das nennen wollte!

Aber sie war nicht wie Dieter. In den nächsten drei Monaten verwirklichte sie ihren Plan Schritt für Schritt. Sie fand einen Nachmieter für die Wohnung, der bereits nach vier Wochen einzog und ihr dadurch viel Geld sparte, während sie in ein schäbiges Hotelzimmer in Rosebery zog, von dessen Fenster aus sie die abfliegenden Jets beobachten konnte und sich bei jedem vorstellte, dass sie darinsitzen und von hier wegfliegen würde. Sie kündigte fristgerecht und bekam von ihrem Chef ein hervorragendes Zeugnis, das sie selbst abtippte und in dem sie die Länge ihres Arbeitsverhältnisses um ein Jahr zurückdatierte. Falls er es bemerkt hatte, schien es ihm nicht wichtig zu sein, erwähnte er es doch mit keinem Wort. Damit hatte sie das Jahr in Hals Agentur, über das sie keinen Nachweis besaß, endgültig aus ihrem Lebenslauf ausradiert, der nun wieder lückenlos und ohne Fehl und Tadel war.

Ihre Familie war wütend auf Dieter, als sie von dessen hinterlistiger Flucht hörte, und gleichzeitig selig, dass sie nun wieder nach Hause zurückkommen würde. Am letzten Apriltag war ihr letzter Arbeitstag, und noch am selben Abend würde sie vom Büro aus, nach einem höflichen Abschiedstrunk mit den Kollegen, direkt zum Flughafen fahren. Das Geld auf ihrem Geheimkonto hatte gerade noch gereicht, um sich ein Flugticket kaufen zu können.

Ihr Schreibtisch war leer geräumt und der Sekt schon geöffnet. Ihr Chef schenkte gerade die Gläser voll, als ihr Eva ein-

fiel und sie schnell noch darum bat, im Nebenzimmer ein letztes Telefonat führen zu dürfen, um sich von einer Freundin zu verabschieden. Sie hatte seit über drei Monaten nicht mehr mit Eva gesprochen.

Uwe war am Apparat. Eva sei nicht da, teilte er ihr mit, sie wäre noch bis morgen im Krankenhaus.

Ach so, meinte sie, dann grüß sie bitte von mir. Zuletzt fiel ihr noch ein zu fragen, was es denn geworden sei, ein Junge oder ein Mädchen?

„Ein Mädchen", sagte er enttäuscht. „Sie soll Nadja heißen. Kommst du zur Taufe?"

„Nein, ich fliege noch heute Abend nach Deutschland. Ich melde mich dann bei ihr, wenn ich angekommen bin. Sag ihr, ich gratuliere ihr. Und dir natürlich auch."

Danach ging sie zurück zu ihren Kollegen, die sich ungewöhnlich aufgeschlossen gaben. Na ja, der Sekt, den sie spendiert hatte, war das einzig Gute, was sie je von ihr bekommen hatten. Sie war nicht wie die Australier, die bei jeder Gelegenheit Kaffee und Kuchen oder Sekt-Pausen organisierten. Sie stieß mit ihnen an, lächelte über die freundschaftlichen Angebote, doch unbedingt in Verbindung zu bleiben, und verabschiedete sich mit der ernüchternden Erkenntnis, ihrem Gastland nie eine echte Chance gegeben zu haben.

Es war viel zu früh für den Bus zum Flughafen, trotzdem nahm sie ihren Koffer, ging zur Bushaltestelle vor dem Sheraton Hotel, setzte sich auf eine Parkbank, von der aus sie den heranfahrenden Bus sehen konnte, und atmete tief durch. Das war es also. Zwei Jahre und sieben Monate später! Ihr Englisch war sehr viel besser geworden, sie hatte Australien und damit ein Stück von der Welt gesehen, hatte eine gescheiterte Ehe und eine verkorkste Karriere hinter sich. Aber sie stand vor einem neuen Anfang. Sobald dieses Land, das ihr nur Sorgen und Schwierigkeiten bereitet hatte, unter ihr verschwunden wäre, würde sie sich ein Glas Sekt bestellen und auf einen Neubeginn anstoßen. Und sich feierlich versprechen, nie wieder einen Fuß nach Australien zu setzen!

25

Der Kellner war gekommen, um sie zu ihrem frisch eingedeckten Tisch im Restaurant zu führen. Schweigend standen sie auf, griffen nach ihren Handtaschen und folgten ihm in den Speisesaal. Als sie Platz nehmen wollten, rückte er zuerst Isabellas Stuhl zurecht, dann Evas. Nur für Jo Anns kam er zu spät. Dafür breitete er mit elegantem Schwung die Speisekarte als Erstes vor ihr aus und begann die Empfehlungen des Küchenchefs für den heutigen Tag herunterzubeten. Worauf alle drei Frauen kurz entschlossen das gleiche Tagesmenü, gegrillten Fisch mit gedünstetem Gemüse und einem Waldorfsalat als Vorspeise, bestellten, um sicherzugehen, dass sie ihr Essen auch gleichzeitig bekommen würden.

Isabella war so weiß wie das Tischtuch. „Ich kann es nicht vergessen haben“, murmelte sie, als sie wieder unter sich waren. „Du kannst mir nicht einreden, dass ich einen stundenlangen Filmriss hatte, Jo Ann. Ich war doch nicht betrunken!“

„Nein, aber du hattest einen Schock. Und was in jenen Stunden geschehen ist, war zu schrecklich, um es verarbeiten zu können. Deshalb hast du es auch total verdrängt.“ Jo Ann spürte Mitleid mit Isabella, der die Bestürzung deutlich anzusehen war. „Hast du nie darüber nachgedacht?“, fragte Jo Ann. „Du musst doch irgendwann selbst einmal nachgerechnet haben? Mir war schon immer unbegreiflich, womit du dir die fehlenden Stunden erklärt haben könntest."

„Sie haben mir nie gefehlt! Weil ich nie darüber nachgedacht habe. Bis heute! Es ist ein komisches Gefühl ... wie soll ich es beschreiben? ... Als wäre eine vollkommene Leere in meinem Kopf. Als würde ich im Supermarkt stehen und total vergessen haben, was ich besorgen wollte. Versteht ihr? Ich höre, was du sagst, Jo Ann, und es leuchtet mir ein, es ist logisch, aber gleichzeitig weiß ich nicht, was ich mit dieser Information anfangen soll." Sie sah zum Fenster. Die Scheibe reflektierte das Innere des Raums, und sie konnte nun keine Boote mehr zählen.

„Du brauchst Zeit", meinte Jo Ann. „Gib dir die Zeit, darüber nachzudenken. Ich kann mir vorstellen, wie verwirrend das alles für dich sein muss."

„Ihr habt es immer gewusst?"

„Natürlich!"

„Wann seid ihr darauf gekommen?"

„Gar nicht. Du hast es uns selbst mitgeteilt, wenn auch indirekt. Als du ins Haus gekommen bist, warst du völlig aufgelöst und durcheinander und hast ziemlich wirres Zeug geredet, aber wir haben verstanden, was du uns erklären wolltest, und außerdem war dir ziemlich deutlich ansehen, was geschehen war."

Isabella dachte nach. Dann fragte sie: „Was habt ihr mir angesehen?"

Als keine der Frauen antwortete, legte sie ihre Hand auf Jo Anns Hand und beschwor sie: „Bitte, ihr müsst mir sagen, was ihr wisst. Ihr müsst mir genau erzählen, was geschehen ist. Sonst werde ich noch verrückt von all den Vermutungen, die in meinem Kopf herumschwirren."

Eva hatte die Finger unter dem Tisch verschränkt und

grub sich mit den Daumenägeln abwechselnd einmal in die rechte, dann wieder in die linke Innenfläche der Hand, ohne es jedoch zu spüren. „Wir müssen es ihr sagen, Jo Ann. Alles! Es ist unfair und verwirrend für sie, wenn wir ihr nur einen Teil der Wahrheit erzählen." Und als Jo Ann nicht antwortete, entkrampfte Eva ihre Hände, atmete tief durch und sagte: „Wenn du dich weigerst, werde ich es tun. Ich war dabei, und kann es noch genauso gut beschreiben, als wäre es erst gestern gewesen."

Endlich nickte Jo Ann. „Na gut, ich werde versuchen zu beschreiben, was vorgefallen ist."

Isabella erfuhr, wie sie verletzt, blutend und völlig verstört im Haus angekommen war. Es gab keine andere Schlussfolgerung als die, dass sie von Kurt schwer misshandelt und vergewaltigt worden war. Isabella zuckte mehrmals zusammen, hörte fassungslos zu und versuchte zu begreifen, dass es sich dabei um ihre eigene Geschichte handelte. Jo Ann benutzte absichtlich die gleichen Worte, die Isabella damals benutzt hatte. „Du hast gesagt, er kam mir nach, da habe ich den Hammer gepackt und zugeschlagen!", sagte sie und überließ es Isabella, daraus ihre eigene Schlussfolgerung zu ziehen.

Die Vorspeise wurde serviert, und Eva, die das Gefühl hatte, dass nun alles Wichtige offen dargelegt war, sah Isabella fragend an, von der aber keinerlei Reaktion kam. Schweigend begannen sie alle drei in ihrem Salat herumzustochern, nun doch heilfroh, nicht auf ihrem Zimmer geblieben zu sein. Sogar Isabella versuchte etwas zu essen.

Erst als die noch fast vollen Teller, auf Isabellas wortlose Bitte hin, wieder abgetragen worden waren, trank sie einen großen Schluck Wein aus ihrem Glas, setzte es langsam ab, und meinte leise: „Warum, um Himmels willen, habt ihr mir das nie gesagt?“ Ohne auf Antwort zu warten, fuhr sie, noch immer im Flüsterton, aber mit steigender Intensität fort: „Es ist gut, dass wir hier unter all den Leuten sitzen, denn sonst würde ich jetzt laut schreien: Warum, in Dreiteufelsnamen, habt ihr geschwiegen? ... Wenn es stimmt, was Jo Ann da erzählt hat, dann ist es eine verfluchte Schweinerei, was mir angetan wurde, und ...“ sie verstummte. Und Kurt gehört bestraft, hatte sie sagen wollen, doch dann war ihr eingefallen, dass er bereits tot war und nicht mehr bestraft werden konnte.

„Weil wir dich beschützen wollten und du uns leidgetan hast“, antwortete Eva ruhig. „Ich weiß, dass es falsch war, denn du hast es verdrängt, und das ist nicht gut.“

„Du meinst, dass ich noch heute Probleme habe, weil ich bislang nicht wusste, was geschehen ist?“

„Ja.“

Isabella schob die Unterlippe vor und schüttelte den Kopf. „Ehrlich gesagt, glaube ich nicht, dass ich Probleme habe. Es ist alles in Ordnung mit mir.“

„Siehst du“, sagte Eva, die Isabellas Antwort als Bestätigung des soeben Gesagten nahm.

Isabella kämpfte sichtlich darum, sich wieder unter Kontrolle zu bekommen. „Es kann doch genauso gut sein, dass *ihr* die Probleme habt, weil euch euer Gewissen plagt. Ehrlich, ich bin völlig in Ordnung. Es wird zwar noch etwas dauern, bis ich auch wirklich begriffen habe, was mir passiert ist, so schnell geht das schließlich nicht, und ich glaube euch natürlich, dass es so war, aber es ist, als hätte ich ein Buch gelesen, eine Geschichte, in der ich nicht vorkomme, versteht ihr. Es betrifft mich nicht. Auch wenn ich es glaube, ist es nicht meine Realität.“

Eva hörte ihr zu und war erschüttert darüber, wie hoch

die Mauer war, hinter der sich Isabella verschanzt hatte. „Du hattest wirklich keine Ahnung! Und du verstehst die Tragweite des Ganzen immer noch nicht!“

Isabella wurde ärgerlich. „Oh doch – ich verstehe, dass ich vergewaltigt wurde, aber es ist vorbei und lässt sich nicht mehr ändern. Es war nicht meine Schuld, und ich hätte es wohl auch kaum verhindern können. Daher kannst du jetzt auch aufhören, in einer Wunde herumzustochern, die nicht vorhanden ist, nur um mir klarzumachen, wie schrecklich es für mich war. Jo Ann hat Recht, wir sollten aufhören, darüber zu reden, und die Vergangenheit endgültig begraben.“

Evas Stimme hob sich bei ihren ersten Worten, aber sie dämpfte sie sofort wieder, als sich die Köpfe einiger Gäste daraufhin zu ihr umdrehten. „Sie lässt sich aber nicht so einfach begraben! Du lehnst es ab, die Wahrheit zu akzeptieren, und ruinierst damit Johannas Leben, die dich schützen will. Aber so geht das nicht ...“

„Hör auf damit!“, zischte Jo Ann.

„Nein!“ Eva war nun ganz ruhig. „Ich höre nicht auf. Isabella will es einfach nicht begreifen.“

„Was will ich nicht begreifen?“, fragte Isabella, plötzlich genauso ruhig. Es klang, als würden sie sich über die neueste Mode unterhalten. In einem schicken Restaurant, bei gutem Wein und Kerzenlicht.

Eva sprach es endlich aus: „Dass du diejenige warst, die Kurt erschlagen hat! Als Jo Ann zur Mine fuhr, um ihn zur Rede zu stellen, war er bereits tot. Du hast dich damals nicht nur gegen ihn gewehrt, du hast ihn mit dem Hammer *erschlagen*.“

Jetzt waren alle drei Frauen leichenblass. Kerzengerade saßen sie am Tisch, als ihnen ausgerechnet in diesem Augenblick der Hauptgang serviert wurde, und automatisch griffen sie nach ihrem Besteck, kaum dass sie wieder unter sich waren. Aber keine von ihnen brachte einen Bissen hinunter. Schließlich lehnte sich Isabella zurück, sah Eva an und atmete einmal tief durch, wobei sie beim Ausatmen ein Geräusch machte, das herablassend und gleichzeitig erleichtert klang. „Hast du das wirklich all die Jahre über gedacht? Dass ich ihn getötet habe?"

„Natürlich", sagte Eva.

Isabella blickte zu Jo Ann.„Erkläre es ihr!", befahl sie. „Los, sag es ihr."

„Was?", fragte Jo Ann.

„Dass ich es nicht war." Und als Jo Ann nicht antwortete, hob sie selbst zu einer Erklärung an. „Ich kann mich anfänglich nicht mehr mit Sicherheit daran erinnern, ob es nun zu einer Vergewaltigung gekommen ist oder nicht. Aber ich wusste immer – und das habe ich euch auch erzählt –, dass Kurt mir nachgestellt hat und dass ich vor ihm geflohen bin. Das habe ich immer genau gewusst, richtig?"

„Richtig!"

„Gut! Ich erinnerte mich auch noch vage daran, dass ich mit dem Hammer auf Kurt eingeschlagen habe, korrekt?"

„Ja."

„Aber bestimmt nicht so fest, dass ich ihn hätte töten können. Ich habe ihn entweder an der Hand oder am Arm erwischt, fest genug, dass er mich losließ und ich daraufhin vor ihm fliehen konnte. Aber ich habe ihm nicht den Schädel eingeschlagen. Niemals! Ich habe ihn nicht getötet!"

„Wie kannst du dir da so sicher sein?", fragte Eva.

„Weil ich mich an die Szene danach, in der er mich fast erwischt hätte, obwohl ich ihn mit dem Hammer geschlagen habe, noch mit absoluter Gewissheit erinnern kann. Er hing an der Wagentür, als ich losfuhr. Ich hatte furchtbare Angst, dass er sie aufbekommen würde, und bin aufs Gas getreten wie eine Wahnsinnige. Worauf der Pick-up einen Satz nach vorne gemacht und Kurt den Türgriff losgelassen hat. Das war das letzte Mal, dass ich ihn gesehen habe, aber da war er noch sehr lebendig."

„Wenn das so ist", sagte Johanna leise, „dann musst du dich am nächsten Morgen, als du aufgewacht bist, sehr darüber gewundert haben, dass wir dir erzählt haben, Kurt sei tot!"

„Aber nein", widersprach Isabella. „Warum sollte ich mich gewundert haben? Ich wusste sofort, was mit ihm geschehen ist."

„Was denn?", fragte Eva, die der Geschichte nicht mehr folgen konnte, verwirrt.

„Ja, was?", fragte nun auch Jo Ann.

„Aber Jo Ann! Tu doch nicht so! Du hast ihn umgebracht, als du zur Mine gegangen bist, um nach ihm zu sehen!" Eva starrte Isabella verdutzt an. Doch diese fuhr ungerührt fort: „Dein schauspielerisches Talent in allen Ehren, Jo Ann, aber du kannst es ruhig zugeben. Ich habe immer gewusst, was du getan hast, und ich fand es völlig in Ordnung. Du warst wütend auf ihn, nein, du warst mehr als wütend, du warst verletzt und zutiefst gekränkt, nachdem du herausgefunden hast, dass er sich sogar an deiner eigenen Freundin vergreifen wollte. Du warst voller Hass und Verachtung. Wahrscheinlich hattest du auch noch andere gute Gründe, um es ihm heimzuzahlen. Trotzdem dachte ich mir immer, dass es letztendlich wohl ein Unfall gewesen sein muss. Ihr habt euch gestritten, und da ist es eben passiert. Ich hatte schon damals kein Problem damit, und seitdem ich nun mit Sicherheit weiß, was er mir angetan hat, ist es mir noch verständlicher. Du musst wirklich irrsinnig wütend auf ihn gewesen sein." Sie stockte, als ihr bewusst wurde, welchen Freundschaftsbeweis Jo Ann für sie erbracht hatte. „Ich rechne es dir hoch an, dass du mich gerächt hast. Mach dir keine Sorgen, von mir wird es niemand erfahren, ich kann schweigen wie ein Grab."

Der Kellner war aus dem Hintergrund des Restaurants aufgetaucht, trat nun an ihren Tisch und fragte, ob alles in Ordnung sei, nachdem sie die Speisen auf ihren Tellern noch immer nicht angerührt hatten. „Danke, ja", antwortete ihm Isabella, worauf er nickte und sich dezent wieder zurückzog.

„Und wie erklärst du dir die fehlenden Stunden?", wollte Jo Ann wissen.

„Keine Ahnung. Ich weiß es beim besten Willen nicht. Aber ich weiß, dass Kurt noch gelebt hat, als ich zu euch fuhr! Du kannst es jetzt doch zugeben, Jo Ann, jetzt, wo wir unter uns sind. Du wirst dich sicher besser fühlen, wenn du es zugibst. Und Eva weiß es doch eh schon, schließlich hat sie dir dabei geholfen, die Spuren zu beseitigen. Warum wollt ihr mir also einreden, dass ich es war? Ich werde euch sicher nicht verraten. Ist es das? Habt ihr Angst, dass ich mich verplappere oder euch tatsächlich verpfeife? Das könnt ihr doch nicht wirklich gedacht haben? Ich bitte euch, das doch nicht!" Sie verstummte und wirkte gekränkt und enttäuscht.

„Was soll ich wissen?", fragte Eva, die sich nach Isabellas Erklärung nur langsam wieder fasste. „Ich soll wissen, dass Jo Ann Kurt umgebracht hat? Mach dich nicht lächerlich, Isabella! Ich weiß, dass sie es nicht war ..."

„Und woher willst du das bitte schön wissen?"

„Weil er schon tot war, als sie ihn gefunden hat. Deshalb ...“

„Warst du dabei?“

„Nein, ich war bei dir, du warst doch in solch einer schlimmer Verfassung ...“ Eva stockte, als sie den schwachen Punkt in ihrer Argumentation erkannte. „Aber Jo Ann hat mir doch gesagt ...“ Sie versuchte sich genau zu erinnern. Nein, es gab keinen Beweis, den sie hätte vorbringen können. „Jo Ann, du hast doch nicht etwa ...? Jo Ann?“

„Ich schwöre bei Gott, bei allem was mir heilig ist, bei meinem und bei eurem Leben, Kurt war tot, als ich zur Mine kam!“

Beide Frauen sahen zu Isabella. „Und ich schwöre euch, bei allem was mir heilig ist, ich bin mir sicher, ihn lebend verlassen zu haben!“, sagte diese.

„Aber das ist doch nicht möglich“, flüsterte Eva. „Das kann doch nicht sein. Wie sollte er denn umgekommen sein, wenn nicht durch eine von euch?“

Jo Ann war die Erste, die das darauf folgende Schweigen brach. „Das ergibt keinen Sinn, Isabella. Als du von der Mine gekommen bist, hast du uns gestanden, mit dem Hammer auf Kurt eingeschlagen zu haben ...“

„Habe ich auch gesagt, wohin ich ihn geschlagen habe?“

Eva und Jo Ann sahen einander an, dann antwortete Eva: „Nein, du hast nur gesagt, dass du zugeschlagen hast.“

„Ich bin mir absolut sicher, dass es nur seine Hand war. Ich habe ihn an der Hand erwischt, sie war rot von seinem Blut. Ich erinnere mich genau – das habe ich nie vergessen, auch wenn wir nie darüber gesprochen haben –, es war seine linke Hand, sie war voller Blut, er konnte die Finger nicht mehr richtig um den Türgriff des Pick-ups legen. Er rüttelte daran, mit Fingern, die wie aufgeplatzte Würstchen aussahen!"

„Das mag ja sein", erwiderte Jo Ann. „Das ist aber kein Beweis dafür, dass du nicht noch einmal zugeschlagen hast."

„Wie denn? Wohin denn?"

„Auf den Hinterkopf. Vielleicht hast du ja noch einmal ausgeholt, weil er den Türgriff nicht loslassen wollte. Und das war dann der tödliche Schlag."

„Überleg doch mal. Er war lebendig und hat an der Autotüre gezerrt, als ich losfuhr. Wie soll ich ihn da am Hinterkopf erwischt haben? Ich wollte ihn auch gar nicht töten – ich bin lediglich vor ihm davongerannt. Verstehst du, davongerannt!" Beinahe hätte sie gesagt, um mein Leben gerannt. Ein Bild tauchte vor ihr auf. Wie sie zum Auto gelaufen war, Kurt dicht hinter sich, schreiend und schnaufend vor Wut. War es so gewesen? War sie wirklich um ihr Leben gerannt? Das konnte und wollte sie immer noch nicht glauben. War ihr Leben tatsächlich in Gefahr gewesen? Plötzlich hatte sie eine Gänsehaut.

„Das ist kein Beweis", wiederholte Jo Ann.

„Ich muss auch nichts beweisen", schaltete Isabella nun auf stur. „Jo Ann, du behauptest, Kurt sei bereits tot gewesen, als du ihn gefunden hast, und kannst dies ebenfalls nicht beweisen!"

Jo Ann nickte. „Also glauben wir uns gegenseitig nicht. Ich möchte nur eines von dir wissen: Wenn du ihn nicht getötet hast, warum hast du mich dann am nächsten Morgen nicht zur Rede gestellt?"

Isabella antwortete sofort. „Das ist doch sonnenklar. Ich habe die Version von Kurts angeblichem Unfall und unser stillschweigendes Einverständnis akzeptiert, weil diese Version deine Tat decken würde, Jo Ann. Ich wusste auch am nächsten Tag, dass ich vor Kurt davongerannt bin – einem lebenden Kurt! –, aber es war nicht nötig, darauf einzugehen. Wie ich zugeben muss, fehlen mir einige Stunden. Aber ich wusste an diesem Morgen, genauso sicher wie heute, dass ich Kurt lebend verlassen habe. Und als du mir erklärt hast, dass er tot ist, dachte ich nur, dass bei dir eine Sicherung durchgebrannt ist. Da gab es nichts mehr zu besprechen."

„Das stimmt!", warf Eva ein, die sich an den Wortlaut von damals noch genau erinnern konnte. „Jo Ann, du hast zu ihr gesagt: *Kurt ist tot, es war ein Unfall.* Und Isabella hat gesagt: *Dann ist es besser, ihr begrabt ihn schnell, es muss ja niemand wissen, was passiert ist.*" Sie überlegte laut. „Isabella hat nicht gesagt: Es muss ja niemand wissen, was ich getan habe! Sie könnte durchaus gemeint haben ..."

„Gemeint, gedacht, gewollt ... was soll das alles? Eva, glaubst du mir nicht mehr?" Überraschung und Enttäuschung lagen in Jo Anns Stimme.

„Ach, ich weiß nicht mehr, was ich denken soll", jammerte Eva. „Ich vertraue dir *und* Isabella, und ich glaube euch beiden. Das ist doch das Paradoxe! Eine von euch beiden lügt oder macht sich etwas vor. Jo Ann, wäre es vielleicht nicht doch möglich, dass du ... ich meine, so wütend und erschüttert, wie du losgestürmt bist, könnte es nicht sein, dass du ... dass du diejenige bist, die es getan und danach verdrängt hat?"

Jo Ann verzog den Mund zu einem zynischen Grinsen. „Sind wir jetzt so weit? Ich soll diejenige sein, die den Racheengel gespielt hat? In einem Anflug von Wahnsinn?"

„Genau das wirfst du mir vor!", konterte Isabella.

Jo Ann nickte. „Stimmt. Und ich fürchte, so kommen

wir keinen Schritt weiter. Ihr könnt mich nicht vom Gegenteil überzeugen."

„Verdammt, ich verstehe dich nicht", zischte Isabella. „Warum willst du mir eine Tat, die du begangen hast, in die Schuhe schieben? Brauchst du jetzt, nachdem das Skelett gefunden wurde und die Gefahr besteht, dass du beschuldigt wirst, einen Sündenbock? Willst du mich anzeigen, sobald wir in Sydney sind?"

Jo Ann sah sie gekränkt an und überließ Eva ihre Verteidigung. „Red keinen Unsinn, Isabella! Genau das Gegenteil ist der Fall. Wenn du es genau wissen willst, Jo Ann hat vor, sich in Sydney zu stellen, nur deshalb ist sie mit uns mitgekommen. John und ich wollten sie davon überzeugen, wie falsch und unsinnig das ist, aber sie will dich schützen. Sie denkt, dass sie im Gegensatz zu dir nichts mehr zu verlieren hat."

„Ist das wahr?" Isabella warf Jo Ann einen ungläubigen Blick zu.

„Die genauen Gründe sind unwichtig. Aber ja, ich werde mich den Behörden stellen und gestehen, Kurt mit einem Hammer erschlagen zu haben."

Isabella verstand die Welt nicht mehr. Kopfschüttelnd nahm sie die geöffnete Flasche Wein aus dem Kühler, schenkte Eva, Jo Ann und sich selbst ein, nahm einen langen Zug aus ihrem Glas und stöhnte: „Verflucht, ich kann nicht mehr! Machen wir bitte Schluss für heute. Ich verstehe einfach überhaupt nichts mehr. Ich verstehe nicht, warum ihr denkt, dass ich es gewesen bin, ich verstehe nicht, warum ich denke, dass Johanna es gewesen ist, ich verstehe vor allem nicht, warum sie es offiziell gewesen sein will, wenn sie es nicht war, und ich verstehe nicht, was du denkst, Eva."

„Also, ich denke, wir sollten erst einmal zu Bett gehen und morgen, wenn wir wieder einen frischen Kopf haben, noch einmal über alles nachdenken." Eva hatte es in ihrer schlichten Art auf den Punkt gebracht.

„Sehr weise", fand Isabella und deutete auf die Flasche, die noch nicht ganz leer war. „Aber heute sollten wir unseren Verstand erst noch etwas betäuben! Damit wir uns nicht eingestehen müssen, dass wir nichts verstehen."

Jo Ann lachte plötzlich auf, bissig und sarkastisch. „Auch dies ist sehr weise. Wenn man nichts mehr kapiert und sich gegenseitig einen Mord vorwirft, sollte man sich zusammen betrinken. Das macht Freude und verbindet."

„Genau! Prost, kriminelle Vereinigung!" Isabella hob ihr Glas und zwang sich ebenfalls zu lachen. Es war unmöglich, Jo Ann konnte ihr doch nicht allen Ernstes vorwerfen, Kurt getötet zu haben. Ein winziger Zweifel begann sich dennoch in ihrem tiefsten Innern zu regen. Konnte sie denn wirklich völlig ausschließen, dass sie nicht selbst ...?

Eva lachte auch, aber es waren seltsam hüstelnde Laute, die aus ihrer Kehle kamen. Sie war so durcheinander, dass sie einfach mitlachte, weil ihr keine andere passende Reaktion einfiel.

26

Die Nacht war für alle drei Frauen lang und unruhig gewesen, mit kurzen Tiefschlafphasen und endlosen Stunden, die sie im Dämmerzustand verbracht und in denen sie jede Bewegung und jedes Geräusch der anderen registriert hatten. Um sieben Uhr lugte die Morgensonne dann endlich durch eine Vorhangspalte, und Jo Ann fragte leise: „Sollen wir aufstehen?"

Sofort erhob sich Isabella wortlos und zog die Vorhänge auseinander. Eva gähnte. „Ich bin todmüde, aber es ist sinnlos, noch länger liegen zu bleiben."

Beim Frühstück war die Stimmung zwischen ihnen so gedrückt, als säßen sie in einer Aussegnungshalle. Sie wagten nicht zu sprechen, reichten sich schweigend Brot und Marmelade, kauten bedächtig und tranken literweise Kaffee. Draußen, vor den hohen Scheiben, verhöhnte sie ein strahlender Frühlingstag. Es war Sonntag, und die Frühaufsteher joggten bereits um die Marina oder betraten vergnügt und energiegeladen den Frühstücksraum. Die Ferienlaune in Port Macquarie war allgemein ansteckend, schaffte es aber nicht, die Frauen aus ihrer Schwermut zu reißen.

„Lasst uns auschecken und losfahren", schlug Isabella schließlich vor, und so stiegen sie eine knappe halbe Stunde später in ihren Wagen und fuhren Richtung Pacific Highway los. Es waren nur noch dreihundertsiebzig Kilometer bis zur Hauptstadt, und es war erst acht Uhr morgens. Mit etwas Glück würden sie bereits gegen Mittag in Sydney ankommen.

Eva saß am Steuer. Sie war zwar genauso müde wie die anderen, aber der Kaffee hatte bereits seine Wirkung bei ihr getan. So unterhielt sie sich leise mit Jo Ann, die neben ihr saß, während Isabella auf dem Rücksitz lag und tatsächlich fest eingeschlafen war.

„Was denkst du nun?", fragte Eva leise und deutete mit einer Kopfbewegung nach hinten. „Hat sie sich wirklich all die Jahre über eingebildet, dass du die Schuldige bist?"

„Davon bin ich überzeugt", nuschelte Jo Ann. „Sie ist sich ihrer Sache so sicher, dass ich sogar selbst ins Grübeln gekommen bin. Die halbe Nacht lang habe ich überlegt, ob an ihrer Version nicht etwas Wahres dran sein könnte."

Eva nickte. „Ja, ich weiß. Mir ging es nicht anders."

„Na, toll!"

„Tut mir leid." Es klang hilflos, und Jo Ann verstand, dass es nicht böse gemeint war.

„Entschuldige!"

„Schon gut."

Sie schwiegen eine Weile, starrten geradeaus vor sich hin und hingen jeweils ihren eigenen Gedanken nach. Und mit jeder Stunde, die verging, drängten sie ihre Zweifel weiter in den Hintergrund. Das Thema wurde nicht noch einmal angesprochen, stattdessen staunten sie darüber, wie sehr sich die Küste Australiens in den letzten dreißig Jahren verändert hatte. Sie hätte öfter verreisen sollen, meinte Eva. Es war so unglaublich schön hier, die Sandstrände lagen wie glitzernde Juwelen vor dem tiefblauen Meer, eingerahmt von vorwitzigen Landzungen, die wie die Zacken einer Krone ins Meer ragten. Dort blies der Wind den feinen

Sand durch das niedrige hellgrüne Strandgras und trug die Stimme der Brandung über die Hügel. Eva hielt an einem besonders schönen Aussichtspunkt an, sie weckten Isabella und wanderten dann gemeinsam bis zur Spitze der Landzunge, um sich die Beine zu vertreten. Wieder standen sie an einer der felsigen Küsten des Kontinents und waren von der Natur überwältigt. Doch Jo Ann spürte das gleiche Ziehen im Magen, das sie schon in Byron Bay gehabt hatte. Dies war wohl die letzte Möglichkeit, sich zu entscheiden. Frei zu sein und frei zu bleiben. Aber sie rührte sich nicht. Sie stand nur da, genoss den Wind in ihren Haaren und den Sand zwischen ihren nackten Zehen. Alle drei hatten sich die Schuhe ausgezogen und mussten deshalb, als sie zurück waren, lange über ihre Füße reiben, um nicht zu viel Sand ins Auto zu tragen. Dennoch blieben einzelne Körner hartnäckig auf ihrer Haut kleben, bis sie schließlich aufgaben und sich ihre Halbschuhe trotzdem wieder über die Füße zogen. Die kurze Wanderung hatte sie zumindest erfrischt.

Jo Ann fuhr schon eine ganze Weile, als Isabella plötzlich den Kopf zwischen den Lehnen durchsteckte und sagte: „Ich habe nachgedacht! Was ist, wenn ich die Wahrheit verdrängt habe? Wenn ich ihn tatsächlich erschlagen habe? Die fehlenden Stunden ... sie beunruhigen mich. Es ist mir ein Rätsel, warum sie mir nie gefehlt haben! Wo zum Teufel bin ich in dieser Zeit gewesen? Was habe ich währenddessen gemacht? Was soll ich bloß tun, um es herauszufinden?“

Jo Ann drehte sich flüchtig zu ihr um. „Denk nicht länger darüber nach, dann hast du am ehesten die Chance, dass es dir wieder einfällt.“

„Das mag ja sein“, überlegte Isabella, „aber das kann

dauern und ich weiß nicht, ob wir noch so viel Zeit haben. Johanna, kannst du mit deiner Selbstanzeige nicht noch ein paar Tage warten? Ich möchte nicht, dass du morgen schon zur Polizei gehst. Ich muss einfach vorher Gewissheit haben."

Eva war von dem Vorschlag hellauf begeistert. „Das finde ich auch. Auf ein paar Tage kommt es jetzt doch auch nicht mehr an, nicht wahr, Jo Ann?"

Jo Ann schwieg.

„Bitte, gib mir noch ein paar Tage Zeit", bat Isabella.

„Na gut. Bis Mittwoch also."

Um zwei Uhr hatten sie die Stadtgrenze von Sydney erreicht, und eine Stunde später saßen sie bereits auf Evas Veranda und überlegten, wie sie den Rest des Tages am besten verbringen sollten. Eva hatte mit Steve telefoniert und ihm mitgeteilt, dass sie nun zwei Hausgäste haben würden.

„Wie war euer Ausflug?", hatte er gefragt, und sie hatte ihm wahrheitsgemäß geantwortet, dass er anstrengend und verwirrend gewesen sei und dass sie unbedingt seine Meinung dazu hören wolle. Als Außenstehender habe er vielleicht einen besseren Blick auf die Dinge.

„Weißt du", hatte sie begonnen ihm die Geschichte in Kurzform zu erzählen, „Kurt hatte gar keinen Unfall. Es war Isabella, die ihn getötet hat. Das habe ich bis jetzt zumindest immer geglaubt. Und Jo Ann war auch davon überzeugt, aber Isabella denkt, dass es Jo Ann war. Und jetzt werfen sie sich gegenseitig vor, Kurt umgebracht zu haben, verstehst du? Sie waren sich so sicher, aber seit gestern Abend zweifeln beide jeweils an ihrer eigenen Version. Und ich weiß auch nicht mehr so recht, was ich denken soll."

„Klingt aufregend wie ein Krimi", hatte Steve gesagt

und schien nicht sonderlich davon beeindruckt zu sein, dass eine von Evas Freundinnen eine Mörderin war. „Nach allem, was ich bis jetzt so über diesen Kurt gehört habe, muss er ein ziemliches Ekel gewesen sein. Also war es bestimmt seine Frau, die ihn um die Ecke gebracht hat."

Warum sollte es Jo Ann gewesen sein, hatte Eva gesagt. Er rede, als würde er einen TV-Thriller kommentieren. Da hatte er gelacht und gemeint, Hauptsache sei einzig und allein, dass sie es nicht gewesen sei, oder? Er hatte Recht! Sie war nur am Rande beteiligt gewesen. „Wir sprechen über alles, wenn ich wieder zu Hause bin", hatte er abschließend gesagt.

„Wann ist das?"

„Übermorgen! Montag müssen wir erst noch die Geräte abbauen und alles einpacken. Und Dienstag bin ich auf der Parade für die freiwilligen Helfer und das arbeitende Fußvolk. Für den Rest der Woche habe ich dann frei, also werden wir genug Zeit haben, das Rätsel um Kurt zu lösen, falls dies überhaupt möglich ist."

Eva hatte gestöhnt. „Aber Jo Ann will sich schon am Mittwoch stellen ..."

„Hast du nicht eben gesagt, sie beschuldigt Isabella?"

„Schon, aber ... ach, es ist alles so kompliziert. Sie fühlt sich trotzdem schuldig. Sie glaubt inzwischen, dass es nur deshalb zu der damaligen Situation gekommen ist, weil sie nicht dazu in der Lage war, Kurt in Schach zu halten. Er war wirklich ein Ekelpaket, du wirst es nicht für möglich halten, wie er sie behandelt hat, wie ein Stück Dreck. Ein richtiger Sadist! Und jetzt bildet sie sich ein, sie hätte verhindern können, was er mit Isabella getan hat. Ach, herrje, ich wollte doch gar nicht ins Detail gehen. Sollen wir zur Parade kommen? Werden wir dich in der Menge finden und wenigstens noch den Abend miteinander verbringen?“

Steve hatte ihr daraufhin erklärte, wo sie sich Dienstagabend in der Innenstadt treffen könnten, um nach der Abschlussfeier noch in den Rocks essen zu gehen, und er hatte sich über ihre Idee, den Tag gemeinsam ausklingen zu lassen, offensichtlich gefreut. Danach hatte Eva aufgelegt und sich wohltuend erleichtert gefühlt. Sie bedauerte Isabella und Johanna. Die Ärmsten. Es war scheußlich, keinen Partner zu haben, mit dem man sich verstand. Mit einem Partner an der Seite waren die Schwierigkeiten des Lebens doch viel leichter zu ertragen. Mit einem, dem man vertrauen und mit dem man über alles sprechen konnte. So einem wie Steve! Nicht so einem wie Uwe, der immer kalt und unbeteiligt gewesen war. Oder wie Kurt und Dieter! Wenn man solche Männer hatte, war es wohl wirklich besser, alleine zu sein.

27

Der Montag verlief ereignislos. Die Stimmung im Haus war der Ruhe vor dem Sturm jedoch nicht unähnlich, und so gingen sich die Frauen aus dem Weg und verbrachten den Tag mit möglichst unverfänglichen Beschäftigungen wie Einkaufen, Lesen, Wäschewaschen und Schlafen. Gleich nach dem Frühstück am nächsten Morgen rief John an, und da Jo Ann gerade am Telefon vorbeigelaufen war und deshalb einfach abgehoben hatte, hatte sie dem Gespräch mit ihm auch nicht mehr ausweichen können.

Warum sie so grußlos verschwunden sei, fragte er sie nach ein paar Begrüßungsworten und horchte eine Weile in die Stille hinein, mit der ihm Jo Ann unwissentlich das ganze Ausmaß ihres seelischen Kummers vermittelte. Macht nichts, beschwichtigte er gleich darauf, ich verstehe schon, ich hasse Abschiede ebenfalls. Dann wollte er wissen, wie es ihr ginge und wie sie die Fahrt zu dritt überstanden hätten. Er richtete Grüße von Mira aus, die sich schreckliche Sorgen machen und sie furchtbar vermissen würde. Es waren seine eigenen Gefühle, die er Mira in den Mund legte, denn er wollte nicht, dass Jo Ann wusste, wie sehr sie ihm bereits schon jetzt fehlte und wie sehr er sich wünschte, dass sie bald wieder nach Hause käme. Jo Ann bat ihn, Mira zu beruhigen. Sie fühle sich ganz gut, zumindest nicht schlecht, und sie sei nach wie vor überzeugt davon, richtig zu handeln. Er solle alle grüßen. In Ordnung, sagte er, er werde sie wieder anrufen, und legte auf.

Wenig später informierte Jo Ann die anderen darüber, dass sie nicht zur Parade der Freiwilligen mitkommen würde. Der Gedanke, sich in das Menschengewühl in Central zu mischen, war ihr zuwider. Stattdessen wollte sie den Tag lieber alleine und in aller Ruhe verbringen.

„Bist du sicher?“, fragte Eva, obwohl sie Verständnis für Jo Anns Wunsch hatte. „Und was ist mit dir?“, richtete sie sich an Isabella.

„Oh, ich komme mit! Ich möchte mir die Parade auf keinen Fall entgehen lassen. Wenn ich schon den wichtigsten Teil der Spiele verpasst habe, will ich wenigstens noch den letzten Rest der allgemeinen Begeisterung miterleben.“

Jo Ann fuhr sie nach Manly zur Fähre. Sie parkten den Wagen und bummelten gemeinsam zur Anlegestelle.

Eva gab Jo Ann den Zweitschlüssel. „Nimm ihn“, sagte sie, „falls du tagsüber unterwegs sein willst.“ Das hatte Jo Ann zwar nicht vor, denn sie wollte durch Manly bummeln, das Meer betrachten, nachdenken und später mit dem Bus nach Bilgola zurückfahren, sobald sie keine Lust mehr hatte, unter Menschen zu sein. Aber Eva war hartnäckig und bestand darauf, dass sie den Schlüssel nahm. Sie und Isabella würden irgendwann im Laufe des Abends mit der Fähre zurückkommen. Und so winkte Jo Ann dem ablegenden Boot noch einmal kurz zu und schlenderte dann auf der schattigen Seite der Straße in den Ort hinein. Ihr Blick streifte die Auslagen der Läden, schenkte aber keinem einzigen Artikel Beachtung. Was sollte sie schon kaufen? Warum sollte sie überhaupt etwas kaufen? Es war alles so unwichtig geworden. Sie beschleunigte ihre Schritte und beschloss, sich eine Tasse Kaffee und ein Stück Kuchen zu gönnen, falls sie einen Platz in einem der Straßencafés am Meer ergattern konnte. Alltäglicher Luxus, den es für sie bald nicht mehr geben würde.

Zu ihrer Überraschung waren jedoch noch viele Tische frei, anscheinend war jeder Tourist und jeder Australier, der nicht unbedingt arbeiten musste, zur Parade in die Innenstadt gefahren. Jo Ann bestellte sich ein Kännchen Kaffee, hatte aber keinen Appetit und verschob den Kuchen auf später. Unbewusst spielte sie mit dem Autoschlüssel, den sie immer noch in ihrer Hand hielt. Einmal links, dann wieder rechts um den Zeigefinger herum, bis er ihr aus den Händen glitt und zu Boden fiel. Sie hob ihn schnell auf und wollte ihn schon einstecken, als ihr Blick dabei auf das Christopherus-Medaillon in ihrer Handtasche fiel, das sie vor – meine Güte, vor gerade einmal zwei Wochen – auf dem Claim neben dem ihren gefunden hatte. Gedankenverloren befestigte sie den Autoschlüssel an der rostigen Kette des Anhängers und schob ihn ins Seitenfach ihrer Tasche zurück.

Eine Weile saß sie noch am Tisch, trank ihren Kaffee, schaute auf das Meer und versuchte sich auf das gleichmäßige Rauschen der Wellen zu konzentrieren. Aber es wollte ihr nicht gelingen. Ein Auto fuhr zu dicht an den Tischen vorbei. Eine Möwe kreischte aggressiv. Der Chef des Cafés drehte plötzlich die Musik lauter. Schade, dass sie sich jetzt nicht ins Auto setzen und zu ihrer stillen, abgelegenen Mine fahren konnte, raus aus dieser Stadt mit ihren vielen Menschen. Hier konnte man doch nirgends richtig allein sein, überall waren Menschen, Autos und Lärm.

Jo Ann stand auf und verließ das Café, ohne sich noch einmal umzudrehen.

Eine Stunde später kam sie in Evas Haus an. Das Telefon klingelte bereits, als sie die Tür aufsperrte, doch sie ließ es einfach weiterläuten, ging ins Gästezimmer, legte sich aufs Bett und versuchte zu schlafen. Sie hatte die Vorhänge zugezogen und döste nun im Halbdunkel vor sich hin, bis das Telefon wieder zu klingeln begann und nicht mehr aufhörte.

Jo Ann stand schläfrig auf, ging ins Wohnzimmer und nahm den Hörer ab. Es war John, der anscheinend schon einige Male versucht hatte, sie zu erreichen. Er hätte einen wichtigen Grund, erklärte er mit einer gewissen Kurzatmigkeit.

„Was ist denn los?“, fragte Jo Ann, die sofort wusste, dass er sie nicht nur angerufen hatte, weil er ihre Stimme hören wollte. Sie spürte seine Aufregung und war mit einem Schlag hellwach.

„Hör zu, Bill war gestern Abend im Pub. Er hat sich mit Mira ein paar hinter die Binde gekippt – du kannst dir vorstellen, was das bedeutet! –, aber ehe er völlig hinüber war, hat er ihr noch erzählt, dass der Bericht vom Coroner aus Sydney beim ihm angekommen ist ...“

„Die Knochenanalyse?“

„Genau! Mira hat sich während des Zechgelages wacker gehalten und kann sich auch noch ganz genau an alles erinnern, was er gesagt hat. Außerdem hat sie ihn, na, sagen wir mal, tüchtig animiert. Und Bill hat sich, unbedarft, wie er nun mal ist, voll auf sie eingelassen und damit geprahlt, dass er den Bericht genau studiert hätte und die Untersuchungsergebnisse besser kennen würde als der Coroner selbst.“

„Und?“

John legte eine Kunstpause ein, um die richtigen Worte

zu finden. „Es ist schlimm! Viel schlimmer, als ich gedacht habe. Bis gestern Nacht beziehungsweise heute Morgen – es war schon nach drei, als ich endlich hinter Bill und Mira abschließen konnte – hatte ich noch immer die Hoffnung, dass sie nichts finden würden, was auf einen gewaltsamen Tod hindeutet. Jo Ann, hör mir jetzt ganz genau zu! Du darfst auf keinen Fall in Sydney behaupten, dass du Kurt getötet hast. Denn noch wissen sie nicht, wer es ist. Und das ist unsere einzige Chance. Sie werden mit Sicherheit eine Untersuchung anordnen, und Bill meinte, ganz wie wir vermutet haben, dass es unheimlich schwierig werden wird, nach so langer Zeit noch einen Mord aufzuklären, er aber alle Akten durchforsten müsste. Er wird jeden alten Fall untersuchen! Vermisstenanzeigen, Unfälle, ungeklärte Todesfälle, einfach alles. Bei Mord lässt sich das nicht vermeiden. Er sagt, er weiß jetzt schon, wie sinnlos das Ganze ist, aber die Maschinerie ist angelaufen, und nun muss er sich an das Procedere halten, das ... wie hat er sich ausgedrückt? ... bei Untersuchungen der *Todesursache in Fällen gewaltsamen oder unnatürlichen Todes* angewandt wird."

„Sie wissen also schon, dass es Mord war?", fragte Jo Ann kaum hörbar, die die Kontrolle über ihre Stimme ebenso verloren hatte wie über ihre Hände, die zu zittern begannen.

„Ja, Bill hat es Mira ausdrücklich bestätigt. Man hat die Todesursache ziemlich genau ermitteln können. Es tut mir leid, aber dein Mann ist mit einem gewaltsamen Schlag auf den Hinterkopf getötet worden. Ausgeführt mit einem spitzen Gegenstand. Aber es gibt noch mehr zu berichten! Sie haben fast das gesamte Skelett gefunden, nicht nur ein paar Knochen. Das Schlüsselbein, mehrere Rippen und Knochen seiner linken Hand waren ebenfalls zertrümmert, steht im Bericht des Coroners. Also vermutet Bill, dass es einen Kampf gegeben hat, bei dem sich das Opfer heftig gewehrt hat. Jo Ann, es ist nicht, wie du denkst. Isabella hat nicht nur einmal zugeschlagen! Sie hat ihn regelrecht zu Brei geschlagen ..."

Jo Ann zog hörbar die Luft ein.

„Entschuldige, aber es ist nun einmal so!", fuhr John fort. „Im Bericht steht, dass der Täter den Verletzten von hinten angegriffen und mit einem spitzen Gegenstand so lange auf ihn eingeschlagen hat, bis er sich nicht mehr rührte. Ich glaube nicht, dass ihn Isabella vorsätzlich töten wollte, aber zimperlich ist sie nicht gerade vorgegangen. Das darfst du keinesfalls außer Acht lassen. Verstehst du, was ich meine?"

„Nein!", sagte Jo Ann. „Ich vermute, du willst mir sagen, dass Isabella eine eiskalte Mörderin ist, für die es sich nicht lohnt, ins Gefängnis zu gehen."

„Ja ... genau das meine ich. Sie ist verrückt und gefährlich. Bei solchen Leuten weiß man nie, was sie als Nächstes tun."

Jo Ann presste ihre linke Hand auf die rechte, um den Hörer zu stabilisieren. „Was für ein spitzer Gegenstand?"

„Was?"

„Du hast gesagt, er wurde mit einem spitzen Gegenstand erschlagen! So stünde es im Bericht des Coroners. Ich möchte wissen, was für ein spitzer Gegenstand damit gemeint ist."

„Na, der Hammer, das wissen wir doch."

„Ein Hammer ist kein spitzer Gegenstand!"

„Ist doch egal. Mira steht übrigens neben mir. Sie möchte ebenfalls mit dir reden."

„Gib sie mir!" Das war ein Befehl, dringend und heftig.

„Hallo, Mädel“, sagte Mira. „Du musst ...“

Jo Ann unterbrach sie. „Kannst du mir eine Kopie des Berichts besorgen?“

„Hast du sie nicht mehr alle? Wie soll ich das denn machen?“

„Ich muss wissen, was der Coroner unter einem spitzem Gegenstand versteht. Ob er damit tatsächlich einen Hammer meinen könnte. Es ist irrsinnig wichtig!“

„Warum?“, fragte Mira gedehnt, während ihre grauen Zellen die Information des gestrigen Abends noch einmal durchgingen. „Bill hat nie von einem Hammer gesprochen. Du glaubst, wenn es kein Hammer war ... dann kann es auch nicht Isabella gewesen sein ...“

„Genau“, bestätigte Jo Ann kurz.

„... du glaubst, oh mein Gott, ich weiß, was du denkst. Wenn es nicht Isabella war, dann musst du es gewesen sein. Das kannst du doch nicht allen Ernstes glauben?“

„Isabella hat immer nur von einem Hammer gesprochen. Es war ein Hammer, den sie benutzt hat, um sich zu wehren, das dürfte wohl unbestritten sein. Sie war so konfus, so verzweifelt, so völlig außer sich, dass sie uns in all ihrer Panik diesbezüglich niemals belogen hätte. Nein, wenn sie eine Spitzhacke benutzt hätte, dann hätte sie nicht Hammer gesagt!“

„Wie kommst du auf eine Spitzhacke?“

Jo Ann schwieg.

„Warum solltest du ...“

„Ich kann mit so einem Werkzeug sehr gut umgehen, genau wie du. Wie oft haben wir eine Spitzhacke benutzt? Tausend Mal? Zigtausend Mal! Mira, vielleicht bin ich ausgerastet, als ich zur Mine ging, um Kurt zur Rede zu stellen. Vielleicht war er noch gar nicht tot, wie ich es mir seither vorgemacht habe, sondern noch sehr lebendig. Vielleicht bin ja tatsächlich ich diejenige gewesen, die im Affekt gehandelt und es danach verdrängt hat!"

„Um Himmels willen, Jo Ann!"

„Ich muss mir dessen sicher sein, verstehst du. Isabella hat mir auf der Fahrt hierher gesagt, dass sie davon überzeugt ist, dass ich es war. Erst dachte ich, sie will mir das einreden, um sich selbst dadurch zu entlasten. Dann dachte ich, dass sie sich das vielleicht vormacht, um sich nicht an ihre grauenvolle Tat erinnern zu müssen. Jetzt aber beginne ich zu befürchten, dass sie Recht hat. Verstehst du, Mira? Ich muss wissen, welcher Gegenstand gemeint ist. Ob es auch eine Spitzhacke gewesen sein kann."

„Aber ... kannst du es nicht einfach auf sich beruhen lassen. Es besteht immer noch die Möglichkeit, dass sie die Zusammenhänge nicht ..."

Jo Ann unterbrach sie ungeduldig. „Sie kommen sowieso darauf, wenn sie die alten Akten durchforschen, das weißt du doch ..."

„Kannst du nicht einfach aus Australien verschwinden?", bettelte Mira.

„Nein, das will ich nicht!"

„Lieber würdest du ins Gefängnis gehen?"

Jo Ann schluckte. Was sie nun sagte, war ihr bis zu diesem Moment selbst nicht klar gewesen. „Ich muss es für mich selbst wissen. So kann ich nicht weiterleben. Dreißig Jahre lang habe ich im Schatten meiner Erinnerungen dahinvegetiert und mir nicht erlaubt, über die Vergangenheit nachzudenken. Vielleicht, weil ich tief in meinem Innern immer gewusst habe, dass ich schuldig bin. So kann es nicht weitergehen, ich muss endlich wissen, was geschehen ist, egal, welche Konsequenzen es hat!"

Jo Ann konnte nicht sehen, wie Mira in diesem Moment mit einer Geste ihrer Hand den sichtlich erregten John bat, ihr Gespräch auf keinen Fall zu unterbrechen. Sie hatte den Hörer zuvor ein Stück von ihrem Ohr weggehalten, sodass er mitgehört hatte, was Jo Ann gesagt hatte.

„Also gut", willigte Mira ein. „Ich werde sehen, was ich tun kann. Bill hat mich gestern ziemlich angebaggert und wollte mich unbedingt wieder treffen. Ich werde ihn anrufen, zu ihm nach Dubbo fahren und ihn dazu überreden, mir den Bericht zu zeigen."

„Danke, du bist ein Schatz. Versuch auch gleich, eine Kopie davon zu machen!", sagte Jo Ann.

„Ich weiß nicht, ob das geht. Ich kann nur versuchen, ihm zu schmeicheln oder ihn damit aufziehen, dass ich ihm kein Wort glaube."

„Wie auch immer, versuch dein Bestes. Du wirst es schaffen. Ich muss den Bericht sehen, ich muss wissen ..."

„Ja, ja, ich habe schon verstanden. Du willst wissen, ob der spitze Gegenstand wirklich spitz war oder ob es auch ein Hammer gewesen sein könnte. Gibt es nicht auch spitze Hammer?"

Jo Ann lachte. Sie lachte tatsächlich. „Dumme Frage! Ein Hammer ist immer ein stumpfer Gegenstand, selbst wenn man seine andere Seite nimmt."

„Aber nicht immer nennt man die Dinge beim richtigen Namen!"

„Forensische Experten sind akkurate Menschen, die es gelernt haben, ihre Berichte korrekt abzufassen. Also, bemüh dich bitte!"

Danach verabschiedete sie sich auch noch von John, der versprach, sich auf jeden Fall noch einmal zu melden. Jo Ann legte auf und stellte fest, dass ihre Hände nicht mehr zitterten und sich ihre innere Anspannung wieder gelegt hatte. So musste sich ein Detektiv fühlen, wenn er auf einen Zusammenhang stieß, der einem Fall plötzlich eine unvorhergesehene Wendung gab.

Unerklärlicherweise hatte sie das Gespräch mit Mira und John heiter gestimmt, so als wäre eine große Last von ihr abgefallen. Weshalb fühlte sie sich auf einmal nur so leicht, jetzt, nachdem sie sich selbst des Mordes verdächtigte und Isabella nicht mehr für die Täterin hielt? Weil sie nun wusste, dass Isabella Kurt nicht umgebracht hatte! Mehr noch, Isabella hatte genau gewusst, dass sie, Jo Ann, der wahre Täter war, und sie durch ihr Schweigen geschützt. Deshalb durfte Isabellas Leben nun auch nicht dadurch zerstört werden, dass sie noch länger in dem Verdacht lebte, Kurt in Notwehr erschlagen zu haben.

Die Erkenntnis, dass sie selbst diejenige gewesen sein musste, die Kurt getötet hatte, kam Jo Ann unendlich vertraut vor. Hatte sie denn nicht sowieso schon die ganzen Jahre über gedacht, was sich jetzt bewahrheitete: Wenn Isabella ihn nicht erschlagen hätte, hätte *ich* es getan. Nein, diese Schuld war ihr nicht neu, und sie konnte gut mit ihr leben.

Jo Ann beschloss, sich ein Omelett zu machen, sie hatte plötzlich furchtbaren Hunger.

28

Die Parade der Sportler und der vielen freiwilligen Helfer war ein farbenprächtiger, ausgelassener Partyzug durch ein Spalier dicht gedrängter Zuschauer, die ihren Helden für die erbrachten Leistungen lautstark Tribut zollten. Der Stolz der australischen Nation wuchs mit jedem Wagen, auf dem ein einheimischer Sportler mit seiner gewonnenen Medaille an der Menge vorüberzog.

Die Freude und der Jubel waren ansteckend, und sogar Eva und Isabella wurden von der allgemeinen Euphorie gepackt, als die Mitwirkenden von den Wagen sprangen und sich unters Volk mischten, um Hände zu schütteln, Teddybären und Blumen anzunehmen und Autogramme zu geben.

Plötzlich stieß Eva einen Freudenschrei aus. Sie hatte Steve unter ihnen entdeckt, sprang aus der Zuschauermenge heraus, damit er sie auch sehen konnte, und schwenkte begeistert ihr australisches Fähnchen, als wäre er einer der Medaillengewinner.

Die Menschenmengen waren inzwischen zu einer wogenden Masse geworden, die sich durch die Straßen von Central wälzte und ohne bestimmtes Ziel langsam, aber beständig vorwärtsdrängte. Hinter dem letzten Paradewagen schloss sich die Zuschauermenge, wie die Wogen des Roten Meers nach dem Durchzug der Israeliten, und drängte sich durch die Prachtstraßen der Innenstadt, um das Sportereignis ausgelassen zu feiern und die noch blutjunge australische Nation hochleben zu lassen.

Steve war von seinem Wagen gesprungen, hatte seinen Kollegen einen Abschiedsgruß zugewunken und war mit Eva und Isabella in die Menge eingetaucht. Als das Gedränge bedenklich wurde, hakte er sie unter und zog sie in Höhe der Grosvener Street in die Verlängerung der George Street, die hinunter zu den Rocks führte.

„Bleibt dicht bei mir", keuchte er und puschte und zerrte sie durch die fröhliche Menschenmasse, die den Wagen folgte und sich in entgegengesetzter Richtung den Hügel hinaufschob.

Mit vereinten Kräften kämpften sie gegen den Strom an und schlängelten sich durch die dichte Menge, bis sie sich am Ende der George Street endlich lichtete. Plötzlich konnten sie wieder frei atmen und ihre Ellbogen in eine normale Position bringen.

Gemeinsam steuerten sie das *Waterfront* an und ergatterten einen der letzten Tische, von dem aus sie die Brücke und das gegenüberliegende Opernhaus sehen konnten.

„Uff!", rief Isabella voller Erleichterung aus, als sie endlich saßen und sie ihre Beine von sich strecken konnte. „Meine Füße brennen, mein Kopf dröhnt, und mein ganzer Körper ist mit Adrenalin vollgepumpt. Ich bekomme Panikattacken bei solchen Menschenaufläufen. Das könnt ihr nicht mit mir machen!"

„Ich wusste doch nicht, dass es so extrem werden wird", verteidigte sich Eva.

„War ja kein Vorwurf", beschwichtigte Isabella. Dass Eva auch immer gleich so empfindlich sein musste!

Sie bestellten vorerst nur Wasser und Wein, beschlossen aber, den Tisch zu verteidigen, bis es Zeit zum Abendessen war, und Steve bat sie, währenddessen zu erzählen, was sich auf ihrer Reise ereignet hatte.

Eva begann sofort und holte weit aus, um Steve möglichst umfassend ins Bild zu setzen, während Isabella ihre Erläuterungen mit ein paar kleineren Ergänzungen abrundete. Steve hörte schweigend zu und unterbrach sie nur, um ihnen gezielt Fragen zu stellen, bis Eva schließlich zum schwierigsten Teil ihrer Erzählung kam, dem Teil, in dem sie Steve gegenüber zugeben musste, dass sie die Tat eher der vor ihr sitzenden Isabella als der abwesenden Johanna zutraute. Sie wand sich, suchte nach passenden Worten und schwächte so lange ab, bis es Isabella zu bunt wurde.

„Sag einfach, was du denkst!“, mahnte sie. „Der arme Steve glaubt sonst ja noch, er wäre im Kindergarten. Es stört mich nicht, dass du denkst, ich hätte es getan. Ich zweifle mittlerweile doch selbst an meiner bisherigen Version und bin mir längst nicht mehr so sicher wie früher! Jo Ann hat mich ganz schön verunsichert, das kann ich euch sagen. Diese fehlenden Stunden treiben mich noch in den Wahnsinn. Wenn ich nur wüsste, was ...“ Ihre Stimme verlor sich.

Steve beobachtete, wie Isabellas Augen hilflos über die Köpfe der Restaurantgäste hinweghuschten, ohne wirklich etwas dabei wahrzunehmen. „Hast du denn überhaupt keine Erinnerung mehr an diesen Nachmittag?“, fragte er.

Sie schüttelte den Kopf und beschrieb ihm daraufhin ihren Traum von der dunklen Röhre und den Engelsflügeln.

„Bedeutet das, dass du unten im Schacht gewesen bist?“, hakte er nach.

„Nein, daran würde ich mich doch erinnern. Ich weiß noch, dass ich zur Mine kam, hinuntergerufen habe und dann sah, wie Kurt aus dem Loch kletterte. Das Nächste, an das ich mich erinnere, ist, wie ich vor ihm davongerannt und in sein Auto gestiegen bin, er wie wild am Autogriff zerrte und ich auf ihn einschlug und losfuhr. Wenn ich aber versuche, die beiden Geschehnisse übereinzubringen, gehen sie fast ineinander über, fast wie im Schnelldurchlauf, als ob sie nahezu gleichzeitig passiert wären. Von dem, was sich zwischen meiner Ankunft und meiner Flucht abgespielt hat, habe ich jedoch keine Ahnung."

„Das stimmt nicht! Du hast uns, kurz nachdem du bei uns angekommen bist, erzählt, dass du im Schacht warst!", warf Eva ein.

„Wie bitte?", zuckte Isabella zusammen.

Eva wunderte sich, dass dieser Punkt in den letzten Tagen niemals zur Sprache gekommen war. Vielleicht war er ja wichtig. „Na ja, du hast gesagt, dass Kurt im Schacht war, du ihn gerufen hast und er zurückgerufen hätte, dass du runterkommen sollst. Dann hast du erzählt, dass du die Leiter wieder hoch bist, und er hinter dir her. Wie ein Tier, hast du gesagt. Er wäre dicht hinter dir auf der Leiter gewesen, aber du warst schneller."

Isabella hatte die Stirn gerunzelt und kratzte sich am linken Arm. „Das habe ich erzählt?"

„Ja!"

Steve gab zu bedenken: „Glaubst du nicht, dass die Engelsröhre in deinem Traum für den Schacht stehen könnte?"

„Scheint so zu sein, nicht wahr?", wunderte sich Isabella und kratzte sich dabei etwas heftiger. „Aber ich erinnere mich nicht daran. Das heißt, wenn ich jetzt so darüber nachdenke ... also, es ist ... kennt ihr das, wenn ihr aus einem Traum erwacht und gerade noch wisst, was ihr geträumt habt, das Geträumte aber schon nicht mehr genau beschreiben könnt? Versteht ihr, eben jetzt, als du sagtest, ich sei im Schacht gewesen, hatte ich plötzlich eine blitzartige Vision vor Augen. Aber es ist wie mit dem Traum. Ich kann die Vision nicht richtig fassen, nicht richtig festhalten und mir noch mal ansehen. Dennoch weiß ich, dass es tief und dunkel um mich war, und da war jemand bei mir ..." Sie schwieg und hatte nun auch aufgehört, sich zu kratzen. „Himmel, es ist unmöglich zu beschreiben, was ich eigentlich sagen wollte. Es ist auch schon wieder weg. Ich weiß es nicht mehr."

Eva langte über den Tisch und tätschelte ihre Hand. „Beruhige dich. Es bringt dich nicht weiter, wenn du dich quälst. Die Antwort wird von ganz allein kommen."

„Das glaube ich nicht", widersprach Steve.

Eva sah ihn vorwurfsvoll an.

„Nein, wirklich, was Isabella erlebt hat, war ein viel zu großes Trauma. Es sitzt einfach zu tief. Das aufzulösen ist ein Job für einen Psychiater, allerdings für einen richtig guten. Ich kenne keinen! Du, Isabella?"

Die lachte freudlos. „Vielen Dank, das könnt ihr vergessen. Jahrelang habe ich mir so eine Therapie angetan – jede Woche eine Sitzung, und zwar beim angeblich besten Therapeuten von München. Nein, danke, das hat ganz und gar nichts gebracht. Wenn ich mich recht erinnere, ist er nicht einmal darauf gekommen, mich nach den fehlenden Stunden zu fragen!"

„Du hast ihm wahrscheinlich keine genauen Zeitangaben gemacht", vermutete Eva.

Isabella überlegte, schüttelte dann aber den Kopf. „Das hat ihn doch gar nicht interessiert! Dafür ist er umso öfter auf der Frage herumgeritten, warum ich mich Dieter nicht offenbart hätte, als ich eine Woche später wieder mit immer noch sichtbaren Verletzungen nach Sydney zurückgekommen bin, und wollte wissen, wie Dieter wohl darauf reagiert hätte."

„Ja, wie du das vor ihm vertuschen konntest, würde mich auch interessieren", warf Steve ein.

„Oh, das haben wir gemeinsam geregelt", erklärte Eva. „Als Isabella am nächsten Tag aufgewacht ist, hat sie gesagt, Dieter und sie hätten einen fürchterlichen Streit gehabt. Aber sie einfach so im Busch auszusetzen war schon riskant und eigentlich mehr als leichtsinnig gewesen, fanden Jo Ann und ich. Isabella sagte, sie wolle ihn nie wieder sehen. Wir nahmen daher natürlich auch an, dass sich Dieter keine großen Sorgen machen würde, wenn sie ein paar Tage länger als geplant wegblieb. Jo Ann hat sie über eine Woche bei sich im Haus behalten, ihre Wunden gesäubert, sie so gut es ging versorgt und immer wieder mit Salben eingerieben. Die Kratzer im Gesicht konnten wir einigermaßen mit Schminke abdecken, nur die Verfärbungen um die Augen herum waren nicht so einfach zu verdecken. Und wir wussten nicht, ob sie innere Verletzungen hatte ..."

„Ich hatte keine Schmerzen", warf Isabella ein.

„Doch nur, weil dir Jo Ann Tabletten gegeben hat. Das waren starke Schlaftabletten und zuletzt Schmerzmittel, ohne die du die Fahrt nach Sydney niemals durchgestanden hättest."

„Das weiß ich alles gar nicht mehr."

„Du warst ja auch halb betäubt, als wir losfuhren. Hast die meiste Zeit geschlafen."

Steve unterbrach sie. „Warum hast du es ihm denn nun nicht erzählt?"

„Na, das war auch so ein Ding!", sagte Isabella. „Wenn ich daran denke, kommt mir heute noch die Galle hoch. Ich konnte ihm überhaupt nichts erklären! Er hat mich nach meiner Rückkehr kaum beachtet, hat auch keine Fragen gestellt und sich nicht einmal darüber beschwert, dass ich ihn ausquartiert habe. Seit Lightning Ridge hatten wir getrennte Schlafzimmer."

„Kein Wunder, dass du eine Therapie nötig hattest", bemerkte Eva verständnisvoll.

„Ach, deshalb war ich doch gar nicht beim Therapeuten. Ich konnte jahrelang schlecht schlafen, das war der Grund."

„Ich meine ja nur. Wenn dir jetzt noch die Galle hochkommt!"

„Findest du das nicht auch unverschämt? Wir haben in den darauf folgenden Wochen kaum noch ein Wort miteinander gewechselt, und dann hat er sich verdrückt. Tja, das hat am meisten in mir gegärt, dass ich nie begreifen konnte, warum er unsere Ehe einfach so hingeschmissen hat! Wegen eines läppischen Streits um die Lautstärke des Autoradios? Das kann es nicht gewesen sein, da bin ich mir sicher."

„Dein Therapeut hat wohl auch vermutet, dass dies nur ein Vorwand war", überlegte Steve.

„Ja, das war seine einzige vernünftige Schlussfolgerung. Er sagte, ich hätte eine dissoziative Amnesie."

„Meine Güte, was ist denn das?"

„Ein hochtrabender Ausdruck, hinter dem er sein Unwissen verborgen hat."

„Nein, im Ernst, was bedeutet das?", beharrte Steve.

„Das bedeutet, dass ein äußerst beängstigendes, traumatisches Erlebnis zu Gedächtnislücken führen kann", erklärte Isabella. „Damit lag er wohl gar nicht so falsch. Immerhin fehlen mir einige Stunden. Inzwischen wurde mir zwar gesagt, dass ich vergewaltigt wurde, nur weiß ich nach wie vor nicht, ob mir dieses Trauma wirklich diese verfluchte Gedächtnislücke beschert hat!"

„Ich fürchte, dass sich dein Erinnerungsvermögen an das auslösende Ereignis hinter einem Vorhang versteckt, den du vielleicht nie lüften kannst. Zumindest nicht hier und heute. Aber wir müssen uns überlegen, was wir mit Jo Ann machen. Wenn ich alles richtig verstanden habe, will sie sich morgen selbst anzeigen."

„Genau", sagte Eva. „Wie können wir sie zurückhalten?"

Steve schüttelte den Kopf. „Ich fürchte, überhaupt nicht. Vielleicht ist es besser so. Es bringt das Rad ins Rollen und, wer weiß, vielleicht rollt es ja in Richtung Wahrheit."

„Oder wir werden von ihm überrollt", sagte Isabella.

„Kann sein. Jedenfalls werden euch viele Fragen gestellt werden, die ihr ehrlich beantworten müsst."

Eva schob ihre Hand in die seine, wie ein Kind, das sich an ein Elternteil klammert, wenn es über die Straße geht. „Ich hänge da mit drin. Macht dir dieser Gedanke nichts aus?"

Steve schüttelte nur den Kopf und drückte dabei fest ihre Hand.

„Aber mir macht es etwas aus, verdammt nochmal", brauste Isabella auf. „Jo Ann beruhigt sich selbst, indem sie eine großartige Geste macht, und wir werden ungefragt mit hineingezogen!"

„Sei still", bat Eva.

„Wenn du nichts getan hast, musst du auch nichts befürchten." Steve griff nach der Speisekarte und begann sie zu studieren. „Ich bin auf jeden Fall für die Wahrheit. Und du willst doch sicher auch endlich die Wahrheit wissen, Isabella, oder?"

Sie nickte.

„Dann musst du auch zulassen, dass nach der Wahrheit geforscht wird."

Isabella fragte leise, ob es dafür, nach all dieser langen Zeit, denn überhaupt noch eine Chance gäbe.

„Sicher, aber nur, wenn alle Beteiligten sie auch wirklich wollen und sie nicht mehr, wie bisher, verheimlichen", erklärte Steve, und sie spürten, dass dies seine feste Überzeugung war.

Isabella hatte sich wieder beruhigt. „Gut, geben wir also der Wahrheit eine Chance", sagte sie entschlossen. „Ich bin noch eine Woche hier. Wenn nötig, verlängere ich meinen Urlaub oder komme zurück, sollten die Behörden es wünschen. Ich werde jedenfalls zur Verfügung stehen."

„Ich auch", erklärte Eva, wenn auch nicht mit ganz so fester Stimme wie Isabella. „Wir werden es gemeinsam durchstehen."

„Prima", meinte Steve bewusst trocken. „Dann können wir ja endlich bestellen. Seht nur, die Lichter auf der Brücke gehen an."

Sekunden später folgten ihnen auch die Lichterketten, die die geschwungenen Konturen des *Opera House* bestrahlten. Noch konnten sie sich in der einbrechenden Dämmerung nicht behaupten, aber mit jeder Minute, die verging, wurde ihr Leuchten stärker. Steve schlug vor, eine Fischplatte für drei Personen zu bestellen, und während sie auf ihr Essen warteten, beobachteten sie, wie die beleuchteten Symbole der Stadt, *Harbour Bridge* und *Opera House,* vor dem Hintergrund des zunächst dunkelblauen, dann langsam schwarz werdenden Himmels immer größer und mächtiger wurden, bis sie zuletzt ihr gesamtes Umfeld dominierten. Es war, als würden die Menschen kleiner werden, während sie zu Füßen der überwältigenden Bauwerke saßen und die Perfektion ihrer Architektur bestaunten. Und für eine Weile traten sogar all ihre Probleme und Sorgen, ihre Erfolge, Sehnsüchte und Wünsche, die sie sonst bewegten, in den Hintergrund. Der Rest des Abends verlief in entspannter Harmonie, und als um zweiundzwanzig Uhr schließlich der Run auf die besten Plätze am Hafen einsetzte, hatten Steve und die Frauen ihr Abendessen bereits beendet, verließen das Restaurant und gingen in aller Ruhe zur Manly-Fähre.

29

Als sie am Circular Quay ankamen, konnten sie gerade noch sehen, wie ihr Schiff bereits rückwärts ablegte und das Leuchtdisplay der Anzeigetafel auf dreiundzwanzig Uhr, der Abfahrtszeit der nächsten Fähre, umschaltete. Steve und die Frauen hatten die Zehnuhrfähre verpasst.

„Mist, was machen wir jetzt?“, fragte Isabella.

„Wir können in die Bar im Bennelong Restaurant, gleich neben dem Anlegeplatz gehen“, schlug Steve vor.

„Wenn es da so voll ist wie in unserem Restaurant, kommen wir erst gar nicht rein!“

„Die Bar liegt versteckt im ersten Stock und ist ziemlich exklusiv. Sprich ziemlich teuer! Lasst uns einfach einmal schauen.“

Sie beschleunigten ihre Schritte und erreichten einige Minuten später die Bar. Die Tische waren zwar alle belegt, aber zwei Barhocker an der Ecke des Tresens waren noch frei. Sie stürzten sich darauf und erreichten sie knapp vor einem Paar, das sich frustriert abwandte, als Eva sich schnell auf einen Hocker setzte und mit ihrer Handtasche den anderen für Isabella blockierte. Sie freuten sich wie kleine Kinder über ihren kleinen Erfolg.

„Ich lade euch ein“, sagte Isabella spontan.

„Nein, das kommt nicht infrage!“, lehnte Steve entschieden ab. „Du hast uns schon zum Essen eingeladen, jetzt sind wir dran. Was möchten die Damen trinken? Darf es ein

Glas Champagner sein?" Steve versuchte die Aufmerksamkeit des Barkeepers auf sich zu ziehen und bestellte eine Flasche Champagner, die nur wenig mehr kostete als drei einzelne Gläser. Sie hatten vierzig Minuten Zeit bis zur nächsten Fähre oder, wie er vorschlug, eine Stunde und vierzig Minuten bis zur letzten Fähre des Tages, die um Mitternacht ablegte.

„Guter Hinweis", meinte Eva. „Ich möchte dieses edle Getränk nämlich genießen und nicht so schnell hinunterstürzen. Wir waren schon ewig nicht mehr in so einer schicken Bar. Schade, dass ich mir kein eleganteres Kleid angezogen habe."

„Du siehst auch so toll aus", sagte Steve. „Du natürlich auch, Isabella. Was bin ich doch für ein Glückspilz, mit zwei so attraktiven Frauen unterwegs zu sein."

„Ich liebe Lügner!" Isabella hauchte ihm einen Kuss auf die Wange und drehte sich dann mit dem Rücken zur Bar, damit sie die Aussicht bewundern konnte. Eva hatte sowieso freie Sicht auf den Hafen, und Steve stand nun zwischen ihnen und hatte den Arm um Evas Taille gelegt. Schweigend genossen sie das phänomenale Lichtgemälde vor ihren Augen und nippten an ihren Gläsern. Nach der Hektik des Tages empfanden sie es als besonders wohltuend, eine friedliches Eckchen ohne Lärm und Gedränge gefunden zu haben, in dem sie den Abend ruhig ausklingen lassen konnten. Die Backgroundmusik plätscherte vor sich hin, und das leise Gelächter und Gemurmel in der Bar vermischte sich mit zarten Violinklängen. Alles war angenehm, wohlig, weich und ungeheuer beruhigend.

Die Zeit ging gemütlich dahin, sie hatten bereits der Elfuhrfähre hinterher gewunken, und Steve hatte ihnen Champagner nachgeschenkt.

Isabella rutschte vom Hocker und legte den Weg zur Toilette fast schwebend zurück. Nach zwei Gläsern Champagner und all dem Weißwein und Wasser zum Essen war es höchste Zeit. Die Damentoilette befand sich zwei Stockwerke höher, aber wenn sie den internen Lift anstatt der breiten Treppe, die sich am anderen Ende der Bar befand, benutzte, war sie schneller.

Auf dem Rückweg nach unten passierte es dann! Kaum hatte Isabella den leeren Fahrstuhl betreten und auf den Stockwerkknopf gedrückt, als der Lift einen kurzen, heftigen Ruck machte, die Beleuchtung über ihr erlosch und sich nichts mehr bewegte. Die Türen blieben geschlossen, und Isabella stand, mit dem Rücken an die Kabinenwand gelehnt, in totaler Finsternis. Kein noch so schwaches Licht half ihr, sich zu orientieren.

Undefinierbare Panik machte sich in ihr breit, sie bekam keine Luft mehr, konnte sich nicht bewegen, war eingeengt, hilflos und wehrlos. Ohne dass sie es wahrnahm, sackten ihre Beine wie unter einer zentnerschweren Last zusammen, und sie glitt mit dem Rücken an der Fahrstuhlwand hinab, bis sie auf dem Boden saß, die Arme um ihre angewinkelten Beine geschlungen, bebend und wimmernd.

Mit einem Mal war sie wieder im Schacht.

Kurt hatte ihr etwas zugerufen und sie hatte sich weit über das Einstiegsloch gebeugt, um ihn zu verstehen: „Komm runter! Schnell, ich muss dir etwas zeigen. Ich brauche deine Hilfe." Mit wackligen Knien war sie die Leiter hinuntergeklettert. Sie war seitlich in der feuchten Erdschicht des engen Einstiegslochs verankert und oben, am Rand, mehrfach abgesichert. Trotzdem hatte sie bei jedem Tritt gewankt, bedenklich gezittert und überhaupt nicht zuverlässig ausgesehen mit ihren schmalen Sprossen und der wackligen Verstrebung. Jetzt war sie also im Schacht! Je tiefer sie kletterte, desto kleiner wurde das Einstiegsloch über ihrem Kopf, trotzdem konnte sie das Ende der Leiter in der tiefen Dunkelheit noch immer nicht ausmachen. Es war ein Höllenschlund, den sie hinabstieg. Jedes Mal, wenn sie auf der verdammten Klapperleiter innehielt, um zu verschnaufen, stellte sie sich vor, dass die Röhre unendlich war und es kein Entkommen gab. Sie wollte wieder nach oben, aber eine Mischung aus Neugierde und Pflichtbewusstsein zwang sie, Kurts flehender Stimme zu gehorchen. Obwohl sie das Gefühl hatte, geradewegs in die Hölle hinunterzusteigen! Irgendwann tauchten plötzlich Kurts Umrisse auf, er hielt das Ende der Leiter fest, um sie zu stabilisieren, und Isabella atmete erleichtert auf. Sein Gesicht war im Schein einer Grubenlampe, deren Licht nicht einmal bis an die Lehmwände des Schachts drang, nur schwach zu erkennen.

„Was gibt es denn zu sehen? Wobei soll ich dir helfen?", fragte sie ihn, aber er ging überhaupt nicht auf ihre Fragen ein.

„Wo sind Dieter und Uwe?", herrschte er sie an.

Da begann sie ihm von dem vorangegangenen Streit zu erzählen, wobei sie ihre Rolle dabei abzuschwächen und unnötigerweise zu rechtfertigen versuchte. Aber Kurt war gar nicht weiter an ihrer Geschichte interessiert. „So, so, du bist also ganz alleine hier zu mir runtergekommen", sagte er nur. Der Ton in seiner Stimme hätte sie warnen müssen. „Komm, ich zeige dir einen sensationellen Fund."

Er lockte sie in den Schacht, der als erster vom Hauptschacht abbog. Dort war die Decke niedriger, sodass sich gerade noch ein Menschen ihrer Größe aufgerichtet darin bewegen konnte. Kurt ging dagegen gebückt vor ihr her. Die massigen Schultern nach vorne gebeugt und den Kopf tief auf die Brust drückt, schwang er die Taschenlampe gleichmäßig hin und her, um den Weg zu beleuchten. Isabella folgte ihm wie eine Marionette – es konnte nicht mehr weit sein, sie würde seinen Opalfund kurz bewundern und sich dann schnell wieder nach oben verdrücken, ins warme, sichere, helle Sonnenlicht.

Doch an der nächsten Biegung drehte er sich plötzlich um und stürzte sich auf sie. Sie hatte nicht die geringste Chance.

Es war widerlich. Er drückte sie mit seinem bulligen Körper gegen die glitschige Wand des Gangs, breitbeinig und mit ausgestreckten Armen. Sein ärmelloses T-Shirt war lehmverschmiert und klebte ihm schweißgetränkt auf der Haut. Der Gang war düster und die Luft roch moderig, faulig, nach altem Schweiß und der Ausdünstung neuer Körpersekrete.

Isabella würgte, wehrte sich und schrie. Bäumte sich auf gegen ein Monster, das in der Dunkelheit sehen konnte, übermächtig stark war und von ihren hilflosen Bemühungen, ihm Widerstand zu leisten, immer erregter wurde. Sie schrie ihn an, fassungslos, wütend und voller Zorn. Was ihm einfiele, wie könne er es wagen, er solle an Johanna denken, sofort aufhören, sie loslassen, alles Mögliche kreischte sie, mit einer Stimme, die trotz aller Furcht und Empörung nicht mit voller Lautstärke aus ihrer Kehle kam. Sie glaubte immer noch, er würde zur Vernunft kommen, obwohl sein verzerrtes Gesicht, das sie im Schein seiner Helmlampe nur undeutlich erkennen konnte, und seine hasserfüllten Worte eher auf das Gegenteil schließen ließen. „Du willst es doch so, du Schlampe! Bei den anderen bist du auch nicht so zickig. Ich weiß, dass du es mit jedem treibst ... nun hab dich nicht so!“

Er löste eine Hand von der Wand, schob sie zwischen ihre Beine und hob sie hoch. Sie zappelte mit beiden Beinen in der Luft und schrie noch mehr. Mit schnellem Griff öffnete er seine Hose.

Später lag sie auf dem Boden, in einer Pfütze schmutzigen Grundwassers mit spitzen Steinchen, die sich in ihren Rücken bohrten und bei jeder Bewegung an ihrer Haut schabten. Sie trug noch immer ihr Sommerkleid, aber er hatte ihr das Oberteil heruntergerissen und den Rock bis zur Taille gerafft. Sein Helm war ihm vom Kopf gerutscht und lag nun so, dass das Licht der Grubenlampe auf die Schachtwand fiel und sich in den feuchten Lehmrissen verlor. Sie konnte Kurt kaum sehen und hatte es fast schon aufgegeben, sich zu wehren, zumal ihn ihre Gegenwehr noch wilder, grober und gemeiner machte. Sie musste sich zumindest mit ihm bewegen, um die fürchterlichen Stöße abzufangen, und ihr Keuchen mischte sich unweigerlich mit dem seinen, in einer Art ungewolltem Liebesspiel, das sie noch abstoßender fand als seine alles erdrückende Gewalt. Je mehr sie sich sperrte und gegen ihn rang, desto hemmungsloser versuchte er sie zur Hingabe zu bewegen. Er begann sie zu schlagen. Aber sie schrie nicht mehr. Sie unterdrückte jeden Laut, hörte schließlich ganz auf, sich zu wehren, schloss die Augen und versuchte sich woanders hinzudenken. Sie bekam kaum noch Luft, doch das machte ihr nichts aus. Seltsam, dass ihre Lungen nicht brannten und ihr Herz nicht zuckte. Alles wurde ruhig. Sie hörte, wie er aufstand. „Ach, zum Teufel mit dir, du kaltes Miststück!“

Seine Schritte entfernten sich, dann hörte sie, wie er stehen blieb. Nicht bewegen, ganz ruhig liegen bleiben, befahl sie sich, vielleicht hat er genug. Die Vergewaltigung hatte sie in einen fast katatonischen Zustand versetzt. Sie brachte es nicht fertig, ihre Augen zu öffnen, und dachte noch, so muss es sein, wenn man versteinert ist. Aber nicht einmal das konnte sie fühlen. Sie wusste nur, dass sie zu einem Gegenstand, einem Teil des Schachts, geworden war.

„Ich werde es dir schon noch beibringen!“, sagte er plötz-

lich, und dabei hörte sie ihn mit etwas rasseln. Blitzartig wurde ihr klar, das es eine Kette war. Jähes Entsetzen fuhr ihr wie ein heißes Messer durch den Körper und beendete den gnädig lähmenden Zustand, der sie bislang vor jedem Schmerz und jeder Kränkung behütet hatte. Panisch riss sie ihre Augen weit auf, stützte den Oberkörper auf ihre zerschundenen Ellbogen und begann zu schreien. Nein, um Himmels willen, nein! Aber es war zu spät, sie hatte die einzige Möglichkeit, zur Leiter zu rennen, während er tiefer in den Schacht hineingegangen war, verpasst.

Er kettete sie mit beiden Armen an eine Halterung in der Wand an, schleuderte den Schlüssel achtlos hinter sie gegen die Felswand und begann sie von Neuem zu bearbeiten. Langsamer als vorher und mit gezielter Grausamkeit, bis sie endlich das Bewusstsein verlor. Er schüttete kaltes Wasser über sie, um sie wieder zu sich zu bringen, und nach einer Ewigkeit, als sie bereits jede Hoffnung verloren hatte und sich nur noch wie ein rohes Stück Fleisch vorkam, dessen Bearbeitung nichts mit ihr selbst zu tun hatte, steigerte sich seine Bestialität ins Unermessliche. Er verschwand für einen Augenblick und kam mit einer kleinen, braunen Schlange zurück. Eine Zeit lang spielte er mit ihr und der Schlange, ließ das zuckende Tier über ihre Haut gleiten, hielt es am Schwanz fest und ließ den winzigen Kopf mit den gebogenen weißen Zähnen, die aus dem wütend aufgerissenen Maul ragten, knapp über ihrem Gesicht baumeln, streifte damit alle ihre Körperteile und lachte dabei wie verrückt. Bei der ersten Berührung mit der trockenen kühlen Schuppenhaut des Tieres bäumte sie sich ein letztes Mal auf, raste wie eine Wahnsinnige, um dann völlig kraftlos und erschöpft in sich zusammenzusacken.

Seine Ausdauer, gespeist von seinem abartigen Vergnügen, sie zu quälen, schien endlos. Vielleicht hätte er auch tatsäch-

lich erst ein Ende gefunden, wenn sie tot zu seinen Füßen gelegen hätte, doch plötzlich hallte eine Stimme den Einstiegsschacht hinunter. Eine Stimme! Isabella hörte ihren Klang, weit entfernt zwar, und doch spielten ihr ihre malträtierten Sinne keinen Streich. Es war unzweifelhaft eine Stimme. Kraft – sie brauchte ihre Kraft zurück! Genügend Kraft, um zu schreien. Doch die Anstrengung der letzten Stunden begann sich bemerkbar zu machen, sodass sie nicht mehr als ein jämmerliches Krächzen aus ihrer trockenen, geschwollenen Kehle brachte. Gerade laut genug, um Kurt dazu zu bringen, sie mit einem heftigen Schlag ins Gesicht ruhigzustellen. „Halts Maul, du Miststück!", schnaufte er, warf die Schlange zur Seite und erhob sich ächzend. Isabella konnte die Leiter nicht sehen, aber sie hörte, wie die Metallstreben unter dem Gewicht des Eindringlings knirschten. Sie glaubte sogar eine schwache Erschütterung des Erdbodens wahrzunehmen. Und sie glaubte ein Licht zu sehen, das von oben auf sie zukam und immer heller und stärker wurde.

Das Licht drang durch ihre zusammengepressten Lider, flackerte mehrmals auf und blendete sie, als sie schließlich die Augen aufschlug und wieder die Wände des Fahrstuhls vor sich sah. Die Bewegung, die sie unter sich gespürt hatte, war in ein schnelles Zittern übergegangen, mit dem der Fahrstuhl seine Fahrt wieder aufgenommen hatte.

Isabella wimmerte wie ein kleines Kind und krabbelte auf allen vieren zu der ihr gegenüberliegenden Seitenwand, an der auf halber Höhe eine Metallstange befestigt war. Mühselig zog sie sich an ihr hoch, streifte ihren Rock glatt und starrte auf die geschlossenen Türen und die Leuchtziffern der Stockwerkanzeige. Sie war noch nicht wieder in der Realität angekommen. Ein Teil von ihr war noch dort, im

Schacht, inmitten des Grauens, das sie in ihrem Wachtraum zum zweiten Mal durchlebt hatte. Und sie wusste, dies war erst der Anfang, denn der Wachtraum war noch nicht zu Ende gewesen, sondern nur unterbrochen worden. Etwas wartete noch hinter dem Grauen, etwas, was so verheerend und so schrecklich war, dass sie es seit über achtundzwanzig Jahren ausgeblendet hatte. Sie versuchte sich zu erinnern. Denn wenn sie jetzt erkennen und herausfinden könnte, was sich hinter dem Grauen verbarg, müsste sie später nicht noch einmal zurück in diese entsetzliche Finsternis. Sie könnte sich jetzt, hier in diesem Lift, der endgültigen Wahrheit stellen und sich danach wiederfinden und endlich verstehen. Aber es gelang ihr nicht, sosehr sie sich auch bemühte. Zwar war da eine vage Ahnung, etwas Wichtiges, sogar etwas Lebenswichtiges, von dem sie wusste, dass es für ihr weiteres Leben ausschlaggebend war. Aber sie konnte es nicht greifen, und je mehr sie es versuchte, desto mehr entzog es sich ihrem Zugriff. Gleichzeitig wusste sie, dass sie sich damit wieder auf sicheres Terrain begab. Und schon öffneten sich die Türen des Fahrstuhls, und die reale Welt umfing sie wieder.

Es war ein ganz gewöhnlicher Abend, und sie hatte überlebt! Niemand wartete vor den geöffneten Lifttüren, die Menschen saßen an ihren Tischen, tranken und unterhielten sich, und alles war wunderbar normal! Das Grauen folgte ihr nicht in die Realität hinein. Isabella hob ihre Schultern, streckte sich und stellte sich vor, wie ihr Kopf von unsichtbaren Fäden nach oben gehalten wurde. Sie hatte überlebt!

„Was ist denn mit dir los?", fragte Eva erschrocken. „Du bist ja kreidebleich!"

„Ich lebe!"

„Wie bitte?"

„Mir war schwindelig, aber es ist schon wieder vorbei“, antwortete sie und versuchte wieder ganz zu sich zu kommen. Wenn ihr nur einfallen würde, was da noch gewesen war.

„Wir sollten langsam aufbrechen“, schlug Steve vor. „Die letzte Fähre dürfen wir auf keinen Fall verpassen, denn ein Taxi zu bekommen dürfte in den nächsten Stunden so gut wie ausgeschlossen sein. Seht nur, was da unten los ist.“

Isabella tat so, als würde sie den Taxistand beobachten, nickte zustimmend und nahm dann ihre Tasche vom Hocker. In einer Stunde würden sie zu Hause sein, sie würde sich hinlegen und in aller Ruhe nachdenken können. Vielleicht würde ihr in der Stille der Nacht einfallen, was sie bislang so erfolgreich verdrängt hatte und woran sie sich nun so krampfhaft zu erinnern versuchte.

30

Der Wecker klingelte um sechs Uhr. Steve sprang sofort aus dem Bett und ging ins Bad, während sich Eva unwillig zur Seite drehte und mit der Hand blindlings nach dem Wecker tastete. Danach stand sie ebenfalls auf, um Tee zu machen, denn Steve wollte bereits vor acht am Homebush Stadion sein, und sie sollte ihn dorthin fahren. Auf ihrem Weg in die Küche stieß sie jedoch auf Isabella, die es sich auf dem Sofa, unter einer weichen Wolldecke und einem zur Nackenrolle umfunktionierten Sofakissen, bequem gemacht hatte.

Sie blinzelte Eva an, die im Morgenmantel vor ihr stand und sie anstarrte. „Guten Morgen“, nuschelte sie, worauf Eva statt eines Morgengrußes nur fragte: „Was machst du denn hier? Bist du gar nicht ins Bett gegangen?“

Muss wohl eingenickt sein“, antwortete Isabella, die gestern Nacht unter dem Vorwand, noch nicht müde zu sein und Jo Ann im Gästezimmer auf keinen Fall stören zu wollen, noch mit einem Cognacschwenker voll Remy Martin im Wohnzimmer geblieben war. „Wie spät ist es denn schon?“

„Es ist kurz nach sechs. Sechs Uhr morgens! Ich mache Tee, möchtest du auch einen?“

„Gerne.“ Isabella blickte aus dem Fenster und beobachtete, wie ein leuchtend roter Feuerball den Himmel einfärbte und sich als länglicher, glitzernder Streifen im Meer spiegelte. Diesen Genuss sollte man sich viel öfter gönnen, dachte sie und sagte dann laut: „Wir verpennen die schönste Tageszeit in unserem Leben!"

Aber Eva hörte sie nicht. Sie setzte Wasser auf, hantierte in der Küche herum und achtete dabei genau auf die Zeit, denn sie mochte English Breakfast Tea nur dann, wenn er genau drei Minuten gezogen hatte. Sie goss Milch in die Kanne, süßte das Getränk üppig mit Zucker und füllte drei Tassen. Auf dem Weg zurück ins Schlafzimmer stellte sie Isabella eine davon auf den niedrigen Couchtisch.

Eine Viertelstunde später erschienen sie und Steve, fertig angezogen und mit den leeren Teetassen in der Hand, wieder im Wohnzimmer, wo Isabella noch immer in derselben Position auf dem Sofa saß und aus dem Fenster blickte.

„Wir müssen los", sagte Eva. „Ich lade Steve am Stadion ab und komme danach gleich wieder zurück. So gegen halb neun, neun. Ich bringe frische Brötchen mit, dann können wir drei zusammen frühstücken."

„Wunderbar. Ich werde es Jo Ann ausrichten, sobald sie aufwacht. Wirst du lange weg sein, Steve?", fragte Isabella.

„Wir konnten gestern nicht alle Geräte einpacken, und auch sonst gibt es noch eine Menge zu tun. Aber ich schätze, dass ich gegen Abend fertig sein werde, und dann habe ich für den Rest der Woche Urlaub. Macht's gut, bis dann."

Isabella winkte den beiden nach und legte sich, sobald sie hörte, dass die Haustür ins Schloss fiel, wieder flach auf das Sofa zurück. Sie war hundemüde, nachdem sie vor lauter Angst bis kurz vor Morgengrauen nicht geschlafen hatte! Immer wieder hatte sie sich aus einer Art Halbdämmer herausgerissen, in dem Befürchtungen, Vermutungen und Ahnungen, die sich jeder Logik widersetzten, durcheinandergewirbelt waren und sich zu einem einzigen endlosen Albtraum verdichtet hatten.

Doch mittlerweile hatte Isabella die Bilder, die sich im Fahrstuhl in ihr Bewusstsein gedrängt hatten, sortiert und analysiert. Was davon war wirklich passiert und was war schizoide Angst gewesen? Ihr Therapeut hatte ihr gesagt, dass sie eine schizoide Persönlichkeit wäre und eine so extreme Bindungsangst hätte, dass sie unfähig sei, einen Menschen nahe an sich herankommen zu lassen. Ihr Bestreben, unabhängig und autark zu sein, sowie jede Intimität zu vermeiden, wäre – da es über das normale Maß individueller Abgrenzung hinausginge – ein eindeutiges Zeichen krankhaften Eigenbezugs. Er hatte sie eindringlich gewarnt, dass sich ihr Misstrauen gegenüber anderen in wahnhaften Einbildungen und Wahrnehmungstäuschungen äußern könnte. Blödsinn! hatte sie damals gedacht. Aber gestern Nacht, auf dem Sofa, waren ihr seine Warnungen wieder eingefallen. Sie musste vorsichtig sein und durfte sich nicht von ihren Eindrücken täuschen lassen. Aber konnte man Realität und Einbildung so durcheinanderbringen? Sie hatte lange nachgedacht. Die gestrigen Bilder beruhten auf einem realen Erlebnis, daran hatte sie nun keinen Zweifel mehr. Sie noch einmal zu durchleben war nötig gewesen, um sie endlich verarbeiten zu können, aber ein drittes Mal ... nein, davor hatte sie unbeschreibliche Angst. Deshalb hatte sie auch nicht einschlafen wollen, sondern im Schein der Leselampe auf dem Sofa gesessen – denn auch vor der Dunkelheit fürchtete sie sich jetzt – und nach dem fehlenden letzten Teil der Geschichte gesucht.

Irgendwann gegen sechs Uhr war sie dann trotzdem in einen tiefen, traumlosen Schlaf gefallen. Doch jetzt war sie wieder wach, und der Kreisel drehte sich von Neuem. Was war geschehen, nachdem sie die Stimme im Schacht gehört hatte? Was hatte ihr Kurt noch alles angetan? Und warum? Warum nur? War da wirklich eine Stimme gewesen? Was hatte sie gesagt, zu wem hatte sie gehört?

Sie hörte, wie eine Tür geschlossen wurde. Jo Ann musste aufgewacht und ins Bad gegangen sein. Isabella erhob sich, folgte ihr und trat ein, ohne vorher angeklopft zu haben. Die Dusche rauschte bereits, und Isabella wartete, bis Jo Ann aus der Kabine trat.

„Himmel, hast du mich erschreckt!", rief Jo Ann, die sich einen Turban um ihr nasses Haar geschlungen hatte, ansonsten aber völlig nackt war. Ohne Eile ging sie zum Schrank, suchte Unterwäsche, Jeans und ein Sweatshirt heraus und zog sich an.

„Entschuldige, aber ich habe gehört, dass du im Bad warst."

„Du siehst fürchterlich aus. Habt ihr euch betrunken?"

Isabella verneinte mit einer müden Kopfbewegung. „Überhaupt nicht. Ich habe auf dem Sofa geschlafen, weil ich dich nicht wecken wollte."

„Das hättest du nicht, ich bin die ganze Nacht wach gewesen."

„Du auch? Warum?"

„Zieh dich an, Isabella. Beziehungsweise nimm eine warme Dusche, das hilft. Weckt wieder die Lebensgeister. Ich mache uns inzwischen einen riesigen Pott Kaffee, und sobald Eva ebenfalls aufgestanden ist, werde ich es euch erzählen."

„Eva ist schon weg. Sie fährt Steve zum Stadion und kommt erst in zwei Stunden zurück. Hör zu, Jo Ann, ich muss dir etwas Wichtiges sagen."

„Ich dir auch!"

„Was denn?"

Jo Ann hob den Zeigefinger und bewegte ihn wie ein Metronom. „Nicht jetzt! Geh duschen und zieh dich an. Der Kaffee wartet."

Die Tassen und die Thermoskanne standen bereits auf dem niedrigen Couchtisch, als Isabella frisch geduscht und angekleidet wieder ins Zimmer kam. Jo Ann blätterte durch ein Bündel loser Faxseiten. „Schau mal", meinte sie, ohne aufzusehen, „das kam gestern Abend noch an. Meine Freundin Mira hat unserem alten Kumpel Bill den forensischen Untersuchungsbericht abgeschwatzt. Möchtest du wissen, wie Kurt gestorben ist?"

Isabella zuckte zusammen, als ob sie von einem Peitschenhieb getroffen worden wäre. Sie blieb in der Mitte des Raumes stehen, schlang die Arme um ihren Oberkörper, als müsste sie sich schützen, und öffnete den Mund. Sie wollte ja sagen, aber heraus kam nur ein verstörter, leiser Laut.

„Setz dich zu mir", fuhr Jo Ann munter fort. „Ich werde dir die wichtigsten Stellen des Reports vorlesen. Na, komm schon", sie klopfte auf den Platz neben sich, „es ist hochinteressant." Das Fax in den Händen, saß sie kerzengerade auf dem Sofa und beobachtete, wie Isabella, fahl und mit blutleeren Lippen, näher kam und sich langsam setzte. „Was ist denn los mit dir? Hast du Kreislaufbeschwerden?"

Auf einmal fühlte sich Isabella neben Jo Ann winzig und rückte deshalb wieder ein Stück von ihr weg. Sie schloss kurz die Augen, sammelte sich und sah Jo Ann dann direkt ins Gesicht. „Ich habe mich gestern an einen Bruchteil der fehlenden Stunden erinnert. Was heißt Bruchteil ... an das Meiste, nehme ich an. Es kam einfach zurück, als wäre es gestern gewesen. Ich erinnere mich jetzt an fast alles. Zumindest an die Stunden unten in der Mine. Und an das, was Kurt dort mit mir gemacht hat." Sie stöhnte. „Ich weiß jetzt wieder alles. Alles, außer wie Kurt umgekommen ist. Ihr habt richtig vermutet – ich muss davon ausgehen, dass ich ihn umgebracht habe, auch wenn mir dieser Teil der Erinnerung noch fehlt. Und jetzt kommst du und sagst mir, dass du weißt, wie er getötet wurde. Ob ich es wissen will? Verdammt nochmal, natürlich will ich es wissen! Ich *muss* endlich Gewissheit haben! Das ist der Teil, der mir noch fehlt. Und wenn ich ihn erfahren kann, ohne dazu noch einmal in die Vergangenheit zurückgehen zu müssen und sie nochmals zu durchleben ..." Tränen liefen über ihr Gesicht, und sie wischte sich achtlos mit dem Handrücken über die nassen Wangen.

Jo Ann legte die Faxblätter zurück auf den Tisch, und ihre Arme sackten kraftlos herunter. „Du erinnerst dich?", fragte sie fassungslos.

Isabella nickte.

„An alles? Wirklich, du weißt es wieder?"

„Er hat mich in die Mine gelockt. Er hat ... Jo Ann, die Kette ... du hast doch erzählt, er hat auch dich ... da wusste ich noch nicht, dass er es auch mit mir ... oh Gott, er hat mich ..." Sie brachte es nicht fertig, den Satz zu beenden.

„Er hat dich dabei angekettet, unten im Schacht?"

„Ja, und als ich nicht wegkonnte, da hat er ... Jo Ann, er hatte eine ..." Sie schluchzte laut, und ihr Gesicht verzerrte sich zu einer Grimasse des Schmerzes.

Jo Ann nahm sie in die Arme. „Mein Gott, er hat eine Schlange geholt, nicht wahr?"

Ihre Freundin lag wie ein elendes Bündel Mensch halb in den Kissen, halb in der Beuge ihres Armes und wurde von

Verzweiflung und Ekel geschüttelt. „Ja, da war eine kleine Schlange."

Jo Ann drückte sie fester an sich. „Ich weiß, mein Armes. Er hatte einen ganzen Käfig voll da unten. Das hat er gerne gemacht. Man gewöhnt sich nie daran."

Isabella wurde ruhiger. „Mit dir auch?" Und später, noch immer in Jo Anns Armen versteckt: „Dieses Schwein!"

„Wie bist du davongekommen?"

Isabella löste sich aus der Geborgenheit ihrer Umarmung, verknotete ihre Hände ineinander und dachte nach. „Ich weiß es nicht. Das ist der Teil, der mir fehlt. Er hat den Schlüssel für die Kette weggeworfen, daran erinnere ich mich noch. Danach hörte ich nur noch, wie eine Stimme in den Schacht herunterrief, aber das kann nicht sein, und dann funktionierte der Fahrstuhl wieder."

„Wie bitte?"

Isabella erzählte ausführlich, wie der Lift stecken geblieben und ihre Erinnerung im Dunkeln zurückgekehrt war. Sie nahm sich Zeit, ließ kein Detail aus und berichtete konzentriert und mit erstaunlich objektivem Abstand, der ihr durch den vorangegangenen Gefühlsausbruch möglich war, was ihr widerfahren war. Das Erlebte wurde bereits zu einem Bestandteil ihrer Vergangenheit. Dennoch musste sie erneut an der gleichen Stelle abbrechen. „Das war's", sagte sie. „Mehr gibt es nicht. Aber es hat gereicht, um mich davon zu überzeugen, dass ich die Schuldige bin."

„Nein, das bist du nicht!" Jo Ann knallte mit der Faust so hart auf den Tisch, dass die Faxunterlagen teilweise zu Boden flatterten.

„Aber Jo Ann?"

„Du warst es nicht!", rief Jo Ann voller Erregung aus, beruhigte sich dann aber wieder und begründete ihre Behauptung: „Lies den Bericht, Isabella, und du wirst sehen, dass du aus dem Ganzen raus bist, denn du kannst ihn nicht mit einer Spitzhacke erschlagen haben! Ich bin es gewesen! Damals, als du so elend und erschöpft auf meinem Sofa gelegen hast und ich dich für eine Stunde mit Eva allein gelassen habe, um Kurt zur Rede zu stellen ... da muss ich so wütend gewesen sein, dass ich ihn erschlagen habe. Obwohl ich extra sein Gewehr mitgenommen hatte! ... Ich weiß auch nicht, aber ich muss es gewesen sein!“

Jetzt begann Jo Ann zu weinen. Sie beugte sich vor und angelte ihre Handtasche vom Sessel, während sie weitersprach. „Ich habe dir all die Zeit übel genommen, dass ich wegen deiner Tat in Lightning Ridge festsaß. Habe geglaubt, dass du mein Leben ruiniert hast. Es tut mir so leid! Wenn ich gewusst hätte, dass ich ihn umgebracht habe, wäre es so viel leichter zu ertragen gewesen.“ Sie schniefte. „Dies scheint der Morgen der Tränen zu sein. Verflucht, wo ist denn nur mein Taschentuch?“

Isabella saß wie versteinert da und wusste nicht, wie sie reagieren sollte. Ihr war, als würde ihre Erkenntnis, die sie endlich, endlich befreite, abgelehnt, zurückgestoßen – ja sogar für unglaubhaft gehalten. Es war irgendwie nicht richtig! Sie schüttelte den Kopf. Nein, so ging das nicht! Jo Ann konnte ihre visionäre Selbsterkenntnis nicht so einfach zunichte machen und sie in ein dunkles Loch zurückstoßen.

Sie beobachtete, wie Jo Ann kurz entschlossen den Inhalt ihrer Tasche auf den Tisch leerte, während sie sich mit der anderen Hand über die tropfende Nase wischte. Schließlich fand sie zwischen ihren verstreuten Utensilien eine Packung Papiertaschentücher, zog eines heraus und schnäuzte sich geräuschvoll.

„Was ist denn das?“, fragte Isabella.

„Was?"

Isabella deutet auf einen Schlüssel, an dem ein Medaillon befestigt war.

„Ach, das ist der Zweitschlüssel vom Explorer. Ich muss ihn Eva zurückgeben." Sie legte den Schlüssel mit dem Christopherus-Anhänger zur Seite und begann ihre Tasche wieder einzuräumen.

„Wo hast du ihn her?"

„Von Eva, erinnerst du dich nicht, sie hat mir doch gestern den Schlüssel gegeben, als ..." Jo Ann hielt inne. Isabella war zuvor schon blass gewesen, aber nun sah sie aus, als hätte sie einen Geist gesehen.

„Ich meine den Anhänger. Wo hast du ihn her?"

„Warum?"

„Dreh ihn um", drängte Isabella aufgeregt. „Los, dreh ihn um! Steht was drauf? Nein, sag nichts!" Sie schloss die Augen, als Johanna das Medaillon in die Hand nahm. „Dort steht: *Dio ti protegga Bella,* das heißt übersetzt: Gott schütze dich Bella."

Sie öffnete die Augen wieder.

Jo Ann strich gedankenverloren mit dem Finger über die kaum noch lesbare Gravur. „Woher weißt du das?"

„Es war ein Geschenk meines Vaters, zum Abschied. Er hat mich immer Bella genannt. Ich mochte den Anhänger nicht besonders, weil er mir zu groß und zu plump war. Aber Dieter hat ihn oft getragen."

„Ich habe ihn erst vor Kurzem gefunden", sagte Jo Ann.

„Wo?"

„Er lag am Boden. In der Nähe der Mine."

„Dieter!"

Jo Ann schwieg und wartete. Plötzlich ging ein Ruck durch Isabellas Körper, und sie schlug sich mit der Hand gegen die Stirn: „Es war Dieter! Es war seine Stimme, die ich gehört habe! Er war derjenige, der in den Schacht hinuntergerufen hat."

Jo Ann richtete sich nun ebenfalls kerzengerade auf. „Wie meinst du das? Was soll das heißen? Dieter?"

„Ich sage dir, er war da. Er war bei der Mine. Ich weiß nicht wieso oder was dann passiert ist, aber er war da! Ich habe seine Stimme gehört. Seit gestern überlege ich ununterbrochen, was mich so erschreckt hat. Es war seine Stimme, und der Schreck und die Scham, als ich sie hörte, haben mich gestern im Fahrstuhl genauso überwältigt wie damals im Schacht. Ich wollte nicht, dass mich Dieter so sieht, so findet, aber gleichzeitig wusste ich, dass er meine einzige Rettung sein würde."

„Hat er dich denn gerettet?"

Isabella stöhnte. Nahm das alles denn nie ein Ende? „Ich weiß es nicht!"

„Aber du bist dir sicher, dass er dort war?"

„Ja!"

Sie überlegten noch immer, was das alles zu bedeuten hatte, als sie hörten, wie Eva die Haustür aufsperrte.

„Ah, ihr seid schon beim Kaffee! Ich könnte auch eine Tasse gebrauchen." Eva warf ihren Schlüsselbund in die Schale auf der Kommode und fiel neben Jo Ann in die Kissen des Sofas. „Dieses frühe Aufstehen ist einfach nichts für mich."

Und als die beiden anderen nichts darauf erwiderten und Jo Ann aufstand, um eine dritte Tasse zu holen, fragte sie: „Was ist denn los? Ist euch eine Laus über die Leber gelaufen?"

Isabella begann erneut mit ihrem Bericht, und als Jo Ann den Kaffee eingeschenkt und frischen aufgesetzt hatte, nahm sie wieder Platz und ergänzte die Informationen, die Isabella vorbrachte, und legte auch endlich die Berichtskopie vor.

Als die Frauen die darin aufgeführten Ergebnisse lasen, schüttelten sie ungläubig den Kopf. Drei der multiplen Knochenverletzungen wiesen eindeutig auf ein viereckiges, spitz zulaufendes Tatwerkzeug hin. Eine Spitzhacke, wie sie in jeder Mine verwendet wurde!

„Ich werde noch verrückt", erklärte Eva, „aber ich kann mir einfach nicht vorstellen, dass du mit einer Spitzhacke zugeschlagen hast, Jo Ann." Sie stand auf, ging in die Küche und wartete, bis der Kaffee durchgelaufen war.

Nach einer kleinen Pause, in der alle drei gedankenverloren den frischen heißen Kaffee schlürften und an den Donuts herumzupften, die Eva mitgebracht hatte, begann diese wieder: „Wie ist der Anhänger an die Stelle gelangt, wo du ihn gefunden hast?"

„Keine Ahnung", antwortete Jo Ann, „aber es ist typisch für dich, dass du danach fragst. Dich interessieren immer völlig nebensächliche Dinge!"

„Aber das könnte doch wichtig sein", verteidigte sich Eva.

„Wieso denn? Dieter ist bei seinen zwei Besuchen in Lightning Ridge doch öfter im Busch gewesen. Er wird den Anhänger dabei irgendwann verloren haben. Das ist aber auch gar nicht wichtig. Weißt du, was wichtig ist? Dass Isabella sicher ist, Dieter am Nachmittag in der Mine gehört zu haben. Jetzt frage ich dich, was hat er dort gewollt? Und wie kam er dorthin?"

„Na, mit dem Auto!"

„Himmel, Eva!"

„Aber ja doch", erklärte Eva. „Uwe und er müssen zurückgefahren sein. Sie hatten ein schlechtes Gewissen und fuhren deshalb zurück. Wie soll Dieter sonst zur Mine gekommen sein? Es ist eindeutig, er wollte sich mit Isabella versöhnen und sie von der Mine abholen."

Isabella winkte ab. Irgendetwas störte sie an dieser Theorie. „Es war Stunden später, als ich Dieter hörte! Ich kann die Uhrzeit nicht genau bestimmen, und möglicherweise hat sich mein Zeitgefühl in der Mine auch verschoben, aber Kurt hat sich viel Zeit gelassen damals. Ich war eine furchtbar lange Zeit dort unten, bevor ich Dieter hörte."

„Außerdem", gab Jo Ann zu bedenken, „hätte Uwe dir das später doch erzählt, Eva. Wenn sie Isabella abholen wollten, und dies aus irgendeinem Grund nicht geklappt hat, warum hat er dir das nach deiner Rückkehr dann nicht erzählt?"

Eva versuchte eine logische Erklärung dafür zu finden. „Weil sie Isabella nicht gefunden haben und unverrichteter Dinge wieder abgefahren sind?"

Jo Ann blieb stur. „Und warum hat dir Uwe dann diese Version nicht erzählt?"

Eva sprang auf. „Keine Ahnung, aber er kann es sofort nachholen! Noch heute!" Die anderen sahen sie verdutzt an. „Schaut mich nicht so an, es ist mir Ernst! Wir sitzen hier, mutmaßen und wälzen Probleme und quälen uns ab, weil wir im Dunkeln tappen. Dabei ist es doch so einfach, Licht ins Dunkel zu bringen. Uwe wird sich sicher noch daran erinnern, ob er mit Dieter zur Mine zurückgefahren ist oder nicht. Also werden wir ihn fragen!"

„Du willst ihn anrufen?" Isabella vermutete, dass er am Telefon wohl kaum dazu bereit sein würde, Auskunft zu geben.

„Dann fahren wir eben zu ihm und stellen ihn persönlich

zur Rede." Eva schien fest entschlossen. „Seine Firma ist in Harbord, das ist nur eine Viertelstunde von hier. Ich rufe ihn jetzt an und vereinbare einen Termin mit ihm. Ihr kommt mit, und wir befragen ihn gemeinsam. Ich will jetzt endlich wissen, was sich damals abgespielt hat."

„Glaubst du, er wird uns die Wahrheit sagen?"

„Warum denn nicht? Wir wollen schließlich nur von ihm wissen, ob sie damals zurückgefahren sind, und falls sie es getan haben, warum, und was in der Mine los war. Ich werde nicht gehen, bevor er mir nicht die Wahrheit gesagt hat. Dieser Mistkerl soll endlich den Mund aufmachen. Nie hat er mit mir geredet!"

„Nicht schlecht", nickte Isabella, „du bist ja richtig ärgerlich! Mach schnell, ruf ihn an, ehe deine Wut verraucht ist."

Sie kannte Eva. Es dauerte nie sehr lange, bis sie wieder friedlich war.

Aber dieses Mal nutzte Eva die Chance, um ihren Frust in eine effektivere Bahn zu lenken. Nach mehreren Wartepausen, in denen sie jeweils von einem Apparat zum anderen weiterverbunden worden war, bekam sie Uwe endlich ans Telefon, doch er schien einem Treffen ausweichen zu wollen.

„Sag, es geht um Leben und Tod", soufflierte Isabella.

„Ja, sag, Nadja ist in Gefahr!", flüsterte Jo Ann.

„Hör mal, Mister Big shot", sagte Eva ruhig und in einem kühlen Ton. „Es interessiert mich nicht, ob du wichtige Kunden zu Besuch hast. Du wirst sie vertrösten müssen, so wie du mich früher auch vertröstet hast. Lass dir etwas einfallen, denk einfach an all die Lügen, die du mir aufgetischt hast, als du deine Tussi ..." Sie wurde von Uwe kurz unterbrochen, ließ sich aber nicht beirren. „Ja, ja, das mag lange her sein, aber du hast dich bestimmt nicht geändert. Ich werde um zehn Uhr in deinem Büro sein. Und wage nicht, mich zu versetzen. Denn wenn du mich auch nur eine einzige Sekunde warten lässt, erzähle ich sämtlichen Angestellten am Empfang ein paar Details aus deiner doppelten Buchführung." Wieder wurde sie unterbrochen – und wieder fiel sie Uwe ins Wort. „Natürlich weiß ich davon! Ich rede von den Barzahlungen, die du angenommen hast. Von dem Geld, mit dem du dich selbstständig gemacht hast! Und ich werde allen erzählen, wie mies du dich deiner Tochter gegenüber benommen hast! Punkt zehn bin ich da!" Sie knallte den Hörer aufs Telefon. „Ich fasse es nicht, der Kerl hat mich seit ewigen Zeiten nicht gesehen und versucht tatsächlich, mir einen Termin für in drei Wochen aufs Auge zu drücken. Der Mutter seiner einzigen Tochter!"

„Gratuliere", sagte Isabella anerkennend. „So kenne ich dich gar nicht!"

„Danke." Eva sackte in sich zusammen. „Das macht mich total fertig. Ich bin nur froh, dass ihr beide mitkommt. Wie spät ist es jetzt?"

„Halb zehn!"

Eva stand wieder auf, rieb sich ihre leicht zitternden Hände und hob dann trotzig ihr Kinn. „Auf in den Kampf, meine Damen!"

31

Sie kamen zehn Minuten zu früh, aber Eva war immer noch so wütend, dass sie sich weigerte, auch nur eine Sekunde länger im Auto zu warten.

„An der Rezeption stellte sie sich als die frühere Mrs. Seybold vor und machte sich dann mit Jo Ann und Isabella auf den Weg zu Uwes Büro.

Uwe stand mit dem Gesicht zum Fenster, kerzengerade, in einem grauen Anzug, dessen Material und Schnitt bereits von hinten auf einen teuren Schneider schließen ließ.

„Du benutzt also immer noch meinen Namen", stellte er sachlich fest, während er sich umdrehte. Erst da sah er Isabella und Johanna und meinte mit unbewegtem Gesicht: „Donnerwetter! Das ist aber eine Überraschung!"

Er hat sich total unter Kontrolle. Wie immer, dachte Eva.

„Wie geht es dir, Isabella, und dir, Johanna?" Er ging auf die Frauen zu, gab jeder einen Kuss auf die Wange und bat sie dann, Platz zu nehmen.

Sein Büro bestand aus zwei großzügig geschnittenen Räumen, die durch Flügeltüren miteinander verbunden waren – das erste Zimmer mit Schreibtisch, Computer, Regalen und Aktenschränken war offensichtlich ganz der Büroarbeit vorbehalten, während das andere mit seiner bequemen Sitzgruppe, einem langen Tisch und vielen Stühlen offensichtlich mehr kommunikativen Zwecken diente. Die gesamte Einrichtung war in edlem Grau mit viel Schwarz und Weiß gehalten. Und Uwe, fand Isabella, passte wunderbar in dieses Ambiente mit seinem grauen Anzug, dem weißen Hemd und seiner schwarzen Krawatte – ja, tatsächlich, nur er brachte es fertig, auch außerhalb des feierlichen Rahmens einer Beerdigung eine tiefschwarze Krawatte zu tragen, ohne dabei lächerlich zu wirken. Fast bewunderte sie ihn für seine unaufdringliche Eleganz und seine Stilsicherheit. Aber vielleicht hatte er auch nur gute Berater an seiner Seite, denn früher war er einfach nur steif, ungelenk und verschlossen gewesen. Oder hatte das viele Geld, das er offensichtlich verdiente, diese plumpen Eigenschaften veredeln können? Hatte seine beinahe geizige Bescheidenheit in vornehmen Minimalismus verwandelt? Und wurde seine sturköpfige Verklemmtheit nun als die so oft bewunderte Fähigkeit zur Tunnelvision bewundert, die angeblich zum Erfolg gehört? Isabella war noch immer dabei, über diese Ungereimtheiten nachzugrübeln, als Eva bereits zum Angriff blies: „Um deine Fragen zu beantworten, ja, den beiden geht es gut. Und nein, ich verwende deinen Namen nicht mehr, ich heiße jetzt Taylor. Dennoch wollte ich am Empfang schon einmal die Tatsache, dass ich mit dir verheiratet war, hinterlegen. Für den Fall der Fälle, du verstehst schon.“

Uwe lächelte kühl. Schlug die langen Beine übereinander. „Nein, so genau verstehe ich das nicht, aber du wirst es mir sicherlich erklären.“

Jo Ann fand ihn unerträglich. War er schon immer so gewesen? Und waren sie wirklich einmal mit ihm befreundet gewesen? Hatten gemeinsame Ausflüge unternommen, zusammen gekocht, gegessen, geplant und geträumt? Aber hatte Uwe jemals mit ihnen über seine Träumen gesprochen? Nein, er war derjenige gewesen, der immer geschwiegen hatte und von dem sie alle immer gedacht hatten, dass er überhaupt gar keine Träume besäße.

„Wir sind aus einem ganz bestimmten Grund hier", begann Isabella, die nicht einfach nur stumm dabeisitzen wollte.

Aber Eva ließ sich ihre Führungsrolle nicht streitig machen. „Es geht um unseren letzten Besuch in Lightning Ridge, ehe Kurt umgekommen ist", sagte sie, leicht vorgebeugt, um Uwes Reaktion genau beobachten zu können. „Du weißt doch sicher noch, dass es zwischen euch Männern Ärger gab?" Täuschte sie sich, oder überzog sich sein Gesicht mit einer leichten Röte? „Du erinnerst dich bestimmt auch an den Morgen, als ihr zusammen mit Isabella abgefahren seid?"

„Ja, natürlich!"

„... und ich dann von Dieter aus dem Auto geworfen wurde ...", beschwerte sich Letztere höchstpersönlich.

„So kann man das nicht sagen, Isabella", widersprach Uwe sofort. „Nicht hinausgeworfen, das hört sich so an, als hätte dich Dieter aus dem fahrenden Wagen gestoßen. Ihr hattet Krach, Dieter hat angehalten, und du bist ausgestiegen!"

Immer der Korrekte, dachte Eva. „Gut", fuhr sie fort, „du erinnerst dich also. Dann wirst du auch noch wissen, was danach passiert ist?"

„Was soll das? Ihr seid doch wohl nicht extra hierhergekommen, um diese alten Geschichten wieder aufzuwärmen?" Uwe schüttelte nachsichtig den Kopf. „Obwohl, so seid ihr Frauen nun einmal! Immer stochert ihr in der Vergangenheit herum, ewig müsst ihr analysieren und kommentieren. Ich nehme an, ihr macht gerade Urlaub hier, ihr beide. Wie gefällt euch Sydney nach so langer Zeit? Findet ihr, dass sich viel verändert hat?"

„Wir sind nicht hier, um uns zu amüsieren." Isabella registrierte überrascht, dass ihr diese Tatsache bislang nicht bewusst gewesen war. Natürlich war sie nicht nach Sydney gekommen, um sich zu amüsieren.

„Richtig", fiel Eva ihr ins Wort. „Sie sind hier, um ein paar Dinge aus der Vergangenheit aufzuklären."

„Wie soll ich das verstehen?" Uwe wirkte gelassen.

„So, wie ich es sage! Es gibt einige Dinge, ein paar Puzzleteile, die sozusagen unter den Tisch gefallen sind, und wir erwarten nun von dir, dass du diese Teile rausrückst und dazu beiträgst, das Puzzle endlich zu vollenden."

„Ich soll euch helfen, irgendwelchen Unsinn, der in euren Köpfen herumspukt, nachträglich zu bestätigen? Ich bitte euch, was soll das Ganze?"

„Du sollst uns nur erklären, *warum* ihr zur Mine zurückgefahren seid, verdammt noch mal", fluchte Eva laut.

Uwe sah sie überrascht an. „Warum sollte ich?", fragte er.

Isabella beschloss zu pokern. „Weil wir wissen, dass ihr zurückgefahren seid. Weil ich mich wieder an alles erinnere!"

Uwes Haltung versteifte sich. Er saß in dem weichen Sessel, als hätte er eine höchst, unbequeme Rückenlehne im Kreuz. „Du erinnerst dich?"

„Ach, zum Teufel nochmal, wiederhol doch nicht alles!", schrie ihn Eva an.

„Seid wann verwendest du solche Kraftausdrücke?"

Aber Eva ließ sich nicht ablenken. „Gib endlich zu, dass ihr zur Mine zurückgefahren seid."

„Na gut, wir sind also zurückgefahren. Ich verstehe überhaupt nicht, was die ganze Aufregung eigentlich soll. Isabella sagt doch selbst, dass sie sich wieder erinnert. Natürlich sind wir noch mal zur Mine gefahren, na und? Seid ihr jetzt zufrieden?“

„Wundert es dich nicht, dass ich plötzlich mein Gedächtnis wiedergefunden habe?“, fragte Isabella ihn.

„Ach, weißt du, Isabella, als Eva nach Sydney zurückkam und mir erzählte, dass Kurt dich zum Haus zurückgefahren hat und dass du am nächsten Tag einen Unfall hattest, war mir sofort klar, dass ihr beide lügt. Ich wusste doch, dass du vor ihm davongerannt bist. Ich habe doch gesehen, dass du alleine mit seinem Auto von der Mine weggefahren bist! Du konntest den anderen weismachen, dass zwischen Kurt und dir nichts gewesen ist, aber mir doch nicht. Für mich war eure Ausrede nur die Bestätigung eurer Affäre. Du wolltest eben noch ein paar Tage länger mit ihm verbringen. Es hat mich allerdings etwas gewurmt, dass du bei einer solchen Sache auch noch Schützenhilfe geleistet hast, Eva.“

Die Frauen schwiegen verdutzt. Dann sagte Eva: „Du hast also damals schon gewusst, dass ich dich anlüge, und hast mich nie gefragt warum?“

Uwe, der seine Worte schon wieder bereute, winkte ab. „War nicht so wichtig.“

„Du hast gedacht, Kurt und ich hätten ein Verhältnis?“, fragte Isabella.

„Selbstverständlich hattet ihr das. Dieter hat es mir doch erzählt.“

„Dieter hat *was?*“

Uwe erhob sich, knöpfte sein Jackett zu und blickte auf die Frauen herunter. „Jetzt reicht es aber! Thema beendet.

Ich habe viel zu tun und leider nicht die Zeit, in alten Erinnerungen zu schwelgen. Bitte, haltet mich da raus, das alles interessiert mich nicht."

Keine der Frauen stand auf, sie starrten nur zu ihm hoch, und er begann nervös an seinem Jackettknopf zu drehen. „Seid mir nicht böse, aber ..."

„Setz dich sofort wieder hin!", fauchte Eva ihn an.

„Ich denke nicht daran!"

Jetzt durften sie nicht aufgeben, nicht solange noch so viele Fragen unbeantwortet waren. Jo Ann überlegte krampfhaft, wie sie ihn zwingen konnte, sich wieder zu setzen. Das Schwarzgeld! Die doppelte Buchführung, von der Eva gesprochen hatte. „Wir wissen, wie du deine Firma hier finanziert hast!", deutete sie vorsichtig an. „Wir wissen, woher das Geld kam, und wir werden nicht eine Sekunde zögern, es publik zu machen. Wenn du deiner Firma also nicht schaden willst ..."

Schlagartig wurde Uwes Gesicht von einer flammenden Röte überzogen, die ihn schon früher oft verraten hatte, wenn er sich bei irgendetwas ertappt gefühlt hatte. „Was wollt ihr eigentlich von mir?"

„Wir wollen die Wahrheit von dir hören. Danach lassen wir dich in Ruhe. Keine Sorge, wir werden nichts verraten, keiner Menschenseele, wenn du uns jetzt Rede und Antwort stehst. Nur dieses eine Mal." Jo Anns Stimme war eindringlich, und Uwe schien zumindest ihr zu vertrauen.

Er nahm wieder Platz. „Es war nicht meine Idee", begann er. „Dieter war so sauer, es ließ ihm keine Ruhe. Er wollte sich seinen Anteil holen, wenn nötig sogar mit Gewalt, sagte er."

Jo Ann wollte schon fragen, von welchem Anteil er sprach, aber Isabella stieß sie leicht und für Uwe unsichtbar mit dem Ellbogen in die Seite, um sie daran zu hindern, ihn jetzt zu unterbrechen.

„Ich hatte das Ganze schon aufgegeben“, fuhr Uwe fort. „Ich wollte mich nicht mit Kurt anlegen. Es war mir schlichtweg zu riskant, obwohl ich mich ebenfalls maßlos geärgert habe. Wir hatten immerhin die ganze Woche über wie die Maulwürfe mit gebuddelt. Und so viel Spaß macht das ja auch nicht, oder, Johanna? Du weißt doch, wie hart die Arbeit da unten ist. Kurt hat uns nur ausgelacht, als wir unseren Anteil wollten, und ich war genauso wütend wie Dieter, aber ich hatte auch meinen Stolz. Wenn er uns unseren Anteil nicht freiwillig geben wollte, dann eben nicht, versteht ihr? Ich wusste ja nicht, wie wertvoll der Opal war, den wir gefunden hatten. Ehrlich gesagt, hatte ich keine Ahnung. Dieter muss es aber vermutet haben. Als er Isabella losgeworden war ... Entschuldige, Isabella, aber es ist dir inzwischen doch sicherlich klar, dass Dieter den Streit im Auto provoziert hat, um dich loszuwerden ... also, da hat er gesagt, dass wir Kurt nicht so billig davonkommen und uns nicht mit einem Bruchteil abspeisen lassen dürften. Also haben wir ein paar Stunden gewartet, sind bis Angledool gefahren und haben dort ein paar Bier getrunken, um Kurt genug Zeit zu geben, dich zu sich nach Hause zu bringen oder sonst wohin mit dir zu verschwinden. Bei dieser Gelegenheit hat mir Dieter auch erzählt, dass du es mit der ehelichen Treue nicht so genau nimmst und dass er sehr wohl wisse, was sich zwischen dir und Kurt abspielt. Dann sind wir zur Mine zurückgefahren. Dieter meinte, Kurt würde bestimmt nicht wieder zur Mine zurückkommen, sodass die Mine unbewacht wäre und er den Opal einfach mitnehmen könnte. Er wusste, wo Kurt ihn versteckt hatte. Gleichzeitig war er felsenfest davon überzeugt, dass Kurt nie vermuten würde, dass wir ihm den Stein weggenommen hätten. Er würde annehmen, dass wir wie geplant nach Sydney zurückgefahren wären, weil Isabella ja auch sonst nicht den ganzen Weg allein zurückgelaufen wäre. Deshalb hat dich Dieter doch überhaupt nur so weit von der Mine entfernt aussteigen lassen. Er hatte alles genau im Voraus festgelegt!"

Jo Ann konnte sich nicht länger beherrschen. „Was für einen Stein? Dieter wollte einen Opal stehlen?"

„Nein, nicht stehlen!" Uwe war so sehr in seine Rechtfertigung verstrickt, dass er Jo Anns Überraschung gar nicht registrierte. „Dieter wollte ihn lediglich mitnehmen und schätzen lassen. Sobald der Schätzwert feststünde, wollte er Kurt dann vor vollendete Tatsachen stellen und ihn dazu zwingen, uns unser Drittel zu geben, so wie es ausgemacht war. Wirklich, so hat es sich abgespielt! Ich hätte nicht mitgemacht, wenn er ihn hätte stehlen wollen."

Isabella hatte ihre Hände unter ihre Oberschenkel geschoben; niemand sollte sehen, wie sie vor Wut zitterten. Gegen das Beben in ihrer Stimme konnte sie jedoch nichts tun. „Aber es kam nicht so, wie ihr es euch ausgemalt hattet, nicht wahr, Uwe? Kurt war nicht mit mir weggefahren. Er war noch in der Mine."

„Na ja, wir fuhren nicht zu nah ran. Dieter meinte, ich solle besser hinter einem Hügel parken, um Kurt nicht gleich zu warnen, falls er und Isabella wider Erwarten doch noch bei der Mine sein sollten. In diesem Fall wollte sich Dieter erst einmal leise ranpirschen und dann spontan die beste Vorgehensweise wählen. Ich sollte währenddessen im Auto bleiben, startklar, und auf ihn warten. Das war mir nur recht. Ich wäre auf keinen Fall mitgegangen. Aber Dieter hatte im Gegensatz zu mir ja auch keine Angst vor einer direkten Konfrontation. Er hat gesagt, wenn Kurt, wider Erwarten, doch noch in der Mine wäre, würde er ihn schon so weit bringen, ihm den Stein auszuhändigen, damit er geschätzt werden kann. Von unabhängigen Experten, am besten in Sydney, hat er hinzugefügt, denn Kurt könne man nicht trauen, diesem hinterlistigen Betrüger. Dieter war wirklich unglaublich geladen. Eigentlich habe ich ihn bewundert – er war so selbstsicher, so stark, das hatte ich ihm gar nicht zugetraut. Und er ging tatsächlich in die Mine. Ich war kurz ausgestiegen, um mir die Beine zu vertreten, das viele Bier, ihr wisst schon. Und da habe ich gesehen, wie Dieter in den Schacht gerufen hat und danach hinuntergestiegen ist. Er hat noch einmal zu mir hinübergeschaut und den Daumen siegessicher nach oben gestreckt und mir dann noch signalisiert, dass ich zum Auto zurückgehen und auf ihn warten soll."

„Also doch", stöhnte Isabella. „Es war Dieters Stimme!"

„Und dann?", fragte Jo Ann atemlos.

„Ich ging zurück und habe gewartet."

„Konntest du von dort aus denn das Einstiegsloch sehen?"

Uwe winkte ab. „Genug jetzt, das reicht! Hört mal, ich habe zugegeben, dass wir den Opal genommen haben, okay? Ich gebe offen zu, ohne den Stein hätte der Aufbau der Firma viel länger gedauert, aber so viel war er nun auch wieder nicht wert. Ich hätte es auch ohne ihn geschafft. Nur eine Frage der Zeit. Was wollt ihr also noch?"

Eva war so sprachlos wie noch nie in ihrem Leben. So war das nicht geplant gewesen. Sie hatte Uwe mit den Schwarzgeldeinnahmen, für die eine Strafe wahrscheinlich schon lang verjährt war, lediglich aus der Reserve locken wollen. Und nun war er ihnen doch tatsächlich und sehr viel weitreichender in die Falle gegangen. Sie saß da, starrte Uwe an und brachte keinen Ton heraus. Auch Isabella schien völlig perplex. Das Gehörte eröffnete ihr völlig neue und bislang ungeahnte Perspektiven, deren Ausmaße sie noch nicht in vollem Umfang ermessen konnte. Dieter war in die Mine gestiegen – aber was hatte er dort gemacht? Er musste sie dort gesehen haben! Ihre Gedanken überschlugen sich und sie konnte die Fragen, die sich, durch diese neue Wendung ergaben, gar nicht schnell genug formulieren. Sie war mundtot, genauso wie Eva.

Nur Jo Ann besaß noch genug Geistesgegenwart, um zu reagieren. „Ich versichere dir nochmals, dass wir kein Interesse daran haben, den Diebstahl des Opals an die große Glocke zu hängen und deiner Firma zu schaden." Bei diesen Worten beobachtete sie ganz bewusst seine Reaktion. Tatsächlich schien Uwe erleichtert, zumindest nahm er wieder eine lockerere Haltung in seinem Stuhl ein. Ermutigt fuhr sie fort: „Wir wollen nur Isabella dabei helfen, ihre Erinnerungen in die richtige Reihenfolge zu bringen. Sie tut sich noch ein bisschen schwer damit. Also, wie war das? Was hast du gesehen? Konntest du das Einstiegsloch sehen?"

„Nein, wir hatten doch hinter dem Hügel geparkt. Aber ich konnte auf der Lichtung, auf der Kurt immer seinen Pick-up geparkt hatte, etwas sehen. Zumindest auf dem Teil, den das Gebüsch nicht unmittelbar vor mir verdeckt hat."

„Was denn? Isabella vielleicht?"

Uwe wandte sich nun direkt an Isabella. „Ja, ich glaube schon, dass ich dich gesehen habe. Zuerst hörte ich nur Geräusche, aber dann sah ich eine Frauengestalt, die wie von Furien gehetzt über die Lichtung rannte. Ich konnte dich aufgrund der Entfernung nicht erkennen, aber ich hörte, wie Kurt deinen Namen rief. Wer sollte die Frau auch sonst gewesen sein? Du bist in Kurts Auto gesprungen. Er wollte dich anscheinend aufhalten, hat dir irgendwas nachgebrüllt, dann hörte ich, wie du ihm die Wagentür vor der Nase zugeknallt hast. Er hat noch immer gebrüllt. Ihr müsst euch vorher ganz schön gestritten haben – aber das ging mich ja nichts an. Da wollte ich mich nicht einmischen. Dann bist du davongefahren. Aber das weißt du doch selbst ganz genau. Mehr kann ich dir auch nicht erzählen."

Isabella wippte mit ihrem Oberkörper auf den Händen, die noch immer unter ihren Oberschenkeln steckten, hin und her. „Kurt hat geschrien?", fragte sie.

„Klar, wie ein Verrückter!"

„Er hat noch gelebt?"

Uwe sah sie nur irritiert an.

„Hat er gelebt?", wollte nun auch Jo Ann wissen.

„Ja, natürlich hat er gelebt, so wie der gebrüllt hat! Er ist dem Auto sogar noch weiter nachgerannt! Und ich hatte richtig Angst, was passieren würde, wenn er nun zur Mine zurückkehren und Dieter dort finden würde. Ich habe ja nur diesen kleinen Teil der Lichtung einsehen können und wusste nicht genau, wo Kurt oder wo Dieter war. Also bin ich ins Auto gestiegen, um startklar zu sein, sobald Dieter auftauchte. Eigentlich habe ich jede Sekunde erwartet, dass Kurt aus dem Dickicht prescht und an die Windschutzscheibe klopft. Habe mir ernsthaft überlegt, ob ich nicht lieber abhauen soll, aber das konnte ich Dieter nicht antun. Mir war die Situation äußerst peinlich, und um ehrlich zu sein, war ich sehr nervös. Schließlich wusste ich, wie jähzornig Kurt werden konnte, und wenn er mich oder Dieter erwischt hätte, na ja, das wollte ich mir lieber erst gar nicht ausmalen. Eine wirklich unangenehme Lage, in die mich

Dieter da gebracht hatte. Aber ich habe mich nicht von der Stelle gerührt, obwohl es noch einige Zeit gedauert hat, bis Dieter endlich zurückkam. Kam mir wie eine Ewigkeit vor, waren aber wahrscheinlich nur ein paar Minuten. Jedenfalls preschte er plötzlich durch das Buschwerk und riss die Autotür auf. Er wirkte etwas gehetzt, aber er hatte den Stein."

Jo Ann überlegte fieberhaft. Der Opal! Dieter hatte ein Motiv. Konnte er es gewesen sein? Aber wie sollten sie das ohne Uwe je beweisen können? „Wie hat Dieter ausgesehen, als er zum Auto zurückkam? War seine Kleidung blutig?", fragte sie scharf.

„Meine Güte, wieso blutig? Er war schmutzig, klar, von oben bis unten. Voller Dreck. Er ist schließlich im Schacht gewesen, wahrscheinlich auf allen vieren in das Loch gekrochen, in dem der Opal versteckt war. Ich habe nicht so genau darauf geachtet, wie er ausgesehen hat. Wir sind losgerast, als wäre der Teufel hinter uns her. Dieter hat immerzu gebrüllt, ich solle schneller fahren. Als wir dann schon ein gutes Stück Wegs hinter uns hatten, wollte er, dass ich anhalte. Er hatte einen kleinen See entdeckt und sich dort gewaschen."

„Hat er erzählt, was geschehen war?"

„Ja, er hat gesagt, er hätte Kurt mit Isabella ertappt, und die beiden seien auf und davon. Da habe er die Gunst der Stunde genutzt und sich den Opal geschnappt. Mit einer Scheißangst im Nacken, dass Kurt jede Sekunde wieder zurückkommen könnte. Was ich gut nach vollziehen konnte, die Angst, meine ich. Aber es ist ja noch mal alles gut gegangen."

„Und das hast du ihm geglaubt?" Jo Ann suchte verzweifelt nach weiteren Informationen.

„Warum denn nicht?"

„Weil Kurt tot ist! Weil er umgebracht wurde!"

Uwe runzelte die Stirn. „Wieso umgebracht? Er ist doch auf der Jagd verunglückt. Umgebracht? Was redest du da?"

„Wenn ich das so genau wüsste", stöhnte Jo Ann.

Da sagte Isabella: „Aber ich weiß es!" Sie saß da wie eine Statue, mit völlig ausdruckslosem Gesicht, bewegungslos, den Blick ins Nichts gerichtet. Sie war fast nicht wiederzuerkennen. „Ich weiß es wieder! Dieter rief nach unten und Kurt hielt mir den Mund zu. Schlug mich, sodass ich kurz das Bewusstsein verloren haben muss." Isabella befand sich wieder in der Vergangenheit:

„Dieter und Kurt streiten. Es geht um den Opal. Kurt ist noch immer in der Stimmung, zu quälen und zu demütigen. Er verhöhnt Dieter, nennt ihn einen Schlappschwanz. Schau nur, sagt er, was ich da liegen habe. Deine eigene Frau kommt zu mir in die Mine, will von mir gevögelt werden. Hat mich regelrecht angefleht. Dieter sieht mich und erschrickt. Ich schreie, hilf mir, um Gottes willen, glaub ihm nichts, hilf mir. Hör dir das Miststück an, sagt Kurt, wie scheinheilig sie tut. Dabei will sie es so, mit Ketten und Schlägen, weil du es ihr nicht richtig besorgst, du Memme, du Schwächling. Aber Dieter hilft mir nicht. Vielleicht, weil er Kurt nicht verärgern will. Kurt ist so viel stärker. Dieter tut nichts, schwankt noch, weiß nicht, wem er glauben soll. Kurt spuckt auf mich, sagt, er weiß sehr gut, dass ich es mit allen treibe. Mit meinem Boss, das hätte ich ihm erzählt, damit hätte ich ihm gegenüber geprahlt. Und jetzt glaubt Dieter ihm, glaubt, dass die Geschichte mit Hal wahr ist. Hat es schon lange vermutet und weiß nun, dass es stimmt. Also glaubt er Kurt alles – und mir gar nichts mehr! Mein Gott, er glaubt ihm, geht mit ihm nach hinten, tiefer in den Schacht hin-

ein. Kurt sagt, ich zeig es dir, das Prachtstück, kannst es noch einmal bewundern. Es gehört aber ganz alleine mir, so wie mir deine Frau gehört! Ich verstehe nicht, warum Dieter mitgeht. Das ist meine Chance, und diesmal vertue ich sie nicht. Der Schlüssel zur Kette – Kurt hat ihn hinter mich an die Wand geworfen. Ich suche. Meine Augen haben sich an die Dunkelheit gewöhnt, ich sehe den Schlüssel im Schein der Grubenlampe aufblitzen. Da liegt ein Stock neben mir. Mit dem Stock angle ich nach dem Schlüssel. Welch ein Glück, ich erwische ihn sofort. Endlich ein bisschen Glück. Aufschließen, raus hier, nur raus, ganz schnell weg. Kurt kommt zurück. Er muss das Rasseln der Kette gehört haben, ich hätte leiser sein sollen. Auf der Leiter höre ich ihn, aber ich bin fast oben, während er noch ganz unten ist. Die Leiter schwankt immer stärker. Er ist schwer. Muss sich den Schacht hochplagen, ich bin schon oben! Hab den Hammer in der Hand, weiß gar nicht, wo ich den gefunden habe. Er kommt mir hinterher. Seine Hände greifen über die Kante des Einstieglochs. Ich schlage auf ihn ein, auf seine Hände, seine Finger ..."

Jo Ann nickte stumm. Das war es, ab hier hatte sie ihnen die Szene auch schon geschildert, als sie in atemloser Panik zum Haus gekommen war. Weiter. Weiter.

„Es ist weich. Sein Fleisch ist weich und reißt. Ich sehe, wie das Blut aufspritzt, aber er hält sich immer noch an der Leiter fest. Er brüllt, ich schreie. Weiß nicht mehr was. Schlag noch einmal drauf. Endlich! Er lässt los, seine Arme verschwinden im Loch, vielleicht stürzt er jetzt ja hinunter? Ich hetze weiter, den Hammer in meiner Hand. Himmel, meine einzige Waffe. Will zum Auto. Der Autoschlüssel steckt, hoffe ich. Muss stecken, er steckt doch sonst immer. Dort ist der Wagen, die Ret-

tung, aber ich weiß, Kurt ist wieder hinter mir. Hab nicht viel Zeit gewonnen. Suche den Schlüssel im Zündschloss, atme auf, ein Glück, er steckt. Da grinst mir seine Fratze direkt ins Gesicht, ganz dicht am Fenster, seine Hand am Türschloss. Er zerrt am Griff und flucht, weil seine blutigen Hände abgleiten. Ich zittere, die Finger am Schlüssel, den Fuß auf dem Gas. Was für ein Glück, der Pick-up springt an. Im Rückspiegel sehe ich ihn, Kurt! Er gibt nicht auf, rennt dem Wagen nach, und hinter ihm ..."

Isabella stockte. Sie schloss die Augen und konzentrierte sich ganz auf den Film, der in ihrem Inneren ablief.

„Hinter ihm ist Dieter. Ich trete aufs Gas, werde schneller. Der Abstand zu Kurt wird größer. Aber Dieter ist jetzt dicht hinter ihm. Er hält dieses Werkzeug, dieses riesige, gebogene Ding, das an beiden Seiten spitz zuläuft. Er hat es weit über seinen Kopf geschwungen. Das Auto rast über eine Bodenwelle, und das Bild verschwindet aus dem Rückspiegel. Es ist weg. Auch als ich wieder auf ebenem Boden bin, sehe ich sie nicht mehr. Habe sie zurückgelassen. Aber ich weiß genau, dass Dieter auf Kurt eingeschlagen hat. Dieter hat ihm mit der Spitzhacke in den Rücken geschlagen. Kurt wird mich nicht mehr verfolgen ..."

Isabella schwieg, bis sie nach einer langen Pause, in der auch keiner der anderen ein Wort sprach, schließlich wieder die Augen öffnete und abschließend meinte: „Dieter hat Kurt umgebracht“, sagte sie. „Aber nicht, um mich zu retten, sondern aus Habgier, aus ganz gemeiner Habgier.“

Isabella schluchzte auf, es war ein jämmerlicher, trockener Laut, griff nach Jo Anns Hand und klammerte sich an ihr fest. Und Jo Ann umschloss sie mit der ihren, verzeihend, verstehend, und drückte sie leicht.

„Das Medaillon", sagte sie, „ich habe es unweit der Mine gefunden. Jetzt verstehe ich endlich. Dieter hat Kurt verfolgt, und dort, wo ich das Medaillon gefunden habe, muss es zum Kampf zwischen den beiden gekommen sein. Dieter hat ihn mit der Spitzhacke verletzt und geschwächt, sonst hätte er ihn nie überwältigen können. Und dabei muss ihm Kurt das Medaillon abgerissen haben. Danach hat Dieter ihm mit weiteren Hieben so schwer zugesetzt, dass er sich nur noch ein Stück weit Richtung Mine schleppen konnte, wo ich ihn dann dreckverkrustet und mit blutverschmiertem Gesicht gefunden habe. Hätte ich ihn untersucht, wären mir die Verletzungen, die auch im Autopsiebericht stehen, sicher aufgefallen. Aber sein ganzer Körper war so mit rotbrauner Erde eingedreckt, und ich war in diesem unglaublichen Schockzustand, in den ich nur noch sehen konnte oder wollte, dass er tot war. Du hast all diese Verletzungen doch auch nicht gesehen, nicht wahr, Eva?"

Eva starrte auf den polierten Parkettboden, als hinge ihr Leben davon ab, jedes einzelne Paneel zu zählen. Dabei nahm sah sie kein Einziges wirklich wahr, sondern dachte immer nur: Was haben wir nur alles falsch gemacht! Schließlich ertrug sie ihre eigenen Gedanken nicht länger und antwortete endlich auf Johannas Frage: „Ich habe mir Kurt überhaupt nicht angesehen. Es war alles so fürchterlich, und er sah so grässlich aus. So gar nicht ... wie ein Mensch ... Und er war so ... so sperrig ... Ich wollte ihn nicht anfassen. Meinst du, er war noch gar nicht ..."

„Ich habe dir schon tausendmal gesagt, dass er tot war,

als wir ihn begraben haben", versicherte ihr Jo Ann. „Aber als Isabella abfuhr, hat er ganz sicher noch gelebt."

Uwe räusperte sich. Auch er schien sichtlich erschüttert. „Diese ganze Geschichte klingt unfassbar. Ihr behauptet, dass Dieter Kurt ermordet hat, und das quasi vor meinen Augen, ohne dass ich etwas davon bemerkt habe? Wieso habt ihr mir nie etwas gesagt? Das ist doch wirklich unfassbar! Wenn ihr ihn begraben habt, warum zum Teufel habt ihr das nicht gemeldet? Warum habt ihr behauptet, Kurt habe einen Unfall gehabt? Ihr habt alle angelogen!"

Da kam Leben in Eva. „Du musst reden! Stiehlst einen Opal, baust mit dem gestohlenen Geld deine Firma auf und lässt mich in dem Glauben, es seien unsere Ersparnisse gewesen. Behauptest, es aus eigener Kraft geschafft zu haben, dabei habt ihr mit Diebesgut jongliert. Du und Dieter! Ihr habt nicht nur gelogen – ihr habt gestohlen und gemordet! Du verdammter Schuft, du mieses Schwein, du!" Sie war aufgesprungen und wollte sich auf ihn stürzen.

Uwe wich ihr aus, stand ebenfalls auf und hob abwehrend die Hände. „Bitte! Reiß dich zusammen. Das bringt doch nichts. Ich hatte keine Ahnung von dem Mord! Ihr hättet ihn nicht vertuschen dürfen, warum habt ihr das getan?"

Eva hatte ausgeholt, um ihm ins Gesicht zu schlagen, aber er war ihr ausgewichen und ihr Angriff ins Leere gegangen. Nun atmete sie mehrmals tief durch und versuchte sich zu beherrschen. Mein Gott, wie sie ihn hasste. „Wir wollten Isabella schützen, ist das so schwer zu begreifen, du Dreckskerl? Kurt hat sie vergewaltigt, genauso wie er Jo Ann jahrelang missbraucht hat, dieser perverse Sadist. Und wir haben uns schuldig gefühlt. Dabei wart ihr es, die uns belogen und bestohlen habt. Du hast mich betrogen, aber so leicht kommst du mir nicht davon ..."

„Ihr habt versprochen, mich da rauszuhalten!", kam sein kläglicher Einwurf.

„Bist du von Sinnen? Hier geht es doch gar nicht mehr um eine lang zurückliegende Steuerhinterziehung. Es geht nicht einmal mehr um den Opal, den ihr euch widerrechtlich angeeignet habt." Eva machte ein kleine Pause und fügte dann in durchaus schadenfrohem Tonfall hinzu: „Und von dem wir bis gerade eben rein gar nichts gewusst haben, bis du dich in deiner unsäglichen Arroganz selbst verraten hast. Hier geht es um Mord, *um Mord,* verstehst du, und du steckst mitten drin."

Uwe sah zu Jo Ann hinüber. Diese nickte. „Tut mir leid, Uwe, aber sie hat Recht. Wir können dich da nicht mehr raushalten. Du bist ein wichtiger Zeuge. Wir müssen der Polizei sagen, was geschehen ist, und deine Beteiligung an dieser Geschichte lässt sich nicht verheimlichen." Die ganze Situation kam ihr so unglaublich absurd vor. Doch langsam wich die schreckliche Erkenntnis, fast drei Jahrzehnte ihres Lebens vergeudet zu haben, der Einsicht, endlich, endlich, die Wahrheit zu kennen. Und in der Wahrheit lag die Gewissheit, gerettet zu sein. Isabella und sie, sie beide waren gerettet. „Mein Gott, bin ich froh", brach es aus ihr heraus. „Ich bin ja so froh!"

Isabella war dagegen noch nicht ganz so weit. Ihre ungläubige Mine spiegelte Erstaunen und Fassungslosigkeit. „Es ging ihm nur ums Geld – nicht um mich", wunderte sie sich noch immer.

„Wie stellt ihr euch das vor", jammerte Uwe, der den Stimmungsumschwung noch nicht bemerkt hatte. „Ihr könnt doch nicht einfach so zur Polizei gehen. Warum denn auch? Das ist völlig unsinnig. Man hat Kurt nie vermisst, es kann daher doch alles bleiben wie gehabt!"

Eva lächelte nachsichtig. Was für eine Wonne zu sehen, wie er sich hin und her wand. „Aber ja doch, natürlich müssen wir zur Polizei gehen. Stell dir vor, Kurts Skelett ist nach all den Jahren plötzlich wieder aufgetaucht, genauso wie die Wahrheit nun endlich ans Licht gekommen ist. Wir sollten uns auf den Weg zum Polizeirevier machen, meine Damen!"

„Der Coroners Court ist in der Paramatta Road in Glebe", sagte Jo Ann. „So steht es in dem Bericht. Sollten wir uns nicht erst dort melden? Sie werden uns genau sagen, welches Revier für uns zuständig ist."

„Gute Idee", antwortete Eva. „Was meinst du, Isabella?"

Uwes Kopf flog zwischen ihnen hin und her, aber keine der Frauen schenkte ihm noch Beachtung. Worauf er sich wieder ins Gespräch mischte, indem er aufstand und seine Arme ausbreitete, als wäre er ein Prediger, der eine aufgebrachte Menge besänftigen wollte: „Wartet doch. Warum die Eile? Eine unüberlegte, überstürzte Aktion nützt keinem von uns. Seid vernünftig und lasst uns gemeinsam überlegen, wie wir am besten vorgehen."

„Warum!", fragte Isabella, und Evas Echo kam schnell und bissig: „Ja, warum?"

„Weil euer übereiltes Handeln alle möglichen Konsequenzen nach sich ziehen kann, die ihr jetzt noch nicht abschätzen könnt!"

„Zum Beispiel?"

„Zum Beispiel", leistete Uwe weiter Überzeugungsarbeit, „wird Isabellas Vergewaltigung dann in den Medien breitgetreten werden. Wirst du es verkraften, Isabella, wenn bekannt wird, unter welchen Umständen du vergewaltigt worden bist *und* dass du mit dem Mörder deines Vergewaltigers verheiratet warst? Und du, Johanna, die abartigen Sexpraktiken deines Mannes werden für eine längere Zeit Tagesgespräch sein. Du wirst dich in deiner Minenstadt nicht mehr blicken lassen können. Dieser Fall hat alle Komponenten, um von der Presse genüsslich ausgeschlachtet zu werden. Alles werden sie untersuchen, euer ganzes Leben werden sie auseinandernehmen, durch den Schmutz ziehen, veröffentlichen ..." Er hielt inne. Die Frauen sahen ihn entgeistert an, und als sie nichts erwiderten, wagte er sich noch weiter vor. „Eva, denk an Nadja, wie wird sie sich fühlen? Du hast geholfen einen Mord zu vertuschen, das ist Beihilfe ..."

„Lass Nadja aus dem Spiel, du miese Ratte!", fuhr Eva ihn an.

„Und dein Mann?" Uwe ließ sich nicht aus dem Konzept bringen. „Er wird ebenfalls nicht gerade begeistert sein, wenn sie im Geschäft hinter seinem Rücken tuscheln werden. Versteht doch, die Konsequenzen sind folgenschwer, darüber sollten wir uns im Klaren sein. Lasst uns daher nachdenken, auf ein paar Stunden mehr kommt es doch nicht an. Sollen wir gemeinsam irgendwo essen gehen? Darf ich euch in meinen Club einladen?"

Isabella stand auf. „Es ist mir vollkommen gleichgültig, was die Leute über mich denken oder reden, falls die Vergewaltigung zur Sprache kommt. Und mit Dieter habe ich schon lange nichts mehr zu tun!"

„Das kannst du leicht sagen, schließlich gehst du nach Deutschland zurück. Deine Freundinnen leben jedoch hier, in Australien. Überleg doch einmal, was so ein Medienzirkus für Eva und Johanna bedeutet."

„Okay, das ist ein Argument. Was sagt ihr dazu?" Isabella zögerte und blickte die anderen fragend an. „Sollen wir zusammen essen gehen und darüber sprechen?“

„Ja“, stimmte Eva zu, „doch ohne den da! Er soll nicht glauben, dass er uns mit einem lausigen Mittagessen kaufen kann. Uwe, wir gehen jetzt, aber du kannst uns um drei Uhr wieder zurückerwarten. Dann werden wir dir unsere Entscheidung mitteilen. Sag deiner Empfangsdame Bescheid, denn wir werden keine Sekunde lang warten. Kommt, lasst uns gehen!“

Jo Ann stand auf. „Bis dann, Uwe!“ Und Isabella, genauso kühl wie Eva: „Punkt drei Uhr!“

32

Schon im Lift entspann sich eine aufgeregte Diskussion, die sich das gesamte Mittagessen hindurch fortsetzte. Sie waren nach Dee Why gefahren, ins *Freshwater Restaurant,* und hatten sich an einen abseits stehenden Tisch gesetzt, möglichst weit weg von den geschäftigen Managern, die hier jeden Mittag ihre Geschäftspartner mit stundenlangen Arbeitsessen traktierten.

Keiner der Frauen war jedoch nach einem üppigen Dreigängemenü zumute. Ihnen war jeglicher Appetit vergangen, trotzdem bestellten sie das Standardangebot des Tages, stocherten in jedem Gang, der ihnen vorgesetzt wurde, etwas herum, um den Koch nicht zu beleidigen, und tranken literweise Mineralwasser. Dabei führten sie eine hitzige Unterhaltung, sprachen oft gleichzeitig und unterbrachen sich ab und an, hörten einander aber immer genau zu. Die Kellner kamen und gingen, brachten und holten Teller, schenkten den drei Frauen, die ihre Köpfe zusammenstekkten und ganz in ihr Gespräch versunken waren, jedoch keine große Beachtung. Sie hatten ja keine Ahnung, dass es dabei um Mord, Diebstahl und Lüge, um Hass, Wut, Trauer und nicht zuletzt um Vergeltung und Rache, um Schuld und Sühne ging.

Uwes Warnung hatte sie verunsichert. Natürlich würden sie nach ihrer Aussage in den Schmutz gezogen werden, in dem sich die Regenbogenpresse so gerne suhlte. Und Isabella bestätigte noch einmal, dass ihr das im Hinblick auf sie selbst egal wäre, dass sie aber selbstverständlich die Wünsche der anderen respektieren würde. Jo Ann fand hingegen, dass sie gar keine andere Wahl hätten, als die Wahrheit zu sagen. Sie würde zwar auch am liebsten alles vergessen und einen neuen Lebensabschnitt ohne die Belastungen, die eine Gerichtsverhandlung mit sich bringen würde, beginnen. Aber sie war davon überzeugt, dass sie, sobald sie auch nur den kleinsten Teil der Tragödie aufdecken würden, die Sache nicht mehr steuern könnten, sie sozusagen Eigendynamik entwickeln und damit die gesamte Geschichte ans Licht kommen würde. Und sogar Eva, die sonst immer so nachgiebig war und sich der Meinung anderer anschloss, zeigte sich diesmal außergewöhnlich stur und unnachgiebig. Uwe und Dieter sollten büßen, fand sie. Sie sollten in der Hölle schmoren, ihr gemeines Verhalten teuer bezahlen müssen, eingesperrt werden, für immer. Schade, dass die Todesstrafe abgeschafft war, lebenslanges Gefängnis war noch zu milde für Dieter, und auch Uwe sollte hinter Gitter wandern.

„Das wird ihn am schlimmsten treffen“, sagte sie. „Wenn er sein Vermögen verliert.“

„Warum sollte er?“, verfolgte Jo Ann Evas Gedankengang weiter. „Wenn überhaupt, wird er wegen Beihilfe vielleicht ein paar Jahre bekommen und bald wieder frei sein. Wenn er also einen vernünftigen Verwalter für seine Firma findet, ist er nach seiner Entlassung genauso reich wie vorher. Ihr werdet schon sehen, seine Anwälte werden ihn wahrscheinlich sowieso ganz rauspauken, und er wird nicht einmal eine Gefängnisstrafe bekommen. Wenn ich an seiner Stelle wäre, würde ich sowieso einen Deal als Kronzeuge aushandeln. Bedenkt mal, was hat er denn schon groß angestellt? Er hat vom Diebstahl des Opals profitiert? Gut, aber das ist mit Sicherheit bereits verjährt! Er hatte jedoch keinen blassen Schimmer davon, dass Dieter Kurt ermordet hat. Das nimmt ihm jeder Richter ab, das glaube ich ihm sogar. Du siehst das viel zu emotional, Eva, warum sollte er sein Vermögen verlieren?"

Eva starrte sie böse an. „Weil ich dafür sorgen werde!"

„Wie denn?"

„Weiß ich noch nicht", antwortete sie kleinlaut.

Da kam Isabella die rettende Idee, nach der sie schon während der ganzen Diskussion gesucht hatte. „Aber ich weiß es!" Eva und Jo Ann schwiegen überrascht. „Uwe hat Angst vor uns, das müssen wir uns zunutze machen. Vor allem vor dir, Eva. Er fürchtet, dass du ihn angreifen und damit seiner Firma und seinem Ruf schaden könntest. Deshalb sollten wir ihm einen Handel vorschlagen, ehe es ein Richter oder Staatsanwalt tut."

„Und wie soll der Handel aussehen?", fragte Jo Ann interessiert.

„Ich will keinen Handel, bei dem er ungestraft davonkommt!", meinte Eva.

„Keine Sorge, hört mir zu, ich schlage Folgendes vor ..." Isabella erläuterte ihnen ihre noch unausgereifte Idee, die in den nächsten Stunden durch Eva und Jo Anns Einwände und Überlegungen immer mehr Form annahm. Zu dritt erwogen sie bis lange nach drei Uhr alle denkbaren Aspekte, stellten sich jede mögliche Reaktion vor und versetzten sich, so weit es ging, in die Lage aller Beteiligten. Immer sachlich bleiben und nur ja keine persönlichen Gefühle zeigen, ermahnte Isabella mehrmals. „Stell dir während des Gesprächs mit Uwe immer vor, dass du an seiner Stelle wärst, Eva. Und dann überleg mal, wie er wohl reagieren würde."

Schließlich einigten sie sich auf eine Vorgehensweise, von der sie sich den meisten Erfolg versprachen. Ein Konzept, das sie sofort in die Tat umzusetzen gedachten. Isabella bezahlte das Mittagessen, Eva wählte auf ihrem Handy die Nummer von Uwes Firma an und wurde augenblicklich verbunden. Uwe musste die letzten Stunden auf glühenden Kohlen gesessen haben. Sie entschuldigte sich nicht für die Verspätung, sondern kündigte ihr Kommen in einer Viertelstunde an.

Zum zweiten Mal an diesem Tag betraten sie Uwes Firma und wurden diesmal sofort ins Chefbüro geleitet.

„Wie viel habt ihr für den Opal bekommen?“, kam Isabella sofort zur Sache, nachdem alle Platz genommen hatten.

Uwe hatte sich hinter seinem Schreibtisch verbarrikadiert und versuchte ihrer Frage auszuweichen. „Das weiß ich nicht mehr so genau, es war aber, wie gesagt, nicht sehr viel ...“

Da stand sie auf und bedeutete den anderen, es ihr gleichzutun. „Gut, dann eben nicht. Entweder du beantwortest sofort jede unsere Fragen wahrheitsgetreu, oder wir gehen zum Coroners Court.“

„Ich glaube, es waren ungefähr hunderttausend.“

„Du glaubst? Ungefähr?“

„Dieter hat den Verkauf allein getätigt, ich war nicht mit dabei. Und ich sagte ‚ungefähr‘, weil ich nicht weiß, wie viel *er* insgesamt bekommen hat. Mir hat er lediglich ... ja, also ... er hat mir hundertfünfundzwanzigtausend Dollar gegeben. Er sagte mir, er hätte genau eine viertel Million für den Stein erhalten, und ich hatte keinen Grund, seine Worte anzuzweifeln.“

Eva schnappte nach Luft. „Du hast über hunderttausend ...?"

„Sssscht", ermahnte sie Isabella. „Okay, das war damals ein schöner Batzen Geld, Uwe."

„Wir hätten von Kurt nur ein Drittel des Schätzwertes verlangt. Aber zum Zeitpunkt der Schätzung war Kurt bereits verschwunden, und Dieter meinte, es wäre vernünftiger, erst mal abzuwarten, bis er wieder auftauchen würde. Als dann klar war, dass er bei diesem Jagdunfall umgekommen sein musste, hat Dieter den Opal verkauft, und wir haben uns die Summe geteilt. Was hätten wir denn sonst machen sollen?"

„Die Idee, euer Drittel zu behalten und Jo Ann Kurts Anteil zu geben, ist euch wohl nie gekommen?", fragte Eva.

Worauf Uwe schwieg und Isabella, die sehen konnte, dass Eva kurz davor war, erneut die Beherrschung zu verlieren, schnell sagte: „Zurück zum Thema. Was, würdest du sagen, wäre der Stein heute wert? Nach über fünfundzwanzig Jahren? Eine halbe Million?"

„Wohl eher eine Million", meinte Jo Ann, als Uwe nicht antwortete und Isabella überzeugt nickte: „Ziemlich sicher über eine Million."

„Das halte ich für übertrieben", widersprach Uwe ziemlich heftig.

„Deine Meinung interessiert uns nicht", erklärte Eva, die sich wieder unter Kontrolle hatte. „Ich weiß noch gut, wie knapp wir immer bei Kasse waren auch nach Nadjas Geburt. Jahrelang habe ich mir nicht einmal ein neues Kleid kaufen können, Spielzeug für die Kleine war Luxus, sogar beim Einkauf von Lebensmitteln musste ich höllisch nachrechnen und sparen. Während du so viel Geld gehortet hast! Schon zehntausend Dollar wären damals für mich eine ungeheure Summe gewesen, geschweige denn über hunderttausend. Das wäre unvorstellbar viel gewesen, so viel wie eine Million heute!" Sie stellte sich die Nullen hinter dem Komma vor und was der Besitz von so viel Geld damals für sie bedeutet hätte. Ein sorgenfreies Leben, das Ende des ewigen Rechnens. Die fehlende Notwendigkeit, einen langweiligen, unsicheren Stundenjob annehmen zu müssen, nur um die schlimmsten Löcher zu stopfen, die sich jeden Monat neu auftaten. Nicht nur damals, auch heute noch würde ein Bruchteil der Summe, die Uwe vor dreißig Jahren gestohlen und heimlich zur Seite gebracht hatte, Freiheit und Unabhängigkeit für Eva bedeuten. Sie wurde schon wieder wütend.

„Was verlangt ihr?", fragte Uwe.

Eva schluckte hart. Dann lächelte sie ihn an. „Du wirst das Geld zurückzahlen, mit Zins und Zinseszins. Eine Million Dollar! Du wirst diese Million Jo Ann geben, denn sie gehört ihr!"

„Ihr seid wohl völlig durchgeknallt!" Uwes Augen verengten sich zu schmalen Schlitzen, und er verschränkte seine Arme abwehrend vor der Brust. „Ich kann eine solch hohe Summe unmöglich aufbringen."

„Das kannst du sehr wohl. Wenn nötig, wirst du sie dir von deiner Bank leihen und nach und nach abstottern, so wie wir es mit unseren kleinen Darlehen heute noch tun müssen. Der Opal stammt aus ihrer Mine, er gehört ihr. Du hast jahrelang von seinem Verkauf profitiert, betrachte das Geld, das du damals bekommen hast, also als ungesichertes Darlehen, das sie dir zur Verfügung gestellt hat und das jetzt fällig wird."

Seine linke Augenbraue schnellte nach oben. „Seit wann kennst du dich so gut mit Bankgeschäften aus?"

„Wenn es darum geht, sich von einer Bank Geld leihen zu müssen, kenne ich mich leider sehr gut aus", antwortete Eva, nicht ohne Traurigkeit.

„Tut mir leid, aber ich kann auf keinen Fall ..."

Jo Ann fiel ihm ins Wort. „Es wird dir leidtun, wenn du die Million nicht flüssig machst. Hier ist unser Angebot: Nur wenn das Geld auf mein Konto überwiesen worden ist – von deinem Privatkonto übrigens, denn es handelt sich hier um die Rückzahlung eines privaten Kredits, für die du selbstverständlich keine Steuererstattung geltend machen kannst –, werden wir deine kriminelle Beteiligung aus unserer Aussage heraushalten."

„Ihr wollt wirklich aussagen?" Uwes Finger begannen nervös auf seinem Bein herumzutanzen.

„Wir müssen! Und wir wollen!", warf Isabella ein. „Sonst wird Jo Ann fälschlicherweise verdächtigt werden, und das wäre unfair. Sie hat genug durchgemacht. Nein, jeder soll wissen, dass Dieter Kurt erschlagen hat, auch wenn er nie dafür zur Rechenschaft gezogen werden wird, denn es dürfte äußerst unwahrscheinlich sein, dass Amerika ihn ausliefert, falls er dort überhaupt noch lebt. Uns geht es vorrangig um Gerechtigkeit, wobei uns sehr wohl klar ist, dass Justitia verbundene Augen hat. Wir müssen daher selbst für Gerechtigkeit sorgen, und das bedeutet, dass wir drei offiziell von jeder Schuld freigesprochen werden und Jo Ann eine finanzielle Entschädigung erhält."

„Und dafür soll ich alleine geradestehen? Was ist mit Dieter? Soll der etwa ungeschoren davonkommen?", fragte Uwe. Es klang kindisch und aufsässig.

„Versteh uns nicht falsch, ich habe nicht gesagt, dass Dieter ungestraft bleiben soll. Aber das ist nicht dein Problem. Du wirst deine Schuld begleichen, indem du Jo Ann die Million zahlst, dafür wirst du in Zukunft unbehelligt bleiben."

„Erklär mir, wie ihr das machen wollt", forderte Uwe mit gepresster Stimme.

„Es ist nicht nötig, der Polizei deine Beteiligung am Diebstahl mitzuteilen. Wenn du schön brav bist." Eva beugte sich vor, lächelte ihm mütterlich-nachsichtig zu und begann ihm ihren Plan zu erläutern. Solange sie alle miteinander die gleiche Geschichte erzählten, würde es auch keine Probleme geben. Dazu musste er jedoch aussagen, dass er gesehen hatte, wie Dieter in die Mine geklettert war, weil er den Opal stehlen wollte. Seine Aussage würde Isabellas Bericht untermauern. Aber es wäre wie gesagt nicht nötig zu erwähnen, dass er die Hälfte des Opalerlöses kassiert hätte. Und sollte Dieter jemals vernommen werden, würde ihm sowieso niemand mehr glauben. Er war ein Dieb und ein Mörder, der aus Australien geflohen war. Aber Uwe, dem unbescholtenen Geschäftsmann, dem australischen Staatsbürger, dem würde man glauben.

„Natürlich müssen wir sicher sein, dass du auch zahlst. Deshalb können wir dir leider nur einen Tag Zeit geben. Morgen Nachmittag muss die Überweisung auf Jo Anns Konto sein. Ist das der Fall, machen wir unsere Aussage wie gerade besprochen. Sollte die Summe dagegen nicht bis dahin eingegangen sein, werden wir leider die Wahrheit – und zwar die volle Wahrheit – sagen müssen!"

„Das ist unmöglich! Bis morgen ... das ist völlig unmöglich! Ich kann doch nicht in vierundzwanzig Stunden ..."

Die Frauen standen auf. „Bis morgen!", sagte Eva.

„Du schaffst das schon", meinte Jo Ann zuversichtlich.

„Bist doch ein cleveres Kerlchen", fügte Isabella beim Hinausgehen hinzu. „Dir wird schon was einfallen."

Jo Ann war bereits an der Tür, als sie sich noch einmal umdrehte, weil Uwe ihren Namen rief. „Ja?“

„Ich brauche deine Bankverbindung.“ Er sah sie nicht mehr an, sondern hielt ihr nur ein Blatt Papier und einen Kugelschreiber hin. „Und deine Kontonummer.“ Und als sie wortlos die gewünschte Information aufgeschrieben hatte, fragte er deprimiert: „Welche Sicherheit gebt ihr mir, dass ich da rausgehalten werde?“

„Unser Wort, mein Lieber“, sagte Jo Ann. „Du hast unser Wort!“

33

Steve war bereits zu Hause, und die Frauen begannen sofort, ihm in allen Einzelheiten von ihrem Erfolg zu berichten. Sie redeten kreuz und quer, fielen einander ins Wort und stellten wilde Vermutungen an.

„Wahrscheinlich wird er sich das Geld über seine Firma leihen, die geht dann pleite, und er hat gar nichts mehr“, hoffte Eva.

„Er wird sein Haus als Sicherheit hinterlegen müssen, und wenn er dann Pech hat und das Geschäft schlecht läuft, ist er sein Haus los!“, überlegte Jo Ann, die aus eigener Erfahrung wusste, was Banken so alles an Sicherheiten forderten. Ihr Haus war früher bis unter die Dachrinne verpfändet gewesen und auch heute noch nicht ganz abbezahlt. Nicht mehr lange, dachte sie. „Mensch, Leute, ich werde meine Bankschulden tilgen können! Das muss gefeiert werden!“, rief sie fröhlich.

„Mit einer Million auf dem Konto wirst du noch viel mehr machen können als das“, meinte Steve, der so langsam das Ausmaß der erfreulichen Nachricht begriff. „Du kannst zum Beispiel Lightning Ridge für immer den Rücken kehren und nach Sydney ziehen!“

„Oder nach Deutschland! Möchtest du nicht mit mir zurückfahren?“, schlug Isabella vor.

Jo Ann klatschte in die Hände, sie konnte ihrer Freude nicht anders Ausdruck verleihen. „Ja, ich komme euch alle besuchen, irgendwann! Aber ich werde Lightning Ridge nicht verlassen. Das ist mein Zuhause. Ich habe großartige Pläne!"

„Was denn? Was hast du vor?", wurde sie bedrängt.

„Mir ist da etwas eingefallen, in Uwes Büro. Als du mit ihm verhandelt hast, Eva, das hast du übrigens hervorragend gemacht ..."

„Ja, du kannst stolz auf sie sein, Steve", bestätigte auch Isabella. „Sie war beherrscht, sachlich und knallhart."

„So bin ich nun mal", lächelte Eva bescheiden. „Ganz Geschäftsfrau!"

Isabella lachte los, aber Jo Ann sah Eva nachdenklich an und sagte: „Du solltest vielleicht endlich eine werden. Deine Fähigkeiten sind schon viel zu lange nicht zum Einsatz gekommen. Ich glaube, du würdest eine tolle Chefin abgeben. Du solltest eine eigene kleine Firma aufmachen."

Eva hob die Hand und rieb demonstrativ Daumen und Zeigefinger aneinander. Damit war das Thema für sie erledigt.

„Nun sag schon, welch großartige Idee ist dir eingefallen?"

„Also, mir fiel ein, dass ich nach Kurts Tod nie mehr im Ostschacht war. Kurt hatte ihn doch kurz vor seinem Tod abgeriegelt und markiert. Ich habe damals nie so richtig darauf geachtet, in welchem der vielen Schächte wir gerade arbeiteten. Und als ich die Mine später alleine betrieb, ging ich davon aus, dass der Ostschacht unrentabel ist. Ich habe seitdem immer nur in den anderen Schächten gearbeitet und neue angelegt."

„Was willst du damit andeuten?", fragte Steve, der bereits ahnte, worauf sie hinauswollte, und nun laut weiterüberlegte: „Warum hat Kurt den Ostschacht verriegelt?

Hat er dort vielleicht schon vor dem großen Stein, von dem Uwe spricht, noch andere Opale gefunden?“

„Du hast es erfasst, Steve. Es kann durchaus vorkommen, dass man tatsächlich nur einen einzigen großen Stein findet – so wie es wohl der Fall war, als die drei Männer gemeinsam geschürft haben –, aber eigentlich ist das eher unwahrscheinlich. Meist stößt man auf eine ganze Ader, die man dann nach und nach abbaut. Wenn man Glück hat, läuft die Ader dick und fett durchs Gestein, und man findet jede Menge Opale verschiedener Größe. Genauer ausgedrückt, findet man jede Menge Steine, die Opalschichten von unterschiedlicher Stärke eingeschlossen haben. Pech hat man, wenn der erste Fund eine vereinzelt auftretende Schicht ist, eine so genannte Opalblase, der Opal also ein Einzelstück ist. Aber ich kann nicht glauben, dass das auf den Opal, den die Männer gefunden haben, zutrifft. Vielmehr glaube ich, dass er der Vorbote einer Ader war, die hauptsächlich im Ostschacht verläuft. Kurt hat wohl nicht damit gerechnet, dass sie so weit ausläuft, und nur deshalb sind die Männer auf den Opal gestoßen. Kurt hat nach dem Fund bestimmt sofort jede Arbeit im Schacht abgebrochen und Uwe und Dieter nach oben geschickt. Das muss an jenem letzten Tag gewesen sein, als sie alle so übel gelaunt aus der Mine zurückgekommen sind. Sie müssen einen heftigen Streit gehabt haben. Ich bin mittlerweile davon überzeugt, dass Kurt den Ostschacht damals bereits vor eurer Ankunft verriegelt hat, weil die dortige Ader so vielversprechend war, und dass er vorhatte, ihn gleich nach eurer Abreise wieder zu öffnen. Jetzt werde ich das tun, versteht ihr. Ich muss unbedingt den Ostschacht untersuchen!“

„Und wenn du Glück hast, findest du noch mehr!“, jubelte Eva. „Das ist aufregend. Toll! Ich wünsche es dir.

Steve, jetzt müssen wir ein Fläschchen köpfen. Es ist höchste Zeit, miteinander anzustoßen."

„Vorsicht, meine Damen", mahnte er. „Feiern tun wir erst, wenn Uwes Überweisung auf Jo Anns Konto eingetroffen ist. Aber auf ihre großartige Idee können wir jetzt schon anstoßen. Ich wünsche dir jedenfalls, dass du noch viele Opale findest und viel Spaß beim Schürfen hast."

„Den werden wir haben!"

„Wir?", fragte Isabella.

„Meine Freundin Mira und ich. Ich werde sie nachher gleich anrufen und ihr sagen, dass ich sobald wie möglich nach Lightning Ridge zurückkommen werde. Sie hat mir eine Partnerschaft angeboten, als es mir mehr als schlecht ging, jetzt werde ich sie mit meinem Angebot überraschen. Wir werden zusammen schürfen und den ganzen Tag lang, trotz der schweren Arbeit, verdammt viel Spaß haben. Und abends ..." Sie grinste und schwieg.

„Und abends geht ihr zu John ins Pub", beendete Isabella den Satz. „Gott, bin ich froh, dass alles so gekommen ist. Ich bin so unendlich erleichtert, dass für dich alles so gut ausgegangen ist und dass du endlich wieder Freude am Leben haben kannst. Du bist ja sogar in dieser kurzen Zeit schon völlig aufgeblüht, sieh dich nur an, du siehst zehn Jahre jünger aus!" Tatsächlich stand Jo Ann die Vorfreude auf die kommende Schatzsuche ins Gesicht geschrieben. „Und Eva, für dich freut es mich, dass du Uwe endlich Paroli geboten hast und dass er da bestraft wird, wo es ihm am meisten wehtut, bei seinem Geldbeutel. Muss eine große Genugtuung für dich sein, nachdem er dich so mies behandelt hat."

„Schade nur, dass du nicht die gleiche Genugtuung erfahren wirst. Es ärgert mich, dass Dieter ungeschoren davonkommen wird."

Steve war aus dem Zimmer gegangen, um eine Flasche Wyndham Estate zu holen, und hatte deshalb nur den letzten Satz gehört, als er jetzt wieder hereinkam. „Wieso sollte er?“

„Nun, wir nehmen an, dass ihn die Amerikaner nicht ausliefern werden, falls man ihn in den Staaten überhaupt finden wird. Wir wissen doch gar nicht, wo und ob er sich überhaupt noch dort aufhält, wir haben nur seinen Namen“, sagte Isabella.

„Und wissen, dass er Fotograf ist und nach New York ging“, fügte Steve hinzu. „Damit können wir einen Versuch starten.“

„Wie denn?“, fragte Jo Ann.

„Ihr glaubt, die australische Justiz wird sich nicht bemühen, ihn zu finden?“

„Ja, leider!“

„Und wenn wir ihn finden? Würde das helfen?“

„Ich denke schon“, vermutete Isabella, und die anderen nickten.

„Wir leben im Computerzeitalter“, erklärte Steve. „Wenn wir also davon ausgehen, dass er noch in Amerika lebt, muss er irgendwo registriert sein. Und wenn wir weiterhin davon ausgehen, dass er sich mit seinem Anteil, der möglicherweise deutlich höher ausfiel, als der, den Uwe bekam, als Fotograf selbstständig gemacht hat, so wie er es sich immer erträumt hat, müsste es auch ein Fotostudio oder eine Firma geben, die seinen Namen trägt.“

„Aber das ist so kompliziert“, gab Eva zu bedenken. „Wie sollen wir das denn recherchieren?“

„Übers Netz im Allgemeinen und über die Webseiten! Wie heißt er mit Nachnamen?“

„Toll!“, sagte Isabella begeistert. „Logisch! Das ist ganz

einfach. Er heißt Kraus. Dieter Kraus. Auf geht's, googeln wir ihn!" Ihre Aufregung übertrug sich sofort auf die anderen. Und so standen sie auf und folgten Steve mit den Gläsern in der Hand in sein Arbeitszimmer.

Es ging so verblüffend schnell, dass sie ihr Glück kaum fassen konnten. Bereits nach dreißig Minuten hatten sie die Webseite von Dieters Fotostudio in Greenwich Village gefunden. Er firmierte – unspektakulär und ziemlich einfallslos, wie Isabella lästerte – unter *Dieter Kraus Pictures.* Auf der Webseite pries er seine Künste als Landschaftsfotograf an – er hatte sich auf Kalender spezialisiert – und führte eine Liste der Galerien auf, in denen seine besten Aufnahmen in Sammelsausstellungen gezeigt worden waren.

„Talent hat er ja", musste Isabella zugeben. „Aber so weit wäre er ohne den Opal nie gekommen. Mit dem Geld aus seinem Verkauf konnte er es sich leisten, frei im ganzen Land herumzureisen und zu fotografieren, was und wie er wollte, ohne Aufträge annehmen zu müssen. Der verfluchte Kerl hat all die Jahre über ein tolles Leben geführt. Freiheit und Abenteuer im Marlboro-Land!" Ihre gute Laune von vorhin war verschwunden.

„Wenigstens wissen wir jetzt, wo er ist", erklärte Jo Ann mitfühlend. „Steve, sei doch bitte so gut und druck uns die Informationen über Dieters Firma gleich aus. Wir werden sie morgen der Polizei vorlegen. Es wird ihnen vielleicht bei ihren Ermittlungen helfen, wenn sie wissen, wo er lebt."

„Ach, einen Teufel werden sie tun!", brummte Isabella vor sich hin und trank ihr Glas in einem Zug leer. „Das werden wir nicht mehr erleben. Nein, nein, wir müssen Dieter mit irgendetwas hierherlocken. Wir müssen ihn so weit bringen, dass er freiwillig und ohne Verdacht zu schöpfen nach Australien kommt, damit ihn sich die Polizei gleich bei der Einreise schnappen kann."

Eva und Jo Ann starrten sie verblüfft an. Wie sollten sie denn das bewerkstelligen?

Doch Steve zwinkerte ihnen mit einem verschmitzten Lächeln zu und sagte: „Ich hätte da sogar schon eine Idee! Jawohl, so könnte es funktionieren. Dies ist anscheinend der Abend der großartigen Ideen!"

34

John rief bereits um acht Uhr morgens an, und Jo Ann zog sich mit dem Apparat sofort ins Gästezimmer zurück. Sie wollte ungestört mit ihm sprechen. Plötzlich hatte jedes liebevolle Wort, das John von sich gab, Bedeutung für sie, und sie hörte ihm sehr genau zu, ohne ihm jedoch die Antworten geben zu können, die er sich von ihr erhoffte. Noch war sie nicht so weit, ihre Reserve ihm gegenüber völlig aufzugeben, aber allein die Tatsache, dass sie ihn nicht sofort in seine Schranken verwies, sondern schweigend und manchmal sogar lachend auf seine doppeldeutigen Bemerkungen reagierte, war in Johns Augen ein riesiger Fortschritt und beflügelte ihn, sich weiter in diesem Sinne vorzuwagen. Das Gespräch dauerte daher sehr lange, und die anderen warteten gespannt, bis Jo Ann endlich an den Frühstückstisch zurückkam und ihnen berichtete, was John ihr erzählt hatte.

„John konnte natürlich nicht mehr bis heute Morgen warten und hat Bill deshalb bereits gestern Abend angerufen. Worauf Bill sofort nach Lightning Rigde gefahren ist. Er blieb die ganze Nacht, und sie haben bis vier Uhr morgens zusammengesessen und diskutiert. Was selbstverständlich auch damit zu tun hatte, dass Mira bei ihnen war. John vermutet, dass sich zwischen den beiden etwas anbahnt. Jedenfalls hat Bill im Anschluss dann in Miras Gästezimmer übernachtet. Sie gibt aber nichts zu. Ich möchte wissen, warum sie solch ein Geheimnis daraus macht. Ist doch nur gut, wenn Mira und Bill ..."

„Jo Ann!", stöhnte Isabella. „Bleib beim Thema!"

„Entschuldigung. Also, Bill vertraut John bedingungslos, weshalb wir davon ausgehen können, dass er uns ebenfalls glauben wird. Bill schlägt nun vor, dass wir drei Frauen sofort nach Dubbo kommen und dort unsere Aussage machen sollen. Bei ihm persönlich! Er ist zuständig für den Bezirk, und ich nehme an, dass er sich bei seinen Vorgesetzten damit profilieren will, dass es ihm gelungen ist, den *Skelett-Fall,* wie sie ihn jetzt nennen, so reibungslos und noch dazu mit solch spektakulärem Ausgang aufzuklären. Ohne lange Suchaktionen, ohne langwieriges Aktenstudium. Uwe kann seine Zeugenaussage hier in Sydney machen, wenn er will, oder ebenfalls in Dubbo. Falls es zu einem Gerichtstermin kommt, wird er allerdings erscheinen müssen. Du übrigens auch, Isabella. Aber das kann dauern, bis zu einem Jahr, meint Bill."

„Dann fliege ich natürlich wieder her", sagte Isabella. „Und was ist mit Dieter? Hast du John von unserem Plan erzählt?"

„Selbstverständlich! John findet ihn klasse. Wenn wir es schaffen sollten, Dieter ins Land zu locken, wird Bill ihn aufgrund unserer Aussagen sofort verhaften lassen, davon ist John überzeugt."

„Na, dann werde ich so schnell wie möglich die Webseite fertig machen", meinte Steve und stand auf. „Ich muss sie bei *OzEmail* anmelden, sonst kann uns Dieter nicht kontaktieren. Wann werdet ihr denn eure Reise nach Dubbo antreten?"

„Ich habe John versprochen, dass wir schon morgen Abend dort sein werden", antwortete Jo Ann, und dabei überzog eine leichte Röte ihr Gesicht.

„Aha!“, meinte Isabella. „Kannst du überhaupt noch so lange warten?“

Aber Jo Ann ignorierte sie und versuchte sich nichts weiter anmerken zu lassen, obwohl ihr Herz einen Takt schneller schlug, wenn sie an Johns Abschiedsworte dachte. Ich kann es kaum erwarten, dich wiederzusehen, hatte er gesagt. Ich freue mich so auf dich. Es war so einsam ohne dich.

„Heute Nachmittag haben wir aber erst noch einen wichtigen Termin bei der Bank. Wir müssen nachprüfen, ob das Geld von Uwe überwiesen wurde. Falls ja, schlage ich für heute Abend eine kleine Feier in privater Runde vor, nur für uns vier Musketiere hier. Einverstanden?“

Um drei Uhr rief Uwe an und informierte Eva, dass ein Scheck für sie in seinem Büro bereitlag, da er eine Überweisung in dieser Höhe nicht vornehmen wolle. Anscheinend hatte er tatsächlich einige Summen von seinem Geschäftskonto abgezweigt, weil er den Transferweg nicht offenlegen wollte.

Die Frauen begannen einen Freudentanz aufzuführen und jubelten so laut, dass Steve aus dem Arbeitszimmer auftauchte. „Aha, es hat also geklappt!“, grinste er und gratulierte ihnen. Sie fielen sich gegenseitig um den Hals und waren so begeistert, dass Steve sie daran erinnern musste, doch endlich loszufahren. „Um vier Uhr machen die Banken zu, und du willst den Scheck doch sicher heute noch einlösen, Jo Ann, oder etwa nicht?“

„Klar“, lachte sie. „Ich möchte die Million so schnell wie möglich auf meinem Konto wissen. Der Champagner heute Abend geht selbstverständlich auf mich. Ich will den teuersten, den besten, den französischsten aller Champagner haben!“

Uwe war korrekt und höflich, das musste man ihm lassen. Er ließ sich den Scheck von Jo Ann quittieren, dann schüttelte er allen die Hände, als wären sie Geschäftspartner. Als Eva an der Reihe war, hielt er ihre Hand eine Sekunde länger fest, als nötig. „Du hast dich verändert", sagte er leise, beinahe verführerisch. „Du bist stärker geworden."

„Das will ich auch hoffen", fauchte sie ihn an und entzog ihm schnell ihre Hand. „Schließlich musste ich deine Tochter und mich ja auch ohne deine Hilfe durchbringen."

Uwes Augenlider zuckten, er öffnete den Mund, um etwas zu sagen, überlegte es sich dann aber anders. Eva ließ ihn einfach stehen, drehte sich um und ging aus seinem Büro.

Nachdem sie den Scheck einer ziemlich verdutzten Bankangestellten vorgelegt hatten und Jo Ann die Einzahlungsquittung überschwänglich in Empfang genommen hatte, waren sie nach Avalon gefahren. Jo Ann beschloss, im Weinladen an der Ecke nicht nur eine, sondern gleich zwei Flasche *Roederer Cristal* zu kaufen. Die Rechnung dafür betrug einhundertachtzig Dollar.

„Bist du verrückt geworden?" japste Eva.

„Nein, aber ich hoffe inständig, dass dein Ex mir keinen ungedeckten Scheck gegeben hat!"

„Das würde er nie wagen", meinte Isabella. „So dumm ist er nicht. Dann hätten wir auch noch Scheckbetrug gegen ihn anzuführen."

„Darf ich wenigstens den Kaviar beisteuern?" fragte Isabella, die bereits ihre Kreditkarte aus der Handtasche gezogen hatte.

„Du darfst! Und nicht nur das. Du darfst mir mit deiner Kreditkarte aus einem kurzfristigen finanziellen Engpass herauszuhelfen. Denn hier steht, dass sie keine Schecks annehmen!“ Sie zeigte auf ein Schild neben der Kasse. „Und wie du dir denken kannst, besitze ich leider keine Kreditkarte und trage auch nicht so viel Bargeld mit mir herum.“

„Kein Problem!“ Isabella wählte eine große Dose Beluga-Kaviar und vier Packungen Melba-Toast aus, bezahlte alles mit ihrer Karte, und dann fuhren sie mit ihren Schätzen den Hügel zum Bilgola-Plateau hinauf.

Steve kam in die Küche, sah ihnen dabei zu, wie sie ihr wundervoll dekadentes Abendmahl herrichteten.

„Ihr habt ja einiges vor“, stellte er fest.

„Schenk uns doch schon ein“, meinte Jo Ann, „ ich muss nur schnell noch etwas erledigen, bin aber gleich zurück.“

Steve füllte die Gläser und verteilte sie. Als Jo Ann nach einigen Minuten wieder ins Zimmer trat, hob er sein Glas und wollte allen zuprosten, aber sie unterbrach ihn. „Warte, zuvor muss ich Isabella noch den Scheck für den Champagner geben.“

Isabella winkte ab. „Das eilt doch nicht.“

„Doch. Ich werde so lange nicht von ihm trinken, bis ich ihn bezahlt habe.“

Isabella nahm den Scheck entgegen, streifte ihn mit einem flüchtigen Blick und hielt dann abrupt in ihrer Bewegung inne. „Halt mal, das ist ja ... du hast einen Fehler gemacht ...“

„Nein, ganz und gar nicht“, sagte Jo Ann, zog einen zweiten Scheck aus ihrer Jackentasche und reichte ihn Eva. „Dieser hier ist nur für glatte dreihunderttausend, Eva. Deiner ist für hundertachtzig Dollar mehr, Isabella, wegen des Champagners!“ Sie gluckste vor Freude und beobachtete die Reaktion der beiden Frauen.

Eva starrte auf den Scheck, legte ihn so behutsam auf den Tisch, als wäre er zerbrechlich, und schüttelte den Kopf, bis sie endlich verstand. Jo Ann wollte ihr das Geld schenken.

Auch Isabella legte den Scheck vorsichtig auf den Tisch, als hätte sie sich die Finger an ihm verbrannt.

„Ihr könnt ihn ruhig anfassen“, drängte Jo Ann. „Er gehört euch. Ich hatte mich schon von Anfang an dazu entschieden, die Million mit euch zu teilen, aber es sollte eine Überraschung werden. Ich wollte das nicht zwischen Tür und Angel erledigen und dachte, heute wäre der ideale Abend für die Übergabe.“

Niemand antwortete ihr.

„Nun sagt doch etwas ...“

„Das kann ich nicht annehmen“, krächzte Eva.

Isabella nickte zustimmend. „Nein, das können wir nicht.“

„So etwas will ich nicht hören!“, rief Jo Ann so aufgebracht, dass sogar Steve, der bislang wie versteinert dagesessen hatte, sie verblüfft ansah. Sie war von ihrem Stuhl aufgesprungen. „Ihr müsst es annehmen! Versteht ihr denn nicht? Ihr dürft es nicht ablehnen. Ich kann nicht als Einzige von dieser grässlichen Sache profitieren. Ihr habt genauso viel durchgemacht wie ich! Kurts Ermordung hat auch euer Leben verändert, und obendrein wäre die Wahrheit ohne euch nie herausgekommen. Ich hätte das alles nie alleine durchstehen können. Ich würde die nächsten Jahre im Gefängnis sitzen! Und Uwe hätte sich nie auf diesen Handel eingelassen, wenn nur ich allein bei ihm aufgetaucht wäre und ihn dazu aufgefordert hätte. Nein, ihr müsst das Geld annehmen! Es steht euch zu. Wenn ihr es nicht nehmt, will ich es auch nicht!“

Sie setzte sich wieder und legte die Hände in den Schoß.

Im Raum herrschte absolute Stille. Die Frauen vergaßen fast zu atmen, und die Zeit schien stehen zu bleiben.

Bis sich Steve endlich räusperte, wenn auch äußerst vorsichtig, und meinte: „Auch auf die Gefahr hin, missverstanden zu werden, Eva, aber ich finde, Jo Ann hat Recht."

„Danke", sagte Jo Ann eindringlich.

„Bist du dir wirklich sicher?", fragte Isabella. „Du weißt, dass wir das nicht erwartet haben. Du musst uns nicht ein Drittel ..."

Da lachte Jo Ann laut auf. „Kannst du denn nicht rechnen? Das ist doch gar kein Drittel! Mir bleiben noch immer Hunderttausend Dollar mehr als euch, abzüglich der Champagnerkosten natürlich!"

Isabella sah sie fragend an.

„Ich werde dieses Geld aber vorerst nicht für mich verwenden, sondern es für den Prozess gegen Dieter zurücklegen! Wir werden ihn zurücklocken, davon bin ich überzeugt, und mit dem Geld werde ich die besten Anwälte, die es gibt, für unsere Sache engagieren. Ich werde mich persönlich darum kümmern, dass Dieter dieses Land nie wieder als freier Mann verlässt!"

Endlich standen sie alle auf, stießen miteinander an und begannen Zukunftspläne in einer Größenordnung zu schmieden, die gestern noch undenkbar für sie gewesen war.

35

Noch ehe die Frauen Dubbo erreichten, wussten sie bereits, dass ihre List funktioniert hatte. Steve hatte auf Evas Handy angerufen und ihnen begeistert berichtet, dass Dieter auf ihr Lockangebot, nach Sydney zu kommen, um eine Fotoausstellung zu organisieren, hereingefallen wäre. Er habe gemailt, dass er *zufällig* noch kurzfristig Termine freihätte! Zum Beispiel vor Weihnachten, der ganze Dezember stünde noch zur freien Verfügung. Er sei einverstanden, so schnell wie möglich nach Australien zu kommen, und könne schon nächsten Dienstag in Sydney landen.

Jo Ann und Isabella quittierten die Nachricht mit lautem Jubel.

Am nächsten Morgen nahm Bill ihre Aussagen auf. Die Protokollierung dauerte fast den ganzen Tag und erschöpfte die Frauen mehr, als sie erwartet hatten. Und am Abend kamen dann endlich John und Mira in Dubbo an.

John hatte das Pub geschlossen – wegen einer Familienangelegenheit, wie er vergnügt erklärte –, und sie gingen alle gemeinsam mit Bill essen. Der berichtete ihnen, dass die Polizei von Dubbo tatsächlich in ein paar Tagen über die zuständigen Behörden in Sydney einen Haftbefehl für Dieter erwirken könnte und er selbst nach Sydney fahren würde, um Dieter gemeinsam mit seinen dortigen Kollegen am Flughafen in Empfang zu nehmen.

„Das lasse ich mir ebenfalls nicht entgehen", meinte Isabella dazu. „Ich werde meinen Abflug auf Mittwoch verschieben. Warum kommst du nicht auch wieder mit uns zurück, Jo Ann? Willst du denn nicht miterleben, wie Dieter seine Strafe erhält?“

Jo Ann schüttelte den Kopf. „Nein, danke! Ich habe Besseres zu tun!“ Unauffällig lies sie unter dem Tisch ihre Hand in die von John gleiten und drückte sie sanft. Es war das erste Mal, dass sie von sich aus körperlichen Kontakt zu ihm suchte, und John lehnte sich mit einem wohligen Seufzer und halb geschlossenen Augen erleichtert zurück.

Die Frauen schienen jedoch weiterhin nervös und hochgradig angespannt zu sein, und John vermutete, dass er der Einzige war, der nicht vorrangig mit Dieters Rückkehr in fünf Tagen beschäftigt war. Nachdem er gezwungen gewesen war, Jo Anns Hand loszulassen, weil alle plötzlich vom Tisch aufgestanden waren, verabschiedete er sich hastig mit einem Gutenachtgruß. Auch bei Jo Ann machte er keine Ausnahme. Sie war ob dieser deutlich zur Schau getragenen asexuellen Höflichkeit vielleicht etwas überrascht gewesen, hatte sich aber nichts anmerken lassen und ihm ebenfalls eine gute Nacht gewünscht.

Danach hatte jeder die Einsamkeit seines Zimmer aufgesucht, um mit sich und seinen Gedanken alleine zu sein. Nur Jo Ann wartete noch eine Weile hinter dem geöffneten Spalt ihrer Tür. Doch auf dem Gang blieb alles ruhig. Enttäuscht schloss sie leise ihre Zimmertür, legte sich aufs Bett und überlegte, warum sie sich mit einem Mal so unausgeglichen und freudlos fühlte. Sie hätte doch glücklich darüber sein müssen, dass ihnen Dieter so blindlings ins Netz gegangen war. Dass sie nun reich und unabhängig und ihr Leben plötzlich wieder voller Verheißungen war. Aber sie fühlte nichts von alledem. Stattdessen kam sie sich müde, ausgelaugt und leer vor. War dies vielleicht auf Johns unerklärliche Distanz von vorhin zurückzuführen? Oder lag es eher daran, dass sie eine völlig überzogene Erwartungshaltung hatte, die allerdings durch seine bisherigen mehr oder weniger zaghaften Versuche, eine gewisse Nähe zwischen ihnen zu schaffen, genährt worden war? Warum hatte er sie denn erst vor einigen Tagen noch so glühend am Telefon umworben, wenn er sie nun, nachdem sie ihm in Fleisch und Blut gegenüberstand, mit einem freundschaftlichen Kuss auf die Wange abspeiste? Mein Gott, wie hatte er sie abblitzen lassen! Bestimmt hatte ihn ihre kleine Geste unter dem Tisch erschreckt! Auf einmal war ihr unverständlich, warum sie sich überhaupt jemals eingebildet hatte, dass er an ihr interessiert war. Eigentlich hatte er sich doch immer nur so verhalten, wie sich ein Kneipenbesitzer eben verhält. Ein bisschen flirten, ein bisschen turteln, aber das war es auch schon. Keinesfalls etwas Ernstes.

Wie hatte sie nur etwas anderes annehmen können? Warum, um Himmels willen, hatte sie heute Abend nach seiner Hand gegriffen? Wie hatte sie sich in seinen Augen nur so lächerlich machen können? Was hatte sie nur dazu getrieben, sich so an ihn heranzuschmeißen? Seine überschwängliche Begrüßung vielleicht, als er in Dubbo angekommen war? Er hatte sie umarmt und sich an sie geklammert, wie sich ein Ertrinkender an einen Rettungsring klammert und ihn nicht wieder loslässt, solange noch ein einziger Atemzug in ihm steckt. In diesem Moment hätte er sie auch auf den Mund geküsst, da war sie sich sicher, wenn nicht gerade Bill auf sie zugekommen wäre. Hatte sie denn seine Signale wirklich alle falsch gedeutet?

Wütend über sich selbst und maßlos enttäuscht von

Johns Verhalten, ging sie in das winzige Badezimmer, riss sich die Kleider vom Leib, stellte sich unter die Dusche und drehte den Temperaturregler auf kalt. Ein eisiger Wasserstrahl traf auf ihren Kopf und ihre Schultern, und sie sog tief die Luft ein und hielt den Atem an, als das Wasser nach und nach auch ihren restlichen Körper hinabrann. Eisern blieb sie stehen und setzte sich dem gnadenlos kalten Schwall so lange aus, bis sich ihre Haut zuerst heiß, dann wie gefroren anfühlte und sie zu frösteln begann. Das tat gut! Ihre Gehirnzellen würden hoffentlich ebenfalls bald einfrieren und damit endlich aufhören, ihr diese kindischen Vorstellungen von Liebe und Nähe, von Respekt und Freundschaft zu senden. Doch es funktionierte nicht, und so stellte Jo Ann vor Kälte schlotternd das Wasser wieder ab, stieg aus der Dusche, rubbelte sich trocken und ging, das feuchte Handtuch nachlässig um die Hüfte geschlungen, ins Schlafzimmer zurück.

„Na endlich“, sagte John mit rauer Stimme. Er saß auf ihrem Bett, keine zwei Meter von ihr entfernt, und starrte sie forschend an.

In diesem Moment kam in Jo Ann all die Wut wieder hoch, die sie zuvor so mühsam unterdrückt hatte, nur dass sie diesmal nicht dunkel und drückend, sondern hell und befreiend war. „Was fällt dir eigentlich ein, verdammt nochmal! Wie kommst du überhaupt hier herein? Warum hast du mich ...?“, begann sie ihn anzuschreien, aber er stand blitzschnell auf, überwandt den leeren Raum zwischen ihnen mit einem einzigen Schritt und legte seine Hand auf ihren Mund.

„Sei still, sonst hören uns die anderen noch. Ich dachte, du hättest verstanden. Dieser Abend geht niemanden etwas an, er gehört nur uns beiden. Wenn du nicht so viel Zeit im

Bad verbracht hättest ... meine Güte, du bist ja eiskalt. Hast du vielleicht ...?“

Sie nickte.

„Du hast kalt geduscht? Wegen mir?“ Und als sie wieder nickte, nahm er seine Hand von ihrem Mund und küsste sie. Sein Mund war weich und warm, der Kuss genau so, wie sie ihn sich schon seit langer Zeit erträumt hatte.

„Du bist heiß und kalt zugleich“, flüsterte John, während sein Mund langsam ihren Hals hinunterglitt. „Ich muss dich wärmen, überall ... da ... und hier ...“ Inzwischen war er bei ihrem Brustansatz angekommen und beugte sich noch tiefer, um ihre Brustwarzen mit seinen Lippen zu umschließen. Dabei trat er einen Schritt zurück und zog sie mit sich, sodass er auf der Bettkante zu sitzen kam und sie zwischen seine Beine schieben und mit seinen Knien festhalten konnte. Ihre nackten Brüste waren ganz nah vor seinem Gesicht.

„Du bist schöner, als ich es mir jemals vorstellen konnte.“

Noch immer stand sie wie eine Statue vor ihm, mit geschlossenen Augen, und gab ihm gerade durch ihre Reglosigkeit zu verstehen, dass er weitermachen durfte, sollte, musste. Wenn nötig, würde er sie auch ohne Erwiderung lieben und ihr ganz vorsichtig beweisen, dass sie von ihm nichts zu befürchten hatte. Denn dass sie schwere innere Narben trug, war ihm schon lange klar gewesen. Behutsam legte er sein Gesicht zwischen ihre Brüste, und von dieser Stelle aus schickte er seine Zunge auf Entdeckungsreise. Nach links, über ihre Brustwarze, an der er endlos lange saugte, dann nach rechts, der Gleichbehandlung wegen, und schließlich an ihrer Taille entlang, die er mit beiden Händen umschlungen hielt.

„Hör nicht auf“, flüsterte sie auf einmal und öffnete die Augen. Sie sahen einander an. Kurz und intensiv, aber danach waren alle Hemmungen von ihnen abgefallen, und John riss ihr das feuchte Handtuch von den Hüften, während sie sich fast gleichzeitig auf das Bett warf, ihn erst unter sich begrub und dann über sich rollen ließ. Sein ursprüngliches Argument, doch leise zu sein, um ihre Intimität zu wahren, ging in ihrem gemeinsamen Stöhnen und Ächzen unter. Nichts zählte mehr, nur noch ihre Körper und ihre Sinne, die die Kälte, die in ihnen wohnte, für immer vertrieb.

36

Cairns, ein Jahr später

Die Jacht lag im seichten Gewässer des Barrier Reef, etwa eine Stunde vom Hafen von Cairns entfernt, vor Anker und schaukelte leicht auf den Wellen hin und her. Es war ein Sommertag im späten Dezember, der dieses Jahr ungewöhnlich mild begonnen hatte, aber nun bewies, dass Weihnachten im Norden von Queensland durchaus mit tropischen Temperaturen aufwarten konnte.

Weihnachten! Neujahr! Der Beginn eines neuen Jahres und der Ausklang eines alten, das an Aufregung und Veränderungen kaum zu überbieten gewesen war. Jo Ann und John hatten die Jacht für die Feiertage gechartert und Isabella, Eva und Steve, Mira und Bill zu einem Segeltörn eingeladen, um den Abschluss des Jahres, das für alle so positiv verlaufen war, zu feiern. Übermorgen würden ihre Gäste eintreffen, und danach würde es mit der Stille an Bord vorbei sein.

Mira war nur schwer von der Mine wegzulocken gewesen, und Jo Ann wurde sich einmal mehr bewusst, dass sie sich keine bessere Geschäftspartnerin hätte wünschen können. Die Opalader, die Kurt im Ostschacht vor ihr verborgen hatte, hatte sich als unglaublich ergiebig herausgestellt. Bereits nach wenigen Tagen hatten sie eine Opalstraße in der Lehmschicht freigelegt, aus der ihnen ein wahres Farbenmeer entgegengeleuchtet hatte. Mira war davor auf die Knie gesunken und hatte Jo Ann mit sich gezogen. Nach all den Jahren, in denen sie erfolglos geschürft hatten, waren ihre Mühen nun mehr als belohnt worden. Seither war Mira kaum aus der Mine zu bekommen.

Eva würde ihnen dagegen bestimmt stundenlang von ihrer Firma für Teilzeitkräfte erzählen, die sie mit Steve gegründet hatte und die anscheinend bereits recht ordentlich lief. Der Urlaub würde ihnen guttun, denn sie hatten das ganze Jahr über hart gearbeitet und nicht einmal der Gerichtsverhandlung beigewohnt.

Isabella war jedoch jeden Tag anwesend gewesen und reiste nun an, um sich von der ganzen Aufregung zu erholen.

Dieter war letzten Dezember, gleich nachdem er die Zollschranke passiert hatte, am Flughafen von einer Gruppe uniformierter Polizeibeamter verhaftet worden, und Isabella hatte den laut protestierenden Mann, mit dem sie einmal verheiratet gewesen war, beinahe nicht wiedererkannt. Dieter war übermäßig dick geworden und hatte seine Leibesfülle in einen viel zu eng geschnittenen schwarzen Leinenanzug gezwängt. Sein Haar glänzte unnatürlich dunkel, und Isabella hatte vermutet, dass er es gefärbt hatte, um das erste Grau zu verdecken. Dabei hätte ihm Grau weitaus besser gestanden, war ihr durch den Kopf geschossen, denn das dunkle Haar machte ihn älter. Oder waren es die vielen überschüssigen Kilos? Plötzlich hatte sie sich vorgestellt, wie schnell er im Gefängnis wieder schlank und grau werden würde, und laut aufgelacht. Dieter hatte daraufhin in ihre Richtung gesehen, war abrupt stehen geblieben und hatte aufgehört zu protestieren. Es lagen vielleicht zehn Meter zwischen ihnen.

Dieter hatte Isabella in der Menge sofort erkannt und ihr

seine Arme mit den Handschellen entgegengestreckt. Sein Zeigefinger war dabei genau auf sie gerichtet gewesen, wie die Mündung eines Gewehrs, wie eine wortlose Anklage. Aha, bedeutete die Geste, dort steht also die Schuldige, der ich das alles zu verdanken habe! Dann hatten die Polizisten seine Arme auch schon wieder nach unten gedrückt und waren mit ihm im nächsten Gang verschwunden. Aber Isabella war noch lange von seinem wütenden, hasserfüllten Gesichtsausdruck verfolgt worden. Deshalb war die Gerichtsverhandlung auch so wichtig für sie gewesen, denn sie hatte Dieters Gesicht noch einmal sehen wollen, das Gesicht eines besiegten Mannes, und sie hatte zwölf lange Monate sehnsüchtig darauf gewartet.

Bill hatte mit seiner Vermutung, dass es wahrscheinlich lange dauern würde, bis die Verhandlung gegen Dieter eröffnet werden würde, Recht behalten. Denn Dieters Anwalt in Deutschland hatte mit allen Mitteln versucht, die Auslieferung seines Mandanten zu erwirken, jedoch ohne Erfolg. Denn da Kurt und Jo Ann schon bald nach ihrer Auswanderung australische Staatsbürger geworden waren, hatte die deutsche Regierung die Ansicht vertreten, dass sie für den Mord an Kurt nicht mehr zuständig war. Pech für Dieter, der sich erhofft hatte, in Deutschland milder abgeurteilt zu werden. Sogar eine Freilassung auf Kaution war abgelehnt worden, da der Richter von einer hohen Fluchtgefahr ausgegangen war. Und ein knappes Jahr später war Dieters Anwalt schließlich keine neue Verzögerungstaktik mehr eingefallen.

Die Verhandlung, zu der Isabella selbstverständlich eingeflogen war, hatte dann endlich im November begonnen. Da niemand wusste, wie lange sie dauern würde, hatte sich Isabella vorsorglich einen ganzen Monat frei genommen, und auch John und Jo Ann, die ebenfalls nach Sydney gekommen waren, hatten sich auf einen längeren Aufenthalt eingerichtet. Doch bereits nach fünf Verhandlungstagen hatte der Richter das Urteil gesprochen. Der Fall war gut dokumentiert gewesen, die Zeugenaussagen eindeutig und einhellig, und der mutmaßliche Täter hatte sich immer tiefer in Widersprüche verstrickt. Uwes Aussage hatte den letztendlichen Ausschlag für die rasche Urteilsverkündung gegeben. Wie die Frauen erwartet hatten, war er, der Geschäftsmann ohne Fehl und Tadel, über alle Zweifel erhaben gewesen. Seine knappe, sachliche Aussage vernichtete Dieter. Sie führte sogar dazu, dass Isabellas Vergewaltigung während des Prozesses nicht in den Vordergrund trat. Dieters Schuld war offensichtlich. Er hatte einen Opal gestohlen und Kurt aus Habgier erschlagen. Dafür bekam er lebenslänglich, wie sich alle erhofft hatten, und würde die Welt frühestens in dreißig Jahren ohne Gitterstäbe vor den Augen wiedersehen.

Wenigstens hat Uwe sein Unrecht von damals wieder ein klein wenig gutgemacht, fand Jo Ann, als sie die vergangenen aufregenden Wochen resümierte. Bewegungslos ruhte sie in einem Liegestuhl auf dem Teil des Decks, das mit weißen Segeltüchern überspannt war und sie so vor der brennend heißen Mittagssonne schützte. Es war absolut windstill. Keine noch so schwache Brise kühlte ihre honigfarbene Haut, und die geringste Bewegung war bei diesen extremen Temperaturen bereits mühsam.

„Wir sollten nach unten gehen und die Klimaanlage einschalten“, wandte sie sich deshalb seufzend an John, der gerade aus dem Inneren der Jacht nach oben kam und dabei vorsichtig ein Tablett mit zwei Gläsern und einem Krug Wasser mit Eiswürfeln balancierte.

„Schon geschehen“, antwortete er, setzte das Tablett auf dem kleinen Tisch neben ihr ab und schob sie auf der Liege sanft zur Seite, damit er sich setzen konnte. „In ein paar Minuten wird es unten angenehm kühl sein. Kannst du es noch so lange aushalten?“

„Das werde ich wohl müssen!“

John goss Wasser in die zwei Gläser und reichte ihr eines davon. Sie nahm es mit der linken Hand und drückte es sofort gegen den Puls der rechten. Dann fischte sie einen Eiswürfel heraus und rieb sich damit die Stirn ein. Er schmolz unter ihren Fingern, und dicke Tropfen rannen über ihre geschlossenen Augen und über ihr Gesicht. Sie seufzte wohlig und lehnte sich wieder zurück. Plötzlich spürte sie einen, nein, zwei neue Eiswürfel auf ihrer Haut. John rieb die schnell kleiner werdenden Würfel über ihre Arme und ihre Schultern und streifte, als sie fast geschmolzen waren, mit seinen nassen, kühlen Händen die Träger ihres Badeanzugs so weit herunter, dass ihr Busen frei lag. Seine Fingerspitzen glitten vorsichtig über die Rundungen, die er immer wieder aufs Neue bewunderte.

„Wenn du nicht augenblicklich aufhörst, werde ich dich hier oben an Ort und Stelle vernaschen“, murmelte sie mit belegter Stimme. „Und wenn es tatsächlich dazu kommt, werde ich, während wir uns lieben, an einem Hitzschlag sterben und dich zu einem sehr reichen Witwer machen!“

John horchte dem Wort Witwer nach und dachte daran, dass er es bislang noch nie mit sich in Verbindung gebracht hatte. Doch jetzt war das Wort durchaus zutreffend, nachdem sie erst vor einer Woche in aller Stille in Lightning Ridge geheiratet hatten; nur Mira und Bill waren als Zeugen anwesend gewesen.

„Na, was ist?", forderte Jo Ann wieder seine Aufmerksamkeit. „Willst du jetzt Witwer werden oder nicht?"

Er hielt ihr seine Hand hin. „Nein, ich möchte nicht Witwer werden, ob arm oder reich. Es wäre das Schlimmste, was mir passieren könnte." Damit zog er sie erst zu sich hoch und dann, eng umschlungen, weiter übers Deck bis zur Treppe, die in den Schiffsbauch hinabführte.

Jo Ann stutzte nur ganz kurz, als sie die letzte Stufe erreicht hatte. Die Dunkelheit und Kälte, die sie dort unten umfing, strich wie eine wehmütige Erinnerung über ihr Gemüt und ließ sie frösteln. Aber dann spürte sie Johns Hände auf ihren Schultern, schwer und beschützend. Sein warmer Atem an ihrem Hals vertrieb die düsteren Gedanken, die sie von Zeit zu Zeit überfielen und ihr Glück zerstören wollten. Sie schüttelte sich unwillkürlich, als könnte sie damit die Fesseln der Vergangenheit abwerfen.

John war wie immer aufmerksam. „Soll ich Licht machen?"

„Nein", flüsterte sie, „lass es. Es macht mir nichts aus."

Zum ersten Mal, seit sie zusammen waren, liebten sie sich im Dunkeln. Auf den kühlen Laken ihrer Koje, eng aneinandergepresst, ihre eigene Hitze erzeugend. Und obwohl Jo Ann immer Angst davor gehabt hatte, vergaß sie nun alles, was gewesen war, und wusste und spürte nur noch, dass es John war, der sie liebkoste und streichelte, und dass es gut so war.

Helga Zeiner:
Das Geheimnis von
Lake Louise

fredeboldundfischer
ISBN: 978-3-939674-01-6
Frauenroman
Originalausgabe
Preis: 16,95 €
508 Seiten

„Ich nehme mein Geheimnis mit ins Grab. Wer dies hier findet, soll selbst entscheiden, ob er mein schreckliches Geheimnis, das ich vor der Welt verborgen habe, kundtun wird, oder ob mir die ewige Ruhe vergönnt sei."

Als Carola König in ihrem neuen Heim in Kanada, das sie über den Makler Jason Golden erworben hat, auf diese Tagebucheintragung des früheren Hausbesitzers aus dem 19. Jahrhundert, John McLure, stößt, ist sie sofort fasziniert. Denn er gesteht darin, einst ein Baby aus den Händen seiner sterbenden Mutter gerettet zu haben. John will das kleine Mädchen mit Namen Rose zusammen mit seinen drei Söhnen aufziehen, löst damit aber ungewollt ein Familiendrama aus, das er allerdings nur anzudeuten wagt.

Was ist damals wirklich geschehen? Carola stellt Nachforschungen an, stößt aber schon bald nicht nur auf eine Mauer des Schweigens, sondern wird zuletzt sogar von einem Unbekannten an Leib und Leben bedroht.

Allein Jason, in den sie sich leidenschaftlich verliebt hat und der ihre Liebe zu erwidern scheint, steht ihr zur Seite. Dann aber mehren sich die Verdachtsmomente gegen ihn, und Carola begreift, dass nicht zuletzt ihr eigenes, zukünftiges Lebensglück davon abhängt, den Hüter des Geheimnisses um Rose zu finden.

Anke Bracht: Der Moritzfaktor

fredeboldundfischer
ISBN: 978-3-939674-18-4
Frauenroman
Originalausgabe
Preis: 15,95 €
400 Seiten

Ein unterhaltsamer Roman, der auf humorvolle Weise Liebe, Treue und Vertrauen in einer ganz normalen Wahnsinnsbeziehung hinterfragt.

Carla ist das heulende Elend, seitdem sie der Filou Moritz verlassen hat. Nicht nur, dass seit diesem Tag auch alles andere in ihrem Leben schiefzugehen scheint, sitzt ihr ganz persönliches Elend nun auch noch in Form einer blondbezopften, äpfelkauenden Göre bei ihr zu Hause und tut alles, um sie zu entlieben.

Auch ihre Freunde versuchen ihr mit Rat und Tat zur Seite zu stehen, und Carla verliebt sich sogar in den charmanten Stefan – doch Moritz ist eben Moritz und damit, trotz all seiner Fehler, unersetzbar. Zumal Carla mit der Zeit erkennen muss, dass sie nicht ganz unschuldig am Scheitern ihrer Beziehung war.

„Gib der Liebe eine Chance“ lautet daher Carlas neues Motto, die nun mutig aufbricht, um ein für alle Mal reinen Tisch mit Moritz zu machen.

Hildegard Burri-Bayer: Die Bluterbin

fredeboldundfischer
ISBN: 978-3-939674-03-0
Historischer Roman
Originalausgabe
Preis: 16,95 €
608 Seiten

Frankreich, 1248: Marie, die jüngste Tochter eines begüterten Tuchhändlers, ist von außergewöhnlicher Schönheit, verlebt aber dennoch eine einsame Kindheit. Denn sie wird wegen ihrer immer wiederkehrenden, unerklärbaren Krampfanfälle sowohl von ihrer Familie als auch von den Menschen ihrer Umgebung gemieden.

Die mächtige Kathedrale von Bourges wird zu Maries einzigem Zufluchtsort und zu ihrem Schicksal, denn in ihr lernt Marie die drei Männer kennen, die ihr weiteres Leben bestimmen werden. Robert, den sie liebt, obwohl sie einem anderen versprochen ist.

König Ludwig IX., der die Kathedrale eines Tages wegen seiner starken Rückenschmerzen voller Gottvertrauen aufsucht und der Marie unter seinen Schutz stellt, nachdem seine Schmerzen, kaum dass ihm Marie in die Augen geblickt hat, verschwunden sind.

Und Bischof Radulfus, der eine krankhafte Leidenschaft für Marie entwickelt hat und sie mit seiner Hassliebe verfolgt, so dass sie schließlich zusammen mit Robert fliehen muss. Die beiden Liebenden ziehen durchs ganze Land, in dem Marie schon bald als wundertätige Heilige verehrt wird. Dann aber werden sie von Radulfus' Schergen gefasst. Zurück in Bourges, wird Marie der schwarzen Magie angeklagt, und Robert bleiben nur noch wenige Tage, um sie vor dem Scheiterhaufen zu bewahren.